BASTEI
LÜBBE
TASCHENBUCH

Weitere Titel der Autorin:

Blutrote Sehnsucht

Titel in der Regel auch als E-Book erhältlich

Über die Autorin:

Susan Squires wuchs in Kalifornien auf und studierte an der UCLA englische Literatur. Nachdem sie jahrelang einen »ordentlichen« Job ausgeübt hatte, entdeckte sie ihre Liebe zum Schreiben wieder. Ihre außergewöhnlichen Liebesromane wurden mehrfach für Romance-Preise nominiert.

Susan Squires

DER RUF DER WOLLUST

Roman

Aus dem amerikanischen Englisch von
Susanne Kregeloh

BASTEI
LÜBBE
TASCHENBUCH

BASTEI LÜBBE TASCHENBUCH
Band 16 722

1. Auflage: April 2013

Dieser Titel ist auch als E-Book erschienen

MIX
Papier aus verantwortungsvollen Quellen
FSC® C014496

Vollständige Taschenbuchausgabe

Deutsche Erstausgabe

Titel der amerikanischen Originalausgabe: »The Hunger«
Originalverlag: St. Martin's Press, New York
Dieses Werk wurde im Auftrag von St. Martin's Press LLC durch die Literarische Agentur Thomas Schlück GmbH, 30827 Garbsen, vermittelt.

Textredaktion: Barbara Imgrund
Titelillustration: © shutterstock/Maksim Toone; shutterstock/s. nagy
Umschlaggestaltung: Birgit Gitscher
Satz: Urban SatzKonzept, Düsseldorf
Gesetzt aus der New Caledonian
Druck und Verarbeitung: GGP Media GmbH, Pößneck
Printed in Germany
ISBN 978-3-404-16722-7

Ich mache es kurz:
Dieses Buch ist für Jennifer Enderlin.
Ich frage mich jeden Tag,
womit ich das Glück verdient habe,
sie zur Verlegerin zu haben.

Kapitel 1

Im Tal der Loire, Gallien, 1180

Der Mann lag nackt auf dem dicken türkischen Teppich, der in einem komplizierten Muster aus Rot und Gold gewebt war. Er schwitzte vor Anstrengung. Sein Körper glänzte im Feuerschein. Beatrix beobachtete, wie Asharti mit den Fingern durch sein blondes Haar strich und seinen Kopf nach hinten zog. Die Darbietung seiner Kehle erregte den Gefährten in ihr. Sie zitterte vor der Macht seines Verlangens.

Asharti sah sie an. Ihr Lachen war lüstern. »Willst du ihn ausprobieren?«, fragte sie mit ihrer tiefen, heiseren Stimme, die nach Hitze und Wüstensand klang. Ihre Nase war schmal und gerade, ihre Augen waren gefährliche, von Kajal gerahmte schwarze Seen, ihre Lippen voll, und ihr Körper wirkte geschmeidig und schimmerte golden. Jeder hätte sie schön genannt. Asharti trug ein Gewand aus schwerem rotem Samt, das sie vor der feuchten Kälte dieses abgelegenen Außenpostens schützen sollte, der von den Römern aufgegeben worden war. Aber heute Nacht vor dem flackernden Feuer hatte sie es geöffnet, um ihre schweren Brüste zu enthüllen, deren dunkle Brustwarzen sich vor Erregung aufgerichtet hatten.

Beatrix schaute auf den muskulösen männlichen Körper herunter. Ein englischer Ritter, der ins falsche Dorf geraten war. Sein Geschlecht lag schwer auf seinem Bauch. Sein hungriger Blick war auf Asharti gerichtet, die noch immer sein Haar streichelte. Die Luft war gesättigt vom Geruch von Blut.

Beatrix gelang es, den Kopf zu schütteln, obwohl ihre Adern vor Verlangen schmerzten.

Asharti zuckte mit den Schultern; ein spöttisches Lächeln lag um ihre Lippen. Die einzige Frau, die Beatrix' quälendes Verlangen verstand, ließ ihre kajalgeschminkten Augen rot aufglühen – so rot wie der Samt ihres Gewandes.

London, März 1811

Beatrix zitterte, ihr Puls pochte. Sex und Blut, miteinander verwoben. Es waren nur Erinnerungen. Sie durfte nicht zulassen, dass diese Bilder aus der Vergangenheit sie überwältigten. Sie schüttelte den Kopf, um wieder klar zu denken. Es war so lange her. Fast schien es, als wären jene Dinge jemand anderem widerfahren, aber gewiss nicht ihr. Wer war sie? Sie schaute sich um, als sei die Antwort auf diese Frage in ihrem luxuriös ausgestatteten Salon zu finden. Unter den Lüstern aus venezianischem Glas und Gemälden in schweren vergoldeten Rahmen rauchten Männer genussvoll ihre Zigarillos, unterhielten sich miteinander und tranken dazu einen 87er Claret aus ihrem Weinkeller. Beatrix' Blick blieb an den runden Formen von Regnaults Venus hängen. Die Statue strahlte Ruhe aus, Sicherheit. Beatrix holte tief Luft, um ein wenig von dieser Gelassenheit in sich aufzunehmen.

Ja, jetzt war es besser. Sie blinzelte. In diesen Tagen war ihr Name Beatrix Lisse, Gräfin von Lente, und heute hielt sie in ihrem eleganten Haus am Berkeley Square Hof, wie sie es an jedem Dienstag und Donnerstag tat. Fast jeder, der Einfluss in der Londoner Gesellschaft hatte, fand sich hier ein – jedenfalls die männliche Hälfte davon. Und nicht einer dieser Männer sagte etwas, das Beatrix nicht schon Tausende Male zuvor gehört hatte. Aber egal. Sie unterdrückte ihre Verzweiflung. Und war überrascht – es *war* doch Verzweiflung, oder nicht?

Einige der jüngeren Männer starrten sie an. Sie hatten ihre Stühle dicht an das Sofa herangezogen, auf dem Beatrix ruhte. Einige der Gesichter glänzten vor Erwartung, und der Ausdruck auf ihnen grenzte an Verzückung. Dumme Kreaturen! Sie glaubten ihrem Ruf als Kurtisane. Einige andere der männlichen Gäste runzelten besorgt die Stirn. Das waren jene, die bemerkt hatten, dass Beatrix heute zerstreut wirkte. Vielleicht war es der Hunger, der sie verletzlich machte. Besser das als Wahnsinn. Um sich von diesen Gedanken abzulenken, begann Beatrix eine Unterhaltung.

»Sie haben mir doch den berüchtigtsten Mann Englands versprochen, Melly«, tadelte sie den eleganten jungen Müßiggänger neben sich. Vielleicht würde ein legendärer, verruchter Frauenheld sie von der Dunkelheit ablenken können, die sie in sich anschwellen spürte. »Wo ist er?« Sie lehnte sich mit all der lässigen Ungezwungenheit und dem spöttischem Überdruss zurück, die man von ihr erwartete. Diese grünen Jungen hatten doch keine Ahnung, was wahre Ausschweifung war.

Im Kreis der Bewunderer wallte Besorgnis auf. Ihre Göttin war verärgert. Gekleidet in die albernsten Auswüchse der Mode, kopierten sie Beau Brummell, waren dabei aber nicht imstande zu begreifen, dass seine Kunst in der Beschränkung lag. Ihre Krawattentücher waren so gewaltig, dass sie kaum noch den Kopf bewegen konnten, und ihre engen Hosen glänzten in blassem Gelb oder Taubengrau. Außerhalb dieses Kreises an unreifen Schönlingen hielten sich die höherklassigen Vertreter der englischen Gesellschaft auf, Minister und Lords, Modeikonen und Künstler. Sie kamen in Beatrix' Salon, um sich zu unterhalten, dabei Champagner zu trinken und gesehen zu werden. Alles wartete darauf, Bonmots mit der Kurtisane auszutauschen, die zurzeit nicht nur die begehrteste war, sondern darüber hinaus auch noch als gebildet galt. Einige wollten jedoch mehr als das. Einer von ihnen würde heute Abend mehr bekommen, wenn auch nicht das, was er erwartete.

»Er … wird gewiss noch kommen, Gräfin«, versprach der sehr reiche und sehr beeindruckende Lord Melford. »Er gab mir seine Zusage, bevor er zu seinem Landsitz aufgebrochen ist.«

»Ich glaube nicht, dass dieser Unvergleichliche existiert.« Beatrix verzog die Mundwinkel nach unten.

»Oh doch, es gibt ihn«, protestierte Alvaney. »Er hat eine Wohnung in Albany House. Ich wohne dort in Nummer vier und sehe ihn gelegentlich.«

»Aber haben Sie ihn *heute* gesehen?«, fragte Beatrix gedehnt. Sie durfte sich ihre Qual nicht anmerken lassen.

Alvaney wirkte niedergeschlagen. »Verdammt! Ich kann nicht behaupten, dass ich das hätte.«

Beatrix brachte ein Schulterzucken des Missvergnügens zustande. Falls es ihr Hunger war, der sie anfällig für den Ansturm von Erinnerungen machte, könnte sie sich heute Nacht noch darum kümmern.

»Ich … ich könnte zu Ihrer Unterhaltung einige Verse rezitieren, Gräfin.« Blendons Wangen färbten sich rot. Sie alle waren so lächerlich jung.

»Ich habe Ihre Verse bereits gehört«, erwiderte sie und war selbst über ihre Sanftmut überrascht.

»Ah, ja«, sagte er, und die Röte in seinem Gesicht wurde noch tiefer. »Ja, das haben Sie.«

»Sie waren recht ansprechend.« Das waren sie selbstverständlich nicht gewesen. Aber manchmal mochte sie die Schüchternen. Er hatte nicht den Körperbau, den sie vorzog, aber das war vielleicht durchaus zu seinem Besten. Seine Figur wirkte geschmeidig. Er hatte sicher eine glatte Brust fast ohne ein Haar. Deshalb kam vielleicht doch eher Blendon infrage. Hinter Blendon unterhielten sich Castlereagh, der Sekretär des Außenministeriums, und Wellesley-Pole, Irland-Minister und Bruder Wellingtons, über Politik. Beatrix hob ihre schmale weiße Hand. »Mr. Castlereagh, ich bitte Sie, kein Wort mehr über die Frage der Emanzipation der Katholiken. Wenn sie masochistisch genug veranlagt sind, für ein Amt kandidieren zu wollen, warum sollte man sie nicht einfach lassen?« Zwei junge Männer kicherten.

»Die Antwort auf diese Frage könnte das Land spalten«, erklärte Castlereagh mit finsterer Miene.

»Oh, das bezweifle ich.« Beatrix seufzte. »Sie wären überrascht, wie viel es braucht, ein Land zu spalten.« Ihre Aufgabe war es, den Abend ohne eine weitere Entgleisung durchzustehen.

»Bei mir ist es der Milchmangel, der meinen Haushalt spaltet«, schmollte Melford. »Die Köchin macht die Haushälterin dafür verantwortlich, welche wiederum den Kaufmann beschuldigt, die Milch nicht regelmäßig zu liefern, sondern sie zu horten.«

»Lady Wentworth sagt, Ihr Teint sei das Ergebnis von Milchbädern, Lady Lente«, meinte Blendon verwegen.

»Und jetzt kaufen alle Ladys den gesamten Milchvorrat auf, um auch in Milch zu baden!«, rief Melford.

Beatrix seufzte. Es war wirklich unglaublich leicht, zum letzten Schrei zu werden. »Genau genommen ist es wichtiger, nicht in die Sonne zu gehen.« Irgendetwas Interessantes musste jetzt und hier passieren, etwas, das sie noch nicht tausend Mal zuvor erlebt hatte, oder sie würde wieder die Beherrschung verlieren.

Blendon, der auf einem kleinen Schemel zu ihren Füßen

hockte, schaute zu ihr hoch. »Die Ladys bedrängen auch die Parfümeure, den Duft zu kopieren, den Sie tragen, Gräfin.«

»Zimt«, warf Lord Halmore ein, der sich zu der Schar um Beatrix gesellt hatte. »Und noch etwas anderes. Werden Sie uns verraten, was es ist?«

»Das bleibt mein Geheimnis, Mylord«, murmelte Beatrix. Das wahre Geheimnis? Sie trug gar kein Parfüm.

Abende wie dieser dehnten sich ins Endlose. Fröhlichkeit allein konnte den Schutzwall nicht aufrechterhalten. Die Kunst war immer ihre Zuflucht gewesen. Sie schaute auf die mittelalterlichen Wandbehänge, die sie umgaben, auf die Gemälde und das römische Glas, auf das chinesische Porzellan mit der graugrünen Glasur. Wie lange würde die Kunst sie noch schützen können?

Vielleicht war das Kloster von Mirso die einzig wahre Zuflucht für jemanden, wie sie es war. Der Gedanke deprimierte Beatrix. Sie hätte nie gedacht, dass sie einmal an diesen Punkt kommen würde. Aber Mirso war besser als der Wahnsinn.

Wellesley-Pole öffnete den Mund. Sicherlich wollte er das Gespräch wieder auf die Politik lenken. Sie könnte das nicht ertragen. »Gentlemen, ich habe Kopfschmerzen. Bitte entschuldigen Sie mich.« Sie erhob sich, flüsterte Symington etwas ins Ohr und verließ den Salon. Schockierte Blicke folgten ihr. Der Rückzug würde ihrer aller Begehren, wieder eingeladen zu werden, nur noch mehr anfeuern. Der Hunger in ihren Adern wurde noch etwas grimmiger.

In dem kleinen Zimmer, in dem ihre Lieblingsgemälde hingen und ihre Lieblingsbücher standen, versuchte Beatrix sich wieder zu fassen. Morgengrauen in zwei Stunden. Die letzten Gäste wankten zu ihren Kutschen. Der Türklopfer klapperte leise, als die Tür sich schloss. Sie hörte alles überdeutlich. Symington kündigte Blendon an.

»Jetzt, lieber Blendon, können wir endlich allein sein.« Sie musste damit auskommen. Die Zeit wurde knapp.

Blendon errötete bis unter die Haarwurzeln. »Es ist … es ist mir eine Ehre.«

»Wollen Sie heraufkommen und mir behilflich sein, mein Haar zu lösen?« In ihr Boudoir gebeten zu werden, um ihr bei der Toilette zuzusehen, war eine begehrte Auszeichnung. Erwählt zu werden, jene kunstvolle Frisur zu lösen, bedeutete das Nirwana für den auserkorenen Glücklichen – weil er glaubte, sein Ziel fast erreicht zu haben. Aber so war es nicht.

Blendon machte große Augen und nickte eifrig. Er hatte gewiss die Geschichten über ihr Können in Liebesdingen gehört. Diese Geschichten verliehen ihr Macht. Sie ging auf die breite Haupttreppe zu. Einige diskrete Dienstboten dämpften das Licht. Dunkelheit folgte ihnen, als Blendon sich ihr anschloss.

Sie spürte den Hunger in sich immer fordernder. Sie hatte ihr Bedürfnis zu lange verleugnet. Das war ihr einziges Problem. Sie griff nach dem Kandelaber, der auf einem kleinen Rokokotisch stand. Schatten huschten über Wandteppiche mit Jagdszenen, ließen die Angst in den Augen des Hirsches aufflackern, den die geifernden Jagdhunde mit den hell schimmernden Zähnen in die Enge getrieben hatten. Beatrix spürte das Blut in Blendons Kehle pochen. Sein Atem ging unregelmäßig vor Erwartung. Niemals würde er erraten, was heute Nacht wirklich mit ihm geschehen würde. Denn könnte er es, so würde er schreiend auf die Straße rennen.

Die Verzweiflung, die sie umtrieb, war in ihren Erinnerungen an das Böse in Asharti und an Stephan Sincais Unterweisungen lebendig, obwohl sie seit Jahrhunderten keinen von beiden gesehen hatte. Sie verstand es nicht. Hatte sie nicht ihr

Leben damit verbracht, dagegen anzukämpfen, so zu werden wie Asharti? Immer, wenn sie ihren Hunger stillte, rückte das Böse Ashartis näher und drängte sie, Verlangen und Blut miteinander zu vermischen. Aber sie tat es nicht. Sie war nicht wie Asharti. Nicht mehr. Doch trotz ihres Widerstands sammelte sich die Dunkelheit um sie. Sie hielt ihre Kerze dagegen, aber die Finsternis war stark. Zahllose andere hatte sie schon verschlungen. Und am Ende würde sie gewinnen.

Beatrix schob den schweren Vorhang beiseite und schaute auf die Straße. Jetzt, da sie ihren Hunger hatte stillen können, war sie ruhig. Die Morgendämmerung tauchte die zu Ende gehende Nacht in helles Grau. Blendon stand unten auf der Straße. Am Leibe trug er nur sein Hemd, und er sah verwirrt aus. Das würde ihren Ruf nur festigen. Sie waren ja so beeinflussbar. Sie hatte ihm eingeflüstert, dass sie sich leidenschaftlich geliebt hatten. Seine Fantasie würde die Einzelheiten ergänzen. Sie hatten es nicht getan. Sie hatte mit keinem Mann mehr geschlafen seit … sechshundert Jahren? Zu denken, dass alle sie für eine Kurtisane hielten! Es war absurd. Der Wunsch nach dem Akt an sich war zu einem fernen Gedanken geworden, noch nicht einmal zu einer Erinnerung. Beatrix ließ den schweren Stoff zurückfallen; er war ihr Schutz gegen die Sonne, die bald aufgehen würde. Sie wandte sich ins Zimmer. Zumindest war sie jetzt für eine Zeit lang vor den Erinnerungen sicher. Aber allein schon dieser Gedanke schien etwas in ihr auszulösen, denn unerwartet kam die Erinnerung zurück …

Amsterdam, 1087

Das Kleid war rot und ganz und gar kein Kleid für ein jungfräuliches Mädchen. Sie glühte vor Stolz, als sie mit den Händen über den feinen Wollstoff strich, der sich über ihren knospenden Brüsten spannte. »Danke, Mutter«, wisperte sie. Es war ein wunderbares Geschenk, ein Symbol des Übergangs zur Frau.

»Ja, nun.« Ihre Mutter sah sie an und wandte dann den Blick ab. »Flitterkram, mehr nicht.«

Ihnen gehörte das größte Haus innerhalb der Mauern der mittelalterlichen Stadt, die sich um einen Hafen schmiegte, in dem Schiffe aus weit entfernten Ländern anlegten und ihre Fracht und ihr Geld ausluden. Die Steinmauern des Hauses waren mit Wandteppichen behängt, um die Kälte abzuhalten. Bea beobachtete ihre Mutter, die an ihrem Toilettentisch saß. Das goldene Licht der blakenden Öllampen ließ den Raum warm erscheinen, auch wenn er es nicht war. Mütter sahen wie Mütter aus, und es war schwer zu sagen, ob sie schön waren. Aber Bea hatte viele Männer sagen hören, dass ihre Mutter schön sei, also wusste sie, dass es wahr war. Sie wollte erwachsen werden, um wie sie zu sein.

Beas Mutter bürstete sich das üppige dunkle Haar, bis es glänzte. »Du bekommst allmählich Brüste, Bea.« Es klang wie eine Anklage.

Bea zuckte mit den Schultern, um alle Schuldgefühle abzuschütteln. Aber die Fakten waren schwer zu leugnen.

»Du wirst dich bald verändern.« Die Stimme ihrer Mutter klang hart.

»Wie verändern?«, fragte Bea schüchtern.

Ihre Mutter stand auf; der Saum ihres Kleides schleifte über die Binsen, die auf dem Boden ausgelegt waren. Wie gelähmt schaute sie auf Bea herunter, bevor sie sich unvermutet abwandte und zu ihrer Schmuckkassette ging. Sie war aus geschnitztem Holz und kam aus den Ländern weit im Süden, jenseits des Meeres. Sie wandte sich nicht um, als sie sagte: »Es ist Zeit für mich weiterzuziehen.«

Bea neigte den Kopf. »Wie meinst du das, Mutter?«

»Unsere Art zieht alle zwanzig, dreißig Jahre weiter«, sagte ihre Mutter mit scheinbarem Gleichmut. Sie legte ihre Ohrringe mit den großen schimmernden Perlen an.

»Warum?«

»Die Leute beginnen zu merken, dass wir nicht älter werden, nachdem wir die Zeit der Reife erreicht haben.«

»Älter werden«, sagte Bea nichts. Sie war vierzehn. »Wohin werden wir gehen?« Bea hatte nie einen anderen Ort als Amsterdam gekannt. War es möglich, seine Wurzeln zu kappen und einfach … fortzugehen?

Ihre Mutter sah sie scharf an und wandte dann wieder den Blick ab. »Irgendwohin.«

Bea kannte diesen Ton. Deshalb wagte sie es nicht weiterzufragen. Die Launenhaftigkeit ihrer Mutter ängstigte sie.

Ihre Mutter blickte auf. »Oh, nun schau nicht wie ein verängstigtes Kaninchen drein, Bea«, fauchte sie. Dann murmelte sie: »Du wirst bald herausfinden, dass es nicht das ist, was du bist.«

»Was bin ich denn dann?«, wisperte Bea und hoffte, die Frage ließ sie weniger wirken wie ein furchtsames Kaninchen.

Ihre Mutter wurde schroff. »Ich habe dafür gesorgt, dass du für dich geblieben bist, aber sicherlich hast du bemerkt, dass du nicht wie andere Kinder bist. Oder so wie Marte.« Bea schaute sie nur an, mit großen Augen. Ihre Mutter hob die Hände. »Keine zerschrammten Knie? Keinerlei Krankheiten?

Gott weiß, dass du ein kleiner Raufbold bist, aber du musst bemerkt haben, dass du stärker bist als die anderen, schneller laufen kannst als sie. Du kannst Dinge hören, die sie nicht hören können, kannst im Dunkeln sehen, wenn sie es nicht können.«

Bea sagte nichts. Sie wusste, dass sie anders war. Sie hatte sich manches Mal dafür geschämt. Marte nannte sie einen Jungen, weil sie so stark war.

Ihre Mutter legte sich eine Perlenkette um den Hals. Sie fiel über ihre Brüste herab, die der eckige Ausschnitt ihres Kleides aus auberginefarbenem Samt betonte. Sie seufzte erbittert. »Nun gut. Du wirst lernen. Auf die Art, wie wir alle es lernen. Ich war nie für diese Dinge gemacht, musst du wissen.«

Welche Dinge meinte sie?

»Wer konnte auch ahnen, dass du mir aufgehalst werden würdest? Keine von uns hatte ein Kind, so lange wir uns erinnern können. Warum ich? Ich kann nicht …« Sie wurde wütender. Beklommen trat Bea von einem Fuß auf den anderen. »Ach, vergiss es. Geh zu Bett. Ich werde ausgehen.« Ihrer Mutter schien die Stimme zu versagen.

Bea sah nicht nur den vertrauten Zorn in den Augen ihrer Mutter, sondern auch noch etwas anderes. Scham? Angst? Beas Augen weiteten sich für einen kurzen Moment, bevor sie sich umwandte und gehorchte. Ihr Kleid schleifte über die Binsen, als sie in ihr Zimmer ging. Was hatte sie in den Augen ihrer Mutter gesehen?

An jenem Abend war sie in ihrem schönen roten Kleid zu Bett gegangen, aber sie hatte nicht in den Schlaf gefunden.

Am Berkeley Square starrte Beatrix auf das hohe Bett, das von Blendons ekstatischem Erlebnis des Gebens noch zerwühlt war. In jener Nacht vor so vielen Jahrhunderten hatte sie ihre Mutter das letzte Mal gesehen. Als sie am nächsten Morgen von der Kirche nach Hause kam, war Marte tot und ihre Mutter verschwunden. Jetzt überraschte sie das nicht mehr. Ihre Mutter war schlecht dafür gerüstet gewesen, mit einem Kind umzugehen, ganz zu schweigen von dem Aufruhr, den die Pubertät für ihresgleichen bedeutete. Ein winziger Blitz von Zorn flammte in Beatrix' Brust auf. Hätte ihre Mutter nicht Marte zurücklassen können? Als Trost für ihre Tochter, während der schrecklichen Verwandlung, die danach über sie gekommen war? Aber vielleicht war Marte ohnehin dem Untergang geweiht gewesen. Besser, Marte war durch die Hand ihrer Mutter gestorben, als dass Beatrix sie getötet hätte.

Warum dachte sie jetzt an jene Nacht mit ihrer Mutter? Vielleicht war jene Nacht der Anfang gewesen. Beatrix hatte immer geglaubt, es wären Stephan und Asharti und die schreckliche Zeit gewesen, die darauf gefolgt war. Aber vielleicht hatte es schon damit begonnen, mit diesem ... Desinteresse ihrer Mutter für sie. Sie schloss ganz fest die Augen. Damit hatte die Verkümmerung ihrer Seele begonnen. Was war von ihr geblieben? Und war das, was noch von ihr übrig war, es wert zu kämpfen, sich gegen die Dunkelheit zu schützen?

Beatrix versuchte, die Gedanken beiseite zu schieben, als seien es Spinnweben. Die Morgendämmerung machte sie immer melancholisch. Sie zog ihren blutroten Morgenrock enger um sich und kroch in das große Bett. Sie hoffte, der Schlaf würde sie vor ihren Erinnerungen beschützen.

Kapitel 2

John Staunton, Earl of Langley, schlenderte Richtung Westen über den Piccadilly. Er war formvollendet gekleidet in Kniehosen, Abendschuhen, einer makellos gestärkten, kunstvoll gebundenen Halsbinde und einem Mantel, der so eng war, dass er Witherings Hilfe brauchen würde, ihn wieder abzulegen. Er hoffte, dass der Verband an seiner Schulter fest genug saß und sich unter seiner Kleidung nicht abzeichnete. Er wurde heute Abend im Salon der Gräfin Lente erwartet.

Im Schein der modernen Gaslaternen glitzerten die Schaufenster von Regentropfen, und teure Hotels verströmten ihre lärmende Festlichkeit auf die Straße. Der Green Park zu seiner Linken zeigte nur noch nachtschwarzes Gras und die im Frühlingswind tanzenden Silhouetten seiner Bäume. Zwei Franzosen hatten in Calais mit ihrem Leben dafür bezahlt, dass sie ihm die Wunde an der Schulter zugefügt hatten. War das wirklich bereits neun Tage her? Der Earl folgte weiter seinem Weg die Hay Hill Street hinauf.

Eine Bewegung zu seiner Linken und gleich darauf auch hinter ihm erregte seine Aufmerksamkeit. Er fuhr rechtzeitig genug herum, um mit seinem Spazierstock den Schlag eines Knüppels abzuwehren. Sie waren zu zweit. Nein, zu dritt. Stämmige Kerle. John erhaschte einen flüchtigen Blick auf schäbige Kleidung, als er nach dem Angreifer schlug, der ihm am nächsten stand. Mit dem Stock platzierte er einen Schlag auf das Ohr des Schurken. Er rammte seinen Ellbogen in den Bauch des Mannes zu seiner Linken, während er einen Hieb mit einem Knüppel auf seine gesunde Schulter abbekam. Es gelang ihm, den nächsten Schlag mit seinem Rücken abzufangen und seine Verletzung zu schützen. Jetzt fielen sie zu dritt über ihn her. Er bekam einen Schlag gegen die Stirn. Jemand verdrehte ihm die verletzte Schulter nach hinten. Er stieß seinen Stiefelabsatz gegen ein Knie. Es knackte. Einer der Angreifer taumelte rückwärts. Die verbleibenden zwei prügelten weiter auf ihn ein.

Er schleuderte sie von sich. Gerade genug Platz – er zog das Rapier, das in seinem Spazierstock verborgen steckte. Das gab den Kerlen zu denken! John stand kampfbereit da, während er beobachtete, dass der Mann mit dem zerschmetterten Knie sich aufzurichten versuchte. »Nun, Jungs«, forderte er die Männer heraus. »Habt ihr Appetit auf einen Nachschlag?«

Der, der sein Knie umklammert hielt, knurrte: »Schnappt ihn euch, Jungs. Ist doch nur ein Dandy mit 'nem Stachel.«

Die zwei, die noch einsatzfähig waren, stürmten vor. John stieß seinen Degen in einen Oberarm, aber der andere Angreifer landete einen Schlag mit dem Knüppel auf seine verwundete Schulter. John taumelte, ging halb in die Knie. Schläge hagelten auf ihn herab. Aber er richtete seine Schwertspitze nach oben und traf einen Bauch. Er kniete keuchend auf dem Straßenpflaster, während die Angreifer zurückwichen.

»George!«, schrie der, der seinen Arm umklammerte. »Er hat dich aufgespießt!« Sein Kumpan starrte überrascht auf das Blut, das aus seinem Bauch sickerte. Der Anführer wandte sich an den zerlumpten Strolch, der sein Knie hielt. Angesichts von zwei Männern, die am Boden lagen, und eines Anführers, der aus der Armwunde blutete, war das Spiel aus.

»Dafür wirst du bezahlen«, zischte er John an. Sie stützten sich gegenseitig, als sie davonwankten.

John senkte den Kopf, um seinen Magen zu besänftigen. Die dunkle Nacht drehte sich um ihn. Himmel, seine Schulter schmerzte! Sein Kopf dröhnte. Er rostete langsam ein. Drei

Gegner, wahrlich, aber kaum mehr als muskelbepackte Kolosse. Es lag an seiner Schulter, das war alles. Nach einer langen Minute hob er den Kopf und probierte aus, ob er wieder etwas sah. Umrisse aus Schwarz und Gold waberten einen Moment lang unheilvoll vor seinen Augen, dann gewannen sie an Kontur.

»Ich fragte, ob es Ihnen gut geht?«

Ein junger Mann mit langem Backenbart und in der Uniform eines Lieutenant Colonel des 12. Leichten Dragonerregiments beugte sich über ihn. John brachte ein Lächeln zustande. »Verdammte Taschendiebe.«

»Verdammte Scheißkerle!« Der junge Soldat griff nach Johns Ellbogen. »Lassen Sie mich Hilfe holen.«

John schüttelte den Kopf, sowohl um ihn klarzubekommen als auch um das Angebot abzulehnen. »Ich bin nur ein paar Schritte vom Berkeley Square entfernt. Ich werde dort erwartet.« Das klang irgendwie dumm. »Ich schaffe es schon, seien Sie ganz beruhigt.«

Eine Kutsche rumpelte vorbei, in der zwei sehr derangiert aussehende Gentlemen nuschelnd über ihre Pläne sprachen, im White's zu nächtigen. »Ich bin auf dem Weg zur Berkeley Street und kann Sie begleiten, wenn Sie nichts dagegen einzuwenden haben«, sagte der Colonel.

John fuhr sich mit der Hand durchs Haar. »Nicht nötig, vielen Dank.«

Der junge Dragoner zog die Augenbrauen hoch. »Ich bin etwas zu spät gekommen«, sagte er und reichte John seinen Hut. »Exzellente Degenführung. Mein Name ist übrigens Ponsonby.«

John setzte seinen Hut vorsichtig auf die Beule, die er auf seiner Stirn wachsen fühlte. »Langley.«

»Langley? Kein Wunder, dass diese Burschen ihr Fett wegbekommen haben! Himmel, Sie haben eine harte Linke! Ich habe Sie bei Jackson's gesehen, in einer Runde gegen den Gentleman höchstpersönlich.«

John seufzte über Ponsonbys Eifer und fand sich endlich mit seiner Begleitung ab.

»Und Ihr Duell mit Jepson im letzten November? Sie haben ihm den ersten Schuss gelassen, ganz die Ruhe selbst, und haben ihm dann die Waffe aus der Hand geschossen. Wir haben uns alle gewundert, dass Sie ihn so ungeschoren haben davonkommen lassen. Er war es doch, der den Streit provoziert hat.« Sie wandten sich in Richtung Berkeley Square.

»Ach, aber er war im Recht.« John senkte die Stimme. »Ich hatte seine Frau verführt.«

Der junge Soldat lächelte vor sich hin. »Wenn Sherry davon hört, dass ich Sie getroffen habe ... oder Blendon erst!«

John war froh, als er Ponsonby seiner Verabredung in der Berkeley Street überlassen konnte, und ging weiter zum Square. Nummer 46 war ein schönes, ein Stück zurück versetztes Haus aus Portlandziegeln, dessen große Fenster im ersten Stock Licht und Leben in die Dunkelheit warfen. John konnte Männer erkennen; sie standen gegen butterfarbene Wände gelehnt da, die mit Wandbehängen und Gemälden geschmückt waren. Der Klang eines Duetts von Cello und Violine war bis auf die Straße zu hören. Boccherini. Ehe er den Türklopfer hob, zog er die Halsbinde zurecht und schluckte seinen Schmerz herunter. Seine Wunde war wieder aufgebrochen. Aber es war wichtig, dass er heute Abend gesehen wurde. Die Kunde vom Überfall auf ihn würde sich mit Ponsonbys Hilfe schnell verbreiten. Sein Erscheinen heute Abend in diesem Salon würde die ganze Sache herunterspielen. Der Abend würde natürlich unerträglich sein. Er klopfte an die Tür, die in einem unkonventionellen Blau gehalten war. Ein leichtes Unbehagen beschlich ihn. Straßenräuber in der Hay Hill Street? Sehr ungewöhnlich. Er misstraute dem Ungewöhnlichen. Der Diener ließ ihn ein.

Beatrix schaute auf. An der Tür war Unruhe entstanden. Alvaney sprang auf. »Da ist er! Ich wusste, er würde nicht vergessen, dass er zugesagt hat!«

»Der Earl of Langley«, verkündete Symington.

Er war groß, aber die Schultern waren zu breit, um elegant zu wirken. Sie zeugten von der Kraft unter dem perfekt geschnittenen schwarzen Rock – das Kleidungsstück war dezent und vermutlich bei Weston angefertigt. Ihr Blick glitt zu seinen Oberschenkeln. Beatrix forderte Kniehosen bei ihren männlichen Gästen, und das trotz der Tatsache, dass sie ein wenig altmodisch waren. Es gefiel ihr, erkennen zu können, wie ein Männerbein geformt war. Und Langleys Beine waren in der Tat sehr muskulös. Das Haar – es war fast schwarz und lockte sich im Nacken – trug er in einer lässigen Unordnung, die ganz und gar nicht zufällig war. Seine Augen waren grün, was zusammen mit diesem schwarzen Haar mehr als bemerkenswert wirkte. Seine Haut war hell und makellos, fast der Teint eines Mädchens, aber um seine Augen und um seinen Mund lagen harte Falten. Seine vollen Lippen drückten Sinnlichkeit aus und wirkten eigentlich kaum männlich, doch der Gesamteindruck zeugte von überwältigender Männlichkeit. Beatrix beobachtete ihn, als er einigen Bekannten zunickte. Seine Begrüßung war fast gleichgültig zu nennen. Sein Blick glitt aufmerksam durch den Raum, als würde er alles speichern, was er sah, dann wurden seine Augen ausdruckslos und verschatteten sich. Hmmm …

»Zwei Tage zu spät«, bemerkte Blendon säuerlich.

»Sie können nicht ernsthaft bedauern, dass er uns versetzt hat«, murmelte Beatrix. »Er hätte Sie vielleicht ausgestochen.«

Blendon besaß den Anstand zu erröten. Alvaney stürmte vor und zog den Neuankömmling mit sich. »Beatrix Lisse, Gräfin von Lente, darf ich Ihnen John Staunton, Earl of Langley, vorstellen?«

Der hochgewachsene Mann kam auf sie zu. Er bewegte sich mit einer angeborenen Lässigkeit, die verriet, dass er seinen Körper gekonnt einzusetzen wusste, ob beim Sport oder im Bett. Er beugte sich über die Hand, die sie ihm entgegenstreckte. Die Locke auf seiner Stirn verhüllte eine Beule, die dabei war, sich zu verfärben, und einen Kratzer. Sie nahm den Geruch von Blut wahr, sehr stark. Es stammte nicht von dem kleinen Kratzer. Nein, der Mann blutete irgendwo oder ... oder seine Kleider waren mit dem Blut von jemand anderem befleckt. Sie sah keinen Fleck auf seinem schwarzen Rock. Das ließ vermuten, dass es sein Blut war. Der Geruch weckte den Hunger in ihr, der sich in ihren Adern zu rühren begann.

»Ich habe lange auf das Vergnügen dieser Bekanntschaft gewartet«, murmelte Langley über ihrer Hand, während seine Lippen ihre Fingerknöchel streiften. Seine Stimme klang wie ein Rumpeln tief in seiner Brust.

»Ich habe Sie nicht erwartet, deshalb hatte ich mein Personal nicht instruiert, Sie heute Abend abzuweisen.« Beatrix seufzte.

Langley schaute verwirrt auf. »Lady Lente?« Seine Haltung wirkte ein wenig angeschlagen.

»Sie waren für Dienstagabend angekündigt, Mann«, rief Alvaney, um ihm auf die Sprünge zu helfen.

»Tatsächlich?« Langley sah so überrascht aus, dass Beatrix dachte, es müsste vorgetäuscht sein. Er seufzte ebenfalls. »Nun, man kann kaum erwarten, dass eine Verabredung, die vor über einem Monat getroffen wurde, einem genau im Gedächtnis bleibt.« Er verbeugte sich erneut. »Meine zutiefst empfundene Entschuldigung, Gräfin.«

Der Mann sollte mehr Dankbarkeit zeigen! Einladungen in ihren Salon waren mehr wert als alles Geld des Königreiches. »Ihre Entschuldigung wird zu gegebener Zeit angenommen«. entgegnete Beatrix. »Sie können sich für meine Großzügigkeit erkenntlich zeigen, indem Sie sich als interessanter Gast erweisen.« Er würde es nicht sein. Dennoch wollte sie wissen, warum er blutend an ihrer Tür aufgetaucht war.

In seinen Augen blitzte ein Funke von Rebellion auf, bevor sie wieder ausdruckslos wurden und sich wieder seine Maske herabsenkte. »Eine schwere Aufgabe«, murmelte er. »Denn wenn meine Gastgeberin selbst so interessant ist, dass sie ihr Haus jeden Abend mit Gästen füllt, müssen ihre Erwartungen sehr hoch sein.«

Beatrix war verblüfft. Er hatte ihr die Last zugeschoben, zu beweisen, dass sie interessant war. »Das sieht nach einem Wettbewerb aus, Sir. Das würde einer Gastgeberin nicht gut zu Gesicht stehen, und von einem Gast wäre es recht ungehobelt, deshalb bin ich sicher, dass Ihre Manieren das nicht zulassen werden«, brachte sie schließlich heraus.

»Das sollten sie nicht, obwohl die Manieren sich in meinem Fall als unzuverlässig erweisen könnten«, sagte er stur. »Und das ist ein gefährlicher Zustand, weil Manieren das Einzige sind, was zwischen uns und unserer animalischen Natur steht.«

»Oh, Manieren können im Dienste einer animalischen Natur auch als Waffen benutzt werden«, bemerkte Beatrix sanft. Na bitte, das war dafür, dass er sie herausgefordert hatte.

Er sah keinesfalls verlegen aus. Ganz unerwartet grinste er.

»Touché. Pique und Repique.« Das Grinsen machte die harten Linien seines Gesichts weicher.

Sie mochte ihn dafür, dass er sie als Gewinnerin dieser Runde erkannte. »Ein Fechter also?«, fragte sie und ließ ihre Stimme heiser klingen. Sie würde ihn für sich einnehmen und so den Punkt und das Spiel gewinnen.

»Langley ist durch und durch der Sportsmann«, rief Melly. Beatrix hatte ihn ganz vergessen. Seltsamerweise hatte sie alle vergessen. »Verwegener Reiter und Meisterschütze. Und um zu gewinnen, macht er sich bei Jackson's auch schon mal frei.«

»Ich wette, dass er das tut«, murmelte Beatrix. Langley täuschte Gleichmut vor, aber Beatrix entdeckte ein leichtes Erröten. Der verruchteste Mann Londons war es gewöhnt, der Jäger zu sein, nicht der Gejagte. Und doch blutete er. Vielleicht war er heute Nacht gejagt worden.

»Ihr habt beide ungewöhnlich viel Glück«, bemerkte Alvaney. »Beim Whist würdet ihr ein tödliches Paar abgeben.«

»Sind Sie ebenso so empört, wie ich es bin, Langley?«, fragte Beatrix. »Das Risiko spielt nur eine beschränkte Rolle im Leben, wenn man genug Erfahrung darin hat, sich seiner Umgebung wahrhaft bewusst zu sein.«

»Selbst bei einem Spiel wie Pharo«, stimmte er zu. Hinter seiner lässigen Fassade hervor betrachtete er sie sehr genau. »Aber vielleicht sollten wir Castlereagh fragen. Er ist der Experte. Schließlich gibt es nichts Riskanteres als die Politik.«

Er hatte beschlossen, die Aufmerksamkeit von sich weg zu lenken. Sie entschied sich dafür, es nicht zuzulassen. Sie beugte sich besorgt vor. »Du meine Güte, Mylord. Ihre Stirn! Hatten Sie einen Unfall?«

Langley täuschte wieder Überraschung vor. Jeden außer

Beatrix hätte er genarrt. Er berührte seine Stirn. »Herrje, das habe ich gar nicht bemerkt.«

Die anderen Gentlemen sammelten sich um ihn. »Bei Gott, Langley, Sie sind ja verletzt!«, rief Melly.

»Ist ein Ehemann hinter Ihnen her?«, schnaubte Alvaney. »Wir werden nicht fragen, wer sie ist.«

Langleys Miene verfinsterte sich, bevor seine Augen wieder ausdruckslos wurden. »Ein paar verdammte Straßenräuber haben mich in der Hay Hill Street überfallen. Ich habe gar nicht bemerkt, dass sie mich verletzt haben, ansonsten hätte ich mich hier niemals in einem solchen Zustand gezeigt.«

»Straßenräuber in Hay Hill?«, fragten die jungen Männer wie aus einem Munde. »Was ist nur aus London geworden? Wo waren die Stadtwachen? Haben Sie den Zwischenfall in der Bow Street gemeldet?«

»Setzen Sie sich, Mann!«, drängte Alvaney ihn und stand auf, um ihm seinen Stuhl anzubieten.

Beatrix gab Langley einen Wink, sich zu setzen. Für einen Moment sah er störrisch aus. Doch dann kamen praktische Erwägungen ins Spiel. Er musste die Verletzung spüren. Sie bemerkte, wie steif er sich setzte. Als er sich bewegte, sah sie eine leichte Ausbuchtung an seiner Schulter. Ahhh. Die blutende Wunde war an seiner Schulter, und sie war verbunden worden. Es war also keine frische Verletzung. Er sah jetzt ganz entschieden blass aus.

»Symington, ein Glas Brandy für Lord Langley?« Aber ihr stets aufmerksamer Majordomus beugte sich bereits mit einem Tablett zu ihm, auf dem eine Flasche Brandy und ein Glas standen.

Southey, der prosaische Hofdichter, drängte sich durch die Menge nach vorn. »Ich kann kaum glauben, dass es Straßenräuber in Hay Hill gibt.« Castlereagh und Chumley beugten sich ebenfalls über Langley. Beatrix hatte die Aufmerksamkeit ihrer Gäste verloren. Sie nutzte die Gelegenheit, um Langley zu beobachten. Er trank den Brandy aus, und die Farbe kehrte in sein Gesicht zurück. Er parierte geschickt die Fragen, die die Männer ihm stellten, er gab Antworten, ohne wirklich zu antworten. Es war, als *wollte* er, dass sie die Straßenräubergeschichte anzweifelten. Einmal bewegte er seine Schulter, und Beatrix sah, wie er vor Schmerz zusammenzuckte. Er war in der Hay Hill Street überfallen worden, aber seine Angreifer hatten ihm die Wunde in der Schulter nicht beigebracht, sondern sie hatte sich während des Kampfes wieder geöffnet, vermutete sie. Und Straßenräuber? Nicht sehr wahrscheinlich. Ah, vielleicht war es dem verruchtesten Mann Londons peinlich, von einfachen Straßenräubern angegriffen worden zu sein, und er wollte, dass seine Zuhörer andere Geschichten ersannen, die seinem Ruf gerechter wurden. Was für eine verschlagene Art, das zu erreichen! Wenn er sie schockieren wollte, warum erzählte er ihnen dann nicht von der blutenden Wunde an seiner Schulter und durch welches Abenteuer es dazu gekommen war? Beatrix' Sinne waren durch den Geruch geschärft. Herrgott, aber unter diesen Umständen würde sie heute Abend schon wieder ihren Hunger sättigen müssen!

Fast ohne dass sie es wollte, erhob sie sich und nahm Symington die Flasche Brandy ab. Der Kreis der jungen Männer teilte sich vor ihr, unbewusst, wie die Menschen es immer taten. Dann stand sie vor Langley. Er schaute zu ihr hoch. Die grünen Augen wirkten erschöpft. Für einen Mann seines Alters hatten sie viel gesehen und waren davon angewidert. Wie alt war er? Noch keine vierzig, schätzte sie. Sie bedeutete ihm mit der Flasche, ihr sein Glas zu reichen, und er hielt es ihr hin. Sie schenkte ihm nach, aber ihr Blick kehrte zu seinem Gesicht zurück. Er besaß Entschlossenheit. Er glaubte, unerbittlich zu sein. Dummer Mann! Unerbittlich war das Voranschreiten der Zeit, die Einsamkeit, die endlose Wiederholung von kleinen und großen Versäumnissen der Menschen, in der Welt, bei ihr selbst. John Staunton, Earl of Langley, war nicht unerbittlich.

Er war ... Ja, was war er?

Alles, was Beatrix wusste, war, dass Langley nicht das war, was er zu sein schien.

John schaute zu Gräfin Lente hoch, als sie ihm einen weiteren Brandy einschenkte. Sie war auf eine Art verwirrend, die absolut unenglisch war. Ihre Haut war fast transparent, wie die Blütenblätter einer Blume, die nur bei Nacht blühte. Ihr Haar war üppig und von einem dunklen Kastanienbraun. Es erinnerte ihn an Felder, die des Nachts brannten. Ihre Gesichtszüge schienen von vergangenen Epochen zu erzählen. Ihre Nase war gerade und nur eine Winzigkeit davon entfernt, markant genannt werden zu müssen. Ihr Mund wirkte großzügig. Die hohen Wangenknochen gaben ihrem Gesicht eine innere Kraft. Er wäre nicht überrascht gewesen, sie in einer römischen Toga oder in einem Kettenhemd zu sehen. Aber vor allem waren es ihre Augen, die ihn fesselten. Er hatte immer eine Schwäche für kornblumenblaue Augen gehabt. Sowohl Cecily als auch Angela hatten blaue Augen gehabt. Braune Augen hatten immer etwas Langweiliges für ihn gehabt, bis jetzt. Lady Lentes Augen waren so dunkel, dass man sie auf die Entfernung für schwarz halten konnte, doch aus der Nähe waren sie bodenlose Seen voller Ausdruck. Ihre Augen sagten, dass diese Frau Geheimnisse kannte, für die Männer töten würden, damit sie sie ihnen verriet.

Einige dieser Männer umstanden ihn. Sie traten zurück, als

sie näher kam, wie Eisenspäne, die von der falschen Seite des Magneten abgestoßen wurden. In der Minute, in der er in dieses Zimmer gekommen war, hatte er ein Summen von Leben gespürt. Jetzt schien es ihm, als gehe es von ihr aus. Man würde immer wissen, wo sie war, einfach weil ihre Präsenz so machtvoll war. Ein unglaublich exquisiter Duft bedrohte seine Sinne – würzig-süß.

Ihr gewagtes Kleid aus erdbeerroter Seide enthüllte eine üppige Figur. Zurzeit waren Pastelltöne in Mode, aber Mode schien unwichtig für eine Frau wie die Gräfin. Gräfin von was?, fragte er sich, während er den Brandy hinunterstürzte. Man erzählte sich, sie komme aus Amsterdam, aber sie sah nicht holländisch aus. Ihr Akzent schien von mehreren Sprachen überdeckt zu sein. Und wo war der Graf? Tot? Hatte es überhaupt jemals einen Grafen gegeben? Eine Frau wie diese konnte ihn ebenso gut ersonnen haben, um sich den Anschein von Respektabilität zu geben und sich die Möglichkeit zu schaffen, sich unabhängig in der Welt zu bewegen.

Die Gerüchte besagten, sie sei die faszinierendste Frau Europas. *Das* allerdings glaubte er nicht unbedingt. Doch er sah in ihren Augen mehr als die habgierige, selbstsüchtige Kurtisane. Er sah, dass sie fast die Hoffnung verloren hatte. Da gab es keine … Erwartungen mehr in ihr. Es war ein seltsames Gefühl, in Augen wie diese zu schauen. Es ließ einen fast schaudern.

»Fühlen Sie sich besser?«, fragte sie mit dieser rauen Altstimme, die eine Leidenschaft verhieß, von der ihre Augen sagten, dass sie sich nicht sicher war, ob es sie noch gab.

»Ja.« Er bemerkte, dass es im Salon still war, dass alle zuhörten. In Wahrheit hämmerte es in seinem Schädel, und seine Schulter durchbohrte ihn mit Schmerz, wann immer er sich bewegte. Er musste von dieser Soiree wegkommen, bevor er sich in die peinliche Lage brachte, mitten im Salon der Gräfin Lente ohnmächtig zu werden. Dennoch konnte sich seine Schwäche zu seinem Vorteil wandeln lassen. »Eine alte Wunde«, murmelte er. Sollten sie doch den Ruf, der ihm vorauseilte, noch weiter ausschmücken. Sie mussten nicht wissen, dass die Verletzung erst neun Tage alt war.

»Langley«, sagte Southey mit Missbilligung, »irgendein Ehemann wird Sie noch mal umbringen.« Southey sah langweilig aus durch diese gewisse Glattheit, die ihm zu eigen war.

»Sie als Poet müssen ja an die Zwangslagen der Liebe glauben«, sagte John gedehnt.

»Das tue ich.« Southey runzelte die Stirn. »Aber nicht an die Art von Liebe, die Sie praktizieren.«

»Und welche Art Liebe ist das?«, unterbrach die Gräfin. Sie ließ sich in unbekümmerter Herausforderung wieder auf dem Sofa nieder und zog die Augenbrauen hoch.

»Die Art, bei der das Herz nicht beteiligt ist«, entgegnete Southey angespannt.

»Ah, Mr. Southey, Sie tun mir unrecht. Mein Herz ist immer beteiligt.«

»Dann kennt Ihr Herz die wahre Liebe nicht.«

John verlor seine gelassene Contenance nicht. »Ihre wahre Liebe, nun, was ist das? Sie werden sagen, sie verwandelt, macht größer.« Er machte eine wegwerfende Handbewegung. »Aber vielleicht erfordert es eine eingeschränkte Sichtweise, um sich so intensiv auf eine Person zu konzentrieren, dass man keine Fehler an ihr sieht. Mein Blick geht mehr in die Breite, Mr. Southey. Vielleicht sehe ich die Liebe wahrhaftiger, als Sie es tun.«

»Sie haben beide recht. Liebe macht blind. Aber dieser Zustand dauert nicht ewig«, stimmte die Gräfin zu. »Das allein bringt einen dazu, wieder und wieder danach zu suchen, nach diesem kurzen Moment der Veränderung – eine Sucht, in der Tat. Sind Sie ein Süchtiger, Langley?«

»Nein.« Er sollte es dabei belassen. Was sollte ihn schon dazu veranlassen können, dies vor dieser armseligen Schar näher auszuführen? »Das würde bedeuten, dass beide an die Macht der Liebe glauben, etwas zu verändern, und an eine Schwäche, die ich nicht akzeptiere. Ich suche das Vergnügen. Nach mehr verlangt mein Herz nicht.« Glaubte er das? Oder war es die Katastrophe, die ihm vor zwanzig Jahren widerfahren war, die ihn so reden ließ? Auf jeden Fall erzeugte diese Antwort das angemessene Aufsehen. Ein Raunen ging durch die Menge.

»Wenn die Rede auf die wahre Liebe kommt, ist es Zeit, den Abend zu beenden«, erklärte die Gräfin und erhob sich. Sie klatschte in die Hände. »Die Kutschen, Gentlemen. Die Dienstboten werden sich um Sie kümmern.«

Es folgte der allgemeine Aufbruch. Offensichtlich waren die Herren an diese Art von kurz angebundenem Platzverweis gewöhnt. Die Gräfin murmelte freundliche Worte über Lippen, die sich zum Abschiedskuss über ihre Hand beugten. Reiche junge Müßiggänger, wichtige Politiker, Künstler, Schreiberlinge, ein Architekt und ein Admiral, alle defilierten vorbei, um ihren Respekt zu bezeugen. Sie waren wie berauscht, obwohl einige es hinter ihrer Höflichkeit verbargen. Auch John erhob sich, um zu gehen.

»Soll ich Sie in meiner Kutsche mitnehmen, Langley?«, fragte Melford. »Sie sehen nicht gerade standfest aus.«

»Lord Langley sollte erst wieder zu Kräften kommen, bevor er geht«, sagte Lady Lente. In ihren Augen lag unmissverständlich eine Absicht. Mit drollig anmutender Intensität fiel Blendon die Kinnlade nach unten.

»Wie Sie wünschen.« John nickte und ließ sie so wissen, dass es ihr Befehl war, dem er gehorchte, nicht seinem eigenen Wunsch. Vielleicht wäre er auch von sich aus geblieben. Die Gräfin würde eine erfahrene Bettgenossin sein. Seinen Ruf würde es gewiss festigen, und ihren auch, was sie vermutlich wusste. Aber in diesen Tagen ließ er sich auf keine Affäre ein, und er wagte es auch nicht, seine Wunde zu enthüllen. Er konnte die gewünschte Wirkung einfach allein dadurch erreichen, dass er noch einen Moment hier verweilte. John schloss kurz die Augen. Was würden diese Burschen denken, wenn sie wüssten, dass es Monate her war, seitdem er mit einer Frau geschlafen hatte? Es wäre kaum ein Pluspunkt für seinen Ruf. In Wahrheit war es für ihn immer schwieriger geworden. Nicht körperlich. Bislang hatte er weder sich noch seine Partnerinnen enttäuscht. Aber er konnte die Zeit vorhersehen, wenn es so sein würde. Es schien eine immer größer werdende Anstrengung für ihn zu sein, sich mit Frauen ... einzulassen, sei es auch nur für ein flüchtiges Intermezzo. Auf dem Kontinent hatte er mit allen geschlafen, auf die er Lust gehabt hatte. Hart, kalt hatte er an den Frauen Rache für Cecily und Angela genommen. Er war nur froh, dass er sich bei diesen sexuellen Freiheiten nicht ein Andenken eingefangen hatte. Aber letztlich war ihm all das öde geworden. Jetzt konnte er für König und Vaterland mit ihnen schlafen, und gelegentlich übermannten ihn seine Bedürfnisse, aber im Grunde genommen fand er daran keinen Geschmack mehr. Er fand an nichts mehr Geschmack.

Er beobachtete, wie die Herren das Haus verließen. Die Gräfin komplimentierte gerade Blendon zur Tür hinaus, als John aufstand. Er hatte sich entschlossen, eine Einladung abzulehnen, für die jeder Mann in London gemordet hätte, dessen war er sich sicher. Er schaffte es vorzutäuschen, dass er fest auf beiden Beinen stand. »Ich muss auch gehen, geschätzte Gastgeberin.«

Ihre fein geschwungenen Augenbrauen zogen sich zusammen. Offensichtlich war sie es nicht gewöhnt, zurückgewiesen zu werden. »Wie Sie wünschen«, sagte sie, und ihre reizende, vibrierende Stimme klang fast ausdruckslos. »Vielleicht werden sich unsere Wege irgendwann wieder kreuzen.«

Er lächelte. »Daran zweifle ich nicht. Sie halten doch jeden Dienstag und Donnerstag Hof.«

»Natürlich nur mit einer Einladung.«

»Dann vielleicht bei anderen Gelegenheiten.« Er würde ihr nicht die Genugtuung verschaffen, ihn verdutzt zu sehen. »Vielleicht auf dem Ball der Herzogin von Bessborough am Sonnabend?« Er bezweifelte, dass die Gräfin eingeladen worden war. Gräfin oder nicht, sie war eine Frau, die außerhalb der Regeln der guten Gesellschaft lebte. Und er wollte sie dafür bestrafen, ihm das Gefühl gegeben zu haben, sich klein zu fühlen.

»Zweifellos«, entgegnete sie glatt. »Oder bei Lady Hertfords Gesellschaft?«

»Ich kann es kaum erwarten.«

Er verbeugte sich kurz und schlenderte in einer gelungenen Imitation von Unbekümmertheit die Treppe hinunter, dorthin, wo die Diener mit seinem Hut und seinem Stock und seinem Mantel warteten.

Was für ein unmöglicher Mann! Jetzt stand sie hier, noch erregt vom Geruch seines Blutes, aber ohne einen Mann, sie zu befriedigen. Er konnte keinen Zweifel an ihrer Absicht gehabt haben. Hatte sie eigentlich je ein Mann zurückgewiesen?

Beatrix lief die Treppe hinauf in ihr Boudoir, wobei sie ihren Schal aus schwarzer Norwich-Seide hinter sich herzog. Vielleicht hatte er Zweifel an seiner Leistungsfähigkeit gehabt, denn er musste gedacht haben, sie wollte eine sexuelle Begegnung. Das musste es sein. Er war durch den Blutverlust und den Überfall geschwächt. Was das anbelangte, hätte sie nicht guten Gewissens Blut von jemandem nehmen können, der durch diesen weiteren Verlust vielleicht ohnmächtig werden konnte. Aber was hatte sie eigentlich von ihm gewollt?

Betty half ihr aus dem Kleid. Beatrix hoffte, das Mädchen würde ihre Verwirrung nicht bemerken. Ungeduldig schickte sie die Zofe aus dem Zimmer und versuchte dann, durch tiefe Atemzüge ihr Blut zu beruhigen. Es rührte sich rebellisch in ihren Adern. Sie atmete noch einmal tief ein. Langsam zog sich derjenige, der das Blut mit ihr teilte, in ihren Adern zurück. Das Rühren wurde weniger heftig. Beatrix seufzte, sie hatte sich wieder unter Kontrolle.

Aber hatte sie wirklich die Kontrolle? Sie fühlte sich selbst einen Abhang hinuntergleiten, auf dem sie sich seit vielen Jahren befand. An dessen Fuß war ein schwarzer See, den sie wiedererkannte, aber nicht verstand ...

Amsterdam, 1088

Die Diener waren fort, das Haus abgeschlossen. In ihrem zerrissenen roten Kleid hetzte Beatrix durch die schmutzigen Gassen und die sich windenden schmalen Straßen. Sie wollte zu ihrer Mutter. Sie wollte zu Marte. Aber sie waren fort. Martes Genick war gebrochen, und ihre Mutter hatte ... sie verlassen. Hatte sie einfach verlassen.

Sie war nicht gut genug gewesen, um geliebt zu werden. Und was würde ihre Mutter jetzt über sie sagen?

Die Nonnen hatten sie zur Näherin ausgebildet und gesagt, dass eine Waise von Glück sagen könnte, eine solche Arbeit zu bekommen. Aber die Frau hatte sie bei Tage losgeschickt, um Besorgungen zu machen, und das Sonnenlicht machte Beatrix mehr und mehr zu schaffen. Ihre Haut brannte, und ihr Kopf schmerzte. Bis sie sich dann eines Morgens geweigert hatte hinauszugehen. Ihre Rebellion hatte eine Tracht Prügel zur Folge gehabt, die vermutlich die erste von vielen sein würde. In jener Nacht war Beatrix in die tröstende Dunkelheit hinausgeschlüpft, um nie mehr zurückzukehren.

Jetzt klaubte sie Abfälle hinter Tavernen zusammen und schlief in einem Mietstall zusammengerollt im Heu bei den Pferden und hatte nur deren Atem, der sie wärmte. Aber ganz egal, wie viel sie aß in diesen Tagen, sie war immer hungrig. War es überhaupt Hunger? Es war eine Art von Kribbeln, von unerfülltem Gefühl, und es wurde stärker.

Heute Abend war es schlimmer als je zuvor. Sie hätte am liebsten geschrien. Einem Straßenverkäufer hatte sie eine ganze Fleischpastete gestohlen und rannte jetzt durch die gewundenen Gassen davon, so schnell sie konnte, um zu den Sümpfen jenseits der Stadtmauern zu gelangen. Als sie allein war, stopfte sie sich große Stücke der Pastete in ihren Mund, bis sie keuchte und würgte.

Aber er hörte nicht auf, dieser quälende, drängende Hunger. Auf allen vieren im Matsch neben der höher gelegenen gepflasterten Straße kauernd, rang sie nach Atem. Wie konnte sie den Schmerz und das Hämmern in ihrem Kopf dazu bringen, zu verschwinden? Sie konnte nicht mehr denken! Der Geruch modriger Verwesung umgab sie. Ein Pferd ging weit entfernt auf der Straße. Gefühle bestürmten Beatrix. Sie wollte zu Marte. Sie wollte …

Sie wollte den Becher mit warmem Blut, den ihre Mutter ihr manchmal zur Schlafenszeit gebracht hatte.

Natürlich! Blut würde den Hunger stillen. Das Klappern der

Pferdehufe klang jetzt näher und lauter. Sie hatte zuvor schon versucht, an ihre Lieblingsnascherei zu kommen. Ihre Herrin hatte nichts im Haus gehabt, aber die Straßenverkäufer auf dem Marktplatz verkauften Blut für Würstchen und Puddings. Beatrix hatte dieses Blut gekostet und irgendwie war es nicht das Gleiche gewesen. Woher sollte sie es bekommen? Mutter …

Schluchzen schüttelte sie, als ihr der Rest der Pastete hochkam und sie sich in den Dreck zwischen den Binsen erbrach. Sie konnte das Pferd atmen hören, als es näher kam, und dann noch das Atmen, das des Reiters, und das Pulsieren von … von Blut. Sie stand auf, das Gewicht ihres durchnässten Wollkleides wirkte irgendwie tröstend. Er war ein großer Mann, und er war prächtig gekleidet. Sie konnte in der Dunkelheit gut sehen. Und er pulsierte von dem, was sie brauchte.

Warum war alles so rot? Brannten sie die Felder ab? Der Rauch ließ den Mond dann manches Mal rot aussehen … Sie stieß den Atem aus. Sie war stark. Und der Mann auf dem Pferd hatte, was sie wollte. Was sie brauchte. Es pulsierte dort in seiner Kehle. Das Pferd befand sich jetzt mit ihr auf einer Höhe. Beatrix schloss den Mund und fühlte einen schmerzhaften Stich in ihrer Lippe. Sie konnte ihr eigenes Blut riechen, das aus der Wunde quoll. Die Röte verstärkte sich, und mit ihr kam die Gewissheit, verbunden mit diesem Geruch.

Sie sprang auf die Straße und riss den Mann aus dem Sattel. Mit einem dumpfen Aufprall schlug er zu Boden. Ein Luftschwall entwich seinen Lungen. Das Pferd wieherte vor Furcht und galoppierte davon. Aber Beatrix hatte nur Augen für das Pochen in der dicken Kehle des Mannes. Sie fiel über ihn her, knurrend, riss an seinem Hals. Er schrie und zappelte, aber der Schrei wurde zu einem gurgelnden Geräusch, und da war es, das Blut, in süßer, kupferfarbener Ekstase quoll es in ihren Mund. Sie saugte an dem zerrissenen Fleisch und fühlte sich …

lebendig. Ihr quälender Schmerz verschwand. Das Blut des Mannes hörte auf zu sprudeln.

Sie erhob sich von dem Wrack, das einst ein Mann gewesen war. Verschwommen war sie sich bewusst, dass seine Kehle zerfetzt war und dass sie es getan hatte. Seine Augen trübten sich und sein Zucken hörte auf. Wenn jemand ihn fand, würde man sagen, er sei von einem Tier getötet worden, oder von einem Ungeheuer. Ihre Mutter hatte gesagt, sie sei anders. Jetzt wusste sie, warum. Kein Wunder, dass ihre Mutter sie verlassen hatte.

Beatrix wandte das Gesicht zum Mond empor, der so kalt war, verlässlich, mit einem vorhersagbaren Zyklus, wenn man erst sein Geheimnis kannte. Heute Nacht hatte sie das Geheimnis des Hungers entdeckt. Und sie fühlte sich stark. Wie ein starkes Ungeheuer.

Beatrix strich sich über die Augen und massierte sich die Schläfen, als könnte sie so die Erinnerungen vertreiben. *Hättest du mir nicht sagen können, was ich war, Mutter? Hättest du mir nicht zeigen können, dass ich nicht so sein musste, dass ich ihnen nicht die Kehle zerfetzen und sie töten musste? Ich habe gedacht, ich bin böse.*

Es war Stephan, der ihr von dem Gefährten in ihrem Blut erzählt hatte, der sie zu dem machte, was sie war. Ihre Mutter hatte sich dazu herbeigelassen, ihr während der Kindheit von Zeit zu Zeit menschliches Blut zu trinken zu geben, um den Gefährten ruhig zu halten. Aber als der Gefährte während Beatrix' Pubertät begonnen hatte, sich und seine Macht zu zeigen, hatte ihre Mutter sie verlassen, weil sie sich nicht die Rolle als Mentor hatte aufbürden wollen. Diese Aufgabe war Stephan zugefallen und, schlimmer noch, Asharti. Aber sie wollte nicht daran denken oder an das, was danach geschehen war.

Diese verdammten Erinnerungen! Sie hatte all das vor Hunderten von Jahren verdrängt. Sie war über den Schmerz hinaus, und sie mied das Böse in diesen Tagen. Was bedeutete es, dass die Erinnerungen jetzt so beharrlich zurückkamen? Was immer es heißen mochte, es konnte nichts Gutes sein.

Sie wandte sich dem riesengroßen Bett zu. Heute Nacht würde sie nicht einmal die Ablenkung haben, den Hunger ihres Gefährten zu sättigen. Sie legte ihren Schlafrock ab. Es war Langleys Schuld. Nach Blendon hätte sie eine ganze Woche oder länger kein Blut gebraucht. Aber der Geruch von Langleys Blut hatte ein Rühren von Leben durch ihre Adern gesandt. Der Gefährte sehnte sich mit einer Macht nach dem Leben, der zu widerstehen fast unmöglich war. Der Rausch von Leben, wenn sie ihn sättigte, war ein Weg, wie sie den Wahnsinn abwehren konnte. Aber er brachte sie auch einem Kontrollverlust am nächsten. Es war ein schmaler Grat. Aber sie hatte die Kontrolle nicht verloren. Nicht bei Blendon.

Beatrix streifte ihr Hemd ab, griff nach dem Seidenkleid aus ihrem Ankleidezimmer und zog es sich über den Kopf. Warum dann hatte allein der Geruch von Blut diese pochende Leidenschaft in ihr ausgelöst? Sie zog die Nadeln aus ihrem hochgesteckten Haar und ließ die kastanienbraune Flut über ihren Rücken wallen. Langley. Irgendetwas an Langley selbst war es gewesen. Sie suchte in ihrer Erinnerung an diesen Abend. Er sah gut aus, war gut gebaut, aber das waren tausend andere Männer auch. Sie war unempfänglich für die körperlichen Reize von Männern. Ein schwer definierbarer Ausdruck um seinen Mund und seine Augen sagte, dass er nicht so hart war, wie er vorgab. Er verbarg etwas; seine Verletzung, sicherlich, aber da war noch mehr. Das war es! Als Meisterin im Verbergen erkannte Beatrix Geheimhaltung, selbst wenn diese als Geringschätzung getarnt daherkam. Was außer einer Verletzung verbarg er noch?

Sie wollte mehr über Langley wissen.

Während sie die schweren Vorhänge sorgsam vor die Fenster zog, kam ihr in den Sinn, dass sie Langley wirklich nicht für den Salon am Dienstag einladen konnte, nachdem sie ihn so offen brüskiert hatte. Natürlich hatte er sie als Reaktion darauf ebenfalls brüskiert, indem er davon ausgegangen war, dass sie keine Einladung für den Ball der Herzogin von Bessborough am Sonnabend bekommen hatte. Was bedeutete, dass er vermutlich dort sein würde. Beatrix stieg in das große Bett und schlüpfte unter die Decke. Sie hatte keine Einladung, natürlich nicht. Aber das ließ sich ändern.

In der Wohnung Nummer sechs in Albany House öffnete Withering die Tür. Ganz offensichtlich hatte er Johns Anweisung missachtet, nicht auf ihn zu warten. Jetzt warf er nur einen Blick auf seinen Herrn und ergriff seinen Arm.

»Benehmen Sie sich nicht wie ein altes Weib, Withering«, protestierte John. »Straßenräuber, das ist alles.«

»Ihre Wunde blutet wieder, Mylord, nicht wahr?« Der Mann war in den Fünfzigern, seine Mundwinkel waren beständig heruntergezogen, und seine Kleidung war schlicht und untadelig. Er ging mit John durch dick und dünn. »Falls Sie sich erinnern, Mylord, ich habe Sie darauf hingewiesen, dass dies durchaus im Bereich des Möglichen liegt, da Sie darauf beharrten, heute Abend auszugehen.«

»Ich erkenne Ihre moralische Überlegenheit rückhaltlos an«, murrte John, während Withering ihn entschlossen ins Schlafzimmer führte. Das Zimmer schwankte unheilvoll.

Offenbar erkannte Withering, dass der Sieg über einen Gegner, der nahe davor war, in Ohnmacht zu fallen, ein zu leichter war, und so lenkte er ein. »Lassen Sie uns nach der Wunde sehen, Mylord.«

Nachdem sie ihn unter Schmerzen aus seinem Mantel geschält hatten, legte sich John aufs Bett und gab sich Witherings Fürsorge anheim. Um Witherings Prophezeiungen einer bleibenden Invalidität auszublenden, ließ John seine Gedanken zur Gräfin zurückschweifen. Er konnte verstehen, warum London ihr hörig war. Sie war natürlich wunderschön, aber London hatte Frauen, die es an Schönheit mit ihr aufnehmen konnten. Nein, da war etwas an ihr ... eine Abgeklärtheit, der subtile Anschein, alles schon gesehen zu haben und um die Gefahr zu wissen, die darin lag. Es schüttelte ihn. Natürlich hatte eine Kurtisane alles gesehen. Aber da war noch mehr. Sie balancierte an einem Abgrund, und die Stadt sah mit angehaltenem Atem zu.

Er grunzte vor Schmerz, als Withering einen neuen Verband um seine Schulter anlegte.

»Sie sollten den Doktor holen lassen, Mylord.« Das war ein vertrauter Spruch seines Kammerdieners.

»Ich kann mir kein Gerede leisten.« Oder zumindest nicht noch mehr Gerede, als sein Ruf bereits hergab. Sollte die gute Gesellschaft doch schlecht von ihm denken. Sollten Mütter und deren Töchter die Straßenseite wechseln, wenn er ihnen entgegenkam. Aber von seinem Doppelleben mussten sie nichts wissen. Nur Withering wusste von Johns anderer Profession, abgesehen natürlich von Barlow und ein oder zwei anderen in der Regierung. Natürlich wusste sein Kammerdiener niemals Einzelheiten von Johns Missionen oder irgendetwas über Barlow. Dennoch war es fast ein Trost, eine Person außer Barlow zu haben, bei der es nicht nötig war zu heucheln. John war kein Narr. Barlow sorgte sich einzig um seine Einsatzfähigkeit. John war nützlich, er war der beste Geheimagent, den England gegen Napoleon hatte, in einem Krieg, der erschreckend einseitig geworden war. Wenn Barlow ihm befahl, herauszufinden, was in Frankreich vor sich ging, dann tat John das.

Etwas ging vor sich, das war sicher. Vier tote britische Agenten, und alle waren auf die gleiche grausame und unerklärliche Weise gestorben. Barlow hatte Johns Bericht kaum geglaubt, demzufolge die Opfer völlig blutleer gewesen waren. Der französische Geheimdienst agierte in letzter Zeit äußerst erfolgreich. Gerüchte besagten, es gäbe einen neuen Leiter an dessen Spitze. Aber er und Barlow würden diesen Abscheulichkeiten ein Ende setzen. John biss die Zähne zusammen.

Das war es! Das war es, was so faszinierend an der Gräfin war! Sie hatte Geheimnisse, genau wie er, und er würde wetten, dass sie beide sich in nichts nachstanden. Withering wollte ihm etwas Laudanum geben, aber John schüttelte den Kopf. Er wollte bei klarem Verstand sein. Verstand. Welcher Verstand? Hier lag er und sehnte sich nach einer Frau, die wie alle anderen Frauen war, die er in seinem Leben gekannt hatte, ohne jede Spur von Tugend und ohne Ehre …

Das Geheimnis, das ihn am meisten störte, war jedoch, dass er die Gräfin wiedersehen wollte.

Kapitel 3

Witherings düstere Prognosen mochten sich nicht bestätigt haben, dennoch fühlte John sich auch am Freitag noch immer nicht besser. Er blieb den größten Teil des Tages in seinem Schlafrock, und obwohl er das Angebot seines Kammerdieners ablehnte, einen Arzt zu holen, fügte er sich doch widerspruchslos Witherings Fürsorge und trank die vertraute Mixtur aus rohen Eiern und Pfeffer, ohne zu klagen. Er wollte eben Witherings Ansinnen zustimmen, ein frühes Abendessen zu besorgen, um in seinen Räumlichkeiten zu essen, als vom Portier eine Nachricht heraufgeschickt wurde.

Auf dem Schreiben prangte Barlows Siegel. »Das ist alles, Withering«, sagte John, während er den Umschlag aufriss. Er überflog die einzige Zeile, die die Nachricht umfasste. »Abendessen in Brooks' oberen Räumen. Neun Uhr. Barlow.«

»Withering«, rief John. »Ich werde bei Brooks essen. Legen Sie einige Halsbinden heraus.« Hatte Barlow die Identität der Spinne im Zentrum des neuen französischen Geheimdienstnetzes bereits gelüftet?

»Ja, Mylord«, sagte Withering seufzend.

Genau genommen fühlte es sich gut an, in die frische Märzluft hinauszutreten, dachte John, während er die Duke Street hinunterging. Zu Brooks, wo Barlow ein kleines privates Esszimmer hatte reservieren lassen, war es nicht weit. Bei Dover-Seezunge und Rehrücken und Wintergemüse als Beilage sprachen sie über belanglose Dinge. Barlow war ein alter Mann mit buschigen Augenbrauen, die wie Raupen über seine Stirn krochen. Er war krank gewesen, als John das letzte Mal nach Frankreich aufgebrochen war, so krank, dass John gezögert hatte abzureisen. Aber heute Abend sah Barlow wie das blühende Leben aus. Selbst sein normalerweise von der Gicht schmerzende Fuß schien ihn in Ruhe zu lassen. John fragte sich, ob er Barlow von den Straßenräubern berichten sollte, die vielleicht keine Straßenräuber gewesen waren. Aber er war sich nicht sicher. Während das Trifle serviert wurde, erwähnte John einen heißen Tipp für das Frühlingsrennen in Newmarket. »Turvey hat seine alten Pferde auf die Weide geschickt«, sagte er, während der Kellner eine Flasche Brandy, ein Tablett mit Käse und eine Kiste mit Zigarren auf dem Tisch abstellte. »Und er hat eine neue Trainingsmethode. Sie sollten seine Pferde einmal laufen sehen.«

Die Tür schloss sich leise hinter dem Ober. Beide Männer zündeten sich eine Zigarre an. Der Rauch vermischte sich mit dem Duft des Lavendelwassers, das Barlow trug – eine Spur zu stark für Johns Geschmack. Er zog an seiner Zigarre, lehnte sich zurück und sah zu, wie Barlow den Rauch ausstieß und die bernsteinfarbene Flüssigkeit in seinem Glas aus geschliffenem Kristall schwenkte. »Sie haben mich gewiss nicht zum Dinner eingeladen, weil Sie sich das Vergnügen gönnen wollten, mich rauchen zu sehen.«

Barlow schaute auf, seine alten Augen blickten scharf. »Wir könnten einen Weg zu der Information aufgetan haben, die wir brauchen«, sagte er langsam. »Aber es gibt dabei ein kleines Problem.«

Wusste er bereits, wer der neue Kopf des französischen Geheimdienstnetzes war? Barlow war in der Tat erstaunlich. John lachte leise. »Nichts, womit Sie nicht fertig würden.«

»Seien Sie sich da nicht so sicher, junger Mann«, schnaubte Barlow. »Nicht, bevor Sie die Situation kennen.«

John fühlte sich nicht gekränkt. Die Lage musste in der Tat diffizil sein, wenn sie Barlow so reizbar machte.

»Ein französischer Agent, der mit den höchsten Kreisen des französischen Geheimdienstes vertraut ist, war an Bord einer Fregatte, die die Blockade bei Brest durchbrochen hat«, sagte Barlow. »Er war unter den Passagieren, die in Spanien von Bord gingen, um nach Gibraltar weiterzureisen.«

»Das klingt vielversprechend. Ich bin sicher, unsere kühnen Landsmänner in der Navy haben ihn sich geschnappt.«

Barlows üppige Augenbrauen schnellten nach unten. »Sein Name ist Dupré.«

»Ihre Vernehmungsbeamten sind sehr gut darin, Franzosen zum Parlieren zu bringen.« John nahm einen Schluck Brandy und beobachtete Barlow. Der alte Mann war wirklich recht aufgebracht.

»Wenn man einen Mann auf die harte Tour befragt, bekommt man falsche Antworten. Das bringt nichts.«

John wollte nicht über Barlows Definition von »harter Tour« nachdenken. Das war Teil des Geschäfts. Dieser bedauernswerte französische Bursche würde wie ein Kanarienvogel singen und alles und jeden beim Namen nennen. John zog an seiner Zigarre und schaute zu, wie der Rauch zur Decke emporstieg. »Sie wollen, dass ich sein Vertrauen gewinne und ihm seine Geheimnisse entlocke.«

Barlow nickte. »Sie werden die Rolle eines Mitgefangenen spielen. Ihr Französisch ist perfekt.«

Johns Gedanken eilten voraus. »Es darf kein Ort sein, an dem die Gefangenen in Einzelzellen untergebracht sind. Es würde zu lange dauern, ihm näher zu kommen. Wie wäre es mit einem Gefängnisschiff im Hafen von Portsmouth?«

Barlow beugte sich eifrig vor. »Ausgezeichnete Idee! Sie werden zusammen untergebracht, unter mäßiger Bewachung. Es wird leicht sein, ihn dazu zu bringen, Ihnen zu vertrauen ...«

»Falls ich herausfinden kann, was Sie wissen wollen, müssen

Sie den Kerl nicht mehr befragen. Das würde nur offenbaren, dass es ein Leck gegeben hat, und das wäre der Geheimhaltung unserer Bemühungen abträglich.«

Barlows Lächeln war das eines Raubtiers, das über seiner Beute kauerte. »Genau.«

»Wo ist dieser Dupré jetzt?«

»Irgendwo auf dem Atlantik zurück nach England unterwegs. Ich habe diese Information von einem Schiff der Navy. Die Fregatte wird eine Woche später als geplant eintreffen. Eine Woche, um die Gefangenen auf dem Gefängnisschiff unterzubringen ... Rechnen Sie damit, in zwei Wochen von mir zu hören.«

John trank den Rest seines Brandys und drückte die Zigarre aus. »Ich werde bereit sein. Portsmouth im April. Das klingt ganz nach ein wenig Urlaub.«

Barlow starrte ihn über die Spitze seiner Zigarre hinweg an. Er hatte noch etwas zu sagen. John blieb sitzen, ein Bein lang ausgestreckt. »Ich glaube nicht, dass wir je einen Mann im Einsatz hatten, der so viel über die Gesamtsituation und die Einsatzorte verschiedener Agenten wusste wie Sie.«

John machte ein ausdrucksloses Gesicht. »Ihre Agenten halten wohl normalerweise nicht lange genug durch.«

Barlow nickte nachdenklich. »Sie sind ein kostbares Gut für uns. Vielleicht sollten wir nicht Sie schicken, um an diese spezielle Information zu kommen.«

John hielt den Atem an. »Sie denken also, ich könnte entweder zum Doppelagenten werden oder unter der Folter zu viel verraten.« Für dieses Problem gab es für Barlow zwei Lösungen. Er konnte John von der Aufgabe abziehen oder ihn töten. John gefiel keine der beiden Möglichkeiten.

Barlows alte Augen hoben sich von der Spitze seiner Zigarre zu Johns Gesicht. »Es ist ein Risiko.«

»Ich kann Schmerzen recht gut aushalten.« Er würde die unausgesprochene Frage, ob er ein Verräter war, nicht beantworten.

»Alle Männer knicken irgendwann ein, Junge.«

»Aber Sie haben keinen besseren. Also werden wir uns diese Unterhaltung aufsparen, bis wir den Kopf des französischen Netzes gefunden haben.« John schlenderte zur Tür. »Ich warte darauf, von Ihnen zu hören.«

»Das werden Sie«, murmelte Barlow, nachdem sich die Tür hinter John geschlossen hatte.

John ging die Hintertreppe des Clubs hinunter. Er war froh, dass er Barlow nichts von den Straßenräubern gesagt hatte. Das hätte ihm nur einen weiteren Vorwand geliefert, jemanden zu schicken, der nicht so fähig war wie John. Die Wahrheit war, dass er sich nur mit dem Adrenalin lebendig fühlte, das bei einem Auftrag durch seine Adern schoss.

Seine Gedanken gingen zehn, zwölf Jahre zurück. Wann war er zu dem geworden, der er war? Nachdem er sich lange Zeit auf dem Kontinent herumgetrieben hatte, immer auf der Flucht vor dem Spott der Welt und vor Angela, war ihm das Leben irgendwann leer vorgekommen. Eines Tages dann, während er in Wien einen Erzherzog unter den Tisch getrunken hatte, war er in den Besitz einiger sehr interessanter Informationen gelangt. Als er am darauffolgenden Nachmittag aufgewacht war, hatte er begriffen, dass diese Informationen seinem Land nutzen konnten. John verzog das Gesicht. Langley, der freiwillige Spion. Er hatte geschworen, sein Leben damit hinzubringen, sein Land zu lieben, wenn er sich schon nicht dazu überwinden konnte, Frauen zu lieben. Schlimm, wie romantisch er gewesen war, selbst noch mit wie vielen Jahren? Siebenundzwanzig? Er hatte gedacht, Sex mit Frauen zu haben, anstatt sie zu lieben, hätte ihn gefühlskalt gemacht. Was hatte er denn schon gewusst, damals? Das war vor dem Töten gewesen, bevor er erkannt hatte, dass er ein verzichtbares Gut für seine Regierung war, bevor er gewusst hatte, was es mit einem machen konnte, wenn man sich mit menschlichem Abschaum abgab.

Er fragte sich, was er tun würde, würde Barlow ihn je abziehen. Er konnte sich nicht vorstellen, wie öde das Leben sein würde, ohne dass es diesen kleinen Sinn hatte. *Falls* Barlow ihn am Leben ließ …

Beatrix fuhr vor der beeindruckenden Fassade von Bessborough House vor, begleitet von Frederick Ponsonby, einem jungen Colonel des 12. Leichten Dragonerregiments, der zufällig auch der Sohn des Duke und der Duchess of Bessborough war. Der Freitag war für Beatrix absolut interessant gewesen. Nur eine Nacht hatte sie Zeit gehabt, um eine Einladung zu einer exklusiven Gesellschaft zu bekommen, deren Gastgeberin berüchtigt wählerisch war, was ihre Gäste betraf. Beatrix glückte es letztlich immer, in die höhere Gesellschaft vorzudringen, aber die Herzogin und ihresgleichen waren die letzte Bastion, die noch hatte fallen müssen. Eine Herausforderung. Genau genommen hatte ihre Konzentration auf Langleys Herausforderung sogar ihre Erinnerungen für fast zwei Tage in Schranken gehalten.

Das einzige wirkliche Risiko war der Zeitfaktor gewesen. Beatrix war in der Abenddämmerung aufgestanden und hatte nach ihrer Zofe geschickt. Betty musste kaum gedrängt werden, ihr mehr Informationen über die Herzogin zu geben, als Beatrix sich je hatte wünschen können. Als Beatrix erfuhr, dass die Duchess einen noch sehr jungen, wenn auch schon sehr tapferen Sohn hatte, war der Plan schnell geschmiedet. Eine an ihn persönlich gerichtete Nachricht in seine Räume, ein Abend voll der Aufmerksamkeit, die ausschließlich ihm galt; so einfach war es gewesen. Männern gefiel es, wenn man ihnen huldigte. Dann die geseufzte Enthüllung, dass sie leider nicht auf der Gesellschaft am kommenden Abend dabei sein würde, und ... die Einladungskarte war um zehn Uhr am Sonnabendvormittag gekommen.

Eine Kurtisane in einer solchen Situation hatte zwei Möglichkeiten. Sie konnte versuchen, sich in die Masse einzufügen und dabei demütiger und *angenehmer* als jeder andere aufzutreten. Oder sie konnte sich dafür entscheiden aufzufallen und all jenen ein Dorn im Auge zu sein, die der Meinung waren, sie sollte nicht anwesend sein. Beatrix entschied sich stets fürs Auffallen.

Als sie jetzt die Treppe zum großen Säulenvorbau von Bessborough House hinaufging, war sie die Ruhe in Person. Ihr Zobelumhang und der Muff schützten sie vor dem rauen Märzwind. Das Kleid darunter war aus schwerem, dunkelrotem Satin und es würde, das wusste Beatrix schon jetzt, den Neid jeder Frau im Raum wecken, ganz egal wie abfällig sie darüber tuscheln würden, dass die Farbe zu dunkel war, um modisch zu sein. Sie machte sich nichts aus den winzigen Puffärmeln, die in Mode waren, deshalb trug sie die Ärmel bis zu den Ellbogen. Die Schneiderin hatte sie am Saum je mit einem Schlitz versehen, aus dem, der Mode des sechzehnten Jahrhunderts entlehnt, cremefarbene Spitze hervorlugte. An dem eckigen Dekolleté, das Gefahr lief, jeden Moment gesprengt zu werden, wiederholten sich sowohl die Spitze als auch die Schlitze. Dazu trug sie Granatsteine, rostrot und verteilt in einem Nest aus Gold um den Hals sowie auf den Nadeln, die in ihrem Haar funkelten, und an ihren Ohren.

Sie ließ sich vom Diener den Umhang abnehmen. *Er* war

vielleicht nicht hier, sollte er sich von seiner Verletzung noch nicht erholt haben. Ein nagender Wurm der Enttäuschung fraß sich durch Beatrix, doch sie verdrängte ihn. Sie war hier, weil es sie amüsierte, seine Herausforderung anzunehmen. Sollte er sie zufällig sehen, so würde er vielleicht noch nachträglich die Gelegenheit zu schätzen wissen, die er vorgestern zurückgewiesen hatte; aber das war ihr gleichgültig. Natürlich konnte sie ihm nicht wirklich seine Ablehnung vorhalten, wenn er sich zu schwach gefühlt hatte, seinen Teil zu tun. Bedeutete das, sie würde ihm eine zweite Chance geben? Sie und Ponsonby stiegen die Treppe hinauf.

»Beatrix Lisse, Gräfin von Lente.« Ponsonby stellte sie seinen Eltern genau in dem Durchgang zu dem großen, in der ersten Etage gelegenen Ballsaal vor. Beatrix spürte die Verachtung der Herzogin deutlich. Aber sie war schon von bedeutenderen Frauen als der Herzogin verachtet worden. Sie lächelte der Frau zu, die einmal sehr schön und eine intime Freundin des Prinzregenten gewesen war. Sie ließ ihren Blick über deren Kleid aus apfelgrüner Seide und den Turban mit der Feder gleiten. Sie neigte den Kopf zu einem Nicken, gerade ausgeprägt genug, um nicht unhöflich zu sein, aber doch keinesfalls unterwürfig.

»Lady Bessborough«, murmelte sie. »Vielen Dank für die Einladung.«

Die Herzogin sah verwirrt aus. Beatrix konnte spüren, dass Ponsonby errötete. Natürlich hatte seine Mutter nichts davon gewusst. »Viel Vergnügen«, sagte Lady Bessborough und verzog den Mund missbilligend.

»Dank Ihres liebenswürdigen Sohnes werde ich dieses Vergnügen gewiss haben«, murmelte Beatrix und ging weiter. Sollte die gute Herzogin eine Weile darüber zu grübeln haben. Von der Tür aus ließ sie den Blick über die Menge schweifen, während Ponsonby sich bei seiner Mutter unter Stammeleien entschuldigte. Sie entdeckte die hochgewachsene Gestalt nicht, nach der sie suchte.

Doch halt! Dort war er. Er stand abseits in einer Ecke und beobachtete die Gäste, obwohl die meisten Anwesenden im tanzfähigen Alter sich in der Mitte des Saales drehten. Seine Augen waren genauso zynisch und grün, wie sie sie in Erinnerung hatte. Sie sah, dass er ohne große Erwartung zum Eingang schaute, ganz so, als hätte er schon den ganzen Abend dorthin geschaut. Voller Genugtuung sah sie, dass sein Blick erkennend auf ihr verweilte. Sie erwiderte den Blick unerschrocken. Touché. Sie war hier.

Ponsonby trat an ihre Seite und folgte ihrem Blick. »Langley«, rief der junge Colonel und hob die Hand. Er wandte sich aufgeregt an Beatrix. »Ich habe gesehen, wie er Hackfleisch aus drei Schlägertypen gemacht hat. Donnerstagabend in der Hay Hill Street. Mutig. Wollen wir uns nach seinem Befinden erkundigen?«

»Natürlich«, murmelte Beatrix. »Ich bin sehr interessiert an seinem Befinden.«

Ponsonby führte sie durch den Saal zu Langley. »Langley, hören Sie, haben Sie Ihr Martyrium überlebt? Ich wette, Ihnen hat ganz schön der Schädel gebrummt!«

»Nicht der Rede wert.« Er verbeugte sich. »Lady Lente.« Seine Stirn wies eine bunt gefärbte Beule unter der lässigen Haarlocke auf.

»Überrascht, mich zu sehen?«, fragte sie und zog eine Augenbraue hoch.

»Ganz und gar nicht.« Er sah ernst aus. »Ich habe Sie zu dieser Stunde erwartet.«

Aber am Donnerstag noch hatte er gedacht, sie hätte keine Einladung erhalten. Plötzlich wurde ihr bewusst, dass sie sich ins Hintertreffen gebracht hatte, falls er erfuhr, dass sie versucht hatte, eine Einladung zu bekommen, um seine Herausforderung zu parieren. Es war zum Verrücktwerden, dass sie so durchschaubar war!

»Hören Sie, Langley, woher kennen Sie die Gräfin? Sie waren doch einen Monat lang nicht in der Stadt!« Ponsonby sah von einem zum anderen. »Berkeley Square … Sie wollen doch nicht sagen, Sie waren auf dem Weg zu … als Sie –«

»Ganz recht, ich wurde an dem Abend bei der Gräfin erwartet«, bestätigte Langley.

»Genau genommen wurde er am Dienstag erwartet und kam zwei Tage zu spät«, stellte Beatrix richtig.

»Ich habe Himmel und Hölle in Bewegung gesetzt, um die Verabredung einzuhalten.« Lachten seine Augen sie etwa aus?

»Nein. Nach Ponsonbys Schilderung haben Sie lediglich drei Strolche in die Flucht geschlagen.«

Langleys Blick glitt lässig zu dem jüngeren Mann. »Sie sind also Bessboroughs Sohn.«

Ponsonby schlug die Hacken zusammen und verbeugte sich. »Zu Ihren Diensten.«

»Ich höre, die 12. Leichten könnten in Kürze nach Spanien aufbrechen.«

»Ich habe noch nichts von einem solchen Befehl gehört«, sagte Ponsonby überrascht. »Nicht, dass ich nicht darauf brennen würde, dass endlich etwas passiert. Unsere Jungs sind ganz wild darauf, sich unter Wellington ins Getümmel zu stürzen.«

»Er scheint vielversprechend zu sein als General«, stimmte Langley ihm zu. »Auch wenn das niemanden in der Regierung recht zu interessieren scheint. Sie halten ihn knapp mit Geld und Ausrüstung, und er bekommt nur halb so viele Männer, wie er braucht.

»Nicht jeder versteht die Rolle, die die spanische Halbinsel in der Gesamtstrategie dieses Krieges spielt«, erklärte Ponsonby. »Wenn wir Europa nicht zeigen, dass Napoleon nicht unbesiegbar ist, werden Aufstände den Kontinent überziehen wie Maiblumen, und die Allianz mit Russland wird sicherlich zerbrechen.«

»Aber wenn die Marionettenregierungen fort sind, wer wird sie ersetzen? Schwache Regierungen im Exil oder unglückselige Koalitionen …« Langley schüttelte den Kopf und setzte an, um weiterzusprechen.

Da klatschte Beatrix in die Hände. »Keine Politik.« Sie erntete verdutzte Blicke. »Politik langweilt mich.«

»Und was wäre das Maß für den Wert eines Themas?«, sagte Langley gedehnt, während er sich fasste.

»Höflichkeit sollte größer als der Wunsch sein, Ihre Begleiter zu langweilen«, gab Beatrix zurück.

»Vielleicht«, sagte Langley zu Ponsonby, »wird das Wetter morgen gut. Rechnen Sie mit Wind?«

Ponsonby schaute Beatrix nervös an.

»Ich erwarte Sturm, falls die heutige Nacht als Vorbote zu betrachten ist«, stellte Beatrix trocken fest. Das Orchester stimmte gerade einen Walzer an. Sie konnte spüren, wie Ponsonby sich sammelte. Sie ergriff die Initiative und wandte sich an Langley. »Hat Ihre Schulter sich genügend erholt für einen Walzer?«

Sie sah mit Genugtuung, dass sie ihn verwirrt hatte – wenn nicht dadurch, ihn dreist zum Tanzen aufgefordert zu haben, so doch durch die Tatsache, dass sie seine geheime Verletzung erwähnt hatte und er nicht wusste, wie sie davon erfahren hatte.

»Für einen Walzer bin ich immer zu haben.« Er reichte ihr seinen gesunden rechten Arm, während Ponsonby mit offenem Mund zusah.

Beatrix legte die Hand auf seinen Unterarm. Der Stoff eines Hemdes, ihr Handschuh und sein Rock lagen zwischen ihnen. Dennoch war ihr, als könnte sie seine Kraft spüren, die Wärme seiner Haut, seine Körperlichkeit, und alles nur, weil Unterarm auf Unterarm lag. Du lieber Gott, er fühlte sich so männlich an!

Langley führte sie zur Tanzfläche. Sie überließen Ponsonby sich selbst. Langley nickte, und Amüsement lauerte in seinen grünen Augen, als er die rechte Hand um ihre Taille legte. Entschlossen winkelte er den linken Arm korrekt ab, obwohl Beatrix das Nagen des Schmerzes bemerkte, das er sorgsam zu verbergen suchte. Beatrix starrte hinauf in seine Augen, als sie ihre linke Hand auf seine gesunde Schulter legte. Paare wirbelten um sie herum, während sie so dastanden, ein stiller Mittelpunkt in all der Musik. Fast lässig legte sie ihre rechte Hand in seine Linke. Er hielt ihren Blick fest, als er zu tanzen begann. Seine Haltung war aufrecht, aber nicht steif, war so anmutig, wie sie es im Voraus gewusst hatte. Was am Walzertanzen gefiel ihr eigentlich? War es, dass die Schritte nicht so festgelegt waren wie bei den Kontratänzen? Man musste sie fühlen. Und wenn man eine Frau war, musste man folgen. Vielleicht war es das, was sie faszinierte. Wann sonst überließ sie sich der Führung eines anderen?

Aber hier, herumwirbelnd im Tanz, folgte sie ihm, schwebte sie auf der Musik. Er war ein guter Tänzer, aber das hatte sie gewusst. Er hielt sie enger, als üblich war, aber es war ihr nicht unangenehm. Sie spürte, wie die Musik sie davontrug, während seine Hände auf ihrem Körper ruhten, intimer, als es in der Öffentlichkeit zulässig war. Sie konnte ihn riechen, diesen sauberen, männlichen Geruch. Er trug keinen anderen Duft als den der Seife, die er zum Waschen und Rasieren benutzt hatte. Seine Wunde heilte wieder. Kein Geruch mehr von Blut, Gott sei Dank. Es wäre viel zu viel für sie gewesen, so nah, wie sie ihm jetzt war. Sie schloss die Augen und spürte seinen Körper, der sie führte. Sie glitten zwischen den anderen Paaren hindurch, und sie überließ sich ihm und vergaß all ihre Kümmernisse. Der Raum drehte sich. Die anderen Paare trieben davon, bis es schien, als ob der Saal und die Musik ihnen allein gehörten.

»Können wir denn nicht einmal über das Wetter sprechen?«, sagte er leise und brachte sie wieder zu sich.

»Hier drinnen gibt es kein Wetter.« Beatrix versuchte, zu atmen.

»Nein«, pflichtete er ihr bei und hielt sie noch ein klein wenig fester. »Vielleicht sollte ich es mit Galanterie versuchen. Ich bewundere Ihren Duft. Nach Gewürzen. Er ist exotisch.«

»Zimt«, sagte sie. »Und grauer Amber.« Nun, damit hatte sie ihm ein Geheimnis anvertraut. Warum? Ein Gefühl von Beklemmung packte sie. Was dachte sie sich nur? Sie gehörten praktisch verschiedenen Arten an. Der Gefährte veränderte alles. Sie unterdrückte eine halb aufsteigende Sehnsucht und schaute zu ihm hoch. Sein Zweck war es, die Dunkelheit von ihr fernzuhalten. Das war genug.

»Ich mag ihn«, murmelte er. Die Musik klang noch einmal auf, bevor sie verstummte. Er hielt Beatrix einen Moment länger fest, obwohl er den linken Arm senkte, um seine Schulter zu entlasten.

Seine Berührung sagte ihr, dass sie ihn am Haken hatte. Gut. Als er den Arm sinken ließ, der ihre Taille umspannt gehalten hatte, sich ihr zuwandte, ihre Hand nahm und sie auf seinen Arm legte, wusste Beatrix, dass er fasziniert von ihr war. Seine Zurückweisung vor zwei Tagen war nur seiner Verletzung geschuldet gewesen.

Sie gingen zu den hohen Glastüren, die offen standen, um frische Luft in den Saal zu lassen. Sie fühlte sich erhitzt. Ponsonby war nirgendwo zu sehen. Beatrix vergaß ihn ohne einen weiteren Gedanken.

»Keine Gefahren auf dem Weg hierher heute Abend?«, fragte sie.

»Ponsonby tut so, als wären diese Straßenräuber leibhaftige Drachen gewesen. Glauben Sie mir, sie waren es nicht.«

»Ach, die Jungen haben zu viel Ehrfurcht vor jemandem von Ihrem Ruf.«

Er nahm zwei Gläser vom Silbertablett eines vorbeigehenden Dieners. »Ich glaube, Champagner ist Ihr Getränk«, sagte er und reichte ihr ein Glas. »Und was ist mein Ruf?«

»Der eines Jägers. Wie nennt man es hier in England? Ein Geck, ein Aufschneider. Und natürlich sagt man, Sie seien der dekadenteste Mann Englands.«

Er nickte. »Richtig. Ungefähr in der Art.«

»Was könnten Sie möglicherweise getan haben, das jemand wie ich als verderbt ansehen könnte?«

Seine Miene verfinsterte sich. Er runzelte für einen Moment die Stirn, ehe er sie bedacht wieder glättete. In leichtem Ton sagte er: »Ich denke, es hat mit der Affäre zu tun, die ich hatte, als ich achtzehn war.«

»Affären«, sagte sie mit einem kleinen Schnauben. »Welcher Junge von achtzehn hat keine Affären? Vermutlich war es eine mit einer älteren Frau. Was würden diese englischen Landadligen nicht für dekadent halten?«

»Sie war nur einige Jahre älter als ich. Aber ich denke, der eigentliche Skandal war, dass sie meine Halbschwester war.« Er sagte es kalt, um sie zu schockieren. Sein Mund war hart.

Sie schwieg kurz. »Nun, das *sollte* bei Landadligen als dekadent durchgehen.« Sie zuckte die Schultern.

»Ich vermute, dass das für jemanden, der in Milch badet und die Crème de la Crème der Londoner Gesellschaft ›unterhält‹, nicht aus dem Rahmen des Gewöhnlichen fällt.« Seine Stimme klang bitter.

Sie sah ihm prüfend in die Augen. Sie blickten hart, aber nicht grausam drein. Er war verletzt worden. Er hatte Dinge getan, auf die er nicht stolz war. Sein noch kurzes Leben hatte ihm bereits einige Ohrfeigen verpasst. Aber er hatte Wahrheit in sich, eine Mitte. Es lag in seinen Augen. Er wandte den Blick ab. Wie anrührend, dass es ihn noch immer schmerzte! Sie hatte beschlossen, dass niemand sie je wieder verletzen würde, nicht Asharti … nicht Stephan … nicht einmal ihre Mutter. »Ich denke«, sagte sie, »dass junge Männer von achtzehn Jahren sich wie wahnsinnig in höchst unpassende Partnerinnen verlieben, und dass es an ihren Eltern oder einem Mentor ist, sie zu führen und zu beschützen. Zu beschützen vor den Konsequenzen daraus, zu jung zu sein und einen zu starken Geschlechtstrieb zu haben und obendrein noch romantisch zu sein. Es scheint, dass man Sie im Stich gelassen hat.«

Seine Augen weiteten sich fast unmerklich.

Sie fuhr fort. »Ich würde wetten, Sie wussten nicht einmal, dass sie Ihre Halbschwester war. Nach allem, was ich von eurer Aristokratie weiß, könnte das Land vor Halbgeschwistern wimmeln. Ich habe gehört, dass Lady Jerseys Kinder ›die Sammlung‹ genannt werden, weil sie so viele verschiedene Väter haben.«

Er schluckte; offensichtlich war er sich nicht sicher, was er darauf erwidern sollte. Dann fasste er sich. »Sie sind sehr kritisch für jemanden von Ihrem Ruf.«

»Sie meinen doch wohl: ›sehr scheinheilig‹«, korrigierte sie ihn. »Und *Sie* sind sehr selbstkritisch. Ich wette, Sie haben sich geradezu auf die Aufgabe gestürzt, genauso schlecht zu werden, wie jeder es von Ihnen glaubt. Der Kontinent? Das ist der übliche Zufluchtsort für junge Männer mit gebrochenem Herzen.« Sie sah, dass sie ins Schwarze getroffen hatte. Sie konnte nichts gegen die Weichheit tun, die sich in ihr Lächeln schlich. »Der gute Ruf ... nun, mein Ruf ist nicht verdienter als Ihrer, vielleicht sollten wir daher einen Waffenstillstand vereinbaren.« Seine Augen zeigten deutlich seine Betroffenheit. Sie zog eine Augenbraue hoch.

Für einen Moment glaubte sie, er könnte zurückschießen und irgendeine Bemerkung zu ihrem Ruf machen, um zu versuchen, sie aus der Reserve zu locken. Aber offensichtlich erkannte er, dass er so nur verlieren konnte, auch wenn es ebenso rüde wie befriedigend gewesen wäre. Er atmete aus und schaute zu Boden. Dann hob er den Kopf und sah sie direkt an. »Einverstanden.« Er machte eine kurze Pause und räusperte sich. »In diesem Fall sollten wir noch einmal von vorn anfangen –«

In diesem Augenblick stieß Ponsonby mit zweien seiner Freunde zu ihnen. »Verzeihen Sie, Gräfin, aber diese Burschen lauerten mir am Champagnerbrunnen mit gezücktem Messer auf.« Der Junge war niemals weniger willkommen gewesen als in diesem Moment. Er stellte Lord Sherrington vor. Melly kannte sie bereits. Sherrington sah aufgeregt aus. Er war ganz offensichtlich auf eine Einladung in ihren Salon aus.

Beatrix war es plötzlich leid, so en vogue zu sein. Was bedeuteten ihr all diese jungen Bewunderer? Ihre Bewunderung war so leicht gewonnen, dass sie keinen Wert hatte. Doch sie würden sich als willige Quelle erweisen, um die Bedürfnisse ihres Gefährten zu befriedigen. Sie seufzte. »Sie müssen kommen und mich besuchen. Ich werde Ihnen eine Einladung schicken; falls Sie also am nächsten Donnerstag frei sind ...«

»Ab-ab-absolut«, stammelte Sherrington. Seine Krawatte

war so gewaltig, dass sie in seine Wangen stach. Sein blondes, gewelltes Haar lockte sich an den Ohren.

»Ich werde ihn mitbringen«, bestätigte Melly mit einer Stimme, die er tief und schroff klingen zu lassen versuchte. Sein Versuch wirkte lächerlich im Vergleich zu Langleys natürlichem Vibrato, aber er bemerkte es nicht.

»Natürlich werden Sie auch da sein, lieber Ponsonby.« Es war fast drollig, ihn so aufstrahlen zu sehen.

»Lady Lente, zu Ihren Diensten.« Langley machte auf dem Absatz kehrt und ging, um sich mit Castlereagh und Perceval, dem Premierminister, zu unterhalten. Enttäuschung machte sich in Beatrix breit. Bedauerte er es, sich ihr anvertraut zu haben? Nahm er ihr ihre Erkenntnisse übel? Sie war zu schnell vorgegangen, hatte seine Zurückhaltung falsch beurteilt ...

»Was für ein ungehobelter Bursche«, sagte Sherrington. »Ich wollte ihn fragen, ob es wahr ist, was Ponsonby hier erzählt. Darüber, was letzten Donnerstag geschehen ist.«

»Und warum sollte es nicht wahr sein?«, protestierte Ponsonby.

Beatrix überhörte ihr Gezanke. Hätte Langley nicht bis zum Ende des kleinen Flirts bleiben können? Er musste gewusst haben, dass sie ihm ein ungehöriges Angebot hatte machen wollen. Hatte er sie gerade zum zweiten Mal zurückgewiesen? Empörung hämmerte in ihrer Brust.

»Wirklich, Gräfin ...«

»Was? Was haben Sie gesagt?« Sie fühlte sich betäubt und dumm.

»Ich ... wir ... wir wollten Sie einladen zu Lady Jerseys Picknick nächsten Mittwoch. Wir fahren alle nach Hampstead Heath. Sie müssen dafür hundert Pfund für ihr Waisenhaus spenden.«

»Ich gehe tagsüber niemals aus. Sollte man jemals ein Picknick des Nachts planen, werde ich indes die Erste sein, die kommt.«

Die Gesichter um sie herum entgleisten. »Aber die Waisen …«, protestierte Sherrington schwach.

Beatrix hatte den Eindruck, dass Langley noch mit halbem Ohr der Unterhaltung lauschte. Er zuckte leicht zusammen, als Perceval ihm eine Frage stellte. »Ich werde auf jeden Fall meinen Obolus schicken.« Sie hatte mehr für Waisen getan, als Lady Jersey sich hätte träumen lassen, aber das war es nicht, was sie beschäftigte.

Es war Langley. Verdammt! Falls sie diese lächerlichen jungen Männer einfach stehen ließ und zu Langley ging, würde es so aussehen, als wäre sie hinter ihm her. Der Abend erschien ihr auf einmal wie eine fade Wiederholung von tausend und abertausend anderen Abenden. Und keiner davon hatte irgendetwas gebracht, was sie sich *gewünscht* hatte, außer manches Mal Blut. Sie würde immer Blut brauchen, aber selbst der Wunsch danach war schal geworden. Und die Kunst? Ihre Liebe zur Kunst hatte sie immer beschützt, aber das wirkte nun wie eine dürftige Verteidigung. Ihr Magen fühlte sich an, als sei er mit einem großen Teigklumpen gefüllt. Die Musik setzte wieder ein. Ein Kontratanz. Die Welpen würden anfangen zu winseln. Sie war nicht sicher, ob sie das ertragen konnte. Hatte Stephan die Dunkelheit sich sammeln gespürt, so wie sie es spürte? Er war viel älter als sie. Die Dunkelheit verschlang das Gefühl. Vielleicht war er unfähig gewesen, sie zu lieben. Vielleicht konnte keiner von ihnen etwas empfinden, nachdem ewige Wiederholung so lange auf ihre Seele eingeprügelt hatte. War Ashartis wahnsinnige Grausamkeit nicht vielmehr ein weiterer Versuch, etwas zu finden, das sie fühlte? Oder war Ashartis Wahnsinn das, was auf Beatrix wartete … in der Dunkelheit?

Beatrix schaute sich im Saal um, verzweifelt auf der Suche

nach einem Rettungsanker. Langsam begann das Bild zu verschwimmen, während die Leute sich zu Paaren fanden und zu tanzen begannen. Und dann flossen die Farben ineinander, und die Musik bestürmte ihre Ohren in einer wirren Kakofonie, die auf eine fast schreckliche Art die Wirklichkeit verzerrte. Beatrix schwankte und presste die Finger gegen die Schläfen. Der Saal und die Menschen verliefen ineinander wie Wasserfarben im Regen. Sie glaubte, in der Musik das Lachen Ashartis hören zu können.

»Lady Lente.« Ihr Name hallte um sie wider. Sie konnte nicht sagen, ob es ein Gesicht war, verzerrt zu einer unmenschlichen Karikatur, das sprach, oder ob es mehrere waren. »Geht es Ihnen gut?« Was geschah mit ihr?

»Ich ... ich muss nach Hause.« Ihre eigene Stimme klang, als befände sie sich in einer Höhle irgendwo fern von sich selbst. »Ich fühle mich nicht gut ...«

»Ich werde ... ich werde Ihre Kutsche rufen lassen.« Es war Sherrington. Farben wirbelten umher, und die Musik jammerte. Asharti kicherte. War es Ponsonby, der an ihrem Ellbogen zog? Sie konnte jeden Moment ohnmächtig werden wie ein junges Schulmädchen. Es war fast, als hätte sie seit langer Zeit ihren Hunger nicht mehr gesättigt. Aber das war nicht wahr, oder? Sie konnte nicht denken. Dunkelheit lauerte am Rande ihrer Wahrnehmung. Was stimmte hier nicht? Es war immer alles in Ordnung mit ihr gewesen. Dafür sorgte schon der Gefährte.

Starke Hände ergriffen sie an den Oberarmen, unter ihren geschlitzten Ärmeln. Die Berührung schien sie zu erschüttern, sie war wie elektrisierend. Nur Langleys grüne Augen erschienen ihr klar in ihrer verschwommenen Sicht. »Lassen Sie mich das machen«, sagte er knapp, in jenem tiefen Vibrato seiner Stimme.

Allmählich verlangsamte sich der Wirbel dank seines schweren Griffs um ihre Arme. Er führte sie unverzüglich zur Tür. »Gentlemen, machen Sie Platz.« Die Menge teilte sich für sie, natürlich. »Ich bin durchaus in der Lage, allein zu gehen.« Es klang kindisch, aber zumindest hallte ihre Stimme nicht mehr in ihren Ohren wider.

»Natürlich sind Sie das«, nickte er. Aber er ließ nicht davon ab, sie entschlossen die Treppe hinunterzuführen. Tatsächlich stützte er sie, sodass sie nicht fallen konnte, wenn sie stolperte. Es war ärgerlich. Er schien zu denken, dass er die Kontrolle hatte. Sie war zehnmal stärker. Wie schrecklich, dass sie diese abscheuliche Schwäche in aller Öffentlichkeit befiel. Was würde Stephan denken, könnte er sie so sehen?

Aber er würde sie nicht sehen. Sie würde ihn nie wiedersehen.

Sherrington kam herbeigeeilt, nachdem er die Kutsche hatte rufen lassen. Die jungen Männer aus dem Ballsaal folgten ihm. Sie würde ersticken, wenn sie ihr nachwinselten. Langley schien zu wissen, was sie fühlte. Er schob alle beiseite und sagte in befehlendem Ton: »Lasst ihr Luft zum Atmen, Jungs.«

Ein Diener reichte ihren Zobelumhang. Langley legte ihn ihr um die Schultern und führte sie aus der Tür zu der wartenden Kutsche. Die Räder hatten Speichen in ihrem unverkennbaren Himmelblau. Das goldene Wappen ihres imaginären Grafen auf dem Schlag wirkte beeindruckend. Ein weiterer Lakai öffnete die Tür, und Langley schob Beatrix auf eine Weise in die Kutsche, die nicht sehr vornehm war. Dankbar ließ sie sich in die blauen Samtpolster sinken.

»Zum Berkeley Square«, rief Langley ihrem Kutscher zu.

Zu ihrer Überraschung stieg er auch in die Kutsche und setzte sich ihr gegenüber. Sie war so erschöpft, dass sie nicht protestieren konnte. Wollte sie denn protestieren? Ihre Augen schlossen sich ohne ihre Erlaubnis. Ihr war noch immer übel.

Sie hatten den halben Weg zum Square zurückgelegt, als Beatrix wieder zu sich kam. Langley war still. Im Dämmerlicht der Kutsche sah sie, dass er sie anschaute.

»Geht es wieder?«, fragte er. Sein Bariton klang heiser in der Dunkelheit.

»Ja.« Sie räusperte sich und setzte sich aufrecht hin. »Ich weiß gar nicht, was über mich gekommen ist.«

»Vielleicht eine beginnende Influenza«, bemerkte er. »Sie kommt häufig unvermutet.«

»Es ist nichts Physisches, denke ich«, sagte sie. Es konnte nicht sein. Der Gefährte schenkte ihr vollkommene Gesundheit. Dann wurde ihr klar, was sie gerade eingestanden hatte, und fühlte sich sofort wieder krank. Was geschah mit ihr? Sie konnte nicht zulassen, dass sich herumsprach, sie sei eine Verrückte, die zu Ohnmachtsanfällen neigte. Sie hatte die Schwachen immer verachtet. Jetzt könnte sie gut eine von ihnen sein.

»Trotzdem ... Soll ich einen Arzt rufen? Ich bin in der Harley Street recht gut bekannt.«

Sie warf ihm einen Blick zu. Die beste Verteidigung war ein direkter Angriff. »Ich würde meinen, dass Sie das sind, Sie mit Ihrer notdürftig zusammengeflickten Wunde an der Schulter. Passiert Ihnen das des Öfteren?«

»Werden Sie des Öfteren auf einem Ball ohnmächtig?«, stellte er die Gegenfrage.

Dieses gegenseitige Aufeinandereinhacken würde für sie beide zu nichts führen. »Betrachten Sie es als eine zerstörerische Beschäftigung mit der Vergangenheit«, sagte sie so leichthin, wie sie es vermochte. Er würde denken, sie machte einen Scherz oder wollte ihn beleidigen. Wer würde vermuten, dass sie die Wahrheit sagte? »Die Vergangenheit kann tödlich sein, müssen Sie wissen.«

Seine Augen wurden schmal. »Sie wollen mich glauben machen, dass sie sich eine Ursache dafür ausgedacht haben, wenn dem gar nicht so ist.« Er schwieg einen Moment. »Genau wie Ihnen aufgefallen ist, dass ich Zweifel an der Geschichte über die Straßenräuber gesät habe neulich Abend, sodass jeder glaubte, ich hätte eine Auseinandersetzung wegen einer Frau gehabt. Das bedeutet, dass Sie tatsächlich glauben, es sei eine Art Krankheit der Erinnerung. Wollen Sie das damit sagen?«

Oh, das gefiel ihr ganz und nicht. Dieser Mann war gefährlich. »Wie unhöflich«, murrte sie.

Er zog die Augenbrauen hoch. »Ich hasse es zu denken, dass wir das gemein haben. In Ihrem Fall erwarte ich, dass die unbeschwerte Schlagfertigkeit und die höfliche Konversation eine List für die jungen Burschen sind, die eine Göttin zum Anbeten brauchen, und für die alten Narren, die sich wünschen, dass ihnen die Aufmerksamkeit einer schönen und intelligenten Frau gehört. Aber das ist nicht Ihr wahres Ich, habe ich recht? An Ihnen ist ganz und gar nichts einfach.«

»Ich weiß nicht, was mein wahres Ich ist«, fauchte sie. »Und auf jeden Fall habe ich keine Lust, darüber mit jemandem zu diskutieren, der selbst eine Vielzahl von Geheimnissen hat. Wissen Sie denn, wer *Sie* sind?«

Er packte das Revers seines Fracks. »Oje, ein Stoß mitten ins Herz!«

Hm. Er hatte sich in Bessborough House nicht einmal seinen Mantel geben lassen. Er war ohne Hut, ohne Handschuhe, ohne Stock. Sie errötete. Sie hatte ihn angefaucht, nachdem er sie aus einer peinlichen Situation gerettet hatte. Sie räusperte sich. »Wenn Ihnen kalt ist, dort in der Ecke liegt eine kleine Decke.«

»Danke für Ihre Fürsorge«, sagte er spöttisch.

»Ich könnte das Gleiche zu Ihnen sagen.«

Die Kutsche fuhr langsamer. Sie waren bereits am Square. Würde er bitten, mit hineinkommen zu dürfen? Ihre Angst vor der Sinnlosigkeit und der Erinnerung hatte sich zurückgezogen. Ihr Kopf war wieder klar. Gefährlich wie Langley mit seiner Fähigkeit zu beobachten und seiner Intuition war, war er jedenfalls interessant. Eine Fantasie durchzuckte sie, wie er nackt auf ihrem Bett lag, mit glühenden Augen. Er wäre kräftig gebaut, mit all den harten Muskeln gestandener Männlichkeit, nicht wie diese Jünglinge, die sie normalerweise nahm. Wie lange war es her, seit sie sich erlaubt hatte, Blut von einem jener Körper zu nehmen, an denen sie am meisten Gefallen fand? Sie würde ganz vorsichtig sein mit seiner Schulter. Die süße Reife seines Blutes, das Gefühl seines sich gegen ihren Bauch aufrichtenden Geschlechts ...

Angst überkam sie. Solche Gedanken waren nichts für sie! Woher war dieser Impuls nach all diesen Jahren gekommen? Der Hunger nach Blut durfte nie mit Sex vermischt werden. Auf diese Weise verlor sie die Kontrolle.

Aber wahrscheinlich würde er nicht mit hinaufkommen. Er war zweimal von ihr fortgegangen. Sie schaute auf seine Schultern und dachte daran, wie sie sich beim Tanzen unter ihren Händen angefühlt hatten. Natürlich konnte sie ihn dazu bringen, mit ihr zu kommen ... Der Gedanke an Asharti durchschauerte sie. Nein! Sie wollte ganz gewiss nicht, dass er unter Zwang zu ihr kam. Was dachte sie? Sie wollte doch gar nicht, dass er mitkam. Nicht heute. Nicht, wenn sie verletzlich war für ... für was? Die Kutsche hielt an.

»Ich werde einen Jungen nach Ihrem Mantel und Hut schicken«, sagte sie, um Zeit zu gewinnen. Eigentlich wusste sie nicht, was er als Nächstes tun würde. Was für ein ungewöhnliches Gefühl! »Albany House, Nummer sechs, glaube ich.«

»Nicht nötig«, sagte er leichthin, während er den Schlag öffnete. »Ich werde ohnehin wieder zurückgehen.«

Er wollte tatsächlich schon wieder von ihr fortgehen. Welch unerträglicher Mann! Sie hätte erleichtert sein sollen. Er hatte sie vor sich selbst gerettet. Gott allein wusste, was geschehen wäre, hätte sie ihn in ihr Boudoir geholt. Er reichte ihr die Hand, um ihr beim Aussteigen zu helfen. Durch den Handschuh fühlte sie wieder seine Wärme. Während sie den Tritt hinunterstieg, schaute sie hoch und fing die flüssige Hitze in seinen Augen auf. Ha! Er fühlte es auch. Er mochte davongehen, aber er begehrte sie. Vielleicht war dies das Beste beider Welten. Zu gewinnen, aber den Preis nicht zu fordern.

»James«, rief sie dem Kutscher. »Bringen Sie Lord Langley zurück zu Bessborough House.«

»Sehr wohl, Mylady«, erwiderte James stoisch von seinem Kutschbock herunter.

Die Tür hinter ihr öffnete sich. »Betrachten Sie die Benutzung meiner Kutsche als teilweise Abgeltung meiner Schuld.«

Sie erwartete schon halb von ihm, dass er versprach, den Rest ihrer Schuld in Kürze einzufordern. Aber er nickte nur und stieg wieder in die Kutsche, die unverzüglich in die kühle Märznacht davonrumpelte.

Wie ärgerlich! Was für eine Erleichterung! Wie ... interessant.

Kapitel 4

John lehnte sich in die Polster von Lady Lentes gut gefederter Kutsche zurück, während sie, gezogen von einem erstklassigen Gespann kastanienbrauner Pferde, durch die Straßen Londons rollte. Sein Puls raste. Er war heute Abend nur knapp bei Verstand geblieben. Wie sie ihn durchschaut hatte! Sie hatte seine Verwundung erraten …. Sie war keine sichere Gefährtin für einen Mann, der so viele Geheimnisse hatte wie er. Er errötete, als er daran dachte, dass sie die Affäre mit Angela als die Vernarrtheit eines Kindes abgetan hatte. Und ihre Vermutung, er habe nicht gewusst, dass Angela seine Schwester war, hatte ihn verblüfft. Seine Naivität von damals ließ ihn auch jetzt noch erröten.

Jeder in der Stadt, Angela eingeschlossen, hatte es damals gewusst, außer ihm natürlich. Ihn hatte allein die Tatsache gemartert, dass sie verheiratet war. Er hatte sie gedrängt, beim Parlament die Scheidung zu beantragen. Was für ein Mondkalb war er doch gewesen! Angela wollte keine Scheidung. John schaute aus dem Fenster auf den Hyde Park, der nass und glänzend in der Nacht dalag. Und die ganze Zeit hatte sie gewusst, dass seine Sünden von weitaus schlimmerer Sorte war als Ehebruch.

Herrgott, aber er hatte Angela geliebt! Sogar mehr als Cecily Warburton. Auch Cecily hatte ihn verraten. Sie und John waren siebzehn und verlobt, nicht nur dank des Arrangements der Familien, sondern, wie John geglaubt hatte, dank zärtlicherer Gefühle. Cecily war eine hervorragende Heuchlerin. Als sie die Hochzeit wegen eines schneidigen Offiziers der Horse Guards absagte, war Johns Vater außer sich. Cecilys Mitgift war dazu gedacht gewesen, die Schulden zu tilgen, die die Familie hatte. Und John hatte in dem versagt, was allein ihn in den Augen seines Vaters rehabilitiert hätte.

John verlor sich in London und mied seinen Vater. Er fühlte sich geschmeichelt, als die weltgewandte Angela Dougherty, Lady Spenton, Interesse an ihm bekundete. Ihre Affäre war heiß gewesen: lange Nächte im Gartenpavillon, verbotene Nachmittage in ihrem Boudoir – mit all der Intensität, zu der ein Achtzehnjähriger fähig war. Als er durch eine Bemerkung, die auf irgendeiner nichtssagenden Abendgesellschaft gemacht worden war, von seiner Verwandtschaft mit Angela erfuhr, riss es ihm den Boden unter den Füßen weg. Er brauchte all seinen Mut, um es Angela zu sagen. Sie zog einen Schmollmund und sagte, dass sie es wisse. Es sei schade, dass er so ein Langweiler wäre, denn er sei ein sehr hübscher und stürmischer Liebhaber, und Spenton sei alles egal, solange sie sich diskret verhielten.

Er verschloss sich mit aller Kraft gegen die Erinnerung. Diskret? Du lieber Gott, er hatte ihr Gedichte geschrieben! Wie diskret war das wohl? Dass Spenton von der Affäre gewusst und sie als belanglos abgetan hatte, schmerzte noch immer. John hatte damals erkannt, wie herzlos Angela war, wie wenig er ihr bedeutete. Frauen waren flatterhafte Geschöpfe.

John unterwarf sich der Gnade seiner Eltern und bat darum, nach Hause kommen zu dürfen, nur um zu erfahren, dass seine Eltern über alles Bescheid wussten. »Falls es einen Balg aus dieser Beziehung geben sollte, wird Spenton ihn anerkennen. Ich habe mit ihm geredet«, sagte sein Vater eines Morgens im Stall kurz angebunden, während John sein Pferd für einen Ausritt sattelte. John war betroffen über diese erneute Katastrophe, die möglicherweise seiner harrte. Die drei folgenden Monate, in denen er nur darauf wartete, von Angelas Schwangerschaft zu erfahren, waren die Hölle.

Aber die Katastrophe trat nicht ein. John reiste auf den Kontinent und ertränkte seinen Kummer damit, dass er es genau so schlimm trieb, wie jeder es von ihm dachte. Es war genauso, wie die Gräfin vermutet hatte. In ihren Worten hatte er so … blauäugig geklungen. Nun, jetzt konnte niemand mehr ihn blauäugig nennen. Er glaubte nicht mehr an die Tugendhaftigkeit. Er konnte nicht einmal etwas Tugendhaftes daran finden, sich für sein Land einzusetzen, wenn seine Aufgabe es erforderte, zu lügen und zu stehlen, zu töten und Frauen zu benutzen. Er hatte es nie wieder zugelassen, dass er sich verliebte. Und er würde es nie mehr zulassen.

Die Hufe der Pferde klapperten über die Straßen zum Haus der Bessboroughs. Wie hatte die Gräfin so viel über ihn wissen können? Ein schrecklicher Gedanke kam ihm in den Sinn. War sie eine französische Spionin? Sie war offensichtlich über den Ärmelkanal hin und her gereist, wie es ihr gefallen hatte. Welchen besseren Weg gab es, die Geheimnisse eines Landes auszukundschaften, als mit seiner politischen und gesellschaftlichen Elite zu schlafen? Verdammt! Seine Wachsamkeit hatte nachgelassen. Ahnte sie seine wahre Profession?

Die kunstvoll verzierte Fassade von Bessborough House kam in Sicht. Er holte tief Luft. Er hatte nichts verraten. Aber er war nachlässig gewesen, weil er sich auf heimatlichem Boden befand. Es würde ohne Bedeutung sein. Er würde bald nach Portsmouth abreisen. Er würde sie nicht wiedersehen.

Und doch … Hatte er nicht die Pflicht herauszufinden, ob sie eine Spionin war – herauszufinden, wer ihre französischen Kontaktpersonen waren? Er würde sich ihrer Prüfung unterziehen. Aber er war vorgewarnt. Und sie hatte ihn unterschätzt. Das war sein Vorteil. Nun, wo konnte er sie als Nächstes treffen? Er verdrängte das leichte Prickeln in seinen Lenden, das diesen Gedanken begleitete.

Beatrix verbrachte einen schlaflosen Tag, weil ihre irritierten Nerven wie elektrisiert waren. Sie brauchte kein Blut, aber irgendetwas brauchte sie. Ihr alter Freund Shakespeare konnte ihr Interesse nicht fesseln. Sie versuchte es mit einem Buch von jener neuen Frau, über die jeder sprach. Austen. Ihr klarer und humorvoller Blick auf die Menschen und die Gesellschaft amüsierte Beatrix fast eine ganze Stunde lang. Sie schrieb einen Brief, in dem sie anbot, jenen Künstler namens Constable zu fördern. Er malte das Licht wie kein anderer außer Turner und hatte dennoch nicht die Anerkennung dieser verdammten Königlichen Akademie erlangen können. Sie glaubte nicht länger daran, dass Kunst die Welt retten könnte. Aber einige Dinge mussten gemalt, geschrieben, getanzt oder gesungen werden, und sie konnte dafür sorgen, dass dies einigen begabten Individuen ermöglicht wurde. Sie versuchte, nicht daran zu denken, was gestern Abend in Bessborough House geschehen war. Außer Kontrolle. Am Abgrund. Vor aller Augen.

Und sie hatte keine Ahnung warum. Was verursachte dieses Gefühl, dass eine große Dunkelheit ihrer harrte? War Wahnsinn für ihresgleichen unausweichlich? Das war der Zweck des Klosters Mirso: den Wahnsinn abzuwehren. Vielleicht war Mirso alles, was ihr geblieben war. Aber sie war noch nicht bereit, sich ganz und gar von der Welt zurückzuziehen. Und warum nicht? Was bedeutete ihr die Welt? Wenn sie ein paar Bücher mitnehmen könnte, ein paar Gemälde – warum sollte sie es nicht gleich morgen tun?

Weil dann Asharti über sie gesiegt hätte.

Das war es, warum sie mit der Dunkelheit rang. Sie ging vom Bett zum Frisiertisch und wieder zurück. Sie brauchte etwas außer dieser Dunkelheit, auf das sie sich konzentrieren konnte.

Die Antwort darauf hatte einen Namen. Langley. Es war

gefährlich, angesichts der Gefühle, die er in ihr weckte, überhaupt an ihn heranzutreten. Aber ein Interesse an irgendetwas schien die Erinnerungsfetzen, die aufblitzten, zu besänftigen. Was sollte sie als Nächstes unternehmen? Indem sie ihn in den Dienstagssalon einlud, gab sie zu, dass es sie nach seiner Gesellschaft verlangte. Tat sie es nicht, würde sie ihn frühestens am Mittwoch bei den Hartfords sehen, und nicht einmal das war gewiss.

Sie läutete nach Symington. Sie hatte ihn vor Jahren in London eingestellt, und er hatte sie nach Amsterdam und nach Wien begleitet. Er war der Einzige, der ihre Geheimnisse kannte. Sie bezahlte ihn gut für seine Fähigkeit zu organisieren. Als Gegenleistung unterdrückte er sein Entsetzen über ihre Natur. Jetzt war er alt und irgendwie ... ihr Tröster geworden. Er erschien und verbeugte sich. Ob er noch immer Entsetzen empfand?

»Ich möchte mehr über Langley wissen«, sagte sie.

Der alte Mann schwieg. Sie konnte sehen, wie er in seinem Kopf Informationen sortierte. Sein Wissensvorrat war unerschöpflich, und weil er seit bereits einem Monat wieder in London war, würde er über jeden und alles etwas zu berichten haben. »Bekannt dafür, arm zu sein«, sagte er ohne jede Umschweife. »Der Vater hat verspielt, was an Vermögen übrig geblieben war, nachdem schon der Großvater seinen verschwenderischen Neigungen nachgegeben hatte. Das Familienanwesen soll bis unters Dach mit Hypotheken belastet sein. Die Mutter wurde nach dem frühen Tod ihrer übrigen Kinder geisteskrank. Sie starb vor zwanzig Jahren. Er ist das einzige legitime Kind. Vor sechs Jahren ist der Titel an ihn gefallen. Eine früh arrangierte Heirat kam nicht zustande, weil die fragliche junge Dame mit einem anderen durchbrannte. Der Vater hatte auf die Mitgift gebaut – und den Sohn danach praktisch enterbt. Er fing an, über die Stränge zu schlagen. Eine Affäre mit seiner Halbschwester, die –«

»Ja, ja.« Beatrix wedelte ungeduldig mit der Hand. »Nach der Affäre, was war da?«

Symington richtete sich kerzengerade auf. »Da zog er durch Europa. Duelle, Affären. Man sagt, er sei für kurze Zeit mit Pauline zusammen gewesen, der Schwester Napoleons.«

Pauline hatte einen fast wahnsinnig zu nennenden Trieb nach sexueller Ausschweifung. War Langley um seines Körpers willen benutzt worden? Das, zusammen mit der Halbschwester, würde seine Haltung gegenüber Frauen erklären. »Und?«

»Nun, die Gerüchte hören seitdem nicht auf. Es ist schwer zu wissen, wo man die Linie zwischen Wahrheit und Gerücht ziehen muss.«

Beatrix wurde nachdenklich. »Er scheint allgemein akzeptiert zu sein.«

»Er genießt ein gewisses Ansehen und ist durchaus willkommen bei gesellschaftlichen Ereignissen. Er ist wortgewandt. Er tanzt gut. Er trinkt nicht übermäßig. Und er macht seiner Gastgeberin keine Schande.«

»Man hat also die erregende Möglichkeit, sich danebenzubenehmen, ohne dass es zu unerfreulichen Konsequenzen kommt.«

»Und, wenn ich das sagen darf«, fügte Symington hinzu, »da ist die Rolle des verlorenen Sohnes, der zurückgekehrt ist vom Vorhof der Hölle und deshalb zu bedauern ist, wenn man ihm nicht sogar vergeben hat.«

»Sie sind noch weiser, Symington, als Ihr Alter nahelegt.« Sie machte eine ehrerbietige Geste. »Sonst noch etwas?«

»Nun …« Hier zögerte der alte Mann, als wäre er unschlüssig, ob er etwas so Banales überhaupt hinzufügen sollte. »Withering, sein Kammerdiener, ist ein steifer alter Moralist.

Warum sollte er bei einem Herrn bleiben, der so zügellos ist, wie man es ihm nachsagt?«

Eine in der Tat sehr interessante Frage.

»Und ...« Symington war sein Widerstreben deutlich anzumerken.

»Ja? Nur weiter.«

»Nun, eine Sache wäre da noch, die nicht so recht zum Rest passt. Er reist sehr häufig aus London fort, für einen Monat oder auch länger. Er lässt dann verlauten, seine finanziellen Mittel seien erschöpft und er ziehe sich deshalb auf seinen Landsitz im Norden zurück. Aber Clary, unser Hausmädchen, hat auf Langley Manor gearbeitet. Sie sagt, dass er seither nie mehr dort gewesen sei, dass aber der Verwalter ständig Verbesserungen vornehme.«

»Nun gut«, sagte Beatrix langsam. »Der von Armut geschlagene junge Lord schickt also Geld nach Hause. Aber wo ist er, wenn nicht auf seinem Landsitz?«

»Das ist nicht bekannt, Mylady. Und Withering ist sehr verschlossen, was seinen Herrn angeht.«

Beatrix richtete sich auf. *Sehr* interessant. »Danke, Symington. Sie waren sehr hilfreich.« Sie bemerkte die Falten auf der Stirn ihres einzigen Vertrauten. Fragend zog sie die Augenbrauen hoch.

Symington schluckte. »Nichts Wichtiges, Mylady.«

Beatrix sah ihn unverwandt an. Ihre hochgezogenen Brauen fragten weiter.

Symington räusperte sich. »Meine ... meine Schwester ... Es geht ihr gesundheitlich nicht gut, Mylady. Ihr Mann ist letztes Jahr gestorben. Sie will nicht zum Arzt gehen. Sagt, dass ihre Zeit gekommen sei. Sie lebt in Harrogate, aber in so einem Kurort gibt es so viele kranke Leute, ich denke, das trägt zu ihrer Schwermut bei ...« Er verstummte, dann sagte er schnell: »Meine Fürsorge für sie wird natürlich nicht die Erfüllung meiner Pflichten beeinträchtigen.«

Beatrix runzelte die Stirn. »Warum haben Sie das nicht schon früher gesagt?« Sie erhob sich entschlossen. »Natürlich werden Sie nach ihr schicken. Wir werden sie in Räumlichkeiten in der Nähe der Harley Street unterbringen. Die besten Ärzte ... Ich werde ihr ein Empfehlungsschreiben für Dr. Derwin geben ... und ... eine Gesellschafterin! Jemanden, der fröhlich ist – das ist es, was sie braucht. Und natürlich die Unterstützung ihres Bruders.«

»Ich ...« Symington schien auf einmal die Sprache verloren zu haben. »Ich ...«

»Stellen Sie einen Wechsel auf Drummond's aus für alles, was Sie brauchen.«

Der alte Mann richtete sich auf. »Sie sind zu gütig, Mylady, dass Sie sich solche Umstände machen.«

»Welch ein Unsinn! Sie sind es, der sich Umstände machen wird. Und Sie müssen hinfahren und sie nach London begleiten. Nehmen Sie die Barouche. Ich werde solange den Phaeton benutzen.«

Symington wandte sich rasch ab. »Danke, Mylady«, murmelte er mit rauer Kehle, als er die Tür schloss. Wie lieb, dass er zögerte, um etwas zu bitten, das so leicht zu bewerkstelligen war. Es gefiel ihm, der zu sein, auf den man angewiesen war, nicht der, der angewiesen war.

Als sie wieder allein war, kehrten ihre Gedanken zu Langley zurück. Nun, wie also ihn wiedersehen? Heute Abend war sie mit dem Premierminister verabredet. Der Prinzregent würde anwesend sein. Die beiden Männer versuchten, sich zusammenzuraufen. Sollte der alte König sterben, würde der Prinzregent, das wusste jeder, alle Minister eiligst gegen neue austauschen. Aber für den Fall, dass der König sich erholte, mussten sie sich zumindest den Anschein geben, gut miteinander auszukommen. Sie würde dort vermutlich die einzige Frau außer Mrs. Fitzherbert sein. Das konnte spaßig werden, einmal abgesehen von der Tatsache, dass eine bestimmte Person *nicht* dort sein würde.

Beatrix zwang sich, sich hinzulegen. Montag war noch früh genug, ihm eine Einladung für die nächste Soiree zu schicken. Er musste denken, seine Einladung sei ein nachträglicher Einfall. Wohin reiste er wohl für einen ganzen Monat? Er war nicht so schlecht, wie er es glauben machte. Warum ermutigte er alle Welt, ihn in einem falschen Licht zu sehen? Sie hatte seine Zuverlässigkeit erlebt. Sie glaubte nicht, dass sie sich irrte.

Aber sie hatte sich schon früher in Menschen getäuscht. In Stephan zum Beispiel. In Asharti …

Amsterdam, 1101

Beatrix stieß den Flegel mit einem Knurren von sich, das eher tierisch denn menschlich klang. Er hatte geglaubt, sie ausnutzen zu können. Sie alle taten das, auf ihre eigenen Kosten. Ich werde dich überraschen, du verdammter Hurensohn, *dachte sie. Er taumelte rückwärts. Im Dunkel der Gasse stürzte sie sich auf ihn, stieß ihn in den Schmutz. Ihr zerrissener Schal hing ihr über den Arm. Dieser Ochse musste gut vierzig Kilo schwerer als sie sein. Ehe er sich aufrichten konnte, drängte sie ihn gegen die Mauer; seine Wangen bebten, sein Hosenlatz baumelte herab, Überraschung ließ ihn die glanzlosen Augen weit aufreißen. Sein Kopf schlug gegen die Balken der aus Weidenholz und Lehm erbauten Hauswand. Kraft strömte durch ihre Adern, als der Hunger in ihr erwachte. Sie zog seinen Kopf zu sich herunter. Er schlug um sich, aber natürlich war es zwecklos. Ihre Sicht trübte sich durch den vertrauten roten Schleier. Sein Geruch, beißend von Schweiß und Angst, erfüllte ihre Nase, als sie ihm den Hals aufriss. Seine schrille Totenklage erhob sich über ihr dumpfes Grollen. Zäh floss das Leben aus seiner zerfetzten Kehle über ihre Lippen und ihre Zunge, mehr und mehr. Er wurde still, sackte gegen sie.*

Eine starke Hand riss sie zurück. Sie wirbelte herum, knurrte, während der Haufen aus Fleisch hinter ihr zusammensank und zu Boden fiel. Wer wagte es, die Sättigung ihres Hungers zu stören?

Ein Mann hatte sie an den Schultern gepackt. Ein gut aussehender Mann, sauber, hochgewachsen, gekleidet in ein kostbares Kettenhemd und die Rüstung eines Kriegers. Das war alles, was sie sah. Sie wand sich, um ihn wegzustoßen.

»Ruhig«, wisperte er. Seine Stimme hallte in ihrem Bewusstsein wider. Sie wehrte sich, aber seine Arme waren wie Stahl. Niemand war stärker als sie! Zu ihrer Überraschung wurden seine Augen in der Dunkelheit rot.

Sie hielt inne. »Bist du …?« Sie konnte es nicht aussprechen.

Er nickte. »Ich bin wie du.« Er schaute auf den Leichnam hinter ihr. »Und du musst noch viel lernen, mein hübsches wildes Kätzchen.«

Sie starrte ihm ins Gesicht. Wangenknochen. Augen, die jetzt fast schwarz waren, nachdem das Rot daraus verschwunden war. Eine hohe Stirn, eine gerade Nase, ein kantiges Kinn. Lippen. Hatte sie je solche Lippen gesehen? Sein Haar war dunkel und lockte sich um seine Schultern. Er sah … gut aus. Sie wusste, sie würde sein Gesicht niemals vergessen. Sie hatte Angst. Und doch, jemanden zu finden, der wie sie war, jemanden, der davon wusste *… Ihre Augen füllten sich mit Tränen.*

Er zog sie in seine Arme und barg ihren Kopf an seiner Brust. Er roch wie ihre Mutter, nach Gewürzen, aber doch anders – so ganz und gar männlich. »Mein Name ist Stephan Sincai. Ich werde dich lehren, wer du bist und wie du weiterleben kannst. Ich werde dir den Schmerz nehmen«, wisperte er in ihr Haar.

Und Beatrix wusste, dass sie eine Zuflucht gefunden hatte.

Beatrix bewegte sich unruhig unter ihrer Decke. Er war keine Zuflucht gewesen, natürlich nicht. Aber was hatte sie schon gewusst, mit siebzehn und heimatlos, als sie für das tötete, was sie brauchte, und niemand sie wollte? Außer Stephan. Die Bemerkung, die sie zu Langley über die erste, unkluge Liebe gemacht hatte, kam ihr in den Sinn.

Beatrix zog die Decken hoch und sehnte sich nach der Einfachheit des Schlafes. Wie sehr hatte sie Stephan geliebt! Er hatte sie bei sich aufgenommen und war ihr Lehrer geworden, ihr Mentor, und später dann mehr. Beatrix hatte einst gedacht, Stephan sei ein Anker – jemand, bei dem sie darauf vertrauen konnte, dass er immer da sein würde. Stattdessen hatte er sie die letzte Lektion von ihresgleichen gelehrt; die Lektion, dass nichts von Dauer war.

Ihre Gedanken flogen durch die Jahrhunderte. Die Männer waren gekommen und gegangen. Sie kämpfte Seite an Seite mit dem verdammten Henry bei Agincourt. Da Vinci lehrte sie alles über die Kunst, die sie gerettet hatte. De Sade war interessant, wenn auch nur deshalb, weil er so offen praktizierte, was sie ganz und gar nicht praktizierte. Aber genau genommen hasste er die Frauen, am Ende auch sie. Sie hatte Gemeinsamkeit gesucht, aber niemals eine sexuelle Bindung. Nach Asharti war das zu gefährlich. Astronomen, Maler, Könige, Kaiser, Philosophen, sie hatte sie alle gekannt. Aber am Ende war keiner so wie Stephan gewesen. Sie hatte nach den Gründen gesucht. Sie hatte sich zahllosen Bewegungen angeschlossen, zumindest bis sie in Splittergruppen zerfielen und die Wortklaubereien über die wahre Lehre begannen. All dies führte zu nichts. Nur die Kunst blieb übrig. Kunst organisierte das Chaos und drang vor bis zur Wahrheit. Über Jahrhunderte war die Kunst ihr einziger Trost gewesen. Abgesehen vom Blut.

Das Blut ist das Leben. Stephan hatte gesagt, ihre Gattung wiederhole dies wie ein Mantra, ein Kürzel für das, was sie waren. Der symbiotische Gefährte in ihrem Blut gab ihr Stärke, verlieh ihr Kräfte, die die Menschen für übernatürlich hielten. Aber der Gefährte forderte einen Preis dafür – ein Leben, das ewig währen konnte. Doch zu welchem Zweck? Stephan hatte recht gehabt. Das Blut war alles an Leben, was es gab, und plötzlich schien das nicht mehr genug zu sein.

Burg Sincai, Transsilvanische Alpen, 1102

»Ich bin zurückgekehrt, Kätzchen.«

Beatrix sprang von dem großen, geschnitzten Stuhl auf, der in der hohen Halle des Wohnturms vor dem Kamin stand. Lodernde Flammen schickten Funken in den Schlund des riesigen Rauchabzugs. »Stephan!« Sie warf sich in seine Arme. »Ich dachte, du würdest niemals mehr kommen.«

»Aber, aber, Kind«, murmelte er, als er sie auf Armeslänge von sich weghielt. Seine Rüstung war beschmutzt von der Reise, seine langen dunklen Locken zersaust. Ein eine Woche alter Bart bedeckte sein Kinn. Er sah müde aus, aber seine dunklen Augen brannten vor Energie unter den kühn geschwungenen schwarzen Brauen. »Eine Lady wirft sich dem

heimkehrenden Lord nicht in die Arme. Habe ich dich das nicht gelehrt?«

Diener kamen, verbeugten sich, nahmen seinen Umhang entgegen. Beatrix strich den schweren Brokatstoff ihres Kleides über ihren Brüsten glatt und streckte die Arme aus, um den Fall der Ärmel zu zeigen, eng an den Schultern, mit Säumen, die in Aufschlägen ausliefen, welche gut einen halben Meter lang waren. Sie waren mit heller Seide gefüttert; sie passte zu der Seide ihrer Haube, die unter dem Kinn festgebunden war. »Schau, was die Näherin gefertigt hat, Stephan. Bin ich nicht wunderschön?«

»Ja, du bist wunderschön, meine Kleine. Und, könnte ich hinzufügen, kaum noch wild und ungestüm.« Er rief einer der Dienerinnen zu, Honigwein zu bringen. Sie eilte davon, seinen Befehl auszuführen.

Beatrix lächelte. »Ich habe alle deine Lektionen über die Regeln gelernt, Stephan, egal wie langweilig es war. Du hast versprochen, wenn du zurückkommst, würden wir aufregendere Dinge durchnehmen. Wirst du mir zeigen, wie man auf einem Pferd reitet und mit einem Schwert kämpft?«

»Vielleicht«, sagte er. »Aber zuerst musst du jemanden kennenlernen.« Er wandte sich um und winkte hinüber zu dem dunklen Mauerbogen, der in die große Eingangshalle führte. »Asharti, komm und begrüße deine neue Schwester.«

Aus den Schatten tauchte eine junge Frau auf, die sich beklommen umschaute. Ihr Blick glitt über den großen Holztisch, die Wandbehänge an den Steinwänden, die Wandleuchter, die den Duft von brennendem Öl verströmten, welcher sich in den Holzgeruch des Kaminfeuers vermischte. Sie war schön auf eine Art, wie Beatrix es noch nie gesehen hatte. Ihre Augen waren dunkel, wie die Beatrix', aber sie waren umrahmt von schwarzen Linien, was sie exotisch wirken ließ. Ihre Haut war einen Hauch zu olivfarben, aber sie war zart, und ihre Gesichtszüge waren fein geschnitten. Sie trug ein unförmiges, gestreiftes Gewand mit einer Kapuze, das sie vom Nacken bis zu den Fußgelenken einhüllte. Um die Taille war es mit einem Strick gegürtet. Sie war zögernd am Mauerbogen stehen geblieben, als erwartete sie etwas Schreckliches.

»Komm, Kind«, ermutigte Stephan sie und streckte ihr die Hand entgegen. »Niemand wird dir etwas tun.«

»Wer ist das?«, fragte Beatrix und richtete sich auf. »Ich habe keine Schwester.«

Stephan streckte dem Neuankömmling noch immer die Hand entgegen. »Habe ich dich nicht jammern hören, dass es hier keine Mädchen in deinem Alter gibt?«

Das Mädchen – sie sah einige wenige Jahre älter als Beatrix aus – kam langsam heran.

Beatrix fühlte, wie ihr der Atem stockte. »Sie ist wie ich?«

Stephan lächelte. »Ganz genau so wie du. Asharti kommt aus der Stadt der drei Religionen, aus Jerusalem. Sie wurde von einem der Kreuzritter geschaffen, der einer von uns war.«

»Geschaffen! Du meinst, sie wurde als Mensch geboren, und einer von uns hat das Blut weitergegeben? Du hast gesagt, dass die Regeln das nicht erlauben! Und dass nur geborene Vampire leben dürfen«, protestierte Beatrix.

Asharti schaute furchtsam zu Boden und dann unter ihren Wimpern hervor zu Stephan.

»Es ist nicht erlaubt. Aber was geschehen ist, ist geschehen. Ist das ein Grund, ihr nicht die gleiche Chance zum Leben zu geben, die ich dir gegeben habe?« Er wartete die Antwort nicht ab, sondern schüttelte den Kopf. »Du wirst sie willkommen heißen, Bea, weil das die einzige Haltung ist, die einer großzügigen Seele würdig ist. Ich werde euch beide unterrichten, und ihr werdet füreinander Trost und Unterstützung auf eurer Reise sein.«

Beatrix' Augen füllten sich mit Tränen. Sie war beschämt, dass Stephan sie gerügt hatte. Er griff nach der Hand des fremden Mädchens. Das arme Geschöpf war so unsicher, es zitterte förmlich. Jetzt griff er auch nach Beatrix' Hand und legte die Hände der beiden jungen Frauen ineinander.

»Ihr braucht beide eine Schwester«, sagte er mit jener wundervollen Stimme, die Beatrix zu lieben begonnen hatte. »Und eines Tages werdet ihr zusammen dafür sorgen, dass sie alle an die Zukunft unserer Art glauben, so wie ich es tue.«

Stephans Gesicht mit den ausgeprägten Zügen und den ausdrucksvollen Augen glühte geradezu von innen heraus. Beatrix beschloss, dass sie nichts gegen eine Freundin hatte, gegen jemanden, der sie verstand. Aber noch wichtiger war es jetzt, dass sie Stephan nicht enttäuschte.

Sie drückte die Hand des Mädchens. »Asharti. Das ist ein hübscher Name. Sprichst du Holländisch?«

»Ich spreche besser Französisch«, sagte Asharti langsam. »Robert, der mich gemacht hat, hat es mir beigebracht.«

*»*Je parle français, un peu. *Stephan, kann ich Asharti auf meine Zimmer bringen? Das goldfarbene Kleid würde ihr sehr gut passen, und mir steht es überhaupt nicht zu Gesicht.«*

Stephan lächelte zufrieden. Beatrix errötete, als sie sah, dass er sich über sie freute. »Ich habe auf deinen großzügigen Geist gesetzt, Kätzchen. Ich habe die Diener angewiesen, für jede von euch ein Bad vorzubereiten.«

Beatrix bedeckte die Augen und versuchte, die Bilder der Vergangenheit zurückzudrängen. Asharti. Wenn Beatrix in die Zukunft hätte sehen können … Aber damals hatte sie das Böse nicht erkannt. Nein, sie war froh gewesen, jemanden zu haben, der mit ihr zusammen von Stephan unterrichtet wurde. Asharti hatte rasch Fortschritte gemacht. Es hatte nicht lange gedauert, bis sie jede Scheu verlor. Es schien, als hätte sie alle Angst abgelegt. Stattdessen war der Zorn zutage getreten, der beständig in Ashartis Herzen lauerte. Aus jetziger Sicht, Jahrhunderte später, glaubte Beatrix, dass der Zorn und die Angst miteinander verknüpft gewesen waren …

Stephan klopfte mit einem dünnen Zeigestock auf Ashartis Finger, als sie nach einer Handvoll Walnusskerne griff. »Aufgepasst, alle beide! Ihr müsst die Geschichte eurer Art kennenlernen.«

Asharti zog die Hand zurück und machte einen Schmollmund. »Wie langweilig! Was gehen mich Rubius und irgendein Kloster und ein Brunnen an?« Ihre Gereiztheit kündigte einen Wutanfall an.

»Es geht dich etwas an, weil sie eines Tages deine Erlösung sein könnten. Rubius, der Älteste, und der Rat machen die Regeln, nach denen wir leben. Der Brunnen ist die Quelle des Gefährten. Und das Kloster Mirso ist die letzte Zuflucht für unseresgleichen.« Stephan bemühte sich, seinen Ärger zu beherrschen. Sowohl Beatrix als auch Asharti wussten das. Es machte Beatrix nervös. Asharti machte es kühn.

»Was, wenn ich gar nicht erlöst werden will?« Wie konnte Asharti es wagen, Stephan so herauszufordern, und warum ließ er es zu? Er schien Asharti gegenüber nachsichtiger zu sein als Beatrix gegenüber.

»Wenn du so alt bist wie ich, wirst du anfangen, den Wert des Schwures und das Kloster Mirso zu schätzen.«

»So alt, wie du bist«, schnaubte Asharti und zog die fein geschwungenen Augenbrauen hoch. »Du bist nicht alt.« Sie saßen in dem Zimmer ganz oben im Turm. Das kostbare Glas

der Fenster diente nicht mehr dazu, das Sonnenlicht hereinzulassen, sondern an die Wände des Raums den schimmernden Sternenschein des Nachthimmels zu malen. Stephan liebte es, sie hier zu unterrichten, ganz so, als könnte die Nähe zum Universum ihre Seelen weit machen.

»Über tausend Jahre«, sagte er und hob einen Finger, als Asharti schon protestieren wollte. »Ich wurde geboren, als die Karpaten noch den Namen Dacia trugen. Wir waren Teil des römischen Kaiserreiches. Das Joch der Römerherrschaft war hart, doch die Römer führten uns heraus aus Stammesfehden und Brutalität.« Seine Augen glänzten, als seine Gedanken in eine andere Zeit reisten, an einen anderen Ort. »Ich dachte, ich würde es nie müde werden, Blut zu trinken, und das Leben durch meine Adern strömen zu fühlen. Jetzt finde ich Trost in der Tatsache, dass ich mich eines Tages den Mönchen anschließen kann, die fasten und ihren Gefährten hungern lassen, bis ihre Bedürfnisse gering sind, bis ihre Macht geschwunden ist und ihr Schmerz und ihre Erinnerungen fort sind. Auf gewisse Art erhält es uns geistig gesund zu wissen, dass es einen letzten Schutz gibt: indem wir den Schwur ablegen.«

Beatrix schauderte; sie konnte sich nichts Schrecklicheres als das vorstellen. »Auf welche Weise schützt er uns?«

Stephan starrte in die Sterne. »Der Schwur schützt uns, weil man sich nicht davon lossagen kann. Und er schützt uns vor uns selbst. Einmal abgelegt, bedeutet das Sicherheit. Dann sind wir in Sicherheit.«

»Natürlich kann man sich davon lossagen. Alles, was man tun muss, ist, fortzugehen«, widersprach Asharti. Beatrix konnte den Zorn ihrer Schwester spüren. Asharti hasste es, kontrolliert zu werden, besonders von Ältesten, die sie nicht kannte.

Stephan unterdrückte etwas, das wie ein Lächeln aussah. »Nur im Tod, mein Schatz.«

»Du hast gesagt, es sei nahezu unmöglich, Selbstmord zu begehen«, bemerkte Beatrix vorsichtig.

»Und so ist es auch. Der Drang des Gefährten zu leben ist stark, selbst wenn man dem eigenen Körper so viel Schaden zufügen kann, dass er stirbt.«

Beatrix erschauerte erneut. Stephan sagte, dass die Abtrennung des Kopfes nötig sei, um einen Vampir zu töten. Die Enthauptung war etwas, das ihr Gefährte nicht heilen konnte. »Dann …«

»Ich habe von Tötung gesprochen«, erwiderte er in jener ruhigen Stimme, die er sich für die brutalsten Fakten ihres Lebens vorbehielt.

»Sie würden einen der Ihren töten?«, fragte Asharti zornig. »Ich würde sie umbringen!«

»Ja, das würden sie«, sagte er und ignorierte ihre zweite Bemerkung. »Wenn man sich vom Schwur lossagen könnte, welchen Schutz würde er dann noch bieten?«

»Wieso weißt du so viel über diesen Schwur, wenn niemand, der ihn abgelegt hat, das Kloster je verlassen kann?«, fragte Asharti und sah ihn aus zusammengekniffenen Augen an.

»Ich wurde in Mirso geboren, von einer Frau, die Zuflucht suchte und hochschwanger dort ankam. Ich bin aufgewachsen, um Rubius zu dienen.« Er holte tief Luft. »Eines Tages sagte Rubius zu mir, ich müsse hinausgehen in die Welt, um das Leben kennenzulernen, bevor ich zurückkehren könnte. Er hat mich regelrecht vertrieben. Es widerstrebte mir, mein Gefängnis zu verlassen, aber nachdem die Türen sich erst geöffnet hatten, habe ich alles getan, alles erfahren: Freundlichkeit, Brutalität, intellektuelle Höhenflüge, sexuelle Verderbtheit … Alles.« Seine braunen Augen starrten auf die kalten Sterne. »Und allmählich begann all das mich zu langweilen. Wenn man alles getan hat, wieder und wieder, bis man die Zerstörung sei-

ner Hoffnungen bis ins letzte Detail vorhersagen kann, was bleibt dann noch übrig?«

Beatrix zitterte. »Aber so bist du jetzt nicht mehr. Was hat sich geändert?«, wisperte sie.

Er zwang sich zu einem Lächeln. »Ihr beide habt mir das Interesse am Leben zurückgegeben.«

Asharti sah ihn an, als würde er sie auf eine Art anlügen, die sie nicht ganz verstand. Beatrix machte große Augen, während die Bürde seiner Worte sich auf ihre Schultern legte.

»Und deshalb«, sagte Stephan rasch, »kümmere ich mich darum, dass ihr lernt. Und das bringt uns zu den praktischen Übungen, meine Schönen.« Stephan erhob sich. »Morgen Nacht werde ich euch zeigen, wie man transloziert. Und wie man Blut trinkt, ohne Kehlen zu zerfetzen, Bea, und ohne seine Opfer leerzusaugen, Asharti.«

»Mir schmeckt eben der letzte Tropfen.« Ashartis Gesichtsausdruck war kühn.

»Menschen und Vampire leben miteinander in einem zerbrechlichen Gleichgewicht. Zerstöre diese Harmonie, und alle werden leiden. Jedes Mal einen Menschen zu töten, wenn wir für unseren Gefährten Blut trinken, würde dazu führen, dass die Menschen uns entdecken.«

»Aber wir sind stärker als sie«, wandte Asharti ein und zuckte mit den Schultern.

»Das ist wahr«, bestätigte Stephan. »Wir nehmen, was wir brauchen. Aber wir existieren im Geheimen, einer in jeder Stadt. Wir stillen unseren Hunger und lassen unsere Nahrungsquelle am Leben, um die Versorgung für kommende Zeiten zu gewährleisten.«

»Ich will tun, was mir gefällt, Stephan. Wer könnte mich aufhalten?« Das war eine direkte Herausforderung! Beatrix traute ihren Ohren nicht. War Asharti verrückt? Sie hielt den

Atem an, erwartete, dass Stephans Augen sich rot färbten. Sie taten es nicht. Asharti lachte ein gerissenes Lachen über ihren Triumph und schickte sich an, aus dem Zimmer zu stolzieren.

»Es würde mir sehr leid tun, dich morgen zu Hause zu lassen, meine Liebe.« Stephan seufzte. »Aber Beatrix und ich kommen auch allein zurecht, wenn du dich nicht benehmen kannst.«

Asharti fuhr herum, ihre feinen Augenbrauen zogen sich zusammen. »Das würdest du nicht tun.«

Stephan lächelte.

Beatrix schwitzte. Die Erinnerungen würden sie nicht in Ruhe lassen. Kehrte diese jahrhundertealte Lektion heute zu ihr zurück, um sie zu quälen, weil das Kloster Mirso tatsächlich das Einzige war, was ihr noch übrig geblieben war? Es war ein endgültiger Schritt, den Schwur abzulegen. Aber es konnte ihre einzige Verteidigung gegen die Dunkelheit sein.

Sie fühlte, wie sich ihr harter Griff lockerte. War die Dunkelheit eine Folge der Langeweile? Es stimmte, niemand sagte mehr irgendetwas, das sie nicht vorhersagen konnte. Alle Enttäuschungen waren bereits hundertmal durchlebt. Sie hing nicht am Leben, schon seit Jahrhunderten nicht mehr. Die Kunst? Selbst die Kunst tröstete sie nicht mehr so wie früher. Sie würde alles darum geben, zurückgehen und einen anderen Weg durch den Schmerz finden zu können, den Stephan und Asharti ausgelöst hatten. Die Narben, die sie hinterlassen hatten, waren der einzige Hinweis auf das, was existiert hatte, herausoperiert, in einer Nacht vor mehr als sechshundert Jahren. Ein leiser Laut entschlüpfte ihr, ein Laut des Schmerzes oder des Protestes. Sie wusste es nicht.

Sie musste nicht schon heute Nacht über Mirso und den Schwur entscheiden.

Langley. Sie musste darüber nachdenken, wie sie mehr über Langley in Erfahrung bringen konnte.

John ging den Albany Court nahe des Piccadilly zu Albany House hinauf. Er befand sich auf dem Rückweg von einem Besuch bei Lady Hartford. Die Gräfin war definitiv zu der Gesellschaft am Mittwoch eingeladen. Wie kühn von Lady Hartford, dachte er zufrieden. Wären es doch nur nicht noch zwei Tage bis dahin! Der Portier überreichte John einen Umschlag; die Adresse war von einer weiblichen Hand geschrieben. Mit größtmöglicher Lässigkeit nahm John den Brief entgegen und gab dem Portier einen Schilling. Immer zwei Stufen auf einmal nehmend, lief er die Treppe hinauf und betrat seine Wohnung. Er riss gerade den Umschlag auf, als Withering erschien.

Die Gräfin von Lente bittet um die Anwesenheit des Earl of Langley um 20 Uhr am Dienstag bei einer kleinen Gesellschaft, die am Berkeley Square Nr. 46 stattfinden wird. Sie hofft, er möge sich bemühen, dieses Datum nicht zu vergessen.

Das war alles. Keine Unterschrift, und nur die Provokation in der letzten Zeile verriet ihm, dass es eine persönliche Einladung war. Sein Mund verzog sich zu einem Grinsen. »Brandy, Withering«, sagte er mit Frohlocken in der Stimme. »Ich werde mich morgen in die Höhle der Löwin wagen. In Kniehosen aus Satin. Sonst lässt sie mich nicht herein.«

Kapitel 5

W*o bleibt er, dieser Schuft?* Er würde nicht kommen. Beatrix stand unvermittelt auf. Es war fast Mitternacht. Sie hatte die anderen Gäste vor einer halben Stunde nach Hause geschickt. Grollend und voller Unmut hatten sie sich der Aufforderung gefügt. Jetzt ging Beatrix ans Klavier. Vielleicht würde Musik sie entspannen. Sie blätterte ungeduldig durch die Noten, bis sie auf Beethovens Klaviersonate in c-Moll stieß. Sie hatte sie immer an das Mondlicht erinnert: melancholisch und weise. Sie bot das Maß an Gefühl, das Beatrix brauchte, um sich zu beruhigen. Sie setzte sich und schlug die Partitur auf. *Atme.* Ihre Hände schwebten über den Tasten. Dann ließ sie sich von der Musik davontragen.

In diesem Moment wurde die Tür geöffnet, und Symington betrat das Zimmer. »John Staunton, Earl of Langley«, verkündete er ein wenig zu laut.

Beatrix blickte rechtzeitig auf, um Langley durch die Tür treten zu sehen. Sie holte tief Luft, und die Erkenntnis, wie sehr sie auf ihn gewartet hatte, ließ sie erröten. *Er sieht nicht besser aus als jeder andere Mann*, sagte sie sich, während sie ihr Zögern kaschierte, indem sie die Musik weiterfließen ließ, dramatisch, klagend. Sie durfte ihn nicht wissen lassen, wie stark seine Wirkung auf sie war. *Ja, die grünen Augen und das schwarze Haar sind eine ungewöhnliche Kombination. Wahr ist auch, dass die leicht schräg stehenden Augen und der volle Mund nicht der Norm entsprechen.* Normalerweise mochte sie Männer, deren Gesichtszüge kantig und herb waren. Seine waren es nicht. Das Grübchen am Kinn war fast keck und strafte seine ernsten Augen Lügen. Ihr Blick fiel auf seine breiten, leicht abfallenden Schultern, die muskulösen Oberschenkel und diese lächerlichen Kniehosen, auf denen sie bestand. Doch es gab viele, die so gut gebaut waren wie er. Sie konzentrierte sich auf die Musik.

Was hat er also an sich?

Der letzte Ton schwebte in der Luft. Beatrix starrte auf die Tasten und sehnte sich danach aufzuschauen.

»Sie sind eine großartige Pianistin, Gräfin«, sagte Langley gedehnt, nachdem er sich geräuspert hatte.

»Unsinn«, murmelte sie und sah ihn unter ihren Wimpern hervor an. »Alles, was es braucht, ist Übung. Ich hatte sehr viel Zeit dafür.« Langley stand da und starrte sie an. Sie erhob sich.

Er neigte den Kopf. Sie reichte ihm die Hand. Sie konnte die Smaragde spüren, die auf ihrer Brust ruhten und sich hoben und senkten. Er nahm leicht ihre Finger und streifte sie mit seinen Lippen. Gott sei gelobt für die Mode, Handschuhe zu tragen! Der Gedanke an seine Lippen auf ihren bloßen Fingern löste ein Pochen in ihr aus. Sie verdrängte weitere Bilder, die ungewollt in ihr auftauchten. Verdammt, der Mann war gefährlich!

»Lady Lente.« Sein Bariton klang halbwegs wieder so männlich wie der jedes Mannes, den sie kannte.

»Sie kommen spät, Langley.« Ihre Stimme war ein heiseres Flüstern. Sie räusperte sich. »Vermutlich sollte ich mich geschmeichelt fühlen, dass Sie es noch in derselben Woche einrichten konnten, in der Sie die Einladung erhalten haben.«

»Meine aufrichtige Entschuldigung. Ich hatte noch eine andere Verpflichtung. Die Einladung kam so kurzfristig«, murmelte er.

Dieser Schuft! Sie ging jede Wette ein, dass er keine weitere Verabredung gehabt hatte. Er sollte geschmeichelt sein, dass er eine Einladung für heute Abend bekommen hatte, statt erst für den nächsten Monat. Als ob sie einen Monat darauf hätte warten können, ihn zu sehen. Eine Stimme in ihr wisperte, dass ihr Interesse nur von kurzer Dauer sein würde. Sie gebot ihr zu schweigen. Von kurzer Dauer oder nicht, sie würde jenes Gefühl der Erwartung genießen. »Symington, Brandy.«

Symington verbeugte sich und verließ den Raum.

Beatrix versuchte, spröde auszusehen. »Erzählen Sie mir von Ihrer Verabredung.« Sollte die Schlacht beginnen.

Er lächelte und schüttelte den Kopf. Wie dieses Lächeln sein Gesicht veränderte! »Ich denke, dass in diesem Fall Diskretion angebracht ist«, murmelte er. »Wie geht es Ihnen heute Abend?« Welch eine Frechheit! Wie konnte er es wagen, ihre Unpässlichkeit anzusprechen. Und halt – sollte die Verwendung des Wortes »Diskretion« implizieren, dass er eine andere Frau besucht hatte? Wie konnte er es wagen?

»Ah, ich verstehe. Nun, jetzt sind Sie hier. Vielleicht unterhalten Sie mich mit ein wenig von der Konversation, für die Sie so gefragt sind.«

»Konversation ist es nicht, für die ich gefragt bin.« Langley neigte den Kopf. Es war eine Aufforderung an sie, es ihm gleichzutun. Wahrheit um Wahrheit.

»Sie bringen eine Frau zum Erröten.« Ihr wurde heiß, aber es war nur die Temperatur im Raum. Sie zog sich ein Stück weit vom Feuer zurück.

»Ich denke nicht, Mylady«, murmelte er.

Ihre Augen konnten nicht anders, als sich ein wenig weiter zu öffnen. »Dann erzählen Sie mir von sich, Langley. Ich würde gern mehr über einen solchen Mann wissen. Woher stammen Sie?«

Sein Gesicht wurde verschlossen. »Aus dem Norden. Armes Land, raues Klima, überwiegend Felsen und Moore.«

Er wollte nicht über sich reden, anders als jeder andere Mann, den sie hier bisher unterhalten hatte. »Sie scheinen nicht arm zu sein.«

»Wie Alvaney sagt, habe ich Glück beim Kartenspiel.« Seine Stimme hatte eine gewisse Schärfe. Verbitterung?

»Lord Melford meint, mehr Gemeinflächen in die Nutzung einzubeziehen ist ein Weg, dem Land mehr Gewinn abzuringen. Vielleicht sollten Sie es mit Zäunen versuchen.« Sie plapperte über Belanglosigkeiten, um nicht über etwas anderes reden zu müssen.

Langley richtete sich auf. »Und was tut Melford für seine armen Pächter, die ihr Einkommen damit aufbessern, dass sie ein paar Stück Vieh auf diesen Flächen weiden lassen? Oder einen kleinen Garten darauf angelegt haben? Was wird aus denen?«

War er etwa wütend? Das kam unerwartet. »Das Parlament bewilligt ständig derlei Eingaben.«

»Dass es vom Parlament gebilligt wird, muss nicht heißen, dass diese Praxis richtig ist.«

»Sie sollten einen Sitz im Oberhaus haben. Sie könnten dort sehr eloquent Ihre Überzeugungen vorbringen, möchte ich meinen.«

»Reine Zeitverschwendung bei dem Haufen, der jetzt dort sitzt«, erwiderte Langley.

Der verrufenste Mann Englands hegte also eine soziale Gesinnung. Hatte das noch niemand bemerkt, oder hatte man diese Tatsache einfach verdrängt? Langley war komplizierter, als sich alle vorstellten.

»Aber zurück zu Ihnen und Ihrer Herkunft.« Beatrix wollte heute Abend nicht nachgeben. »Wir haben die Politik gestreift, und Sie wissen jetzt, wie ich das einschätze. Geschwister, Langley?«

Er nahm einen Brandy von dem Tablett, das Symington ihm darbot. Symington verschmolz wieder mit dem Hintergrund. »Keine, die mein Vater anerkannt hätte.« Seine Stimme klang ruhig.

»Also keine Geschwister«, resümierte Beatrix. »Der Vater ist verstorben, denn Sie tragen ja den Titel. Ihre Mutter?« Es war ungehörig, jemanden nach seinem Hintergrund auszufragen. Und sie kannte die Antwort bereits. Aber es war Teil des Gesichts, das sie in der Öffentlichkeit zeigte, unverschämt zu sein. Und sie wollte sein Mienenspiel sehen, wenn er antwortete.

»Starb, als ich ein Kind war.« Seine Antwort fiel kurz und knapp aus. Ein Aufzucken von Schmerz. Aha. Er hatte seine Mutter geliebt – oder bedauerte er es, dass er es nicht getan hatte? Es war kompliziert.

»Also ganz allein auf der Welt.« Sie sah, dass er hoffte, sie würde das Thema wechseln. »Und dennoch nicht allein, denn unsere Eltern leben in uns weiter, ist es nicht so?«

»Ich hoffe nicht.« Er stürzte einen Schluck Brandy herunter.

»Ich höre, Sie seien das Ebenbild Ihres Vaters.«

Langley zwang sich zu einem Lächeln. »Bedauerlich, aber wahr«, sagte er leichthin. »Und jetzt werden Sie mir vielleicht einige ähnliche Fragen beantworten.« Er zog die Augenbrauen hoch. »Welchen Einfluss hatten Ihre Eltern?«

Dass er Gleiches mit Gleichem vergalt, war das Letzte, was sie wollte. »Ich denke, dass Mentoren in sehr jungen Jahren sogar wichtiger sein können als Eltern.« Gefährliche Richtung. Wie konnte er es wagen, sie dazu zu verleiten?

»Wer war also Ihr Mentor?«

Sie neigte den Kopf. Dieser Teufel! Und sie hatte ihm die Vorlage geliefert. Was würde er denken, wenn sie ihm von Stephan erzählte? Aber schließlich wollte sie ihn ja vor den Kopf stoßen. »Ach, das war ein Mann, nicht meine Eltern. Sein Name war Stephan Sincai. Er hat mir ... alles Wichtige beigebracht.« Langley schenkte sich noch ein Glas Brandy nach. Sie sprach rasch weiter. »Er hat mir gezeigt, wie die Welt funktioniert, auch wenn das nicht immer schön war.« Sie starrte Langley an, forderte ihn geradezu heraus, sein Urteil über sie zu fällen.

»Ich frage mich, warum es Ihnen so gefällt, die Menschen vor den Kopf zu stoßen, Lady Lente«, sagte er, ganz und gar nicht vor den Kopf gestoßen.

»Normalerweise bin ich die Diskretion in Person.« Nachdem er ihre Einladung erhalten hatte, musste ihm klargeworden sein, dass sie hinter ihm her war. Gut so. Männer mochten es, begehrt zu werden – solange niemand von Heirat sprach.

»Für ein Leben wie Ihres dürfte das eine unabdingbare Voraussetzung sein.«

Sieh an, sieh an, er hatte schon ein Urteil über sie gefällt. »Das gilt auch für Ihres, würde ich meinen.«

Er sah verwirrt aus. Aber warum verwirrte es ihn, wenn sie ihm seine Affären vorhielt? Er kannte doch seinen Ruf und stand dazu. Und er hatte sicherlich damit gerechnet, dass sie zurückschlug. Interessant.

Beatrix riss sich zusammen und lächelte. »Waffenstillstand?«

Hatte sie herausgefunden, dass er ein geheimes Doppelleben führte? Oder wusste sie es, weil sie eine Spionin war? Himmel, sie war wunderschön, wenn sie lächelte! Aber selbst wenn sie lächelte, hatte sie etwas Distanziertes an sich. Die Erfolgsstrategie der Kurtisanen, mit denen er zusammen gewesen war – und ihre Zahl war Legion –, bestand darin, an den Lippen der Männer zu hängen, die über sich selbst reden wollten.

Nicht so Lady Lente. Irgendwie brachte sie die Männer dazu, darum zu kämpfen, dass sie ihnen ihr Interesse schenkte. Und das wiederum veranlasste ihre zahllosen Bewunderer, immer wieder zu ihr zu kommen. Aber er wettete, dass diese Männer sie eigentlich gar nicht interessierten.

Sie hatte alles, was John an einer Frau hasste. Keine Tugend, keine Loyalität – sie war die logische Fortführung von Angela und Cecily. Sie hasste die Männer und sehnte sich danach, sie zu betrügen. Eine perfekte Spionin.

Und doch, da war eine Traurigkeit an ihr, die er ... faszinierend fand. *Nur nicht den Kopf verlieren, Langley*, ermahnte er sich. *Vergiss nicht, was sie ist.*

»Lassen Sie mich nachdenken ... Waffenstillstand, was Persönliches betrifft, und keine Politik«, grübelte er, um sie zu ködern. »Was bleibt dann noch?«

»Ich habe nicht gesagt ›nichts Persönliches‹«, bemerkte sie spitz, wobei jenes Lächeln noch irgendwo in ihren Augen funkelte. »Wie steht es mit der Poesie? Ich finde immer, der Lieblingsdichter eines Mannes sagt ziemlich viel über ihn aus.« Sie nahm ihr Champagnerglas von einem kleinen Tisch und trank anmutig daraus. »Zum Beispiel unser Premierminister. Mr. Percevals Liebling ist unser *poeta laureatus* Mr. Southey. Sie sehen, wie gut das passt, nicht wahr?«

Er zog die Brauen zusammen. Perceval war nicht gerade ein tollkühner Draufgänger. Dass er Southey schätzte, machte daher durchaus Sinn.

»Und Mr. Castlereaghs Liebling ist Alexander Pope. Und unsere jungen Wilden sind natürlich alle Verehrer Lord Byrons.«

»Sie verurteilen sie für ihre Vorlieben?«

Sie zuckte mit den Schultern. »Southey und Perceval schenken einander möglicherweise nicht viel. Aber Pope ist ein Genie, wenn auch ein sehr strukturiertes; ein Realist wie Castlereagh, wenn Sie so wollen. Was Byron betrifft – er ist ungemein populär, was gegen ihn sprechen sollte, aber seine Dichtkunst ist nicht übel. Byron selbst hat mir gesagt, dass Pope sein Lieblingsdichter ist. Auch wenn er das natürlich nicht eigens hätte sagen müssen. Es spricht aus seinen Versen.«

Lady Lente glaubte also, alles wieder unter Kontrolle zu haben, oder nicht? John schwieg und wartete ab.

Sie sah ihn aus diesen braunen Augen an, die alles zu wissen schienen, und legte einen Finger auf die Lippen, die dezent geschminkt waren. Das Rouge wäre eigentlich gar nicht nötig gewesen. »Und Sie? Hmmm. Ich möchte wetten, dass Sie Shelley bevorzugen – wegen seines sozialen Idealismus. Offensichtlich haben Sie eine Schwäche für gesellschaftliche Themen. Oder ist es eher Wordsworth, weil Sie tief drinnen noch an traditionelle Werte wie die Tugendhaftigkeit glauben?« Sie machte eine nachdenkliche Pause.

Ihre Worte trafen John mitten ins Herz. Sie hatte erkannt, dass er Tugendhaftigkeit schätzte? Aber er hatte sich niemals selbst für traditionell gehalten. Er wollte sie schockieren. »Nichts davon, Lady Lente. Blake.«

Sie machte große Augen, ehe sie sie niederschlug. »›Tiger, Tiger, flammend hell in des Waldes finst'rer Höll'‹«, zitierte sie leise. »›Welche Hand, welch' Himmelsmacht ersannen deiner Schrecken Pracht?«

»Sie sind auch eine Naturgewalt, Gräfin.« Er verbeugte sich leicht.

»Lenken Sie nicht vom Thema ab, Langley«, sagte sie gereizt. »Sie mögen also Blakes traditionelle Sicht auf Gott, aber Sie lieben sein Versmaß – das ist ganz und gar nicht traditionell.«

»Ich würde Blakes Sicht auf Gott keinesfalls als traditionell bezeichnen«, protestierte John.

»Er glaubt, dass es einen gibt. Das an sich ist bereits traditionell.« Sie klopfte mit dem Finger auf ihre Lippen. »Aber dann ist da ja noch sein Sinneswandel ...«

John fühlte, wie er errötete. Vielleicht offenbarte die Nennung des Lieblingsdichters doch zu viel von einem selbst. »Sie meinen die ›zweite Unschuld‹?«

»Wie sonst könnte man glauben, dass man ein Wesen mit der Fähigkeit zu staunen sein kann, selbst wenn man alle Schrecken der Welt gesehen hat?« Lady Lentes Stimme wurde leise. »Vielleicht ist es ja nur die Hoffnung, nicht der Glaube.«

John fühlte sich, als wäre seine Seele bloßgelegt. Er suchte nach einer Möglichkeit, vom Thema abzulenken, als die Gräfin sich unvermittelt erhob. Die Unbekümmertheit schien von ihr abzufallen. Er hatte sie noch nie so voller Energie gesehen.

»Kommen Sie«, sagte sie. Die grüne Seide, die sie trug, raschelte. Sie ging zum anderen Ende des großen Salons und stieß die Flügeltür auf. John goss sich noch einen Brandy ein und folgte ihr langsam, um nicht zu beflissen zu wirken. Er folgte ihr in einen sehr viel privateren Raum. Magazine lagen auf dem Boden verstreut, Papiere waren auf einem Schreibtisch verteilt, eine Teetasse stand darauf, die noch halb voll war. Hier also wohnte die Gräfin.

Sie schaute sich um. »Nun? Wollen Sie kommen und schauen oder nicht?«

John nippte mit dem Anschein von Lässigkeit an seinem Brandy. »Ich kann auch von hier aus alles sehr gut sehen.«

Was er sah, waren zwei Gemälde, die nebeneinander hingen. Ein Blick auf die anderen Wände verriet ihm, dass ihre Kunstsammlung sogar noch größer war, als die Gemälde in dem großen Salon vermuten ließen. Fragonard, Rubens, ein grübelnder Goya, nur die Besten. Die Gräfin war eine Frau von Welt, und offensichtlich eine reiche. Er kehrte zu den beiden ersten Gemälden zurück. Auf dem linken war eine meisterliche Darstellung eines Flusses in schwindendem Tageslicht zu sehen, mit Wolken, die sich am Himmel auftürmten, mit Menschen vor einer alten Mühle. Das Licht leuchtete geradezu. Man fühlte sich, als würde man auf die naturgetreue Nachempfindung eines Nachmittags in Suffolk schauen. Constable. Die Königliche Akademie verachtete ihn, aber John hatte ihn schon immer für ein Genie gehalten. Er beugte sich vor. Das Gemälde trug den Namen »Flatford Mill« oder so ähnlich.

Das Gemälde zur Rechten zeigte ein Inferno von Wind und Licht über einer tobenden See. Das dargestellte Schiff brach vor den Augen des Betrachters entzwei. Man konnte die Kraft der Wellen spüren, während der Wind die Wogen zu Gischt zerriss, die Angst der Menschen, die ins Wasser geschleudert wurden. Die Farbe war nicht wie bei Constable in durchscheinender Perfektion verwendet, sondern in großen, dramatischen Klecksen dick aufgetragen worden. John musste nicht auf die Namenstafel schauen, um den Namen des Malers zu erraten. Es war ein Turner. Aber der Titel des Bildes hielt seinen Blick gefangen. *Das Wrack eines Schiffes, 1810.* Er hoffte bei Gott, dass die Szene nicht prophetisch zu verstehen war.

»Sehen Sie?«, sagte die Gräfin triumphierend. »Es ist das Gleiche bei der Malerei.«

John stand da wie festgenagelt. Schließlich räusperte er sich und fühlte sich genötigt, das Schweigen zu beenden. »Constable ist Pope und Wordsworth, aber Turner ist natürlich Blake.« Er suchte nach etwas, das er noch sagen konnte. »Wenn man natürlich Constables Skizzen gesehen hat – sie haben genau dieselbe Kraft.«

»Sie kennen ihn?« Die Gräfin bedachte John mit einem anerkennenden Blick. Dann wandte sie sich wieder dem Gemälde zu. »Doch er fühlt den Drang, sich zu verbessern, auf eine Art, die Turner hinter sich zu lassen beginnt. Turner ist dabei zu lernen, zum Wesen des Lichts durchzudringen.«

John räusperte sich wieder. »Könnte man nicht sagen, dass es sich mit der Musik ebenso verhält? Die Präzision der Gegensätze bei Haydn gegen die Leidenschaft Beethovens.«

Die Gräfin starrte ihn an. »Eine Leidenschaft, die so verzehrend ist, dass sie die Taubheit überstand. Er muss daran geglaubt haben, dass die Leidenschaft triumphieren wird ... Sein Hunger, Musik zu schaffen, gab seinem Leben Sinn.«

»Hunger«, murmelte John. Wollte er das Leben, das er gewählt hatte? Wollte er irgendetwas? »Sie haben mir noch nicht gesagt, wer Ihr Lieblingsdichter ist.«

»Oh, ich mag beide Stilrichtungen. Pope ist ein wahrer Meister, und Wordsworth ist –«

»Nein«, unterbrach John sie, und seine Stimme klang fast rau. »Es wird Zeit, die Herausforderung anzunehmen, Gräfin. Nennen Sie einen Namen.« John wollte diesen Namen mehr als alles hören, was er sich seit langer Zeit gewünscht hatte.

Sie blinzelte, ihre langen Wimpern streiften ihre Wangen. Sie schwankte leicht. »Blake«, wisperte sie, wobei ihre unglaublich dunklen Augen groß auf Johns Gesicht gerichtet waren. Darin standen Fragen und, wenn er nicht irrte, einen winzigen, verletzlichen Funken Hoffnung.

Für einen langen Moment regierte das Schweigen.

Dann raffte sich die Gräfin zusammen. Ihr Gesicht wirkte mit einem Mal verschlossen. »Für heute Nacht habe ich genug von Ihnen«, sagte sie brüsk. »Sie müssen Besseres zu tun haben.« Sie schob ihn durch die Tür. »Symington«, rief sie. »Begleiten Sie Lord Langley hinaus.«

John beachtete die plötzliche Entlassung gar nicht. »Sie verkehren mit den falschen Männern.«

»Was?«

»Sie sollten sich mit Männern umgeben, die sich nicht herumkommandieren lassen.« Er starrte in diese dunklen Augen.

»Herumkommandieren!« Diese Augen weiteten sich im Zorn. »Unhöflichkeit wird Sie nirgendwohin bringen, Langley.« Sie wollte gehen und wandte sich ab. Er packte sie am Handgelenk. Der Schock, sie zu berühren, durchfuhr ihn. Eine Flamme aus Leben loderte in ihren Augen auf, als ihr Kopf zu ihm herumfuhr. Sie war lebendiger, als er es je bei irgendjemanden gesehen hatte. Ihre Blicke bohrten sich ineinander, und ihre Vitalität brandete über ihn hinweg. War es dies, was verborgen hinter dem Schleier des Desinteresses lag, das sie normalerweise zeigte?

»Sagen Sie mir, dass Sie die Männer in Ihrem Leben nicht herumkommandieren«, verlangte er leise.

Ihre Antwort war eine fast unmerkliche Erheiterung in ihren Augen, das den Zorn vertrieb.

»Begleiten Sie mich auf einen Ausritt morgen ... sagen wir um vier Uhr?« Er ließ es wie eine Forderung zum Duell klingen.

Sie sah ihn so eindringlich an, dass er sich bis auf die Knochen entblößt fühlte. Aber ein Teil von ihm fühlte sich stark und stärker und sehnte sich danach, entblößt zu werden. Sie hatte keine Anstalten gemacht, sich seinem Griff zu entziehen. Schließlich schüttelte sie den Kopf. »Ich stehe immer erst sehr spät auf.«

Enttäuschung machte sich in ihm breit. Ihm wurde klar, dass er den Atem angehalten hatte, und so atmete er jetzt bewusst aus. Er brachte ein Schulterzucken zustande und ließ ihren Arm los. »Dann vielleicht ein anderes Mal.«

»Sagen wir um halb acht?«

Was? Im Dunkeln? Aber er wollte nicht derjenige sein, der

plötzlich kniff, deshalb nannte er das einzige Hindernis, das zählen könnte. »Und was ist mit Ihrem Salon?«

»Ich komme immer erst um zehn herunter.«

»Dann werde ich um halb acht hier sein.«

Sie neigte den Kopf. »Glauben Sie nicht, Sie hätten bekommen, was Sie wollen.«

»Das Gleiche könnte ich auch sagen«, murmelte er. Er wandte sich ab und schritt zur Tür, weil er derjenige sein wollte, der ging. Binnen weniger Augenblicke stand er auf der Straße. Hatte er gesehen, was er zu sehen geglaubt hatte? War der Augenblick der Enthüllung real gewesen, oder war alles nur gespielt?

Er schlenderte auf die Ecke des Squares zu und spürte Zorn in sich aufflammen. Es war in erster Linie ihr Spiel gewesen, dieses dumme Nennen von Dichternamen. Als es dann darum gegangen war, selbst Stellung zu beziehen, hatte sie ihn hinausgeworfen. Das Schlimmste daran war, dass er sich vielleicht ihrem Willen gefügt hätte, wenn sie ihn gebeten hätte, heute Nacht bei ihr zu bleiben. Was war er doch für ein Schwächling! Hatte er nicht genug Frauen gehabt, die keine Beständigkeit gekannt hatten, keine Tugend? Und wer wäre weniger tugendhaft als die Gräfin? Sie machte sich nicht einmal die Mühe, ihre liederlichen Moralvorstellungen zu verbergen. Sie benutzte Männer wie Taschentücher und warf sie weg. Und die Narren stellten sich auch noch in die Schlange, um ihr Gelegenheit zu geben, genau das mit ihnen zu tun.

Es war diese verdammte Verletzlichkeit, die er in ihrem Gesicht gesehen hatte, als sie Blakes Namen hauchte, die er nicht vergessen konnte. Sie hatte ihre Seele in diesem einen Wort offenbart, und sie wusste es. Kein Wunder, dass sie so heftig reagiert hatte. Aber er würde ihr nicht wieder erliegen.

Sein Körper reagierte schon auf den Schuss, der durch die

Nacht peitschte, noch ehe sein Verstand ihn registrieren konnte. John hatte sich bereits hinter die Fronttreppe des nächstbesten Hauses geduckt, hinter die Säule, die dessen Giebel trug, ehe er begriff, dass er ein dumpfes Geräusch in dem Baum neben seinem Kopf gehört hatte.

Die Kugel war für ihn bestimmt gewesen. Sein Blick huschte über den Square. Der Wind strich durch die großen Bäume in der Mitte des Platzes; die Äste der Ulmen waren noch ohne Laub und schlugen leise aneinander, die Eichen ächzten. Zwei Kutschen fuhren auf der gegenüberliegenden Seite vorbei, die Hufschläge klapperten die Straße entlang. Er glaubte, aus dem Augenwinkel in der Hill Street eine Bewegung wahrzunehmen, doch als er hinschaute, war nichts zu sehen.

Aber es war nicht nichts. Alle Zweifel waren nun ausgeräumt. Das in der Hay Hill Street waren keine Straßenräuber gewesen. Jemand versuchte, ihn zu töten. Und das bedeutete, dass jemand wusste, wer er war.

Kapitel 6

Beatrix flüchtete geradezu in ihr Boudoir. Sie hörte einen Schuss auf der Straße aufpeitschen, aber sie bat keinen der Diener herauszufinden, was er zu bedeuten hatte. Sollten doch Räuber sich auf dem Square einnisten und wahllos Passanten ermorden. Es kümmerte sie nicht. Wie hatte sie Langley so viel von sich preisgeben können? Warum? War es der Blitz, der ihr Herz getroffen hatte, als er ihr gesagt hatte, er schätzte Blake vor allen anderen? Und seit wann waren Blake und Turner ihre Favoriten? Konnte die Kunst die Realität in etwas verwandeln, das noch realer und noch erfüllter von Emotion war? Gütiger Gott, gab es so etwas wie eine zweite Unschuld?

Lächerlich! War man erst von der Grausamkeit und der Dummheit der Welt befleckt, so gab es keinen Weg zurück. Sie glaubte nicht an Verwandlung. Sie setzte sich an ihren Frisiertisch. Oder glaubte sie doch daran?

Sie besaß jeden Band von Blakes Gedichten, ebenso einige seiner Illustrationen. So primitiv. So aufrüttelnd. Hatte sie gelogen, als sie Langley gestanden hatte, dass Blake ihr Lieblingsdichter war? Beatrix fuhr sich mit der Hand durchs Haar, zog die Nadeln heraus und ließ es über ihre Schultern fallen. Sie schaute im Spiegel auf ein Gesicht, das sich niemals verändern würde. Nein. Verwandlung war nicht möglich. Ihre Unschuld war ihr vor Jahrhunderten geraubt worden …

Im Hof der Burg Sincai, Transsilvanische Alpen, 1102

»Wir werden heute Nacht jagen gehen, meine Kätzchen«, sagte Stephan, während er sich den Umhang um die Schultern legte. Beatrix war nie einem Mann begegnet, der so gut aussah wie er, obwohl sie zugeben musste, dass ihre Erfahrung gering war, was Männer betraf. Das Lederwams, das er über einem Leinenhemd sowie Hosen und Stiefeln trug, sollte ihn wie jeden anderen Mann aussehen lassen. Aber so war es nicht. Wie konnte man diese Schultern übersehen, diese glühenden Augen, diese Wangenknochen? Die Aufregung der Nacht durchströmte sie. Sie und Asharti würden heute Nacht lernen, wie sie ihren Gefährten füttern konnten. Es würde keine Becher mit Blut mehr geben, die Stephan ihnen reichte. Sie schaute zu Asharti. Ihre Schwester hatte sich sehr rasch besonnen, nachdem Stephan gedroht hatte, sie zu Hause zu lassen.

Die beiden Mädchen hüllten sich in ihre Umhänge. Es war kalt in den Bergen. »Werden wir ins Dorf gehen?«, fragte Beatrix. »Es ist ein langer Weg bei der Kälte.«

»Stille deinen Hunger niemals in der Nähe deines Hauses und niemals zweimal am selben Ort.« Er fasste beide am Arm. »Nein, wir werden uns weiter fort begeben, aber wir haben eine andere Art zu reisen. Heute Nacht werde ich euch eine der nützlichsten Gaben unseres Gefährten zeigen.«

»Translokation!« Beatrix quiekte fast vor Aufregung.

»Wie geht das, Stephan? Zeig es uns«, verlangte Asharti.

»Zuerst müsst ihr den Vorgang an sich verstehen«, sagte Stephan geduldig. »Ihr ruft euren Gefährten, und er leiht euch seine Kraft. Wenn ihr genügend Kraft aufgenommen habt, ist ein Kraftfeld um euch entstanden, aus dem kein Licht dringen kann. Das bedeutet, dass niemand euch sehen kann.«

»Du meinst, wir sind unsichtbar?«, fragte Beatrix verblüfft.

»Ich habe es bei Robert gesehen«, sagte Asharti selbstgefällig.

»Und dann, meine Lieblinge, verdichtet sich dieses Kraftfeld so sehr, dass es euch von der Stelle bewegt. Durch Übung könnt ihr lernen zu bestimmen, wohin ihr euch bewegen wollt.« Er sah, dass Asharti etwas sagen wollte, und hob einen Finger. »Ihr müsst bei mir bleiben, damit wir am selben Ort landen. Die Translokation wird ein wenig wehtun. Seid also darauf vorbereitet.« Er hob seinen Umhang, und die beiden Mädchen schmiegten sich an ihn, jede an eine Seite.

»Ruft jetzt euren Gefährten«, befahl er.

Beatrix stellte in Gedanken eine Verbindung zu dem einen her, der ihr Blut mit ihr teilte. Gefährte, komm zu mir.

Sie spürte einen prickelnden Strom von Kraft durch ihre Adern rauschen. »Noch einmal«, hörte sie Stephan sagen, nun schon von weiter entfernt, wie es ihr schien. Gefährte! *Die Welt um sie wurde dunkel. Sie konnte nicht einmal mehr Stephan neben sich spüren. Das Prickeln wurde stärker und stärker, und Beatrix war sich nicht sicher, dass sie noch die Kontrolle darüber hatte. Es umfloss sie, beherrschte sie. Ihr Gefährte schrie nach Leben und nach Macht. Schmerz erfüllte Beatrix. Die Welt verschwand. Und dann war der Schmerz vorüber. Die Welt tauchte wieder auf. Sie spürte, dass Stephan sie an den Schultern hielt. Aber es war eine andere Welt als die, die sie hinter sich gelassen hatten; es war eine dunkle kleine Straße, die nach Kohl und Urin stank. Eine Reihe von Häusern, alle im gleichen Zustand des Verfalls, säumten beide Seiten des schmalen, schmutzigen Durchgangs. Laute, tiefe Stimmen und schrilles Lachen drangen aus dem größten Haus zu ihnen heraus. »Voilà!«, verkündete Stephan. »Der Hof des* Rose and Thorn *in Sigishoara.«*

Beatrix schaute sich um und versuchte sich zu orientieren. »Wir können das immer tun … immer, wenn wir es wollen?«

»Es erfordert viel Energie. Es gibt Grenzen«, warnte Stephan. »Und es erfordert Übung.«

»Freiheit!«, zischte Asharti. Ihre Augen glühten.

Stephan nickte und lächelte. »Der nächste Mann, der aus der Tür kommt, gehört dir, Bea. Tu das, was ich dich gelehrt habe. Trink nur ein wenig Blut, denn wir werden es heute Nacht noch einmal üben.«

Asharti hängte sich an ihn und rieb sich wie eine Katze an ihm. »Stephan, ich bin hungrig. Ich will als Erste gehen«, verlangte sie schmollend. Beatrix gefiel es nicht, wie Asharti in den letzten Wochen begonnen hatte, Stephan zu behandeln. Diese Art von süßlichem Benehmen brachte Beatrix' Blut zum Kochen. Das Verwirrende daran war, dass Stephan nicht versuchte, es zu unterbinden.

»Du kommst auch noch an die Reihe.« Stephan zog sie mit sich und spähte um die Hausecke. Er nickte Beatrix zu, als die Tür der Taverne aufgestoßen wurde. Licht und Lärm drangen heraus auf die schmale, dunkle Gasse. Aber der Mann, der heraustaumelte, war grauhaarig. Sein Gesicht war von einem frühen Zusammentreffen mit den Pocken gezeichnet.

Beatrix zuckte zurück und schüttelte den Kopf. »Ich mag ihn nicht.«

»Du musst sie nicht mögen, Bea. Sie sind nur Nahrung«, sagte Stephan ärgerlich. Vor Asharti war er noch nie gereizt zu ihr gewesen.

»Kann ich nicht jemanden nehmen, der hübscher ist?«

»Bea wird noch ewig brauchen. Halt mich fest, Stephan, um mich zu wärmen.«

Stephan legte seinen Arm um Asharti. Beatrix beschloss, dass der nächste Mann, der aus der Tür kam, ihren Hunger zu spüren bekommen würde, und wenn es ein Leprakranker war. Der ältere Mann schwankte die Straße hinunter. Es war spät.

Der Mond stand hinter den Häusern. Sicherlich würden auch die anderen Männer bald herauskommen, um nach Hause zu gehen. Sie wandte sich der Tür zu, die nun wieder geöffnet wurde. Ein Mann stolperte ins Freie und fiel auf Hände und Knie. Wenn er sich nur nicht erbricht, *dachte Beatrix, als sie um die Hausecke glitt. Der Mann rappelte sich wankend auf und schaute sich um, um sich zu orientieren.*

»Guten Abend«, sagte Beatrix leise in der Sprache des Landes Dakien, in dem die Burg Sincai stand. Der Mann war jung, wenn auch nicht so jung wie sie oder Asharti, und er war grobschlächtig. Es hätte schlimmer kommen können. Stephan hatte sie gelehrt, ihren Gefährten leise zu rufen, sodass er sanft nach ihrem Gebot ihre Adern hinaufglitt und sie nicht überwältigte, wie er es tat, wenn sie hungrig und verzweifelt war.

Der junge Mann sah sie mit seiner eigenen Art von Hunger in den Augen an. »Was ist denn?«, fragte er. Aber Beatrix hatte schon ihre Augen rot aufglühen lassen. Sie hatte ihn.

»Komm mit mir.« Sie zog sich zurück in den Schutz des engen Hofes. Der junge Mann, mit trübem Blick jetzt, folgte ihr. Als sie dort standen, wo niemand sie sah, hieß sie den Mann auf die Knie gehen. Warum konnten sie nicht in einem schönen Speisezimmer wie dem zu Hause ihren Hunger stillen? Außerdem stank dieser Mann. Weil Stephan darauf achtete, dass sie regelmäßig badete, und sich auch selbst daran hielt, fand sie den Geruch dieses ungewaschenen Mannes übelkeiterregend. Aber ihre Abscheu wurde überstimmt vom Ruf ihres Blutes. Sie dachte daran, dass der Mann den Kopf heben solle, und das tat er und bot seine Kehle dar. Beatrix spürte das Blut in ihm pulsieren. Es erregte sie und den, der ihren Körper mit ihr teilte.

Asharti glitt neben sie. Hinter ihr sagte Stephan: »Beiß ihn.«

Beatrix fuhr sich mit der Zungenspitze über die Lippen. Ihre

Fangzähne waren bereits lang und scharf. Sie atmete schwer. Sie stellte sich das Blut vor, das durch ihre Kehle strömen würde.

»Such seinen Puls«, wies Stephan sie an. Sie strich über den starken Hals des Mannes. Ja, dort war der Pulsschlag, er klopfte unter ihrem Daumen. Ihr Knurren überraschte sie. »Ein sanfter Biss nur, kein Reißen, und dann saugst du. Dein Speichel wird verhindern, dass das Blut gerinnt.«

Sie schaute auf, als Asharti einen anderen jungen Mann dazu brachte, sich neben den ihren zu knien. Eine Flut goldblonder Haare, schläfrige blaue Augen – mehr sah sie nicht mehr. Sie hatte keine Aufmerksamkeit für Asharti übrig. Beatrix setzte ihre Fangzähne auf den pochenden Puls und biss zu. Die Zähne durchbohrten die salzig schmeckende Haut ohne jeden Widerstand. Blut wallte auf. Zu saugen war ganz natürlich. Sie saugte im Rhythmus des Herzschlags, und die dicke Flüssigkeit floss ihre Kehle hinunter. Sie saugte und saugte. Ihr Gefährte sang ein vertrautes Lied in seiner Ekstase der Erfüllung. Beatrix teilte diese Ekstase als ihre Belohnung, dass sie ihn mit Blut versorgte. Er sang in ihren Adern, und sie war ganz, voller Kraft und ganz.

»Genug«, sagte Stephan über ihr. Er rüttelte sie an den Schultern. »Genug, Bea.«

Sie hob den Kopf und leckte sich über die Lippen, blinzelte ihn an. »Gut.« Er lächelte. »Du darfst nicht so viel trinken, dass es ihn tötet. Jetzt knöpf sein Hemd zu.«

Beatrix griff nach dem Kragen des Mannes. Stephan ging zu Asharti, die am Hals ihres eigenen Auserwählten saugte. Stephan beobachtete sie einen Moment lang, dann rief er: »Genug«, und legte die Hand auf ihre Schulter.

Asharti stieß die Hand zur Seite und saugte weiter. Stephan schüttelte sie, aber Asharti hörte nicht auf. Schließlich packte er sie mit einer Hand am Nacken, zwang mit der anderen ihren Mund auf und löste ihre Fangzähne von der Kehle ihres Opfers. Er zog sie zu sich hoch und sah ihr in die Augen. »Genug«, sagte er streng.

Beatrix führte ihren jungen Mann an Asharti und Stephan vorbei. Wie hatte Asharti Stephans Befehl ignorieren können? Asharti hob den Blick. Beatrix war erschrocken, als sie offene Rebellion darin sah.

Stephan stellte Asharti unsanft auf die Füße. »Es ging darum, nur ein wenig zu trinken, Asharti.«

»Ich mag den letzten Tropfen«, sagte sie schmollend. Dann hob sie den Blick zu Stephan. »Gefällt es dir nicht, das Leben in dich strömen zu fühlen? Hast du jemals den letzten Tropfen gekostet?«

»Das habe ich.« Stephan schluckte. »Aber auf diese Weise überleben wir nicht. Hörst du mir denn nicht zu?«

»Ich höre zu.« Sie zuckte mit den Schultern.

»Gut.« Stephans Stimme klang jetzt härter. Heiseres Singen scholl von der Straße herüber. »Lasst uns für heute Nacht nach Hause zurückkehren. Wir werden es ein anderes Mal erneut versuchen.«

Er bedeckte die beiden Mädchen mit seinem Umhang, und gerade als drei Männer auf den Hof kamen und brüllten: »He, was ist hier los?«, wirbelte Dunkelheit um sie auf, und sie waren verschwunden.

Später in jener Nacht schlüpfte Beatrix in Ashartis Zimmer. Ihr Bedürfnis nach Antworten trieb sie hierher. Asharti saß auf dem Bett und starrte ins Kaminfeuer. Als die Tür aufging, schaute sie auf. Welches Gefühl auch immer in ihren Augen gelegen hatte, es löste sich auf. Sie lächelte. »Bea, unsere Lehrzeit geht zu Ende.«

Beatrix nickte und setzte sich auf den türkischen Teppich vor dem verlöschenden Kaminfeuer. Im Zimmer war es kalt. »Wie kannst du es wagen, ihn herauszufordern?«, fragte sie nach einem Augenblick.

»Oh, das. Wie kannst du ihn nicht herausfordern? Es wäre für dich einfacher als für mich.«

»Er kümmert sich um uns. Alles, was er möchte, ist, dass wir den richtigen Weg beschreiten.«

»Männer wollen Macht über uns, Bea.« Sie klang traurig. »Ich weiß das besser als du.«

»Stephan nicht. Er will uns befähigen, um in dieser Welt leben zu können. Es ist ein Geschenk.«

»Alle Männer wollen Macht, Bea, selbst Stephan.« Asharti sagte es mit einer Art letzten Gewissheit. Ihre Augen blickten hart. Sie wandte sich um und sah Beatrix an, ihr Blick wurde weicher. »Oh, er hat mir etwas geschenkt, das gebe ich zu. Er hat mich gelehrt, keine Angst zu haben. Ich dachte, ich würde mich immer fürchten müssen.«

»Fürchten wovor?«, wisperte Beatrix.

Ashartis Blick glitt zurück zum Feuer. »Vor ihnen.« Beatrix wusste nicht, wen sie meinte, konnte aber nicht danach fragen. Nicht, wenn so viel Wut in Ashartis Augen lag. Asharti fasste sich. »Du musst dich selbst finden, Bea, nicht nur das sein, was er will.«

Es erschien so erhaben. Asharti schien so sicher zu sein. Hilflos starrte Beatrix Asharti an.

»Nur dann wirst du ihm ebenbürtig würdig sein …«

Beatrix fühlte sich, als hätte man sie geschlagen. Sie blinzelte Asharti an. Dass Asharti rebellierte, machte sie Stephan ebenbürtig. In diesem Moment empfand Beatrix nichts als Bewunderung, ja, sogar Respekt für Asharti. Asharti wusste Dinge, an die sie noch nicht einmal gedacht hatte. Sie schwor sich, Stephan ebenbürtig zu sein, und Asharti, weil sie ihrer Mutter nicht ebenbürtig gewesen war. Aber innerlich wuchsen die Zweifel wie ein Geschwür. Würde es ihr gelingen?

»Komm, du zitterst ja«, winkte Asharti ihr zu. »Komm zu mir unter die Decke.«

Beatrix schüttelte sich. War jene Nacht der Anfang ihrer verlorenen Unschuld gewesen?

Es stimmte, vor jener Zeit bei Stephan hatte sie Leben genommen wie ein wildes Tier. Aber ein Tier ist unschuldig. Es tötet, um sich zu verteidigen, und weil es fressen muss, um zu leben. Bevor sie Stephan begegnet war, hatte sie Richtig und Falsch nicht unterscheiden können. Stephans Lektionen waren der Anfang von ihrem Ende gewesen. Oder vielleicht war es Asharti gewesen. Beatrix hatte sich von Asharti bis fast in die Zerstörung führen lassen. Für beide war der Hunger nach Blut mit sexuellem Verlangen vermischt gewesen. Alles, was Beatrix tun konnte, war, es zu unterdrücken, damit sie nicht so wurde wie Asharti. Sie hatte es gelernt, in all diesen Jahrhunderten. Sie hatte gelernt, das Verlangen zu unterdrücken. Sie schloss die Augen.

All dieses Gerede über die zweite Unschuld hatte die Erinnerung an Stephan und Asharti zurückgebracht. Beatrix zupfte die Vorhänge zurecht, dann wandte sie sich um und lehnte sich gegen das Fenster. Es war Langleys Schuld.

Er passte zu ihr. Sie mochte das. Vielleicht hatte er recht. Vielleicht brauchte sie einen Mann, den sie nicht herumkommandieren konnte.

Was dachte sie da? Was sie brauchte, war eine Reihe junger Männer, die ihr die Kehle darboten. Sie durfte nichts weiter riskieren als unkomplizierte Bewunderung. Sie konnte sich nicht mit Männern wie Langley einlassen. Er würde mehr verlangen als Spielerei. Er war die Art Mann, die eine Frau besitzen wollte – ihren Körper, ihr Herz und ihre Seele.

Gegen alle Vernunft freute sie sich auf den Ausritt mit ihm morgen Abend in der Dunkelheit. Sie atmete tief durch. Ein. Aus. Natürlich konnte sie nicht mehr erwarten als vielleicht eine Woche des Interesses. Auf mehr würde sie nicht hoffen. Vielleicht eine Woche ohne Erinnerungen oder Ohnmachtsanfälle. Sie kuschelte sich in ihrem Bett zusammen, während der Märzwind draußen vor ihrem Fenster wisperte.

John kehrte nach Albany House zurück, als das erste Morgenlicht durch den braunen Londoner Dunst blinzelte. Die Masten der Schiffe, die im Süden die Themse bevölkerten, erhoben sich zwischen den Kirchturmspitzen. Schon waren die Straßen voller Straßenhändler und Handwerker, die den stürmischen Tag begannen. Er war die ganze Nacht hindurch gelaufen. Er hoffte, der Wind würde sich tagsüber legen, sonst würde sie ihre Verabredung womöglich nicht einhalten. Man stelle sich eine Frau vor, die des Nachts ausreitet! Er hatte keine Zweifel daran, dass ihr Pferd von edler Rasse und mehr als nur elegant war, und dass sie allein kommen würde, ohne einen Pferdeknecht.

War er verrückt? Er hatte nicht den Wunsch, sich noch einmal mit einem Albtraum wie Pauline Bonaparte einzulassen. Die Informationen, die er Pauline letztes Jahr auf Sizilien zugespielt hatte, hatten ihren Bruder in Bezug auf die wahre Größe und den Mut von Wellingtons Streitmacht in Portugal getäuscht, hatten dafür gesorgt, dass Masséna langsamer wurde und allzu sehr auf den Erfolg seines Angriff vertraut. Das hatte das Blatt gewendet. Doch der Erfolg hatte einen schrecklichen persönlichen Preis gefordert. Der Appetit dieser Frau nach Orgasmen war unersättlich. Jeder Mann mit einem großen Schwanz und der Neigung, ihn zu benutzen, war ihr recht. John hatte sich beschmutzt gefühlt. Er hatte sich Sorgen gemacht, wie er sich aus der Liaison mit der Schwester eines Kaisers befreien sollte. Doch letzten Endes hatte er ihr nur einen einfältigen Colonel mit sagenhafter Bestückung präsentieren müssen, und schon hatte Pauline geglaubt, die Beendigung der Affäre sei ihre Idee gewesen.

John unterdrückte die leise Stimme in sich, die ihm zuflüsterte, dass Beatrix Lisse nicht wie Pauline Bonaparte oder eine der anderen war. Ihm gefiel das Aufblitzen von Hoffnung nicht, das er gespürt hatte. Er freute sich auf einen kleinen Flirt, vielleicht in der Woche, ehe er nach Portsmouth reise, um sich dort auf ein weit weniger angenehmes Spiel einzulassen. Eine Woche, nicht mehr. Und in dieser Zeit würde er herausfinden, ob sie eine Spionin war. Das war der einzige Grund gewesen, weshalb er eine Verabredung vorgeschlagen hatte.

Vor dem schläfrigen Portier in Albany House tippte er zum Gruß an seinen hohen Zylinderhut. Der Nachtwächter am Albany Court begann, die Straßenlaternen zu löschen. Withering hatte strikte Anweisung gehabt, nicht auf ihn zu warten, als John sich jetzt selbst leise in Nummer sechs einließ, schien der Bursche ihm ausnahmsweise einmal gehorcht zu haben. Eine Karte prangte gut sichtbar auf dem Tisch im Foyer.

John erkannte Barlows Handschrift.

Er riss die Nachricht auf und überflog sie eilig. Verdammt! So bald schon? Die Winde im Ärmelkanal waren so widrig gewesen, dass die Fregatte mit den französischen Gefangenen an Bord Portsmouth direkt angelaufen hatte, statt die Themse heraufzukommen. Die Gefangenen wurden soeben an Bord des Gefängnisschiffes *Vengeance* gebracht. Er wurde direkt dorthin beordert. John sah zu, wie Barlows Nachricht im Kamin verbrannte. Sie hatte dahingehend gelautet, dass er sich in die Albemarle Street begeben sollte und dass es ein Treffen in Drayton geben würde. Seine Gedanken überschlugen sich. In Petersfield sollte ein Boxkampf stattfinden, der ihm als Vorwand für diese Reiseroute dienen würde. Blackstrade würde gegen einen örtlichen Herausforderer antreten. Er ging in sein Schlafzimmer.

Withering schloss soeben den Deckel eines Koffers. »Ich habe nur ein paar Sachen gepackt, Mylord«, sagte er ruhig. »Soll ich zur Pferdevermietung gehen und eine Kutsche besorgen oder werden Sie die Postkutsche nehmen?«

Verflucht sei der Mann! Dass ein Umschlag mit einer bestimmten Handschrift darauf eine Reise zur Folge hatte und dies seinem Kammerdiener bekannt war, besagte, dass Withering mehr über Johns Doppelleben wusste, als er ihn hatte wissen lassen wollen. »Mietstall«, sagte er steif. »Geben Sie mir eine Stunde. Lassen Sie verlauten, dass ich nach Petersfield zu einem Preiskampf gereist bin und dort in der Gegend auch Freunde besuchen werde.«

»Und wie lange erwarten wir abwesend zu sein?«

»Nicht lange.«

Das Gesicht des alten Mannes verriet keine Regung. »Ich vertraue darauf, dass Mylord für den Notfall vorgesorgt haben?«

John spürte seine Besorgnis. »Wann hätte ich das nicht, alter Freund?« Er klopfte ihm auf den Rücken.

Withering schnaubte. »Ich werde wie üblich Verbände und Desinfektionsmittel bereithalten.«

John lächelte. »Ich werde mich bemühen, Ihre Fürsorge nicht in Anspruch nehmen zu müssen. Und jetzt fort mit Ihnen.«

Withering zog sich zurück. John nahm seine Pistolen hervor, prüfte die Läufe und belud die Trommeln. Er war schon fast an der Tür, als er sich an die Verabredung heute Abend erinnerte.

Verdammt noch mal! Daraus wurde nun nichts mehr. Er nahm einen Bogen Papier und tauchte die Feder ins Tintenfass.

Wegen einer unerwarteten Verpflichtung von höchster Wichtigkeit muss ich für einige Tage die Stadt verlassen. Obwohl es mich schmerzt, unsere Verabredung zu verschieben, habe ich keine Wahl. Wenn Sie mir vergeben können, werde ich Ihnen nach meiner Rückkehr meine Aufwartung machen.

Ihr ergebener
Langley

Unangemessen. Sie war stolz. Kein Mann sagte eine Verabredung mit ihr ab. John war schwach genug zu bedauern, dass der Ausritt mit ihr ausfiel. Niemals würde sie ihm erneut einen anbieten. Er klingelte nach einem Botenjungen und nannte ihm die Adresse. Dann ging er hinaus in den Lärm des frühen Morgens.

Mrs. Williams führte ihn in Barlows Wohnzimmer, ohne eine Bemerkung über die frühe Stunde zu machen. Barlow hielt sich bereits dort auf, ein wenig derangiert, aber hellwach. »Haben Sie endlich meine Nachricht bekommen?«, brummte er. »Sie sind zechend durch die Gegend gezogen, wenn Sie zu Hause im Bett hätten sein sollen.« Er sah zu John auf. »Sind Sie betrunken?«

»Das bin ich nicht.« John setzte sich, ehe Barlow auch nur auf den Stuhl deuten konnte. »Ich werde Geld brauchen.«

Barlow wies auf die Lederbörse auf dem Tisch, und John steckte sie ein. »Papiere?«

Barlow nahm einen dicken Umschlag aus seiner Schreibtischschublade. »Sie sind Kaufmann, ein gewisser Jean St. Siens aus Dieppe, festgenommen beim Handel mit englischen Schmugglern. Eine Ladung Wolle für die Militäruniformen, von denen Bonaparte so viele braucht. Natürlich werden Sie durchblicken lassen, dass das nicht Ihr einziges Eisen im Feuer ist. Das wird Ihnen eine Gemeinsamkeit mit Dupré verschaffen. Ein Offizier der Transporteinheit wird Sie in Drayton treffen und Sie zur *Vengeance* bringen. Sein Name ist Younger. Sie treffen ihn im *Plow and Angel*.« Barlow sah John eindringlich an. »Wie lange werden Sie brauchen, bis wir Sie rausholen sollen?«

»Was das betrifft – das geht nicht«, sagte John leichthin.

Barlows Raupenaugenbrauen zogen sich zusammen.

»Es könnte Verdacht erregen, wenn ich bereits so schnell wieder entlassen werde.«

Barlow schürzte die Lippen. Sie wussten beide, dass es für das große Ziel, Napoleons Agentennetz ins Herz zu treffen, notwendig war, ihr neues Wissen geheim zu halten.

»Nein«, sagte John langsam. »Ich muss fliehen, nicht herausgeholt werden.«

»Gefangene fliehen nicht von Gefängnisschiffen. Das wissen Sie.«

»Werden Sie zimperlich oder verlieren Sie gerade den Glauben an mich?«, fragte John mit gleichmütiger Stimme.

Barlow verkniff sich eine scharfe Erwiderung. »Also gut. Es wird dort einen Wachmann geben, der weiß, wer Sie sind und der sich für Ihre Identität verbürgen kann, falls uns die Dinge aus der Hand gleiten. Sein Name ist Faraday. Er kann Ihnen bei der Flucht helfen.«

John wurde ernst. »Versprechen Sie mir, dass Sie mich nicht entlassen werden, egal was passiert.«

Barlow sah störrisch wie ein Maultier aus. Dann seufzte er. »Also schön«, murrte er. »Sie haben mein Wort. Und noch etwas.«

John zog fragend die Augenbrauen hoch.

»Dupré flieht mit Ihnen zusammen, damit wir ihn weiter befragen können, oder gar nicht.«

John nickte. Der arme Kerl. Das bedeutete für ihn Tod oder Folter im Namen der nationalen Sicherheit. Ein schmutziges Geschäft. Aber das wusste John schon seit Langem. Er trat hinaus ins Sonnenlicht, um eine halsbrecherische Fahrt nach Petersfield auf sich zu nehmen und ein paar möglicherweise unangenehme Tage, die vor ihm lagen.

Beatrix stand kurz nach Sonnenuntergang auf. Welch ein Luxus, fast elf Stunden durchgeschlafen zu haben. Keine Träume, keine Erinnerungen hatten sie gequält. Sie würde Andorra um sieben Uhr satteln lassen. Oder vielleicht eine Viertelstunde später. Eine kleine Verspätung würde Langleys Seele guttun. Sie nippte an dem Champagner, der mit dem Saft spanischer Orangen vermischt war, und öffnete die Tagespost.

Einladungen. Blendons Beteuerung seiner unsterblichen Liebe, begleitet von einem sehr schlechten Gedicht. Ihn würde ihr Interesse an Langley heute Abend im Salon verletzen. Sie riss den letzten Umschlag auf. Sie kannte die Handschrift nicht, aber ein Blick auf die Nachricht sagte ihr alles.

Nun denn.

Er stieß sie zurück zugunsten einer ... was? Sie schaute auf die Zeilen. »Wegen einer unerwarteten Verpflichtung von höchster Wichtigkeit«. Eine vertraute Niedergeschlagenheit erhob sich in ihr. Beatrix blinzelte und setzte sich auf den Stuhl vor ihrem Frisiertisch, langsam, so wie einer von diesen großen fliegenden Ballons, aus dem die heiße Luft herausgelassen wurde. Sie ließ den Kopf sinken und versuchte, ihre schmerzlichen Gedanken zu verdrängen. Es war unmöglich, natürlich. Als sie den Blick hob, sah sie, wie sie sich selbst im Spiegel anstarrte. Das Problem mit der Unsterblichkeit war die Wiederholung. Drollig, wirklich, dass sie es so angestrengt vermieden hatte, zurückgewiesen zu werden. Sie hatte sich in eine faszinierende Frau verwandelt. Kein Mann hatte sie verlassen seit ... fast siebenhundert Jahren. Doch die Wiederholung ließ sich nicht leugnen. Langley hatte sie abgelegt, ohne einen zweiten Gedanken an sie zu verschwenden. Sie weinte nicht. Sie hatte seit Jahrhunderten nicht mehr geweint. Sie starrte nur in den Spiegel, als könnte ihr Gesicht ihr verraten, ob es irgendeine Lösung gab.

Es gab keine.

Kapitel 7

Eine Welle schlug über die Bootswand, durchnässte Johns Hosen und Stiefel und tränkte sie mit dem Geruch der See. Die *Vengeance* erhob sich gegen das Licht der untergehenden Sonne und einen Himmel, an dem sich Wolken türmten, die Regen ankündigten. Gischt benetzte sein Gesicht. Er bewegte sich mit der Dünung, um das Gleichgewicht zu halten. Seine Hände waren ihm mit schweren Eisenschellen auf den Rücken gebunden worden. Er war gefesselt für das Fegefeuer in Gestalt eines Schiffes, das seiner Masten und Segel beraubt worden war und jetzt im Hafen vor sich hin dümpelte, vollgepfercht mit dreimal so viel menschlicher Fracht, wie seine Erbauer es vorgesehen hatten.

Wenn eine Fregatte nicht mehr seetauglich war, wrackte die Navy sie entweder ab oder demontierte die Masten und nutzte sie als Gefängnisschiff. Diese Schiffe wurden gemeinhin auch Gefängnishulk genannt. Die *Vengeance* hüpfte missmutig in der Dünung des heraufziehenden Sturmes auf und ab. Den Engländern gefiel der Gedanken nicht, dass sie feste Gefängnisse brauchen könnten. Die meisten englischen Gefangenen warteten lediglich auf ihren Transport in die Botany Bay, und die französischen Gefangenen würden nach Frankreich entlassen werden, sobald der Krieg erst gewonnen war. Warum also sollte England Geld für den Bau von Gefängnissen ausgeben, nur um diese Menschen durch die gegenwärtige Krise zu bringen? Krise folgte auf Krise, und der Krieg mit Frankreich zog sich hin. Also füllte man die Lücke mit Schiffen. Gab es einen besseren Ort, um Gefangene zu verwahren, als mitten auf dem eiskalten Wasser und auf begrenztem Raum, der gut zu bewachen war?

Die vier Wachleute legten sich in die Riemen des Ruderboots und manövrierten es neben die Fregatte. Alles wirkte ruhig so spät am Abend. Die Schießscharten waren geschlossen und die Decks leer bis auf die Wachen, die längsschiffs patrouillierten. Licht brannte nur auf dem Achterdeck, dort, wo der Kommandant dieser Abscheulichkeit und die Wachen sich hinter schweren, eisenbeschlagenen Eichenholzbohlen vor ihren Schutzbefohlenen verbarrikadiert hatten. Unter Deck hausten unter erbärmlichen Umständen fünfhundert Gefangene, die sich selbst überlassen waren. Das Ruderboot stieß längsseits gegen das Gefängnisschiff, dessen Rumpf von Seegras und Seepocken bedeckt war.

Johns Mission nahm erschreckende Gestalt an. Gott sei Dank hatte Barlow einen Wachmann an Bord informiert, der für seine wahre Identität bürgen und ihm den Rücken freihalten würde. Die Gefangenen auf diesen Schiffen starben an Hunger oder Krankheiten, aber auch durch Gewalt durch die Mitgefangenen wie vonseiten der Wachen. John begann bereits, diesen gesichtslosen Faraday als seinen Rettungsanker zu betrachten.

Die Wachen lösten seine Fußfesseln nicht, sodass er die Treppe an der Flanke des Schiffes nicht hinaufsteigen konnte. Einer der Ruderer rief laut etwas zu Männern hinauf, die nicht zu sehen waren. An einem Ausleger wurde jetzt ein Seil mit einem Haken daran heruntergelassen. Sie schoben ihm den Haken unter einen Arm und gaben ein Zeichen. Das Seil spannte sich, und John wurde gewaltsam an Bord gehievt. Sein Gewicht zerrte an seiner Schulter.

An Deck angekommen, brach er in die Knie; dabei hörte er eine raue Stimme: »Nun, was haben wir denn da? Den neuesten Franzmann, der seine Lektion lernen will?« Er hob den Kopf und sah in ein feistes englisches Gesicht, das von derber

Herkunft zeugte. Wulstige Lippen, trübe Augen und ziemlich große Ohren, all das aus einer englischen Marineuniform herausragen, die zwei Kleidergrößen zu klein aussah. Der Grobian riss sein Knie hoch und stieß es gegen Johns Kinn. John torkelte über das Deck. Undeutlich hörte er den Kerl sagen: »Zieht ihm die feinen Kleider aus und nehmt ihm die Stiefel weg. Die werden in der Stadt ein paar Schillinge einbringen.«

Panisch dachte John an das Pflaster, mit dem der Beutel aus Öltuch flach auf seine Brust geklebt war. Zwei Gestalten tauchten vor ihm auf. Eine zerrte an seinen Stiefeln, die andere öffnete seine Handfesseln. Als seine Hände frei waren, stand der Wächter auf und trat ihm in die Lenden. »Zieh deinen Rock aus, du französischer Hund.« John riss sich den Rock herunter und knöpfte seine Hose auf. Der Wächter freute sich diebisch über die drei Louisdor, die John absichtlich in seinen Taschen gelassen hatte. Als ihm nur noch das Hemd geblieben war, rollte er sich auf den Bauch. Sie rissen es ihm vom Leib, konnten aber das Päckchen auf seiner Brust nicht sehen, weil er sich fest auf die Planken drückte. Sie warfen ihm ein paar grob genähte Lumpen aus gelbem Baumwollstoff hin, während er nackt und zitternd auf dem Deck lag.

»Schafft ihn runter zu seinen Kumpels«, schrie einer der Wachleute.

John rappelte sich auf alle viere hoch, den Rücken den Raufbolden zugewandt, und presste die Baumwollfetzen an seine Brust, um das Päckchen zu verbergen. Sie stießen ihn durch eine Luke. Er rutschte über eine Leiter auf das darunter befindliche Deck. Zusammengesunken lag er da und versuchte zu atmen. Die Luft hier unten war schwer und stank nach Körperausdünstungen, nach Tabak und Teer und jenem eigentümlichen Geruch von nassem Holz auf See.

John rollte seinen geschundenen Körper auf den Rücken

und hoffte, dass er sich nichts gebrochen hatte. Über sich sah er das Viereck aus hellerem Schwarz verschwinden. Als der Widerhall des Holzhammers verstummt war, mit dem man die Falltür verschlossen hatte, hörte John Atmen und Bewegung um sich herum. Husten, leise Flüche auf Französisch und Englisch und etwas, das er für Holländisch hielt, überfielen seine zurückkehrenden Sinne wie die Hände, die ihn hochzerrten. Als seine Augen sich an die Dunkelheit gewöhnt hatten, konnte er verschwommene, zusammengekauerte Gestalten in Hängematten erkennen.

»Du kannst hier nicht bleiben. Das Deck ist voll.«

»Geh aufs unterste Deck. Dahin kommen die Neuen.«

Er stolperte und wurde zu einer anderen Luke gestoßen. Er stürzte auf das Deck darunter und prallte auf einen Körper, der zusammengesunken am Fuß der Leiter lag. Er fiel auf die Knie.

»Ein Neuer, eh? Runter! Noch weiter runter!«

»Ich werd mir die Kleider holen.« Jemand griff nach den Lumpen, die er vor die Brust gepresst hielt. John wich zurück und tastete sich zur nächsten Luke. Mit den Füßen voran glitt er in die Dunkelheit hinunter und löste den Klammergriff von Händen, die ihn an Armen und Fußgelenken gepackt hielten.

Auf dem untersten Deck war es pechschwarz und die Luft, wenn überhaupt, noch schneidender als auf den Decks darüber. Es war ein Wunder, dass die Männer hier unten nicht ohnmächtig wurden oder gar starben.

»Français?«, wisperte eine Stimme.

»Das sagen jedenfalls meine Eltern.« Sein fehlerfreies Französisch hatte ihm schon viele Male das Leben gerettet.

»Dort in der Ecke ist Platz.«

John sah sich um. Es war so finster, dass er gar nichts erkennen konnte. Aber Hände streckten sich ihm entgegen und leiteten ihn, etwas sanfter als auf den oberen Decks. »Haben sie dir eine Decke gegeben?«

»Sie haben mir diese Lumpen gegeben und einen Tritt durch die Luke nach unten.« Er stolperte über Leiber.

»François – hol Linnets Decke. Der spürt die Kälte jetzt nicht mehr.«

Eine dünne Decke wurde ihm in die Hand gedrückt, und er wurde auf einen schmalen freien Platz unter den Hängematten geschoben. *»Merci«*, wisperte John seinem Wohltäter zu. »Wie heißt du?«

»Reynard«, kam die verklingende Antwort.

John richtete sich so gut es ging ein und tastete seine schmerzenden Rippen und seinen Rücken nach Verletzungen ab. Er bewegte seine malträtierte Schulter und entschied, dass sie nicht ausgekugelt war. Dann zog er die Baumwollkleidung über und hüllte sich in die dünne Decke. Er zitterte.

»Wenn du lange genug lebst, erbst du vielleicht eine Hängematte«, sagte sein Leidensgenosse über ihm.

»Das werde ich«, schwor sich John im Stillen. *»Pardonnez-moi«*, entschuldigte er sich bei seinem Nachbarn.

»Schon gut. Der ist tot. Du hast seine Decke. Zumindest wirst du mehr Platz haben, wenn sie ihn erst abgeholt haben.«

John drückte sich enger gegen das geteerte Schott, weg von der Leiche seines Nachbarn. Sein Magen protestierte gegen das Heben und Senken des Schiffes in der Dünung des aufziehenden Sturms. Er übergab sich und beschmutzte seinen Schlafplatz. Niemand schien es zu bemerken, bis auf den Mann über ihm, der laut lachte. »Am besten gewöhnst du dich schnell daran, bei schwerer See unter Deck zu sein«, kicherte er. »Oder du wirst wie Linette enden.«

Zum ersten Mal wand sich der Wurm des Zweifels durch

Johns Herz. Sein Plan, Dupré zu finden, ihn zu überreden, den Namen der zentralen Figur hinter dem französischen Geheimdienst zu nennen, und dann zu fliehen, erschien ihm nun ein wenig naiv. Und Gott wusste, dass Naivität in der Vergangenheit sein Verderben gewesen war. Nun, wenn er versagte, würde er einfach zu Faraday gehen und …

Er würde nicht versagen. Er würde nicht darum bitten, vom Schiff gebracht zu werden, ganz egal, wie schlimm es hier wurde. Er konnte Barlow nicht im Stich lassen, und er konnte England nicht im Stich lassen. Wenn die französischen Spione freie Hand hatten, wie weit wären sie dann von einer Invasion und Niederlage entfernt? England war das einzige Hindernis zwischen Bonaparte und dem Rest von Europa.

Er zog die Decke fester um seine Schultern und versuchte, an etwas anderes zu denken als an das Heben und Senken seines Magens. Das Bild Beatrix Lisses tauchte vor ihm auf; ihr Haar wie Kohlen, die leicht rötlich schimmerten, und ihre Augen, die normalerweise so desinteressiert und gelangweilt wirkten, aber aufglühten, wenn sie provoziert wurde … Er lächelte. Oh, sie würde ungefähr jetzt wütend auf ihn sein. Würde sie erfahren, dass er ihre Verabredung wegen eines Boxkampfes verschoben hatte? Er zweifelte nicht daran. Und er könnte ihr niemals einen anderen Grund nennen. Aber es würde auch keine Rolle spielen. Eine Frau wie sie würde keinen Grund gelten lassen, warum er seine Verabredung nicht hatte einhalten können. Wenn er zurückgekehrt war, würde sich ihr offensichtlich unberechenbares Interesse jemand anderem zugewandt haben.

Es war das Beste so. Ein Mann wie er hatte nichts zu schaffen mit den Frauen aus Covent Garden. Beatrix Lisse war natürlich das, eine Kurtisane. Sie unternahm keinen Versuch, das zu verbergen. Aber sie hatte mehr Verstand zu bieten, mehr Geheimnisse, mehr emotionale Intensität irgendwo hinter ihrer nonchalanten Fassade als jede andere Frau, der er jemals begegnet war. War sie eine Spionin? Es war sinnlos, darüber zu spekulieren. Sie würde ihn jetzt ohnehin nicht mehr nah genug an sich heranlassen, um das herauszufinden. Das würde er Barlow überlassen müssen. Der Gedanke, dass sie ihn nie wieder empfangen würde, war jedoch deprimierend.

Sein Magen gewann einmal mehr die Oberhand. John stellte sich auf eine lange Nacht ein.

Dass es Tag geworden war, merkte John einzig daran, dass die Gefangenen zum Zählappell aufs Toppdeck hochgescheucht wurden, Deck für Deck. Er hatte die ganze Nacht in dem dunklen Gestank des untersten Decks vor Kälte gezittert. Am Morgen war kaum noch Luft zum Atmen übrig gewesen. Deshalb fühlte sich der frische Wind, der über das Deck der *Vengeance* wehte, trotz der Kälte, die sich durch seine Knochen fraß, himmlisch an. Seine Mitgefangenen waren ein zerlumpter Haufen. Einige der gelben Baumwollanzüge waren so verblichen, dass sie fast weiß waren. Jeder trug die Initialen T. O. für »Transport Office«. Einige der Gefangenen waren nackt oder fast nackt. Man hätte sie mit ihren Bärten und den verfilzten Haaren für Verrückte halten können. Ob sie ihre Kleider für Essen eingetauscht hatten oder ob sie ihnen gestohlen worden waren, war unmöglich zu sagen. Die Gefangenen waren ausgemergelt, einige wirkten fast wie Gespenster. John schaute sich auf dem Deck um, das vollgepfercht war mit schweigenden Männern. Die Wachen waren ein missmutiger Haufen Seeleute, die als untauglich eingestuft worden waren, weiter zur See zu fahren. Sie waren der Abschaum der Navy. Welcher von ihnen war Faraday?

Ein kleiner Offizier, der fast so rund wie hoch war, ging zum Rand des Achterdecks. Seine Uniform war an jeder erdenklichen Stelle mit Goldkordeln besetzt, und an seinem Hut trug er eine riesige Rosette aus Gold. Es ließ ihn nur noch weniger elegant aussehen, als er vermutlich hoffte. Er trug jedoch nicht die Epauletten eines Kapitäns. Ein Lieutenant seines Alters, der es nicht zum Kapitän gebracht hatte, würde es nie mehr schaffen. Das konnte aus einem ehrgeizigen Mann einen bösen Mann machen.

»Ist das unser Kerkermeister?«, wisperte John dem Mann zu, der rechts neben ihm stand.

»Lieutenant Rose.« Der Franzose spie den Namen regelrecht aus.

John sah ihn an, als er die Stimme erkannte. »Reynard?«

Der Mann nickte. Er war von hoher Statur und hatte eine Nase, die viel zu groß war, sowie einen großzügigen Mund, der seinem Gesicht einen ehrlichen Ausdruck verlieh.

»Danke für die Decke. Ich wäre sonst wohl erfroren.«

»Schsch«, zischte ein anderer Gefangener. »Willst du bestraft werden?«

Ein Wachmann riss den Kopf herum. »Du da!« Er zeigte auf John. »Vortreten.«

Jetzt wusste John, warum es an Deck so still war. Er schob sich durch die Menge nach vorn. Eine Wache kam und befahl ihm, die Hände in den Nacken zu legen. Dann holte der Mann aus und versetzte ihm mit seinem Knüppel einen Schlag gegen den Kopf. John taumelte, hielt sich aber auf den Beinen. Sein Gegenüber war der, der ihn auch gestern Abend geschlagen hatte.

»Oh, Lieutenant, hier haben wir einen ganz Harten«, gluckste der Schläger und holte erneut mit dem Knüppel aus. John bereitete sich auf den Schlag vor, aber jemand hinter dem Wachmann rief etwas mit einer näselnden Stimme.

»Man hat mich vor dem gewarnt. Er wird bestraft werden, keine Sorge. Aber jetzt haben wir uns um Wichtigeres zu kümmern, Mr. Walden.«

»Zurück an deinen Platz«, knurrte Walden, der enttäuscht über diesen Aufschub zu sein schien.

John blieb stehen, wo er war, und betastete seine blutende Schläfe, bis Hände ihn packten und zurück in die Menge zogen. Er riss seinen Blick von dem Wachmann los, der sich über seine Frechheit so aufgeregt hatte. Was hatte Rose damit gemeint, er sei gewarnt worden? Unter den Gefangenen machte sich gespannte Erwartung breit.

Der Lieutenant räusperte sich laut. »Ich weiß, dass ihr mörderischer Haufen gestern beim Zählappell betrogen habt, um euren dämlichen Landsleuten Zeit für ihre Flucht zu verschaffen.« Seine Stimme klang wie ein fortgesetztes Winseln.

John konnte spüren, wie alle Gefangenen den Atem anhielten.

»Zimmerleute sind gerade dabei, die Löcher zu verschließen, die ihr zwischen den Decks herausgeschnitten habt.«

Wie clever, dachte John, Männer zwischen den Decks hin- und herzuschicken, sodass die Flüchtenden nicht vermisst wurden. Noch immer hielten die Gefangenen den Atem an. Sie kümmerte es nicht, ob ihre List aufgedeckt worden war, solange sie ihrem Zweck gedient hatte. John gefiel das schmierige Grinsen auf dem feisten Gesicht des Lieutenants nicht.

»Gentlemen.« Der Lieutenant nickte vier Wachmännern zu, die daraufhin an den Stricken zu ziehen begannen, die von einem Ausleger auf dem Vorschiff über Bord hingen. Das Reiben der Stricke gegen das Holz wurde fast von einem furchtsamen Gemurmel übertönt, das durch die Menge der eng stehenden Körper lief, als man zu ahnen begann, was nun kommen könnte.

Die Leiber, die über die Reling auf die Planken fielen, waren nackt und grauweiß; sie hatten sich offensichtlich schon einige Zeit in dem eiskalten Wasser befunden. Sie waren auf Haken aufgespießt ähnlich jenem, mit dem John gestern Abend an Bord gehievt worden war. Aber diese Haken waren den Männern nicht unter die Arme geschoben worden. Man hatte sie ihnen durch den Rücken getrieben, und sie traten vorn unterhalb des Brustbeins wieder aus dem Körper aus. Jegliches Blut war fortgewaschen. Sie sahen eher wie Tierkadaver denn wie menschliche Körper aus. Ein entsetztes Keuchen lief über das Deck. John erstarrte. Im Moment sah es ganz danach aus, als würde eine Flucht schwierig werden. Er hoffte, dass Faraday etwas einfallen würde. Er schaute die Wachmänner an und suchte nach einem Gesicht, das ein wenig freundlicher wirkte, aber er konnte nur harte Mienen oder selbstzufriedenes Grinsen sehen.

»Ihr seht also«, fuhr der Lieutenant fort, »dass die Flucht missglückt ist. Wie üblich. Warum also tut ihr das?«, fragte er nachdenklich. »Sicher, es macht meinen Job interessanter, aber was bringt es euch? Enttäuschung und Tod.« Er rieb sich die Hände. »Jetzt zu eurer Bestrafung. Die Rationen werden drei Tage lang auf die Hälfte gekürzt.«

Ein Stöhnen erhob sich von den Lippen der Gefangenen.

»Und ...« Die Stimme des Lieutenants übertönte das allgemeine Murmeln. »Jeglicher Handel mit der Küste ist untersagt. Ihr werdet von jetzt an mit den Rationen auskommen, die für Gefangene festgesetzt sind.«

Bei dieser Ankündigung wandelte sich das Murmeln zu einem wütenden Knurren.

»Und euer Hab und Gut wird konfisziert.«

Die Gefangenen sahen sich in Panik um. Unter Deck war Tumult zu hören. Ein Flaschenzug zog jetzt ein Netz von unten herauf. Es war mit Bettzeug, Kleidung und einem Sammelsurium von Dingen gefüllt, die in jeder anderen Welt als Abfall bezeichnet worden wären. Das Netz wurde über die Bordwand geschwenkt und über dem Wasser der Bucht ausgeleert.

Eine Klage der Verzweiflung lief durch die Menge.

»Schafft sie nach unten. Heute kein Freigang an Deck.« Der Lieutenant machte auf dem Absatz kehrt und zog sich ans Ende des Achterdecks zurück, um mit seinen Offizieren zu sprechen. Wachen begannen, die Männer nach unten zu treiben.

»Jeder auf sein Deck«, riefen sie.

Die Gefangenen kletterten mit hängenden Schultern und Köpfen nach unten. Das zu nehmen, was an Wenigem diese Männer besaßen, mochte ihren Geist gebrochen haben. John schämte sich zutiefst dafür, dass englische Männer ihre Mitmenschen auf diese Weise behandelten.

Auf den unteren Decks waren tagsüber die Außenluken geöffnet; nur das unterste Deck bekam Licht und Luft lediglich durch die Luken, die auf die Decks darüber führten, deshalb war es hier unten selbst am Morgen dämmrig und feucht. Die Gefangenen reichten drei Leichen hinauf, nachdem sie ihnen alles abgenommen hatten, was noch irgendwie von Wert war. Reynard beendete einen Streit, der dabei entstand, mit einem scharfen Wort.

John stellte sich denjenigen vor, die unmittelbar um ihn herum waren, und hoffte, Dupré zu finden, hatte aber kein Glück. Reynard und Vidal, der Mann, dessen Hängematte über ihm hing, setzten John schon bald ins Bild über das Leben an Bord des Gefängnisschiffes. Normalerweise übten die Männer alle Arten von einfachen Fertigkeiten aus: Sie schnitzten oder flochten Strohhüte. Sie handelten mit den Kaufleuten aus Portsmouth um das Material zur Herstellung und verkauften die fertigen Waren für einen Hungerlohn im Vergleich zu dem, was sie wert waren. Die Schillinge, die sie verdienten, wurden gebraucht, um Nahrungsmittel zu kaufen, damit sie nicht langsam verhungerten, oder um Luxusgüter wie Spielkarten oder eine anständige Decke zu erwerben. Doch all das war jetzt weg. Der Lieutenant hatte ihnen sowohl ihre Vorräte weggenommen als auch die Materialien zum Anfertigen ihrer Waren.

Johns Magen rebellierte gegen seine erste Mahlzeit an Bord. Das Brot, so wenig es davon gab, war innen fast noch roh und klebrig, außen dafür verbrannt; das gekochte Gemüse war kurz vor dem Verfaulen gewesen, als es in der Suppe landete. Es gab kein Fleisch, das nur jeden zweiten Tag ausgeteilt wurde; aber seine Mitgefangenen versicherten ihm, dass es immer kurz vor dem Verderb oder schon verdorben war. Johns Magen zog sich in stillem Protest zusammen.

Am Nachmittag, beim Freigang über das Unterdeck, stieß er auf die Gefangenen von der französischen Fregatte *Reliant*. Er unterdrückte seine Genugtuung und begann eine Unterhaltung über die entsetzlichen Bedingungen an Bord. Dupré war, wie sich herausstellte, von fahler Gesichtsfarbe; er hatte strähniges Haar und brennende braune Augen unter schweren Brauen. »Ich freue mich, jemanden kennenzulernen, dessen Ruhm ihm vorausgeeilt ist.«

Die Augen des Mannes wurden schmal.

»Du bist für den Kaiser ein Mann von großer Bedeutung«, erklärte sich John hastig. Aber dem nachdenklichen Gesicht des Mannes entnahm er zufrieden, dass er den Samen der Neugier gesät hatte. Sie blieben beide auf der Hut und sprachen über Dieppe. Dupré hatte dort gelebt, und John wusste genug über die Stadt, um in Erinnerungen schwelgen zu können.

»Warum sollte ein einfacher Kaufmann in dieser Hölle enden?«, fragte Dupré mit verschleiertem Blick.

»Einige Kaufleute sind gar nicht so einfach.« John sprach leise. »Ich habe Handel mit England getrieben.«

Dupré hegte offensichtlich leise Zweifel. Niemand anders hätte es bemerkt, aber John entging es nicht. »Viele Händler missachten das Gesetz, ohne auf einem Gefängnisschiff zu landen.«

John lächelte leicht. »Ich habe Wolle für die Uniformen unserer glorreichen Armee gekauft.« Er schwieg einen Moment. »Vielleicht dachten sie fälschlicherweise, ich würde auch mit weniger materiellen Dingen handeln.«

»Ahhh.« Dupré nickte. Er sah aus, als wollte er eine Frage stellen, schwieg jedoch.

Gut, dachte John. *Lass ihn ein wenig nachdenken.* »Ich weiß inzwischen, dass Geld viele Widrigkeiten auf diesen Gefängnisschiffen aus dem Weg räumt. Wir sind Brüder aus Dieppe. Gefällt Ihnen das Unterdeck, Monsieur? Oder wollen wir uns unseren Weg die Leiter hinaufhandeln?«

Dupré war nicht abgeneigt. Reynard half John, einen Platz auf dem Kanonendeck auszuhandeln. John investierte einen ganzen Louisdor, um einen Platz nicht nur für sich, sondern auch für Dupré und Reynard zu erkaufen. Reynard akzeptierte seine Geste des guten Willens, nahm ihn aber dann beiseite. »Lass dich hier nie zu Großzügigkeit oder irgendeinem anderen Gefühl hinreißen«, warnte er John. »Auf den Gefängnisschiffen musst du dir angewöhnen, dein Herz vor allem Mitgefühl zu verschließen. Es ist der einzige Weg, um zu überleben.«

Reynard konnte nicht wissen, dass zumindest Dupré kein Objekt selbstloser Großzügigkeit war, und John sagte es ihm auch nicht. Die drei Männer nahmen ihre neuen Plätze in

Beschlag. Auf dem Kanonendeck hatten sich einige Gefangene einen kleinen persönlichen Platz hergerichtet, an dem sie Bücher verwahrten; andere hatten auf einem umgedrehten Fass mit schmierigen Karten gespielt. All das war jetzt ebenfalls fort – bis auf eine Staffelei, die neben einer Luke stand. Darauf stand ein vorzüglich in Öl gemaltes Bild, auf dem eine maritime Szene zu sehen war. Die Ölfarben glänzten noch feucht auf einer Palette und wurden in kleinen Flaschen auf einem Regal verwahrt.

»Sie scheinen Glück zu haben«, sagte John zu dem Maler. »Nur Ihnen sind Ihre Habseligkeiten geblieben.«

Der Maler schnaubte. Er war ein gut aussehender junger Mann von vielleicht achtundzwanzig Jahren. »Ich bekomme ein Pfund pro Bild, aber der Lieutenant kriegt zehn. Und der Kerl, der sie in Portsmouth verkauft, kriegt zwanzig. Der Lieutenant gräbt sich doch nicht seine eigene Einkommensquelle ab.« Er verbeugte sich. »Louis Garneray.«

»Er macht seinen Schnitt bei allem, was wir verkaufen. Ich gebe seinem Verbot drei Tage«, sagte Reynard.

Eine Idee nahm in Johns Kopf Gestalt an, ein Fetzen nur, aber er war ausbaufähig.

»Monsieur Garneray«, sagte er und schaute auf das schöne Bild, das elf Schiffe im Hafen von Portsmouth zeigte. Es war sehr präzise gemalt. »Haben Sie jemals Stiche angefertigt?«

»Ich habe ein wenig Holzschnitt gemacht und ein wenig Kupferstich, bevor ich zur Marine gegangen bin.« Der junge Mann zog verwirrt die buschigen Brauen zusammen.

»Falls jemand Sie finanzieren würde, könnten Sie dann durch Ihre Beziehungen die nötigen Materialien beschaffen, die man zum Stechen benötigt? Sie würden auch Spezialpapier und Tinte brauchen.«

Garneray nickte vorsichtig. »Es würde eine Woche dauern.« Reynard sah fragend drein.

»Dann betrachten Sie mich als Ihren Bankier«, sagte John. »Ich habe einige sehr spezielle Szenen für Sie zu zeichnen. Ich glaube, sie werden ein Segen für Ihre Mitgefangenen sein.«

»Spezielle Szenen?«, fragte Garneray. »Was für Szenen? Hat es etwas mit Schiffen zu tun?«

»Ich würde eher sagen mit … Handel. Die Bank der Grafschaft hat sich das ursprünglich ausgedacht.«

»Aha«, sagte Reynard, der allmählich verstand. Er nickte John zu. »Sie, Sir, sind ein gefährlicher Mann und ein Neuzugang, der uns willkommen ist.«

Die Gefangenen auf der *Vengeance* waren zu neunzig Prozent Franzosen, und sie hatten ihre eigene Gesellschaft gebildet, mit eigenen Regeln und einer eigenen Form von Justiz. Die wenigen Wärter, die gebraucht wurden, um das schwimmende Gefängnis zu bewachen, blieben auf dem Toppdeck, um den Freigang zu überwachen, oder in ihren Quartieren, um zu spielen. Sie wagten sich nicht auf die unteren Decks. Deshalb wurde die Ahndung von Straftaten in der Regel den Gefangenen selbst überlassen. Streitigkeiten wurden von einem Rat aus acht Männern geregelt und Bestrafungen auf ihren Spruch hin durchgeführt. Diebstahl wurde unnachsichtig mit Auspeitschen bestraft – was nicht überraschte, denn das Wenige, was ein Mann besaß, war alles, was zwischen ihm und Hunger, Krankheit oder Tod stand.

An diesem Nachmittag stellte sich heraus, dass einer der Gefangenen sein Kartenspiel hatte retten können, weil er es am Körper versteckt hatte. John stieg zusammen mit Dupré in das Spiel ein. Sie spielten Macao. John wusste, er würde seinem Opfer noch keine Information entlocken können, aber er wollte dafür sorgen, dass Dupré ein zweites Treffen anstrebte.

Nichts erzeugte so sehr Vertrauen, wie bei einem Kartenspiel Geld von einem Mann zu gewinnen. Deshalb setzte er eine kleine Menge seiner Sous ein, um sie mit aller Entschlossenheit an Dupré zu verlieren.

Es war schwer. An einem Punkt schließlich, nachdem John trotz aller Bemühungen zu verlieren das dritte Blatt in Folge gewonnen hatte, begann er sich zu fragen, ob Dupré absichtlich so schlecht spielte. Duprés Miene war so schwer zu ergründen, wie John es erwartet hatte, aber der Mann gewann noch immer nicht. Sein Mangel an Können machte es John noch schwerer, ihn zu durchschauen. Er schien nicht an Johns Glück im Spiel zu glauben, und eine unheilvolle Vorahnung machte sich in Johns Brust breit. Würde er den Mann je dazu bekommen, ihm sein Geheimnis zu offenbaren?

Kapitel 8

»Du bist ein höchst verschwiegener Mann«, bemerkte John am nächsten Nachmittag zu Dupré. »Das macht dich beim Kartenspiel zu einem teuflisch schweren Gegner.« Natürlich war das eine Lüge. Es war ihm endlich gelungen, einen kleinen Betrag an den Mann zu verlieren, aber das hatte Duprés Vertrauen nicht wachsen lassen. Vielleicht war ihm jeder suspekt, der mit den Engländern Handel trieb. Sah Dupré denn nicht, dass ein solcher Mann die perfekte Wahl war, um Nachrichten von französischen Agenten in England zu überbringen? John hatte ihn für fantasievoller gehalten. Dupré hatte John auch noch nicht wieder nach seinen Handelsgeschäften gefragt.

Sie spielten Whist, während sie darauf warteten, dass die Reihe an ihnen war, an Deck zum Freigang zu kommen. John trug jetzt einen Geldgürtel um seine Taille. Reynard war Duprés Partner. John spielte mit einem Fähnrich namens Philippe. Man munkelte, dass die Leichen der geflohenen französischen Gefangenen noch immer von den Auslegern baumelten. Ohnmächtige Wut wechselte sich unter den Gefangenen mit Niedergeschlagenheit ab. Dupré schien davon unberührt. Unter Johns äußerlich zur Schau getragenen Ruhe war seine Laune eher gedämpft. Er war noch nie weniger stolz darauf gewesen, Engländer zu sein. Die Tatsache, dass er Dupré töten oder ihn der Folter überlassen musste, half da nicht unbedingt. Er war auf seine Weise genauso schlecht wie Rose und dessen Spießgesellen.

»Ich denke«, bemerkte Dupré, »dass du auch eine geheimnisvolle Art hast.«

Machte Dupré endlich den ersten Schritt? »Vielleicht ist uns das gemeinsam. Zusammen mit einer gewissen ... Vertrautheit mit dem Bösen im Menschen.«

»Ah.« Dupré spielte eine Karte aus. »Du meinst diesen Zorn, der uns gerade so hart trifft?«

Verdammt sollte er sein. John spähte auf sein Blatt. Er musste diese Runde verlieren, weil er die letzte gewonnen hatte. Aber es war nichts zu machen. Wenn er eine niedrigere Karte ausspielte, würden sich die anderen daran erinnern, wenn er später den König offenlegte, den er in der Hand hielt. »Bei einer gewissen Art von Mensch scheint Zorn sinnlos zu sein.« Er spielte die Karte aus und sammelte den Stich ein.

»Denk nicht, dass mir das hier nichts ausmacht.« Dupré prüfte sein Blatt. »Ich würde es vorziehen, woanders zu sein.«

»Zweifellos. Auf mich warten ebenfalls äußerst wichtige Geschäfte.« John spielte absichtlich die erste Karte aus, von der er wusste, dass Dupré sie bedienen konnte.

»Kaufleute denken immer, dass ihre Geschäfte wichtig sind.«

»Sagen wir, dass auch unsere gemeinsame Sache mein Geschäft für wichtig erachten würde.« John musste sehr vorsichtig vorgehen.

Dupré schaute hoch, während er den Stich aufnahm. »Das lässt sich leicht behaupten. Aber falls das, was du sagst, wahr ist – was willst du jetzt anfangen?«

John sah von Reynard zu Philippe. »Was jeder gute Franzose tun sollte. Fliehen.«

»Schsch«, zischte Reynard. »Fluchtpläne werden sehr oft von Männern von den unteren Decks verraten.«

»Es gibt unter uns Spione, die für die Engländer arbeiten?«, fragte der junge Philippe entsetzt.

»Spione gibt es überall«, erwiderte Dupré. Er machte keine Anstalten, den Köder zu schlucken.

Trotz Johns Bemühungen strich Philippe einen Stich für sich ein.

»Ja«, sagte John leise. »Das habe ich auch gehört.«

Er dachte einen Moment lang, Dupré würde noch etwas dazu sagen, aber er blieb auch jetzt stumm. Offensichtlich dachte er, dass Johns eventuelle Informationen es nicht wert waren, sich selbst zu erkennen zu geben. Johns Enttäuschung drohte, sich durch seinen Blick zu verraten, deshalb starrte er angestrengt auf seine Karten.

Die Wachen riefen sie hoch aufs Toppdeck, wo sie auf dem Mittelschiff unter den Leichen der Flüchtlinge ihre Runden absolvieren mussten. Es war kalt an Deck, aber noch immer waren die Kadaver aufgedunsen und stanken. Die Gefangenen umrundeten die kleine Hütte, die auf dem Deck errichtet worden war, um die Nahrungsmittelvorräte und den Ofen zu beherbergen, auf dem ihre elenden Rationen gekocht wurden. In die eigene Pein mischte sich der Zorn über den Umgang mit den Überresten der Toten. John konnte es kaum erwarten, wieder unter Deck getrieben zu werden.

Lieutenant Rose kam zum Rand des Achterdecks, um sie zu beobachten. Er grinste. »Französische Hunde«, sagte er zu seinem Stellvertreter. »Sie sind vollkommen geistlos. Man muss ihnen zeigen, wer der Herr ist.«

John fühlte die Wut hochkochen. *Ruhig Blut*, ermahnte er sich. Vor sich sah er, wie Reynard seltsam steif wurde.

Lachen brandete hinter ihm auf. Es war eine besondere nasale, englische Art von Lachen, die John tausendmal in den Clubs von St. James gehört hatte. Ein Fass mit halb verfaulten Kartoffeln stand in der Ecke. Er sah, wie Reynard sich vorbeugte. John erschrak.

In dem langen Augenblick, in dem er erkannte, was gleich geschehen würde, schossen widerstreitende Gefühle durch

Johns Brust. Er durfte weder sich selbst noch seine Mission gefährden. Reynard hatte recht. Hier war kein Platz für Gefühle. Aber selbst Reynard konnte sich nicht an seinen eigenen Ratschlag halten, und welch besseren Weg gab es, die anderen von seiner Loyalität gegenüber dem Kaiser zu überzeugen?

Reynard fuhr herum und schleuderte eine Kartoffel auf den Lieutenant. Sie traf ihn direkt auf die Brust. Die weichen Fasern zerplatzten auf dem Rock des Lieutenants zu einem schmierigen Film. Fast ohne zu denken trat John ebenfalls an das Fass, nahm eine riesige Kartoffel heraus, tauchte sie in einen Eimer mit Teer und schleuderte sie wie ein Geschoss ab. Sie traf den Lieutenant am Hals, an dem die schwarze, stinkende Masse sofort herunterzulaufen begann, um sich auf der betressten Uniformbrust zu verteilen. Und diesmal sah der Lieutenant geradewegs zu ihm.

Auch die anderen Gefangenen liefen nun zu dem Fass, tauchten ihre verrottenden Wurfgeschosse in den Teer und begannen, sie auf die Offiziere zu werfen. Rose brüllte, das werde sie den Kopf kosten, aber die englischen Offiziere mussten bald den Rückzug antreten. Selbst als die Wachen begannen, mit ihren Schlagstöcken um sich prügeln, flogen die geteerten Kartoffeln weiter. Dupré erhielt einen Schlag gegen den Kopf. John fühlte die Knüppel auf seinen Schultern. Der schrille Triumph in den Stimmen der Gefangenen gab ihm Kraft. Er hatte bereits sechs der schmierigen Geschosse geworfen, als immer mehr Wachen aus der Tür zur Kabine unter dem Achterdeck auftauchten. John sah Dupré zu Boden gehen und zog ihn zwischen sich und Reynard, um ihn zu schützen. Aber der Aufruhr verebbte bald. Gefangene stöhnten und hielten sich die Rippen oder den Kopf. Rose – eine geschwärzte klebrige Gestalt, Teer in den Haaren, auf seinen goldenen Tressen, seinem weißen Stock – brüllte wie am Spieß.

»Greift euch den Großen da«, schrie er. Hände packten John. »Man hat mir ja gesagt, dass er ein Unruhestifter ist. Peitscht ihn aus und werft ihn ins Loch. Ich will sein Gesicht eine Woche lang nicht sehen.«

Vier Wachen überwältigten John. Reynard, das Gesicht schmerzlich verzogen, starrte ihn an. Dupré sah nachdenklich aus. John grinste und begann, die Marseillaise zu singen. Reynard schluckte und fiel mit ein. Andere folgten, einer nach dem anderen. Bald hallte ein Chor von Männerstimmen über das Deck.

»Bringt die anderen Gefangenen an Deck zur Bestrafung.« Rose musste schreien, um gehört zu werden.

Dupré fiel als Letzter in den Gesang mit ein. John wurde über das Ankerspill gezerrt und daran festgebunden. Walden, der grobschlächtige Wachmann, grinste und riss das Hemd von Johns Rücken. John sah sich ohne große Hoffnung um. Wo blieb Faraday?

Beatrix schützte Krankheit vor und sagte ihren Salon am Dienstag ab. Symington schickte Boten durch die Stadt mit der plötzlichen Nachricht. In gewisser Weise war sie auch krank. Sie konnte die unverhohlene Bewunderung nicht mehr ertragen, die Posen auf der einen Seite und die erzwungene Fröhlichkeit oder, noch schlimmer, Gleichmut auf ihrer Seite. Es hätte damit geendet, dass sie die Gäste angeschrien hätte. Aber sich selbst überlassen zu sein war noch schlimmer. Den ganzen Tag eingesperrt in die künstliche Dunkelheit ihres Boudoirs, war sie bis zur Erschöpfung hin und her gelaufen, und jetzt, da die Dämmerung sich herabsenkte, streckte sich die Nacht unheilvoll vor ihr aus.

Ein leises Klopfen an der Tür ließ sie herumfahren. Sie

hatte allen Dienstboten für den Abend freigegeben. »Gehen Sie.«

Stattdessen wurde die Tür geöffnet, und Symington trat ein. Er trug ein Tablett mit einem Teeservice. »Die Absagen sind zugestellt, Mylady. Ich dachte, Sie mögen vielleicht ein wenig Kamillentee. Er wirkt sehr beruhigend.«

Das Letzte, was sie wollte, war Kamillentee. Aber die Tatsache, dass er ihre Unruhe spürte und ihr etwas Beruhigendes brachte, berührte sie. Sie setzte sich an ihren Schreibtisch, während er einschenkte. Sie nahm einen Schluck. »Wann … wann fahren Sie zu Ihrer Schwester?«, fragte sie, während sie versuchte, sich zu fassen.

»Ich dachte daran, es für ein oder zwei Wochen aufzuschieben«, antwortete er leidenschaftslos.

Sie sah ihn scharf an. »Es war für morgen geplant. »Sie wollten morgen fahren, und Sie werden morgen fahren. Sie würden es sich niemals verzeihen, wenn Sie es aufschieben und irgendetwas geschieht. Und … und es gab doch noch etwas, was ich erledigen wollte, während Sie fort sind.« Ihre Gedanken waren so durcheinander. »Ja. Ich werde das Haus kaufen, das Sie gesehen haben … Wo war es noch gleich?«

»Wimpole Mews, genau gegenüber der Harley Street. Aber ich bin nicht sicher, ob Sie das gerade jetzt tun sollten, Mylady.« Das Gesicht des alten Mannes war voller Sorge.

»Unsinn«, sagte sie brüsk. »Es ist genau das Richtige für mich. Ich werde mich morgen Abend mit dem Agenten treffen. Wie lange werden Sie fortbleiben?« Sie nippte entschlossen an ihrem Tee.

»Eine Woche, höchstens zehn Tage, denke ich.«

Zehn Tage ohne Symington! »Sehr gut. Sie haben eine Gesellschafterin für sie ausgesucht?«

»Miss Cadogan wird in das Haus einziehen, um es vorzubereiten, sobald Sie es erworben haben.«

»Oh. Sollte ich sie ...?«

»Sie wird sich hier am Ende der Woche vorstellen.«

Beatrix seufzte. »Immer so gut organisiert, Symington. Ich bin so abhängig von Ihnen geworden.«

»Frederick wird vorbeikommen, um zu sehen, ob es Nachrichten gibt, die Sie zu verschicken wünschen. Mrs. Mossop wird sich um die Gesellschaft im Salon kümmern, bis ich zurückkomme.«

Sie nickte. Aber sie entließ ihn noch nicht. Denn ihn beschäftigte noch etwas. Sie sah es ihm an. »Ich nehme an, Sie wissen, warum Langley die Stadt verlassen hat. Sie können es mir ebenso gut gleich sagen.«

Symington blickte zu Boden. »Ein Boxkampf.«

Sie runzelte die Stirn und brauchte einen Moment, um zu begreifen. »Er hat die Stadt verlassen, um sich einen Boxkampf anzusehen?« Sie bemühte sich, sich ihren Zorn nicht allzu sehr anhören zu lassen.

Symington nickte. »Er plant, danach bei Freunden in Hampshire zu bleiben, hörte ich.«

Sie räusperte sich, um sicher zu sein, dass sie sprechen konnte. »Nun, dann gehen Sie jetzt packen.«

»Ist noch ... Gibt es noch etwas, das ich für Sie tun kann?«

Seine Stimme war so bekümmert, dass Beatrix fast vor Rührung zerfloss. Sie lächelte. »Nein, mein Freund. Nichts.«

Sie sah zu, wie er leise das Zimmer verließ.

Und es gab auch nichts, nichts, was irgendjemand tun konnte. Die Stille des Hauses war unheimlich. Draußen fuhren Kutschen auf dem Square vorbei. Das Leben der Londoner Nacht ging weiter. Mit ihren feinen Ohren hörte sie alles. Aber hier drinnen herrschte fast Grabesstille. Leise hörte sie

Symington oben in seinem Zimmer im dritten Stock packen, doch abgesehen davon ... nichts.

Sie hatte das schreckliche Gefühl, es würde noch mehr von diesem Nichts kommen. Wie dumm von ihr, sich so sehr über Langleys Absage zu ärgern! Sie bedeutete ihm so wenig, dass ein Preiskampf ihn weglocken konnte.

Aber warum zählte das überhaupt noch?

Weil sie mit ihm zusammen sein wollte, und von da aus war es nur noch ein kleiner Schritt dahin, ihn wirklich zu mögen. Man sollte sich niemals zu viel aus jemandem machen. Es machte zu verletzlich. Sie hatte sich nichts mehr aus jemandem gemacht seit ... ja, seit Stephan nicht mehr ...

Burg Sincai, Transsilvanische Alpen, 1105

»Das hast du heute Nacht gut gemacht, Bea«, sagte Stephan. Sie saßen allein in Stephans Zimmer am Kamin, wo sie oft bis zum Morgengrauen lasen und redeten. Ihr war jetzt wieder warm, nachdem sie sich in Ashartis Bett gekuschelt hatte, bis die Freundin eingeschlafen war. Dann hatte sie sich hinauf zu Stephan geschlichen.

Beatrix dachte an Ashartis Worte und nahm all ihren Mut zusammen. »Warum hast du Asharti nicht für ihren Ungehorsam dir gegenüber bestraft, Stephan?«

Er trank Wein und schenkte ihr jetzt auch ein Glas ein. Es war ihr erster Wein. Er ließ sich viel Zeit mit der Antwort. »Weil sie einen schwereren Weg als du hat, Kind.«

»Das hat sie nicht«, protestierte Beatrix. »Warum soll ihr Weg schwerer sein?«

»Weil sie ein Mensch ist und erst durch einen von uns zum Vampir wurde. Weil sie nicht blutgeboren ist.«

»Und mein Weg ist leicht?« Beatrix umklammerte ihr Weinglas so fest, dass sich ihre Fingerknöchel weiß färbten. »Ich wurde verlassen, allein gelassen, um mich selbst zu verteidigen und Kehlen aufzureißen für mein Blut, weil ich es nicht anders wusste.«

»Aber du wurdest ins Vampirdasein hineingeboren. Du weißt tief in dir, dass das, was du bist, das ist, was du sein sollst. Einige von unseresgleichen sagen, dass jeder Vampir, der dazu gemacht wird, dazu verdammt ist, wahnsinnig zu werden oder den Weg des Bösen einzuschlagen. Asharti weiß das.«

»Macht man deswegen niemanden zum Vampir, indem man sein Blut mit ihm teilt?«

»Ja. Das ist es, warum die Regeln festlegen, dass du sie töten musst, falls jemals, sei es durch Zufall, so etwas geschieht.«

»Das ist nicht fair – jemanden zu töten, wenn es doch nicht seine Schuld ist, dass er ist, was er ist.«

»Nein, es ist nicht fair. Deshalb habe ich Asharti beschützt, als Robert le Blois sie töten wollte.«

Der, der sie zum Vampir gemacht hatte, hatte sie töten wollen? Wie schrecklich! »Wird Asharti wahnsinnig werden?«

»Das ist Altweibergeschwätz.« Er starrte ins Feuer. »Aber ich denke, dass wir Asharti helfen müssen, die Verantwortung zu akzeptieren, die all das mit sich bringt. Und wir müssen begreifen, dass ihr Weg schwer ist.« Er sah Beatrix an. »Kannst du das, Bea?«

Beatrix holte tief Luft. »Ich will es versuchen, Stephan.« Was sie zu akzeptieren versuchte, war Stephans Milde gegenüber Asharti. Aber warum sollte er sie nicht auch bewundern? Beatrix tat es.

Er lächelte. Wie sehr sie es liebte, wenn er lächelte. »Ich wusste, dass ich auf dich zählen kann.« Er hob sein Glas. »Willst du nicht mit mir trinken?«

Sie lächelte und senkte den Kopf, dann nippte sie an ihrem Wein. »Er ist sehr gut.«

»Wie war es, ganz allein den Gefährten zu nähren, meine Liebe?« Seine Stimme war so freundlich. Sie sah ihn verstohlen an. Der Feuerschein huschte über sein Gesicht. Sein dunkles Haar lockte sich voll und glänzend auf den breiten Schultern. Seine Zähne waren perfekt, wie bei jedem von ihresgleichen. Sein Lederwams ließ ihn männlicher aussehen denn je. »Es war gut, sich im Griff zu haben, nicht wahr?«

»Ja. Es fühlte sich … natürlich an. Und jetzt bebt mein Gefährte vor Leben in meinen Adern.«

»Es ist ein herrliches Gefühl. Wir haben Glück, dass wir sind, was wir sind.« Er hob sein Glas in den Feuerschein, und der Wein glühte blutrot auf. »Das Blut ist das Leben.«

»Blut ist Leben«, wiederholte Beatrix und trank. Sie fühlte ein überwältigendes Verlangen, ganz nah bei Stephan zu sein, also glitt sie von ihrem Stuhl und setzte sich auf das Bärenfell zu seinen Füßen. Sie legte die Wange an seinen Oberschenkel und fühlte ihr Blut in sich pochen, irgendwo tief in ihrem Schoß.

Stephan strich ihr übers Haar. Beatrix spürte, wie sich ihr Gefährte in ihr erhob. »Es gibt vieles, was ich dir zeigen möchte, Bea.« Seine Stimme klang heiser. »Wenn eine Frau in dieser Welt überleben will, muss sie die Fähigkeiten nutzen, die sie hat. Männer sind stark …«

»Ich bin stärker als jeder Mann«, protestierte sie. Aber ihre Aufmerksamkeit war auf seine Hand gerichtet, die sich unter ihr schweres Haar schob und ihren Nacken streichelte. Es ließ sie zittern.

»Ja, und diese Stärke wird dir helfen. Aber andere Dinge werden ebenso nützlich sein.«

»Welche Dinge?«, fragte sie. Die Hitze des Feuers schien sich in ihrem innersten Kern zu sammeln.

»Nennen wir sie die weiblichen Künste«, sagte Stephan. »Man kann nicht immer erzwingen, was man will. Der Andere kann den Zwang fühlen, wenn du zu forsch bist. Ein Mann kann andere Männer führen oder sie bezwingen, aber Frauen brauchen einen subtileren Weg, um zu siegen.«

»Wie meinst du das?« Sie ließ den Kopf gegen sein Bein sinken. Er streichelte ihre Kehle, und seine Berührung sprach von rotem Wein und Feuer.

»Ich werde es dir zeigen, wenn du mich lässt. Lässt du mich?« Er glitt vom Stuhl und setzte sich neben sie.

Mit einem leichten Prickeln von Furcht schaute sie auf. Gab es etwas, bei dem er um Erlaubnis fragen musste, um es sie lehren zu dürfen? »Ich glaube, du lehrst mich, was immer ich wissen muss.«

»Dann wisse, dass ich dir niemals wehtun würde.« Er stellte sein Glas ab und begann, die Lederbänder zu öffnen, mit denen ihr Mieder und ihr Kleid geschlossen wurden. »Ich werde dir etwas zeigen, das dir in den Jahren, die vor dir liegen, viel Vergnügen schenken wird. Und es ist ein Weg, Männer dazu zu bringen, dir zu geben, was du willst, ohne dass du den Gefährten brauchst.« Er lächelte leicht. »Zwei Fliegen mit einer Klappe! Was könnte besser sein?«

Beatrix fühlte ihre Brüste schwer werden, als Stephan ihr Mieder öffnete. Sie war kein kleines Kind mehr. Sie hatte Männer und Frauen sich paaren sehen, es war ein roher und gewaltvoller Akt mit viel Stöhnen und Schwitzen. Es war erschreckend, fast so, als würden Menschen zu Tieren werden und sich ihrem Menschsein entfremden. Sie war einmal wie ein Tier gewesen. Sie hatte nicht den Wunsch, es wieder zu werden.

Stephan musste den Zweifel in ihren Augen gesehen haben. »Ich verspreche dir, es wird dir gefallen«, wisperte er an ihrem Ohr. Sein Atem an ihrem Hals ließ sie erschauern.

Aber nicht vor Angst. »Ich gebe mich ganz in deine Hände«, wisperte sie zurück. Schließlich war es Stephan gewesen, der sie aus den schmutzigen Straßen der Elendsviertel Amsterdams geholt hatte, der sie gekleidet und sie unterrichtet hatte, der mit ihr geredet hatte wie mit seinesgleichen, der sie gerettet hatte. Sie eiferte immer danach, ihm zu gefallen. Er wollte, dass sie dies hier lernte. Sie würde ihm auch jetzt gefallen.

Sie hob das Kinn. Er legte seine warme Hand in ihren Nacken und beugte sich langsam über sie. Ihre Münder berührten sich, ganz leicht. Seine Lippen waren wie ein Streicheln, das sie bis hinunter zwischen ihre Beine fühlte. Er war sanft. Ganz und gar nicht wie ein Tier. Sie seufzte und entspannte sich. Die andere Hand legte er um ihre Taille. Sie ließ ihre Lippen mit den seinen verschmelzen. Seine Zungenspitze berührte ihre Lippen und leckte sie. Überrascht stieß Beatrix ein Lachen aus. Er zog sich zurück, lächelnd.

Sie sah zu Boden, fast scheu. »Verzeih, Stephan. Du hast mich überrascht.«

»Verzeihung ist nicht nötig.« Sein Gesichtsausdruck war zärtlich. »Warst du je mit einem Mann zusammen?«

Sie schüttelte den Kopf, dann sah sie ihn kühn an. »Aber ich weiß, wie es geht. Ich habe gesehen, wie sie es getan haben.«

Er nickte. »Ah. Natürlich.«

Sie nahm seinen Ton wahr und reagierte leicht gereizt. »Ich weiß, dass du dazu deine Hosen ausziehen musst.«

»Dann sollte ich das wohl tun.« Die Lachfältchen um seine Augen kräuselten sich, als er sich das Lederwams abstreifte. Er stand auf. Unter dem weiten Hemd zog er an den Bändern seiner Hose. Beatrix spürte, wie ihre Augen groß wurden. Er legte einfach so seine Kleider ab? Stephan ließ die Hosen über seine Hüften zu Boden gleiten. Dann trat er auf die Hacken seiner weichen Lederstiefel, zog seinen Fuß heraus und stieß sie einen

nach dem anderen fort. Seine Beine waren stramm. Beatrix sah die Muskelstränge unter dem gelockten, dunklen Haar an seinen Waden. Ihr Blick glitt hinauf zu der Schwellung zwischen seinen Oberschenkeln. Das Hemd verbarg das, was sie sehen wollte – und was zu sehen sie fürchtete. Er hockte sich neben sie, umschloss ihr Kinn mit seiner Hand.

»Und du, Bea. Was ist mit deinen Kleidern?«

Die Haut seiner Handfläche an ihrer Wange war rau und elektrisierend. Ihr Atem ging flacher. Sie schluckte. Konnte sie zu Ende bringen, was sie begonnen hatte? Sie zerrte an den Schnürbändern ihres Mieders. Sie reichten vom Ausschnitt bis zur Taille ihres schweren blauen Wollkleides. Er schob ihre Hände beiseite und zog die Bänder sanft frei, eines nach dem anderen, bis Beatrix glaubte, ohnmächtig zu werden. Dann griff er in das offene Mieder und umschloss mit einer Hand ihre Brust, die nur noch von dem feinen Batisthemd bedeckt wurde, das sie darunter trug. Ihre Brustwarze zog sich zusammen, als sei sie eine Knospe, die nur des Nachts blühte und jetzt von der Sonne beschienen wurde. Er streifte das Hemd von ihrer Schulter.

Sie sah in sein Gesicht, sah das Gefühl darin, sah die Zuneigung in seinen dunklen Augen. Er musste sie lieben, um so zu empfinden. Ehe sie begriff, was vor sich ging, lag ihr Obergewand auf dem Boden. Die Wolle bildete eine blaue Lache. Sie saß in ihrem Unterhemd da, ihre Brüste hoben und senkten sich heftig. Noch nie war sie sich ihres Körpers so bewusst gewesen: des Atems in ihren Lungen, der Hitze, der flüssigen Glut zwischen ihren Beinen, die mit jedem Moment noch verzehrender zu werden schien.

»Stephan«, wisperte sie. Er nahm es als Erlaubnis und beugte sich vor, um seine Lippen auf ihre zu pressen. Seine Arme glitten um ihren Nacken, und Beatrix drängte ihre Brüste

gegen die harte Wand aus Muskeln, die sie unter seinem Hemd spüren konnte. Seine Zunge fand den Weg in ihren Mund, und dieses Mal war Beatrix nicht überrascht, sondern überwältigt von der Intimität dieser Berührung. Feuchtigkeit teilte sich mit, von Körper zu Körper. Er küsste sie leidenschaftlicher, und die Tiefe dieses Kusses versprach, dass er noch auf vielerlei Art in sie eintauchen würde.

Er hob sie aus der zerknüllten Wolle ihres Kleides und hielt sie fest an seinen Körper gedrückt. An ihrer Hüfte fühlte Beatrix eine Härte und wunderte sich einen Moment lang, ehe sie erkannte, was es war. Sie lächelte in seinen Mund und schlängelte ihre Zunge hinein, um seine Lippen und Zähne zu lecken. Sie *tat das bei ihm. Er wollte sie. Sie strich mit den Händen über die geschmeidigen Muskeln seiner Schultern unter dem Hemd. Nein, das war nicht richtig. Sie wollte seine nackte Haut spüren und ihn ganz sehen. Sie schlüpfte aus ihrem Hemd und schob ihm seines über den Kopf. Sie atmete tief ein. Sie hatte viele Männer ohne Hemd gesehen. Riesige Kerle von Männern und Jungen dünn wie Weidenzweige. Aber keiner war wie Stephan gewesen. Die kleinen Bewegungen von Muskeln unter seiner Haut schienen dazu gedacht, sie zu verwirren. Aber sie würde sich nicht verwirren lassen. Seine Brust war leicht bedeckt von schwarzem, gelocktem Haar, durch das dunkle, weiche Brustwarzen lugten. Sein Bauch war fest, und ein V aus Haaren zeigte nach unten auf ein Nest aus Haaren, das einen sehr harten Schaft umrahmte. Sie hielt den Atem an.*

»Ich bin es nur«, beruhigte er sie. Seine Augen schienen dahinzuschmelzen, und er berührte ihre Schulter, fast ehrfürchtig. »Du bist … wunderschön.« Er schüttelte den Kopf und lachte leise. »Ich höre mich an wie ein liebeskranker Jüngling.«

Da! Er hatte es gesagt. Sie wagte nicht zu lächeln oder noch einmal in seine Augen zu schauen, damit er sich nicht zurückzog oder es wegerklärte. Liebeskrank. Das war es, wie sie sich fühlte; schwindelig und krank vor Liebe. Sie ließ ihre Brustwarzen über die Haare auf seiner Brust streichen. Er stöhnte auf und zog sie an sich.

Beatrix saß zitternd vor ihrem kalt gewordenen Kamillentee. Das Bild dieser Nacht war so lebendig, als wäre es erst gestern geschehen. Stephan hatte ihr die Freuden der Liebe gezeigt.

Liebe? Nein, er hatte sie in den Sex eingeführt. Sie hatte nur geglaubt, es wäre Liebe. Und Sex mit einem Mann führte zu Ashartis Bösem. Wenn Sex im Spiel war, konnte man Beatrix nicht vertrauen, also hatte sie sich selbst seit sechshundert Jahren nicht vertraut. Es war ihr gleichgültig gewesen, sie hatte keinen Sex gehabt, sie war nicht verletzt worden. Sie schlug die Männer in ihren Bann, nahm sich ihr Blut und ließ sie wie Blendon zurück: nackt in der Nacht.

Bis Langley aufgetaucht war. Sie hatte gedacht, sie hätte Stephan hinter sich gelassen. Aber heute Nacht war er aufgetaucht, weil Langley ihr abgesagt hatte, um zusehen zu können, wie zwei Männer sich sinnlos verprügelten. Und das hatte sie getroffen. »Sinnlos« war das entscheidende Wort. Alles war sinnlos. Es gab keine zweite Unschuld. Sie hatte alles gesehen, und alles war wieder und wieder geschehen, und man konnte dem nicht entkommen.

Oder vielleicht war das Kloster Mirso die einzige Zuflucht. Stephan hatte das schon vor langer Zeit gesagt.

Ihr Weg führte nach unten. Nichts würde die Dunkelheit aufhalten, was auch immer sie ausgelöst hatte. Die einzigen

Lichter in der Nacht waren die schimmernden Turmspitzen von Mirso. Sie würde den Schwur ablegen und ihre Tage mit Singen verbringen, sie würde den Schmerz der Welt für immer hinter sich lassen und Frieden erlangen.

Aber was, wenn Frieden nur ein anderes Wort für Betäubtsein war? War dumpfe Lähmung denn die einzige Wahl? Sie schloss die Augen und betete – zu wem, wusste sie nicht. Sie betete nicht um Erlösung, nur darum, den Erinnerungen zu entkommen, die sie ins Kloster zu treiben schienen.

Sie musste den morgigen Tag überstehen. Sie würde ein Haus für Symingtons Schwester kaufen. Übermorgen würde sie darüber nachdenken, was zu tun war.

»Das Loch« war eine feuchte Finsternis von nicht mehr als knapp zwei Meter im Quadrat, in dem knapp zwanzig Zentimeter hoch teeriges, faulendes Salzwasser stand. Er war hier drinnen eingesperrt worden, ohne Essen oder Wasser, das er trinken konnte, vor Tagen schon – er war sich nicht sicher, vor wie vielen. Die Erbauer des Schiffes hatten den Raum mit Metallblech versiegelt, um die Ratten fernzuhalten und zu vermeiden, dass der Bewohner dieser Schreckenskammer selbst für Nachschub an frischem Fleisch sorgte. John war nackt, er fror, er war blutverkrustet von zwanzig Hieben mit der Peitsche. Es hätte schlimmer kommen können. Rose war so versessen darauf gewesen, mit der allgemeinen Bestrafung fortzufahren, und so sicher, dass das Loch John umbringen würde, dass er sich nicht die Zeit genommen hatte, die Zahl der Schläge anzuordnen. John fragte sich, wie die Seeleute das allzeit drohende Damoklesschwert des Auspeitschens aushielten. Er hatte gehört, dass fünfzig oder gar hundert Hiebe nicht ungewöhnlich waren auf dem Schiff eines Kapitäns, der gern mal zur Peitsche griff.

Die Zeit zog sich hin. Er hatte Schmerzen. Hunger hatte er nicht mehr, aber der Durst quälte ihn. Seine Schulter tat weh. Es war erst drei Wochen her, dass er in Calais verwundet worden war. Hatte er genug Kraft, um Rose zu trotzen? Vielleicht hatte der Lieutenant ihn vergessen. Vielleicht würde er hier drinnen in alle Ewigkeit verrotten. Und was war mit Faraday? Er hatte nicht gehört, dass einer der Wachmänner mit diesem Namen angesprochen worden war. Kein Wachmann hatte ihm ein Zeichen gegeben. Vielleicht hätte Faraday das Auspeitschen nicht verhindern können, aber er hätte dafür sorgen können, dass John etwas Wasser bekam. John wollte nicht daran denken, dass es gar keinen Faraday geben könnte oder dass er, falls es ihn gab, beschlossen hatte, John nicht zu helfen. Das würde bedeuten, dass er auf verlorenem Posten gegen Rose und das Gefängnisschiff stünde. Konnte er sich nicht einfach hinstellen und sagen: »Eigentlich bin ich Engländer und arbeite für die Regierung!«, falls es zu schlimm wurde? Sein Englisch war perfekt. Sein Französisch aber auch. Würde ihm irgendjemand glauben? Würde irgendjemand sich die Mühe machen, nach Barlow zu schicken? Er konnte sich jedenfalls nicht vorstellen, dass Rose das eine oder das andere tun würde.

Es spielte keine Rolle. Wenn er aufstand und verkündete, dass er Engländer sei, war die Mission gescheitert. Barlows größte Chance herauszufinden, wer im Zentrum des französischen Netzwerks die Fäden zog, wäre vertan. John konnte das nicht zulassen. Und er würde es nicht zulassen. Er würde ausharren.

Solche Gedanken kreisten in seinem Kopf, bis er irgendwann in einen Dämmerschlaf fiel. Dann kamen die Träume, ob er wollte oder nicht. Träume waren noch nie seine Freunde gewesen. Er hatte von Cecily oder Angela geträumt, von den

Auseinandersetzungen mit seinem Vater, nachdem er vom Kontinent zurückgekehrt war und den Zustand des Verfalls gesehen hatte, in dem sich Langley Court befand. Manchmal träumte er davon, dass er als Agent enttarnt wurde und alle Geheimnisse seines Landes preisgab, allein schon bei dem Gedanken an Folter. Aber diesmal waren seine Träume anders.

Nein, diesmal war es Beatrix Lisse, die ihn quälte – oder rettete. Er fühlte eine seltsame Verbindung zu ihr während der langen dunklen Stunden im Loch. Er träumte von dem Waffenstillstand, den sie nie eingehalten hatten, träumte davon, wie er des Nachts mit ihr ausritt, ihre Pferde stark zwischen ihren Schenkeln, die Landschaft flog an ihnen vorbei. Und sie lachte mit dieser vollen, heiseren Altstimme, die ihr zu eigen war. Sie war so lebendig! Manchmal träumte er davon, sie in einer riesigen, dunklen Kathedrale in seinen Armen zu halten. Und sie würde zu ihm hochschauen. Tränen würden an ihren dunklen Wimpern glänzen. Ihr Blick wäre heiß und verlangend. In der Luft würde dieser unglaubliche Zimtduft liegen, den sie trug. Er würde sie zu einer Kirchenbank führen. Ihr Körper war reif für ihn und rief nach ihm, und er war stark und lebendig.

Immer, wenn er in der pechschwarzen Nässe wieder zu sich kam, erkannte er, wie dumm er war. Er wusste, dass diese Träume nur dem Fieberwahn entsprangen. Doch der Trieb zu leben, der so allgegenwärtig in diesen Träumen war, fand den Weg in seine dunkle Hölle und gab ihm Kraft.

»Ich habe dir ja gesagt: Sei nicht zu großzügig!«, tadelte Reynard ohne Groll. Er half John, sich seitwärts auf eine dünne Strohmatte zu legen, sodass er sich auf einen Ellbogen stützen konnte. Auf dem Kanonendeck mochte es im Licht des späten Nachmittags dämmrig sein, aber John musste dagegen blinzeln, denn er war das Tageslicht nicht mehr gewöhnt. »Das habe ich doch gesagt, oder, Dupré?«

»Du hast es gesagt.« Dupré wischte sich den Schweiß von der Stirn. »Rose mit Teer zu bewerfen …«

John schloss die Augen. Er war noch immer steif vom Auspeitschen, obwohl sie ihm gesagt hatten, dass es länger als eine Woche zurücklag. Seine Lippen waren aufgesprungen, sein Mund fühlte sich wie Wolle an. »Du hast damit angefangen, Reynard«, krächzte er.

»Du hättest mich eben nicht nachäffen sollen«, murmelte Reynard, während er John half, Wasser aus einem Blechbecher zu trinken. »Langsam, Bruder. Du bist so schwach wie ein Kätzchen. Wir dachten, du wärst tot.« Er berührte Johns Schulter, wo die Kugel von Calais für einen rosafarbenen Kreis neuer Haut gesorgt hatte, und betrachtete die anderen Narben. Es gab viele davon, zwölf Jahre Geheimdienst waren auf seinem Körper verewigt.

Dupré stand über ihn gebeugt. »Für einen Kaufmann scheinst du aber schon eine Menge erlebt zu haben.«

John war zu benommen, um sich mit ihm auf einen Schlagabtausch einzulassen. »Ich habe dir ja gesagt, was mit mir ist«, murmelte er.

»Und die Marseillaise zu singen – das war richtig dumm von dir.« Dupré schüttelte den Kopf.

Eine näselnde Stimme erklang hinter Dupré. »Ich habe ein wenig Salbe retten können, falls der Gentleman sie gebrauchen kann.« Ein blasser junger Mann nickte und hob die Hand zum Marinegruß.

»Danke«, raunte John.

Reynard nickte dem Seemann zu und nahm die Salbe. »Die

Marseillaise zu singen war dumm«, wiederholte er. »Aber ihr Geist könnte einige von uns gut und gern am Leben gehalten haben angesichts dessen, was danach geschehen ist.«

»Was hat Rose getan?«, fragte John mit rauer Kehle, während er dem Seemann nachsah.

Reynard und Dupré drehten John mit vereinten Kräften auf den Bauch. »Er hat uns alle auf dem Toppdeck antreten lassen, wo wir wie die Sardinen stehen mussten.« Raue Hände verrieben die Salbe auf seinem Rücken. John biss die Zähne zusammen, um nicht aufzuschreien. »Er hat eine Pumpe und einen Wasserschlauch in ein Boot bringen lassen, das um das Gefängnisschiff gerudert wurde. Und dann hat er den Rest des Tages und den größten Teil der Nacht eiskaltes Wasser auf uns spritzen lassen.« Reynards Stimme senkte sich unheilvoll. »Einige sind krank geworden, so wie Dupré. Wir haben seitdem sechs Mann verloren.«

»Ich werde schon wieder«, sagte Dupré gereizt. Aber er musste schon wieder husten, und der Husten klang nach Auswurf. »Eine Grippe, die vorbeigehen wird, weiter nichts.«

John sah den Ausdruck in Reynards Augen und wusste, dass er das Schlimmste befürchtete.

»Du bist auch nicht gerade auf dem Posten«, sagte Reynard zu John. »Das Dreckwasser in dem verdammten Loch ist in deine Wunden eingedrungen. Du glühst vor Fieber.«

»Ich bitte um Entschuldigung«, ließ sich eine sanfte Stimme vernehmen.

John wandte den Kopf. Die Striemen auf seinem Rücken kreischten vor Schmerz. Ein schüchterner Mann mittleren Alters, der aussah, als gehörte er eher in eine Bäckerei als auf ein Gefängnisschiff, hielt Reynard eine Holzschüssel hin. »Wir haben etwas von dem Fleisch gesammelt, das wir heute von den Dieben in Portsmouth bekommen haben. Und wir haben von einem Matrosen etwas Grog eingetauscht. Wir dachten, es könnte Sie wieder ein bisschen aufmöbeln.«

John brachte ein schiefes Lächeln zustande. »Ein bisschen Aufmöbeln könnte ich gebrauchen, denke ich. Ich habe nichts, was ich Ihnen dafür geben könnte. Sie haben mir all mein Geld abgenommen.«

»Oh, nein, Sir«, wehrte der Mann entsetzt ab. »Sie dürfen nicht denken, dass wir bezahlt werden wollten.«

»Danke«, sagte John, gerührt, dass sie das bisschen teilten, was sie hatten. »Danken Sie auch den anderen.«

Reynard nahm die Schüssel. Der Mann verbeugte sich und ging davon. Reynard wandte sich an John.

»Rose hat eingelenkt?«, krächzte John.

Reynard berührte sanft seine Lippen mit der klebrigen Salbe. »Wenn du damit meinst, dass er die Händler wieder an Bord lässt – ja. Er wird sich ja nicht ins eigene Fleisch schneiden«, sagte Reynard. »Und Garneray hat seine Materialien bekommen und einen neuen Handel begonnen.«

»Sammelt Rose das Geld von uns ein oder von den Händlern?«, fragte John. Plötzlich war das ausschlaggebend.

»Es gefällt ihm, wenn wir es ihm direkt geben müssen.«

»Ausgezeichnet«, seufzte John.

Reynard legte eine Hand um Johns Nacken und hob seinen Kopf an, um ihm zuerst mehr Wasser zu trinken zu geben. Anschließend setzte er an Johns aufgesprungene Lippen einen Becher mit Grog, der in fast unverdünntem Rum bestand. »Runter damit. Schluck es einfach.« Dann setzte er sich auf und zog eine dünne Decke über Johns nackten Körper. »Bleib liegen und ruh dich aus. Wir werden dir dein Fleisch für später aufheben.«

John spürte eine Mattigkeit über sich kommen, als würde er in warmem Wasser treiben. Der Grog wirkte mächtig auf einen so leeren Bauch wie seinen. »Nur aus Neugier – gibt es auf dem Schiff einen Wachmann namens Faraday?«

»Nicht, dass ich wüsste«, sagte Reynard.

»Das dachte ich mir«, murmelte John, während der Grog sein Werk tat. Er schloss die Augen. Beatrix' Bild schwebte vor ihm, lächelnd, voller Leben. Es würde keine Hilfe kommen. Dennoch musste John daran glauben, dass eine Flucht möglich war. Er würde herausfinden, was Dupré wusste, und er würde aus dieser Hölle entkommen. Und um das zu tun, würde er sich an dieses Bild von Beatrix klammern …

Kapitel 9

Als John aufwachte, war es stockdunkel, und er hörte heftiges Husten. »Dupré?«, flüsterte er.

»Woher weißt du das nur?«, fragte der Mann trocken, als sein Hustenanfall vorüber war.

John stützte sich auf die Ellbogen und spürte das Kratzen der Decke auf seinem wunden Fleisch. »Gott, ich muss pinkeln.«

»Das sind gute Neuigkeiten. Das bedeutet, dass deine Eingeweide arbeiten. Der Eimer steht in der Ecke.« Dupré zeigte rechts von John in die Dunkelheit. »Schaffst du es bis dorthin?«

»Das sollte ich besser, oder ich mache mich hier und jetzt nass.« Er kroch hinüber, über Körper hinweg und zwischen ihnen hindurch, erleichterte sich, auf den Knien hockend, mit einem Seufzen, das sich nicht unterdrücken ließ, und machte sich mühsam auf den Weg zurück zu seinem Platz. Dupré drückte ihm die Schale mit Fleisch in die Hand, die er gehütet hatte. John wusste, dass er essen musste. Er stopfte sich das leicht ranzig riechende Zeug in den Mund, ohne es ordentlich zu kauen.

»Langsam, mein Freund, sonst kotzt du es wieder aus.«

John stellte bedächtig die Schale auf den Boden und holte Luft. Nun, da Dupré dachte, John hätte allen Grund dazu, war es an der Zeit, Verletzlichkeit zu zeigen und sich Duprés Vertrauen zu erschleichen. Er hoffte nur, dass er sich nicht verraten würde, da sein Verstand noch benebelt war. »Dupré«, wisperte er. »Ich muss von diesem verdammten Schiff herunter, bevor sie mich umbringen. Ich habe Informationen, die unserer Sache helfen können.«

»Was für Informationen?«, zischte Dupré.

John lächelte im Dunkeln. »Das jetzt zu verraten scheint mir nicht klug, auch wenn ich denke, dass wir an einem Strang ziehen. Es mag der Hinweis genügen, dass ich sie für den Nagel zum Sarg dieser englischen Unmenschen halte. Es hat mit einigen Schiffen zu tun, die ich angeheuert habe, um Truppen zu befördern. Ich befürchte nur, dass diese Informationen an irgendeinen Bürokraten gelangen und nie an die Person, die etwas damit anfangen könnte.«

»Dann hast du keine andere Wahl, als es mir zu sagen. Ich weiß, wer die Informationen bekommen sollte.«

Es war nicht gut, jetzt zu beflissen zu wirken. »Und natürlich wäre es nicht klug von dir, es mir zu sagen.« John konnte spüren, dass Dupré lächelte. »Wir treten auf der Stelle. Es sei denn, wir fliehen zusammen, jeder mit seinem Wissen.« John wartete darauf, dass sein Gegenüber die Lage überdachte.

»Wir werden die Puzzleteile offenlegen, die unseren Kaiser siegen lassen werden.« Wieder Husten. Eine Hand ergriff seine in der Dunkelheit. Sie war noch heißer als seine. Sie besiegelten die Übereinkunft mit Handschlag.

»Lass uns über die Einzelheiten reden«, wisperte John. *Und am besten beeilen wir uns*, dachte er. *Bevor einer von uns oder wir beide unserem Schöpfer gegenübertreten, noch bevor wir diesen Gestank von Teer hinter uns lassen können.*

Beatrix hatte die gezwungene Fröhlichkeit aus ihren Nächten verbannt, indem sie alle ihre Salons abgesagt hatte. Der Prinzregent schickte täglich eine Nachricht und drängte sie, zu der einen oder anderen Gesellschaft zu kommen. Ein langer, von ihm persönlich geschriebener Brief erwartete sie, als sie am

Abend aufstand. Er berichtete darin, dass die Ärzte ihm durch Schröpfen fast einen halben Liter Blut abgezapft hätten und dass sie sich große Sorge wegen seines beschleunigten Pulses machten, doch der Grund für all das sei einzig seine Liebe zu ihr. Beatrix wusste, dass Mrs. Fitzherbert einer ähnlichen Taktik erlegen war. Sie hatte gehört, dass bei White's Wetten abgeschlossen worden waren – sie standen zurzeit bei zwei gegen eins –, dass Beatrix dem stürmischen Werben des Prinzregenten nicht standhalten würde. Jene Wetter würde ihre Dreistigkeit auf jeden Fall ärmer machten. Was kümmerten sie Leute wie der Prinzregent?

Was kümmerte sie überhaupt noch? Beatrix warf den Brief des Prinzen ins Feuer. Die Erinnerungen ließen sie nicht in Ruhe. Es war, als versuchten sie ihr Geheimnisse zu enthüllen, die sie nicht hören konnte, obwohl sie zu schreien angefangen hatten. Sie schaute nicht mehr in den Spiegel. Ihr Blick war wild. Sie musste ihren Hunger sättigen. Der Gefährte bedrängte sie, wisperte »Das Blut ist das Leben«, aber Beatrix erlaubte den jungen Männern, die ihr Blumensträuße brachten, nicht heraufzukommen, und es war auch nicht daran zu denken, nach Whitechapel zu verschwinden, um dort nach Blut zu jagen. Das alles schien zu viel für sie zu sein.

War Langley wieder in London? Sie hatte keine Möglichkeit, es in Erfahrung zu bringen.

Symington war noch nicht wieder zurück. Er hatte eine Nachricht geschickt, dass seine Schwester zurzeit zu krank zum Reisen sei, dass er aber hoffe, in der nächsten Woche zurückzukehren. Sie war allein. Sie war all das leid. Vielleicht war sie müde genug zum Schlafen. War es Tag? Sie wusste es nicht. Die schweren Vorhänge mochten eben jetzt das Sonnenlicht abwehren oder auch das Nachtleben Londons. Beatrix legte sich auf ihr zerwühltes Bett. Seit Tagen hatte sie keinen der Dienstboten mehr hereingelassen, um die Bettwäsche zu wechseln. Sie schloss die Augen.

Es war egal, ob Langley wieder zurück in London war. Es würde das Gleiche sein wie mit Stephan …

Burg Sincai, Transsilvanische Alpen, 1105

Beatrix sprang leichtfüßig vom Pferd, als sie den Stallhof der Burg erreicht hatte. Zwei Pferdeknechte eilten herbei, um ihre Stute wegzuführen und zu versorgen.

»Apollonia«, summte Beatrix und klopfte dem Pferd den schweißnassen Hals. »Du wirst heute Nacht eine Extraportion Hafer bekommen, weil du so ein tapferes Mädchen bist.« Nicht jedes Pferd war so mutig des Nachts im Wald, aber sie und die Stute hatten eine besondere Verbindung. Das Tier vertraute Beatrix, weil sie dafür sorgte, dass ihm nichts geschah. Beatrix kicherte bei dem Gedanken, dass ein Wolf es wagen könnte, sie anzugreifen. Seine Kühnheit wäre von sehr kurzer Dauer. Beatrix war stärker als jeder Wolf. Sie hatte heute Nacht die Wölfe gespürt, in der Dunkelheit unter den Bäumen, die kein Mondlicht durchdrang. Aber auch die Wölfe hatten sie gespürt und sich von ihr ferngehalten. Sie war die Herrin der Nacht, und sowohl Apollonia als auch die Wölfe wussten das.

Sie betrat den Turm durch die Hintertür und ging durch die Küche zu Stephans Zimmerflucht. Sie glühte innerlich. Es war nicht nur der Rausch des nächtlichen Ausritts, zu dem sie pünktlich wie ein Uhrwerk jeden Abend um zehn Uhr aufbrach und der stets eine oder zwei Stunden dauerte. Es war nicht ihr Gefährte, den sie mit Blut gesättigt hatte und der jetzt durch ihre Adern strömte. Beatrix war trunken vor Liebe. Die vergangenen sechs Monate waren der Himmel gewesen. Sie hatten zusammen gejagt, sie alle drei. Sie hatte gelernt, den Nervenkitzel dabei zu genießen, und sich dennoch den letzten Tropfen zu versagen. Immer, wenn sie Blut trank, dachte sie an Stephan und ließ ihre Lenden brennen, ganz egal, wer ihr gerade seinen Nacken darbot. Stephan sagte, sie wären nur Nahrung, aber für Beatrix war das Trinken des Blutes mit ihrer erwachenden Sexualität verknüpft. Asharti sagte, dass sie das auch so empfand.

Beatrix liebte Stephan mit einer Intensität, die sie nie für möglich gehalten hätte. Fast jeden Tag schliefen sie miteinander, und Stephan war behutsam und zärtlich. Er wiegelte stets ab, wenn sie ihm zu sagen versuchte, wie sehr sie ihn liebte, aber sie konnte seine Liebe zu ihr in seinen Augen sehen. Zu denken, dass Stephan nach all den Frauen in seinem langen Leben sie ausgewählt hatte, war … wunderbar.

Sie hatte in den letzten Monaten sehr darauf geachtet, freundlich zu Asharti zu sein. Asharti musste das von ihr und Stephan nicht wissen. Asharti liebte es, viele Stunden allein zu verbringen, was, wenn man es genauer betrachtete, sehr angenehm war. Und Stephan war immer darauf bedacht, Beatrix nicht vorzuziehen, wenn sie alle drei zusammen waren. Dennoch würde Asharti verletzt sein, wenn sie davon erfuhr. Wie könnte sie es nicht sein? Beatrix hatte gelernt, auch Asharti zu lieben. Sie liebte ihre Lebhaftigkeit, ihre Entschlossenheit, das zu bekommen, was sie von der Welt haben wollte. Asharti war eine starke Persönlichkeit, nicht nur physisch. Auf diese Weise waren sie alle stark. Asharti war eine Überlebende, die immer das Beste aus allem machen würde, egal wo sie war. Beatrix empfand manches Mal Neid auf sie, manchmal bewunderte sie sie einfach nur, und sie überließ Asharti in allem die Führung – abgesehen von ihrer Liebe zu Stephan. Manchmal dachte Beatrix, Asharti müsste es wissen. Wie konnte sie Beatrix' Strahlen nicht sehen? Aber wenn sie es gewusst hätte, hätte Asharti sie wegen Stephan zur Rede gestellt. Wenn das geschah, und es würde so kommen, konnte sie nur hoffen, dass sie Ashartis Freundschaft nicht verlor.

Beatrix stürmte in Stephans Zimmer, in dem sie so viele Nächte damit verbracht hatten, sich vor Ekstase zu krümmen, während er ihr neue Wege zeigte, Lust zu erleben, und ihr zeigte, wie sie ihm helfen konnte, es gleichermaßen zu erleben. Das Bett war ordentlich gemacht. Feuer knisterte im Kamin. Zwei verzierte Kelche erwarteten ihre Rückkehr. Das Zimmer roch nach der Myrrhe, die er immer kommen ließ, weil sie den Duft so sehr mochte.

Ihr Blick kehrte zu den Weingläsern zurück. Ein winziger Rest Wein schimmerte auf dem Boden des einen. Beatrix ging langsam zu dem kleinen Tisch, auf dem die Kelche standen. Auch wenn sie nicht darüber nachdenken wollte, sie konnte nicht anders. Sie hob ein Weinglas und hielt es ins Licht.

Der Bodensatz des Weines schimmerte in roter Offenbarung. Die Kelche, von denen Beatrix angenommen hatte, sie würden auf sie warten, waren bereits benutzt, in diesem Zimmer, dem intimsten von Stephans Räumen. Sie stand wie angewurzelt da. Erstaunlich, dass die Welt sich binnen eines einzigen Augenblicks durch ein wenig Wein verändern konnte. Sie stand irgendwo weit entfernt, sah sich selbst zu und staunte. Dann schleuderte sie den Kelch mit einem Schrei gegen den Kamin, raffte ihre schweren Wollröcke zusammen und rannte zu Ashartis Zimmer.

Sie weinte, als sie die schwere Eichentür aufstieß. Die keuchenden Lustschreie, die sie hörte, sagten ihr alles. Zitternd stand sie in der Tür. Stephan blickte über die Schulter zurück und stützte sich auf einen Ellbogen hoch. Seine andere Hand glitt von Ashartis dunklem behaartem Venushügel. Asharti selbst erbebte ein letztes Mal und öffnete die Augen. Sie weiteten sich, als sie Beatrix sah. Dann wurde ihre Miene durchtrieben.

»Du … du … Verräter!«, zischte Beatrix, während ihr die Tränen über die Wangen liefen. Sie konnte nicht sagen, dass sie gedacht hatte, er würde nur sie lieben. Sie schämte sich, dass sie Mitleid mit Asharti empfunden hatte. Wie naiv war sie doch gewesen! Wie dumm … »Ich … ich hasse dich!« Sie war nicht sicher, wen von beiden sie meinte.

Stephan erhob sich langsam vom Bett und griff nach dem Gewand aus orientalischer Seide, das sie nur zu gut kannte. Er hüllte es um seine Nacktheit, aber erst, nachdem sie gesehen hatte, dass seine Erektion nur langsam abklang. Die Tatsache, dass sein Glied sich für Asharti erhoben hatte, ließ sie vor Scham erröten. Wie hatte sie das nicht bemerken können?

»Es tut mir leid, dass du es auf diese Weise erfahren hast«, sagte Stephan in aufreizender Ruhe. »Ich dachte, du wärest fast so weit, es zu verstehen.«

»Verstehen?«, echote Beatrix, und ihre Stimme wurde laut. »Du hast gedacht, ich würde es verstehen?«

Er streckte eine Hand aus. »Lass uns ins Sternenzimmer gehen. Es gibt Dinge, die ich dir gern sagen möchte.«

»Nichts, was du mir sagen könntest, wird etwas ändern.« Sie erstickte fast an den Worten. Alles, woran sie denken konnte, war, von hier fortzukommen. Sie machte auf dem Absatz kehrt und stolperte aus dem Zimmer und die Treppe hinunter. Das Schluchzen in ihrer Brust wurde drängender. Sie war sich nicht ganz sicher, wohin sie sich flüchten sollte. Die Ställe. Sie würde zu den Ställen gehen, während sie darüber nachdachte, wohin sie dauerhaft Zuflucht nehmen konnte. Hier konnte sie nicht bleiben. Nicht, wenn Stephan sie so seelenruhig betrog, so herzlos.

Beatrix hatte den gepflasterten Hof vor den Ställen zur Hälfte überquert, als eine wachsende Dunkelheit, schwärzer als die Nacht selbst, um sie herum und vor ihr aufwirbelte. Sie wandte sich um und rannte zur Pforte, die zum Wald führte. Er hatte sie mit zwei großen Schritten eingeholt. Seine Hand packte sie am Unterarm. Sie wirbelte herum, knurrend, ihre Augen rot glühend von ihrem Gefährten, ihre Zähne entblößt. Sie verkrallte sich in ihn und kämpfte gegen seinen Griff.

»Bea, Bea«, gurrte er. Sie zerkratzte ihm das Gesicht. Blut lief über seine Wange, bevor die Wunde sich wieder schloss. Sie tobte, schrie vor Wut und Enttäuschung. Doch seine Stimme erhob sich nicht über ein Flüstern. »Still jetzt. Ich verstehe es doch. Still.«

Urplötzlich hörte sie auf zu kämpfen. Sie war nicht die Einzige für ihn. Er liebte sie nicht. Ihre Lebenskraft schien aus ihr herauszuströmen. Sie wäre gefallen, hätte er sie nicht gehalten. Schluchzer stiegen in ihr auf und klagten in ihrer Kehle. Sie rang nach Atem. Die Schwärze am Rande ihres Blickfeldes hatte nichts mit ihrem Gefährten zu tun.

Stephan hob sie auf seine Arme. Sie klammerte sich an ihn, als er sie in die tiefere Dunkelheit des Stalles trug, in eine leere Box, in der Heu aufgetürmt lag. Sie sanken zu Boden, während sie schluchzte und mühsam nach Luft rang. Aber man konnte nicht für ewig so weinen, selbst wenn man es wollte. Bald bemerkte sie, dass er ihr Haar küsste und sie wiegte, seine Arme um sie geschlungen hatte. Sie konnte sein Herz in seiner Brust schlagen hören. Die Pferde in den gegenüberliegenden Boxen bewegten sich. Der tröstende Geruch von warmem Pferdefell und süß duftendem Heu hüllte Beatrix ein. Sie fühlte sich wie ausgedörrt, wie Staub, der davontrieb, verloren im Wind.

»Ich weiß, dass du verletzt bist. Du denkst, ich mache mir

nichts aus dir. Aber das tue ich. Gott im Himmel, das tue ich«, flüsterte Stephan in der Dunkelheit, während sein Atem warm über ihren Hals strich. »Du bist wichtig für mich. Weitaus wichtiger als alles andere in meinem Leben. Aber du bist auch Teil von etwas Wichtigem für unsere Art, ein großes Experiment, wenn du so willst, das die Entwicklung unserer Art in den Jahrtausenden, die kommen werden, bestimmen wird.«

»Ich bin ein Experiment.« In ihrer Stimme war kein Zorn. Die Zeit für Zorn war vorbei.

»Auf gewisse Weise. Du und Asharti – ein wertvolles und kostbares Experiment.«

Seine Worte schlugen ein wie Nägel in ihren Sarg.

»Unsere Ältesten denken, wie du weißt, dass jene, die erschaffen werden, nicht so gut sind wie die, die mit dem Gefährten geboren werden. Sie würden die, die wie Asharti geschaffen wurden, töten. Verständlich auf gewisse Weise, weil die Geschaffenen so oft wahnsinnig werden, und weil sie wahllos töten.«

»Ich bin es gewohnt zu töten«, sagte Beatrix leise.

»Meine Rede. Du bist ein geborener Vampir, aber du bist nicht besser als einer, der geschaffen wurde. Es machte dich perfekt für meine Zwecke. Und von unserer Art werden nur noch so wenige geboren – meine Wahlmöglichkeiten waren begrenzt.«

Kein schmeichelhafter Grund, warum er sich entschieden hatte, sie zu retten.

»Ich wollte beweisen«, fuhr er leise fort, »dass mit Fürsorge und unter der entsprechenden Anleitung geborene und geschaffene Vampire gleich sind. Nicht, dass wir andere planlos schaffen sollten. Aber wenn zufällig einer geschaffen wird, muss er nicht getötet werden. Du und Asharti seid meine Chance, das zu beweisen. Ich werde euch zeigen, wie ihr weiterleben könnt. Ich

werde euch auf ein reiches und produktives Leben vorbereiten.« Er hob ihr Kinn. »Du verstehst das, nicht wahr?«

»Ich verstehe, dass du mich nicht liebst.« Die Worte entrangen sich mühsam ihrer Kehle.

»Doch, das tue ich«, sagte er und sah ihr in die Augen, als würde das seine Aufrichtigkeit beweisen. »Ich liebe euch beide. Und wenn ihr zwei beweist, dass ihr als Geborene und als Geschaffene gleichermaßen fähig seid, euren Platz in der Gesellschaft einzunehmen, werden andere gerettet werden, jetzt und in der Zukunft.«

Es kümmerte sie nicht, Leben in der Zukunft zu retten. Sie wollte, dass Stephan sie liebte, jetzt. Aber ihre Kehle ließ jedes Wort, das sie hätte sagen können, ungesagt. Sie wiegte sich in seinen Armen, verdorrt und hohl. Nach einer Weile brachte sie heiser hervor: »Aber wie kannst du uns beide lieben?«

»Ach, Bea, das ist kompliziert«, raunte er. »Eines Tages wirst du es selbst wissen. Ich habe die Liebe in all ihren Formen kennengelernt. Ich habe so viele geliebt, auf so viele Arten, dass ich selbst entscheiden kann, wie ich lieben möchte. Ich habe mich entschieden, euch beide zu lieben, wenn auch auf verschiedene Weise, und deshalb tue ich es.«

»Dann kennst du die Liebe nicht«, klagte sie und lehnte sich zurück. »Ich habe mich nicht entschieden, dich zu lieben, Stephan. Ich tue es einfach.«

Er lächelte. »Vorläufig. Ich bin deine erste Kostprobe der einfachsten Art von Liebe. Es gibt andere, Bea, die du kennenlernen wirst in all den unzähligen Jahren, die vor dir liegen. Lange, nachdem du mich vergessen haben wirst.«

Er dachte, sie könnte ihn vergessen? Er legte einen Finger auf ihre Lippen, um ihren Protest zu ersticken. »Ich hoffe, du wirst dich deiner Liebe zu Asharti erinnern. Du wirst ihr Anker sein, nachdem ihr meinen Schutz verlassen habt.«

Verlassen. Schweigen machte sich breit, während sie all ihren Mut zusammennahm. »Willst du, dass ich fortgehe?«

»Nein«, flüsterte er. »Natürlich nicht. Aber du wirst es wollen.«

Sie antwortete nicht, sondern blinzelte ihn nur ungläubig an.

»Du hast so viel zu lernen, so viel zu geben. Die Männer werden dich verehren. Du kannst die Welt nach deinem Willen formen. Du wirst mich weit hinter dir lassen.«

Sie hob den Kopf. Sie wollte ihm die Stirn bieten. Es war das erste Mal, dass sie es tat. »Ich bin es nicht, die dich verlassen will«, sagte sie, innerlich wie verwelkt. »Du hast mich verraten. Ist das nicht wie Verlassen?«

Er lächelte zärtlich und strich ihr übers Haar. »Eines Tages, hoffe ich, wirst du anders darüber denken.«

»Sag das nicht, Stephan.« Sie wollte das nicht hören. Warum sah er nicht, dass es Verrat war, mit Asharti zu schlafen? Und Asharti sagte er all dies über das Verlassen nicht. »Was ist mit Asharti?«

»Sie wird auch gehen.« Er klang so müde. »Habe ich recht getan? Habe ich euch beiden Unrecht angetan?« Trotz ihres Zorns noch vor einem Moment wollte sie ihn plötzlich trösten. Sie lehnte sich an ihn und nahm sein Gesicht in ihre Hände.

»Du hast mich aus einem grausamen Leben herausgeholt, Stephan.«

»Und doch habe ich dir wehgetan.« Seine Augen waren unendlich traurig. »Es war unvermeidlich. Es liegt so viel Schmerz vor dir. Es ist alles so unvermeidlich.«

Vielleicht, vielleicht konnte sie es zwischen ihnen doch noch zum Guten wenden. Vielleicht war dieses Experiment die Entschuldigung, aber er musste sie geliebt haben in all diesen Monaten. Er musste sich einfach daran erinnern. Ihre neu *erwachte Sinnlichkeit erhob sich in ihr. Das weiche Fleisch zwischen ihren Beinen schwoll erwartungsvoll an. Es musste alles wieder so werden, wie es gewesen war. Sie hob die Hände und küsste ihn aufs Kinn. »Ich hasse dich nicht, Stephan. Ich liebe dich. Erfreue dich daran heute Nacht.« Ihre Augen wurden groß vor Verheißung. »Asharti ist oben in ihrem Zimmer. Und ich bin hier.«*

Er legte die Hand um ihren Nacken und drehte ihr Gesicht ihm zu. Sorgsam beherrschte er seine Kraft. »Oh, Bea, Bea.« Er sah sie prüfend an, als könnte er die Wahrheit aus ihrem Anblick ziehen, die den Schmerz in Freude verwandeln konnte. Sie ergriff die Initiative und strich mit den Lippen über seinen Mund.

Sie verbannte Asharti aus ihren Gedanken, verbannte ihren Zorn und ihre Angst. Stephan brauchte sie. Das Prickeln seiner Lippen auf den ihren schickte Wellen der Lust in ihre schwellenden Lenden. Die Unausweichlichkeit dessen, was jetzt geschehen würde, übermannte sie. Stephan brauchte sie.

»Lasst mich in Ruhe!«, schrie Beatrix. »Könnt ihr mich nicht einfach in Ruhe lassen?« Sie sprang aus dem Bett und zerrte wieder und wieder am Klingelzug. Das Zimmer drehte sich um sie; die Geräusche begannen, einem seltsamen Karussell zu ähneln.

Ein erschrockener Hausdiener öffnete die Tür. »Mylady?«

»Ist Laudanum im Haus?«, keuchte sie. Das Nachthemd klebte an ihrem schweißnassen Körper, während sie sich haltsuchend an den Schreibtisch klammerte.

»Ich ... ich weiß es nicht.« Er wurde abwechselnd blass und rot.

»Nun, dann fragen Sie Mrs. Mossop, und wenn sie keines

hat, dann gehen Sie zu einem Apotheker oder rufen Sie einen Arzt, aber tun Sie irgendwas. Ich brauche Laudanum.« Sie presste eine Hand an die Stirn.

Der Diener eilte aus dem Zimmer.

Wenn sie die Erinnerungen nicht dazu bringen konnte, sie in Ruhe zu lassen, würde sie sich betäuben müssen, um sich ihnen zu entziehen. Sie würde sich nicht zurück in eine Zeit zerren lassen, die so schmerzlich gewesen war, oder zu Menschen, die sie so sehr verletzt hatten. Sollte Laudanum diesen Wahnsinn beenden. Laudanum würde auch ihren Gefährten und sein Verlangen nach Blut in Schach halten. Es war die perfekte Lösung.

Es dauerte vier Tage, bis John es schaffte, wieder seinen Rundgang auf dem Toppdeck zu machen – unter dem höhnischen Spott der Wachmänner. Er konnte noch immer nicht das raue Baumwollhemd der Gefängnistracht tragen, das Reynard so sorgsam geflickt hatte, deshalb war er nackt bis zur Taille. Striemen zierten seinen Rücken. Die Leichen der Entflohenen waren verschwunden. Aber John hatte sie nicht vergessen. Es würde keine Hilfe geben. Faraday musste ein Hirngespinst Barlows sein. Oder irgendetwas war schiefgelaufen. Es lag allein an ihm, das Unmögliche zu vollbringen und mit Dupré zu fliehen.

Er beobachtete aufmerksam, wie die Vorratsfässer mit dem Ausleger, den die Seeleute »Katzenpfote« nannten, über die Seitenwand an Bord geholt wurden. Weder er noch Dupré waren in der Verfassung, die sechs Kilometer bis zur Küste durch das eisige Wasser zu schwimmen. Genau genommen war Dupré heute sogar noch nicht einmal fähig gewesen, seinen Freigang zu machen.

Die Gefangenen schlurften über das gefrorene Deck. Es lag ein dichter und kalter Nebel über dem Hafen. »Du hast also überlebt, du Scheißkerl.« Die nun schon vertraute Fratze Waltons, des Wachmannes, der ihn ausgepeitscht hatte, tauchte aus dem Nebel auf. »Niemand überlebt das Auspeitschen und das Loch so lange.«

»Tut mir leid, Sie zu enttäuschen«, murmelte John. Die Glocke kündigte das Ende des Freigangs an.

»Gib noch einmal eine solche Antwort, und du wirst noch eine Abreibung bekommen«, drohte der Wächter grinsend. »Eines nicht allzu fernen Tages werden wir ja sehen, wie weit du gehst, um die Peitsche zu vermeiden, jetzt, da du sie gekostet hast.«

John unterdrückte jede Emotion und taumelte nach unten. Er machte besser, dass er bald von diesem Schiff herunterkam – falls er überlebte. Dann wollte er eine kleine Bombe für Rose basteln, die explodieren würde, wenn er fort war. Sinnlos, das wusste er. Wenn Rose nicht mehr war, würde eben jemand anders das Gefängnisschiff übernehmen, der wahrscheinlich ein ebenso übler Bursche war. Nichtsdestotrotz blieb John stehen, um zu sehen, ob der Plan, den er ausgeheckt hatte, Früchte trug.

Garneray war der Wohlhabendste unter den Gefangenen, weil seine Bilder ein Pfund pro Stück einbrachten und weil seine Habseligkeiten nicht über Bord geworfen worden waren. Ein grober Vorhang schirmte den Platz ab, an dem er malte. John rief einen Gruß und wurde in das luxuriöse Privatgemach eingeladen.

Garnerays Hafengemälde mit den vielen Schiffen stand noch immer auf der Staffelei. Garneray beugte sich gerade über ein Fass, als John näher trat. Es roch nach Säure. Garneray hatte eine Einpfundnote vor sich liegen und kopierte sie sorgfältig mittels Säureätzung auf eine kleine Metallplatte. Schweres Hadernpapier lag in einem Stapel auf dem Boden.

»Wie geht es voran, mein Freund?«, fragte John. Er ließ sich erschöpft auf einen Stuhl sinken.

Garneray grinste. »Ich lerne ein ganz neues Handwerk – gegen die Zeit, weil ich sicher bald entlassen werde.«

John räusperte sich. »Ich muss Bedarf an Ihrer neuen Kunst anmelden, weil die Wachen mir mein Geld abgeknöpft haben.«

»Ich hörte, Sie und Dupré haben Informationen, die unsere Regierung erreichen müssen.«

John zog die Augenbrauen hoch.

»Auf einem Schiff wie diesem gibt es keine Geheimnisse.«

»Muss ich mir Sorgen machen?«

»Wenn Ihre Flucht eine von der üblichen Art wird, würde ich sagen: ja.« Er betrachtete prüfend die Metallplatte. Zur Hälfte zeigte sie ein perfektes Abbild der Pfundnote der Bank von Dorchester. Die andere Hälfte war noch leer. »Aber es gibt nicht einen Mann an Bord, der den Engländern nicht die Augen ausstechen würde. Obwohl ich für keinen von uns die Hand ins Feuer lege, wenn man uns der Folter unterzieht.«

»Niemand weiß, ob er die Folter ertragen kann.« Er sah Garneray durchdringend an. »Werden Sie liefern?«

Garneray nickte. »Sie haben mir dieses Geschäft angedient. Hatten Sie das dabei nicht im Sinn?«

»Nein. Da dachte ich noch, ich hätte genug Geld. Ich hatte einen anderen Grund, den ich aber für mich behalten muss.«

Garneray zuckte die Schultern. »Fünfpfundnoten können Sie jetzt schon haben. Die Einpfundnoten dauern noch.«

»Dann einhundert Pfund.«

Garneray stand auf und nahm eine große dunkelblaue Glasflasche, auf der »Leinsamenöl« stand, von seinem kleinen

Regal. Er zog den großen Korken mit dem Mund heraus, schüttelte eine Rolle Fünfpfundnoten aus der Flasche, zählte zwanzig Scheine ab, gab sie John und verschloss die Flasche wieder.

John steckte die Pfundnoten in seine Tasche.

»Wie lange noch, bis Sie es versuchen werden?«, fragte Garneray.

»Wie oft werden Vorräte an Bord gebracht?«

»Zweimal pro Woche.«

»Dann in einer Woche«, sagte John und schlüpfte durch den Vorhang. Er hoffte, den Wachen bis dahin aus dem Weg gehen zu können. Und er betete darum, dass Dupré noch so lange leben würde.

Alles war vorbereitet. Reynard war der Verbindungsmann zwischen den Gefangenen und jenen an Land, die ihre Waren kauften. Unter dem Vorwand, eine Nachricht an Garnerays Kunsthändler zu schicken, organisierte er alles unter den Augen der Wachleute. Es war riskant. Aber John fiel keine andere Möglichkeit ein, wie es sich vermeiden ließ, zur Küste zu schwimmen. Es würde in vier Tagen so weit sein. John glaubte, dass Dupré bis dahin durchhalten würde.

Die Luken wurden nachts geschlossen, wenn die Gefangenen unter Deck eingesperrt waren. Dupré war an Deck gerufen worden, um ihr jämmerliches Abendessen zu holen. Reynard las beim Schein einer Talgkerze. John saß da, mischte Karten und fragte sich, warum man Dupré zum Essenholen ausgewählt hatte. Die Wachen wussten, dass er krank war. Eine schreckliche Ahnung beschlich John. Er und Reynard hoben beide den Kopf, als Dupré den Niedergang heruntergetaumelt kam. Er stürzte und verschüttete einen Teil der Mahlzeit über die Gefangenen.

John und Reynard sprangen gleichzeitig auf. John bahnte sich zwischen den Mitgefangenen hindurch seinen Weg zu Dupré. Er lag mit dem Gesicht nach unten und rührte sich nicht. John drehte ihn auf den Rücken. Die Augen des Mannes traten vor Überraschung hervor. Auf seiner Brust breitete sich ein dunkler Fleck aus. Dupré hob den Kopf und starrte auf die Wunde, dann sackte er zurück. Verstehen mischte sich in seinen Blick.

»Wer hat das getan?«, fragte John, während er das Hemd des Mannes öffnete.

Dupré kicherte fast und schüttelte den Kopf. »Ein Schatten.«

»Hat einer von euch was gesehen?«, fragte John die anderen, die sie umstanden.

Ein vielstimmig gemurmeltes Nein. Die Wunde war schlimm. Hinter ihm sagte Garneray: »Kein Arzt bis morgen früh. Ich werde hinaufgehen und den Wachen sagen, dass wir einen brauchen.«

»Reynard, hilf mir, ihn an seinen Platz zu bringen«, befahl John. Verdammt, seine Mission war dabei zu scheitern.

Sie taten, was sie konnten. Sie säuberten die Wunde mit Rum und verbanden sie. John vermutete, dass ein Lungenflügel getroffen war. Sie machten es Dupré so bequem wie möglich. John erklärte sich freiwillig bereit, bei ihm zu wachen. Jetzt, in den Stunden nach Mitternacht, sank Johns Mut. Dupré würde ebenso wenig fliehen, wie er fliegen konnte. Er würde nicht einmal so lange durchhalten, bis am Morgen der Arzt kam. Eine Kerze blakte neben Duprés Strohmatte. Die anderen Gefangenen waren von dem Sterbenden abgerückt.

Dupré sah John aus Augen an, die unnatürlich glänzten. Sein Gesicht war grau und feucht von Schweiß. Er schien ständig die Besinnung zu verlieren und immer wieder zu sich zu kommen. Erst vor wenigen Augenblicken hatte er von Fledermäusen und Blut und Unsterblichkeit fantasiert. Nur allzu verständlich bei jemandem, der bald seinem Schöpfer gegenübertreten würde. Jetzt schien er ganz bei sich zu sein, obwohl er von all dem Blut in seiner Lunge röchelte. Er machte John ein Zeichen.

»Nur noch ein paar Stunden«, sagte John leise zu ihm und beugte sich dicht über ihn. »Der Arzt ...«

»Zu spät«, keuchte Dupré. Blut rann aus seinem Mundwinkel.

»Es ist noch nicht zu spät«, widersprach John ohne große Überzeugung. Er machte ihm etwas vor. Entweder gab Dupré jetzt endlich das Geheimnis preis, für das John sich in diese Hölle begeben hatte, oder alles war umsonst gewesen.

Dupré bewegte ungeduldig den Kopf. »Hör auf, Mann! Du weißt es doch in deinem Herzen.«

John senkte den Kopf. »Ich weiß es.«

»Du musst die Last allein tragen.«

John schloss die Augen, damit Dupré ihm nicht ansah, wie verzweifelt er die Information haben wollte. Sterbende Menschen waren scharfsinnig. Sie hatten keine Illusionen mehr. Als er sich wieder unter Kontrolle hatte, öffnete er die Augen. Dupré legte seine kalte, schweißnasse Hand um Johns Nacken und zog ihn zu sich herunter. John wandte den Kopf und legte das Ohr an die sich kaum noch bewegenden Lippen des Sterbenden.

»Was du weißt ... sag es ... Asharti.« Dupré rang nach Luft.

John richtete sich auf. Was für ein Name war das? Dupré wisperte wieder etwas. John beugte sich erneut zu ihm.

»Die Comtesse de Fanueille ... sie werden sagen ... es ist Fanueille.« Seine Stimme war nur noch ein Hauch. John konnte nicht einmal mehr sicher sein, dass er alles verstand. »Aber er ist … ihre Schachfigur. Vertrau ihm nicht an … was du weißt. Asharti wird … verstehen und handeln.«

Eine *Frau* war die Spinne in der Mitte des Netzes? »Wo finde ich diese Asharti?«

»Paris oder … Chantilly.« Mit letzter Kraft umklammerte er Johns Arm. »Sei vorsichtig. Dort ist das Böse. Ich habe Dinge gesehen …« Seine Augen brachen. »Fürchte sie«, wisperte er.

Die Lippen hörten auf, sich zu bewegen. Das keuchende Atmen brach ab. John richtete sich auf. Ein kleines Lächeln umspielte Duprés Lippen, die vom Luftmangel fast blau waren. Als er in die hellen, fieberglänzenden Augen schaute, sah er, wie sie sich trübten. Die Gefängnisschiffe hatten einen weiteren Gefangenen gefordert.

John holte tief Luft; er fühlte sich schmutzig. Dupré war in dem Glauben gestorben, er habe eine letzte Tat für sein Land vollbracht und ihm einen Dienst erwiesen. John konnte nicht anders, als sich Erleichterung darüber einzugestehen, dass er den Mann nicht hatte töten oder ihn Barlows »sanften« Händen überlassen müssen. Aber er wusste, dass er es getan hätte, wenn es nötig geworden wäre. Er war ein Mann dieses seines Landes. Er wusste seit Jahren, dass seine Arbeit oft alles andere als nobel war, und hatte dennoch weitergemacht. Jetzt musste er fliehen, und die Information, die er Dupré abgerungen hatte, gegen die Franzosen benutzen. Er fühlte keinen Triumph.

Er schloss die Lider des Toten über den jetzt starren Pupillen. »Geh mit Gott«, murmelte er und erhob sich. Als er sich umwandte, sah er, dass Reynard hinter ihm stand. Wie viel hatte der Mann gehört? Durch die Dunkelheit schaute er in sein schroffes Gesicht und erwartete Falschheit, Habgier oder irgendeinen Hinweis auf seine Absichten.

Doch er sah nur Kummer.

»Arme Sau – was für eine jämmerliche Flucht. Aber zumindest hat er es hinter sich.« Reynard seufzte tief.

John hoffte, er selbst würde einen anderen Weg vom Schiff herunter finden. Er hatte getan, was nötig gewesen war. Dupré war tot. Und er hatte einen Namen. Asharti.

Kapitel 10

Symington, sind Sie endlich zurück?«, murmelte Beatrix und öffnete die Augen. Der alte Mann beugte sich über sie. Und er hatte einen fremden jungen Mann bei sich, der hinter ihm stand.

»Sie haben nicht gut auf sich achtgegeben, Mylady«, tadelte Symington.

Beatrix schüttelte den Kopf und strich sich das Haar aus den Augen. »Schon gut.«

Symington griff nach der halb leeren Flasche Laudanum auf ihrem Nachttisch und steckte sie in seine Tasche. »Nun, Sie müssen jetzt zuhören«, sagte er bestimmt, und sein Ton klang erstaunlich wenig nach dem eines Dienstboten. »Der junge Mann hier bewirbt sich um den Posten als neuer Diener, und Sie müssen sich mit ihm unterhalten. Ungestört.« Er schob den jungen Mann mit dem frischen Gesicht vor sich.

»Es tut mir leid, dass ich so unförmlich vor Sie trete, Mylady, aber Symington sagte, Sie würden es nicht mögen, wenn ich ein Krawattentuch trage.«

Beatrix blinzelte. Er trug keine Halsbinde. Unter seinem offenen Hemdkragen konnte sie das Blut in seiner Kehle pochen sehen. »Ich brauche mein Laudanum, Symington«, drohte sie.

»Später vielleicht«, entgegnete der alte Diener ruhig. »Aber jetzt ist es Zeit, Ihre Pflicht zu tun.« Er wandte sich zur Tür und ließ den nervösen Bewerber zurück, der unruhig von einem Fuß auf den anderen trat. »Und seien Sie vorsichtig, ja?«

Beatrix seufzte. Der alte Mann war zu streitsüchtig. Sie sah den Jungen an, denn mehr als ein Junge war er nicht. Der Nebel, der sich über ihr Bewusstsein gelegt hatte, lüftete sich. Vermutlich hatte die Wirkung des Laudanums nachgelassen. Sie fühlte, wie ihr Gefährte sich hungrig in ihren Adern rührte. Beatrix seufzte. Symington wusste, dass sie immer vorsichtig mit ihnen war. Sie hatte seit sechshundert Jahren bei keinem von ihnen mehr als vielleicht eine vorübergehende Unpässlichkeit verursacht. War es nicht das, was Stephan sie gelehrt hatte?

»Kommen Sie her, junger Mann. Setzen Sie sich zu mir und sagen Sie mir Ihren Namen.«

Heute war der Tag. Reynard und Garneray standen bereit, um zu helfen. Vielleicht wusste das ganze Schiff Bescheid, Lieutenant Rose und seine Schläger eingeschlossen. Reynard hatte nichts darüber verlauten lassen, ob er Duprés letzte Worte aufgeschnappt hatte. Und John hatte nicht danach gefragt. Das Boot, das die Vorräte brachte, machte jetzt längsseits fest. Die zwei Bootsführer hatten zwanzig gefälschte Pfundnoten in ihren Taschen. Der Mann, der den Kai beaufsichtigte, an dem die Ladung gelöscht wurde, hatte zwanzig Pfund von Garnerays Kunsthändler bekommen. Er hatte sich sehr wohlwollend gezeigt, solange nicht Garneray derjenige war, der floh. Der Kunsthändler selbst hatte dreißig Pfund bekommen. Garneray hatte für John weitere zwanzig Pfund in Einpfundnoten angefertigt, weil er nackt an Land ankommen und Geld brauchen würde, um sich alles Notwendige zu beschaffen.

Wenn er Glück hatte. John hatte sich freiwillig gemeldet, die Rationen seiner Mitgefangenen aus dem Kochhaus an Deck zu holen. Reynard und Garneray begleiteten ihn. Die Bootsführer begannen, mit dem Wachmann zu diskutieren, der die gelieferten Vorräte überprüfte. John wollte gerade das Kochhaus betreten, als hinter ihm die verhasste Stimme ertönte.

»Du da! Störenfried! Komm her!«

John drehte sich der Magen um. Er war so nah am Ziel! Langsam wandte er sich seinem Peiniger zu. Die anderen Gefangenen gingen weiter Richtung Kochhaus, schauten sich aber zu ihm um.

Walden war kleiner als er. Als er sich nun vor John aufbaute, musste er hochsehen. Sein zerknittertes Gesicht verzog sich missmutig. »Du hast dich schon wieder danebenbenommen, richtig, Störenfried?«, fragte er. Sein Atem stank nach Rum. »Ich wette, wir müssen dich wieder auspeitschen.«

Johns Miene blieb gleichmütig. Hier stand er, und es war genau das geschehen, was er zu vermeiden versucht hatte. Er würde nicht noch einmal eine Züchtigung und das Loch überleben. Die Mission würde scheitern.

»Was würdest du tun, um die Peitsche zu vermeiden, Franzmann, eh? Sagst du ›Bitte schlagen Sie mich nicht, Sir‹? Würdest du das sagen? Komm schon, sag es.«

John biss die Zähne zusammen. Unterwürfigkeit konnte den Mistkerl noch wütender machen. Widerstand war genau das, was er provozieren wollte. John holte Luft. »Bitte schlagen Sie mich nicht.«

»Sir.« Der Wachmann hob seinen Knüppel. Die Gefangenen um ihn herum begannen zu murren.

»Sir.« John spie das Wort aus.

»Gut.« Der Schläger grinste. »Gut. Und jetzt denke ich, dass du eigentlich gar keine Kleider brauchst. Ausziehen.«

John war froh, dass diesmal Reynard sein Geld verwahrte. Die Gefangenen waren dort stehen geblieben, wo sie gerade waren. John zog den Baumwollanzug aus. Als Nächstes würde der Befehl kommen, zum Ankerspill zu gehen. Es war vorbei.

Der Wachmann ging um ihn herum. John bekam einen Knüppelhieb in die Kniekehlen. Er fiel auf alle viere und kämpfte sich wieder auf die Knie hoch. Die Gefangenen drängten heran. Der Wachmann schaute hoch, ebenso überrascht wie John. Er hob seinen Stock. »Zurück mit euch!« Aber er war nur einer. John sah zwei weitere Wachen die Treppe des Achterdecks herunterkommen; sie stolperten vor lauter Eile. Rose trat ans Geländer der Brücke.

»Was geht da vor?«, rief er. »Bringt die Männer nach unten!«

Hände zogen John auf die Füße. Er stand inmitten der Gefangenen. Der verhasste Wächter befand sich außerhalb des Kreises. Hände stießen John weiter, dorthin, wo man ihn nicht sehen konnte, und schoben ihn zusammen mit Reynard und Garneray durch die Tür des Kochhauses.

»Beeilung, Mann«, flüsterte Reynard. John stieg in ein leeres Fass. Reynard drückte ihm die kleine Börse mit den gefälschten Banknoten in die Hände.

»Das war das Mutigste, was ich je gesehen habe«, sagte Garneray leise.

»Du machst wohl Witze. Ich hab mich gerade ausgezogen und um Gnade gewinselt«, murrte John.

»Genau das war ja das Mutige«, raunte Reynard, während er Johns Kopf hinunterdrückte und seinen Hammer hob, um damit den Deckel festzuklopfen. »Ich hätte den Bastard geschlagen, und alles wäre vorbei gewesen.«

»Ihr werdet von mir hören«, versprach John.

Garneray lachte. »Mach keine Versprechungen, die du nicht halten kannst, Freund. Wir sind mit einem Teufel namens Rose verheiratet, und vermutlich bleibt das auch so.«

»Rose wird bald fort sein«, sagte John, als der Deckel geschlossen wurde. Er konnte Reynards bitteres Lachen hören, während das Fass unter dem Schlag des Hammers erzitterte.

»Geh mit Gott«, sagte Garneray, während er und Reynard zurück an Deck schlüpften. John hatte das Gleiche zu Dupré gesagt, wenn auch unter – hoffentlich! – anderen Umständen. Er tastete nach dem Korken und drückte ihn heraus. Das Spundloch war seine einzige Luftquelle.

Rufe. Das Fass neigte sich, und John wurde hin und her geschüttelt, stieß sich Knie und Ellbogen. Die Bootsführer hievten es in ein Netz. Mochte Gott geben, dass keinem Wachmann das für ein angeblich leeres Fass viel zu straff gespannte Netz auffiel. Ein lauter Aufprall auf den Bootsplanken, dann die Bewegung der Dünung. Sein Fass war das letzte Stück Ladung, das geladen wurde. Licht strömte durch das kleine Spundloch. Wieder Rufe. Das Boot hielt auf die Küste zu. Es dauerte eine gute halbe Stunde, bis sie an die Kaimauer stießen. Sein Fass wurde zur Seite gekippt und über eine hölzerne Fläche gerollt, dann stellte man es aufrecht hin.

Kein Licht drang durch das Spundloch. John wartete, angespannt, versuchte, ruhig zu atmen. Er rechnete damit, jeden Moment entdeckt zu werden. Schließlich war er inmitten der Menge von Gefangenen von Deck verschwunden, ohne Kleider. Seine einzige Chance war, dass dank Roses eiligen Bemühungen, die rebellischen Gefangenen nach unten zu bugsieren, niemand Johns Fehlen bemerkte.

Schließlich wurde alles um ihn ruhig. Jetzt würde er herausfinden, ob er stark genug war, den Deckel aus dem Fass zu drücken. Er zog die tauben Beine unter sich, drehte den Kopf zur Seite und stemmte seine Schulter gegen den Deckel. Nichts geschah. Seine bereits verheilenden Striemen scheuerten gegen das Holz und rissen wieder auf. Er hielt inne, seine Brust hob sich schwer. Er versuchte es erneut. Ein Kreischen von Metall gegen Holz, und der Deckel des Fasses sprang nach oben weg. John richtete sich keuchend auf; das Fass fiel um und riss ihn mit sich.

Er befand sich in einem Lagerhaus. Fässer wie seines standen gestapelt um ihn herum. Er kroch zwischen zwei Fässern hindurch, und da er ins Wanken geriet, kniete er sich ihn.

Wenn nicht ausgerechnet jetzt die Beamten des Transport Office vor der Tür warteten, wurde es Zeit, irgendeinem Burschen da draußen seine Kleider abzukaufen und eine gute Strecke Entfernung zwischen sich und die Schrecken des Gefängnisschiffes zu bringen. Wären diese Schrecken doch nur nicht von Engländern verbreitet worden, und hätte er nur nicht die neu gewonnenen französischen Freunde in dieser Hölle zurücklassen müssen!

Das Bild von Beatrix, das ihm auf dem Schiff so oft vor Augen gestanden hatte, kam ihm jetzt wieder in den Sinn. Im Dunkeln ritten sie im Galopp die Rotten Row entlang. Ihre Wangen waren gerötet. Sie mochte der Grund sein, dass er den Willen zum Überleben aufgebracht hatte, den Willen, seine Mission zu erfüllen und zu fliehen. Es war, als ob ihr Bild sein Schutzengel war, der ihn zum Leben drängte. Es kümmerte ihn nicht mehr, dass sie eine Kurtisane war. Ihr Traumbild hatte ihn beständig begleitet. Wie sollte da nicht auch sie fähig zur Beständigkeit sein? Außerdem gab es da noch ein Versprechen, das eingelöst werden musste. Der verabredete Ausritt.

»In Ordnung, Symington, ich habe getan, was Sie wollten«, sagte Beatrix. »Ich habe mich gesättigt, und ich habe gebadet. Sie haben das Laudanum mit nach unten genommen. Und Sie haben mich dazu gebracht, herunterzukommen, und nun treffe ich Sie hier.« Der alte Fuchs musste es so eingerichtet haben, denn alle Vorhänge unten waren zum Schutz gegen das schon schwindende Licht geschlossen.

Symington polierte das Silber; es war eine Arbeit, die jeder andere im Haus hätte erledigen können, die er aber immer sich selbst vorbehielt. »Sie sehen viel besser aus, wenn ich das bemerken darf, Mylady.«

»Sie dürfen nicht.« Beatrix fühlte sich wie ein gefangenes Tier, während sie darauf wartete, dass die Erinnerungen zurückkehrten oder die Farben wieder anfingen umherzuwirbeln – jetzt, da das Laudanum sie nicht mehr schützte.

»Darf ich Ihnen dann wenigstens dafür danken, dass Sie das Haus in der Wimpole Mews erworben haben?« Er fuhr fort, einen Löffel zu polieren, obwohl der bereits glänzte. »Es ist recht passend und sehr großzügig.«

»Oh. Ja.« Das schien schon so lange her zu sein. »Ist Ihre Schwester dort gut untergebracht?«

»Ja, Mylady. Es geht ihr bereits besser – dank des sonnigen Charakters des Hauses und dank Mrs. Cadogans angenehmer Gesellschaft.« Er räusperte sich und betrachtete prüfend den Löffel. Offensichtlich hielt er ihn noch nicht für sauber genug, denn er begann erneut, ihn zu polieren. »Mylady möchte gewiss hören, welche Neuigkeiten es in der Stadt gibt. Lady Freston ist wieder guter Hoffnung. Und Lord Langley ist zurückgekehrt, gerade erst heute Nachmittag.«

Beatrix' Magen flatterte. Sie konnte nicht denken. Das war schlimm, nicht wahr?

Symington sah sie nicht einmal an. »Das ist seltsam. Lord Devonshires Kammerdiener sagt, dass Withering sehr aufregt gewesen ist, denn er hätte seinen Herrn bereits vor einigen Wochen zurückerwartet. Und jetzt ist er wieder da und sieht dünn und mitgenommen aus, recht angeschlagen.«

Beatrix hörte nicht hin. Langley war eine Erinnerung an … an andere Zeiten, in denen ihr Herz beteiligt war und sie fallen gelassen worden war. Aber sie musste ihn nicht sehen. Sie ging nicht aus. Sie hatte niemanden mehr am Berkeley Square empfangen seit … wie lange auch immer es her sein mochte. Und dennoch war da dieses verdammte Flattern im Bauch …

John stieg die Stufen zu Barlows Haus mit einiger Mühe hinauf. Es war fast neun Uhr abends. Er war noch immer nicht ganz bei Kräften, obwohl er eine riesige, mit den gefälschten Pfundnoten bezahle Mahlzeit vertilgt und eine ganze Nacht in Petersfield geschlafen hatte. Er musste Barlow Bericht erstatten, ehe er das eine tun konnte, was ihn diesen ganzen Reisetag über beschäftigt hatte, trotz seiner Müdigkeit.

Mrs. Williams führte ihn in Barlows Arbeitszimmer und kündigte ihm trotz seines Protests eine Mahlzeit an, ohne abzuwarten, ob ihr Herr ihn zum Essen einlud. Sie war eine der Frauen, denen die Freundlichkeit angeboren war. Er sah in ihr faltiges Gesicht und erkannte darin den englischen Charakter schlechthin. Sie konnte hartnäckig und mürrisch sein, wenn sie Barlow dafür schalt, seine Gesundheit im Dienste der Regierung vernachlässigt zu haben. Dennoch war da, wie bei Withering, ein Kern von Güte, und das spiegelte sich in ihren Augen wider. Waren Leute wie sie und Withering möglicherweise das Zünglein an der Waage von Englands Geschicken?

Barlow betrat das Zimmer. Er schien überrascht.

»Dachten Sie, ich würde es nicht schaffen?«, fragte John.

»Wir hatten Sie fast aufgegeben, nachdem Faraday auf die *Ravenshead* versetzt worden war. Ich wollte dieser Tage jemanden schicken, trotz des Risikos. Haben Sie den Namen?«

John nickte.

Barlow sah ihn an. »Mein Gott, Langley, Sie sehen ja aus wie eine Vogelscheuche. Geht es Ihnen gut?«

»Ich bin ein wenig angeschlagen«, gab John zu.

Barlow setzte sich und beugte sich vor. Wortlos wartete er ab.

John sammelte sich. »Sie werden es kaum glauben, aber Dupré hat den Namen einer Frau genannt. Asharti.«

»Eine Frau! Hat er Sie vielleicht zum Narren gehalten?«

»Ich denke, er hat mir die Wahrheit gesagt. Er wusste, dass er sterben würde. Er dachte, ich hätte ihr etwas Wichtiges mitzuteilen.«

»Natürlich – er ist tot, sonst hätten Sie ihn ja mitgebracht.«

»Ja.« John sagte Barlow nicht, dass nicht er Dupré getötet hatte.

Sie schwiegen eine Weile, während Mrs. Williams für John eine kalte Hammelpastete und eine ziemlich große Portion Plumpudding brachte und sich dafür entschuldigte, dass es nicht mehr wäre. John dankte ihr, bestätigte, er sei recht hungrig, und machte sich sofort darüber her. Als er schließlich eine Pause einlegte, um Atem zu holen, sah er, dass Barlow nachdenklich einen Finger an seine Lippen hielt und darauf klopfte.

»Asharti? Was für ein Name ist das?«, fragte er nach einer Weile.

»Ich habe keine Ahnung. Sie ist Comtesse und mit einem Mann namens Fanueille verheiratet. Kennen Sie ihn?«

Barlows Blick flackerte. John stellte sich vor, wie er seinen riesigen Speicher an Informationen durchging. »Ein verarmter Aristokrat niederen Adels aus der Provence … Der Titel ist falsch … Er ist in Bonapartes Ansehen gestiegen … Unter Soult hat er eine Division befehligt. Er ist zurückgekommen, um die Versorgungseinheit zu leiten – von Belagerungsgeräten bis zu gepökeltem Schweinefleisch und Ähnliches. Zurzeit ist er Minister für den Außenhandel.«

»Dann sitzt er an genau der richtigen Stelle, um für seine Frau nützlich zu sein.«

»Gut. Dann werden Sie hinfahren.« Barlow schaute auf. »Sie sollten wissen, dass die Lage ernster geworden ist.« Seine Augenbrauen zogen sich zusammen. »Die Franzosen haben bei Brest die Blockade durchbrochen.«

»Wie das?« Nach ihrer vernichtenden Niederlage bei Trafalgar hatten die Franzosen im Eiltempo ihre Marine neu geordnet. Wenn ihre Schiffe in englische Hoheitsgewässer eindrangen, war das der schlimmste Albtraum für die Insel. Deshalb hatte England die Häfen entlang der französischen Küste und im Mittelmeer blockiert.

Barlow starrte ins Feuer. »Eines unserer Schiffe ist bei Nebel in eines der anderen getrieben. Die beiden haben sich ineinander verkeilt und eine Lücke in der Blockade geöffnet. Die Franzosen haben irgendwie Lunte gerochen und sind durchgestoßen.« Er wartete Johns Frage nicht ab. »Das Schiff, dem dieses ungeheuerliche Missgeschick unterlaufen ist, war unbemannt. Denn alle an Bord waren tot.«

»Wie?«, wisperte John. Er kannte die Antwort und wollte sie eigentlich gar nicht hören.

»In den Toten war kein Tropfen Blut mehr.«

»Ich werde natürlich sofort aufbrechen«, sagte John. »Bis wann können Sie alles organisieren? Bis morgen?«

Barlow nickte. »Sie müssen einen Weg finden, diesen weiblichen Drahtzieher zu eliminieren. Und Sie müssen in Erfahrung bringen, welche Seuche Ursache dieses Blutverlustes ist. Sie haben einiges an Schlagkraft gegen uns verloren, aber sollte dieses Phänomen England erreichen …«

John nickte. Jetzt gab es nur noch eine Sache zu tun, oder seine Seele war den Preis des Teufelspaktes nicht wert, den er vor so vielen Jahren mit Barlow geschlossen hatte. »Wie England seine Gefangenen auf den Schiffen behandelt, wirft kein gutes Licht auf unsere Nation«, sagte er. Dann zögerte er. Am besten war, es frei heraus zu sagen. »Eine Erhöhung der Essensrationen und die Entfernung der brutalsten Offiziere aus dem Dienst würden diesen Fleck von Englands Ehre tilgen.«

Barlow zog die Stirn kraus und bot John ein Glas Glühwein an. »Korruption ist im Transport Office an der Tagesordnung«, erwiderte er, während er einschenkte. »Und jeder fähige Offizier wird auf See gebraucht.«

»Können Sie nicht mit Admiral Strickland reden?« Der Admiral war einer der wenigen außer Barlow, der wusste, was John tat. Unglücklicherweise, aber unvermeidbar. Sein guter Wille war 1805 nötig gewesen, um John in einer bestimmten Mission auf einem Kriegsschiff unterzubringen.

Barlow runzelte die Stirn. »Er dürfte von dem Job begeistert sein, den Sie für die Admiralität mit dieser spanischen Fregatte erledigt haben, aber das hier jetzt geht über seine Einflussmöglichkeiten hinaus. Das Parlament hat kaum die Stimmen für die Steuererhöhungen für Wellingtons Nachschub zusammenbekommen. Ich sehe keine Chance, mehr Geld für französische Gefangene lockerzumachen.«

John hielt sein Glas mit beiden Händen umschlossen. Er hatte es gewusst. Aber noch wollte er nicht aufgeben. »Ich habe niemals um Bezahlung für die kleinen Aufgaben gebeten, die ich für Sie erledige.«

Barlow sah ihn wachsam an. »Wir schätzen Ihre Dienste umso mehr, da Sie es freiwillig und unentgeltlich tun.«

»Es gibt zwei Dinge, um die ich Sie bitten möchte.« Der Admiral würde sich darum kümmern, aber wahrscheinlich nicht um Johns willen. Barlow musste der Mittelsmann sein.

Barlow zog alarmiert die Augenbrauen hoch. »Abgesehen von einer umfassenden Reform der Gefängnisschiffe?«

John lächelte angespannt. »Ich will, dass zwei Männer freigelassen werden, die sich auf der *Vengeance* befinden. Paul Reynard und Louis Garneray. So weit wird der Einfluss des Admirals doch wohl reichen, oder?«

»Vielleicht.« Barlow machte keine Zusage. »Und die zweite Bitte?«

»In Portsmouth existiert ein Geldfälscherring. Die Noten gleichen jenen, die die Bank von Dorchester herausgibt. Ein gewisser Lieutenant Rose hat die Gefangenen gezwungen, sie anzufertigen, natürlich gegen deren Willen, und bringt sie in Portsmouth unters Volk, um für sich Luxusgüter zu kaufen.«

Barlows Augen weiteten sich in seinem faltigen alten Gesicht für einen kurzen Moment, ehe sie sich wieder wie üblich halb schlossen. Widerstrebend richtete er sich auf. »Der Admiral wird nicht erfreut über diese Neuigkeit sein. Man vermeidet es in der Regel, ihn mit derlei Bagatellen zu belästigen.«

John warf die Angel aus. »Der Mann, den ich seit fünfzehn Jahren kenne, wird das für mich tun.«

»Dann, nehme ich an, werde ich es wohl tun müssen.« Barlow runzelte die Stirn.

Das war Johns Abschiedsgeschenk an seine Mitgefangenen.

»Gehen Sie nach Hause und schlafen Sie sich aus, und sagen Sie Ihrem Diener um Himmels willen, dass er sie aufpäppeln soll.«

John hatte nicht die Absicht, nach Hause zu gehen. Es war kurz nach zehn. Er würde eine Kutsche mieten, um zu seinem Mietstall zu fahren; dann würde es zum Berkeley Square gehen. Heute war Mittwoch. Sie war vermutlich allein. Und er hatte nur diese eine Nacht, um den Ausritt einzufordern, der ihm versprochen war.

Kapitel 11

Beatrix hörte das Klopfen an der Haustür bis in ihr Boudoir, wo sie am Sekretär saß. Sie lauschte auf die Stimmen, ganz besonders auf die eine. Er war es! Symington hatte strikte Anweisung zu sagen, dass sie für niemanden zu sprechen sei. Das würde sie schützen. Wollte sie das überhaupt?

Das Pochen an der Tür des Boudoirs war reine Formsache. Symington öffnete sie, bevor Beatrix reagieren konnte. »Lord Langley macht Ihnen seine Aufwartung, Mylady.« Sein Blick wirkte zufrieden, auch wenn er keine Miene verzog.

Verdammter Symington! Was hatte er vor? Sie versuchte, ruhiger zu atmen, und spürte ein ungewohntes Gefühl zwischen ihren Beinen pulsieren. Das war nicht fair! Sie war nicht stark genug, ihm jetzt gegenüberzutreten. Sie würde die Kontrolle verlieren, wenn sie nicht vorsichtig war.

Er trat ein und stand einfach da, die Hände vor dem Körper ineinander verschränkt, als müsste er sie im Zaum halten. Symington verließ leise das Zimmer und schloss die Tür hinter sich. Beatrix starrte ihn schweigend an. Er war dünn geworden. Sein Rock und seine Kniehosen saßen nicht so eng wie zuvor. Die Falten um seinen Mund waren tiefer. Er war auch blasser, und unter seinen Augen lagen dunkle Ringe. Die Augen selbst brannten von grüner Intensität. Sie hatte diesen Blick Tausende, Tausende Male gesehen. Sie hatte nicht erwartet, dass Langley ihn so unverhüllt zeigen würde. Was wollte er? *Er* war es doch gewesen, der sie fallen gelassen hatte, um sich einen Boxkampf anzusehen!

Er setzte zum Sprechen an, schluckte und begann erneut.

»Ich bedaure, dass meine Geschäfte mich so lange ferngehalten haben.«

Gott, nein! Er belog sie. Aber warum log er sie an, wenn er sich nichts aus ihr machte? Vielleicht …

»Ich hatte einen Anfall von Influenza.« Er wandte den Blick ab, als sei das die Lüge. Aber er war krank gewesen, das konnte sie sehen. Das erklärte allerdings nicht den Boxkampf.

Sie wollte gar nicht, dass er es erklärte. Sie wagte es nicht, überhaupt in seiner Nähe zu sein. Selbst jetzt registrierte sie nur zu genau den Körper, der in seinen Kleidern steckte. Ihr ungebärdiges Blut sammelte sich in ihren Lenden. Er war gefährlich, weil es ihr etwas ausmachte, ob sie ihm etwas bedeutete, und weil sie sich nicht traute, den Reaktionen ihres Körpers nachzugeben – aus Furcht, sie könnte den Weg nehmen, den sie schon einmal genommen hatte, den Weg, den Asharti noch immer ging.

Er wartete darauf, dass sie etwas sagte, aber sie konnte es nicht. Ihre Kehle war wie zugeschnürt.

John sah in ihre braunen Augen und erkannte den Schmerz darin. Sie hatte gehört, dass er ihre Verabredung abgesagt hatte, um nach Petersfield zum Boxkampf zu fahren. So viel war offensichtlich. Er durfte ihr nicht einmal sagen, dass es nicht stimmte. Aber sie wirkte nicht gleichgültig. Er befeuchtete sich die Lippen. Sie wirkte nicht gleichgültig. Und sie hatte auch nicht getobt oder ihn hinausgeworfen. Nein, sie saß da, sagte nichts und sah zu ihm auf mit diesen wunderschönen braunen Augen. Das gab Anlass zur Hoffnung, oder nicht? Er räusperte sich.

»Ich bin gekommen … ich bin gekommen, um den Ausritt einzufordern, den Sie mir vor einem Monat versprochen haben.«

»Ich ... ich glaube nicht –« Ihre Stimme brach.

»Gehören Sie zu jenen, die ihr Wort nicht halten?« Wenn sie ihn jetzt zurückwies, war er verloren. Schlimmer, sie würde eine Meinung über sie bestätigen, von der er gar nicht sicher war, dass er sie noch immer teilte.

Sie schluckte. »Nein«, wisperte sie. »Wann möchten Sie ihn denn einfordern?«

Er atmete tief durch. »Jetzt.«

Beatrix sah schweigend zu, wie Langley Dorrie sattelte. Fletcher, sein kastanienbrauner Wallach, stand angebunden daneben und war bereits fertig zum Ausritt. Sie versuchte, sich darauf zu konzentrieren, Langleys Pferd zu betrachten. Der Wallach hatte einen wunderbar starken Schulterbau. Er musste spät kastriert worden sein, denn sein Nacken war sehr muskulös. Wenn sie doch nur einen klaren Kopf bekäme, dann hätte sie sich wieder unter Kontrolle. Was tat sie hier, kurz vor Mitternacht mit dem Mann, von dem sie sich geschworen hatte, ihn nie wieder in ihre Gedanken zu lassen? Sie würde einen nächtlichen Ausritt mit ihm machen – etwas Kostbares für sie, etwas Intimes. Natürlich würde dies nicht ihr üblicher Ausritt werden – im vollen Galopp allein durch den Hyde Park –, der einen Skandal in der guten Gesellschaft auslösen konnte, wenn jemand davon erfuhr. Die bedauernswerten Parkwächter ersetzten die Schlösser, die sie regelmäßig am Nordosttor bei Marble Arch aufbrach. Nein, dieser Ausritt würde ein ruhiges Getrappel um den Square werden.

Nun, sie würde ihr Versprechen einlösen, aber sie würde ihr Herz aus dem Spiel lassen. War nicht ihr Herz das Problem? Sogar jetzt schlug es heftig in ihrer Brust.

Er führte die Pferde hinaus auf den Platz. Ihre Hufe klapperten auf den Steinen, die feucht vom Tau waren. Nebel hatte sich über die Stadt gelegt. »Mylady?«, sagte er. Während er die Zügel beider Pferde hielt, beugte er sich vor und verschränkte die Hände ineinander.

Sie hob das Kinn und setzte einen Fuß in seine Hände. Er hob sie mühelos hinauf, und Beatrix machte eine halbe Drehung, um sich in den Sattel zu setzen. Sie schürzte den Rock ein wenig, um ihr Bein um das Sattelhorn zu legen, und schob den anderen Fuß in den Steigbügel. Ihr Impuls war davonzugaloppieren, aber sie würde Langley nicht die Genugtuung verschaffen, sich ihm gegenüber unhöflich zu zeigen.

Dies war sein Ausritt, und sie würde hinter ihm her trotten, so wie er sich sicher in seiner beschränkten Vorstellung einen Ritt bei Nacht ausmalte. Er würde ängstlich und besorgt sein, wenn schon nicht seinetwegen, dann doch um ihretwillen. Eine Runde um den Platz, und sie hatte ihre Pflicht erfüllt.

Er schwang sich in den Sattel. Ihr Blick verweilte auf seinem Oberschenkel, der sich an das Sattelleder drückte. Er mochte einiges an Gewicht verloren haben, aber er war noch immer faszinierend gut gebaut. Dorrie tänzelte, und ihr muskulöser Rücken unter dem Sattel drückte sich gegen Beatrix' intimste Stelle. Langley beobachtete ihr reiterliches Können, als sie Dorrie beruhigte, dann ließ er sein Pferd im Schritt angehen. Auf dem Platz wandte er sich nach Westen, ohne etwas zu sagen. Einige Kutschen tauchten aus dem Nebel auf. Falls Gestalten in den Schatten saßen, kümmerte das weder sie noch ihn.

Mit einem scharfen Einatmen erkannte Beatrix, dass er vorhatte, die Mount Street zum Hyde Park zu nehmen. In der Park Lane wandte er sich nach Norden, vorbei am Grosvenor Gate und am Brook Gate. Am Marble Arch Gate stieg er ab.

Beatrix konnte kaum glauben, dass er das vorhatte. Aber er würde sich niemals Zutritt verschaffen können.

»Es ist offen«, verkündete Langley, noch bevor er das Tor erreicht hatte. »Die Wächter werden allmählich leichtsinnig.«

Er hatte *gewusst*, dass das Tor unverschlossen war. War es noch aufgebrochen von ihrem letzten Besuch? Wieso wusste er davon? Hatte er ... dies vorbereitet?

Das Tor schwang auf. Nebel drückte aufs Gras, die Nacht machte ihn schwer. Langley schwang sich zurück in den Sattel und winkte Beatrix, ihm zu folgen. Dorrie tänzelte erwartungsvoll. Beatrix hielt sie fest am Zügel. Dies würde nur ein Spazierritt werden. Die Stute musste lernen, sich zurückzuhalten.

Beatrix war völlig überrascht, als unvermutet der große kastanienbraune Wallach an ihr vorbeischoss, von Langleys Sporen in seinen Flanken dazu ermuntert. Verdammt! Sie musste Dorrie kaum die Erlaubnis geben loszulaufen, schon hatte die Stute die Verfolgung aufgenommen. Dorrie war schnell und trittsicher dank ihrer Erfahrung mit dem nächtlichen Park. Beatrix ließ ihr freien Lauf. Sie donnerte dem Wallach hinterher. »Ha«!, rief Beatrix, und die animalische Freude an diesem Galopp hallte in ihr im Rhythmus von Dorries Hufen wider. Sie holten Langley und seinen Wallach ein, aber er hatte den Wallach bisher gezügelt; erst jetzt ließ er ihn laufen.

So einfach wird es nicht werden, Langley. Sie berührte Dorries Flanke mit dem Stiefelabsatz. Die Stute stürmte wieder voran. Die zwei Pferde galoppierten Nacken an Nacken über den gekiesten Weg. Beatrix konnte im Nebel und in der Dunkelheit kaum eine Handbreit weit sehen. Die nasse Luft klatschte ihr Haar an den Kopf, durchnässte ihre Kleider. Tollkühn. Sie schaute hinüber und sah, dass Langley wie ein Verrückter grinste, und sie wurde sich bewusst, dass sie auch grinste. So zu galoppieren war wie rasender Sex, öffnete die Hüften und stieß sie nach vorn, um den Kontakt mit den machtvollen Bewegungen des Pferdes nicht zu verlieren. Sie fühlte sich so sicher in ihrem Körper wie nie zuvor.

Um eine Wegbiegung ging es und mit donnernden Hufen über die Brücke über den Serpentine, sie und Langley preschten durch die Blumengärten, tief über die Hälse der Pferde gebeugt. Zuerst führte der eine, dann der andere. Die Tiere waren gleich schnell. Leben strömte durch Beatrix' Adern. Sie war noch nie so eins mit ihrem Pferd gewesen oder dem Pferd neben ihr und dem Mann, der dieses Pferd ritt, und der Nacht an sich. Eine harte Wendung nach links bei Rotten Row, dann galoppierten sie den langen geraden Weg hinunter. Noch eine Wendung nach links bei Broad Walk. Wenn irgendjemand hier unterwegs wäre, würden sie ihn niedertrampeln wie Herbstlaub. Beatrix atmete heftig, als die östlichen Tore wieder aus dem Nebel auftauchten. Sie schnalzte Dorrie zu, die geradeaus drängte.

Beatrix zügelte die Stute, atemlos und lachend. Langley ließ sein Pferd in langsamen Trab fallen und hielt sich hinter ihr. Er grinste und schüttelte den Kopf, seine Brust hob und senkte sich dabei. Sie tätschelten die dampfenden Pferdehälse.

»Was für ein wunderbares Pferd«, sagte er atemlos. »Wenn Sie die Stute jemals verkaufen wollen ...«

»Ihr Junge ist auch wunderbar«, entgegnete sie, während sie Dorrie streichelte. Beide wussten, dass sie ihre Tiere niemals hergeben würden.

Sie ritten schweigend durch das Tor, während sie dem Schnauben der Pferde lauschten. Beatrix fühlte sich innerlich ... ruhig. Nicht betäubt, wie sie es in letzter Zeit oft gewesen war. Nicht vor Angst erstarrt vor ihren bedrohlichen Erinnerungen, sondern ruhig, fast zufrieden. Sie sah Langley an.

»Ich hätte nicht erwartet, dass Sie die Courage zu einem Galopp haben.«

»Ich weiß«, sagte er.

»Aber Sie haben erwartet, dass ich Ihnen folge.«

»Ja.«

»Glauben Sie bloß nicht, dass Sie mich kennen«, warnte sie ihn.

»Ich werde darüber nachdenken.«

Beatrix schwieg. Auch sie kannte ihn nicht. Das fühlte sich ... interessant an, zur Abwechslung. Nach so langer Zeit auf dieser Welt war es schwer, auf etwas Unerwartetes zu stoßen.

Entweder empfanden sie beide diese ruhige Zufriedenheit oder beide fürchteten sich, etwas zu sagen, aus Sorge, sich wieder zu streiten. Schweigend erreichten sie die Mount Street. Kutschen fuhren vorbei. Der Wachmann an der Ecke des Platzes diskutierte im Nebel unter dem hellen Schein einer Straßenlaterne mit einigen betrunkenen jungen Männern. Es zählte nicht. Nichts konnte den inneren Frieden antasten, den Beatrix empfand.

Als sie zum Platz hinter der Nummer 46 kamen, sprang Langley vom Pferd und band die Zügel an den Ring des Eisenpfostens nahe der Stalltür. Beatrix war absolut in der Lage, allein abzusteigen, aber sie zögerte seltsamerweise.

Langley wandte sich um, griff nach Dorries Zügeln und streckte Beatrix die Hände entgegen. Die burgunderfarbene Wolle ihres Reitkostüms schien einfach wegzuschmelzen, und es fühlte sich an, als würden diese starken Hände sich um ihre nackte Taille schließen. Sie spürte, dass sie errötete. Gott sei Dank war sein Sehvermögen im Dunkeln lange nicht so gut wie ihres. Sie legte die Hände auf seine Schultern. Die Schwellung seiner Muskeln unter seinem Rock, als er sie herunterhob, schickte ein Prickeln durch jenen Teil von ihr, der eben noch so intimen Kontakt mit ihrem Sattel gehabt hatte. Als er sie auf die Füße stellte, verdrehte sie sich den Knöchel und fiel gegen ihn.

»Verflixt!«, murmelte sie, als sie an sich herunterschaute. Der Absatz ihres Stiefels war abgebrochen.

»Da lässt sich leicht Abhilfe schaffen«, sagte er mit einer Stimme, die tief aus seiner Kehle kam. Er schob einen Arm unter ihre Knie, hob Beatrix hoch und trug sie in den Stall, wobei er die Pferde am Zügel mitführte. Sie war absolut in der Lage zu gehen, aber plötzlich wollte sie nur noch ihre Arme um seinen Nacken legen. Ein leichter Geruch nach Seife stieg ihr in die Nase. Sein Haar war feucht vom Nebel. Sie atmete praktisch in sein Ohr. Genau genommen presste sie ihre Brust gegen seine. Sein Blut pulste in der Arterie unter seinem Kinn. Was für einen starken Hals er hatte ... Das Pochen zwischen ihren Beinen steigerte sich.

Der flachsblonde Stalljunge tauchte auf, rieb sich die Augen und verbeugte sich.

»Nimm die Pferde«, sagte Langley und gab ihm die Zügel. »Reib sie gut ab.«

»Soll ich den Wallach zu einer bestimmten Stunde satteln?«, fragte der Junge.

Langley starrte Beatrix in die Augen, fast als hätte er die Frage nicht gehört. Sie hätte den Blick abwenden müssen, aber sie konnte es nicht. Die Sehnsucht, die sie dort sah, war nicht nur die Lust, die sie so gut kannte. Ebenso wenig war es die bedingungslose Bewunderung, derer sie so müde war. Was war es dann?

»Bring ihn in den Mietstall in der Pall Mall, sobald es hell ist«, sagte er, ohne den Jungen anzusehen. »Ich werde zu Fuß nach Hause gehen.« Er wandte sich um und trug Beatrix durch die Hintertür ins Haus.

Sie legte den Kopf an seine Schulter, während er sie die Treppe hinauftrug. Die Dienstboten waren schlafen gegangen. Die Dunkelheit verfolgte sie nicht; das war beruhigend. Dennoch hatte sie Angst. Heute Nacht konnte sie die Enthaltsamkeit von sechshundert Jahren aufgeben. Was stimmte nicht mit ihr? Sie konnte sich selbst verlieren und sich in jemandem wie Asharti verwandeln, wenn sie ihrem Verlangen nachgab. Verwirrung brannte in ihr. Sie hatte wahrscheinlich vergessen, wie es ging. Aber sie wollte es – wollte es zum ersten Mal seit Jahrhunderten. Nicht wegen des Sex. Gott wusste, sie hatte bewiesen, dass sie ohne ihn auskam. Warum dann? Weil sie eine Art Verbundenheit mit ihm fühlte? Weil sie eine … Verbindung wollte? Sie *wollte* ihn gernhaben, so viel war sicher. Es war fast eine Art von Hunger. Nicht wie ihr Hunger nach Blut; dieser hier war tiefer, verstörender.

Wenn sie mit ihm schlief, musste sie auf sein Blut verzichten. Asharti hatte sie gelehrt, dass Sex und Blut sich nicht verbinden sollten. Falls ihr das gelang, blieb sie vielleicht heil und unbeschadet. Würde sie widerstehen können?

»Hier«, wisperte sie, als sie an die Tür zu ihrem Boudoir kamen.

John stieß die Tür auf. Eine einzelne Kerze brannte auf dem Nachttisch, im Kamin loderte ein Feuer. Es war ein dämmriges, flackerndes Licht, das auf dicke Vorhänge, das Gemälde einer rundlichen Venus, umgeben von Cherubim, und das geschliffene Kristallglas auf ihrem Frisiertisch fiel. All das trat in den Hintergrund gegen das große Bett mit den roten Samtportieren und den Decken aus Brokat. Er war dabei, sich wieder zum Narren zu machen. Die Gräfin kannte die Bedeutung des Wortes »Tugend« nicht. Sie hatte mit mehr Männern geschlafen, als er kannte. Und doch hatte sie ihr Innerstes aus alldem herausgehalten.

Seine Vision von ihr, die ihn auf dem Gefängnisschiff aufrecht gehalten hatte, kam wieder von ihr. Er war heute Nacht dumm genug zu denken, dass jene Vision und die reale Frau vor ihm eins sein könnten; dass sein Bild von ihr das war, was sie sich bewahrt hatte und jedem außer ihm verborgen blieb, jener Teil, der Blake verehrte. Er *wollte*, dass es wahr wurde, und dieses Wollen war fast so wie eine Art Hunger. Seine Erektion drückte gegen seine Hose. Sie würde die Wirkung, die sie auf ihn hatte, in dem Moment erkennen, in dem er sie absetzte. Ihre Brust presste sich gegen seine, ihr Atem streifte heiß seinen Nacken. Grauer Amber. Das, hatte sie gesagt, war ihr verführerischer Duft. Zimt und grauer Amber. Er legte sie auf das Bett, hatte aber nicht die Absicht, sie lange loszulassen. Ihr Blick hob sich zu seinem. Da war eine solche Hitze, solch eine Lebendigkeit, dass er es wie ein Pochen in seinem Rückgrat empfand, das sich bis in seinen schon steifen Schwanz ausbreitete. Wie fing man es an mit einer Frau, die alles schon kannte? Würde sie ihn für ungeschickt halten?

Atme, sagte er sich. *Überlass es ihr. Sie ist eine Kurtisane. Sie wird die Dinge in die Hand nehmen.*

Aber sie tat es nicht. Sie wandte den Blick ab und errötete, fast schüchtern. Doch er hatte die Glut in ihren Augen gesehen. Sie war nicht abgeneigt. Er schluckte und zog an seinem Halstuch. Es lag also an ihm zu beginnen. Er kämpfte sich aus seinem Rock und knöpfte seine Weste auf. Sie machte keine Anstalten, sich zu entkleiden. Sie beobachtete ihn. Also gut. Er räusperte sich, auch wenn er nicht vorhatte, etwas zu sagen. Er streifte die Schuhe ab und beugte sich zu den Schnallen an seinen Kniehosen. Dort stand er nun in Hemd und Hose. Sie beobachtete ihn noch immer, und ihr Atem wurde schneller.

Dennoch schien sie unsicher zu sein. Langsam knöpfte er seine Manschetten auf und zog sich das Hemd aus. Es fiel zu Boden. Da war nichts, was sie nicht schon einmal gesehen hatte, aber sie sah fast aus, als hätte sie Angst.

Gott! Plötzlich begriff er, was sie gesehen haben musste. Seine Narben. Einige konnte er mit seinem Ruf als chronischer Duellant erklären. Konnte eine Frau Stich- von Schusswunden unterscheiden? Aber was war mit den Peitschenstriemen, die sie ebenfalls sehen würde? Warum hatte er sich das Hemd ausgezogen? Er griff danach. »Ich bin ... ich bin dünner, als es mir im Moment gefällt, und die Narben ... ich werde mich wieder anziehen.«

Beatrix fühlte, wie ihre Anspannung mit einem Seufzen schwand. Sie war bis zu diesem Augenblick nicht sicher gewesen, ob sie mit ihm schlafen würde oder nicht. Aber einen solch starken und eigenwilligen Mann so unsicher zu sehen, so sehr bemüht, ihr zu gefallen ... Alles Kämpfen und Wettstreiten um die Vorherrschaft zwischen ihnen war wie weggeblasen. Sie würde mit ihm schlafen, weil sie es für ihn tun wollte, weil sein Wunsch, ihr zu gefallen, bedeutete, er könnte sie mögen. Sie musste nur ihren Gefährten unter Kontrolle halten.

»Es ist gut«, sagte sie und begann zu lächeln. »Ich finde, du bist wunderschön.«

Er schluckte, noch immer unsicher. »Wenn du lieber nicht ...«

Sie erhob sich, noch immer lächelnd, und nahm ihm sanft das Hemd aus der Hand. Sie fühlte das Blut ebenso in seinen Lenden pochen wie in ihren. »Ich schlafe gern nackt mit einem Mann.« Stimmte das? Jetzt ja ...

Mochte Gott ihm beistehen, aber wenn es das war, was sie wollte, dann sollte sie es haben. Er konnte ja darauf achten, ihr nicht den Rücken zuzuwenden. Sie musste die hellrosa Haut über den verheilten Striemen gar nicht sehen. Der Schorf war verschwunden, oder nicht? Er knöpfte seine Hose auf und ließ sie über seine harte Erektion gleiten. Sein Geschlecht war schwer, geschwollen, fühlte er berauscht vor Verlangen.

Ihr Lächeln wurde breiter. »Wirklich wunderschön.« Sie ließ sein Hemd zu Boden fallen.

Er zog Hose und Strümpfe aus und stand endlich nackt vor ihr. Keine Frau hatte ihn je darum gebeten. Er verdrängte jeden Gedanken daran, dass sie, nackt wie er war, zu viel über ihn wusste. »Und du?«, raunte er. Ihr Reitkostüm im Uniformstil hatte vorn diverse Haken und Knöpfe. »Soll ich deine Knöpfe öffnen?«

Sie setzte sich auf, und er kam näher. »Zu mühsam. Ich mochte dieses Kostüm ohnehin nie.« Sie griff das Mieder mit beiden Händen und zog heftig daran. Es gab ein ratschendes Geräusch, als die Haken aufsprangen. John war schockiert. Welche Frau würde ein so schönes Kleidungsstück zerreißen? Auch ihr Hemd war zerrissen. Ihre Brüste quollen hervor, als sie sich aus den Fetzen schälte. Ihre Schultern waren wunderschön, ihre Brüste schwer, mit dunkelrosafarbenen Höfen um die feinen, kleinen Knospen. Es war nicht möglich, noch erregter zu sein, aber nun spannten auch seine Hoden. Sein Schwanz pochte vor Erwartung.

Sie schob das Kleid nach unten, schlüpfte aus den Stiefeln und warf alles auf den Boden. Sie machte sich nicht die Mühe, ihre Strümpfe herunterzurollen, sondern zog sie einfach ab und warf sie dem Kleid hinterher. Währenddessen sah sie John unverwandt an.

Während John kaum noch atmen konnte, schien es ihr besser zu ergehen. Das Heben und Senken ihrer Brüste zu sehen war fast Folter. Sie hob die Arme, zog einige Nadeln aus ihrem Haar und schüttelte es. Es fiel in rotschwarzer Fülle über ihre Schultern und ihren Rücken herab. Der Schein des Feuers spiegelte sich darin.

John konnte nicht länger dem Drang widerstehen, seinen Schwanz für immer in dem dunklen Haarschopf zwischen ihren Beinen zu versenken. Er dachte, er müsste zerspringen, aber er wollte, dass sie ihre Lust langsam auskosteten und nicht schnell irgendwelche Flüssigkeiten austauschten. Sie streckte die Arme aus.

Er nahm nur ihre Hände. Sie rutschte zur Mitte des breiten Bettes und lehnte sich zurück. Er kroch über die üppig gemusterte Decke aus goldrotem Brokat und legte sich behutsam neben sie. Sein Schwanz streifte ihren Schenkel. Er konnte ihn an ihr pulsieren fühlen. Sie legte die Arme um seinen Nacken. Ihre Brüste streichelten seine Brust, ihre Brustwarzen reizten ihn. Sein Atem entwich pfeifend aus seinem Mund. Das Blut pochte fast schmerzhaft in seinen Genitalien. Er beugte sich zu ihren Lippen.

Der Schock, ihre Lippen zu berühren, erschreckte ihn fast. Wie konnte sich das Gefühl von Mund auf Mund nur sinnlicher anfühlen als die Berührung intimerer Körperstellen? Weich, sehnsüchtig. Ihre Zunge berührte die Innenseite seines Mundes, sanft und doch fest. Er spreizte die Hand auf ihrem Po und presste sie an sich, erkundete dabei ihren Mund mit seiner Zunge. Sie schob ihren Oberschenkel zwischen seine Beine, sein Oberschenkel glitt über ihre Hüfte, umfing sie und brachte sie noch näher zueinander. Sie waren ineinander verschlungen, waren eine Einheit, elektrisierendes Verlangen schoss zwischen ihnen hin und her und um sie herum. Seine Hand glitt über ihre Schultern, er spreizte sie auf ihrem

Rücken. Das Gefühl ihrer glatten zarten Haut ließ seine schwielig dagegen erscheinen.

Ihre Hände glitten zu seinen Hüften, glitten über seinen Po und schoben sich zwischen ihre Körper, um seine Hoden zu umschließen. Sie musste fühlen, wie hart sie vor Lust waren. Sie drückte sie, ganz tief unten, und streichelte ihn dort. John keuchte. Niemand hatte ihn je dort angefasst. Es fühlte sich an, als würde sie den Kern seiner Männlichkeit berühren. Sie massierte sanft die beiden Hoden und umfasste dann die Wurzel seines Schaftes. Wieder drückte sie fester und rieb dort. Sie berührte nicht das Glied selbst, was in John den Wunsch nur noch wachsen ließ, auch sie zu berühren.

Er beugte sich herunter zu ihrer Kehle und küsste sie, während seine Hände ihre Hüften streichelten. Sie bot ihren Nacken dar und stöhnte ekstatisch, während er dort saugte. Dann glitten seine Lippen zu ihrer Brust. Er zog sanft daran. Sie beugte sich ihm zu, ihre Brustwarze war steinhart in seinem Mund. Die Lust, ihre Brustwarze auf seiner Zunge zu fühlen, wurde nur von dem Wissen übertroffen, welche Lust es ihr machte. Als er glaubte, er würde platzen, zog sie sich zurück. Ihre Augen waren ernst. Was stimmte nicht? Sie sah so … besorgt aus.

»Ich kann dich nicht Langley nennen.«

Er nickte, ein wenig verwirrt. »John wäre gut. Darf ich dich Bea nennen?«

»Nein, so nennen mich … andere. Ich nenne mich selbst Beatrix.«

Er lächelte. »Beatrix«, hauchte er in ihren Mund. Er spürte, wie sie lächelte.

»John.«

Sie tat etwas Überraschendes. Sie zog sich ganz zurück und rollte ihn auf den Rücken, ihre Hände auf seinen Schultern. Er zog fragend die Augenbrauen hoch.

»Gib dich dem Augenblick hin, John.« Sie setzte sich mit gespreizten Beinen über ihn; sie schwebte kurz über ihm im Schein der Kerze, ihre Hände auf seine Schultern gestützt, mit schwingenden Brüsten, das dunkle Haar wie ein Vorhang. Sie neigte den Kopf und leckte seine linke Brustwarze, dann die rechte. Dann nahm sie sie sanft zwischen die Zähne und saugte fest daran. Nie gekannte Gefühle durchschossen ihn. Sie richtete sich wieder auf. Ihr Rücken bog sich, als sie ihren feuchten Schoß an seinem Schwanz rieb, wieder und wieder, bis John zitterte. Ihre Augen waren geschlossen. Vor und zurück. Vor und zurück. Er konnte sehen, wie ihr Atem schneller ging.

»Gott, Beatrix. Ich werde zu schnell kommen, wenn du so weitermachst«, wandte er ein.

Sie öffnete die Augen. Der Widerschein der Kerze neben dem Bett ließ sie fast rot erglühen. Sie beugte sich herunter und wisperte in sein Ohr. »Ich habe Vertrauen zu dir. Du hast eine fast unbegrenzte Fähigkeit zur Lust. Das weiß ich.«

Er wusste irgendwo in sich, dass er von der Zeit auf dem Gefängnisschiff noch geschwächt war, aber das schien weit zurückzuliegen. Sie drängte ihre Brüste gegen ihn und leckte seinen Nacken. Er erbebte. Das Haar auf seinem rechten Arm und Bein richtete sich auf. Sollte sie tun, was sie tun wollte. Er ergab sich seinem Hunger nach ihr. Ihr Herz klopfte gegen seine Brust. Irgendetwas Scharfes zog sich seinen Nacken entlang, genau unterhalb seines Ohrs. Ihre Zähne? Er erzitterte wieder.

Plötzlich stützte sie sich von seinen Schultern hoch und gab einen Laut von sich, der fast wie ein Knurren klang. Sie schloss die Augen, und als sie sie wieder öffnete, war die rötliche Reflexion des Kerzenscheins schwächer geworden. Sie brachte ein kleines Lächeln zustande. »Das war knapp«, sagte sie in jener Altstimme, die er über Meere und Wüsten hinweg wiedererkennen würde. »Aber ich tue es jetzt.« Er wusste nicht, was sie meinte, und es war ihm egal. Sie hob die Hüften, und mit einer Hand führte sie ihn in sich ein, dann spreizte sie die Schenkel und drückte sich herunter, selbst als er tief in sie hineinstieß.

Sie seufzten beide auf, als er Beatrix ganz erfüllte. Sie war sehr eng, was John ein wenig überraschte. Er hielt sie an der Taille und hob sie an. Sie richtete sich auf und strich mit den Händen durch ihr Haar, als sie sich auf ihm bewegte. Ihre Brüste hoben sich dabei. Und dann fühlte John im Rhythmus ihrer Bewegungen ein Ziehen um seinen Schwanz. Es waren ihre inneren Muskeln, die ihn streichelten. Es entlockte seiner Kehle einen tiefen Ton.

»Du kannst es zurückhalten, ich weiß, dass du es kannst«, sagte sie. Und er konnte es. Er war nicht sicher, wie. Irgendwie zügelte er sich am Rand der Ekstase, ertrug es bis fast zum Wahnsinn. Ihr Atem ging jetzt noch schneller. Sie machten weiter, bewegten sich im Einklang wie Pferd und Reiter, waren eins. Er änderte den Winkel, in dem er in ihr war, um ihren süßesten Punkt zu erreichen, weit oben in ihrem Schoß. Sie öffnete die Augen.

Und dann wurden ihre Augen wie blind, und ihr Stöhnen der Lust wand sich an seinem Glied empor. Er fühlte ihre Muskeln, die sich um ihn zusammenzogen, und das schickte auch ihn über die Klippe. Sein Rücken wölbte sich empor, um ihr zu begegnen, und er verströmte seinen Samen in einen niemals versiegenden Brunnen der Lust.

Beatrix ließ sich neben ihn auf das Bett sinken. Er zog sie in seine Arme und wiegte sie. Es war gut gegangen. Es wäre beinahe geschehen. Sie hatte so sehr sein Blut kosten wollen. Ihre

Muskeln fuhren fort, sich im schwächer werdenden Widerhall des Orgasmus zusammenzuziehen. Gott im Himmel! Es war sechshundert Jahre her, seit sie so etwas empfunden hatte. War es überhaupt schon einmal so wie jetzt gewesen? Ihr Bewusstsein war wie betäubt von der Macht ihres Höhepunktes. Ihr Gefährte kratzte enttäuscht an ihren Adern, aber das war nur eine ferne Ablenkung. John hätte ihr erlaubt, von ihm zu trinken. Er hätte es vielleicht sogar *begrüßt*, so sehr hatte ihn die Leidenschaft gepackt. Sie hätte nur ein wenig stärker die Macht ihrer Suggestion einsetzen müssen, um ihn vergessen zu lassen, dass sie von ihm trank. Aber sie hatte widerstanden. Sie war in Sicherheit.

Sie wollte, dass er sich an sie erinnerte als das, was sie war, nicht an irgendeinen falschen Traum. Es war ein großes Risiko gewesen, auch nur einen Hauch von Suggestion anzuwenden, um seine Lust zu verlängern. Sie hätte sich vielleicht verloren und dann doch getrunken. Aber wenn sie es nicht getan hätte, wäre er zu früh gekommen, und sie hatte ihm die beste aller Erfahrungen geben wollen.

Es ging ihr durch den Sinn, dass es auch für ihn einige Zeit her sein konnte, seitdem er sich Erleichterung verschafft hatte. Interessant. Besonders bei einem Mann, der den Ruf hatte, Frauen im Nu ins Bett zu locken.

Er lenkte sie von diesen Gedanken ab, als er sie zärtlich auf den Scheitel küsste. Gegen einen eingebildeten Luftzug im warmen Zimmer zog er die Decke über sie. »Ist dir kalt?«, murmelte er mit dieser faszinierend tiefen Stimme, die sie in seiner Brust widerhallen hörte. Sie schmiegte sich an ihn und schlang die Arme um ihn.

»Du machst wohl Witze«, wisperte sie und spreizte die Hände auf seinem Rücken.

Was tat sie da?

Sie ließ die Hände hoch zu seinen Schultern gleiten. »Wirst du bei mir bleiben? Du könntest am Vormittag gehen, als hättest du eine Morgenvisite gemacht.« Sie sagte es, um ihn abzulenken. Es gab da noch zwei oder drei Narben von Stichwunden. Aber sie fühlte auch die langen Linien neuer Narben. Er war ausgepeitscht worden, und das erst vor Kurzem. Kein Wunder, dass ihm seine Nacktheit unangenehm gewesen war.

Er lachte leise. »In Kniehosen aus Satin und Abendschuhen? Warum nicht gleich eine Anzeige in den *Observer* setzen? Es wird den Klatschweibern die Mühe der Spekulation ersparen.«

Warum war dieser Mann mit der Peitsche geschlagen worden? Unter welchen Umständen konnte ein Gentleman in eine solche Situation geraten? »Ich werde natürlich meinen unglaublich diskreten Diener zu deinem unglaublich diskreten Diener schicken, um einige noch diskretere Kleidungsstücke zu holen.« Sie murmelte es fast in seinen Mund hinein. »Du brauchst schließlich deinen Schlaf, weil du dich von einer Influenza erholen musst.«

»Wie kommst du darauf, dass ich vorhabe zu schlafen?«

Sie schaute in seine Augen und sah das Glänzen darin stärker werden. So unmöglich wie es war, meldete sich wieder das Prickeln zwischen ihren Beinen. Sie, die sich in sechshundert Jahren nicht einmal dazu hatte hinreißen lassen, mit einem Mann zu schlafen, wollte jetzt eine Wiederholung. Vielleicht mehrere. »Bist du denn stark genug?«, murmelte sie. Sie konnte ihn stark genug machen. Aber sie würde es nicht tun, würde ihn nicht einmal einen Hauch jener Suggestion spüren lassen, die sie noch vor wenigen Augenblicken angewendet hatte, um ihm Standfestigkeit zu verleihen. Warum nicht? Wandte sie die Suggestion nicht seit siebenhundert Jahren auf die eine oder andere Weise bei Männern an, wenn sie den Hunger ihres Gefährten sättigen musste? Selbst wenn sie die Macht ihres Gefährten nicht einsetzte, nutzte sie ihr Wissen über die Männer, damit sie ihr gehorchten, ob sie ihr zu Willen sein wollten oder nicht. Nur dieser Mann hatte sich ihr verweigert. Nur dieser Mann war freiwillig zu ihr gekommen, weil er die Stärke hatte, Nein zu sagen.

»Ich werde mich bemühen, dir Lust zu verschaffen«, sagte er, und Mutwille funkelte in seinen Augen. »Vielleicht könnten wir es dieses Mal ein wenig langsamer angehen lassen? Nur im Interesse meiner Gesundheit natürlich.«

Sie dachte, dass es sie der Reaktion in ihren Lenden nach zu urteilen umbringen könnte, es langsamer angehen zu lassen.

»Wäre es dir schrecklich unangenehm, wenn ich von dir kosten würde?«, fragte er, Höflichkeit vorschützend, obwohl seine Stimme rau klang. Ein Engländer, der seine Zunge benutzen wollte?

Das war beispiellos. Und faszinierend. »Bedien dich«, wisperte sie.

John erwachte in dem verdunkelten Zimmer. Beatrix lag noch in seinen Armen. Sie sah zerbrechlich und unschuldig aus, wie sie so dalag, eingehüllt in den roten Brokat der Bettdecke. Das Rot ließ ihre Haut in dem dämmrigen Zimmer weiß schimmern. Er hatte ihr Lust bereitet mit seiner Hand, seinem Mund, seinem Schwanz, hatte sie in einen Zustand unersättlichen Verlangens gebracht. Er selbst war so erschöpft, dass er sich innen und außen wie wund fühlte. Wie er drei, nein, vier Mal gegen ihre fünf Höhepunkte hatte bestehen können, konnte er sich nicht erklären.

Er hatte erreicht, was er schon seit fast zwei Monaten von

ihr gewollt hatte. Er erwartete fast, dass die Eroberung der Festung ihm den willkommenen Schutz der Gleichgültigkeit verschafft hatte. Aber als er Beatrix im Schlaf beobachtete und ihre leisen Atemzüge hörte, wusste er, dass er mehr Gefühle für sie hegte denn je zuvor.

Wer war diese Frau? Und warum zog sie ihn so sehr an? Benutzte sie die Männer nicht genauso wie Angela oder Cecily, Pauline Bonaparte und zahllose andere? Für jemanden wie ihn, der so sehr und so vergeblich nach Tugendhaftigkeit gesucht hatte, war diese Frau die ganz und gar falsche. Sie war das Gegenteil von tugendhaft. Warum also zog sie ihn so verdammt an? Wahrscheinlich nur, weil sie Minister und Dichter haben konnte, selbst den Prinzregenten, wie einige sagten. Und doch hatte sie sich gerade der Leidenschaft mit ihm hingegeben.

Wahrscheinlich gab sie sich ihren Leidenschaften jede Nacht mit einem anderen Mann hin. Wer hätte sagen können, ob er etwas Besonderes für sie war? Hatte er nicht Frauen gekannt, die süchtig nach Sex gewesen waren? Und doch … sie schien so überrascht gewesen zu sein, als ihre Leidenschaft in den vergangenen Stunden wieder und wieder erwacht war. Sie hatte sich an ihn geklammert, als sie aufgeschrien hatte. Freilich, sie hatte ihm nicht den Rücken zerkratzt, was ein sicheres Zeichen für die Leidenschaft einer Frau war. Aber dafür war er ihr offen gestanden ziemlich dankbar. Doch sie schien aufrichtig entzückt gewesen zu sein. Er war froh darüber. Und sie war so geschickt, zärtlich und liebevoll gewesen, als sie ihm Vergnügen bereitet hatte, selbst nachdem er gestöhnt hatte, dass er nicht mehr könnte. Das hatte er ohne Zweifel ihrer Erfahrung zu verdanken.

Er seufzte. Heute Abend würde er im Hafen an Bord eines Kutters gehen, um nach Frankreich zu reisen. Zumindest würde er dieses Mal keine Verabredung treffen, die er nicht einhalten konnte. Er presste die Lippen aufeinander. Er würde es ihr sagen müssen.

Ein Gefühl von Sinnlosigkeit erfüllte ihn. Was hatte er hier erreicht? Er ging fort, vielleicht für Monate, vielleicht um zu sterben. Er war alles, was sein Land zur Verteidigung gegen diese geheimnisvolle Frau, die sich Asharti nannte, aufbieten konnte. Das war das Leben, das er gewählt hatte. Er war diese Verpflichtung vor langer Zeit eingegangen, als er auf der Suche nach irgendeiner Tugend in sich selbst gewesen war. Es war eine Verpflichtung, und Barlow wie auch all jene, für die er stand, erwarteten, dass John sie erfüllte. Die Entscheidungen, die er zu treffen hatte, waren schwerwiegend. Er hatte getötet. Gelogen. Verraten. Aber niemals sein Land. Dieses Leben war das Einzige, was er sicher über sich selbst wusste.

Und in diesem Leben war kein Platz für eine dauerhafte Beziehung zu einer Frau, die die Tugend nie gekannt, geschweige denn sie gelebt hatte. Er hatte Beatrix gewollt, ohne Schuldgefühle, ohne Vorbehalt – wegen seiner Träume von ihr, die ihn das Gefängnisschiff hatten überleben lassen. Hatte er sie in seiner Fantasie zu etwas gemacht, das sie nicht war? Vielleicht dachte sie jetzt sogar daran, sein Verlangen nach ihr zu benutzen, um ihn dazu zu bringen, ihr seine Geheimnisse zu verraten. Geheimnisse, die sie weitertragen konnte, wenn sie eine Spionin war.

Er würde sich der Motive einer Frau nie wieder sicher sein können. Er lebte in einer Welt, in der die Motive eines jeden verdächtig und Lügen ein Weg waren, um zu überleben. Und diese Frau? Ihr Herz war nicht reiner, als ihr Körper es war. Diese Frau, mehr als jede andere, konnte niemals das Leben eines Mannes wie ihm teilen. Aber sie hatte ihn ja um nichts gebeten. Vielleicht versuchte sie sich einzuschmeicheln, und das Aushorchen würde später kommen. Der Gedanke schmerzte ihn. Es zählte nicht. Er würde fort sein, bevor sie die Möglichkeit hatte, ihm gefährlich zu werden.

Er schaute auf sie herunter, als sie sich in seinen Armen wie eine schläfrige Katze streckte.

»Wieso bist du schon wach?«, murmelte Beatrix und räkelte sich. »Habe ich dich nicht genug gefordert?« Sie hatte sich noch nie so ... erfüllt gefühlt. Es war nicht nur die Befriedigung eines Verlangens, das nach sechshundert Jahren erwacht war. Nein. Sie hatte Sex gehabt, ohne Ashartis Bösem zu unterliegen. Sie hatte John nur Lust bereiten und ihnen beiden die Befriedigung einer Vereinigung geben wollen. Sie hatte Sex und Blut nicht miteinander vermischt. War es wirklich nur Sex? Sie schaute auf. Seine dunklen Wimpern streiften seine Wangen, als er für einen Moment seine faszinierenden grünen Augen schloss. Da war eine Verbindung zwischen ihnen gewesen, ein Band der Zärtlichkeit. Sein Streicheln, nachdem die ersten leidenschaftlichen Feuer sich zu Glut gewandelt hatten, war liebevoll gewesen. Sie fühlte sich in seinen Armen sicher, zum ersten Mal seit ... seit langer Zeit.

Sie blinzelte. War sie denn verrückt? Dieser Mann würde sie verachten, wenn er wüsste, was sie war. Sie setzte sich auf. Sie war, wer sie war. Er würde sie ein Ungeheuer nennen.

In Ordnung. Sie würde ihn benutzen und sich so lange für ihn interessieren, wie sie konnte, um die Erinnerungen und die Dunkelheit abzuwehren. Wenn er ihr dabei nützlich sein konnte, erfüllte er seinen Zweck. Verlangen hatte nicht ewig Bestand. Das war ihr bewiesen worden, als sie zum allerersten Mal Leidenschaft für einen Mann empfunden hatte. Sie würde nicht an dieses andere Wort denken. Wenn man beschloss, nicht daran zu denken, war die Sehnsucht danach alles, was blieb. Liebe? Nicht für jene wie sie.

Sie durfte nicht wegen ein bisschen Faszination und einer leidenschaftlichen Nacht die Erfahrung von Jahrhunderten infrage stellen. Sie musste ihr Gleichgewicht und die Oberhand zurückgewinnen. Zu ihrem Leidwesen wusste sie, was geschah, wenn sie es nicht tat. Damals hatte sie ihr inneres Gleichgewicht verloren ... nach Stephan ...

»Beatrix, ich muss dir etwas sagen«, unterbrach John ihre Gedanken. Sie schob die Erinnerung an jene schreckliche Zeit zur Seite und schaute auf in Augen, die so grün waren wie das Meer im Schein der späten Nachmittagssonne, wenn das Licht hinter den Wellen versank. Sie war erfüllt von einer Erwartung, von der sie nicht wusste, was sich dahinter verbarg.

»Ich reise heute Abend ab.« Er sagte es ohne Umschweife, ohne Entschuldigung.

Ihr Herz klopfte wie irr in ihrer Brust. Das Empfinden einer Wiederholung brach über sie herein, tauchte den Rand ihres Blickfelds in Schwärze. »Ach, tatsächlich?« Irgendwie brachte sie einen gleichmütigen Ton zustande, obwohl seine Arme sie hielten und obwohl ihr Herz durchbohrt war. Was hatte sie erwartet? Wie dumm war sie gewesen, sich zu gestatten, so sehr an eine Verbindung zu denken, dass sie sich tatsächlich auf Sex mit ihm eingelassen hatte? All die Verletzungen der verflossenen Jahre stürmten auf sie ein. Mutter, Stephan, Asharti ... Wie konnte sich je etwas ändern? Die Dunkelheit sammelte sich ... »Melde dich, wenn du zurück bist. Vielleicht können wir eine weitere Nacht wie diese verabreden. Es hat mir gefallen.«

Seine Miene wurde hart, nachdem so etwas wie Erschrecken darin aufgeblitzt war. »Es könnte eine Zeit lang dauern.«

Sie zuckte die Schultern und richtete sich auf. »Ganz wie du willst, Liebster.« Es gelang ihr irgendwie, es nicht nach einem Kosewort klingen zu lassen. »Wenn ich dann nicht schon verabredet bin, kannst du auf eine Nacht voller Lust zählen.«

Er schwang sich aus dem Bett. Sie sah die rosafarbenen Streifen auf seinem Rücken, die bald vernarbt sein würden. Er hatte sie vergessen, nachdem er sich so viele Stunden gesorgt hatte, sie könnte sie sehen. Sie wandte sich ab, gerade als er sich erschreckt umdrehte, weil er seinen Fehler bemerkt hatte. »Soll ich jemanden nach deinen Tageskleidern schicken?«

»Ich werde es wohl so, wie ich bin, riskieren«, knurrte er und zerrte sich das Hemd über den Kopf.

Sie hatte einen Knoten im Magen, es schnürte ihr die Kehle zu. Zum Teufel mit ihm! Sie wickelte sich in die schwere Bettdecke und stand auf; sie wollte nicht, dass er sie noch einmal nackt sah. »Ich nehme an, du möchtest kein Frühstück?«, fragte sie. Ihr Angriff war reine Selbstverteidigung. Er sah kampflustig aus. »Nein? Nun, denn.« Sie floh ins Ankleidezimmer und zog einen roséfarbenen Morgenrock über. Sie konnte spüren, wie sie rot wurde. So lange lebte sie schon, und noch immer konnte sie es nicht verhindern, dass ihr das Blut in die Wangen stieg!

Langley verbeugte sich, ein Mal, sehr formell. Er war angekleidet, auch wenn sein Krawattentuch jetzt nachlässig gebunden war. »Zu Ihren Diensten, Gräfin«, sagte er steif.

»Nicht doch«, entgegnete sie. »Das Vergnügen war ganz auf meiner Seite.«

Er wandte sich zum Gehen. Die Tür schloss sich hinter ihm. Er war fort.

Sie blinzelte erschrocken. Dunkelheit lauerte in den Ecken des Zimmers. Bevor sie sich wehren konnte, überfielen sie die

Erinnerungen. Ihre Mutter, Stephan … und nach Stephan hatte sie sich an Asharti geklammert, weil sie der einzige Ausweg war, der irgendwohin zu führen schien … O Gott im Himmel …

Burg Sincai, Transsilvanische Alpen, 1105

Nachdem Beatrix Stephan mit Liebe getröstet hatte, als würden seine Bekenntnisse und sein Verrat nicht zählen, war sie zwischen den widerstreitendsten Gefühlen hin und her gerissen. Sie liebte Stephan. Er brauchte sie. Aber ganz egal, was er sagte, er erwiderte ihre Liebe nicht. Wie konnte er das, wenn er sagte, er liebte Asharti ebenso? Sie brauchte jemanden, der ihr sagte, was sie tun sollte. Stephan war der Einzige gewesen, an den sie sich um Rat wenden konnte, wenn sie verwirrt war oder litt. Jetzt konnte er ihr nicht helfen.

Wer würde das verstehen? Die Antwort überraschte sie. Asharti musste gewusst haben, dass Stephan mit ihnen beiden schlief. Wie ging es ihr damit? Sie war nur wenige Jahre älter, aber sie hatte in der Gesellschaft der Menschen gelebt, während Beatrix fast nur außerhalb der Menschenwelt existiert hatte. Konnte sie sich überwinden, ihre Rivalin um Rat zu fragen?

Es war ein Zeichen für den Aufruhr in ihr, dass sie sich entschloss, es zu versuchen. Sie schlüpfte aus dem Stall. Stephan schlief im frischen Heu unter einer Pferdedecke. Beatrix betrat den Wohnturm und stieg die gewundene Treppe zu Ashartis Zimmer hinauf. Sie stieß die schwere Holztür auf, ohne um Einlass zu bitten. Sie war nicht sicher, ob Asharti würde mit ihr reden wollen, und so wollte sie ihr erst gar keine Wahl lassen.

Der Anblick, der sich ihr bot, verwirrte sie. Die Decken des Bettes, erhellt nur vom Schein des Feuers im Kamin, schienen zu leben, bewegten und hoben sich. Ein seltsames zweifaches Stöhnen drang darunter hervor. Dann fiel die Decke zur Seite und enthüllte Ashartis geschmeidigen, nackten Rücken; das schwarze Haar hing ihr bis zur Taille, als sie sich aufsetzte. Sie saß mit gespreizten Beinen über einem Jungen, der sich an ein paar Kissen lehnte. Beatrix erkannte in ihm einen der Stallknechte. Blut rann seinen Hals hinab. Der Junge hob Ashartis Hüften an, und sie presste sich gegen seine Lenden. Ihre Leiber waren von einem leichten Schweißfilm bedeckt und glänzten im Feuerschein.

Beatrix stand wie angewurzelt da, während die Bewegungen der beiden schneller wurden. Asharti stieß ihren Unterleib gegen den Jungen. Die Wurzel seiner Erektion war abwechselnd enthüllt und in ihr versenkt. Ashartis Stöhnen der Lust steigerte sich zu einem Wimmern. Der Junge hob seine Hüften in pochendem Schweigen. Noch immer hob und senkte sie sich auf seinem pulsierenden Glied. Sie keuchte laut, dann entwich ein tiefes Heulen ihrer Kehle.

Ashartis Rücken entspannte sich. Errötend zog sich Beatrix von der Tür zurück. Aber Asharti nahm die Bewegung wahr. Beatrix erstarrte wieder. Asharti winkte sie ins Zimmer, ein plötzliches Glänzen in den Augen und ohne eine Spur von Scham.

»Komm herein, Schwester.« Sie stieg von dem Jungen herunter. Er wirkte wie benommen. Seine Erektion fiel in sich zusammen. Beatrix war schockiert, als sie die Bissmarken von Ashartis Fangzähnen an der Innenseite seines Ellbogens und seines Oberschenkels sah. Sie selbst hatte nie anderswo als an der Halsschlagader von einem Menschen getrunken. Dies hier schmeckte nach … einem Spiel.

»Willst du mitmachen?«, fragte Asharti. »Ich kann ihn sofort wieder hochbringen.«

Beatrix' Röte vertiefte sich. »Ich wollte mit dir reden. Ich werde warten.« Sie wandte sich zum Gehen.

»Unsinn. Ich bin fertig mit ihm. Los, hoch mit dir«, befahl Asharti dem Jungen. Als er aufgestanden war, schlug sie ihm mit der flachen Hand auf den Po. »Zurück in deinen Stall. Ich werde dich morgen Nacht wieder rufen lassen. Sorg dafür, dass du sauber und bereit bist.« Sie zog ein Gewand aus schwerem Samt über. Der Junge griff nach seinen Kleidern, die neben einer Wanne vor dem Kamin lagen, und zog sich hastig an. »Ich liebe es so zu baden«, bemerkte Asharti.

Der Junge zog den Kopf ein und verließ das Zimmer. Beatrix wollte es ihm gleichtun. Wie hatte sie denken können, Asharti würde die Gefühle verstehen, die in ihrer Brust tobten? Beatrix begriff nicht, was sie gerade gesehen hatte. Asharti hatte Sex mit diesem Jungen, wenige Stunden, nachdem sie mit Stephan zusammen gewesen war. Wie konnte sie nur? Empfand sie denn keinen Respekt vor Stephan? »Du weißt, dass Stephan es verboten hat, von den Dienern zu trinken.« Beatrix' Tadel klang in ihren eigenen Ohren kleinlich und bockig.

»Gehorchst du denn Stephan immer?«, fragte Asharti und zog die Augenbrauen hoch.

Beatrix schaute auf ihre Hände. Asharti war so viel mutiger, so viel erfahrener.

»Bist du gekommen, mir Vorhaltungen zu machen, dass ich dir Stephan weggenommen habe?«, fragte Asharti, hüllte sich fester in den Samt und zog die Silberkordel um ihre Taille fest. »Das habe ich nicht, wie du weißt.«

»Nein. Ich gebe dir nicht die Schuld«, murmelte Beatrix beschämt.

»Er hat es dir also gesagt.« Asharti stieg in ihr Bett.

»Was meinst du?« Beatrix zögerte. Asharti wusste es?

»Sein Experiment natürlich. Ich habe ihm gesagt, dass es grausam ist, dich nicht einzuweihen. Dein Traum vom Glück war von Anfang an eine Totgeburt.« In ihrem Lachen klang Schärfe mit. »Uns kann keiner lieben, der so alt und so erfahren ist wie er.« Sie rollte sich wie eine Katze unter den Decken zusammen und kniff die Augen zusammen. »Ich habe das niemals erwartet.«

Asharti wusste es. Und es tat ihr nicht weh. Beatrix fühlte sich wieder klein und naiv. Eine Sehnsucht, so unverwundbar und unabhängig zu sein wie Asharti, erfüllte sie plötzlich.

Ashartis Augen verdunkelten sich vor Zorn. »Was ich ihm nicht vergebe, ist, dass wir, bei all seiner Theorie, in seinem Herzen nicht gleich sind. Er zieht dich vor, weil du so geboren wurdest. Er ist so voreingenommen wie jene, die er überzeugen will.«

»Er mag dich mehr als mich wegen deines Mutes und deines Selbstvertrauens.«

»Unsinn. Männern gefällt es, stets die Kontrolle zu haben. Er fürchtet meine Unabhängigkeit. Das ist etwas anderes.« Asharti sah sie prüfend an. »Deine Lippen sind geschwollen. Er hat versucht, dich deine Wut vergessen zu lassen, indem er dich gevögelt hat, habe ich recht?«

Beatrix hob das Kinn. »Nein. Er denkt, wir werden ihn verlassen, und er war so niedergeschlagen … Ich habe mit ihm geschlafen, um ihn zu trösten.« Sie klang so dumm!

Asharti schnaubte. »Ich denke, dass sogar einer, der so erfahren ist wie er, meine Bedürfnisse nicht ganz befriedigen kann, besonders seitdem er sich zudem dafür aufsparen muss, dich die körperliche Liebe zu lehren. Ich habe einen großen sexuellen Appetit.« Sie streckte sich. »Die Lust, die ich durch ihn erfahre, reicht mir nicht.« Sie wirkte unverletzbar. Beatrix wünschte, sie hätte Ashartis harten Panzer.

»Und wirst du ihn verlassen?«, fragte Beatrix.

»Wenn ich mir alles genommen habe, was er zu geben hat.« Sie zuckte die Schultern. »Er hat mich viel über Sex gelehrt und wie man die Dunkelheit herbeiruft, wie das Materialisieren kontrolliert wird, wenn wir translozieren. Ich bin fast fertig mit ihm und seinem kostbaren Experiment. Was ich als Nächstes lernen will, kann er mir nicht beibringen.« Sie lächelte wissend. »Du hingegen wirst bei ihm bleiben und ihn trösten und ihm gehorchen, ohne nachzudenken. Du bist das vollkommene Experiment.« Sie schmiegte sich in die Kissen. »Vielleicht wird er eine andere finden, die gemacht wurde, und die meinen Platz bei seinem kleinen Versuch einnehmen wird.«

Der Gedanke, dass Stephan Ashartis Platz wieder besetzte, bestätigte seine Perfidie. Beatrix war beschämt, dass sie mit ihm geschlafen hatte, obwohl sie all das gewusst hatte. Wut folgte der Scham auf dem Fuße. »Ich will kein Experiment sein«, stieß sie hervor.

Asharti setzte sich abrupt auf. Ihr roter Samtrock öffnete sich und enthüllte die Schwellung ihrer Brüste und der dunkelrosafarbenen Brustwarzen. »Dann lass uns heute Nacht gehen.«

Panik stieg in Beatrix auf wie die Flut an einem Fels. »Jetzt?«

Asharti kroch auf allen vieren an den Rand des großen Bettes. »Er liebt weder dich noch mich.« Sie richtete sich auf. »Vielleicht hat er recht. Es ist Zeit für uns zu gehen.«

Furcht wühlte in Beatrix' Bauch. Sie beide allein und auf sich gestellt ... Wohin sollten sie gehen?

Aber welche Alternative gab es? Beatrix konnte es nicht ertragen zu bleiben, sich von Stephan lieben zu lassen, wenn sie wusste, dass sie für ihn nur das Musterbeispiel eines geborenen Vampirs war, so wie Asharti das Musterbeispiel eines geschaffenen. Sie sehnte sich danach, die Wut in sich toben zu lassen, bis sie allen Schmerz weggefressen hätte.

Doch Stephan war alt und mächtig. »Er wird uns verfolgen«, wisperte sie.

Asharti schüttelte den Kopf. »Er rechnet damit, dass wir fortgehen. Er wird zu niedergeschlagen sein, um uns zu verfolgen. Sein kleines Experiment ist letzten Endes fehlgeschlagen. Ich weigere mich, der Vampirwelt wie ein dressierter Bär präsentiert zu werden. Wir sind frei, wenn wir den Mut haben, unsere Zellentüren zu öffnen.« Sie zog die Augenbrauen hoch.

Beatrix schluckte. Furcht und Wut und Kummer wirbelten in ihr durcheinander. Asharti war ihr einziger Ausweg. Asharti war die, die wusste, wie die Welt wirklich war.

Sie nickte. »Aber ich werde nicht gehen, ohne es ihm zu sagen.«

»Dann geh. Sag es ihm«, meinte Asharti. »Aber versuch, dich nicht von seinem Schwanz zum Bleiben überreden zu lassen.«

Beatrix wollte protestieren, aber sie konnte es nicht. Asharti hatte ja recht. Also wandte sie sich einfach ab und ging zu den Ställen; das Herz hämmerte ihr in der Brust.

In der Dunkelheit der Scheune, beim Schnaufen der Tiere um sich herum, öffnete Stephan die Augen, als sie näher kam. Der grüne Duft des frisch geschnittenen Heus vermischte sich mit dem Geruch der Pferde. Als Stephan sich aufsetzte, rutschte ihm die Decke bis auf die Hüften herunter und enthüllte seine Brust und seine Schultern. Beatrix stand in der Tür und versuchte, eine Mauer gegen das Begreifen zu errichten, das sie in seinen Augen dämmern sah. »Wir werden fortgehen,

Stephan. Asharti und ich. Ich bin nur gekommen, es dir zu sagen.« Sie wollte, dass er rief, er werde sie niemals gehen lassen, dass sie die Liebe seines Lebens und dieses Experiment Unsinn sei, nichts als eine Lüge.

Stattdessen nickte er. »Ich verstehe.« Er stieß einen Seufzer aus. »Du wirst mich hassen, bevor du mir vergibst. Zumindest hoffe ich, dass du mir vergeben kannst. Aber vergib dir auch selbst.«

»Sie hat sich nichts zu vergeben.« Ashartis scharfe Stimme erklang hinter ihnen. Beatrix fuhr herum. Asharti war nun angekleidet; ein Umhang bedeckte ihre Schultern.

»Du hast mir nicht zugetraut, dass ich es schaffe, mich zu verabschieden?«

»Ich habe ihm *nicht getraut, Schwester.« Asharti zeigte auf Stephan. »Lass uns jetzt gehen.«*

»Sei immer du, Bea«, wisperte Stephan. »Wenn du mich brauchst, werde ich kommen.«

»Bea wird dich nicht brauchen«, sagte Asharti höhnisch. »Was sie wissen muss, werde ich sie lehren.«

Beatrix stand wie gelähmt da und starrte auf Stephan. Tränen füllten ihre Augen und schnürten ihr die Kehle zu.

»Komm, Schwester«, befahl Asharti herrisch. Beatrix wandte sich um. Die Zeit blieb stehen. Sicherlich würde Stephan sie zurückhalten! Asharti streckte ihr die Hand hin. Ihre Augen begannen sich bereits zu röten. Beatrix ging zu ihr wie im Traum. Asharti ergriff ihre Hand. Beatrix atmete tief durch und rief ihren Gefährten. Das Beben, das sich in ihren Adern erhob, erinnerte sie daran, dass sie noch am Leben war. Sie würde weitermachen, trotz Stephan Sincai. Eine wirbelnde Dunkelheit hüllte die beiden jungen Frauen ein.

Stephan hatte sie nicht zurückgehalten. Was Schlimmeres konnte es geben als Stephans Verrat? Sich Asharti angeschlossen zu haben? Beatrix sank an ihrem Frisiertisch zusammen. Sie wusste, was es Schlimmeres geben konnte – die Wiederholung dieser Zurückweisung; Erinnerungen, die sie quälten, Musik, die so falsch klang, als würde sie wimmern, und Bilder, die wie Wasserfarben ineinander verliefen. Blendon. Ponsonby. Der Prinzregent. Das Kloster Mirso.

Dunkelheit.

Kapitel 12

Das Schiff schoss mit seinen schneidigen dreizehn Knoten förmlich über den Ärmelkanal. Die üblicherweise wechselhaften Winde waren einer kräftigen Brise von achtern gewichen. John ging an Deck hin und her. Er hatte es nicht fertiggebracht, in seiner engen Kabine zu bleiben. Sein Körper ertrug die Stille ebenso wenig, wie seine Gefühle es konnten. Könnte der beißende Wind, der das Schiff vorantrieb, doch auch aus seinem Herzen alle Trübsal vertreiben!

Ihr hatte das alles nichts bedeutet. War er wirklich so naiv gewesen zu denken, sie müsse irgendetwas empfunden haben, müsse letzte Nacht wie er etwas gefühlt haben? Er bedeutete ihr nichts. Er war nur einer von vielen Männern, die sie zu ihrem Amüsement benutzte. Sie hatte nicht einmal protestiert, als er gesagt hatte, dass er fortmusste.

Er durfte nicht zulassen, dass ihre herzlose Gleichgültigkeit seine Konzentration auf die vor ihm liegende Aufgabe beeinträchtigte. Oder dass Trugbilder von ihr in seine Träume eindrangen, wie es auf dem Gefängnisschiff geschehen war. Seine letzte Unterredung mit Barlow hatte ihm klargemacht, wie viel zurzeit auf dem Spiel stand, sowohl für England als auch für John selbst. Während er über die gischtende See in die Dunkelheit schaute, pflügte unter ihm die Bugwelle des Schiffes durchs Wasser. John befahl sich, an die warme Behaglichkeit in Barlows Arbeitszimmer zu denken.

John hatte den Stapel Papiere in Empfang genommen, die seine Instruktionen enthielten, Angaben zu seiner Identität und was er tun musste, wenn er herausgeholt werden wollte. Er hörte Barlows Räuspern. »Lassen Sie sich nicht erwischen,

Junge. Ich bin mir nicht sicher, ob Sie nicht unter der Folter einknicken würden.« Der Mann spielte nervös mit einem Bündel Papiere.

John starrte ihn an, bis Barlow den Blick abwandte. »Sie schlagen vor, dass ich eine Kugel für mich selbst aufhebe?«

»Ich kann Ihnen auch eine Giftkapsel geben«, sagte er und griff nach seinem Federmesser, um einen Federkiel zu spitzen.

»Wenn ich keine Kugeln mehr habe, kann ich mir immer noch die Pulsadern aufschneiden.« John ließ seine Stimme heiter klingen.

»Wenn ein Agent so viel weiß wie Sie, dann sollten wir ihn eigentlich nicht in die Höhle des Löwen schicken. Wir sollten Sie besser als Kurier nach Schottland entsenden, mehr nicht.« Barlow hantierte noch immer mit Federmesser und Feder.

Das erwartete ihn also: Selbstmord, wenn er versagte, oder die Abschiebung in die Einöde, wenn er Erfolg hatte. Sehr schön. Aber gerade jetzt brauchte er Ablenkung durch eine Aufgabe, und England brauchte ihn. »Leider haben Sie nicht ein Dutzend andere, die Sie an meiner Statt schicken könnten.«

»Sie haben recht.« Barlows Hände hielten inne. Er sah … traurig aus. »Gehen Sie mit Gott.«

John erschauerte. Das waren die Worte, die er dem toten Dupré mit auf den Weg gegeben hatte. Barlow glaubte also, er schickte ihn in den Tod? Er nickte dem alten Mann zu, der so unglaublich vital wirkte, seit er sich von seiner schweren Krankheit erholt hatte. »Ich werde sofort Kontakt zu ihr aufnehmen, den Auftrag ausführen und nach Le Havre zurückkehren. Sollte es länger dauern, werde ich eine Nachricht schicken – noch in der ersten Maiwoche.« John zog seine Handschuhe an. »Sollten Sie nichts von mir hören, dann habe ich wohl einige Kugeln gespart.«

»Denken Sie daran – es darf nicht wie ein Attentat aussehen«, mahnte Barlow.

»Ich verstehe. Sie sollen glauben, ihr Geheimdienst könne sich in Sicherheit wiegen.«

»Und finden Sie heraus, wie es zum Teufel möglich ist, dass ein Mensch keinen Tropfen Blut mehr im Leib hat.«

John nickte. Er hatte Barlow noch nie so erregt gesehen. »Die blutleeren Leichen – sie wurden in England gefunden, richtig?«

Barlow zuckte zusammen. »Was wissen Sie darüber?«

»Es war nur eine Vermutung«, murmelte John.

»In Dover«, sagte Barlow. Sein knapper Ton ließ keine weiteren Fragen zu. »Machen Sie sich jetzt auf den Weg nach Paris.«

John hatte nach seinem Hut gegriffen und war gegangen, bevor Barlow seine Meinung doch noch ändern würde.

Und jetzt war er hier, ein Attentäter an Bord eines schnellen Schiffs auf dem Weg nach Le Havre. Er würde nicht Informationen nachjagen, würde keine Dokumente stehlen, keine Quellen vergiften. Barlow hatte ihm aufgetragen, diese Frau zu töten oder ihren Ehemann, sollte sich herausstellen, dass er die gesuchte Person war. Es war nicht zwingend erforderlich, dass John sie zuvor einer Befragung unterzog. Immerhin hatte er noch so viel Ehre im Leib, dass er sich weigerte, eine Frau zu foltern. Es blieb also nur Mord übrig.

Das war nicht das, was er sich vorgestellt hatte, als er beschlossen hatte, seinem Land zu dienen und etwas aus seinem Leben zu machen. Aber dieser Mord war notwendig. Er tat immer das, was notwendig war. Er sollte sich darauf konzentrieren, lebendig zurückzukommen. Diese verdammten Franzosen schienen alles zu wissen.

Seine Gedanken kehrten, ohne dass er es wollte, zu Beatrix

Lisse zurück. Er fühlte sich noch immer von ihrem Liebesspiel mitgenommen, sowohl physisch als auch emotional. Fast konnte er ihren geschmeidigen Körper, der sich auf ihm und unter ihm bewegte, noch spüren. John kehrte der Reling den Rücken zu, gerade als das Schiff sich in die auffrischende Brise legte. Er wurde gegen die Takelage gedrückt und hielt sich mit einer Hand an den Stricken fest, bis er wieder sicher auf den Beinen stand.

Es war am besten so, dass es mit Beatrix auf diese Weise zu Ende gegangen war. Seine Verbundenheit gehörte Barlow und Whitehall. Er musste sich seine Leidenschaft für den Hass auf Bonaparte aufheben, musste seine Aufmerksamkeit der Erfüllung seiner Mission widmen. Es konnte gut seine letzte sein. Er hatte keine Zeit, irgendeiner Frau nachzuweinen, die er für ein Mysterium hielt. Ein Mysterium? Ihre Seele war ein offenes Buch. Sie war wie jede andere Frau des Gunstgewerbes. Es war lediglich seine Sehnsucht danach gewesen, ihr etwas zu bedeuten, die dieses Mysterium geschaffen hatte.

Nun, er würde diese Enttäuschung in Arbeit ersticken.

Bis Le Havre waren es nur noch ein paar Stunden.

Nahe der Hauptstraße, die durch Hounslow Heath führte, trat Beatrix aus der sie umwirbelnden Dunkelheit. Kutschen hielten an, wenn eine Frau allein auf der Straße ging. Oder es kam ein einzelner Reiter auf dem Rückweg nach London vorbei. Sie war hungrig und nicht in der Stimmung, sich selbst zu verleugnen, aber sie konnte auch nicht noch eine Nacht voller Schmeicheleien ertragen, nur um ihre Bedürfnisse zu befriedigen. Der Mond hing wie ein schiefer Splitter am Himmel, der lässig auf die Welt heruntergrinste. Die Bäume, deren Kronen die Schotterstraße überspannten, schenkten Beatrix Dunkelheit. Sie würde sich heute Nacht sättigen, denn wenn sie es nicht tat, würde ihr Symington einen weiteren jungen Bewerber als Diener, den sie nicht brauchte, bringen müssen, und wenn sie sich weiter Langleys wegen grämte, hatte dieser Bastard gewonnen. Zumindest hier konnte sie allein sein. Sie fühlte sich, als würde sie sich an einen letzten Fetzen ihrer selbst klammern und die Wut auf ihn dazu benutzen, Schlimmeres zu verhindern.

Sie nahm jemanden wahr, der sich auch in den Schatten hielt, wenn auch ein Stück weit entfernt auf der Straße. Hufschlag war im hohen Gras des Seitenstreifens zu hören. Dort – eine Gestalt zu Pferde. Ah, welch eine Seltenheit. Die Patrouillen hatten fast alle Wegelagerer vertrieben. Fast alle.

Lautlos bewegte sich Beatrix durch die Nacht. Ein Gedanke, und das Pferd des Mannes beruhigte sich. Als er sich umwandte, war ihr Blut in Wallung, ihr Gefährte drängte durch ihre Adern, ihre Augen glühten rot. Der Mann griff nach seiner Pistole, aber es war zu spät. Er war ihr bereits zu Willen. Sie veranlasste ihn, abzusteigen und zu ihr zu kommen. Dann packte sie ihn am Nacken. Sie ließ nicht zu, dass dies eine sexuelle Begegnung wurde. Gott, nein! Nicht nach Langley. Sie wollte sein Blut trinken, nichts weiter. Sie versuchte sich zu sagen, dass Sex und Blut für sie nichts mehr miteinander zu tun hatten. *Warum nimmst du dann niemals Frauen oder alte Männer, es sei denn, du bist vollkommen verzweifelt?* Aber dieser Wegelagerer reizte sie sexuell nicht. Nein, es war Langley, der sie fast dazu verlockt hätte, von ihm zu trinken, während sie sich geliebt hatten. Es hatte sie große Mühe gekostet zu widerstehen. Wenn sie nachgegeben hätte, wäre sie wie Asharti geworden … und sie war *nicht* wie Asharti. Nicht mehr …

Nicula, im Norden Transsilvaniens, 1112

»Natürlich werden wir mit ihm fertig«, sagte Asharti, während sie Beatrix den Kelch mit dem herben Bier reichte. »Die Kunst dabei ist, ihn von seinen Kameraden zu trennen. Aber dafür wird er selbst sorgen. Willst du einen für dich allein oder willst du teilen?«

Beatrix schaute zweifelnd zu dem halben Dutzend Männer hinüber, die um das Feuer des kleinen Gasthauses hockten. Die Zecher waren schon ziemlich betrunken und brachen immer wieder in rohes Gelächter aus. Beatrix und Asharti würden nicht mit allen fertigwerden. Sie mussten vorsichtig sein, auch wenn sie Vampire waren. Sie reisten mit zwei Pferdeknechten, die für ihr Schweigen gut bezahlt wurden, und hatten eine ältere Frau als Anstandsdame bei sich. Aber derlei Zugeständnisse an die Schicklichkeit und Sicherheit ließen sie heute fahren. Heute Nacht waren sie auf der Jagd. »Ich teile mit dir.«

Asharti erhob sich und schwenkte die Hüften, als sie auf den Kreis der Männer zuging. Interessierte Zurufe wurden laut. Sie legte die Hand auf die Schulter des großen Blonden, den sie sich ausgesucht hatten. Da er das Zeichen des Kreuzes auf seinem Wams trug, war er bei den Feldzügen ins Heilige Land dabei gewesen. Asharti suchte immer Kreuzritter aus. »Und wie ist dein Name, mein schöner junger Herr?«, fragte sie mit kehliger Stimme.

»Rolf, hast du ein Glück!«

»Vergiss nicht zu teilen, du Teufel. Wir wollen alle an die Reihe kommen …«

»Oh nein, Gentlemen. Rolf hier sieht aus, als wäre er von der eifersüchtigen Sorte. Das bist du doch, Rolf, nicht wahr?«

Beatrix hörte das Summen in Ashartis Stimme stärker werden, gerade so viel, um sie suggestiv zu klingen zu lassen.

»Zur Hölle mit euch allen«, sagte Rolf und stand auf. Er warf die Bank um, auf der er gesessen hatte. »Also, Liebchen, was hast du gesagt?«

»Ich habe dich in mein Zimmer eingeladen, um etwas mit mir zu trinken«, erwiderte Asharti und sah ihn herausfordernd an.

»Dann lass uns gehen, bevor diese Rüpel gierig werden.«

Eifersüchtiges Geschrei, gepaart mit Lachen, machte die Runde. Beatrix zog sich in die Schatten zurück und lief leichtfüßig die Treppe hinauf in das Zimmer, das sie sich teilten. Hunger kratzte an ihren Adern.

Asharti zog Rolf durch die Zimmertür. »Das ist Bea«, murmelte sie.

Rolf warf ihr einen verlangenden Blick zu. »Ho, ho, Bea also? Für eine mehr ist immer Platz.«

Asharti drückte sich an ihn. Er streckte den Arm nach Bea aus. Sie glitt hinein. Er beugte sich von einer zu anderen und verteilte nach Bier riechende Küsse. Er roch nach Schweiß und Pferd und Met.

»Wie lange ist es her, seit du gebadet hast, Rolf?«, flüsterte Asharti.

»Hä, was ist los?«

»Wann hast du das letzte Mal gebadet?«, wiederholte Beatrix.

Rolf sah verwirrt aus. »Ich ... ich weiß es nicht.«

»Nun«, sagte Asharti. »Warum legst du nicht deine Kleider ab? Wir haben ein Bad vorbereiten lassen.« Sie zeigte auf das halbhohe Fass auf der anderen Seite des Bettes. Rolf machte eine störrische Miene. Ashartis Beben steigerte sich. »Das ist keine Bitte, Rolf. Ausziehen.«

Beatrix sah, wie seine Abwehr dahinschmolz. Er würde keine Probleme machen. Ihre Hilfe wurde nicht gebraucht. Er zog sich das Hemd aus. Beatrix machte sich an seinen Hosen zu schaffen. Asharti öffnete seine derben Stiefel. Im Handumdrehen stand er nackt vor ihnen. Er war einigermaßen gut gebaut. Im Gegensatz zu Beatrix mochte Asharti sie geschmeidig und schlank. Er war durchaus annehmbar, wenn auch nicht aufregend. Während er badete, legten sie die weiten Gewänder an, die sie für die Nächte des Spiels und des Blutes bevorzugten.

»Er ist stark wie ein Ochse«, wisperte Asharti. »Er wird ziemlich ausdauernd sein.« Asharti trank fast jede Nacht. Für sie war es immer mit Sex verbunden, und ihr Appetit auf Sex war unersättlich. Beatrix war aufgefallen, dass der Führer, den sie eingestellt hatten, Bissmarken hatte, obwohl Asharti versprochen hatte, nicht von ihren Bediensteten zu trinken. Natürlich hatte sie Sex mit ihnen. Asharti vögelte fast alles, was ihr vor die Augen kam. Aber sie sollte dabei kein Blut trinken.

Beatrix holte ein Handtuch und reichte es Rolf, als er sich erhob. Er trocknete sich ab und band sich das Tuch dann um die Hüften.

»Nein, nein, mein Hübscher«, sagte Asharti. »Das ist nicht erlaubt.« Sie zeigte auf das Bett.

Das Tuch fiel. Er stieg ins Bett. Seine blauen Augen glänzten, und sein Genital festigte sich zu einer Erektion. Diese erste war natürlichen Ursprungs.

»Ausgezeichnet«, murmelte Asharti. Sie kroch auf das Bett und legte sich neben ihn, während sich Beatrix an seine andere Seite schmiegte.

»Ich bin ein glücklicher Mann«, brummte er, »zwei so hübsche Frauenzimmer zu haben, die für mein Vergnügen sorgen.« Er zog Beatrix' Kopf an seine Lippen.

Beatrix fühlte ihren Gefährten nach Nahrung schreien. Sie

ließ ihre Augen rot aufglühen. Ihr Gefährte machte den Mann durch Suggestion willig. Dies war ihr Spiel, nicht seines. Er würde jetzt still sein. Rolf bot ihr seinen Hals dar. Der Gefährte ließ ihre Fangzähne wachsen. Es würde ihre erste Sättigung der Nacht sein. Beatrix biss dort in seine Schlagader, wo sie unter ihren Lippen pulsierte. Der süßliche Kupfergeruch des Blutes erregte sie. Sie saugte durch die beiden Wunden, während sie die Hände über seine Brust gleiten ließ. Die Stelle zwischen ihren Schenkeln pochte. Er stöhnte unter ihren Lippen. Sie zog sich zurück. Er musste durchhalten für Asharti.

Aber Asharti war bereits an seiner großen Arterie in seiner Lende. Sie streichelte seine Erektion, während sie saugte. Ohne Zweifel war das die Ursache für sein Stöhnen. Asharti hob den Kopf. Blut benetzte ihre Lippen. »Der erste Schluck ist immer der süßeste, nicht wahr?«

Beatrix nickte träge. Sie fühlte sich fast berauscht von dem Gefühl.

»Mund oder Schwanz?«, fragte Asharti.

»Mund.« Beatrix richtete sich auf und setzte sich rittlings auf Rolfs Hals. Asharti saß mit gespreizten Beinen über seinen Hüften hinter ihr. Rolf erfüllte seine Aufgabe. Er hatte genau genommen keine andere Wahl. Asharti hatte ihn gut unter ihrer Suggestion und bald keuchten beide Frauen und strebten dem Höhepunkt zu.

Als das Zittern bei beiden abgeklungen war, stiegen sie von dem benommenen Mann und schmiegten sich an ihn, ließen den glänzenden Schweiß auf ihren Körpern in der kalten Nachtluft verdunsten. Asharti hatte ihm nicht erlaubt, seinen Samen zu verströmen. Sie würde sich seiner noch einige Male bedienen wollen. Beatrix hatte seit mehr als einer Woche nicht getrunken, und ihr Gefährte war noch nicht gesättigt. Sie war es, die als Erste ihre Fangzähne wieder rief und begann, an der

Vene an der Innenseite seines Ellbogens zu saugen. Asharti ließ sich nicht lange bitten, ihrem Beispiel zu folgen. Sie fügte ihm an der Schulter einen tiefen Kratzer zu und leckte an der Wunde. Das erregte sie immer. Sie sorgte dafür, dass Rolf wieder hart wurde, und bot Beatrix seinen Schwanz an; die lehnte jedoch ab.

Beatrix sah zu, wie Asharti ihn nahm, und konnte sich nicht gegen die Erregung wehren, die Besitz von ihr ergriff. Während sie zusah, ließ Beatrix ihrem Gefährten die Zügel schießen. Sie reagierte auf seine drängenden Forderungen, indem sie Rolfs Kopf zur Seite drehte. Dann biss sie in seine zweite Arterie und saugte an seinem Hals, während Asharti spitze, lustvolle Töne von sich gab, als sie sich wieder und wieder mit Rolfs hartem Schaft pfählte. Das Blut strömte dick und üppig durch Beatrix' Kehle. Ihr Gefährte rauschte entzückt durch ihre Venen. Sie hatte sich niemals so lebendig gefühlt wie in diesen Momenten von Blut und Sex, mit Asharti und den Männern, die ihnen dienten. Das Leben sang so berauschend in ihren Adern, dass sie nichts anderes hören konnte, nichts anderes fühlen konnte, nur den Rhythmus von Ashartis Schreien und die Freude, das warme kupferne Leben einzusaugen.

Asharti erreichte den Höhepunkt in einem Aufschrei der Ekstase, und Rolf begann zu zittern. Beatrix wollte, dass dieses Gefühl nie aufhörte. Sie saugte heftiger an seiner Arterie. Und ein süßes, scharfes Gefühl überwältigte sie, als er unter ihnen zuckte. Beatrix hatte noch nie etwas Vergleichbares empfunden. Es war, als wisperte ihr etwas durch ihr Blut zu, so leise, dass sie sich anstrengen musste, es zu hören. Sie konnte es nur erahnen. Und dann war es fort. Sie saugte fester an seiner Kehle, aber nichts kam mehr.

Sie zog sich zurück, verwirrt, enttäuscht.

Asharti starrte sie aus ihren schwarz geschminkten, dunklen Augen an.

Beatrix spürte das Drängen des Gefährten schwächer werden. Das Zimmer sah schmutzig grau aus, alle Farbe war daraus verschwunden. Ihr Blick kehrte zurück zu Ashartis verwirrtem Gesicht und fiel dann auf Rolf. Er lag da mit weit aufgerissenen Augen, und er war unglaublich bleich, bis auf die Tropfen von Blut an seinen Wunden. Sein Fleisch schien verschrumpelt.

Beatrix fühlte sich weit von sich entfernt und benommen. »Was ist passiert?«, fragte sie langsam.

»Du ... du hast ihn leer getrunken«, wisperte Asharti. Dann, als Beatrix nicht zu begreifen schien: »Er ist tot.«

Beatrix' Blick zuckte zurück auf Rolf. Tot? Er war tot? Sie hatte ihn getötet?

Asharti kroch auf allen vieren zu ihr, bis sie Beatrix direkt in die Augen sehen konnte; Rolfs Körper lag unter ihnen. »Es war ein gutes Gefühl, nicht wahr?«

Sie konnte nicht antworten. Die Welt kehrte zu ihr zurück, und mit ihr kam das schreckliche Begreifen, was dieses Wispern, das sie nicht genau hatte hören können, gewesen war. »Asharti, was habe ich getan?«

»Was du schon hundertmal getan hast. Mach nicht solch einen Wirbel darum.«

»Aber das war, bevor ich es wusste. Ich habe noch nie jemanden leer getrunken, sie sind einfach verblutet. Das ist etwas anderes. Und ich habe nicht getötet – nicht, seit Stephan gesagt hat –«

»Stephan!«, schnaubte Asharti. »Stephan wollte, dass wir nur halb lebendig sind.« Beatrix begann zu zittern, als Asharti sie an den Schultern packte. »Wir sind dazu geboren, von ihnen zu trinken. Verschont der Löwe seine Beute? Wir wurden gemacht, um sie zu töten.«

Beatrix berührte ihre Lippen mit den Fingerspitzen.

»Du hast seine Seele gespürt, nicht wahr?« Ashartis Augen glühten, nicht im Rot des Gefährten, sondern vor Erregung. »Lass uns nach unten gehen. Ich will heute Nacht auch eine Seele spüren.«

Beatrix zuckte vor dem Wegelagerer zurück. »Du wirst dich an nichts erinnern«, murmelte sie, während ihr Gefährte sich zurückzog. Sie fuhr sich mit der Hand über die Augen. *Dieser wird nicht sterben*, sagte sie sich. *Ich habe seit mehr als sechshundert Jahren nicht getötet.* Aber ihr Atem ging kurz. Der Mann lag unter einem Baum. Er würde aufwachen, ein wenig geschwächt, aber das war nichts, was eine gute Mahlzeit nicht wieder würde ausbügeln können. Beatrix stolperte zurück ins Dunkel.

Sie war entsetzt gewesen, dass sie Rolf in jener Nacht getötet hatte, und voller Scham. Sie erinnerte sich noch nach fast siebenhundert Jahren an den Namen des Kreuzritters, eines Mannes, den sie ein oder zwei Stunden gekannt hatte. Aber er war nicht der Letzte. Asharti machte sich über Beatrix' Überempfindlichkeit lustig, drängte sie zum Zuschauen, während sie damit experimentierte, den letzten Tropfen zu nehmen. Nichts geschah, um Asharti zu strafen. Es schien, als müsste sie keinen Preis für ihre Missachtung von Stephans Lehren zahlen. Bald war es Beatrix, die stets mit dem Trinken begann, um es von Asharti zu einem Ende bringen zu lassen. Und indem sie zuließ, dass Asharti es zu Ende führte, wurde sie zur willigen Komplizin. Sie sah zu, wie Asharti lernte, das letzte Wispern des Lebens an ihren Lippen noch intensiver zu spüren, indem sie es mit einem Orgasmus kombinierte. Beatrix sah zu, wie Asharti in atemloser Ekstase zuckte und dadurch noch lebendiger wurde. Obwohl dem flüchtigen Gefühl immer Reizbarkeit und Depression folgten, sagte Asharti, dass diese Ekstase es wert sei.

Eines Nachts dann zerbrach etwas in Beatrix. Warum sollte sie sich diese Ekstase versagen, obwohl doch keine Konsequenzen folgten, wenn man sich ihr hingab? Es klang so logisch, wenn Asharti sagte, dass das Saugen des letzten Tropfens ein Symbol für ihre Freiheit von Stephan sei. In jener Nacht saugte Beatrix einen jungen Bauern leer, auf einer frisch gemähten Wiese unter dem Herbstmond. Es machte sie sogar heute noch vor Scham schaudern, nicht vor Ekstase. Beatrix und Asharti nahmen sich den letzten Tropfen wieder und wieder, immer auf der Jagd nach der Seele eines Mannes wie auch nach seinem Blut. Faszinierender Sex war gepaart mit Blut und Tod. Fast hundert Jahre lang tobten sie sich in Europa aus, ließen alle Hemmungen fahren, waren dem Rausch der Erfüllung verfallen, mit dem sich nichts anderes vergleichen ließ.

Sechshundert Jahre später, am Rande von Hounslow Heath, begann Beatrix einen steinübersäten Hügel hinaufzusteigen, als könnte sie vor dem davonlaufen, was sie vor so vielen Jahren geworden war. Die Bäume machten einer Lichtung Platz. Sie wandte das Gesicht dem Mond zu und lehnte sich mit dem Rücken gegen einen großen Felsbrocken. Rau und kalt spürte sie ihn durch ihren Umhang. Zitternd sank sie zu Boden.

Sie hatte sich all dem entzogen. Blut war für sie nicht mehr mit Sex gepaart. Sie hatte sogar aufgehört, mit den Männern zu schlafen, mit denen sie ihren Gefährten nährte – für den Fall, dass Ashartis Dämonen in ihr lauerten. Ein Jahrhundert zu spät vielleicht, aber sie hatte den Willen aufgebracht, der Verlockung zu widerstehen, Leben auszusaugen. Doch jetzt kehrten all diese Erinnerungen zurück, um sie zu quälen. Warum? Was versuchten sie ihr zu sagen? Warum konnte sie sie nicht mehr einfach verdrängen? Sie musste einen Weg aus dieser Situation finden. Vielleicht musste sie all dies durchleben, ehe sie damit abschließen konnte. Sie zwang sich dazu, sich an das letzte Mal zu erinnern, dass sie Asharti gesehen hatte …

Krakau, Kleinpolen, 1221

Beatrix hob den Kopf vom Hals des jungen Knappen und löste sich von seinem erschlaffenden Glied. Ein Gefühl der Mattigkeit erfüllte sie. Sie schaute zu Ashartis englischem Ritter hinüber, der aus einem halben Dutzend Kratzern und Bisswunden blutete. Er war noch immer erregt. Asharti wollte sich seiner noch weiter bedienen. Seine Augen blickten verhangen, und er atmete schwer. Er würde nicht mehr lange durchhalten. Asharti lag zusammengerollt neben ihm auf dem türkischen Teppich. Jetzt schaute sie hoch. »Bist du befriedigt, Bea?«, fragte sie. »Hast du etwas dagegen, wenn ich mir beide nehme?«

Beatrix schüttelte den Kopf. Sie fühlte sich auf eine Weise schlecht, die sie nicht begreifen konnte. »Er gehört dir.«

Sie sah zu, wie sie sich beide zu Willen machte. Asharti lag mit dem Rücken auf dem Teppich, und der Feuerschein zuckte über ihre goldfarbene, zarte Haut. Der Ritter wandte sich ihr zu. Der Squire kroch an ihre andere Seite. Beide beugten sich vor, um ihre Brustwarzen zu lecken. Asharti schnurrte wie eine Katze, die gestreichelt wurde, und wölbte den Rücken. Der Ritter, älter, erfahrener mit Frauen, war Ashartis Wahl, ihr das feuchte Geschlecht mit der Hand zu massieren. Beatrix sah zu, unfähig, den Blick abzuwenden, und dennoch auf eine Weise davon abgestoßen, die sie nicht erklären konnte. Was geschah mit ihr? Hatte sie nicht schon dasselbe getan? Sie mochte es, von zweien gleichzeitig befriedigt zu werden. Dieses Gefühl von leichtem Horror empfand sie nun schon seit einiger Zeit. Das immerhin wusste sie.

Asharti zog den jungen Knappen zu sich herunter, grub ihre Fangzähne in seinen Hals und saugte, während sie zugleich zum Höhepunkt kam.

Sie sackte in sich zusammen, und die Männer taten es ihr gleich. »Aaah, wie wundervoll«, wisperte sie nach einem Moment. Sie öffnete die Augen. »Was möchtest du, Bea? Mund? Schwanz? Oder etwas Exotischeres?«

Beatrix fühlte, wie ihr übel wurde. Asharti hatte in letzter Zeit einige seltsame Neigungen entwickelt. Es gefiel ihr, in den Anus ihres Opfers einzudringen, mit allem, was zur Hand war: Besenstiele, Peitschengriffe. Beatrix schüttelte den Kopf und wandte den Blick ab.

»Warum nicht, Schwester?« Asharti stützte sich auf einen Ellbogen hoch. »Bist du krank?«

»Ich weiß es nicht«, stieß Beatrix hervor. Krank? Ja, sie war krank. Der Tod machte sie krank, die endlose Wiederholung von Ekstase und jener schrecklichen Niedergeschlagenheit, wenn sie vorbei war. Es war eine Tretmühle, in der sie zermahlen wurde, und wenn sie jetzt nicht davonkam, würde sie ihr niemals entfliehen können. Es hatte sich gezeigt, dass es Konsequenzen gab, die weitaus schlimmer waren als ein vom Himmel herabfahrender Blitz.

Asharti wartete. Wie Beatrix wusste, spürte Asharti, dass sie sich in letzter Zeit von ihr entfernte. Beatrix' kleine Saat der Unabhängigkeit war eine Bedrohung für sie. Beatrix war sich nicht sicher, warum. Sie beide wussten, dass Asharti die Stärkere war. War sie stärker, weil sie öfter trank, oder lag es daran, dass sie die Kraft der Seelen in sich aufnahm, die in einem wispernden Atemzug über ihre Lippen glitten? Sicherlich tötete sie mehr.

Beatrix sagte nichts. Gedanken wirbelten in ihrem Kopf umher. Sie hatte keine Mutter. Keinen Vater. Keine Geschwister. Keinen Stephan. Sie war allein in einer Welt, die sie für ein Ungeheuer hielt, unter Wesen, die sie niemals verstehen, geschweige denn akzeptieren würden. Sie zitterte. Asharti war alles, was sie noch auf der Welt hatte. Allein dieser Gedanke war es, der sie in diesen letzten Monaten bei Asharti hatte ausharren lassen.

Aber Beatrix wusste, dass sie keine andere Wahl hatte, als all das aufzugeben, selbst wenn sie verleugnen musste, was sie wirklich war. Ashartis Art zu leben zerrte an ihr. Beatrix holte tief Luft. Was konnte sie sagen? Asharti wartete, die schwarzen Augen waren ausdruckslos. Vielleicht war es bereits gesagt, und die Worte mussten gar nicht mehr ausgesprochen werden. »Ich denke nicht, dass ich das kann, Asharti.«

»Aber du bist nicht krank.« Asharti sagte das wie einen Urteilsspruch.

»Ich denke, ich war krank«, erwiderte Beatrix und beeilte sich weiter zu sprechen. »Stephan hat mich verletzt, und er hat dich verletzt, ganz egal, was du sagst. Wir haben versucht, ihn zu bestrafen, indem wir all seine Regeln gebrochen haben. Aber er ist nicht hier, Asharti. Es schadet ihm nicht. Aber uns.«

»Schaden?« Ashartis Augen verengten sich. »Uns? Wir sind Vampire, wir sind unsterblich.«

»Aber unsere Seele, Schwester, unsere Seele wird aufgefressen von jedem Leben, das wir nehmen. Es ist wie Rost auf Eisen, wie Fäulnis, die das Fleisch eines Aussätzigen frisst.«

Asharti erhob sich und warf sich ihr Gewand aus Samt über. »Was für einen Unsinn redest du da?«

Beatrix presste die Lippen aufeinander. »Lass uns nicht zu den Ungeheuern werden, für die uns alle halten.«

Asharti lachte. Es klang spröde. »Du hattest noch nie die Courage, die zu sein, die du bist, Bea. Und dabei wurdest du dazu geboren.« Sie zeigte auf den Ritter, der noch immer keuchend auf dem Teppich lag. »Sie haben keinen anderen Nutzen als den, unseren Durst zu stillen. Sie sind schwache Kreaturen. Wir sind mächtig. Wir haben den Gefährten in unserem Blut, und zwei sind stärker als eins plus eins.« Ein Ausdruck von Kränkung flackerte in ihren Augen auf. »Sei nicht so klein wie sie, Bea.«

Beatrix versuchte weiter zu atmen. Sie wusste, sie hatte wenig gemeinsam mit den beiden Männern, die vor ihr auf dem Boden lagen und dem Tod so nah waren. Genau genommen hatte sie mit keinem Lebewesen im Umkreis von hundert oder mehr Kilometern etwas gemein, außer mit Asharti. Asharti war ihre Seelenverwandte.

»Hast du dich von diesen Christen dazu verleiten lassen, dich zu schämen?« Asharti sah sie aus schmalen Augen an.

»Nein. Ich kenne keinen Gott, der uns etwas anhaben könnte«, wisperte Beatrix.

»Was ist es dann? Warum kannst du nicht akzeptieren, wer wir sind, und es einfach annehmen?« Ashartis Stimme wurde schrill. »Wir können alles sein, Bea. Wir können die Welt beherrschen. Wir können alle Freuden genießen, die es gibt. Du liebst Bücher. Wir können alles lernen, was es zu lernen gibt.« Ihre Worte klangen jetzt flehend. »Wir sind Göttinnen, Bea.« Etwas, das sie in Beatrix' Gesicht sah, hieß sie weitersprechen. »Du willst das hier nicht?« Sie versetzte dem Ritter einen Fußtritt. »Dann lassen wir es. Wer wäre göttlicher als wir?«

»Ich muss es beenden, Asharti.« Beatrix war überrascht darüber, wie gleichmütig ihre Stimme klang. Sie hörte sich entschlossener an, als sie selbst sich im Innern fühlte. »Komm mit mir. Lass uns neue Wege finden zu leben.«

Asharti schwieg. Dann richtete sie sich auf. »Mir gefällt das hier.«

»Zu gut.«

»Was heißt ›zu gut‹? Wie kann dir das Leben zu gut gefallen? Was ist übrig vom Leben, wenn dich nach nichts hungert?« Die Worte stolperten aus dem zu weit geöffneten Mund in jenem von einem leichten Akzent gefärbten Französisch.

»Leidenschaft fürs Leben ist wichtig.« Beatrix sagte es vorsichtig; sie versuchte, die Wahrheit zu sagen, wie sie sie begriff. Asharti war ihre Schwester, ihre Freundin, diejenige, die sie immer bewundert hatte, die Einzige, die sie verstand. »Aber Verlangen muss geformt werden, wie Stahl, wenn er halten soll.«

»Wir sind unsterblich!« Asharti hörte sich an, als spräche sie zu einem Kind. »Was wäre dauerhafter als das?«

»Ich weiß. Und es macht mir Angst.« Beatrix schluckte. »Ich muss einen neuen Weg einschlagen. Komm mit mir …«

»Nein.«

Das war genau das, was sie erwartet und befürchtet hatte. Sie schaute zu Boden. »Ich muss gehen. Lass die beiden Männer auch gehen.«

»Ich will den letzten Tropfen von ihnen«, erklärte Asharti und streckte das Kinn vor.

Beatrix starrte Asharti lange an. Sie wusste nicht, wie sie sie davon überzeugen sollte, dass dies der Weg der Selbstzerstörung war.

Asharti musste wissen, dass sie dabei war, Beatrix zu verlieren. Ihr Gesicht verzog sich vor Wut. »Du denkst, ihr Tod bedeutet etwas? Dann weißt du nicht, wie die Welt funktioniert, Schwester. Ich wurde nach der Plünderung Jerusalems von den Christen auf ihrem ersten Kreuzzug geschaffen. Ich lebte durch das Schleifen der Mauern. Ungläubige Soldaten wie dieser Kerl hier wüteten in den Straßen, schlugen jeden tot; Frauen, Kinder, alte Männer ebenso wie die Krieger Allahs.

Köpfe wurden aufgespießt auf jedem Platz zur Schau gestellt. Schlimmer noch war es, wenn sie dir nicht den Kopf abhackten. Sie hackten Hände und Füße ab, und du musstest sterbend in deinem eigenen Blut kriechen.« Ihr Gesicht glühte in wildem Hass, den Beatrix noch nie an ihr gesehen hatte. »Ich hatte mich in der Nähe des Tempels des Salomo versteckt. Drinnen befanden sich zwölfhundert Juden. Und die Soldaten verriegelten die Türen und brannten ihn nieder im Namen Christi. Der Gestank des brennenden Fleisches, die Schreie …« Sie verstummte, ihre Brüste hoben und senkten sich, als sie auf den Wappenrock mit dem Kreuz darauf schaute, der achtlos neben dem nackten Ritter am Boden lag. »Robert le Blois hat mich in jener Nacht erschaffen; er, der all dieses Schlachten im Namen Gottes befohlen hatte. Er fand mich, vergewaltigt von mehreren christlichen Schweinen, und nahm mich für sich selbst. Auch er hat mich vergewaltigt, mich infiziert und nach Frankreich gebracht, um ihm dort zu dienen. Er hatte vor, mich zu töten, sobald er meiner überdrüssig wäre. Stattdessen hat Stephan mich in einem Würfelspiel ihm abgeluchst.« Sie hob den Kopf, sie war sehr blass. Beatrix sah Tränen in ihren Augen stehen. »So ist die Welt für jene, die nicht stark genug sind. Ich habe überlebt. Und jetzt bin ich die Starke. Ich werde nie wieder Opfer sein.«

Beatrix war verwirrt. »Es tut mir leid, Asharti.« Es klang so unangemessen. Niemand hatte sich je um einen von ihnen gekümmert, nicht einmal Stephan. »Du hast recht. Wir müssen unseren eigenen Weg gehen. Aber es muss andere Wege geben, als der Grausamkeit der Welt nachzugeben. Denkst du, dass wir dazu verdammt sind, andere zu erschaffen?« Sie stellte Asharti diese Frage ebenso wie sich selbst.

»Ich bin nicht verdammt, Schwester.« Asharti lächelte spöttisch. »Ich wähle mein Schicksal. Wir können diejenigen sein,

die verletzen, oder diejenigen, die verletzt werden. Ich weiß, welchen Weg ich gehen will.«

»Ich kann nicht mit dir gehen.« Beatrix wandte sich zur Tür.

»Du willst sie mitnehmen?« Sie stieß den Ritter mit dem Fuß an. »Dann tu es.«

»Du würdest sie gehen lassen?« Beatrix schaute auf den Mann auf dem Boden, der kaum noch bei Bewusstsein war.

»Alles, was du tun musst, ist, mich zu bezwingen. Beweise mir, dass du die Starke bist.«

Beatrix fühlte, wie ihr Herz kalt wurde. Das also war es. Sie zögerte. Sie konnte einfach gehen. Wieder glitt ihr Blick zu den Männern auf dem Boden. Sie atmeten noch. Sie waren noch erregt. Wie konnte sie sie zurücklassen, ohne es zu versuchen? Sie atmete tief durch. Gefährte, komm zu mir. *Kraft brandete in ihrem Herzen auf.*

Asharti lächelte. Ihre Augen hatten sich verengt, glühten schon rot. Ihre Macht erreichte Beatrix.

Gefährte!, *flehte Beatrix. Ihrer beider Macht schuf ein elektrisches Summen in der Luft. Beatrix begann zu zittern. Ashartis Grinsen wurde breiter. Beatrix spürte ihren Gefährten zögern.*

»Ah!«, stöhnte sie. Ashartis Macht wuchs weiter.

Beatrix hielt inne. Ihr Gefährte zog sich zurück in ihre Adern. »Du hast gewonnen«, keuchte sie.

Asharti lachte und hob die Arme. Ein roter Schein pulsierte um sie. »Meine Macht wird genährt von meinem Hunger nach Leben«, rief sie. »Ich kann alles!«

Beatrix erschauerte.

Ashartis rot glühende Aura verblasste. Sie zog die Augenbrauen hoch.

Beatrix sah sie an, keuchend, dann ging ein letzter Blick zu den Männern am Boden. Sie waren verdammt. Sie wandte sich um und ging rasch zur Tür.

»Das wirst du für den Rest deines Lebens bedauern«, rief Asharti ihr nach. »Glaub ja nicht, dass ich dich nach diesem Verrat jemals wieder bei mir aufnehmen werde.«

Sie hatte Asharti seitdem nicht wiedergesehen. Natürlich hatte sie einiges über sie gehört. Asharti war in den Orient zurückgekehrt. Sie hatte sich einen Diener namens Fedeyah genommen, einen Eunuchen, der alles für sie besorgte. Angeblich führte sie eine Sekte von Kannibalen im tiefsten Afrika an. Das konnte natürlich nicht wahr sein. Eine Zeit lang hatte Beatrix gedacht, Stephan würde von Ashartis Eskapaden erfahren und sie irgendwie aufhalten. Aber er tat es nicht. Offensichtlich kümmerten sich die Ältesten im Kloster Mirso nicht darum, solange Asharti sich nicht in Europa aufhielt.

Von Zeit zu Zeit hörte Beatrix etwas auch über Stephan. Er hatte in Nepal gelebt. Sie nannten ihn bei einem fremdländischen Namen. Dali Lama oder so ähnlich. Er war Cortez an den Küsten der Neuen Welt begegnet, die natürlich nicht neu war, weil die Zivilisation, die Stephan damals als Gott regierte, dort schon seit tausend Jahren existierte. Sie brachten ihm Blut von menschlichen Opfern dar. Von Khalenberg erfuhr sie, dass Stephan sich jetzt in Amsterdam aufhielt. Es war egal. Sie war allein, wie es von Vampiren verlangt wurde. Einer in jeder Stadt. Einer, allein, genau wie die Regeln es vorgaben.

Beatrix stützte den Kopf in die Hände. Die Kälte des Bodens und des Felsens an ihrem Rücken durchdrang sie. Sie hatte Ashartis Weg vor mehr als sechshundert Jahren verweigert. Seitdem hatte sie alles versucht, um Leidenschaft und Sinn in ihrem Leben zu finden, Kunst und Wohltätigkeit und

Literatur. Seitdem hatte sie niemals mehr den letzten Tropfen Leben genommen. Wenn sie getötet hatte, war es im Kampf gewesen. Sie hatte das Geld, das so leicht zu bekommen war, dazu benutzt, nach den endlosen Kriegen in Europa Waisen ein Heim zu geben, sie hatte Hospitäler gebaut. Was hatte es ihr gebracht? Das Gute, das sie tat, war ein Tropfen im Meer der Grausamkeit des Menschen gegenüber seinen Mitmenschen. Macht und Politik interessierten sie nicht mehr. Selbst die Kunst hatte in letzter Zeit ihren Reiz für sie verloren. Denn sie konnte die Erinnerungen nicht unter Kontrolle halten. Die Musik wurde schal. Geistreiche Gespräche gab es nicht. Sie würde nie wieder ihre Salons am Berkeley Square geben. Sie konnte sich nicht mehr vorstellen, die Anstrengung auf sich zu nehmen, mit dem Duke of Devonshire zu reden oder die Aufmerksamkeiten des Prinzregenten abzuwehren.

Sie hatte keinen Hunger mehr nach dem Leben.

Sie war sehr dicht davor gewesen, wieder etwas zu wollen. Vor drei Wochen hatte sie Langley gewollt. Und er hatte sie verlassen. Gleichgültig. Ohne jedes Bedauern. Verfolgten die Erinnerungen an Stephan und Asharti sie, weil sie sich von Langley hatte einwickeln lassen und verraten worden war? Schließlich waren sie und Asharti nach dem Verrat Stephans Amok gelaufen. Oder vielleicht war Langley die Ursache dafür, nicht, wie sie gedacht hatte, eine Verschnaufpause davon. Gott! Sie wusste es nicht! Sie wusste nur, dass sie nicht wieder die Kontrolle verlieren wollte. Sie wollte *nicht* werden wie Asharti.

Es gab nur noch eine Möglichkeit, wie sie sich vor den Erinnerungen schützen konnte, vor der Dunkelheit und davor, zu werden wie Asharti. Das Kloster Mirso.

Es wurde Zeit zu packen.

Kapitel 13

John beugte sich etwas zu formvollendet über die Hand der Comtesse de Fanueille. Sie war nicht so, wie er erwartet hatte. »Wie kann ein armer Händler Ihnen seine Ehrerbietung erweisen, Mylady?«

Die Frau mit dem schwarzen Kajalstrich um die Augen war womöglich das schönste Geschöpf, das er je gesehen hatte, Lady Lente eingeschlossen. Selbst in dem großen Empfangssalon Kaiser Bonapartes, unter den Blumen des französischen Kaiserreiches und vor einem Hintergrund aus Spitze und Seide und goldenen Tressen stellte sie durch ihr exotisches Flair alle in den Schatten. Sie roch sogar exotisch. Irgendwie war ihm dieser Duft vertraut. Durch den Salon folgten ihr verstohlene Blicke. Sie war der Liebling der Pariser Gesellschaft, eine Attraktion, wenn man so wollte, die die Stadt im Sturm erobert hatte. Er konnte sich vorstellen, dass diese Frau bekam, was immer sie auch haben wollte. Aber sie sollte der Kopf des französischen Geheimdienstes sein? Das erschien ihm kaum möglich. Er fragte sich, ob Dupré ihm eine falsche Information gegeben hatte, um ihn an der Nase herumzuführen.

»Sie sind zu freundlich.« Ihr Lächeln war kühl. Der Comte de Fanueille nannte sie seine Frau, ob sie das tatsächlich war oder nicht. »Aber wie ich höre, sind Sie weit davon entfernt, arm zu sein, Monsieur Presset.«

Er neigte zustimmend den Kopf. Barlow hatte diese Tarnung gut ausgesucht. John sollte als Patriot gelten, als extrem reich und kleinen Jungen nicht abgeneigt; kurz gesagt eine Taube mit Schwächen, reif zum Rupfen. Barlow hatte gesagt, dass Asharti und ihr Comte immer Geld gebrauchen konnten. Aber gerade weil sie gierig war, passte es nicht dazu, dass sie der führende Kopf eines Geheimdienstes sein sollte. »Es gibt viele Arten von Reichtum«, sagte er. »Schönheit, zum Beispiel.«

»Sie sind klug, Monsieur, und diplomatisch.« Sie ließ den Blick durch den Salon schweifen. »Ich weiß, was Sie wollen. Ich werde Sie dem Kaiser vorstellen.« John war sehr froh, dass er mit der Schwester dieses Mannes auf Sizilien und nicht in Paris verkehrt hatte. Dennoch fühlte er sich unbehaglich. Er hoffte, dass Pauline sich noch in Italien aufhielt.

Der Kaiser trug Schuhe mit hohen Absätzen, die jedoch nur die Tatsache hervorhoben, dass er auffallend klein war. John konnte seine Kopfhaut durch das dünne Haar schimmern sehen. Außerdem hatte er eine leicht birnenförmige Gesichtsform – alles zusammengenommen wirkte er nicht übermäßig beeindruckend. Es war schwer sich vorzustellen, dass dieser Mann über Europa herrschte, dass er aus dem Dunkel der tiefsten Provinz, aus Korsika, so hoch aufgestiegen war. Fanueille war eher derjenige, der wie ein Kaiser aussah. John musterte den Comte unauffällig. Hochgewachsen und aufrecht stand er in seiner Paradeuniform da, die über und über mit Goldtressen und Orden dekoriert war. Er hatte einen sehr feinen Schnurrbart, wirkte aber trotz seiner imposanten Erscheinung irgendwie ... gesetzt und solide; wahrscheinlich war er sehr anpassungsfähig, also genau der Mann, den »die Comtesse« für ihre Ambitionen brauchte. Nicht das Zentrum einer Geheimdienstoperation.

»Monsieur Presset hat auf seinen Schiffen Stoffe aus England für die Uniformen unserer Soldaten transportiert. Ist das nicht mutig von ihm?«, fragte Asharti rhetorisch.

»Aber ja«, sagte der Kaiser und nippte an seinem Champagner.

Johns Herz zog sich ganz gegen seinen Willen zusammen. Beatrix trank immer Champagner. Er zwang sich, seine Aufmerksamkeit wieder auf den Kaiser zu richten und ein nichtssagendes Lächeln auf sein eigenes Gesicht zu zaubern. »Es war das Mindeste, das ich tun konnte«, wiegelte er ab. »Sie müssen mir sagen, wenn ich mehr tun kann.« Das sollte die Eröffnung geben, die sie brauchten. Aber Asharti war klug genug, nicht bei der erstbesten Gelegenheit anzubeißen.

»Ich habe heute einen Bericht von Champollion erhalten. Er ist fast fertig damit, die Inschriften auf dem Stein zu übersetzen, den sie in Rashid gefunden haben – dem Stein von Rosetta, wie die Engländer ihn nennen«, teilte sie dem Kaiser mit.

»Dann werden Sie bald in der Lage sein, diese merkwürdige Bilderschrift in Nordafrika selbst lesen zu können, meine Liebe.« Bonaparte tätschelte ihr die Hand. Es war keine rein onkelhafte Geste. »Obwohl ich nicht zu erahnen vermag, was man dadurch zu gewinnen hofft, dass man weiß, was Menschen einander zu sagen hatten, die seit Langem tot sind. Vermutlich sind es Rechnungen von ihrem Schneider.«

»Vielleicht.« Die Augen der Frau verdunkelten sich. Da war mehr, was sie sich von der Lektüre der Inschriften versprach. »Ich habe Fedeyah vorausgeschickt, die Örtlichkeiten zu erkunden.«

»Und wegen des Geldes für die Ausrüstung der Expedition werden Sie mir in den Ohren liegen, nicht wahr?«

Ah, hier bot sich John eine unverfängliche Gelegenheit. »Ich habe vielleicht ein Interesse daran, solche Expeditionen zu unterstützen. Altertümliche Schätze sind in Mode. Das könnte ein lukratives Geschäft werden.«

Er sah Geheimnisse in ihren Augen, als sie sagte: »Oh ja.«

»Dann könnten Mylady vielleicht etwas Zeit erübrigen, um

mich über die Details zu informieren?« Er hob sein Glas Champagner mit nur drei Fingern an die Lippen.

Sie sah ihn aufmerksam an. Eine winzige Spur von Erheiterung lauerte in ihren Augen. Machte ihr seine Dreistigkeit Spaß, oder hatte sie seine List bemerkt? Seine Tarnung war sorgsam gewählt. Sollte sie eine Täuschung argwöhnen, so würde sie zuerst vermuten, er wollte über seinen Ruf hinwegtäuschen, seine Geschlechtsgenossen noch lieber als Frauen zu haben. Deshalb versuchte er, sie vor der Nase des Comtes und des Kaisers in sein Bett zu locken. »Ich bin entzückt. Sagen wir morgen bei Sonnenuntergang? Rue Bonaparte 27.«

John nickte ernst. Er hatte sein privates Treffen mit ihr.

Der Kaiser lächelte geziert. »Sie haben meinen Staatsschatz für die Kriegsführung gerettet«, bemerkte er. »Ich scheine dieser Frau nichts abschlagen zu können. Nehmen Sie sich in Acht, Presset.«

Oh, er würde sich außerordentlich in Acht nehmen.

John entfloh in sein Hotel. Er lag in seinem Bett und hörte die Geräusche der Nacht allmählich leiser werden. Was für eine Schande, solch ein Geschöpf zu töten! Natürlich musste er es selbst tun. Er musste wissen, dass es vollbracht war. Und es würde zwei Tote geben. Er würde es so arrangieren, dass es aussah, als habe Fanueille sie mit einem Liebhaber im Bett überrascht – mit irgendeinem Pferdeknecht oder Diener. Einem Unschuldigen, genauer gesagt. Sie würde ihr Leben verlieren, der Unschuldige würde ebenfalls getötet werden, Fanueille käme ins Gefängnis, und Bonapartes Geheimdienst hätte seinen führenden Kopf verloren, ohne dass jemand erfuhr, dass England seine Hand im Spiel gehabt hatte.

Würde er nicht fliehen können, so musste er Barlows Ausweg wählen. Er wusste zu viel. Mochte Gott verhüten, dass er ihnen Barlows Namen verriet. Was konnten die Franzosen nicht alles mit Barlows Wissen anfangen? Ihm gefiel der Gedanke, dass er unter allen Umständen fest bleiben würde, ganz egal was sie ihm antaten. Aber in seiner Seele fürchtete er, dass Barlow recht hatte. Er würde vielleicht einknicken.

Er machte sich keine Illusionen, dass sein Land es ihm danken würde, selbst wenn seine Mission Erfolg hatte. Er würde von Glück sagen, wenn sie ihn nicht als vorbeugende Maßnahme im Schlaf ermordeten. Barlow würde es zwar bedauern, aber er war auch ein sehr praktisch denkender Mann. John lag da und lauschte auf das Stakkato des Regens an den Fenstern seines Zimmers. Paris im Frühling. Die Sehnsucht nach einer besseren Zeit überfiel ihn. Nichts war mehr unschuldig, Barlow nicht, er nicht, sein Land nicht. Alles, an das er sich klammern konnte, war, dass die Menschen, ob tugendhaft oder nicht, es verdienten, frei zu sein. England war frei, und er würde sein verdammt Bestes geben, dass das auch so blieb.

Sie würde es nie erfahren, wenn er hier starb. Was würde Barlow über seinen Tod sagen? Würde er verlauten lassen, er wäre auf den Kontinent gereist, um seinen Gläubigern aus dem Weg zu gehen, und hätte seinen Titel aufgegeben? Sein Grundbesitz würde an Grinley fallen, seinen Cousin zweiten Grades, der ihn in einem besseren Zustand als erwartet vorfinden würde. Aber Beatrix würde es nie erfahren. Gott, konnte er sie sich denn nicht endlich aus dem Kopf schlagen? Sie machte sich nichts aus ihm. Reichte das nicht, sein verwundetes Herz auszubrennen?

Offensichtlich nicht. Er schaute zum Fenster. Der Himmel war kaum merklich heller geworden. Er würde sich bis zu seiner Verabredung mit der Comtesse hier in seinem Schlupfwinkel verstecken. Und Beatrix Lisse aus seinen Gedanken verbannen. Heute Abend würde er eine Frau und einen Unschuldigen töten und dafür sorgen, dass ein anderer Mann dafür zur Rechenschaft gezogen wurde. Ja, so sah sie aus, die Ehre, seinem Land zu dienen.

»Nun, mein patriotischer Kaufmann«, schnurrte Asharti, Comtesse de Fanueille, während sie sich träge in einem zierlichen Louis-Quatorze-Sessel räkelte, dessen Polster mit rotem Brokat überzogen waren. »Sie sind gekommen, mir einen Vorschlag zu machen?«

Sie waren allein in ihrem Boudoir in Rot und Creme und Gold in der Rue Bonaparte 27. John hatte darauf vertraut, dass sie ihn allein in ihrem Boudoir empfangen würde. Es bestätigte ihm, wie sie ihn einschätzte. Es würde außerdem dafür sorgen, dass das, was er vorhatte, leichter zu verbergen war. Ein junger Mann mit frischem, freundlichem Gesicht und Rehaugen hatte ihn in das Boudoir geführt; er stand jetzt vor der Tür bereit, um auf ein Klingelzeichen hereinzukommen. Er schien eine Art Sekretär zu sein. Wie bequem für John. Der Einzige, der ihn das Haus hatte betreten sehen, würde beim Geräusch des Schusses zugleich der Erste im Zimmer sein und dann das zweite Opfer werden. War der junge Mann wirklich ein Sekretär? Er wirkte irgendwie ein wenig zu … selbstzufrieden. John presste die Lippen aufeinander. Es war uninteressant, wer der Mann war. Er würde in Kürze tot sein.

Die Comtesse sah … gefährlich aus. Ihre Augen glitzerten unter der vorgetäuschten Schläfrigkeit. Sie saß in einer sorgsam arrangiert wirkenden, nachlässigen Haltung ihrer geschmeidigen Glieder da. Sie war in kostbare alte, goldfarbene Brüsseler Spitze gehüllt; ihre Brüste waren blass mit einem leichten Olivton, wie das eckige Dekolleté enthüllte. Es war so tief geschnitten, dass sich jeden Augenblick die Höfe um ihre Brustwarzen zeigen konnten. Die Augen der Comtesse waren nicht so dramatisch schwarz umrandet wie gestern Abend, aber die Augenlider waren gefärbt, und auch ihre Wimpern waren geschwärzt. Ihre Fingernägel waren länger, als es der Mode entsprach, und mit Gold lackiert. Sie gab das Bild einer exotischen Löwin ab, ganz und gar lohfarbene Kraft und Gerissenheit. Zum ersten Mal glaubte John, dass sie der führende Kopf der Agenten war.

»Es sei denn, Sie machen mir einen Vorschlag«, erwiderte er, während er sich auf einem eleganten Stuhl neben ihr niederließ. Unter dem Leibrock steckte eine kleine Pistole im Taillenbund seiner Hose. Sie hatte nur zwei Schuss, aber das würde reichen. Einen für die Comtesse und einen für den Sekretär. »Ich möchte mehr über Ihre Expeditionen erfahren. Rechnen Sie damit, Schätze zu heben?«

»Ich erwarte, Schätze zu heben, die alles Vorstellbare übertreffen werden«, sagte sie, während sie ihm und sich einen Brandy einschenkte. Sie trank wie ein Mann. »Eine Legende meines Volkes berichtet von einem Tempel mit einem Brunnen, der aus Juwelen gemacht ist. Und das ist nicht einmal der eigentliche Schatz, nur ein Vorbote der wahren Reichtümer, die sich darin verbergen.«

»Und Sie wissen, wo sich dieser Schatz befindet?« Er schlug einen skeptischen Ton an.

»Nein. Deshalb brauchen wir ja den Stein von Rosetta. Ich habe Wissenschaftler angeheuert, die die alten Texte übersetzen und den Ort des Tempels herausfinden werden.«

»Das kann Jahre dauern.«

»Aber während wir suchen, werden wir mehr als genug finden, um eines unserer Schiffe mit antiken Objekten zu füllen und sie für unverschämte Summen an die faule Oberschicht zu verkaufen.«

»Aha.« Er ließ einen Ausdruck von Gier über sein Gesicht

huschen, dann runzelte er die Stirn. »Aber wir müssen Vorsichtsmaßnahmen treffen. Es grassiert eine Krankheit im Ausland, die offensichtlich einige Schiffsbesatzungen der britischen Marine befallen hat. Die Symptome sind sehr beunruhigend.« Er beugte sich vertraulich vor. »Ich möchte Ihr Zartgefühl nicht verletzen, aber Sie sollten wissen, auf was wir uns einlassen. Ausgeblutete Tote.«

Das Lachen der Comtesse wurde zu einem Kichern.

»Sie mögen lachen, Mylady, aber wir werden Probleme haben, eine Schiffsbesatzung zusammenzubekommen, wenn sich das herumspricht.« John brachte so etwas wie Empörung zustande.

»Ich denke, ich kann garantieren, dass kein Schiff, das wir heuern, davon betroffen sein wird.« Sie konnte noch immer nicht das Lächeln unterdrücken. »Ich selbst werde für die Schiffsbesatzung sorgen.«

Sie wusste also, was es war. »Aber der Verlust eines Schiffes ... die Kosten ... Ohne zu wissen, was dieses Phänomen verursacht – wie können wir da sicher sein ...?«

Sie dachte nach. »In der Tat weiß ich, was das Ausbluten verursacht hat. Es ist keine Bedrohung für uns.«

Er bemühte sich, erneut skeptisch dreinzuschauen.

»Neugierig? Die Neugier ist der Katze Tod, das wissen Sie doch gewiss.«

Gefährliches Terrain. Sie traute ihm nicht. Aber was zählte das? Sie würde bald tot sein. Entweder sagte sie ihm, was es war, oder sie ließ es bleiben. Er drängte weiter, legte Hochmut an den Tag. »Ich bin Geschäftsmann, Comtesse, der sein Geld im Dienste Ihres Kaisers riskiert. Habe ich nicht das Recht auf ein gewisses Maß an Vertrauen verdient?«

Sie warf ihm einen prüfenden Blick zu. »Vampire.«

»Was?« Das Wort kam wie ein Keuchen über seine Lippen.

»Das Phänomen wurde von Vampiren verursacht, die auf die Mannschaft losgelassen wurden, um den Männern das Blut auszusaugen.«

Meinte sie das ernst? »Sie sprechen von der Südamerikanischen Fledermaus?«

»Ich spreche von Männern, die das Blut eines Vampirs getrunken haben und nun selbst Blut trinken müssen, um zu überleben. Sie haben auch noch andere ungewöhnliche Qualitäten. Sehr nützlich in unserem Fall.«

Sie tischte ihm ein Märchen auf, um ihn wütend zu machen. Er durfte sich seinen Zorn nicht anmerken lassen. Es war Zeit, der Sache ein Ende zu machen und seine Mission zu erfüllen. »Also gut.« Er stand auf und ging zu ihr. Der Griff seiner Pistole drückte gegen seine Taille. Er sammelte sich. Es war so weit. Sie lehnte sich zurück und betrachtete ihn aus halb geschlossenen, spöttischen Augen.

Mit einer raschen Bewegung zog er die Pistole hervor, zielte kurz und schoss auf die Comtesse. Er traf sie mitten durch ihre schöne linke Brust ins Herz. Der Widerhall im Boudoir war ohrenbetäubend. Ihre Augen wurden groß. Eine burgunderfarbene Blume erblühte auf dem Altgold ihres Kleides. Beißender Rauch hing in der Luft. Sie saß in ihrem Sessel und blinzelte. Die Tür wurde aufgestoßen, und der junge Mann stürzte ins Zimmer, schrie laut: »Mylady!« John richtete die Waffe auch gegen ihn. Der Mann zuckte zusammen. John wandte sich zur Comtesse oder Asharti – wer immer sie war. Er musste sie aufs Bett legen und sie (wie auch den Sekretär) so drapieren, dass es nach einem gestörten Schäferstündchen aussah. Und dann musste er fliehen, ehe die übrigen Bewohner des Hauses herbeigelaufen kamen.

Sie war noch bei Bewusstsein, als er nach ihrem Arm griff, um ihn sich über die Schulter zu legen. John wagte nicht zu zögern, auch nicht um des Anstands willen. In dem Augenblick, in dem er sie hochzog, wusste er, dass etwas nicht so war, wie es sein sollte. Sie war ganz und gar nicht schlaff. Sie stand auf, stand auf den eigenen Füßen und riss unvermutet und mit unglaublicher, verblüffender Kraft an seinem Arm. Sie drehte ihn herum und umklammerte seine beiden Hände auf seinem Rücken mit einem Griff, der fester war als die Eisenfesseln auf dem Gefängnisschiff. John versuchte, sich loszureißen. Ein Brüllen der Wut füllte das Zimmer, und er fühlte einen Schlag gegen den Hinterkopf, der ihm die Sicht raubte. Er taumelte.

»Quintoc!«, rief sie schneidend. »Reiß die Klingelschnur herunter!«

Johns Blick wurde wieder klarer, und er sah den rosawangigen Sekretär sich aufrappeln, obwohl dessen olivfarbener Rock einen dunklen, größer werdenden Blutfleck zeigte. Was ging hier vor?

»Mistress«, sagte Quintoc, neigte den Kopf und grinste auf eine Weise, die ganz und gar nicht aussah wie die eines Sekretärs. Mit einem festen Ruck riss er die Klingelschnur von der Wand. John wusste, was nun kam. Er kämpfte gegen die Umklammerung seiner Handgelenke an. Konnte er sich nicht einmal mehr aus dem Griff einer Frau befreien?

Sie banden seine Handgelenke so fest, dass er binnen Kurzem das Gefühl in den Händen verlieren würde.

»Ich habe Freunde, Madam«, keuchte er. Seine Sinne schwanden. »Sie können mich nicht festhalten.« Asharti stieß ihn auf die Knie. Ein Diener schaute ins Zimmer, sah sich um und zog sich dann zurück. Hatte der Mann John denn nicht gesehen, gefesselt und auf den Knien liegend? Hatte er das Blut nicht gesehen, das überall verspritzt war?

»Geh dich umkleiden, Quintoc, und lass die Barouche vorfahren«, befahl sie. »Ich denke, wir werden den hier nach Chantilly bringen.« Der Sekretär verbeugte sich und verließ das Zimmer, als hätte John ihm nicht aus kürzester Entfernung ins Herz geschossen. Sie wandte sich wieder an John. »Tapfere Worte, aber zwecklos«, höhnte sie. »Ich bin sehr mächtig. Nein, mein hübscher Meuchelmörder, du wirst mir jetzt zu Willen sein.«

John war verwirrt, nicht nur von dem Schlag gegen den Kopf, sondern auch von der Tatsache, dass er so leicht zu überwältigen gewesen war. Er weigerte sich, darüber nachzudenken, wie das geschehen konnte. Flucht. Er musste sich auf seine Flucht konzentrieren. Da seine Hände gefesselt waren, würde er sich darauf beschränken müssen, die Comtesse mit einem Kopfstoß oder einem Fußtritt auszuschalten. Die Tür war geschlossen, und mit den Händen konnte er sie nicht öffnen. Er musste auf seine Chance warten. Auf der Straße. Wenn sie ihn in die Kutsche verfrachteten, konnte er ihnen vielleicht entwischen.

Er hob den Kopf. Sie stand da, die Hände in die Hüften gestemmt, das Mieder ihres Goldkleides und die Brüsseler Spitzen blutgetränkt, und starrte ihn an. Dann wandelte sich ihr Gesicht zu einem grimmigen Lächeln. »Dachte ich's mir doch, dass du etwas im Schilde führst. Wenn auch nicht einen tödlichen Anschlag.« Sie zog die Augenbrauen hoch. »Und jetzt, da ich darüber nachdenke, glaube ich, dass du gar nicht Presset bist.« Sie klopfte mit einem Finger gegen ihre Lippen. »Genau genommen denke ich, dass du Langley bist.« Sie sah ihn von der Seite an und wechselte ins Englische. »Ich hatte gedacht, dich in London eliminieren zu können, aber du hast meinen bedauernswerten Helfern ein Schnippchen geschlagen. Ich hätte dich sofort erkennen müssen. Aber dein Französisch ist exzellent, und obwohl ich dir deine angebliche Neigung keinen Moment lang geglaubt habe – du strahlst einen sehr männlichen Duft aus, musst du wissen –, dachte ich dennoch, du würdest es vielleicht nur vortäuschen, um in mein Schlafzimmer zu gelangen. Was für ein kühner Schachzug, geradewegs mir nachzustellen! Woher wusstest du, dass ich es bin und nicht mein lieber, dummer Fanueille?«

John hielt den Mund. Er würde ihr nichts sagen. Wer immer sie war. Wer war sie?

»Ah. Natürlich, Dupré. Er muss es dir gesagt haben, bevor er gestorben ist. Wir hätten ihn schneller ausschalten sollen.«

»Sie haben die Wache bezahlt, ihn zu erschießen?«

»Ungeschickt, das gebe ich zu, aber letztlich doch effektiv, finde ich.«

Während er sprach, wuchs Johns Scham darüber, dass er sich so leicht hatte überwältigen lassen. War er denn ein Amateur, dass sie ihn so leicht hatte durchschauen können? Aber es würde noch schlimmer kommen, wenn er sich nicht aus ihrem Zugriff befreien konnte. Frauen konnten grausamer sein als jeder Mann, wenn es um Folter ging. Seine Waffe war zwecklos. Er hatte kein Messer und auch die Kapsel von Barlow nicht bei sich. Ein zartes Gewächs der Furcht wand sich durch seinen Magen. Wie konnte sie nur so stark sein? Und warum war sie nicht tot?

»Und jetzt«, sagte sie, die Hände wieder in die Hüften gestemmt, »muss ich mich für die Reise umkleiden.« Er sah zu, wie sie ihr Kleid von den Schultern streifte und zu Boden gleiten ließ. Sie legte ihr Hemd ab und schüttelte die Schuhe von den Füßen, während sie in ihr Ankleidezimmer ging, mit kerzengeradem Rücken, nur bekleidet mit ihren Strümpfen und Strumpfbändern. Vor dem Zimmer waren Geräusche zu hören, als machte sich dort jemand zu schaffen. John rappelte sich auf. Konnte er die Tür öffnen, indem er sich mit dem

Rücken dagegenwarf und dann die Treppe hinunterlief, ehe Quintoc wieder auftauchte? Er war schon auf halbem Wege zur Tür, als er ihre Stimme hinter sich hörte.

»Welches von beiden, was denkst du?«

An der Tür angekommen, drehte er sich, um am Knauf herumzufummeln. Er schaute auf und sah sie, ihre schweren Brüste perfekt geformt, das Haar dunkel über ihrer Scham. Sie hielt zwei Kleider hoch, unbeeindruckt von seinem Fluchtversuch. *Dreh dich, Knauf*, dachte er. *Verdammt! Dreh dich.*

Sie stand noch immer reglos da und hielt die Kleider hoch. Während er sie beobachtete und am Türknauf herumfingerte, sah er etwas, das er nicht glauben konnte. Ihre Augen begannen rot zu glühen, blutrot, es war eine Farbe, wie kein Auge sie haben konnte. Eine Aura der Dunkelheit breitete sich um sie aus.

Er hörte auf, am Türknauf herumzufingern. Langsam richtete er sich auf. Ohne seinem Willen zu gehorchen, begannen seine Beine sich zu bewegen; er spürte, wie etwas ihn zu ihr zog. Dann stand er vor ihr, schaute hinunter in ihre blutroten Augen. Ehe er sich dagegen wehren konnte, kniete er vor ihr und neigte den Kopf. Er wollte aufstehen. Er hasste sie für die Tatsache, dass er sich hingekniet hatte.

»Ich habe jetzt keine Zeit dafür.« Er spürte einen harten Schlag gegen den Kopf. Dunkelheit kroch vom Rand seines Blickfeldes her auf ihn zu. Er fiel, fiel in rote Augen, und um ihn herum war nichts als Finsternis.

»Stellen Sie die Koffer in die Halle, Symington«, sagte Beatrix, ohne aufzusehen. Ihre Feder kratzte weiter über das schwere Papier der Karte. Eine Passage nach Amsterdam am Donnerstag. Dann den Rhein entlang nach Wien, durch Budapest, und in die Karpaten zum Kloster Mirso. Eine unbequeme Reise, aber es würde ohnehin ihre letzte sein.

Warum machte sie sich die Mühe, Entschuldigungen an ihre regelmäßigen Besucher zu schreiben? Sie würde keinen von ihnen je wiedersehen. Vielleicht wurde es so eine Art von Abschluss. Sie schloss mit ihrem Leben hier ab. Sie hatte ihre Kunstsammlung dem Prinzregenten überlassen, damit er sie dem britischen Volk zugänglich machte. Die Künstler, Dichter und Musiker, die sie unterstützt hatte, brauchten nichts. Sie stiftete stattdessen für Waisenhäuser und Hospitäler. Und sie hatte die Dienstboten bedacht. Es war eine betriebsame Woche gewesen. Sie hatte Jahresrenten für sie ausgesetzt, erkauft bei ihren überraschten Bankiers von Hoare's mit Säcken von Goldmünzen mit Wikingerschiffen oder der Prägung des Heiligen Römischen Kaiserreiches darauf. Symington würde sich um alles kümmern. Dann wurde es Zeit, dass auch er sich zur Ruhe setzte. Er hatte ihr ein ganzes Leben lang gedient. Jetzt hatte sie ihm genügend Mittel zur Verfügung gestellt, dass er und seine Schwester ihr Auskommen hatten und sich jeden Wunsch erfüllen konnten.

Ihre Feder kratzte über die Nachricht an den Duke of Devonshire, in der sie ihm erklärte, dass sie in einer dringenden Familienangelegenheit auf den Kontinent gerufen worden sei. Bedauern. Dankbarkeit für die Bekanntschaft. Hoffnung auf ein Wiedersehen in der Zukunft. Ohne jede Bedeutung.

»Mylady?«

Tinte kleckste auf die Karte. Beatrix schaute auf und sah Symington an der Tür stehen, das Gesicht voller Sorgenfalten. Er hatte herumgenörgelt, seit sie ihre Abreise angekündigt hatte, obwohl es für ihn ein leichteres Leben bedeutete. Der Alte konnte einfach Veränderungen nicht leiden. »Was gibt es?«

Er schloss die Tür. »Ich dachte, Mylady würde es gern wissen.«

Sie zog die Augenbrauen hoch.

Er räusperte sich. »Admiral Stricklands Diener hat von einem Geisterschiff erzählt, das in der letzten Woche in den Hafen von Portsmouth gebracht worden ist.«

»Ein Geisterschiff? Was meinen Sie damit?« Verstörung bahnte sich den Weg in ihr Bewusstsein.

»Den Männern der Mannschaft wurde vor der Küste Frankreichs das Blut ausgesaugt.« Selbst Symington konnte seine Teilnahmslosigkeit nicht aufrechterhalten. Seine Stimme klang angespannt.

Zweihundert Männer, fünfhundert sogar, wenn es ein Kriegsschiff gewesen war! Vor Schreck lief ihr ein Schauder den Rücken herunter. Das deutete auf einen bösartigen Vampir hin. Oder auf mehrere. »Hat man ... hat man die Übeltäter gefasst?« Sie musste Symington nicht sagen, was das hieß. Es konnte das Ende der Welt heißen, wie er sie kannte. Vampire gehorchten keinen Regeln. Und Regeln waren das, was alles im Gleichgewicht hielt.

»Das hat man nicht. Der Admiral hat sofort seine Leute entsandt, um eine dringende Konferenz über dieses Vorkommnis einzuberufen. Seinem Diener Darby war es anvertraut, eine Unterredung in der Admiralität zu erbitten, und zwar mit ... dem Earl of Langley.«

»Was?« Beatrix blinzelte, dann starrte sie auf die Karte, die sie geschrieben hatte. Der Tintenklecks hatte sich ungleichmäßig ausgebreitet. Ihr Verstand registrierte die Zerstörung ihrer Bemühungen nicht. Die Admiralität suchte einen berüchtigten Schürzenjäger auf, um ihn um Hilfe zu bitten?

Oh nein. Alles ergab plötzlich einen Sinn.

Er verschwand hin und wieder für einige Wochen. Der Boxkampf war ein Vorwand gewesen. Wäre er bei einem Boxkampf in Petersfield so brutal ausgepeitscht worden?

»Der Admiral war wohl außer sich, als er hörte, dass Langley nicht in der Stadt ist«, bemerkte Symington.

Sie richtete sich auf. War sie so sehr mit sich und ihrer Vergangenheit beschäftigt gewesen, dass sie an nichts anderes gedacht hatte als daran, von ihm verlassen worden zu sein? Langley führte ein Doppelleben, ein Leben, das einen Admiral dazu brachte zu glauben, er könnte sich in einer schlimmen Zwangslage auf ihn verlassen. Sie wollten ihn in die Sache mit dem Totenschiff hineinziehen? Sie konnten nicht wissen, dass Vampire dahintersteckten. Und John ahnte nicht einmal, in welch schrecklicher Gefahr er sich befand. Sie musste ihn sofort warnen. »Sie haben ihn noch nicht gefunden, nicht wahr?«

»Das weiß ich nicht, Mylady.«

Dann musste sie ihn finden. Sie stand auf und begann, hin und her zu gehen. Sie mochte wütend auf ihn sein, aber sie hatte nicht den Wunsch, ihn blutleer und tot wiederzusehen. Er war so entschlossen zu seiner Abreise gewesen. Er konnte auf einer Art Mission sein. Wenn es nur nichts mit Vampiren zu tun hatte und sie nicht zu spät kam! Sie wollte das nicht denken. Wo konnte er jetzt sein? Vielleicht war er während seiner letzten Abwesenheit von London nach Petersfield gereist, und sie wettete darauf, dass der Grund dafür kein Boxkampf gewesen war. Symington musste es wissen. »Sie sind sicher, dass er nach Petersfield gefahren ist, als er die Stadt das letzte Mal verlassen hat?«

»Meine Quellen sind sich in diesem Punkt absolut sicher, Mylady«, sagte Symington. »Zumindest wollte er zunächst dorthin.«

War er auch jetzt dort? Nahm die aktuelle Spur an ebendiesem Ort ihren Anfang? Würde dort in Petersfield jemand sein, der wusste, wer er war und wo er war? Sie warf die Karte an den Duke of Devonshire in den Weidenkorb neben dem Sekretär. »Lassen Sie die Kutsche vorfahren. Und lassen Sie ein paar Dinge einpacken. Ich werde Sie brauchen, Symington. Oh, und schicken Sie Betty zu mir.«

»Ja, Mylady. Und, hm ... für wie lange sollen wir packen?

»Für eine Woche, denke ich.« Sie legte die Feder auf ihren Sekretär aus Maserknollenfurnier. Sie konnte eine Woche erübrigen, um sicherzugehen, dass John sich nicht auf etwas einließ, das irgendetwas mit Vampiren zu tun hatte.

Kapitel 14

Von Zeit zu Zeit erwachte John aus seiner Ohnmacht, verlor aber immer wieder aufs Neue das Bewusstsein. Es war dunkel. Das Rütteln löste Schmerzen in seinem Kopf aus. Er wollte, dass es aufhörte, aber er wusste, dass es das nicht tun würde. Irgendwann rebellierte sein Magen gegen den Kopfschmerz, und er übergab sich. Jemand wünschte ihn zum Teufel. Eine Frau.

Später wachte er endgültig auf. Er befand sich in einer Kutsche. Lavendelwasser und noch ein anderer Geruch, schwächer, ließen ihn erneut würgen. Diesmal riss er sich zusammen. Zimt? Beatrix. Ein Licht durchströmte ihn. Beatrix.

Er öffnete die Augen. Asharti starrte ihn aus ihrer Ecke der Kutsche an.

»Wenn du dich wieder erbrichst, werde ich dich bestrafen«, sagte sie, wandte den Kopf ab und sah aus dem Fenster. Ihr Profil war in Mondlicht gebadet. Er war Ashartis Gefangener. Er leckte sich mit seiner trockenen Zunge über die trockenen Lippen. Er hatte Asharti mit seiner Kugel tödlich getroffen, aber sie war nicht tot, ebenso wenig wie Quintoc. Sie hatte ihn fast beiläufig überwältigt, ohne Mühe, obwohl sie nur eine Frau war. Er würde meinen, es geträumt zu haben. Aber er war hier, gefesselt und mit schmerzendem Kopf in einer Kutsche, und die Frau, die tot sein sollte, starrte ihn an. Ihre Augen … ihre Augen hatten rot geglüht. *Das* war ganz gewiss ein Traum gewesen. Augen konnten nicht rot glühen! Sein Atem ging flacher. Er konnte jetzt nicht darüber nachdenken. Flucht. Er musste sich auf die Flucht konzentrieren. Er versuchte, seine Hände zu bewegen, und erwartete Taubheit in ihnen. Aber auf seine Bewegung antwortete ein Klirren von Metall.

Handschellen. John bewegte die Füße und hörte wieder ein Klirren. Er schaute an sich herunter und sah, dass seine Fußfesseln an einem Eisenring in der Wand der Kutsche befestigt waren. Die Kutsche fuhr schnell über gute Straßen. Wie konnte er fliehen, wenn er an Händen und Füßen gefesselt und in einem fremden Land war? Selbst wenn es ihm gelänge, sich zu befreien, würden sie ihn zur Strecke bringen. Verzweiflung ergriff ihn, und er nahm den Rest seiner Kraft zusammen. Die Kutsche wurde langsamer und bog in einen holprigen Weg ein.

Nach einer Ewigkeit, wie es schien, hielt die Kutsche. Die Tür wurde geöffnet. Asharti stand auf. Herrgott, sie hatte ihn an einen Ort gebracht, von dem eine Flucht unmöglich war!

Sie stieg aus. Derbe Hände griffen nach ihm. »Hier ist der Schlüssel«, hörte er sie sagen. Sie schoben die klirrende Kette durch den Eisenring und zerrten John aus der Kutsche. Seine Beine wollten ihn nicht tragen. Zwei stämmige Kerle, der eine rechts, der andere links von ihm, trugen ihn über knirschenden Kies zu dem massiven Portal eines Schlosses aus dem sechzehnten Jahrhundert, das nur aus Giebeln und runden Renaissancetürmen zu bestehen schien, welche in die Dunkelheit aufragten.

Er schärfte all seine Sinne und schaute sich um. Sie waren über einen Damm hierher gelangt, der über einen See führte; dieser umgab das Schloss wie ein Burggraben. Das Wasser war von wild wuchernden Pflanzen bedeckt, der Damm war von Unkraut überwachsen. John schaute wieder am Gebäude hinauf und sah schwarze Zungen aus Ruß in den schlitzförmigen Fenstern der oberen Etagen, Spuren eines Feuers, das einige Jahre zurückliegen musste. Er schüttelte den Kopf, um ihn klar zu bekommen. Er kannte diesen Ort: Château de Chantilly. Einst war es der Wohnsitz des großen Condé gewesen, des Begründers des Königshauses der Bourbonen, doch während der ersten Gewaltwelle der Revolution war es vom Mob geplündert und zerstört worden. Er hatte gedacht, es sei verlassen. Aber dem war nicht so. Eine Spinne hatte sich hier festgesetzt und sich ihr Nest gebaut.

»Bringt ihn nach unten ins Verlies«, sagte Asharti über die Schulter und ging zur Tür, die von einem sehr bleichen, schwarz gekleideten Diener geöffnet worden war. Drinnen hatten die ersten Renovierungsarbeiten begonnen. Die Eingangshalle war halbwegs in intakt, auch wenn einige Zimmer auf der anderen Seite noch immer desolat aussahen. Asharti stieg einen der beiden anmutig geschwungenen Treppenaufgänge hinauf, deren Geländer dort aus noch nacktem Holz bestanden, wo man begonnen hatte, sie zu reparieren. Er wurde durch eine schwere Holztür zur Rechten des breiten Eingangs gezerrt und dann einige Stufen und eine weitere Treppe hinunter in den Bauch der Erde gebracht. Das Schloss war im Laufe seines langen Lebens mehrere Male als Gefängnis genutzt worden. Die Gänge wurden von Fackeln erhellt, die ein flackerndes, albtraumhaftes Licht warfen. Durch offene Mauerbögen sah John die kleinen Ziegeltürmchen einer Fußbodenheizung nach antikem Vorbild. Zwischen den Kacheltürmen blubberten heiße Quellen, deren Wärme die darüber gelegenen Räume heizten. Die Luft roch nach Schwefel. Das Schloss war auf einer Ruine aus der Römerzeit erbaut worden.

All dies registrierte er in einem Teil seines Kopfes, der sich noch immer wie mit Baumwolle gefüllt anfühlte. Die beiden Kerle schleppten ihn in eine dunkle Zelle, deren Mauern aus rohem Stein bestanden. Sie befestigten seine Fesseln an Ketten; sie baumelten von Eisenringen herunter, die in die Decke eingelassen waren. Halb hing er dort – das Metall schnitt in seine Handgelenke ein, seine Beine waren zu schwach, ihn zu tragen. Der Ort war heiß und feucht und erfüllt vom Geruch von Moder und Schwefel. Die Verliestür wurde zugeschlagen, und John blieb in der Dunkelheit zurück, um darüber nachzudenken, was Asharti wohl mit einem Mann anstellen könnte, der Informationen besaß, die sie haben wollte. Mit einem Mann, der sie voller Entschlossenheit hatte töten wollen – leider ohne den finalen Erfolg erreicht zu haben. Wenn er gläubig wäre, würde er nun um Mut beten.

John wurde durch das Quietschen der Angeln der Metalltür aus einem halb bewusstlosen Dahindämmern geweckt. Er schwitzte in seinem Anzug aus Wollstoff und in seiner Weste. Vor dem flackernden Licht aus dem Gang hob sich die Silhouette einer kurvenreichen Gestalt ab, die in einen hauchdünnen Schleier gehüllt war. Mit einiger Mühe griff er nach den Kettensträngen über seinem Kopf und zog sich daran hoch. Er wollte sich seinem Schicksal stehend stellen. Die Bewegung rief in seinem Kopf ein Schwindelgefühl hervor. Er atmete durch den Mund, um die Übelkeit zu bezwingen. *Barlow, ich hätte Ihr Angebot und die Kapsel annehmen sollen*, dachte er.

Quintoc tauchte hinter Asharti auf. Er trug eine Fackel, doch der freundlich-offene Ausdruck seines rosigen Gesichts wurde von einem selbstzufriedenen Grinsen Lügen gestraft. In der anderen Hand hielt er ein langes, gebogenes Messer.

Asharti trug so gut wie gar nichts am Leib. Ein Nichts aus fast transparenter Seide in Olivgrün, die in zwei breiten Streifen ihre Brüste bedeckte und dann hoch zu den Schultern lief, wurde um die Taille von einem Gürtel gehalten, der aussah, als sei er aus Kupfermünzen gemacht. Von der Taille an fielen die Stoffbahnen in duftigen Wolken bis auf den Boden. Ihre Hüften waren ebenso entblößt wie die Seiten ihrer Brüste. Ihre Fingernägel waren jetzt mit einem Kupferton und nicht mehr mit Gold bemalt. Um die Oberarme trug Asharti breite Schmuckreifen, die wie Amulette aussahen. Ein Halsband aus gehämmertem Kupfer ruhte zwischen ihren Brüsten, und ihre Haut glänzte von einem dünnen Schweißfilm. Dennoch sah sie in der stickigen Atmosphäre entspannt aus. Als sie die Zelle betrat, war diese plötzlich wie mit Leben erfüllt.

»Jetzt«, sagte sie, »werden wir uns über einige sehr private Dinge unterhalten. Über viele, um genau zu sein. Wir haben alle Zeit der Welt.« Sie sprach Englisch, ihr Akzent war der des Vorderen Orients. Sie nickte Quintoc zu, der seine Fackel in den Metallhalter an der Mauer steckte. John schaute auf das Messer und versuchte, sich seine Angst nicht anmerken zu lassen. Der Mann mit dem unschuldigen Gesicht kam zu ihm und fuhr ihm mit der Messerspitze übers Kinn. Es wirkte fast zärtlich.

»Alle Zeit der Welt«, raunte er.

»Fang an«, fauchte Asharti.

Quintoc grinste und schnitt einen nach dem anderen die Knöpfe von Johns cremefarbener Weste ab. Er zog an einem Ende des Krawattentuches, öffnete es und warf es zu Boden, während Asharti um sie herumging und sie beobachtete. Dann begann Quintoc damit, John systematisch die Kleider vom Leib zu schneiden: Rock und Weste, Hose und Strümpfe. Einige Male spürte John die Messerspitze auf seinem Körper, wenn Quintoc zu sorglos mit der Waffe umging. Die Schuhe wurden ihm ausgezogen, ebenso wie das Hemd und die Unterwäsche, bis John nackt in seinen Fesseln dastand. Quintoc trat zurück und schwenkte das Messer in einer Hand hin und her, als wäre es ein Spielzeug.

»Ja, so ist es besser«, stellte Asharti fest und blieb vor John stehen. »Ich mag meine Männer nackt.« Sie musterte John von Kopf bis Fuß. »Besonders Männer, die so gut gebaut sind wie du.« Sie lächelte. »Du bist stark. Deine Narben sagen, dass du bereits Wunden und Schmerz zu ertragen hattest. Du wirst lange durchhalten.« Sie strich mit der Fingerspitze über eine vernarbte Schnittverletzung. Als sie den Finger zurückzog, war er von Blut bedeckt. Sie hob ihn an ihren Mund und leckte langsam und sinnlich daran. Ihre dunklen Pupillen glühten wieder rot auf. John träumte jetzt nicht.

Er biss die Zähne zusammen, während ihn das Entsetzen packte. *Was* war sie? Er fühlte sich so verletzlich. Und sie wollte, dass er so empfand. Er unterdrückte seine Panik. Sie sollte sich besser an die Enttäuschung gewöhnen. »Du kannst mich ebenso gut töten. Ich werde dir nicht von Nutzen sein«, knurrte er.

»Nutzen?« Sie kicherte. »Wenn du glaubst, du wirst mir nicht alles sagen, was ich wissen will, dann belügst du dich selbst. Du wirst mir alle deine Geheimnisse bereitwillig verraten, wirst sie mir wie Liebesworte ins Ohr flüstern.« Sie legte den Kopf schief und betrachtete John. »Aber das ist nur *eine* Art der Verwendung, die ich für dich vorgesehen habe.«

Quintoc, der hinter ihr stand, kicherte. Es klang gierig.

Asharti fuhr zu ihm herum. »Er gehört allein mir, bis ich etwas anderes sage«, zischte sie.

John sah Furcht in Quintocs Augen aufblitzen. »Natürlich, Mistress«, murmelte der Mann eingeschüchtert.

»Lass den Schlüssel für seine Ketten hier, wenn du gehst.«

John sah, wie Quintoc einen großen Metallschlüssel auf den Tisch legte, der in der Zelle stand und dessen dickes Holz von

Alters- und Gebrauchsspuren ganz vernarbt war. Hatte sie vor, ihm die Ketten zu lösen? Im Geiste überschlug er die Chancen einer Flucht. Ließ sich der Tisch als Schild benutzen? Könnte er ihn gegen die Wand schleudern? Ein Tischbein konnte als Knüppel dienen. Oder die Fackel ... er konnte sich die Fackel greifen. Quintoc hatte sich nicht die Mühe gemacht, die Tür hinter sich zu schließen. Hoffnung flackerte in Johns Herz auf.

Als er zu Asharti sah, lag ein Ausdruck der Erheiterung in ihren Augen. »Ich denke, wir beginnen mit unserer ersten Lektion.« Ihre Stimme klang tief und rau.

John blinzelte und versuchte zu atmen, während sie sich vorbeugte und die Fesseln um seine Fußgelenke aufschloss. Dann griff sie nach dem Schloss an seinen Handgelenken. Sie war recht groß für eine Frau, aber dennoch musste sie sich strecken. Ihre Brüste streiften seinen nackten Oberkörper. Sie würde ihn losmachen! Aber er musste vorsichtig sein. Sie war stark.

Sie sah ihn an, als sie seine Hände befreite. Er musste warten – warten, bis sie auch die letzte Kette gelöst hatte. War sie tatsächlich so dumm, ihn zu befreien, wenn die Tür offen stand und Waffen, wenn auch nur primitive, in Griffweite waren? Er starrte sie an, trotzig. Sie rechnete damit.

Und dann begannen ihre Augen rot zu glühen. Die Berührung ihrer Brustwarzen, die sich durch den hauchdünnen Stoff gegen seine Brust pressten, machte seine Lenden schwer. Ihre Augen, rot, aber faszinierend, verhießen Lust von einer Art, die er noch nie erlebt hatte. Er würde sie gern erleben. Sie stieß ihre Hüften gegen ihn. Das leise Klirren der Münzen an ihrem Gürtel sandte einen Schauer durch ihn, aber es war kein Kälteschauer. Er fühlte seinen Schwanz hart werden. Wie konnte sein Körper ihn auf diese Weise verraten, wenn er doch an nichts anderes als an Flucht denken konnte?

Aber er konnte diese Gedanken nicht festhalten. Das Streicheln des Stoffes über seinen Bauch, ihre Brüste, das Pochen in seinem Geschlecht füllten jeden Winkel seines Bewusstseins.

Sie legte die Hand um seinen Nacken und zog seinen Kopf herunter zu ihren Lippen. Etwas kratzte über seinen Hals. Gänsehaut überzog seinen rechten Arm und sein rechtes Bein, als sie flüsterte: »Komm. Lass uns den Geruch der Reise abwaschen, bevor wir miteinander spielen.«

Sie wandte sich ab und verließ die Zelle.

Mochte Gott ihm helfen, aber er folgte ihr. Er ging an dem Tisch vorbei, an der Fackel, ohne etwas zu unternehmen, und folgte ihr durch den Gang. Jedes Detail stach überdeutlich hervor wie in einem Traum. Das Licht der brennenden Fackeln in den Haltern flackerte über Ashartis Gestalt. Sie trug ihr dunkles Haar offen, es reichte ihr über dem olivgrünen Schleier bis zur Taille. Ihre Sandalen waren aus Leder und mit feinem Kupferdraht genäht. John schaute an sich herab und sah seine Erektion, hart und pulsierend. Er schwitzte. Die Wände schwitzten. Alles war Hitze und Begehren.

Der Gang öffnete sich zu einem Raum, der von Fackelschein erhellt wurde. Die Luft war schwer von Feuchtigkeit. Auf einer schmalen Brücke aus Stein überquerten sie einen kleinen See, aus dem Dampf aufstieg. Am Ende der Brücke erhob sich eine Art Podium, auf dem sich ein rundes, von einer niedrigen Steinmauer umgebenes Bassin befand. Die Mauer schmückten Aktdarstellungen von kleinen nackten Gestalten, die sich zwischen Früchten und Blättern tummelten. Die einst exakt aus dem Stein gemeißelten Figuren waren jetzt rundgeschliffen vom Alter. Aus dem Becken stieg Dampf empor. Rechts des Bassins stand eine breite Marmorbank an der Mauer, deren Sockel ähnlich dekoriert war. Auf ihr lagen Kissen in Rot und Purpur.

Sie hatten die Brücke kaum überquert, als Asharti stehen blieb und sich zu John umwandte. Sie wies auf die Stufen, die in das dampfende Wasser des kleinen Beckens führten. Neben den Stufen lagen raue Handtücher, einige abgegriffene Stück Seife und eine mit Blättern gefüllte Schale aus Terrakotta. Er wusste, was sie wollte. Sie hatte es nicht ausgesprochen. Aber er wusste es.

Langsam ging er die Stufen hinunter ins Wasser. Es war heiß, aber nicht heißer als das Blut, das in ihm kochte. Langsam kniete er sich hin, ließ seine Erektion in die Hitze gleiten, bis das dunkle Wasser bis zur Mitte seiner Brust reichte. Er hob den Kopf und sah zu Asharti. Sie lächelte. Dann bückte sie sich und warf ihm das Seifenstück zu. Er spritzte Wasser über seine Schultern, beugte den Kopf und stand dann auf; das Wasser ging ihm bis zu den Oberschenkeln. Während Asharti ihn beobachtete, wusch er sich. Er ließ die Hände über Schultern und Arme hinuntergleiten. Er wusch sich Brust und Bauch. Das war es, was sie wollte. Als Antwort auf ihren unausgesprochenen Befehl schob er die Hand zwischen seine Pobacken und wusch seinen Anus. Er errötete vor Scham, als er den zufriedenen Ausdruck auf Ashartis Gesicht sah. Er seifte seine Genitalien ein, die schwer vor Verlangen nach ihr waren. Er ließ seine schaumbedeckten Hände an seinem Schwanz auf und ab gleiten, bis das Verlangen nach Erlösung fast schmerzte. Obwohl er kurz vor dem Höhepunkt war, kam er nicht. Er konnte Asharti nicht ansehen, aber er wusste auch so, was sie verlangte. Er tauchte wieder ins Wasser ein und spülte den Schaum ab. Als er aufstand, liefen Wassertropfen seinen Körper hinab. Asharti erlaubte ihm, die Stufen hinaufzusteigen. Als er sich mit dem rauen Tuch abtrocknete, das sie ihm gereicht hatte, spürte er ihren beifälligen Blick auf sich. Dann reichte sie ihm die Schale. Er nahm einige Blätter heraus und steckte sie in den Mund. Pfefferminze. Er kaute auf den Blättern und spuckte sie in die Schale.

»Jetzt bin ich an der Reihe«, sagte sie mit kehliger Stimme und trat zu der Steinmauer, die das Bassin umschloss. John folgte ihr und kniete sich neben sie; Furcht und Scham mischten sich in seiner Brust. Neben dem großen Becken standen auf einem Silbertablett mehrere Flaschen aus buntem Glas. Weinflaschen schwitzten in Behältnissen aus Terrakotta, die mit schmelzendem Eis gefüllt waren. Dicke Handtücher, sehr viel weicher als die, die er benutzt hatte, lagen nahe der Bank aufeinandergestapelt.

Asharti öffnete ihren Gürtel und schob den olivfarbenen Schleier von den Schultern. Nackt bis auf ihre Armreifen hob sie ihr Haar hoch, und John reichte ihr vom Tablett zwei hölzerne Nadeln. Ihre Brüste hoben sich, als sie ihr Haar feststeckte. John fürchtete schon, dass seine Lenden bersten würden.

»Noch nicht, mein Schatz«, ermahnte sie ihn, als wüsste sie, wie nah davor er war, und stieg ins Bassin. An der Innenseite verlief eine Art Steinbank. Asharti setzte sich und winkte John dann mit einem Finger zu sich. »Wasch mich«, befahl sie.

John folgte ihr ins Wasser. Es war so heiß wie die Quellen unter der Brücke, aber geschmeidig von duftendem Öl. Wie im Traum ließ John das Wasser über ihre Schultern rieseln, während sie sich zurücklehnte und in sinnlichem Genuss die Augen schloss. Er wählte ein Stück Seife aus und schäumte sich die Hände ein. Dann kniete er sich neben Asharti ins Wasser und verteilte den Schaum über ihre Schultern und ihre Brüste. Ihre Brustwarzen wurden unter seinen Händen hart. Sie setzte sich aufrecht hin, und er wusch ihr Rücken und Arme, schäumte sich immer wieder die Hände ein und strich dann über ihre Haut. Sie erhob sich, und John, noch im Wasser kniend, seifte ihren Po ein und ließ die Hände an ihren Oberschenkeln heruntergleiten. Schrecken erwachte in ihm, als er begriff, dass er auch ihre intimsten Stellen waschen sollte. Die schaumige Glätte auf seinen Fingern streichelte innere Falten, die schon geschwollen von Lust waren. Er fühlte ihren Lustpunkt, geschwollen und pulsierend, und strich mit zwei Fingern darüber, bis Ashartis Atem schnell und flach ging.

Dann stand er auf. Sie wollte, dass er seinen Schwanz einschäumte, und er tat es. Gott, er würde alles tun, was sie wollte! Dann hob er sie hoch. Sie schlang die Beine um seine Taille, ihre Arme umklammerten seinen Nacken. Seine Hände umfingen ihren Po und drückten sie herunter auf seinen eingeseiften Schwanz. Er stöhnte, und sie atmete heftiger, als er sie ausfüllte. Ihre Hände glitten über die Muskelstränge seiner Schultern, während er Asharti hob und senkte. Sie bog den Rücken durch und verhakte ihre Füße hinter seinem Rücken. Dann beugte sie sich mit einem Laut zu ihm, der wie ein Knurren klang. John spürte ihren Atem an seinem Hals und dann einen stechenden Schmerz. Sie saugte an ihm, rhythmisch, während sie sich wieder und wieder mit seinem Schaft pfählte. Er fühlte sich wie weit von sich entfernt. Das Saugen an seinem Hals und die Stimulation seines Gliedes vermischten sich zu einem Rausch der Ekstase. Er war kurz davor zu kommen, seine Lust war so intensiv, dass sie fast schmerzte – aber er kam nicht.

Asharti indes schon. Mit einem zitternden Schrei zog sie sich von seinem Hals zurück. John fühlte, wie sie sich um seinen Schwanz zusammenzog. Dann wurde sie schlaff an seinen Schultern, und er ließ sie langsam ins Wasser sinken. Sie löste sich von ihm und lehnte sich zurück, während er Wasser über sie schöpfte. Wo war sein Willen? Ein Teil von ihm war alles andere als fügsam. Er konnte kaum denken vor Schmerz in seinen Lenden, und seine Erektion machte keinerlei Anstalten abzuschwellen. Asharti hatte sein Blut getrunken! Noch in dem Traum, in dem er sich zu befinden glaubte, war er entsetzt. Auch weil er wusste, dass er sie hatte gewähren lassen und es wieder zulassen würde.

Als er damit fertig war, ihren Körper zu waschen, befahl Asharti ihm, aus dem Wasser zu gehen. Und wieder brauchte sie keine Worte, um ihm mitzuteilen, was sie verlangte. Tropfnass stand John neben dem Bassin und hielt ein großes, weiches Tuch für sie bereit, als sie aus dem Wasser stieg. Er wickelte sie darin ein und trocknete sie sanft ab. Sie berührte seinen Nacken; ihre Fingerspitze war blutbenetzt, als sie sie zurückzog. Sie leckte sie ab. »Du bist vor Kurzem ausgepeitscht worden«, bemerkte sie, zog das Handtuch fester um sich und legte sich auf die Kissen auf der Steinbank.

Er kniete sich neben sie, noch immer tropfte Wasser von seinem Körper. Die feuchte Hitze brachte es mit sich, dass sich sein Schweiß mit dem Badewasser vermischte. »Die Knie weiter auseinander. Du wirst immer auf diese Weise vor mir knien.« Zu seiner Scham fügte er sich. »Nun – wo und von wem wurdest du ausgepeitscht?«

Er wollte ihr nicht antworten, aber die Worte strömten aus seinem Mund. »Portsmouth. Der Commander des Gefängnisschiffes hat befohlen, mich auszupeitschen.«

Asharti stützte den Kopf auf einen Ellbogen. »Nun, es sieht aus, als wäre es eine schwierige Sache, lebendig von diesen Schiffen wieder herunterzukommen. Ich habe eigentlich gedacht, du würdest dort sterben. Obwohl ich nicht sagen kann, dass es mir leid tut. Denn wärest du gestorben, hätte ich dieses reizende Intermezzo auf Chantilly versäumt.« Sie legte den

Finger unter sein Kinn und hob es an. »Wen solltest du auf diesem Schiff treffen?«

Es war der Anfang ihrer Fragen, aber es würde nicht das Ende sein. John wusste, dass er sich weigern musste zu antworten, wollte er seine Ehre retten. Er biss die Zähne zusammen und unterdrückte einen kehligen Laut, der in seiner Brust anzuschwellen schien. Aber er spürte, wie sein Blick sich wieder auf ihr Gesicht richtete. Er bemühte sich, ihn abzuwenden. Er schloss die Augen, aber sie blieben nicht geschlossen, und dort waren sie wieder, Ashartis rote Augen. Er keuchte, die Worte wurden förmlich aus ihm herausgezogen. »Dupré«, knurrte er, so tief, dass es fast nicht zu verstehen war.

Aber sie verstand es. »Ah ja, Dupré«, sagte sie. »Du solltest ihn töten. Aber du hast es nicht getan.«

»Nein«, krächzte John. Sie wusste es bereits. Sie selbst hatte ihn getötet. Sie würde ihn alles fragen, und er, mochte Gott ihm beistehen, würde antworten.

»Du machst das gut.« Sie streckte die Hand aus und strich über seine Schulter, berührte seine Narben. »Du hast ein aufregendes Leben gehabt. Nicht auszudenken, dass alle glauben, du seiest ein nichtsnutziger Weiberheld. Ihr habt für meinen lieben kleinen Kaiser ein ziemliches Chaos angerichtet, du und deine rebellische kleine Insel. Solange ihr die Navy habt, ist Napoleon nicht sicher, obwohl er an Land Schlacht um Schlacht gewinnt. Er will die Welt. Und ich will sie durch ihn. Aber zuerst müssen wir diesen englischen Stachel entfernen.«

Sie kraulte John das Kinn und strich mit dem Daumen über die Muskeln, die sich dort zusammenzogen. »Mein Agent hätte dich in London fast zwei Mal erwischt.« Sie sagte es wie eine Zärtlichkeit. Ihre Hand streichelte seine Arterien, die im Rhythmus seines Herzens in seiner Kehle pochten. Asharti hielt seinen Nacken zwischen ihren Fingern und ihrem Daumen, ganz leicht. »Aber stattdessen bist du zu mir gekommen. Wie wunderbar. Wie viele Geheimnisse du kennen musst!«

Sie musste seine Angst gesehen haben, das Entsetzen in seinen Augen. »Wunderbar«, wisperte sie. »Aber das werden wir uns für künftige Gespräche aufsparen. Ich finde Widerstand sehr ... stimulierend. Zwecklos, selbstverständlich, aber das macht schließlich einen Teil des Reizes aus.« Sie zog sich das Handtuch vom Körper und enthüllte ihren geschmeidigen Körper, und John kroch auf die Kissen und legte sich, nass wie er war, neben sie. »Ich glaube, ich habe noch immer Hunger nach dir.«

Ein Teil von ihm verzweifelte, selbst als sein Fleisch an ihr pulsierte und sich vorbeugte, um ihre Brust zu küssen.

Beatrix ging durch das gemütliche Gastzimmer im *Crowned Head* in Petersfield. Langley war hier gewesen. In der Nacht vor dem Preiskampf war er in genau diesem Gasthaus abgestiegen. Sein Name stand im Gästebuch. Am darauffolgenden Morgen war er abgereist. Jeder im Gasthaus hatte angenommen, dass er zum Boxkampf gefahren war. Beatrix war bereit, darauf zu wetten, dass er das nicht getan hatte. Und er war auch nicht zu irgendwelchen imaginären Freunden in Hampshire gereist. Aber wo seine Spur finden? Im Mietstall. »Symington!«, rief sie.

Einige Stunden später rollten sie auf die erste Poststation an der Straße nach Portsmouth zu. Langley war nicht zu dem Boxkampf gegangen. Der Pferdeknecht im Mietstall hatte gesagt, er sei Richtung Portsmouth weitergefahren. Beatrix war inzwischen davon überzeugt, dass er nach Portsmouth gereist war, aber sie musste ganz sicher sein. Jetzt kam der schwierige Teil. Falls er wirklich einen harmlosen Besuch vorgehabt hatte, hätte er an der großen Poststation haltgemacht, um sich zu erfrischen, und seine Spur wäre somit leicht zu finden gewesen. Ein Mann mit Geheimnissen jedoch wäre nicht in einer Kutsche weitergereist, die durch das Wappen der Langleys auf den Türen so leicht zu identifizieren war. Ein solcher Mann hätte die Kutsche irgendwo abgestellt und wäre auf andere Weise weitergereist, ob nun nach Portsmouth oder anderswohin. Um seine Spur nicht zu verlieren, musste sie den Ort finden, an dem er seine eigene Kutsche zurückgelassen hatte. Die Vielzahl der Möglichkeiten war entmutigend.

Der erste Schritt bestand darin, in der größten Poststation nachzufragen. Obwohl es sechs Wochen her war, hatten Symingtons Guineen eine segensreiche Wirkung auf das Erinnerungsvermögen der Befragten. Auf diese Weise erfuhr Beatrix, dass Langley mit seinem eigenen Phaeton durch Weston, Horndean und Purbrook gefahren war und an den Haupthaltepunkten eine Rast eingelegt hatte, um die Pferde zu tränken und ein Glas Punsch oder Portwein zu trinken. Jetzt begannen sie und Symington, die kleineren Gasthäuser zu überprüfen, die rund um Portsmouth lagen.

Beatrix war ungeduldig und fauchte Symington zwei Mal an. Falls Langley zurückgerufen worden war – von welcher Mission auch immer –, um auf die Spur welcher grausamen Sekte auch immer gesetzt zu werden, die einer ganzen Schiffsbesatzung das Blut ausgesaugt hatte, kam sie vielleicht zu spät, um ihn noch retten zu können. Es war einige Zeit her, seitdem sie am Abend mit so etwas wie Erwartung aufgewacht war.

In sechs kleineren Häusern hatten sie bereits nachgefragt, als sie am dritten Tag das Gasthaus fanden, wo Langley seine Kutsche zurückgelassen hatte. Es lag an der Kreuzung der Straßen nach Southbourne und Fareham. Beatrix traf dort am

Abend ein und raffte ein wenig ihre Röcke, als sie über den schmutzigen Boden der Schankstube schritt. Das *Plow and Angel* war weit davon entfernt, engelsgleich zu sein. Einige Typen beäugten ihre Ohrringe mit unverhüllter Gier. Beatrix saß am Tisch nahe dem Feuer, von wo aus sie den ganzen Raum überschauen konnte.

Symington bestellte Sherry für sie und legte eine Goldmünze auf die Theke, was den Blick eines jeden im Raum dorthin lenkte. »Können Sie mir sagen, ob eine Kutsche mit dem Wappen eines Earls auf der Tür hier vorbeigekommen ist – in der zweiten Aprilwoche? Der Besitzer könnte eine andere Kutsche bestellt haben.«

Schweigen im Raum. Der Wirt schaute auf die Guinee und kaute auf den Lippen. »Ein Wappen.« Er schaute auf einen Mann, der in einer Ecke saß.

Beatrix sah das kleine Achselzucken aus dem Augenwinkel. Ihr Gefährte spürte ihre Aufregung und begann in ihr zu pochen. Hier wusste man etwas.

»Ich erinnere mich jetzt«, sagte der Wirt und steckte die Münze ein. »Er hat zum Abendessen gehalten. Meine Frau macht ein richtig gutes Beefsteak, wenn Sie und die Lady etwas zu sich nehmen wollen.«

Er versuchte, das Thema zu wechseln. Beatrix seufzte. »Also gut, lassen Sie uns zu Abend essen, Symington. Ich bin schon ganz schwach vor Hunger.«

Symington nickte. »Sehr wohl, Mylady. In einem Nebenraum ...«

»Nein, ich würde gern hier essen. Ich schwöre, ich kann keinen Schritt mehr gehen.«

Symington setzte eine ausdruckslose Miene auf. »Wie Sie wünschen, Mylady. Haben Sie eine Speisekarte, guter Mann? Ich werde eine Mahlzeit auswählen.«

Der Wirt sah verlegen aus. »Meine Frau wird aufbieten, was immer wir haben. Wurzeln, vielleicht, und grüne Erbsen zum Beefsteak ...« Seine Stimme erstarb.

»Das wäre wunderbar«, sagte Beatrix fest. »Während wir warten, Herr Wirt, eine Runde für die anderen Gäste?«

»Ja, Euer Gnaden, ich meine, Mylady. Poll, Poll, servier die Getränke.« Er eilte davon und ließ ein schlampiges Mädchen zurück, das Ale und Porter und Brandy einschenkte und auf einem Tablett zu den Gästen brachte. Zu ihren Rufen »Hier, hier!« wurden von einigen gemein aussehenden Kerlen die Gläser gehoben. Der Mann in der Ecke, mit dem der Wirt den Blick gewechselt hatte, sah sich Beatrix jetzt etwas genauer an. Gut so.

»Symington, warum sehen Sie nicht nach den Pferden?«, wisperte sie. Symington war die Diskretion in Person, aber sie wollte nicht, dass sein durchdringender Blick ihr Opfer womöglich einschüchterte.

Beatrix war sich ihrer Beute sicher und wartete ab. Es dauerte keine fünf Minuten, da stand der Mann auf und kam an ihren Tisch. Sein Glas hatte er mitgebracht. Die anderen Gäste waren zum Damespiel oder lärmender Sauferei zurückgekehrt.

»Frederick Younger, wenn ich so kühn sein darf«, sagte er. »Meinen Dank an Mylady.«

Er hatte offensichtlich Kinderstube. Beatrix stellte sich ihm nicht vor. »Sie sehen aus, als seien Sie etwas Besseres. Setzen Sie sich, während ich auf mein Essen warte.« Sie hatte keine Ahnung, ob er Aufregendes enthüllen würde. Aber er führte sie vielleicht zu John, was noch besser war.

»Mylady ist großzügig.« Er setzte sich. »Nicht so von oben herab wie die meisten anderen Ihres Standes.«

»Andere Länder, andere Sitten«, sagte Beatrix und sah ihn sich genauer an. Er war um die dreißig, aber Pockennarben hatten ihn früh gezeichnet, und obwohl seine Gesichtszüge recht ebenmäßig waren, konnte man ihn nicht gut aussehend nennen. »Nun, Mr. Younger, was ist Ihr Geschäft?«

»Ich arbeite für das Transport Office.«

»Vergeben Sie mir. Ich bin noch nicht lange in Ihrem Land. Was ist das Transport Office?«

»Wir sind Beamte des Gesetzes«, sagte er und versuchte, stolz zu klingen. Sie bemerkte, dass er sie ihrerseits genau musterte. »Wir sorgen dafür, dass Verbrecher mit dem Schiff in die Strafkolonien nach Botany Bay gebracht werden, oder dass sie, wenn es keinen Platz auf einem Sträflingsschiff gibt, auf die Gefängnisschiffe kommen, die im Hafen von Portsmouth liegen.«

»Gefängnisschiffe! Du meine Güte. Was ist das?« Sie nippte an ihrem Sherry und sah interessiert aus, was sie auch war. Dieser Mann wusste, was aus John geworden war.

»Entmastete Schiffe, bei denen sich die Reparatur nicht mehr lohnt. Natürlich sind sie noch schwimmfähig. Man kann fünfhundert Gefangene an Bord einer entmasteten Fregatte unterbringen, ganz zu schweigen davon, wie viele auf ein Kriegsschiff passen.«

»Das klingt, als wäre es ... sehr eng.«

»Oh, auf Rosen ist man dort nicht gerade gebettet«, lachte er. »Aber schließlich sind es auch nur Verbrecher oder Kriegsgefangene.« Er trank einen großen Schluck Brandy, und seine Augen nahmen einen abschätzenden Blick an. »Konnte nicht anders als mit anzuhören, dass Sie nach der Kutsche des Earls of Langley suchen.«

Kein guter Geheimnisträger, dachte sie. Sie hatte den Namen Langley nicht erwähnt. Und ein Mann wie er würde normalerweise Langleys Wappen gar nicht kennen. »Frauen mögen es nicht, in der Zuneigung eines Mannes ersetzt zu werden, Mr. Younger. Eine betrogene Frau etcetera.«

Er entspannte sich sichtlich. »Oh, nun, so ist nun einmal der Lauf der Dinge, Mylady. Ja, der Lauf der Dinge.« Er nahm noch einen Schluck Brandy.

Jetzt, da er sich entspannt hatte, war die Zeit gekommen. Sie schmeichelte nur ein wenig ihren Gefährten herbei. Jeder, der zuschaute, würde denken, in ihren Augen spiegelte sich nur der Feuerschein. »Aber Sie wissen, wohin Langley gegangen ist, nicht wahr, Mr. Younger?«, fragte sie leise.

Er nickte; plötzlich lag Vorsicht in seinen Augen, sein Mund wurde schlaff.

»Sagen Sie es mir.« Ihre Stimme war so leise, dass er sie normalerweise nicht hätte hören können, so laut, wie es im Schankraum zuging. Aber er hörte es genau, so tief in seiner Seele, dass er sich ihr nicht verweigern konnte.

»Ich habe ihn abgeholt und zu den Gefängnisschiffen gebracht. Ich bin auch gut dafür bezahlt worden. Ich habe die Papiere aufgesetzt, alle dem Gesetz entsprechend, und ihn eigenhändig in die Eisen geschlossen.«

»Als Gefangenen?« Beatrix war schockiert. »Warum hat er das getan?«

»Das weiß ich nicht. Ich weiß nur, dass ich nicht auf Teufel komm raus dort sein möchte. Ich habe auch keine Anweisung bekommen, ihn wieder herauszuholen. Das war Teil der Abmachung. Soweit ich weiß, könnte er noch immer dort sein. Oder tot.«

Aber das war er nicht. Vor etwas mehr als einer Woche war er in ihr Bett gestiegen, dünner als sonst und mit frischen Narben von Peitschenschlägen. Beatrix dachte rasch nach. Es gab Dinge, die sie wissen musste, wenn sie seiner Spur weiter folgen wollte. »Sie haben also seine Kutsche zurück nach London geschickt?«

Der Mann nickte.

»Welchen Namen hat er benutzt, und auf welches Schiff wurde er gebracht?«

»St. Siens, Jean, und er kam auf die *Vengeance*.«

Er war also in die Rolle eines französischen Kriegsgefangenen geschlüpft. John war mit Sicherheit ein Spion. »Und wer hat Sie bezahlt?« Dies war wesentlich. Wer immer das gewesen war, er konnte wissen, wo John sich jetzt aufhielt.

»Keine Ahnung, Mylady. Ich habe ein Päckchen mit Anweisungen und dem Geld bekommen.«

»Aber Sie haben schon früher eine solche Arbeit getan ...«

»Ja. Oh ja. Und auch seitdem wieder. Ich hab gerade diese Woche den Befehl bekommen, für zwei französische Gefangene die Entlassung auf Ehrenwort nach Fareham durchzuführen. Reynard und Garneray von der *Vengeance*.«

Mehr gab es nicht, was von ihm zu erfahren war. Und doch ... »Wurde ein Schiff in den Hafen von Portsmouth gebracht, auf dem alle an Bord tot waren?« Das könnte es sein, was John jetzt herauszufinden versuchte.

»Es wurde verbrannt. Ein Pestschiff, habe ich gehört.«

Eine Spur endete hier. Doch ihre Nachforschungen mussten weitergehen. Jemand auf diesem Gefängnisschiff wusste vielleicht, was John dort gewollt hatte, wer ihm seine Befehle gegeben hatte. Oder was er herausgefunden und was ihn zu seiner gegenwärtigen Mission geführt hatte. »Sie werden sich an unser kleines Gespräch nicht erinnern«, wisperte sie. Sie ließ ihr Blut wieder ruhiger werden und beobachtete, wie Younger zu sich kam. »Ein guter Brandy, nicht wahr?«

Er starrte auf sein fast leeres Glas und zog die Augenbrauen hoch.

Beatrix stand auf, als der Wirt zurückkam. »Es tut mir sehr leid«, murmelte sie. »Ich kann leider nicht bleiben, um zu essen. Aber hier ist eine Entschädigung für Ihre Mühe.« Sie legte noch einen Sovereign auf den Tresen und eilte hinaus, während ihr erstaunte Blicke folgten.

»Nach Portsmouth, Symington«, sagte sie zu ihrem alten Diener. »Wir werden im *Blackfriars Hotel* in der Pembroke Street ein anständiges Abendessen bestellen. Und dann werde ich mich zur *Vengeance* aufmachen.«

Kapitel 15

John schwamm durch Finsternis, verfolgt von roten, bösartigen Augen. Er riss die Augen auf und war von noch mehr Schwärze umgeben. Sein Atem ging schwer, und er zitterte trotz der Hitze. Schweiß lief seinen Körper herunter. Er lag zusammengekrümmt in einer Ecke, nackt, auf dem Steinboden. Er brauchte einen Moment, um zu sich zu kommen. Der Albtraum war im Wachen ebenso real wie im Schlaf. Hoffnungslosigkeit überwältigte ihn. Der Geruch nach Schwefel machte die Atmosphäre dieser Hölle komplett.

Dieser Dämon von einer Hexe war nicht menschlich. Und sie brachte ihn dazu, alles zu tun. Er errötete, als er daran dachte, dass sie ihn irgendwie zu einer Erektion gezwungen hatte, dass sie ihn sich gefügig machte, dass sie ihn vor Lust fast wahnsinnig werden ließ, bis hin zu dem Punkt, seine Ejakulation zu verhindern. Und sie trank sein Blut. Aber nicht so viel, dass es ihn umbrachte – das war das Tragische daran.

Was war sie? Er konnte nicht mehr richtig denken. Er war benebelt vom Blutverlust oder dem Verlust des Willens oder einfach von der emotionalen Erschöpfung. Sie war nicht menschlich. Das war alles, was er denken konnte. Sie war stark. Sie trank Blut. Sie beherrschte seinen Willen. Mochte Gott ihm helfen, aber sie würde ihn dazu bringen, alles zu verraten, wofür er und Barlow gearbeitet hatte. Natürlich war sie der führende Kopf des französischen Geheimdienstes. Sie konnte alles in Erfahrung bringen, was sie wissen wollte, konnte Menschen zwingen, zu tun, was sie von ihnen verlangte.

Flucht. Sein betäubtes Gehirn ging alle Möglichkeiten durch. Er bewegte sich vorsichtig, denn sein Körper schmerzte von den Stunden, die er bewusstlos auf den harten Steinen gelegen hatte. Er war an den Handgelenken gefesselt. Er folgte der Kette und kam zu einem dicken Eisenring in der Wand. Er rutschte näher, spannte die Füße an und zog an den Ketten, bis er glaubte, die Muskeln in seinen Oberschenkeln und Schultern würden reißen. Der Ring war felsenfest verankert. John sackte keuchend in sich zusammen. Verdammt! Nichts Scharfes oder Hartes war zu sehen, das er benutzen konnte, um am Mauerwerk zu kratzen. Er versuchte nachzudenken. Sie würde ihm wieder die Fesseln lösen, dessen war er sich sicher. Aber sie tat das niemals, ohne Kontrolle über ihn zu haben. Quintoc – ob er achtloser zu Werke ging?

Elend bahnte sich den Weg von Johns Magen in seine Kehle. Falls Quintoc achtlos war, dann musste er es bald sein. Denn jeden Moment konnte Asharti ihn zwingen, alles zu verraten.

Der einzig sichere Weg, dem vorzubeugen, war, sich gleich hier und jetzt umzubringen. Herrgott, er wünschte, er hätte Barlows Kapsel mitgenommen! Aber realistischerweise musste er einräumen, dass er sie dennoch vielleicht nicht rechtzeitig hätte nehmen können, um diese Situation zu verhindern. Woher hätte er wissen sollen, dass die Frau ihn überwältigen würde oder dass ihr eine Kugel in der Brust nichts anhaben konnte?

Konzentrier dich, befahl er sich und schüttelte den Kopf. Er musste einen Ausweg finden. Die Kette war nicht lang genug, um sich daran zu erhängen. Er fuhr mit dem Finger über die Innenseite seiner Handfesseln. Sie waren rau genug, ihm die Haut aufzuscheuern, aber nicht scharf genug, um sich die Pulsadern damit aufzuschneiden. Seine Augen, die sich an die Dunkelheit gewöhnt hatten, nahmen jetzt ein schwaches Licht vom Gang her wahr, das unter der Zellentür hereinschimmerte. Es reichte nicht, um den Raum zu erhellen, hüllte aber den Holztisch in der Ecke der Zelle in noch tiefere Schwärze. Ein Splitter vielleicht. Aber der Tisch stand zu weit von ihm entfernt. Sollte er seinen Kopf auf die Steine schlagen? Der Erfolg war mehr als fraglich.

Er dachte noch immer darüber nach, als Dunkelheit den schwachen Schein unter der Tür verschwinden ließ. Er starrte auf einen Wirbel aus Schwarz, schwärzer noch als die Dunkelheit im Verlies. Das Wirbeln hörte auf. Die Luft sirrte. Ein Geruch von Zimt überströmte ihn, und Asharti stand vor ihm.

John keuchte.

»Du meine Güte, ich scheine nicht lange die Finger von dir lassen zu können«, sagte sie mit ihrer kehligen Stimme. Sie stand hoch aufgerichtet vor ihm. John drückte sich an die raue Wand, die genau wie er in der Hitze schwitzte. »Ich habe heute zwei Insassen des hiesigen Armenhauses leer getrunken, aber ich bin noch immer nicht satt.«

Die Furcht schlug zu. »Wer bist du?«, sagte John, durch seine zusammengebissenen Zähne hindurch.

»Ich bin deine Herrin, Menschenmann. Das ist alles, was du wissen musst.« Sie kniete sich vor ihn. John fühlte, wie seine Lenden hart wurden. »Und bald werde ich die Welt zu meiner Zufriedenheit geordnet haben. Vampire werden in der Öffentlichkeit leben, so viele in einer Stadt, wie sie wollen. Keine Regeln mehr. Die Menschen werden sein, wozu sie bestimmt sind. Vieh. Sklaven.«

John stieß ein tiefes Stöhnen aus, als er fühlte, wie sein Glied sich erhob. Er konnte Asharti im Dunkeln nicht genau sehen, aber er war überzeugt, dass ihre Augen wieder begannen, sich rot zu färben. Ihr Duft überströmte ihn, würzig und süß. Sie beugte sich vor, bis ihre Brüste seinen Oberkörper streiften, und schloss die Hand mit den langen Fingernägeln um seine Hoden. »Was soll ich zuerst genießen? Blut, Sex ... Informationen?« Sie drückte seine Hoden fester zusammen. Er wusste, sie war stark genug, ihn mit einem einzigen Ruck entmannen zu können. »Soll ich dich ins Bad führen oder dich gleich hier nehmen?«, wisperte sie. Die Dunkelheit war wie mit Händen zu greifen.

Offensichtlich hatte sie ihre Wahl getroffen, denn er wusste, was sie wollte. Er sollte die Beine für sie öffnen. Er kämpfte gegen das Verlangen an, ihr zu gehorchen, aber er wollte es mehr, als er je etwas gewollt hatte. Er spreizte die Beine. Sie glitt auf Knien zu ihm und beugte sich über ihn. Ihr langes Haar streichelte seine Erektion. Ihre Fangzähne kratzten seine Haut genau dort auf, wo seine Hüfte in seinen Oberschenkel überging. Er fühlte, wie sein Blut in der Arterie pumpte. Er wusste, der scharfe Schmerz würde gleich kommen, aber Asharti spielte mit ihm, leckte seine Haut, bis sein Fleisch zuckte und er schreien wollte. Aber er tat es nicht. Er konnte nicht, weil sie nicht wollte, dass er schrie. Als der stechende Schmerz kam, zuckte John zusammen. Er pulsierte, als sie an seiner Lende saugte, und seine Hüften bewegten sich gegen ihr Saugen. Ein seltsames Schwindelgefühl erfasste ihn. Die Steine, die ihm in den Rücken schnitten, spürte er nicht mehr. Er kannte nur noch Hitze und Lust. Er wollte, dass sie sein Blut nahm. Er wollte ihr geben, was immer sie auch begehrte.

Als Asharti sich schließlich aufrichtete, knurrte jemand leise. Es konnte er gewesen sein. Sie spreizte seine Beine. Aus seiner Lende trat noch immer Blut aus, als sie sich auf ihn setzte und seinen Schwanz in sich aufnahm. Schwitzend bewegten sie sich gegeneinander. Er konnte kaum ihren Körper sehen, als sie sich stöhnend über ihn beugte. Sein eigener Körper erreichte jenen Punkt schmerzlicher Lust, der zu jeder anderen Zeit zu seinem Höhepunkt geführt hätte.

»Vielleicht später«, sagte Asharti, als wüsste sie um seinen Zustand. »Als Belohnung für all die kleinen Geheimnisse, die du mir anvertrauen wirst.« Dann verstärkte sie ihre Bewegungen. Er stieß seine Hüften mit heftiger Intensität gegen sie. Asharti glitt auf seinem Schaft herauf und herunter, bis sie zitterte, dann sank sie stöhnend über seiner schwer atmenden Brust zusammen. Er spürte ihre schwächer werdenden Kontraktionen. Sie erlaubte ihm jedoch keine Atempause. Und er war noch immer in ihr, noch immer hart.

Nach einer Weile legte sie den Kopf an seine Schulter und flüsterte ihm ins Ohr: »Höchst befriedigend. Besser als alles andere seit langer Zeit. Ich frage mich, wieso?«, murmelte sie. »Vielleicht, weil dein Wille stark ist. Vielleicht, weil du es unterschwellig so sehr hasst. Die meisten mögen es, kurz vor dem Ende.« Sie streichelte seine Wange. »Und jetzt zu etwas, das du noch mehr hassen wirst.«

John mochte seiner Kraft beraubt sein, wenn schon nicht seiner Lust, aber ein kleiner Rest Verstand meldete sich zurück. Hätte er binnen der nächsten Sekunden allein durch seinen Willen für seinen sicheren Tod sorgen können, er hätte es getan.

»Einen Namen«, wisperte sie. »Und eine Adresse, in London, vermute ich.«

Er versuchte, sich von ihr zu lösen, und stöhnte auf. Das Klirren seiner Ketten zerrte an seinem Geist.

»Nein, nein, mein süßer kleiner Säugling, du hast gar keine Wahl.« In der Dunkelheit drehte sie seinen Kopf zu sich. »Du kennst den Namen, den ich will, den Namen des Mannes, der dir deine Aufgaben überträgt, der allen Männern wie dir ihre Aufgaben zuweist, für England.« Sie lächelte verlockend.

John konnte nicht mehr atmen. Seine Brust hob sich schwer gegen Asharti. Ein leiser Aufschrei drang aus seiner Kehle, er konnte sich nicht beherrschen. Er wölbte seinen Körper gegen den Druck, ihr jedes Begehren zu erfüllen, selbst dieses letzte, absolut abscheuliche Verlangen. Und dann brach der Damm.

»B... Barlow«, stammelte er. »Thomas Barlow.«

Asharti fuhr mit den Fingern durch sein Haar, lachte leise dabei. »Guter kleiner Säugling. Die Adresse?«

»Albemarle Street sechzehn.«

Er brach auf dem Steinboden zusammen. Verraten! Er hatte Barlow verraten und damit auch England.

Asharti küsste seine Schulter. »Nun, nun«, murmelte sie. »Ich weiß, wie viel dich das gekostet hat. Wunderbar.« Er fühlte das Kratzen ihrer Zähne. Sie durchbohrten das Fleisch an seiner Schulter, aber er zuckte nicht vor dem Schmerz zurück. Er hieß ihn fast willkommen. Was hatte er nicht als Strafe für seinen Verrat verdient? Diesmal zog sie einen Kratzer über seine Schulter und leckte die Wunde. Das erregte sie von Neuem, und sie begann, ihre Hüften wieder über seinem Schwanz zu bewegen. John keuchte vor Anstrengung, als er seine Hüften vom Boden hochstieß. Diesmal tat Asharti nichts, um seine Ejakulation zu kontrollieren. Er verströmte sich in ihr in einer Mischung aus erzwungenem Verlangen und Verzweiflung, selbst als sie sich auf ihrem eigenen Höhepunkt über ihm krümmte.

Sein Orgasmus klang ab. Ihr kehliges Lachen hallte von den Steinen wider und erfüllte die Zelle. »Nun, hatte ich dir nicht eine kleine Belohnung für deine Kooperation versprochen?« Sie kam hoch. »Ich habe mich sehr amüsiert«, murmelte sie und stand auf. »Wir werden bald wieder miteinander reden.«

John konnte nicht mehr unterscheiden, ob die wirbelnde

Schwärze nur in seinem Kopf war oder auch um ihn herum. Er verlor das Bewusstsein.

Beatrix starrte in der stärker werdenden Dunkelheit über das Wasser. Der scharfe Wind über dem Ärmelkanal zwischen Portsmouth und der Isle of Wight zerrte an ihrem Haar. Er packte die Strähnen, die in kunstvoller Unordnung herausgezupft waren, und ließ ihre vorgetäuschte Flucht aus der Ordnung Wirklichkeit werden. Heute Abend trug sie Schwarz, um besser getarnt zu sein in der Nacht. Ein Norwich-Schal bedeckte ihre Schultern, um deren blassen Glanz zu verbergen und um sie vor dem Nachtwind zu schützen.

Auf dem Wasser, das gegen die Kaimauer schlug, schwamm der ölige Schmutz des Hafens. Der saubere und frische Geruch der See vermischte sich mit dem Gestank von Teer und all dem verfaulenden Unrat, der über Bord der Schiffe gekippt worden war. Über dem Hafen, unter dahinjagenden Wolken, dümpelten die deformierten Silhouetten der entmasteten Gefängnisschiffe auf der Dünung, drohend und melancholisch zugleich. Einst waren sie stolze Fregatten im Kampfeinsatz oder Kriegsschiffe gewesen. Jetzt, dank ihres Alters oder einer Beschädigung, war für sie die Zeit der Schlachten vorbei, und sie verbrachten ihre letzten Tage in schändlichem Dienst.

»Welches ist die *Vengeance?*«, fragte Beatrix den kleinen Jungen, der neben ihr stand. Sein Vater diente als Wachmann auf einer der Fregatten, und er war auf vielen, sehr vielen von ihnen gewesen, hatte er gesagt.

»Das da.« Der Junge zeigte auf das Schiff, das am weitesten entfernt vom Kai vor Anker lag. »Keiner will, dass die Franzmänner fliehen«, erklärte er. Es waren vielleicht sechs Kilometer bis dorthin. Zu weit für eine Translokation ohne Zwischenstation; sie wollte aber auch die Aufmerksamkeit vermeiden, die eine Frau erregen würde, wenn sie in einem Boot längsseits an der *Vengeance* festmachte. Welche Möglichkeiten blieben ihr also?

»Ganz gewiss nicht«, sagte sie. Er war vielleicht acht oder neun und trug anständige Kleider, eine Baumwollhose und ein Leinenhemd und ein Tuch um den Hals. Er war nicht sauber, aber schließlich waren Jungen seines Alters das selten. Seine Mutter erwartete ihn sicher bald zum Abendessen zu Hause. »Ist jemals jemand von der *Vengeance* geflohen?«

»Bis letzten Monat noch nie«, vertraute er ihr an. »Das TO will nicht, dass darüber geredet wird. Immer noch nicht.«

»Dass jemand geflohen ist?« Beatrix fühlte ein seltsames, aufgeregtes Erschauern.

Er nickte heftig. »Das war allein die Schuld von dem Scheißkerl Rose, sagt mein Vater. Er ist beim TO in Ungnade gefallen.«

»Der Kommandant der *Vengeance*?«

»Lieutenant. Aber das ist er jetzt nicht mehr. Man hat ihn erwischt, mit Falschgeld. Jetzt ist er nicht mehr im Dienst.« Der Junge nickte. Er schien dem Urteilsspruch über diesen Scheißkerl Rose zuzustimmen.

Interessant. Ein Gefangener flieht von der *Vengeance*, deren Kommandant wird kurz darauf festgenommen wegen Geldfälscherei, und zwei Gefangene werden auf Ehrenwort freigelassen. »Sag mal, junger Mann«, sagte sie, während sie noch immer auf das Wasser schaute, »du weißt ja sehr gut Bescheid mit all dem, was das Transport Office macht. Ist es üblich, dass Gefangene von der *Vengeance* auf Ehrenwort freigelassen werden?«

»Nein«, sagte er, verwundert über ihre Unwissenheit. »Entlassung auf Ehrenwort gilt nur für Offiziere. Die Franzmänner auf der *Vengeance* sind keine Offiziere.«

Beatrix holte einen Schilling aus ihrem Pompadour. Jede weitere Frage würde zu viel Aufsehen erregen, auch wenn sie den Jungen am liebsten mit noch mehr Guineen bedacht hätte. »Danke, Kind. Du hast mir alles sehr gut erklärt. Und jetzt lauf nach Hause zum Abendessen.«

Seine Schritte klangen hohl auf den Holzplanken des Kais. Sie schaute ihm nach. In der Stadt brannten schon die Lichter. Männer gingen die Straße entlang, die an den Kais vorbeiführte, die Hard genannt wurde, aber die geschäftige Hafenatmosphäre hatte sich bei Einbruch der Nacht gelegt.

Sie wählte ein Schiff aus, das auf halbem Wege zur *Vengeance* lag. Dann richtete sie sich hinter einem Stapel von Fässern, der sie vor Blicken von der Hard her schützte, aufs Warten ein. Sie fragte sich, ob sie ihre Zeit vielleicht verschwendete und ob es einen anderen Weg gab, John zu finden. Gegen Mitternacht beschwor sie ihren Gefährten und ließ seine Kraft durch ihre Adern fließen. Die Luftwirbel umschlossen sie und brachten die vertraute Welle von Vitalität. Im Geiste griff sie nach dieser Energie, rief nach mehr, dann hüllte sie sich darin ein wie in einen Umhang. Die Energie kam, wuchs mit einem schrillen Geräusch bis zu dem Moment, in dem Beatrix in einem qualvollen, ekstatischen Augenblick des Schmerzes verschwand. Sie materialisierte sich wieder an Deck des ausgewählten Schiffes, das im Dunkel der Nacht auf den Wellen dümpelte.

Der Schreck stand den beiden Männern an Deck ins Gesicht geschrieben; ihnen blieb der Mund offen stehen. Einer besaß genügend Geistesgegenwart zu rufen. Beatrix wartete lediglich ab, bis sie wieder Herr ihrer selbst war, dann befahl sie die Kraft des Gefährten erneut herbei. Die Seeleute verschwanden in wirbelndem Schwarz. Die quälende Ekstase kehrte zurück, und schon stand sie auf dem Achterdeck der

Vengeance, während die wirbelnde Schwärze um sie herum sich auflöste. Sie rang nach Atem, und der Schmerz ebbte ab. Das Deck war leer, bis auf einen Wachmann, der auf dem Vorschiff Wache ging, und den, der auf dem Achterdeck patrouillierte. Aus der Kajüte war lautes Lachen zu hören, und eine Stimme rief: »Polton, he, Polton, die Flasche steht genau vor dir!« Zahllose Stimmen murmelten unter ihren Füßen. Das heruntergekommene Schiff hatte sämtliche Schotten für die Nacht dicht gemacht. Sie nahm den stechenden Geruch ungewaschener Körper wahr, der zu ihr hochstieg; auch hatte die Flut die Ausscheidungen der Menschen auf dem Vorschiff noch nicht fortgespült.

Warum war sie hergekommen? John war hier gewesen. Sie war sicher, dass er geflohen war, dass ihm dies als Einzigem geglückt war. Was sie wissen wollte, war, warum er überhaupt eine Haft auf diesem schrecklichen Gefängnishulk arrangiert hatte. Hatte es etwas mit der Mission zu tun, auf der er sich zurzeit befand? Er war nur einen Tag in London geblieben, bevor er wieder abgereist war. Ob die Offiziere es wussten? Sie hielt das für unwahrscheinlich. Sie ahnten nichts von seinen Geheimnissen, sonst hätten sie ihn niemals auf diese Weise bestraft.

Sie schaute zu Boden, wohlwissend, dass fünfhundert Gefangene, einige davon vermutlich Mörder, aber alle erfüllt vom Gedanken an eine Flucht, dort unter ihr waren. Einige von ihnen mussten John kennen, oder St. Siens, wie er sich genannt hatte. Vielleicht wusste einer von ihnen mehr. Sie atmete tief durch. Sie war stärker als diese Männer. Sie konnte in der völligen Dunkelheit dort unten in den Schiffsräumen sehen. Sie würden nicht wissen, wie man sie töten müsste. Sie konnte dafür sorgen, dass sie ihre Anwesenheit für einen Traum hielten. Aber sie musste eines zugeben: Sie zögerte, sich mitten in diesen Haufen wütender und frustrierter Männer hinein zu begeben.

Sie lächelte. Wie lange war es her, dass irgendetwas sie hatte zaudern lassen? Lange, bei der Schlacht von Agincourt war es das letzte Mal gewesen. Tausende französische Ritter waren laut schreiend auf sie zugestürmt ... Sie erinnerte sich an das befreiende Gefühl, mit einem Schwert um sich schlagen zu können, in ein Kettenhemd gekleidet zu sein wie ein Mann. Sie hatte sich an jenem Tag von einer Kraft erfüllt wahrgenommen, die größer gewesen war als die eines jeden Mannes. Wie lange war es her, seit sie sich einem Ziel ganz hingegeben hatte? Jetzt wollte sie etwas. Sie wollte wissen, was aus John Staunton geworden war.

Die Wachen machten kehrt und kamen auf sie zu. Jetzt oder nie. Sie ließ die Schwärze aufsteigen und trat aus ihr heraus, hinein in die wimmelnde Dunkelheit unter Deck.

Sie stolperte und fiel auf die Knie, was einiges Knurren und auf Französisch den Ruf »Pass doch auf, du gottverdammte Schwuchtel!« auslöste. Sie rappelte sich auf. Der Gestank raubte ihr fast die Sinne. Ungewaschene Körper, Erbrochenes, Urin, Teer und darunter der subtile Geruch von Krankheit und nahem Tod. Sie atmete durch den Mund und hielt sich mit einer Hand die Nase zu. Die Gefangenen schliefen auf dem Boden, dicht an dicht, oder lagen in Hängematten wie Reihen von Kokons, die in der Dünung hin und her schwangen.

Beatrix riss sich zusammen, lehnte sich gegen die Leiter und lieh sich gerade so viel Kraft von ihrem Gefährten, um die Suggestion bei einem Mann anzuwenden, den sie durch die Dunkelheit sehen konnte; für jeden anderen, der nicht von ihresgleichen war, wäre die Schwärze undurchdringlich gewesen. »Berichte mir von St. Siens«, wisperte sie.

»Kenn ich nicht«, stöhnte er und öffnete ein Auge. »Aber dich würd ich gern kennen.«

Sie versuchte es bei einem anderen. »Kaufmann«, flüsterte sie.

So verging die Nacht. Gegen Morgen war Beatrix im untersten Deck angekommen. Die Zeit lief ihr davon. Sie wusste inzwischen einiges über Johns Aufenthalt auf diesem Schiff. Indem sie zwischen den schlafenden Gefangenen herumging und ihnen ihre drängenden Fragen in ihre Träume flüsterte, erfuhr sie, dass er die Strafe für das Aufbegehren eines Freundes auf sich genommen hatte, dafür ausgepeitscht und mehrere Tage an einem Ort eingesperrt worden war, der »das Loch« genannt wurde. Sie hörte, dass er einen Maler namens Garneray dazu gebracht hatte, Banknoten zu fälschen, damit die Gefangenen sich neu ausstatten konnten, wenn der Lieutenant ihre Sachen wieder einmal über Bord werfen ließ. Sie spürte die große Befriedigung der Gefangenen darüber, dass Rose wegen Geldfälscherei an Bord der *Vengeance* verhaftet worden war. Sie waren sicher, dass John das arrangiert hatte. Und auch Beatrix bezweifelte das nicht. Sie hörte von seiner Flucht, nackt, in einem leeren Versorgungsfass und mithilfe eines bestochenen Bootsführers. Einige glaubten, der Bootsführer habe ihn verraten, andere, dass er in die eiskalte See geworfen worden und ertrunken war oder dass er, so nackt wie er gewesen war, von den Beamten des Transport Office gefasst worden war. Sie hatten Angst zu glauben, er könnte es tatsächlich geschafft haben. Gleichzeitig wollten sie, dass er von ihrer gegenwärtigen Lage erfuhr; davon, dass der neue Kapitän den Wachen nicht erlaubte, von dem etwas einzustreichen, was die Gefangenen sich verdienten, dass das Loch versiegelt und die Prügelstrafe verboten worden war, dass die Dinge sich gebessert hatten, die Situation jedoch noch immer schlimm genug war.

Sie erkannte, dass John ihnen Hoffnung gegeben hatte, die Zuversicht, dass sie ihr Schicksal beeinflussen konnten. Beatrix bahnte sich ihren Weg zwischen den Gefangenen hindurch, die anfingen sich zu regen. Sie weckte einen und wisperte: »Du hast von einem Wachmann gehört, dass St. Siens es zurück nach Frankreich geschafft hat. Er ist entkommen.« Der Gefangene würde es den anderen erzählen und es dabei noch ausschmücken.

Sie seufzte. Sie musste gehen. Obwohl sie jetzt sehr viel mehr über John wusste, hatte sie niemanden gefunden, der ihr hatte sagen können, warum er sich an diesem schrecklichen Ort hatte einsperren lassen, oder wo er jetzt war. Er wäre nicht geflohen, ohne seine Aufgabe erfüllt zu haben, nicht wenn er der Mann war, von dem sie zu glauben begann, dass er es war.

Aber was hatte er vor? Hatte die Erfüllung dieser Mission eine neue Mission nach sich gezogen? Wohin? Eine weitere Nacht des Befragens erschien sinnlos. An wen sich wenden? Moment. Viele Gefangene hatten erwähnt, dass die beiden Männer, die auf Ehrenwort entlassen worden waren – Garneray und Reynard – Johns Verbündete gewesen waren. Sollten sie etwas über seine Absichten wissen? Und Younger hatte sie freigelassen, deshalb wusste er, wo sie die beiden finden konnte.

Sie brauchte ein Bad und etwas Schlaf. Dann war es an der Zeit, Mr. Younger noch einmal aufzusuchen.

Wieder ganz in Schwarz gekleidet, glitt Beatrix durch das dunkle, schlafende Fareham. Über die High ging sie auf die Ostseite der Portsmouth Bay zu, dann verließ sie sie und betrat einen kleinen Hof. Reynard war laut Mr. Younger auf Ehrenwort zu einem älteren Ehepaar entlassen worden, dessen gepflegtes kleines Haus am Ende der winzigen Kehre des Weges lag. Als Gegenleistung für das Versprechen, keinen Fluchtversuch zu unternehmen oder dem Feind zu helfen, war es Offizieren erlaubt, bis zum Ende des Krieges oder bis sie ausgetauscht wurden, in der Bevölkerung zu leben. Das kleine, weiß gekalkte Haus mit den Blumenkästen bot einen Kontrast zu den Gefängnisschiffen, der größer nicht hätte sein können.

Am Haus brannten keinerlei Lichter. Beatrix rief die Dunkelheit herbei und translozierte sich ins Haus, genau hinter die Eingangstür aus rotem Holz. Es war schwerer diesmal, das sechste Mal heute Nacht. Sie war erschöpft. Das Transzlozieren forderte seinen Tribut. Während die wirbelnde Schwärze um sie herum sich auflöste, sah sie, dass sie in einem winzigen Flur stand. Auf Zehenspitzen schlich sie die knarrende Holztreppe hinauf, die zu den Schlafräumen führte. Im Zimmer hinter der ersten Tür, die sie öffnete, befanden sich ein schnarchender Mann und eine korpulente Frau; beide trugen Schlafmützen. Leise schloss Beatrix die Tür wieder. Im nächsten Zimmer schlief ein altes Weib, ohne Zweifel die Mutter eines der beiden Eheleute. Schließlich, in einer winzigen Kammer auf der Rückseite des Hauses unter dem Dachgiebel, saß ein Mann in seinem Bett und starrte sie an.

»Wer sind Sie?«, flüsterte er. »Was wollen Sie?«

»Eine Freundin von St. Siens«, sagte sie und rief ihren Gefährten. Am besten war es, dies schnell zu erledigen und sogleich wieder zu verschwinden. Beatrix' Augen färbten sich rot, während sie näher trat. »Ich habe einige Fragen.« Sie setzte sich ans Fußende des Bettes, außerhalb seiner Reichweite. Auch wenn sein Name wie das französische Wort für »Fuchs« klang, war er ein Bär von einem Mann. Der Ausschnitt seines Nachthemds stand offen und enthüllte eine Brust voller schwarzer Haare. Seine Augen sahen nur unscharf in der Dunkelheit.

Jetzt, da sie hier war, wusste sie nicht, wie sie beginnen sollte. »Du kanntest St. Siens auf dem Gefängnisschiff?«

»Ja.« Er wisperte genau wie sie.

»Wer war er?«

»Ein Kaufmann und, glaube ich, ein Spion für den Kaiser«, sagte der große Mann.

Das war neu. Wenn John ein Spion war, dann nicht für Bonaparte. »Gab es noch einen Grund, warum er dort war?«

Reynard runzelte die Stirn und dachte nach. »Nicht, dass ich wüsste.«

Eine Sackgasse. Vielleicht wusste dieser Mann gar nichts. Oder vielleicht hatte sie nur noch nicht die richtige Frage gestellt. »Warum wollte er so dringend fliehen?«

»Er hatte wichtige Informationen für die Sache des Kaisers.« Der Mann sprach monoton, als würde er ein Gedicht rezitieren. »Dupré wusste, an wen er sie weitergeben konnte. Keiner hat dem anderen genug vertraut, um ihm seine Geheimnisse zu enthüllen. Sie beschlossen, gemeinsam zu fliehen, jeder mit seinem Teil seines Wissens. Aber Dupré war krank. Sie mussten fliehen, bevor es ihm noch schlechter ging.«

Dupré? Bei ihrer nächtlichen Befragung der Gefangenen hatte sie nichts über einen Dupré gehört. Und es war nur ein Gefangener geflohen, hatte der Junge gesagt. »Ist es ihnen gelungen?«

Reynard schüttelte traurig den Kopf. »Dupré wurde von einem Wachmann getötet.«

Sie war ganz nah dran. Irgendwo hier lag die Erklärung. »Dann … dann konnte St. Siens die Informationen überbringen?«

»Kurz vor seinem Tod hat Dupré ihm gesagt, wer der führende Kopf des französischen Geheimdienstes ist.«

Beatrix war jetzt alles klar. John hatte den Namen gewollt. Er war unter großen persönlichen Opfern auf das Gefängnisschiff gegangen, um diesen Namen zu erfahren. Und jetzt war er ohne Zweifel demjenigen auf der Spur, der Bonapartes Agentennetz leitete. Sie brauchte den Namen ebenso wie John, wenn sie ihn finden wollte. Reynard wusste, dass diese Information ausgetauscht worden war. Wusste er noch mehr? »Und hast du das Gespräch zwischen St. Siens und Dupré mit angehört?«, wisperte sie.

Der große Mann nickte langsam.

Beatrix beugte sich in der Dunkelheit vor. »Wer ist der Kopf von Napoleons Agentenring?«

»Eine Frau«, sagte Reynard, und es klang, als wunderte er sich ein wenig darüber.

»Wie ist ihr Name?« Beatrix hielt mit ihrer Ungeduld nicht hinterm Berg.

»Irgendwie klang er seltsam.« Er zögerte. »Asharti. Ihr Name ist Asharti, die Comtesse de Fanueille.«

Beatrix wich mit einem Keuchen zurück. Asharti? Sie sprang auf, ihre Gedanken wirbelten durcheinander. Asharti leitete einen Spionagering für Bonaparte? Natürlich, sie wäre grandios darin, Informationen aus jemandem herauszuholen, so wie Beatrix es jetzt gerade getan hatte. Nur dass Asharti keinen Wert darauf legte, dass ihre Informanten diesen Prozess überlebten. Bonaparte war zurzeit der mächtigste Mann der Welt. Asharti musste das gefallen. Kontrollierte Asharti den Kaiser? Sie war durchaus dazu in der Lage. Gott allein wusste, dass Beatrix sich im Laufe der Jahrhunderte Dutzende von Königen und Kaisern gefügig gemacht hatte, wenn das Interesse an der Macht es ihr geboten hatte. Asharti musste auch hinter der Sache mit dem englischen Schiff stecken, dessen Besatzung das Blut ausgesaugt worden war …

John verfolgte Asharti! Ein Blitz des Entsetzens durchfuhr ihre Seele. Er wusste nicht, wen er herausforderte. Er konnte es nicht wissen. Asharti würde …

O Gott.

Alles hatte sich binnen eines Augenblicks verändert. Der Ansturm und die Tragweite dieser Veränderung beraubten sie fast ihrer Sinne. Wie viel hatte sie zu verlieren! Beatrix beschwor die Dunkelheit herauf, ohne Reynard einen passenden Traum zu suggerieren. Er schlief wieder ein, während sie sich in Schwärze hüllte und verschwand. Im Bruchteil einer Sekunde hatte sie ein Ziel vor Augen. Aber sie hatte die Freiheit verloren, ihren Weg zu wählen. Sie musste nach Paris. Sie durfte es nicht geschehen lassen, dass John Asharti allein ausgeliefert war.

Kapitel 16

Drei endlose Nächte hatte Beatrix darauf gewartet, mit dem offiziell »inoffiziellen« Parlamentärsschiff an die feindliche Küste reisen zu dürfen. Das Schiff verkehrte zwischen Dover und Le Havre und transportierte Diplomaten, Wissenschaftler und noch mehr geheime Passagiere. Ein Schmugglerschiff hätte sie eine Nacht eher mitnehmen können, aber das Risiko, dass sie aufgebracht wurden, war zu groß. Obwohl jede Verzögerung eine Qual war, würde ein gänzlicher Fehlschlag Johns Todesurteil bedeuten. Dieses Schiff war sicher. Sie würde heute Abend in Dover an Bord gehen. Am nächsten Morgen würde es in See stechen. Vier Tage, nachdem ihr Reynard Ashartis Namen genannt hatte!

Natürlich hatte Asharti Frankreich gewählt. Kein anderer Vampir näherte sich Frankreich, seit die Revolution Gefallen an der Guillotine gefunden hatte. Allein der Gedanke an diese Enthauptungsmaschine ließ ihren Gefährten vor Empörung erschauern und sich nur noch fester ans Leben klammern. Die Enthauptung war die einzig sichere Art, einen Vampir zu töten. Deshalb würde auch kein Vampir wissen oder auch nur vermuten, dass Asharti Afrika verlassen hatte. Aber wo in Frankreich war sie? Ging Beatrix recht in der Annahme, dass sie in Paris war? Und wenn es Paris war, wo dort? Sie konnte sich den Luxus einer langwierigen Suche nicht leisten.

Beatrix hatte wieder und wieder überlegt, wie lange John von London fort sein mochte und was ihm in dieser Zeit widerfahren sein konnte. Fast drei Wochen. Falls er Asharti gefunden hatte – hatte er so lange überleben können? Sie wusste, was Asharti mit Männern machte. Und wenn er tot war? Was dann?

Sie ging in ihrem Salon unruhig auf und ab. Verfluchte Asharti! Stephan hätte sie töten sollen, als er erfahren hatte, wozu sie geworden war. Er hätte es tun können. Beatrix hatte es nicht tun können, jedenfalls damals nicht. Asharti glaubte, dass die Tiefe ihrer dunklen Leidenschaften ihre Kraft nährte. Sie war vielleicht schneller als Beatrix noch stärker geworden. Wie sollte Beatrix sie jetzt noch aufhalten?

Dies war es, was geschah, wenn Vampire erschaffen wurden! Beatrix' Wut brach sich in einem Knurren Bahn. Sie ließ sich in einen der Sessel fallen. Vermutlich hatte Asharti den einzigen Menschen getötet, der zwischen Beatrix und dem Kloster Mirso gestanden hatte.

John hatte inzwischen sicher alles und jeden verraten, den er liebte. Asharti musste diese Menschen getötet haben. Sie hatte Beatrix nicht nur John genommen, sondern vielleicht auch dafür gesorgt, dass England an Napoleon fiel. John musste am Boden zerstört sein. Selbst wenn sie ihm den Schmerz über seinen Verrat nicht ersparen konnte, so konnte sie doch versuchen zu verhindern, dass Asharti gewann. Beatrix stand auf, sie schwankte leicht. Sie mochte vielleicht nicht stärker als Asharti sein, aber sie konnte jene warnen, die in Gefahr schwebten. Irgendjemand hatte John auf das Gefängnisschiff geschickt. Es war möglich, dass diese Person sich selbst und die anderen englischen Agenten schützen konnte. Und noch ein Gedanke kam ihr. Johns Vorgesetzter wusste vielleicht auch, wohin er sich begeben hatte, um Asharti aufzuspüren. Das würde ihre Suche beschleunigen. Aber wie diesen geheimnisvollen Mann finden? Sie wusste nichts über Johns Kontakte.

Aber sie kannte jemanden, der es wissen konnte.

Sie klingelte nach dem Diener und bestellte die Kutsche. Noch war Zeit. Sie musste erst in einigen Stunden nach Dover aufbrechen.

Eine Frau konnte nicht einfach vor aller Augen ein Haus wie Albany House betreten, in dem ausschließlich Junggesellen ihre Wohnungen hatten. Aber sie verfügte über andere Mittel, hineinzugelangen. Sie dachte genau darüber nach, wie weit es vom Berkeley Square entfernt lag, wo genau in den dunklen Winkeln seines Hofes sie sich wieder materialisieren wollte. Jedenfalls nicht im Lichtschein der Laternen vom Piccadilly …

Dann rief sie ihren Gefährten.

Binnen weniger Momente befand sie sich in den Schatten, die der Albany Court auf die Straße warf, und schaute hinauf in die erleuchteten Fenster von Nummer sechs. Die Nacht war erfreulicherweise mild. Der Mai wich langsam dem Juni und verhieß schon den Sommer. Dort! Ein Schatten glitt an den Fenstern vorbei. Ja … Sie ließ die Schwärze erneut aufwirbeln, verschwand und erschien wieder im verdunkelten Foyer von Nummer sechs.

Die Zimmer rochen leicht nach Zigarillos, Möbelpolitur und Rasierseife. Unter diesen Gerüchen war auch der Geruch von John Staunton, Earl of Langley, und noch jemand anderem. Es war derjenige, zu dem sie wollte. Sie hörte ihn in dem kleinen Zimmer im rückwärtigen Teil der Wohnung umhergehen. Beatrix hielt die Kraft ihres Gefährten bereit, als sie sich leise dorthin begab.

Niemand in der Londoner Gesellschaft verstand, warum ein Kammerdiener mit so hohen moralischen Ansprüchen wie Withering seit Jahren einem notorischen Schürzenjäger diente. Beatrix verstand es. John Stauntons moralische Ansprüche waren auf seine Art ebenso hoch wie die seines Kammerdieners. Withering war ein alter Mann, aber keinesfalls klapprig und hinfällig. Er saß in einem Ohrensessel und las Zeitung im Schein einer Lampe, die auf dem nahen Schreibtisch stand. Er trug eine Brokatjacke und an den Füßen leichte Hausschuhe. Die weiteren Möbelstücke in dem winzigen Zimmer waren ein schmales Bett, ein überbordendes Bücherregal und ein recht ansprechender Kleiderschrank. Withering hatte das Aussehen eines gut situierten Junkers oder, anders gesagt, das des perfekten Kammerdieners. Als sie eintrat, schaute er auf, während sich seine Überraschung in Missbilligung verwandelte.

Sie ließ das Rot in ihren Augen aufglühen und sah den missbilligenden Blick verschwinden.

»Wie heißen Sie?«, fragte sie sanft und setzte sich auf die Bettkante.

»Withering.« Er sprach mit modulierter Stimme. Er hatte vermutlich sein ganzes Leben lang geübt, der perfekte Kammerdiener für einen Earl zu sein. Nach Beatrix' Erfahrung wussten Kammerdiener und Zofen praktisch immer alles, selbst wenn man versuchte, seine Geheimnisse vor ihnen zu hüten. Sie hoffte, dass es in diesem Fall zutraf. Eigentlich hätte sie gleich hier in Albany House mit ihrer Suche beginnen müssen, statt nach Petersfield zu jagen. Sie war in Panik gewesen. Vielleicht wusste Withering ganz genau, wo sein Herr sich aufhielt.

»Ich habe einige Fragen, Withering. Wo ist Ihr Herr?«

»Ich weiß es nicht, Mylady.«

Er wusste, wer sie war. »Ist er nach Frankreich gereist?«

»Ich weiß es nicht, Mylady.«

Sie hätte vor Enttäuschung am liebsten geschrien. Nun, aber zumindest wusste sie, dass ihre Fahrt zu den Gefängnisschiffen nicht vergebens gewesen war. »Wie heißt der Mann, der Langley seine Anweisungen gibt?«

»Es tut mir leid, Mylady. Das kann ich Ihnen nicht sagen.«

Er hatte keine Ahnung von dem, was sie wissen wollte. Ein Seufzer entrang sich ihr. Vielleicht wussten Kammerdiener doch nicht alles.

Aber vielleicht wusste er nicht, dass er es wusste. Sie biss sich auf die Lippen. »Sie wissen, wer Langley ist?«

»Ja, Mylady.«

»Nun, wer ist er? Und sagen Sie mir jetzt nicht, dass er ein Frauenheld ist.«

»Er arbeitet für die Regierung, Mylady. Ohne Sold natürlich.«

Interessant. Natürlich würde ein Mann wie John keinen Sold akzeptieren. »Wissen Sie, was er in Portsmouth getan hat?«

»Nein, Mylady.«

Beatrix durchmaß das kleine Schlafzimmer. »Aber Sie wissen, dass er ausgepeitscht worden ist.«

»Ja. Ich habe mich nach seiner Rückkehr um ihn gekümmert. Seine Lordschaft benötigt oft medizinische Hilfe.«

»Verdammt, Mann! Sie haben keine Ahnung, wer ihm seine Anweisungen gibt?«

»Ich weiß es, Mylady. Jemand der in der Albemarle Street sechzehn wohnt. All seine Instruktionen kommen von dieser Adresse.« Er sagte es ganz sachlich. Beatrix holte tief Luft und stieß sie mit einem unterdrückten Lachen wieder aus. Natürlich! Sie hatte nach dem Namen gefragt, und er kannte den Namen nicht. Zu denken, dass sie fast verzweifelt wäre! Jetzt musste der Schaden repariert werden, den John unter Ashartis Einfluss verursachen würde, wenn es nicht schon zu spät war. Und sie musste herauszufinden, wohin genau er gereist war, ehe sie nach Dover eilte.

Sie stand auf. »Sie werden sich nicht an meine Anwesenheit erinnern«, wisperte sie dem alten Kammerdiener zu. Sie würde Symington auftragen, ihn so großzügig zu bezahlen, dass er sich mit Stil zur Ruhe setzen konnte, wenn es nötig werden würde. Es war sinnlos, dass er hier saß und ewig auf einen

Herrn wartete, der vielleicht nicht mehr zurückkam. Sie blinzelte einige Male, als sie daran dachte. Sie musste die Verzweiflung zurückdrängen, bis sie Gewissheit hatte.

Sie hatte viel zu tun. Und sie durfte das Parlamentärsschiff nicht verpassen, das mit der Morgenflut auslaufen würde.

John erwachte wie immer in Finsternis. Die Schmerzen von den Schnittwunden an seinem Körper pochten wie von weither. Er lag auf den warmen, schwitzenden Steinen. Ein kleiner Schmerzenslaut entfuhr ihm, als er sich zum Sitzen hochstemmte. Ein heftiger Schwindel erfasste ihn – fast hätte er wieder das Bewusstsein verloren. Er rutschte mit klirrenden Ketten hinüber zur Wand.

Er würde bald sterben. Er musste sterben. Er würde es nicht länger durchhalten, dass sie seine Venen öffnete und sein Blut trank. Oder er würde an Kummer oder Scham sterben. Er hatte ein Dutzend Menschen verraten. Sie hatte ihn unzählige Male gegen seinen Willen zu ihrem Vergnügen benutzt. Jedes Mal hatte er gegen sie angekämpft. Jedes Mal hatte er verloren. Er hatte sie gewaschen, sie geleckt, war in sie eingedrungen, hatte sie angefleht. Und sie war in ihn eingedrungen. Er … er wollte nicht daran denken. Es *musste* bald aufhören.

Oder vielleicht würde es immer so weitergehen. Vielleicht konnte ihr Wille ihn dazu bringen, nicht zu sterben. Sie würde seinen Tod immer wieder hinauszögern, indem sie sein Blut so sparsam trank, dass er auf ewig in diesem halbdunklen Leben aus Scham und Elend dahinvegetieren würde. Oder zumindest so lange, bis er keine Namen mehr zu verraten hatte. Wie viele Namen waren noch übrig? Er stützte den Kopf in die Hände und versuchte, seine Gefühle unter Kontrolle zu bringen.

Wie lange befand er sich schon in diesem fast bewusstlosen

Zustand, der in diesen Tagen als Schlaf hingehen mochte? Wie lange würde es dauern, bevor sie wieder zu ihm kam? Wenn die Tür geöffnet wurde und das schmerzende Licht hereinströmte, brachten sie ihm Essen, das er zu sich nehmen musste, oder sie tauschten den Nachttopf aus, der gerade noch in Reichweite der Ketten stand. Wenn die Tür sich aber nicht öffnete, dann war sie es …

Er atmete tiefer und schloss die Augen.

Vor seinem inneren Auge sah er einen Kerzenleuchter; sein Lichtschein erhellte sanft einen Salon. Beatrix war dort. Ihr kastanienrotes Haar glänzte im Lichtschein. Licht brach sich im Champagner in ihrem Glas, während ihr Lachen über ihn hinwegperlte. Beatrix. Klug, stark, verletzlich auf eine Weise, von der sie nicht wollte, dass andere darum wussten. Sie hatte ihn nicht gewollt. Er wusste das. Aber an sie zu denken, hatte ihn auf dem Gefängnisschiff gerettet, und jetzt wurde sie zum Gegenmittel zu Asharti. Asharti war das Dunkel, das Böse. Er verdrängte Asharti aus seinem Denken und dachte an das Licht in Beatrix' Augen, als sie über Turner oder über Blakes zweite Unschuld gesprochen hatte.

Sie hatten unrecht damit, an Blake zu glauben. Zweite Unschuld! Gefährliches Geschwafel, weiter nichts. Es gab einige Dinge, die so entsetzlich waren, dass man sich nie mehr davon erholte. Niemand konnte noch an das Gute glauben, wenn er erfahren hatte, wie Asharti war.

Er lenkte seine Gedanken schnell zurück zu Beatrix und dem gesegneten Lichtschein, dann schüttelte er den Kopf, als die Verzweiflung ihn wieder zu übermannen drohte. Beatrix war *nicht* das Gute. Sie war eine Kurtisane – eine intelligente, wunderschöne Kurtisane, die irgendwie verletzt worden war, aber nichtsdestotrotz eine Kurtisane. Eine Kurtisane, die ihn nicht wollte.

Schritte waren vor der Tür zu hören. Zwei Personen. Ein Schlüssel drehte sich im Schloss. John richtete sich auf. Er würde nicht zulassen, dass sie ihn zusammengekauert sitzen sahen, voller Furcht. Die Tür öffnete sich quietschend. Er hob eine gefesselte Hand gegen das Licht. Quintoc hielt eine Fackel hoch und entzündete damit die einzige Fackel in der Zelle.

Sie trat ein, ihr Kleid umfloss sie. John spürte seinen Atem flacher werden. Sie war nicht in einen ihrer transparenten Chiffonschals gehüllt, sondern trug einen Reiseumhang über einem reichen, spitzenverzierten Stoff. Sie beugte sich über ihn und legte Daumen und Zeigefinger an seine Kehle, um seinen Puls zu fühlen.

»Er wird durchhalten, bis ich zurückkomme. Ich werde nur ein paar Tage fort sein.«

»Ich könnte noch Namen aus ihm herausholen, während Ihr nicht da seid, Mistress.« Auf Quintocs täuschend unschuldigem Gesicht lag ein Ausdruck gieriger Erwartung.

»Das ist nicht nötig.« Ihre Stimme klang jetzt schärfer. »Du darfst ihn dir nur zwei Mal nehmen, Quintoc, bis ich am Sonnabend zurückkomme. Kein Blut.«

»Kein Blut?«, rief Quintoc.

»Deck deinen Bedarf in den Armenhäusern oder in den Gefängnissen.« Sie strich John das Haar aus der Stirn. Er war inzwischen darüber hinaus, bei ihrer Berührung zu zittern; in seinem Kopf drehte sich alles darum, was ihre Anweisungen an Quintoc bedeuten könnten. »Er ist so süß. Er hasst es so sehr. Und doch ist er so meisterhaft im Geben. Ich hatte seit Jahrhunderten niemanden mehr, den ich so genossen habe.« Sie wandte den Kopf und sah Quintoc ruhig an. »Wenn du Blut von ihm trinkst, werde ich es merken.«

Quintoc erwiderte ihren Blick nur für einen kurzen Moment, ehe er die Augen niederschlug. »Ja, Mistress.«

»Du bist jung, Quintoc, und sein Wille ist stark. Er könnte sich als schwierig herausstellen. Es wird eine ausgezeichnete Übung für dich sein. Vielleicht«, fuhr sie fast unbekümmert fort, »werde ich dir erlauben, mir zu zeigen, wie du ihn dazu gebracht hast zu kooperieren, wenn ich zurück bin. Das könnte ... stimulierend sein.«

Sie wandte sich wieder an John, mit einer Stimme, die wie ein Schnurren klang: »Und du komm zu Kräften. Ich muss nach Paris, um gewisse Dinge durch Fanueille ins Werk zu setzen. Aber ich werde dich wollen, wenn ich zurückkomme.« Sie machte auf dem Absatz ihrer eleganten Ziegenlederschuhe kehrt und ging zur Tür. »Barlow ist für deine Sache verloren. Und die anderen werden sterben, wenn sie nicht schon tot sind. Du hast mich in jeder Beziehung höchst zufriedengestellt.«

John sank innerlich vor Entsetzen zusammen. Er hatte sein Land verraten, seinen Freund, sich selbst.

Quintoc grinste ihn höhnisch an, als er sagte: »Mistress, soll ich die Kutsche rufen?«

Die Tür wurde zugeschlagen. Das Schloss rastete ein. Die Stimmen und die Schritte wurden leiser und verklangen.

John hätte erleichtert sein sollen, dass Asharti ihn für einige Tage in Ruhe lassen würde. Aber Erleichterung lag ihm fern. Er hatte fast noch mehr Angst vor Quintoc.

Beatrix stand vor dem Haus Nummer sechzehn in der Albemarle Street, vor das sie sich transloziert hatte. Sie hatte sofort bemerkt, dass etwas in der stillen, engen Straße nicht stimmte.

Vibrationen erfüllten sie. Sie schloss die Augen. In diesem Haus hielt sich ein Vampir auf. Die Vibrationen brachten nur ein Murmeln hervor. Die Kreatur war erst vor Kurzem geschaffen worden, sie war nicht stark. Mutmaßungen stürmten auf Beatrix ein. Hatte John seinen Mentor an Asharti verraten, und sie hatte ihn zum Vampir gemacht, anstatt ihn zu töten? Wenn Asharti ihn zum Vampir gemacht hatte ... dann musste er ihr dienen.

Und wenn Beatrix ihn spüren konnte, konnte auch er sie spüren. Sie sollte sich sofort zurückziehen. Ein weiterer Gedanke ging ihr durch den Sinn. Entweder war Asharti nach London gekommen und hatte es geschafft zu verhindern, dass Beatrix ihre machtvollen Vibrationen spürte, oder Asharti hatte einen anderen Vampir geschickt, um den zu schaffen, der sich in diesem Haus aufhielt.

Ein Mann, der wahrscheinlich in hohem Maße das Vertrauen von Englands Krone genoss, als Leibeigener Ashartis – die Konsequenzen, die das hatte ... Es gab nur einen Weg, dem Schaden vorzubeugen, den er anrichten konnte. Was war hier ihre Pflicht? Sie hatte sich niemals dazu hergegeben, einen von ihresgleichen zu töten ...

Beatrix sammelte ihre Macht, voller Furcht vor dem, was sie vielleicht tun musste. Sie durfte nicht zulassen, dass ihr Mut sie verließ. Asharti durfte keinesfalls gewinnen.

Sie materialisierte sich vor einem alten Mann, der sich am Kaminfeuer die Hände wärmte. Er war der Vampir. Er fuhr überrascht herum. »Wer sind Sie?«, fragte sie. Sie wandte ihre Suggestionskraft nicht an. Noch nicht.

»Sir Thomas Barlow«, entgegnete er vorsichtig. »Was wollen Sie hier?«

»Ich komme von ihr.«

Barlow entspannte sich. »Wir sind gut aufgestellt. Die Agenten sind alle tot oder werden es bald sein. Ich habe Informationen über Wellingtons Pläne in Spanien. Bonaparte kann Portugal ganz leicht bekommen, wenn er Soults Truppen zu

Masséna schickt, um ihn zu unterstützen. Hier habe ich einen Überblick über Wellingtons Schwachstellen.« Er ging zu seinem Schreibtisch.

»Ich bin neugierig.« Beatrix versuchte, ruhig zu atmen. »Wie konnte sie einen Mann umdrehen, der ein Leben lang der englischen Krone gedient hat?« Sie musste es wissen.

Der Mann zog seine buschigen Augenbrauen hoch. »Der Neffe meiner Haushälterin. Er brachte mich zu ihr, nach Dover. Wir haben uns unterhalten. Dann hat er mich verwandelt und mir sein Blut gegeben, während ich krank war.« Er blickte Beatrix an. Seine Augen hatten in einem einzigen Leben das ganze Ausmaß der verderbten menschlichen Seele gesehen.

Plötzlich wusste Beatrix, dass sie noch eine Sache in Erfahrung bringen musste. »Wie lange ist Ihre Verwandlung her?«

»Sie war am 25. März.« Er sagte es gleichmütig dahin. Aber Beatrix erfüllte es mit Erleichterung. Vor zwei Monaten. Es war nicht John gewesen, der diesen Mann an Asharti verraten hatte. Sie begann zu begreifen. Die Straßenräuber, die Nacht, in der vor ihrem Haus ein Schuss zu hören gewesen war, kurz nachdem John gegangen war ... Das Gegenteil war wahr! Barlow hatte versucht, John zu töten. Nicht direkt natürlich, und er hatte auch nicht seine Vampirkräfte angewandt ... Er musste sich alle Mühe gegeben haben, diskret vorzugehen. Aber Beatrix war sicher, dass er versucht hatte, John umzubringen. Auch dass er John auf das Gefängnisschiff geschickt hatte, konnte aus dem Antrieb geschehen sein, ihn zu töten. Hatte er auch Dupré umgebracht? John hatte er jedenfalls nicht getötet. Vielleicht hatte er John zu Asharti geschickt, damit sie ihn beseitigte.

Aber warum hätte er das tun sollen? »Sie kann Sie nicht kontrollieren, wenn Sie in London sind und sie in Paris ist. Also müssen Sie ihre Gesinnung teilen.« Würde sie ihn zwingen müssen? Sie konnte es. Er war ein Neuling.

Als er die Schultern zuckte, wusste Beatrix, dass Suggestion nicht nötig war. »Man wird der Dummheit der Regierungsoffiziellen müde. Endlose Diskussionen, gegenseitige Schuldzuweisungen, selbst wenn der Weg klar ist. Sie tun nicht, was zu tun ist. Das bedeutet, dass Napoleon gewinnen wird.« Barlow starrte in den Brandy in seinem Glas, als könnte er daraus die Zukunft lesen. »Zu Lande ist er ein militärisches Genie. Seine Marine formiert sich in einem atemberaubenden Tempo neu. Unsere Schiffe werden im Blockadedienst verschlissen. Wir lassen unsere Seeleute verhungern und unsere neu gebauten Schiffe zerfallen, weil unsere Zulieferer korrupt sind. Es ist nur eine Frage der Zeit, bis Frankreich die Blockade durchbricht und in England einfällt. Besonders jetzt, da wir ein Schiff in unsere Gewalt bringen und die gesamte Mannschaft ausschalten können. Das Experiment, bei Brest die Blockade zu durchbrechen, war erst der Anfang.« Er schaute sie an.

»Sie wollten also auf der Gewinnerseite stehen.« Beatrix unterdrückte mit einer eisernen Klammer ihre Wut. Er hatte John aus Habsucht und Machtgier verraten. Sie hatte das schon tausend Mal erlebt.

»Sie verachten mich, wie ich sehe.« Er lächelte, als übte er Nachsicht mit ihr. »Aber Sie folgen ihr doch auch. Ihre Vision einer neuen Gesellschaft für unseresgleichen ist beeindruckend. Sie ist geradeheraus. Sie handelt. Bei ihr gibt es kein Zaudern und keine Unklarheit. Sie wird die Welt verändern. Ich bin ein alter Mann. In wenigen Jahren wären meine Fähigkeiten, etwas zu verändern, mit mir ins Grab gewandert. Für mich war die Chance, ewig zu leben und die Welt zu verändern ... attraktiv.«

»Deshalb haben Sie Ihr Land verraten?« Sie schaffte es irgendwie, ihn nicht dafür anzuschreien, dass er John verraten hatte.

In seinen Augen blitzte es auf. »Mein Prinz und mein Parlament verraten mein Land. Die Zulieferer, die die Navy übers Ohr hauen, verraten ihr Land. England war bereits dem Untergang geweiht. Ich habe damit begonnen, das zu formen, was das nächste Kaiserreich sein wird. Wir werden ganz neu anfangen.« In seiner Miene zeigte sich plötzlich Misstrauen. »Sie dienen ihr nicht, habe ich recht?«

Beatrix fühlte, dass ihre Augen zu schwimmen begannen, als ihr die Unvermeidlichkeit dessen, was geschehen musste, klar wurde. Sie ließ ihre Augen rot aufglühen. Er wehrte sich. Seine Augen begannen gleichfalls zu glühen. Aber sie war älter. Sie hatte ihn im Griff, ehe sie antwortete. »Ich habe es einst getan.« Sie musste sicher sein, bevor sie handelte. »Haben Sie Langley verraten?«

Die scharfen Augen wurden trüb. »Ich habe in Frankreich Agenten auf ihn angesetzt. Sie haben ihn verwundet, aber er hat sie bezwungen. Ich habe es zwei Mal in England versucht. Dann sollte er auf dem Gefängnisschiff zusammen mit Dupré sterben. Ihn zu Asharti zu schicken war der letzte Ausweg. Sie wird mit ihm fertigwerden.«

Beatrix erschauerte. Es war genauso, wie sie es vermutet hatte. Es gab keine Heilung für das, wozu dieser Mann geworden war. Es war ausgeschlossen, ihn hier zurückzulassen, damit er damit fortfuhr, all das zu untergraben, wofür John gearbeitet hatte und woran er glaubte. Ihr Atem wurde flacher. »Und Asharti – wo ist sie?«

»In Paris. Rue Bonaparte.«

Es blieb nur noch eines zu fragen übrig. »Wie ist der Name Ihres Neffen und wo ist er?«

»Jerry«, krächzte Barlow. »Jerry Williams. Er lebt in Dover, in der Woolcomber Street.«

Beatrix schloss die Augen. Es gab einen allerletzten Ausweg. Wenn sie die Augen wieder öffnete, hatte Barlow seinen eigenen Willen zurück. »Sie helfen dem Bösen dabei, die Welt in seine Gewalt zu bringen, Mann. Ich kenne Asharti seit siebenhundert Jahren. Sie ist verderbt, vielleicht durch ihre Erfahrung, vielleicht weil sie geschaffen wurde, aber ihr Weg ist nicht der richtige. Geben Sie auf. Zusammen können wir sie ausschalten.«

Gerissenheit blitzte für einen Moment in seinen Augen auf, ehe er sagte: »Vielleicht haben Sie recht.«

Dieses Aufblitzen von Gerissenheit war die Antwort für Beatrix. Es gab keine Entschuldigung mehr dafür, es hinauszuzögern. Es gab keine Alternative. Sie hatte so etwas noch nie getan. Sie keuchte und ließ ihre Augen rot aufglühen. *Gefährte! Mehr Kraft* … Sie ging auf Barlow zu.

»Alter Mann, du hast deine Chance gehabt.« Sie sah, dass seine Augen sich weiteten, während sie seine Schläfen streichelte. »Ich hoffe, der Dienst, den du deinem Land die längste Zeit deines Lebens erwiesen hast, wiegt in den Augen deines Schöpfers mehr als dein Verrat. Möge er dir vergeben, denn ich kann es nicht.«

Sie holte tief Luft. Wie zur Buße für das, was sie nun tun würde, sah sie Barlow in die Augen. Dann drückte sie zu. Und brach ihm mit einem Ruck das Genick.

Blut spritzte gegen die Wände, auf ihr Gesicht, ihr Kleid. Sie hielt Barlows Kopf in Händen. Er starrte sie an, den Mund weit aufgerissen, während sein Körper zu Boden plumpste. Mit einem Schrei ließ sie den Kopf fallen. Sie krümmte sich, schluchzend, um Atem ringend, während ihr Gefährte sie verließ. Der Kopf rollte zum Kamin und blieb dort liegen, das

Gesicht nach oben gewandt. Die Augen starrten an die Decke, Blut sammelte sich auf dem Teppich.

Ein Klopfen an der Tür. »Sir Thomas?« Die Haushälterin.

Beatrix taumelte zum Fenster, rief geschwächt nach ihrem Gefährten. Der Schrei der Haushälterin hallte bis in die Schwärze hinein, die sie umhüllte, bevor das Zimmer aus ihrem Blickfeld verschwand.

Beatrix starrte aus dem Fenster der Kutsche, die von vier Grauen gezogen wurde. Sie fühlte sich wie betäubt. Der Mond schien durch transparente Wolken. Asharti war dabei, neue Vampire zu schaffen, die ihre Befehle ausführten. Sie wollte eine neue Weltordnung. Welche Art Welt würde jemand wie Asharti wohl erschaffen? Allein die Möglichkeit, dass sie es tun könnte, war undenkbar.

Das Schiff sollte in Dover ablegen. Wo Jerry Williams lebte. Das Entsetzliche, das sie gerade getan hatte, musste wiederholt werden. Ihr stockte der Atem. Hatte sie nicht ihr Leben damit begonnen, die Kehlen jener aufzureißen, von denen sie getrunken hatte? Hatte sie nicht zusammen mit Asharti den letzten Tropfen getrunken oder in der Schlacht getötet, wie nur jemand mit ihrer Kraft es konnte?

Aber sie hatte seit sechshundert Jahren nicht mit voller Absicht und kaltblütig getötet. Sie hatte sich geschworen, dass das hinter ihr lag. Ihre Gedanken jagten dahin, voraus nach Frankreich. Sie war auf dem Weg ins Land der Guillotine, um Asharti in ihrer Höhle mutig entgegenzutreten und aus dem Mund des Bösen selbst zu erfahren, was sie John angetan hatte. Er war tot, ohne jeden Zweifel. Beatrix konnte Asharti nicht aufhalten. Das ganze Vorhaben war vermutlich sinnlos.

Es würde mit ihrem eigenen Tod durch Ashartis Hand enden, auf die gleiche Art, wie sie Barlow getötet hatte.

Aber es war unvermeidlich. Sie konnte John nicht einfach zurücklassen, wie sie jenen Ritter und seinen Knappen zurückgelassen hatte, wie Stephan und Rubius ganze Kontinente Asharti überlassen hatten, als hätten sie keinerlei Bedeutung. Wut wand sich wie ein Wurm in ihrem Bauch. Töricht, in der Tat, aber sie wollte die Konfrontation. Ihre Finger krallten sich in den Stoff der Sitzpolster. Asharti durfte nicht gewinnen.

Vielleicht sollte sie sterben. Sie würde es herausfinden.

Die verwahrloste Stadt Dover breitete sich vor der Kutsche aus. Beatrix beugte sich aus dem Fenster. Die Luft war durchsetzt vom fauligen Geruch der See. »Woolcomber Street, am Fuß der Burg«, rief sie dem Kutscher zu. Selbst von hier aus konnte sie die Klippen mit dem römischen Leuchtturm sehen, der sich gegen das helle Mondlicht abhob. Sie sagte dem Pferdeknecht, dass er am Fuße des Hügels warten solle, und glitt hinaus in die Nacht. Es war noch eine Stunde bis zur Morgenflut. Genug Zeit.

Sie rief ihren Gefährten und translozierte sich ins vordere Schlafzimmer des kleinen Hauses, dessen winziger, verwilderter Garten sich an einen Hügel schmiegte. Der Mann wachte, im Dunkeln. Sie konnte seine Vibrationen spüren, genau wie er ihre spürte.

»Was ... w-was w-wollen Sie?« Er war ein hagerer junger Mann mit Sommersprossen und großen abstehenden Ohren. Und er fürchtete sich vor ihr. Das sollte er auch.

Sie wurde zu Stein, weigerte sich zu denken, weigerte sich, etwas zu fühlen. »Du bist nicht draußen, um Nahrung zu suchen?«, fragte sie sanft. »Oder versteckst du dich in diesem Haus mit deiner Mutter? Was für eine Art Vampir bist du?«

»Einer, der geschaffen wurde.« Seine Stimme bebte definitiv.

»Hat Asharti dir nichts über das Eindringen ins Territorium eines anderen Vampirs gesagt?«

»Nein. Aber ich werde morgen Nacht für immer fortgehen«, jammerte er.

»Du wirst schon heute Nacht für immer fortgehen.«

»Bitte.« er winselte fast. »Ich habe nur getan, was mir gesagt wurde. Ich kenne diese Asharti nicht, von der Sie reden. Ich schwöre, ich kenne sie nicht.«

»Wer hat dich zum Vampir gemacht?«, fauchte sie. »Willst du mir sagen, dass es nicht Asharti war?«

»LeFèvre«, keuchte er. »LeFèvre hat mich gezwungen, sein Blut zu trinken. Ich wollte es nicht, ich schwöre.«

»Wo ist der, der dich gemacht hat, jetzt?«

Sie sah, wie seine Augen sich mit Tränen füllten. »Er ist nach Frankreich zurückgegangen, Miss. Und wie soll ich weiterleben, wenn er mir nicht mehr sagt, was ich tun soll?«

Sie knurrte und stieß Jerry zurück aufs Bett. Derjenige, der ihn geschaffen hatte, befand sich außerhalb ihrer Reichweite. Aber dieser hier nicht. Sie kniete sich auf Jerrys Brust und umfasste seinen Hals mit beiden Händen. Keine Gefühle, dachte sie keuchend. Zeig keine Gefühle. Du hast keine Wahl. Sie drückte zu, schloss die Augen und bereitete sich darauf vor, ihm den Hals umzudrehen.

»Es war nicht meine Schuld. Er wollte mich töten und Schlimmeres!«, schluchzte er. Beatrix versuchte zu atmen, während es Jerry unter ihr vor Weinen schüttelte.

Sie konnte es nicht tun.

Sie richtete sich auf und erhob sich. Guter Gott, was tat sie da? Er war erschaffen worden, und das von einem der Werkzeuge Ashartis. Er musste sterben. Sie konnte es noch tun. Sie würde es tun.

Aber dieser hier war nicht in der Position, Englands Schicksal zu beeinflussen.

»Danke, Ma'am«, stieß Jerry hervor. »Ich schwöre, Sie werden das nie bereuen.«

Beatrix presste beschämt die Lippen zusammen. Asharti hätte nicht gezögert. Sie seufzte und schaute auf den von Aknenarben gezeichneten jungen Vampir. »Komm«, knurrte sie und zog den dünnen Mann hoch. »Wir segeln nach Frankreich. Wenn du dich als nützlich erweist, lasse ich dich vielleicht am Leben.«

Neue Angst wallte in seinen Augen auf und ließ ihn in sich zusammensinken. »Frankreich? Aber dort ist *sie*.«

»Du kennst Asharti also doch.«

»Nicht persönlich. Während ich krank war, hat LeFèvre die ganze Zeit von ihr gesprochen.«

»Vielleicht werde ich dich ihr vorstellen.« Beatrix' Mund wurde ein Strich. »Wir fahren nach Frankreich zu Asharti.«

Es waren jetzt zwei Tage. Zumindest war vier Mal ein Teller mit Essen gebracht worden, und ein dicker, brutaler Rohling namens LeFèvre hatte ihn gezwungen, es zu sich zu nehmen. Er konnte John mit seinem Willen zwingen, aber nicht so leicht, wie Asharti es konnte. Doch John hatte auch ohne viel Drängen gegessen. Asharti glaubte, dass er vielleicht Quintocs Suggestion widerstehen könne, und er wollte jeden Vorteil nutzen. Er war vom Blutverlust geschwächt. Sein Körper trug die Wunden von Ashartis Aufmerksamkeiten; einige davon waren inzwischen dabei zu heilen.

Während der langen Dunkelheit klammerte John sich an sein Bild von Beatrix. Ihm war bewusst, dass sie ihn zurückgewiesen hatte; dass er ihr nichts bedeutete. Aber er rief sich ihre letzten Worte mit Hingabe in Erinnerung und stellte sie sich als eine tugendhafte Witwe vor, die von allen begehrt wurde, aber allein ihm gehörte. Er gestattete sich nicht, an ihre Liebesnacht zu denken, aber in der Hitze und der Dunkelheit konnte er ihre Küsse auf seinen Lippen fühlen, auf seinem Hals, und ihre sanften Hände strichen durch sein Haar. Sie liebte ihn. Das war es, was er von diesem Traum wollte. Liebe, Licht, Freiheit.

Er war mitten in einer dieser Tagträumereien, als die Tür quietschend aufging und eine Silhouette auf der Schwelle erschien. Beatrix' ruhelose Augen verschwanden. Quintoc stolzierte in die Zelle, eine Fackel in der Hand. LeFèvre folgte ihm mit finsterem Blick auf dem Fuße. John nahm seinen ganzen Mut zusammen und hoffte, es würde ihn stark machen.

»Großer Gott!« Quintoc rümpfte seine kleine, spitze Nase und zeigte auf den Nachttopf. »Bring diesen Dreck hinaus, LeFèvre.« Er beäugte John. »Und du ... du stinkst vor Schweiß. Vielleicht sollte ich mir ein Beispiel an Asharti nehmen und dich erst einmal waschen.«

LeFèvre trug den Nachttopf aus der Zelle. John zitterte. Er durfte sich seiner Angst nicht ergeben. Er konnte fühlen, dass Quintoc sich unter seinem forschen Auftreten nicht sicher war, ob er John so kontrollieren konnte, wie es Asharti tat.

»Gute Idee«, krächzte John.

Quintoc trat rasch zu ihm und versetzte ihm mit dem Handrücken eine Ohrfeige, sodass sein Kopf zur Seite flog. »Glaub nicht, dass du dich über mich lustig machen kannst, du englischer Hund. Ich werde dich heute Nacht wie einen Hund nehmen, und du wirst unter mir winseln.«

John leckte sich bedacht das Blut von der geplatzten Lippe und starrte in Quintocs Babygesicht. Quintocs Augen begannen zu glühen. Das Blut erregte ihn. LeFèvre kehrte in die Zelle zurück.

»Mach ihn los, LeFèvre«, befahl Quintoc. »Zuerst das Bad, und dann soll er fort aus dieser Hitze hier, irgendwohin, wo es angenehmer ist.«

»Was ist mit den Dienstboten?« Unmut schwang in LeFèvres Stimme mit. John fragte sich, warum.

»Hast du irgendeinen der Diener gesehen?«, fauchte Quintoc. »Ich habe allen für die Nacht freigegeben.«

John versuchte, sich seinen Jubel nicht anmerken zu lassen. Sie würden ihn nach oben bringen. Dort waren keine Dienstboten – nur die beiden hier. Flucht …

LeFèvre schloss Johns Ketten auf und versetzte ihm einen Tritt, damit er aufstand. »Ich verstehe nicht, warum sie jemanden von deinem verdrehten Geschmack toleriert, Quintoc.«

»Du bist wohl noch immer wütend«, spottete Quintoc. »Du hättest nur ›Nein danke, Quintoc‹ sagen müssen, und zwischen uns beiden hätte es keine Missverständnisse gegeben.«

»Du hast gedacht, ich hätte mir deine Avancen gewünscht?« LeFèvre schrie es fast.

Quintoc zuckte die Schultern und wandte ihm den Rücken zu. »Langley wird sich meine Avancen wünschen. Soll ich dir sagen, was für hübsche kleine Sachen ich mit dir vorhabe?«, gurrte er, während sich sein Gesicht zu röten begann. »Oder willst du dich lieber überraschen lassen? Du wirst eine Woche lang nicht mehr sitzen können. Und dein Schwanz wird die ganze Zeit steif sein, das versichere ich dir.«

John unterdrückte seine Furcht. Er konnte sich Furcht nicht leisten. LeFèvre fluchte und zerrte ihn aus der Zelle. Quintoc folgte mit der Fackel. Die Sache ist noch nicht entschieden, sagte John zu sich.

Der Raum mit den unterirdischen heißen Quellen war ihm inzwischen vertraut. LeFèvre entzündete die Fackeln. Quintoc befahl John, ins Wasser zu gehen, das fast unerträglich heiß war. Unter den Augen der beiden Männer seifte John sich ab, seine Ketten klirrten. Immerhin zwang ihm Quintoc keine Erektion auf. Noch nicht. Vielleicht wollte er seine Kraft nicht vergeuden. Ein gutes Zeichen.

»Sorg dafür, dass du dir deinen Hintern gut wäschst«, befahl Quintoc. Seine Augen blitzten zur Drohung rot auf. John zuckte zusammen. Nicht, dass Asharti nicht das Gleiche von ihm verlangt hätte. Aber jetzt bekam es eine neue Bedeutung. John beherrschte sich. Es würde nichts bringen, hier aufzubegehren, so weit unten im Haus. Er seifte seine Hand ein und ließ sie zwischen seine Pobacken gleiten. Quintoc grinste und machte John mit einer Geste deutlich, sich abzuspülen.

Tropfnass stieg John aus dem Becken und trocknete sich ab. Ein kleines Lächeln lag um Quintocs Mund. Er kam näher und strich John eine nasse Haarsträhne hinter das Ohr. John erstarrte, wehrte sich aber nicht dagegen.

»Jetzt bist du bereit für mich. Komm, lass uns nach oben gehen.«

John taumelte hinter LeFèvre her und versuchte, sich die Abzweigungen des Ganges zu merken. Drei Steintreppen. Am Ende der letzten eine schwere Tür. Ein Foyer aus Marmor. Riesig groß. Dämmrig. Die Tür nach draußen war so nah! Er erhielt einen Stoß und stolperte. Er wurde die Treppe hinaufgezerrt, die in die erste Etage hochführte. Eine Tür, geschlossene rote Vorhänge, Brokat und Seide, ein großes Bett, bedeckt mit Leopardenfellen. Ashartis Boudoir! Ihr Duft war überall. Der gleiche Duft, den auch Beatrix trug. Sie konnte nicht wissen, wie sehr ihn das quälte. Er nahm verschwommen seltsame Möbelstücke wahr, sehr altes Holz, das unter der Vergoldung hervorschimmerte. Er hätte schwören können, dass eine Einlegearbeit aus Lapislazuli darunter war.

»Ab jetzt komme ich allein zurecht, LeFèvre«, sagte Quintoc. Seine Stimme klang heiser vor Lust.

»Wirst du mit ihm fertig?«, fragte LeFèvre geradeheraus.

»Ich habe vor, sehr grob mit ihm fertigzuwerden.« Quintoc schob John zum Bett. Seine Ketten klirrten. Würden sie die Ketten lösen? Er konnte sie dazu benutzen, Quintoc zu erwürgen, falls er in der Lage war, Herr über seinen Willen zu bleiben. LeFèvre öffnete die schweren Fesseln um Johns Handgelenke und löste die Ketten.

»Ruf, wenn du Hilfe brauchst«, sagte er. »Ich bin unten.«

»Möchtest du nicht zuschauen?«, fragte Quintoc mit einem durchtriebenen Grinsen.

LeFèvre ging schweigend aus dem Zimmer und schloss mit finsterem Blick die Tür hinter sich.

Quintoc wandte sich John zu. John schluckte. Quintocs Augen röteten sich jetzt stärker als zuvor. Der Moment war gekommen. Asharti hatte geglaubt, dass Quintoc Probleme mit ihm haben würde. Es reichte, um John Hoffnung zu geben. Er starrte in diese roten Augen und wehrte deren Wirkung auf sich zurück. Er ließ all seinen Hass auf dieses Frettchen und seine Herrin auf einen Schlag gegen Quintocs Willen heraus.

»Sei verflucht!«, stieß Quintoc hervor.

John fühlte, wie seine Lenden hart wurden. Übelkeit erfasste ihn. Er wehrte sich mit seinem Bewusstsein. Er würde sich von diesem Teufel mit dem Engelsgesicht nicht vergewaltigen lassen. Nicht, solange noch ein Atemzug in ihm war. Er war von Asharti vergewaltigt worden, weil er ihr nicht widerstehen konnte. Aber er würde verdammt noch mal Quintoc widerstehen. Quintoc baute sich unversöhnlich über ihm auf. John begann zu zittern, aber er konnte eine Spur von Schweiß auf Quintocs Stirn erkennen. Und dann ließ das Pochen in Johns Lenden nach.

Er brachte ein lässiges Grinsen zustande. Quintocs Rot verblasste, und er stieß einen frustrierten Schrei aus. John erkannte, dass er nur den Bruchteil einer Sekunde hatte, um zu handeln. Er sprang vom Bett und an Quintoc vorbei zur Tür. Er hatte die Kreatur überrumpelt. Zwei große Schritte, drei – er war an der Tür. Er hörte Quintoc hinter sich. John riss am Türknauf. Eine Hand griff nach seinem Arm. Er wand sich durch die Tür. Die Treppe hinunter, immer drei Stufen auf einmal nehmend. Er keuchte. Würden seine Kräfte reichen? Über die Marmorfliesen. Quintoc donnerte ihm nach. Er wurde von hinten zu Fall gebracht und stürzte. Er trat um sich und Quintoc ins Gesicht und kroch auf die Tür zu. Er zerrte an den großen Türflügeln, jede gut zwei Mann hoch. Das Licht der Abenddämmerung tauchte die Stufen in sanftes Licht, die gekieste Auffahrt, den See auf der anderen Seite. Quintoc schrie hinter ihm. John stolperte die Stufen des Säulenvorbaus hinunter. Die Luft roch nach sonnenwarmem Gras und irgendwelchen Blumen. Schwere Schritte. Wohin sollte er laufen?

Der Schlag traf ihn direkt an der Schläfe und fällte ihn augenblicklich. Er wurde über den Kies gezogen. Die Welt verschwamm. Er hörte das Zuschlagen von Türen.

Ein riesiger Brocken von Mann hockte auf seiner Brust, trieb ihm die Luft aus den Lungen. LeFèvre. Er schüttelte den Kopf, um ihn klarzubekommen. Er musste seine Sinne beisammenhalten. Eine Schlange der Angst kroch sein Rückgrat hinauf und sagte ihm, dass er nicht in der Lage sein würde, Quintoc noch einmal zu entkommen.

»Bring ihn wieder nach oben«, befahl Quintoc. Er hatte einen Kratzer auf der Wange.

Der große Mann bewegte sich nicht. »Du bist ihm nicht gewachsen. Und ich werde auch nicht zusehen, wie du ihn vögelst. Weshalb ich übrigens als dein Handlanger ausscheide.«

»Du ... du wirst tun, was man dir sagt!«

»Ich muss vor ihr dafür geradestehen, wenn er flieht.«

John blinzelte zu ihnen hoch. LeFèvre stand auf und grinste zu ihm herunter. »Ein kleiner Schluck englisches Blut wäre allerdings gar nicht so verkehrt.«

»Sie hat gesagt, ich darf nicht von ihm trinken«, schmollte Quintoc.

»Du denkst, sie würde das merken?« LeFèvre schnaubte verächtlich. »Das hat sie nur gesagt, um dir Angst einzujagen. Er hat noch ein paar Tage Zeit, wieder zu Kräften zu kommen. Wir saugen an den Stellen, an denen sie schon dran war.«

Quintoc strahlte. »Wenn wir ihn schwächen, wird es auch einfacher sein, mich mit ihm zu vergnügen.« Zusammen zogen sie John die Treppe hinauf und stießen ihn, der noch immer torkelte, die Stufen hinunter, zurück in die Hitze.

LeFèvre fesselte John die Hände auf dem Rücken, dann zog er ihn hinüber zu der vertrauten Kette, deren Halterung in die Mauer eingelassen war. LeFèvre stieß ihn auf die Knie, und dann hingen sie schon an ihm, schlugen ihre Zähne von beiden Seiten in seine Halsarterien. John wehrte sich einen Moment lang dagegen, aber der Willen von zweien war zu stark. Seine Sinne schrumpften auf das Pochen seines Blutes und das schlürfende Ziehen an seinem Hals zusammen. Seine Sicht trübte sich. Er begann, die Besinnung zu verlieren.

Einer zog sich zurück. »Genug«, hörte er LeFèvre sagen. »Wenn er leer getrunken ist, dann wird sie wissen, was wir getan haben.« Quintoc zog seine Fangzähne aus Johns Hals. John brach zusammen.

»Ich könnte ihn jetzt nehmen …« Das war Quintoc. John hörte ihn wie aus weiter Ferne.

»Du hattest deine Gelegenheit.«

»Tyrann!«

»Gottverdammte Schwuchtel!«

Die Tür schloss sich quietschend. Stimmen und Schritte verhallten. Die Dunkelheit kroch in Johns Kopf.

Kapitel 17

Die Vorhänge in der Kutsche waren zum Schutz gegen das Tageslicht fest zugezogen, deshalb konnte Beatrix die vorbeigleitende französische Landschaft nicht sehen. Das Rütteln in ihren lebenswichtigen Organen musste für das Gefühl von hoher Geschwindigkeit herhalten, das sie so herbeisehnte. Sie gab vor zu schlafen, obwohl sie den anderen Reisenden in der Kutsche nicht aus den Augen ließ: den feigen Jerry. Während der letzten Stunden waren sie nicht zur Ruhe gekommen. Einen ganzen Tag und eine weitere Nacht lang hatten die widrigen Winde auf See dafür gesorgt, dass sie in ihrer Schiffskabine hin und her geworfen wurden. Dem folgte in Calais die fieberhafte Suche nach einer Mietkutsche während der letzten Stunde vor Sonnenaufgang, und jetzt fuhren sie bereits den ganzen Tag in Richtung Paris. Zu lange. Alles hatte viel zu lange gedauert.

Beatrix seufzte. Unter den Wimpern hervor beobachtete sie Jerry, der im Mundwinkel auf seiner Lippe herumkaute. Unansehnlich. Vielleicht war alles, was er brauchte, jemand, der ihm half, weiterzumachen. Gott, jetzt klang sie bereits wie Stephan! Man musste sich nur ansehen, wohin das geführt hatte. Sie hatte keine Zeit für Jerry. Sie musste herausfinden, was mit John geschehen war. Sie wagte nicht zu hoffen, dass John noch lebte. Selbst wenn Asharti ihn eine Zeit lang für ihre Lustspiele benutzt hatte, konnte er das nicht lange durchgehalten haben, nicht wahr? Aber wenn auch nur die kleinste Chance bestand, dann musste sie sie nutzen. Sie hatte sich überlegt, dass sie Asharti nicht in ihrer Höhle in der Rue Bonaparte gegenübertreten sollte. Wenn sie sich erst ihrer alten

Freundin zu erkennen gegeben hatte, wäre ein Kampf auf Leben und Tod unvermeidlich – und was würde dann aus John werden? Nein, sie musste herausfinden, wo John gefangen gehalten wurde, ohne dass Asharti davon erfuhr, dass sie in Paris nach ihm suchte. Wenn er noch am Leben war, musste sie ihn in Sicherheit bringen, ehe sie sich um Asharti kümmerte.

Ihr Blick kehrte zu Jerry zurück. Er zitterte.

»Ist dir kalt?«, fragte sie. »Oder musst du Blut trinken?«

»Nur kalt, denke ich.« Er brach sein ängstliches Schweigen, das er seit der Fahrt über den Ärmelkanal eingehalten hatte, und drückte sich in seine Ecke. »Ich habe vor Kurzem recht gut getrunken.«

Sie wollte nicht wissen, ob er sein Opfer getötet hatte. Sie warf ihm ihre Schoßdecke zu. Er sah sie argwöhnisch an. Seine Angst vor ihr hatte sich ein wenig gelegt, nachdem er begriffen hatte, dass sie nicht vorhatte, ihn zu töten. »Danke.« Er legte sich die Decke um die Schultern. »Warum sind Sie hinter ihr her?«

Beatrix presste die Lippen zusammen. »Sie hat etwas, das mir gehört. Ich will es zurück.«

Jerry machte große Augen. »Wenn Sie nichts dagegen haben, würde ich lieber nicht dabei sein, wenn Sie sie finden.«

Sie nickte und schenkte ihm ein kleines flüchtiges Lächeln. »In Ordnung. Wenn ich mit ihr fertig bin, werde ich dir helfen zu lernen, wie es weitergehen soll.«

Die Kutsche verlangsamte ihre Fahrt. Beatrix schaute mit zusammengekniffenen Augen gegen die untergehende Sonne aus dem Fenster. Sie hatten die Randbezirke von Paris erreicht. Es würde noch einige Stunden dauern, bis sie sich in einem Hotel einquartieren konnten. Wie nur sollte sie John finden? Vielleicht war die Rue Villar der beste Ort, um in

Erfahrung zu bringen, wo Gefangene für die Befragung festgehalten worden. Dort war der Sitz des französischen Geheimdienstes. Sie konnte nur hoffen, dass Asharti nicht dort war.

Jerry war fort. Er hatte das Weite gesucht, während Beatrix ihrer nächtlichen Beschäftigung nachgegangen war. Sie schaute sich in dem kleinen Zimmer im *Hôtel du Soleil* um, mit einem Gefühl, als würde sie versagen, welchen Schritt auch immer sie unternahm. Was hatte sie anderes von Jerry erwartet? Aber sie war jetzt zu beschäftigt, um seine Spur aufnehmen zu können. Sie würde sich später um ihn kümmern.

Ihr Besuch in der Rue Villar war höchst aufschlussreich gewesen. Sie hatte bis spätnachts abgewartet, auch wenn es sie geschmerzt hatte, Zeit zu vergeuden. Sie wusste, dass einige Angestellte in der Keimzelle des französischen Geheimdienstes noch bei der Arbeit sein würden, und Asharti würde sich zu dieser nächtlichen Stunde nicht in der Nähe von etwas so Banalem aufhalten. Beatrix schlüpfte ins Gebäude und befragte jeden Mann, den sie bei Lampenschein über einen Schreibtisch gebeugt sitzend antraf, bis sie den einen fand, der wusste, wohin der wertvollste Gefangene zur Befragung gebracht worden war. Sie hatte vermutet, die Antwort würde irgendein Gefängnis vor Ort wie etwa die Conciergerie sein. Aber dem war nicht so.

Ganz besondere Gefangene wurden in die Villa des Comte de Fanueille vor den Toren von Chantilly gebracht. Natürlich hatte sie sofort dorthin eilen wollen. Aber sie musste sich zügeln. Denn zuerst musste sie in Erfahrung bringen, ob Asharti dort war. Also ging sie stattdessen in die Rue d'Armenac, zu dem kleinen Haus von Madame Robillard. Madame wusste alles über jeden. Beatrix hatte sie in Wien kennengelernt vor …

oh, dreißig Jahren. Normalerweise riskierte sie es nicht, jemanden aufzusuchen, den sie seit dreißig Jahren nicht gesehen hatte. Madame musste älter geworden sein. Beatrix nicht. Aber hier lag die Sache anders. Beatrix trug einen Schleier und gab an, sie habe einen Unfall erlitten, der sie entstellt hatte. Entschlossen bügelte sie Madames Neugier ab, nur »einen kurzen Blick darauf werfen zu dürfen«, und verbrachte eine frustrierende Stunde damit, Erinnerungen auszutauschen, bis sie die Rede auf Asharti und ihren Aufenthaltsort bringen konnte.

Es waren keine guten Nachrichten, die sie zu hören bekam. Asharti würde morgen nach Chantilly zurückkehren.

Der Portier kümmerte sich um ihre Reisetasche. Sie rollte die Landkarte ein, die sie sich vom Hausknecht hatte holen lassen, und steckte sie in ihren Pompadour. Hätten ihre Bekannten aus Amsterdam oder London je geglaubt, dass sie mit so wenig Gepäck verreisen konnte? Aber niemand in diesen beiden Städten wusste, dass sie die Karpaten in einem Zigeunerkarren überquert und Indien zu Fuß bereist hatte. Sie ließ einige Louisdors als Bezahlung für das Zimmer zurück und lief die Treppe hinunter zu der wartenden Kutsche. Sie war für die Reise in eine dunkelblaue, tief ausgeschnittene Robe gekleidet, über der sie einen Mantel in einem etwas helleren Blau trug. Ein einzelner Saphir hing an einer Halskette, ihre Ohrläppchen zierten ebenfalls Saphire. Ihr Dekolleté wurde von dem Mantel verdeckt.

»Sorg dafür, dass in der Kutsche die Vorhänge geschlossen sind. Fest, wohlgemerkt«, befahl sie dem Stallknecht, der in der Nähe der Eingangstür stand, während sie ihre Handschuhe anzog und den dichten Schleier, den sie bei Madame Robillard getragen hatte, über ihren dunkelblauen Filzhut legte, der mit einem Strauß blauschwarzer Federn besetzt war. Es galt, keinen Augenblick mehr zu verlieren. Sie atmete tief durch und eilte zur Kutsche. Die Sonne brannte ihr in den Augen, und ihre Haut prickelte, obwohl sie so gut verhüllt war.

Die Türen wurden zugeschlagen. »Chantilly«, rief der Stallknecht dem Kutscher zu, »und Mylady sagt, dass es ein ansehnliches Trinkgeld geben wird, wenn du die Pferde rennen lässt.« Der Kutscher gab seinen feurigen Grauen das Zeichen zum Loslaufen. Sie stürmten los.

Beatrix beugte sich auf ihrem Sitz vor, als würde die Kutsche dadurch noch schneller werden. Bis Chantilly waren es gut achtzig Kilometer, aber bevor sie verlorene Zeit aufholen konnten, musste zunächst der Verkehr in Paris bewältigt werden. Sie nahm ihre Karte und studierte sorgsam die Umgebung von Chantilly, um sich von ihrer Ungeduld abzulenken. Seit der Ankunft in Paris, Madame Robillard und der Rue Villar war eine weitere Nacht vergangen. Konnte John Ashartis verheerende Aufmerksamkeit überlebt haben, so lange wie er jetzt vermutlich schon in Chantilly gefangen gehalten wurde? Sie glaubte es nicht. Mit ihrem Willen trieb sie die Kutsche weiter durch die brennende Sonne voran.

John hatte jegliches Zeitgefühl verloren. Die Dunkelheit, die immerwährende Wärme, die feuchten, schwitzenden Mauern, der Geruch von Mineralien im Wasser – all das zusammen griff seine Sinne und seinen Verstand an. Quintoc war nicht zurückgekommen, aber das würde nicht so bleiben. John glaubte, für einige Zeit ohnmächtig gewesen zu sein, gleich nachdem beide ihm Blut abgezapft hatten. Er wusste also nicht, wann Asharti zurückkommen würde. Er wusste nur, dass Quintoc zu ihm gehen würde, ehe Asharti zurückkehrte. Und er war nicht sicher, ob er sich noch einmal gegen ihn würde wehren können. LeFèvre brachte ihm Essen und trug den Nachttopf fort, um ihn durch einen leeren zu ersetzen, aber der Kerl war schweigsam und sprach kein Wort. Johns Hände waren noch immer auf dem Rücken gefesselt, deshalb zwang LeFèvre ihn dazu, wie ein Hund vom Teller zu essen. Es war demütigend, aber John verdrängte seinen Stolz und aß, um bei Kräften zu bleiben. Es schien ihm, als würde das alles jemand anderem widerfahren.

Es überraschte ihn nicht, als er in der offenen Tür eine schmalere Silhouette als die LeFèvres stehen sah. Er hielt den Atem an, während Quintoc die Zelle betrat. Das Messer in seiner Hand glänzte im Fackelschein.

Quintoc steckte die Fackel in den Wandhalter und wandte sich zu John um. Er grinste. »Nun, wollen wir es noch einmal versuchen? Ich denke, wir werden das Bad auslassen. Ich fühle mich heute Abend ein wenig animalisch. Ich werde dich in all deinem Dreck nehmen.« Er fuhr mit dem Daumen über die Messerschneide. Ein Tropfen Blut quoll aus dem Schnitt. Er steckte den Daumen in den Mund und saugte. Seine geröteten Gesichtszüge wirkten im Fackelschein dämonisch.

»Schnittwunden könnten verräterisch sein«, sagte John mutiger, als er sich fühlte.

»Nicht, wenn ich Wunden öffne, die sie dir bereits beigebracht hat. Sie wird denken, dass sie nur schlecht verheilen. LeFèvre hat mich darauf gebracht.« Quintocs Augen schimmerten rot.

John spürte, wie wieder der Zwang über ihn kam. Es ließ ihn aufkeuchen. Er versuchte, sich zu sammeln, wie er es schon zuvor getan hatte. Sein Wille bot der pulsierenden Suggestion die Stirn. Dem Glanz in Quintocs Augen nach zu urteilen wusste er, dass John ihm dieses Mal nicht ebenbürtig war. Er ging auf John zu.

John fühlte das verräterische Steifwerden seines Schwanzes. Zur Hölle mit diesem Teufel! Er kämpfte mit all seiner Willenskraft dagegen an, tastete nach einem Halt gegen den nächsten Ansturm der Suggestion, aber es war zwecklos. Er war deutlich schwächer. Quintoc kniete sich vor ihn wie vor einen Altar und benutzte sein Messer, um einen langen, schon fast verheilten Riss zu öffnen, den Ashartis Zähne über Johns Brust gezogen hatten. Er hielt John in einem mentalen Klammergriff, der sich wie Stahl anfühlte, in Schach, während er das hervorquellende Blut leckte. Übelkeit stieg in John hoch, aber das war ohne jede Bedeutung. Er spürte, wie seine Hüften sich bewegten. Sein Schwanz war jetzt hart. Gott im Himmel, hilf mir, dachte er. *Ich ertrage das nicht. Ich weiß, ich ertrage das nicht.*

Quintoc öffnete einen Schnitt an Johns Oberschenkel und saugte dort, während John heftig zitterte. Quintocs Hände glitten über Johns Körper. Er konzentrierte seine Aufmerksamkeit auf Johns Hüfte. Der Schmerz des Messers trat hinter dem Entsetzen vor dem zurück, was als Nächstes geschehen würde. Quintoc saugte an der Hüfte, die Hand mit dem Messer strich leicht über Johns Erektion. John kämpfte heftig atmend gegen die Suggestion. Aber er war zu schwach. Quintoc würde seinen Willen bekommen.

Er drehte John herum, streichelt ihm die Pobacken. Der Schmerz des Messers. Das Saugen von Quintocs Lippen. John glaubte zu spüren, wie er den Verstand verlor. *Nein!*, schrie er stumm. Er konnte dies nicht ertragen, aber er konnte auch nicht zulassen, dass er wahnsinnig wurde. Er würde an Beatrix denken, die imaginäre Beatrix, die, die ihn liebte. Er würde nicht an dieses Ungeheuer denken, das ihn vergewaltigen würde, oder die dämonische Mistress, die zurückkehren und ihn erneut dazu bringen würde, sein Land zu verraten, während auch sie ihn missbrauchte und von ihm trank. Er wollte nicht denken. Johns Verstand klammerte sich an Beatrix, bevor er anderswohin abdriften konnte. Wie aus weiter Ferne sah John, wie Quintoc seine Hose aufknöpfte ...

Die Kutsche donnerte über die Brücke, die über den Wassergraben um das Schloss in Chantilly führte. Beatrix schaute auf die Wälder, die sich über die hügelige Landschaft ausbreiteten. Weit entfernt funkelten die Lichter der Stadt Chantilly, dahinter erhob sich der Wald von Givenchy. Das würde ihren Zwecken nützlich sein. Sie wandte sich wieder dem Schloss zu. Hinter den schlitzförmigen Fenstern, die zur Auffahrt hin lagen, war es dunkel. Sie sahen aus wie leere Augen. Sie fürchtete sich vor dem, was sie hier vielleicht vorfinden würde. Die aufkommende Wut drehte ihr den Magen um.

Beatrix stieg aus der Kutsche und reichte dem Kutscher viel zu viel Geld. *»Merci, mon homme très gentil«*, sagte sie. »Bitte bringen Sie mein Gepäck in jenes Gasthaus, an dem wir vorbeigekommen sind.« Er tippte sich an die Mütze und fuhr an. Wenn es nötig wurde, rasch zu fliehen mit, so Gott wollte, einem Begleiter, würde eine Kutsche niemals Verfolgern von jener Art entkommen, wie sie hier vielleicht ihrer harrten.

Unter den glotzenden Augen jener leeren Mauerschlitze ging Beatrix auf die hohe Holztür zu. Im Haus hielten sich Vampire auf; wie viele es waren, konnte sie nicht sagen. Aber ihre Vibrationen waren langsam und schwach. Asharti war nicht anwesend. Beatrix musste sich beeilen, bevor sie ihre Gegenwart spürten. Sie rief ihren Gefährten. Sobald sie im Haus war, fand sie sich zurecht, obwohl kein Licht brannte. Es war sehr warm. Asharti hatte schon immer nach Wärme gelechzt. Ihr geschärfter Geruchssinn nahm den Duft von frisch geschlagenem Holz wahr, von Fackeln, die vor Kurzem angezündet worden waren, und darunter ... Schwefel? Seltsam ...

Leise stieg sie die Treppe zur ersten Etage hinauf. In den Korridoren war es dunkel. Sie schaute sich nach einem Diener um, nach jemandem, der wissen könnte, wo unfreiwillige Gäste untergebracht wurden. Sie ging die hintere Treppe hinauf. Stimmen drangen leise an ihr Ohr. Diener, keine Vampire.

Doch halt. Vibrationen hinter ihr erreichten ihre Sinne. Langsam wandte sie sich um ...

Ein Koloss von einem Mann bog um die Ecke, ohne Zweifel angezogen von ihren eigenen Vibrationen. Er ging auf sie zu, schweigend und mit finsterem Blick. Er entsprach exakt Jerrys Beschreibung von seinem Schöpfer.

»LeFèvre«, sagte Beatrix. »Ich habe Sie erwartet.« Das schien ihn zu überrumpeln.

»Wieso kennen Sie meinen Namen? Wer sind Sie?«, knurrte er.

Seine Verwirrung gab ihr Zeit, ihren Gefährten zu rufen. Das Summen der Macht in ihren Adern verlieh ihr Zuversicht. Dies hier war kein ebenbürtiger Gegner für einen blutgeborenen Vampir. »Ich bin deine Herrin, LeFèvre«, sagte sie und ließ ihre Macht in ihren Augen aufglänzen.

Er wehrte sich nur einen Moment lang, dann schwankte er, und seine Augen trübten sich.

»Ich will wissen, ob ihr einen englischen Gefangenen hier habt. John Staunton, Earl of Langley.« Alles hing von seiner Antwort ab. Beatrix hielt den Atem an.

»Ja, er ist hier.«

Beatrix' Herz erbebte. O Gott! »Er lebt?«, hauchte sie.

»Ja. Die Mistress will ihn lebendig sehen, wenn sie zurückkommt.« Seine Stimme klang gleichmütig.

»Wo?«, zischte sie.

»In den Verliesen. Unten bei den warmen Quellen.«

Beatrix' Gedanken überschlugen sich. Die warmen Quellen – natürlich, wegen Ashartis Vorliebe für Wärme. »Zeig mir den Weg.« Sie wies die Treppe hinunter.

In der großen Eingangshalle zeigte er auf eine Tür aus massivem Holz. »Dort.«

Beatrix zögerte. »Ist er allein?« Sie fühlte eine weitere Vibration, konnte sie aber nicht lokalisieren.

»Quintoc ist dort unten. Quintoc will ihn für sich haben, ehe sie zurückkommt.«

Beatrix' Herz wurde kalt. Sie fuhr herum, zerrte LeFèvre mit sich und riss die schwere Holztür mit einem Ruck auf. Es schnürte ihr die Kehle zu, als sie die Stufen hinunterlief, während LeFèvre hinter ihr her stolperte. Feuchte Hitze, überall Gänge, ein flüchtig erblicktes Labyrinth von winzigen Türmchen aus Ziegeln zur Verteilung der Wärme. Keine brennenden Kohlen, aber Becken mit heißem Wasser zwischen den Ziegeltürmchen. Chantilly wurde von heißen Quellen beheizt. Der Schwefelgeruch hing schwer in der Luft.

»Wohin?«, fauchte sie LeFèvre an. Er widerstand viel zu lange, dann wies er endlich in die Richtung. Sie zerrte ihn hinter sich her. Zu ihrer Rechten sah sie durch eine Tür einen Fluss von dampfendem Wasser unter einer kleinen Brücke. Wie weit war es zu den Zellen? Hatte LeFèvre sie in die Irre geführt? Sie blendete LeFèvres schwere Schritte hinter sich aus und bediente sich ihrer Sinne. Da, unter dem Schwefelgeruch, unter dem leicht mineralischen Geruch des Wassers, was war das? Blut. Ihresgleichen konnte immer Blut wahrnehmen. Blut und Stöhnen. Schnelles Atmen.

Sie brauchte LeFèvres widerwillige Hinweise nicht mehr. Sie wandte sich nach links, in einen niedrigen Gang, und folgte den Lauten und dem Geruch des Blutes. Sie stieß auf einen querenden Gang. Ihre Wut wuchs, ihr Gefährte rauschte in ihren Adern. Drei Zellen, aber Beatrix hatte nur Augen für die in der Mitte, die mit der offenen Tür, aus der der Geruch von Blut kam. Bei einem tiefen Stöhnen aus der Zelle entrang sich ihrer Kehle ein Schrei.

Sie stieß die Tür weit auf. Die Metallangeln kreischten und brachen, sodass die Tür in einem aberwitzigen Winkel aufschwang. Beatrix ließ LeFèvre los und stürmte hinein. Der Anblick, der sich ihr bot, ließ sie erstarren. John lag halb besinnungslos auf der Seite und war mit einer Kette an einen Eisenring in der Mauer gefesselt. Er war nackt, bleich und verschwitzt, und er blutete aus einem Dutzend Wunden. Er hatte eine Erektion. Über seinen Po und seinen Rücken gebeugt kniete ein junger Mann, der vollständig bekleidet war. Er hörte auf, sein Becken nach vorn zu stoßen, und sah überrascht auf. Beatrix fühlte seine Vibrationen und nahm den Gestank seiner eigenen Mischung aus Zimt und grauem Amber wahr. Ein tierisches Knurren entfuhr ihr, und sie sprang auf ihn zu. Sie riss den Mann von John herunter und schleuderte ihn gegen die Wand. Seine offen stehende Hose enthüllte seine eigene Erektion. Sein Kopf prallte heftig gegen die Steine. Aber er war ein Vampir. Er schüttelte nur den Kopf und sprang auf Beatrix zu. Hinter ihr griff nun auch LeFèvre an.

Sie fuhr herum. LeFèvre stieß mit einem Spieß nach ihr. Woher hatte er die Waffe? Sie duckte sich zur Seite, aber er traf sie an der Schulter. Ihr mitternachtsblaues Kleid zerriss. Quintoc packte sie an der anderen Schulter und riss sie von der Spitze des Spießes weg. Seine Hände griffen nach ihrem Hals. Sie wusste, dass er ihr den Kopf abreißen wollte. LeFèvres

Spieß traf sie in die Seite. Sie stöhnte. *Gefährte!* Dieser eine Gedanke war verzweifelt genug, ihren Gefährten in sich aufwallen zu lassen. Sie zog den Spieß aus ihrem Leib, befreite sich von Quintocs Griff und sprang mit klauenartig gekrümmten Fingern auf LeFèvre zu.

LeFèvres Augen traten hervor, als ihre Fingernägel die Haut seiner Kehle wie Butter zerschnitten. Blut spritzte. Sie packte zu und zerriss Fleisch. LeFèvre taumelte nach hinten, er fasste sich an die Kehle und stieß gurgelnde Laute aus. Aber Quintoc sprang sie jetzt mit einem Wutschrei von hinten an. Sie wirbelte herum und versetzte ihm mit der rechten Hand einen Schlag gegen das Kinn. Sie fühlte, wie sein Genick brach. Er fiel nach hinten zu Boden.

Aber selbst ein gebrochenes Genick würde sein Gefährte binnen Minuten geheilt haben. Ihre einstigen Bedenken gegen das Töten erstickten unter dem Ansturm ihrer Wut. Sie dachte kaum noch nach, sondern packte Quintocs Kopf mit beiden Händen und verdrehte ihn mit einem schrillen Aufschrei. Ein Schwall von Blut, und sie hielt seinen Kopf mit den hervorquellenden Augen in Händen. Sein Schmollmund bewegte sich noch in ersterbendem Protest.

Sie warf den Kopf beiseite und wandte sich zu LeFèvre um. Er streckte abwehrend eine Hand aus, schüttelte den Kopf, während Blut aus seiner Kehle quoll. Beatrix fühlte, wie ihr Gefährte sich in ihren Adern beruhigte. Er nahm den Drang zu töten mit sich.

»Geh!«, zischte sie. »Sag ihr, dass Beatrix Lisse sich geholt hat, was ihr gehört.«

LeFèvre taumelte rückwärts, bis er sich schließlich umwandte und mit schweren Schritten die Treppe hinaufwankte.

Johns tröstender Abstand von sich selbst schwand. Beatrix. Es war Beatrix, die dort über Quintocs kopflosem Körper stand. Er blinzelte, als müsste er einen Traum verscheuchen, aber ihr Bild blieb. Sie atmete schwer, ihre Augen glühten rot, Blut tränkte ihr Kleid an der Schulter und auf der Seite. Ihr Gesicht war blutbespritzt. Quintocs Blut. Sie hatte ihm mit bloßen Händen den Kopf abgerissen.

Er holte zitternd Atem. Sie war stark ... so wie die anderen? Beatrix war ein Ungeheuer wie sie! Es kostete ihn all seine Kraft, sich zum Sitzen hochzuziehen. Sie stand wie eine Rachegöttin über ihm, während der rote Glanz aus ihren Augen verschwand. Er wurde sich seiner Nacktheit bewusst. Seine Erektion erschlaffte, aber sie hatte es gesehen. Scham erfüllte ihn. Sie hatte alles gesehen. Und sie war wie die anderen.

Sie musste das Entsetzen in seinen Augen gesehen haben, denn sie machte leise, besänftigende Laute und kam zu ihm, ihre Hand nach ihm ausgestreckt wie nach einem verletzten Tier. Er zuckte zurück. Würde sie sein Blut trinken? Würde sie ihn zu etwas zwingen? Er hatte mit ihr geschlafen, und dabei war sie doch wie Asharti!

Sie ließ die Hand sinken, aber ihre Stimme klang noch immer besänftigend, während sie sich ihm näherte. Dass sie sich überhaupt mit solch schweren Verletzungen bewegen konnte, unterstrich, dass sie ein fremdartiges Wesen war. Sie kniete sich neben ihn. Er zitterte, als sie sein Gesicht berührte, aber er war zu schwach, um sich ihr zu entziehen.

Ihre Augen füllten sich mit Tränen. »Mein armer John.« Dann, ein wenig wilder, so wie früher: »Ich werde ihr nie verzeihen, was sie dir angetan hat.« Sie legte die Finger an den Puls an seinem Hals. »Wir müssen dich von hier wegbringen. Es sind noch andere im Haus, und Asharti kann jeden Moment zurückkommen.«

Er wollte diesen Höllenort mehr als alles andere verlassen. Aber das war nicht möglich. Er bewegte sich, um demonstrativ seine Ketten klirren zu lassen. Sie griff mit beiden Händen nach dem Eisenring und zog daran. Mit einem Kreischen von Metall gegen Stein und einer Staubwolke löste sich der Ring aus der Mauer. John starrte mit großen Augen auf das Loch in der Wand, dann sah er voller Angst zu Beatrix hoch.

Sie hockte sich neben ihn und sah ihn ernst an. Die schreckliche Wunde an ihrer Schulter schien schon nicht mehr so stark zu bluten. Irgendwo hörte er eilige Schritte. »Nun, John Staunton, sie kommen, und es gibt nur einen Weg hier heraus. Du musst mir vertrauen.« Sie setzte sich dicht neben ihn und presste ihren Körper gegen seinen. Selbst in seinem geschwächten Zustand fühlte er ihre Wärme, das pochende, vibrierende Leben, das sie immer zu umgeben schien, ihr Zimtduft. Ein kurzes Aufflackern von Furcht durchschoss ihn, als ihm bewusst wurde, dass sie wie Asharti roch und sogar, auf verdrehte Weise, wie Quintoc. Und das lag nicht daran, dass sie alle das gleiche Parfum benutzten.

»Nein, nein«, beruhigte sie ihn, als sie spürte, dass er erstarrte. »Lass mich dich festhalten.« Sie zog ihn eng an sich, drückte ihn an ihre blutende Schulter. John fühlte, wir sich ihr warmes Blut mit seinem vermischte. »Es wird ein wenig wehtun, wenn wir uns entfernen«, murmelte sie.

Er entspannte sich wieder, er wusste nicht genau, warum es so war. Die Vibrationen, die sie zu umgeben schienen, wurden stärker. Die Zelle war erfüllt von einem roten Dunst. Er sah Quintocs kopflosen Rumpf und den Kopf, der ihn in blindem Schrecken aus der Ecke anstarrte. Da war die vertraute Fackel, jetzt blutrot, und der schwere Tisch. Dann wurde der rote Dunst dunkler. Die Vibrationen wurden fast unerträglich. Durch die Tür, die schief in ihren Angeln hing, kam LeFèvre gestürmt, und bei ihm waren drei Männer. Wie konnte der Mann noch leben, da ihm doch die Kehle zerfetzt worden war? Die Zelle wurde fast schwarz. Die Vibrationen drangen in eine Region fast jenseits des Bewusstseins vor. Ein stechender Schmerz durchflutete John. Er schrie auf. Es war, als würde sein Innerstes nach außen gekehrt, und ihm schwanden die Sinne.

Beatrix versetzte sich und John in den Wald von Givenchy, der zwei, vielleicht drei Kilometer vom Schloss entfernt lag. Ein starker Wind strich über ihnen durch die Kronen der Eichen und Birken, aber darunter war alles still in der weichen, modrigen Feuchte der Blätter vom letzten Herbst, die wie ein Kissen waren.

Beatrix schaute auf John herunter, der in ihren Armen lag. Er hatte das Bewusstsein verloren. Das war gut so, denn sie würde die Macht wieder und wieder beschwören müssen, um ihn von hier fortzubekommen. Sie machte sich keine Sorgen, weil sie LeFèvre am Leben gelassen hatte, aber Asharti konnte jederzeit zurückkehren, und Beatrix wusste nur zu gut, was für eine hinterlistige und unbarmherzige Gegnerin Asharti sein konnte. Jeder Gedanke daran, Asharti gegenüberzutreten, wurde verbannt. Beatrix musste John irgendwohin bringen, wo er vor Asharti sicher war.

Sie musste darüber nachdenken, was sie mit einem nackten, blutenden Mann tun sollte, mitten in einem Land, in dem ihre Widersacherin ebenso über politischen wie über persönlichen Einfluss verfügte. Ihre Gedanken gerieten dank des Schmerzes durch ihre Verletzungen ein wenig durcheinander. Ein Landgasthaus, eine Taverne; vielleicht eine mit einem Stall dabei, abseits gelegen, aber nicht zu weit weg. Der Gefährte würde ihre Wunden bald geheilt haben. Aber ihre Translokationskraft war jetzt begrenzt, besonders da sie John bei sich hatte. Sie stellte sich die Umgebung von Chantilly vor, die sie sich auf der Landkarte eingeprägt hatte. Neuilly-en-Theille? Nicht die schlechteste Zuflucht, aber auch nicht die beste. Sie entschied sich dafür. Sie musste dort ein Gasthaus finden und John vorerst im Stall zurücklassen. Dann mit John in das Zimmer translozieren, das sie gemietet hatte. Kleidung. Er würde Kleider brauchen, mochten sie noch so derb und einfach sein. Sie würde sie stehlen oder aber einem Bauern oder Gast von etwa derselben Größe abschwatzen müssen.

Ihr wurde bewusst, dass sie den bewusstlosen Mann leicht in den Armen wiegte. Sein Atem klang hohl an ihrer Brust. Sie musste ihn von seinen Ketten befreien. Ketten würden Verdacht erregen, und sie waren zudem eine Last bei der Translokation. Als sie ihn wieder auf das weiche Lager des Waldbodens bettete, hörte sie das Rascheln eines Hasen im Dickicht und etwas weiter entfernt einen Fuchs auf Beutezug. Das Laub über ihr ließ kein Mondlicht durch. Dennoch konnte sie John deutlich sehen. Es war lange her, dass sie das Werk von Ashartis Händen gesehen hatte. Scham erfüllte sie, wenn sie daran dachte, dass sie an den widerwärtigen Spielen, die Wegbereiter für diesen Schrecken gewesen waren ihren Anteil gehabt hatte. Johns Schweiß war getrocknet, aber seine Wunden sonderten Sekret ab, und er war bleich wie der Tod. Doppelte Bissmarken von Fangzähnen befanden sich auf seinem Nacken, an den Innenseiten seiner Ellbogen und an den großen Venen, die von den Lenden zu den Oberschenkeln verliefen. Schnitte auf den Hüften, der Brust, den Schultern und den Oberschenkeln hoben sich schwarz von seiner Haut ab.

Sie konnte ihn nicht sterben lassen. Sie würde sich um seine Wunden kümmern, sobald sie ihn in Sicherheit gebracht hatte.

Die Wunden seines Geistes durch diese Erfahrung entzogen sich jedoch ihrer Fürsorge. Wie würde ein Mann wie John Staunton auf Folter, Erniedrigung und Gewalt reagieren? Diese Frage ließ Beatrix aufhorchen. Zumindest konnte sie ihm die Scham darüber nehmen, sein Land verraten zu haben. Er war es, der verraten worden war.

Zum ersten Mal dachte sie weiter als daran, ihn von Asharti fortzubringen. Er hatte gesehen, wie sie Quintoc getötet und LeFèvre die Kehle aufgerissen hatte. Sie bedauerte ihr Handeln nicht, aber John wusste jetzt über sie Bescheid. Er würde sich vor ihr ekeln. Das taten sie immer. Also musste sie dadurch, dass sie ihn gerettet hatte, jede Hoffnung aufgeben, dass ... ja, Hoffnung worauf? Sie blinzelte. Es hatte niemals Hoffnung auf irgendetwas außer auf gestohlene Momente der Lust gegeben, und das auch nur so lange, wie er nicht gewusst hatte, wer sie war. Es erschreckte sie zu erkennen, dass sie sich nach mehr gesehnt hatte ... Närrin! Nach all diesen Jahren in die Falle der Hoffnung getappt?

Sie war vom Blutverlust geschwächt und verwirrt. Sie spähte auf ihre Schulter. Die Wunde zog sich bereits zusammen. In wenigen Minuten würde ihre Schulter wie jungfräulich sein, ohne jede Narbe.

Während sie Johns Ketten hielt und Kraft sammelte, kehrten ihre Gedanken zu Asharti zurück. Asharti erschuf Vampire, viele Vampire. Ihr Ziel war es, Bonaparte oder, wenn er erst seinen Zweck als militärisches Genie erfüllt hatte, seinen Nachfolger zu kontrollieren. Sie würde das Gleichgewicht zwischen Vampiren und Menschen verändern, das jetzt auf der Welt herrschte. Die Regeln der vampirischen Gesellschaft, über Jahrhunderte hinweg entwickelt, um den Status quo zu wahren, würden in einer Flutwelle des Chaos fortgespült werden. Menschen würden zu Nutzvieh werden, und der Krieg zwischen den Spezies würde unausweichlich werden. Was würde Rubius dazu sagen? Er und die anderen Ältesten hatten die Regeln erlassen, um das empfindliche Gleichgewicht zu wahren. In Ashartis Welt würde es keine Regeln geben. Konnte man die Büchse der Pandora wieder schließen? Sie musste sich an Rubius wenden und ihn um Hilfe bitten.

Beatrix griff mit der linken Hand nach einer von Johns Handfesseln und nahm die Kette in ihre rechte. Mit einem raschen Ruck zerbrach sie sie. Nachdem sie auch die andere Hand von der Fessel befreit hatte, warf Beatrix die Kette und den schweren Eisenring ins Dickicht. Dann nahm sie John wieder in die Arme und rief ihren Gefährten. Bis Neuilly waren es mindestens zwölf Kilometer.

Johns Albtraum war erfüllt von Asharti und Quintoc. Sie machten ihn sich abwechselnd gefügig. Er wehrte sich, aber er konnte nicht entkommen; dann kämpfte er nicht mehr, und Asharti sagte zu ihm, er würde anfangen, es zu mögen, und er hob die Lippen an ihre und flehte sie an, ihn zu nehmen, sein Blut und seinen Schwanz und seinen Mund und, Gott helfe ihm, seinen Anus. Sie lachte und überließ ihn Quintoc.

Mit einem Schrei erwachte John in einem dunklen Zimmer. Alles war in Schatten gehüllt. Er schlug um sich, versuchte zu fliehen, aber etwas hielt ihn fest. Eine dunkle Silhouette eilte auf ihn zu und beugte sich über ihn.

»Schsch«, machte die Gestalt. Er erkannte ihren Duft und kämpfte noch angestrengter.

Sie setzte sich auf das Bett und hielt ihn. Er warf den Kopf hin und her. »Es ist alles gut.« Ihre Stimme klang sanfter als jede andere, die er je gehört hatte. »Sie hat jetzt keine Gewalt mehr über dich.«

Er entspannte sich trotz seiner Furcht. Die Laken und Decken machten ihn unbeweglich.

»Ein Albtraum«, wisperte die Altstimme. »Nicht mehr.« Es war Beatrix.

John schwitzte. Ein Jucken entlang seiner Venen zerrte an seinen Nerven. Sie drehte eine Lampe höher; ihr sanfter Schein vertrieb die Schatten nur zum Teil. Dann nahm sie ein Tuch aus einer Schüssel neben seinem Bett und tupfte ihm die Stirn ab, sein Gesicht, seinen Nacken, seine Schultern. »Lass mich deinen Körper kühlen.« Sie schlug die Decken zurück. Ihre Stimme klang beruhigend, so sicher, dass er sich nicht wehrte, auch als er sich an das erinnerte, was sie mit Quintoc und LeFèvre gemacht hatte. Sie war wie sie.

Aber Beatrix war sanft, und sie wusch ihn. »Ich habe dich mit Garn, das ich von der Wirtin bekommen habe, genäht.« John schaute an sich herunter und sah die sauberen Stiche. Woher wusste eine Frau, die am Berkeley Square lebte, wie man Wunden vernähte? Er sah sie fragend an. »Man lernt im Leben erstaunliche Dinge«, murmelte sie. »Ich habe Kleider für dich. Wir müssen bald von hier fort. Der Wirt hat einen Zweispänner, der uns nach Chambly zur Poststation bringen wird. Dort werden wir uns eine geschlossene Kutsche mieten.« Das kühle Tuch auf seinem Bauch, auf seinen intimsten Stellen, seinen Oberschenkeln.

»Wie lange bin ich schon hier?«, krächzte er.

»Erst seit gestern Nacht.«

Er versuchte sich aufzusetzen, aber sie drückte ihn ebenso fest wie sanft zurück in die Kissen. Seine Zähne klapperten. Sie zog die Decken hoch, sah ihn prüfend an.

»Ich habe eine Frage«, sagte sie ruhig, trotz der Intensität in ihrem Blick. »Denk zurück. Bist du je mit dem Blut eines von ihnen in Berührung gekommen?«

»Blut«, murmelte er. »Da w-war s-so v-viel Blut. Aber es war meines …«

»Denk nach«, drängte sie.

Er erschauderte jetzt. »N-n-nein«, brachte er heraus. »Mein Blut.« Er wandte den Kopf, um sie anzusehen. »Das von Quintoc.« Er dachte an die Blutspritzer, aber Beatrix hatte vor ihm gestanden. »Oder deines?«

Ihr Ausdruck von Erschrecken sagte ihm, dass er recht hatte. Sie schaute auf ihre Schulter und strich mit den Fingerspitzen über die Wunden auf seiner Schulter, seiner Brust, geschwollenes rotes Fleisch, zusammengehalten von schwarzen Knoten, die sich wie Raupen über seinen Körper wanden. »O Gott«, murmelte sie. »Ich habe dich an mich gedrückt … meine Schulter …« Ihr Blick irrte durch das Zimmer, bis er zu seinem Gesicht zurückkehrte und darauf verweilte. Sie holte tief Luft, als nähme sie ihren ganzen Mut zusammen. »Du wurdest mit dem Gefährten infiziert.«

»Was?« Was sagte sie da?

Sie schluckte. »Das, was in unserem Blut fließt, fließt jetzt auch in dir. Du bist ein Vampir.«

Ein Vampir? Ein Vampir! *Sie saugen Blut. Trinken von Menschen.* War es das, was sie alle waren? War es das, was *er* jetzt war? »N-nimm es w-weg«, stammelte er entsetzt. »Ich werde nicht wie du sein!«

»Es gibt kein Heilmittel.« Sie zog sich hinter eine Maske zurück. »Du wirst einen schleichenden, schrecklich schmerzhaften Tod sterben, wenn du nicht das Blut eines Vampirs trinkst, um Immunität zu erlangen.«

Er konnte nicht sprechen. Seine Gedanken überschlugen sich. War er auch dazu bestimmt, ein Ungeheuer zu sein? Die letzten Wochen waren so voller Horror gewesen, dass diese letzte entsetzliche Wahrheit nicht schwer zu glauben war. Verzweiflung drückte auf seine Brust, während er schwer nach Atem rang. »Dann gibt es ein Heilmittel«, keuchte er. »Das Heilmittel ist der Tod.«

Sie erhob sich unvermittelt und begann, im Zimmer hin und her zu gehen; sie zupfte zunächst an einer Locke, die sich aus dem schweren Haarknoten in ihrem Nacken gelöst hatte, dann an dem Band genau unter ihren Brüsten. Sie trug ein burgunderrotes Kleid mit einem weiten eckigen Ausschnitt. Blutrot, dachte er. Während sie zu ihm zurückging, sah er ihre Schulter, dort, wo der Spieß sie verletzt hatte. Sie war wie neu und heil. Vor Kurzem noch hatte er lieber tot sein wollen, als sein Land zu verraten. Wie unbedeutend diese Sehnsucht jetzt schien. Jetzt verlangte er nach dem Tod, wie ihn nie zuvor nach etwas verlangt hatte. »Töte mich jetzt«, wisperte er. »Erspare mir das Siechtum.«

Sie wandte sich zu ihm, ihr Gesicht war verzerrt. Ihr Atem ging schwer, und ihre Brüste hoben sich in ihrem Gefühlsaufruhr. Sie schloss die Augen und bewegte den Kopf vor und zurück. »Ich sollte es tun«, wehklagte sie. Dann wurde ihre Stimme zu einem Wispern. »Ich sollte es tun.«

Er stemmte sich hoch, zitterte und schwitzte zur selben Zeit. Fast konnte er eine fremde Macht in sich fühlen, die durch seine Adern strömte, mit jedem Herzschlag durch ihn pumpte. »Tu es. Ich vergebe dir. Gott vergibt dir. Ich kann so nicht leben.«

Sie kam an sein Bett; ihre dunklen Augen waren riesengroß, ihre Haut wirkte fast transparent. Ein roter Glanz überzog ihre Augen. Jetzt würde sie es tun. Ihm die Kehle zerfleischen wie bei LeFèvre, ihn in Stücke reißen Glied um Glied …

Das Rot verblasste. »Ich kann es nicht.« Sie sagte es wie einen Urteilsspruch, über sich, über ihn.

»Du musst es tun, verdammt! Du hast mich in diese Lage gebracht, jetzt befrei mich daraus«, verlangte er heiser.

Sie sah traurig aus, resigniert. Sie traf die Entscheidung gegen ihren Willen, aber sie hatte entschieden.

»Hexe«, stieß er durch zusammengebissene Zähne aus. »Wenn du mich nicht tötest, werde ich es selbst tun.«

Sie seufzte. »Nein, das wirst du nicht, John. Wenn der Gefährte erst Besitz von dir ergriffen hat, geht damit ein solcher Wille zu leben einher, dass es so gut wie unmöglich ist, es auch nur zu versuchen. Und es ist sehr schwer, einen von uns zu töten. Du hast die einzige Möglichkeit gesehen, wie ich Quintoc töten konnte. Solange der Kopf nicht vollständig abgetrennt ist, kann der Tod nicht eintreten.«

Er schlang die Arme um seinen Körper, fühlte sich wie in seinem eigenen Schweiß gebadet. »Du bist ... unsterblich?«

»Unsterblich«, wiederholte sie nachdenklich. »Was heißt das? Quintoc war nicht unsterblich. Aber ich lebe seit siebenhundertdreißig Jahren, und ich bin eine der Jüngsten von meinesgleichen.«

»Du ... Du saugst seit Jahrhunderten Blut? Was für ein Ungeheuer bist du?«

»Ich habe es dir gesagt. Ich bin ein Vampir. So wie du jetzt auch.«

»Ich wähle den qualvollen Tod.« Er zischte es fast.

Sie kam zum Bett und kniete sich hin, ihre Augen waren von Schmerz erfüllt. John zuckte vor ihr zurück. Das Zimmer um sie herum drehte sich. »Ich nehme es auf mich. Dich sterben zu lassen ist, wie dich zu töten, und ich kann dich nicht töten. Du wirst dich an deinen neuen Zustand gewöhnen. Wir sind nicht alle böse.« Ihre Augen färbten sich rot.

Er spürte, wie er es zu akzeptieren begann, obwohl er dagegen ankämpfte. Er würde sich fügen, wie er sich Asharti, wie er sich Quintoc gefügt hatte. Er wusste, er konnte es mit ihr nicht aufnehmen, und er hasste sich dafür. Sie beugte sich näher zu ihm, küsste ihn auf die Stirn und strich ihm eine feuchte Strähne aus dem Gesicht. Dann hob sie ihr Handgelenk an ihren Mund. Fangzähne blitzten auf. Blut quoll hervor. Sie hielt ihren Arm an seine Lippen. »Trink, John«, befahl sie. »Das Blut ist das Leben.«

Mochte Gott ihm beistehen, aber er tat es. Die kupfrig schmeckende dicke Flüssigkeit füllte seinen Mund mit einer unbeschreiblichen Ekstase. Er saugte an ihrem Handgelenk, so wie Asharti an seinem Hals oder seinen Oberschenkeln gesaugt hatte. Er stöhnte, ob vor Protest oder Erfüllung, konnte er nicht sagen. Friede wallte in seinem Körper auf, um sein Herz und seinen Verstand zu erfüllen.

»So ist es gut.« Sie legte sich neben ihn, während er an ihrem Handgelenk saugte. Das Zittern ließ nach.

Das Letzte, was er hörte, war ihr Wispern. »Das Blut ist das Leben.«

Kapitel 18

Beatrix wandte kein Auge von John, der zitterte und schwitzte und von dem Fieber geplagt wurde, das der Gefährte mit sich brachte. Ihr Blick verweilte auf den Muskelsträngen, die über seine Hüften verliefen und seine Genitalien umschlossen. Es brachte die Erinnerungen an ihre gemeinsame Nacht zurück. Sie schüttelte diese Gedanken ab und setzte sich mit einem feuchten Tuch zu ihm. Er war so schwach, dass er der Invasion des Gefährten vielleicht nicht lange genug standhielt, um die Immunität zu entwickeln, die ihr Blut ihm verschaffen konnte.

Sie tupfte seinen Körper trocken, vorsichtig, um die Stiche nicht zu öffnen. Die Wunden waren nicht frisch. Sie hoffte, die Stiche würden halten. Sein Körper würde für immer von den Narben gezeichnet bleiben, die geheilt waren, bevor seine Reaktion auf den Gefährten sich legte. Falls er lange genug lebte, um Frieden mit seinem Gefährten zu schließen, würden die anderen Verletzungen schnell heilen und keinerlei Narben zurücklassen. Seine Haut fühlte sich heiß an. Beatrix nahm etwas Salbe, die sie von einem alten Weib aus dem Dorf bekommen hatte, und verrieb sie sanft auf seinen Verletzungen. Er wurde unter ihrer Berührung ruhiger. Sie drehte ihn auf den Bauch, um die parallel verlaufenden Kratzwunden auf seinen Pobacken und auf seinen Schultern zu versorgen. Asharti hatte es schon immer symmetrisch gemocht.

Während sie John versorgte, dachte Beatrix nach. Der beste Ort, um sich vor Asharti zu verstecken, war Paris. Dort, im Rühren des geschäftigen Lebens, konnte Beatrix ihre Vibrationen verbergen, es sei denn, Asharti käme ihr nah genug, sie zu entdecken. Sie musste John nach Paris bringen.

Wie konnte sie jetzt ruhig planen, wenn sie ihn doch gerade zum Vampir gemacht hatte? Hatte sie nicht geschworen, niemals einen Vampir zu erschaffen? Was sie getan hatte, widersprach allem, woran sie seit der Trennung von Asharti geglaubt hatte.

Sie wandte sich zum Fenster. Ein lächelnder Mond schimmerte durch die raschelnden Blätter einer Erle. Sie hatte Quintoc in der Wut darüber getötet, was er John angetan hatte, und das ohne Skrupel. Sie hatte Barlow getötet, weil er die Erlösung verweigert hatte. Ihre Hände waren mit Blut befleckt. Warum hatte sie nicht auch Jerry töten können? Weil er ein Opfer zu sein schien und noch erlöst werden konnte? Und was war mit John? Er hatte um den Tod gebettelt. Er war ein geschaffener Vampir, und die Regeln verlangten, dass er getötet werden musste.

Würde John zu einem Ungeheuer wie Asharti werden, weil er ein geschaffener Vampir war? Würde er andere erschaffen, würde er seine Opfer quälen und deren letzten Tropfen Blut trinken? Seine dunklen Wimpern berührten seine Wangen. Wie wenig sie von ihm wusste! Was veranlasste einen Mann, für sein Land zu spionieren? Es war ein schmutziges Leben, das einen Preis forderte, bei welchem die Seele erfror. Er tat es nicht des Geldes wegen. Für die Ehre? Welche Ehre?

Sie atmete tief durch und beschloss, mit sich selbst ehrlich zu sein. Sie hatte sich geweigert, ihn zu töten wegen der Gefühle, die sie für ihn empfand. Die Wahrheit war, dass John Staunton ihr unter die Haut gegangen war wie kein anderer Mann seit ... nun, seit Stephan. Er hatte Geheimnisse wie sie auch. Er war vom Leben verletzt worden wie sie auch. Aber er hatte einen guten Kern. Ein Mann, der Blake und Turner liebte, konnte nicht wie Asharti sein. Er hatte gekämpft, um seinem Land zu dienen, trotz allem, was er über die Menschen wusste. Fast eine zweite Unschuld. Sie konnte nicht einer Welt gegenübertreten, die nicht die Möglichkeiten hatte, für die John stand. Sie konnte sich irren. Gott wusste, dass sie sich in Stephan und Asharti geirrt hatte. Aber sie hatte sich entschieden, an John zu glauben.

Vielleicht war dies die wahre Probe von Stephans Theorie. Veränderte es die Persönlichkeit, wenn man zum Vampir gemacht wurde? Oder bewirkte der Gefährte lediglich die Abschwächung der naturgegebenen Neigungen eines Menschen? Sie würde es herausfinden und ebenso John. Er würde ihr für das, was sie getan hatte, nicht danken. Eher schon würde er sie als Ungeheuer verabscheuen und sich selbst darüber hinaus auch. Aber es war geschehen. Er würde mehr von ihrem Blut brauchen, und wenn sie ihn zum Trinken zwingen musste.

Aber zuerst mussten sie von hier fort. Ein paar Kleider für John, eine Kutsche vom Wirt, und sie waren auf dem Weg nach Paris. Weil Asharti ihnen bald auf den Fersen sein würde.

Beatrix stützte John, damit er trinken konnte, obwohl er fast bewusstlos war. Das kleine schäbige Zimmer in einer Mansarde im Marais war kein Ort, an dem Asharti nach ihnen suchen würde, so dachte Beatrix jedenfalls. Asharti würde vermuten, dass es Beatrix nach der vornehmen Atmosphäre eines eleganten Hotels oder einer Wohnung verlangte. Im Marais fanden sich reizende alte Häuser, aber die Reichen waren im letzten Jahrhundert von hier weggezogen, hatten diesen Teil der Stadt dem Verfall überlassen, hatten ihn dem Vordringen der industriellen Entwicklung geopfert. Jetzt war das Viertel voll von Häuserruinen, die als Wohnungen vermietet oder als Lagerhäuser genutzt wurden.

»John«, sagte sie scharf und wandte ihre Suggestionskraft an. Sein Blick irrte wie durch Nebel hinauf bis zum Schmerz. Er atmete krampfhaft und unterdrückte ein Stöhnen. »Trink«, befahl Beatrix. Er schluckte das Wasser aus dem Becher, den sie ihm an den Mund hielt. Sie hatte die Erschaffung eines Vampirs nie miterlebt. Und ganz gewiss hatte sie nie einen erschaffen. Aber von Stephan wusste sie, dass dieser Prozess schrecklich war. Er hatte recht gehabt. Es war demütigend zu sehen, wie viel Schmerz sie verursacht hatte. John litt jetzt schon seit Tagen ganz entsetzlich.

Sie biss sich auf die Lippen und ließ John in die Kissen zurücksinken. Er verfiel sofort in einen Zustand, der von einem Koma nicht weit entfernt war. Sie wrang ein Tuch über einer Schale Wasser aus, die neben seinem Bett stand, und schlug seine Decke zurück. Seinen Leib mit einem kühlen Tuch zu waschen war ihr zur Qual geworden. Zwei Mal täglich musste sie sich zusammenreißen, wenn sie mit den Händen über die harte Säule seines Nackens strich, seine muskulösen Schultern, die weichen Brustwarzen, den flachen Bauch und dann tiefer dem V der Haare folgte; seine Hüften, seine Genitalien, Gott bewahre, seine Oberschenkel. Es war ein Gefühl, das sie für immer verloren geglaubt hatte. Er besaß genau die Art von Körper, die sie mochte, reif und sehr männlich. Aber es war nicht nur das. Nein, sie fühlte sich von dem Mut angezogen, den er als selbstverständlich ansah, von seiner Verzweiflung darüber, zum Vampir geworden zu sein. Es war ihre Erinnerung an seine Augen, die sie trotz all ihrer weltgewandten Erfahrenheit anlachten, und die Tatsache, dass sie nicht wusste, was er tun würde. Würde er seine Vampirnatur akzeptieren? Und wie sehr hatte ihn die Erfahrung gezeichnet, Asharti ausgeliefert gewesen zu sein? Konnte er den Selbsthass überwinden, den er empfinden würde? Beatrix hatte das Gefühl, dass sie ihn besser als jeden anderen kannte, und doch war er ihr ein Rätsel.

Sie richtete ihre ganze Hoffnung auf seinen Mut.

Als John wieder aufwachte, befand er sich in einem dämmrigen und heruntergekommenen Zimmer. Es musste eine Art Dachkammer sein, vermutete er, als er die schrägen Wände sah. Er roch den Teer, der die Dachziegel versiegelte, dazu Staub, Moder und den Geruch von brennenden Kohlen. Da war ein Kamin, in dem kleine Flammen loderten. Der folterartige Schmerz, den Asharti ihm zugefügt hatte, war jetzt erträglicher, obwohl er noch immer irgendwo lauerte. Der Schmerz des Kummers, des Bedauerns, der Scham lauerte ebenso in ihm, aber zu ihm hatte sich eine winzige Freude gesellt. Die Freude ... zu leben. Er fühlte sich lebendig. Sehr lebendig.

Er wandte den Kopf. Beatrix saß im Hemd nahe dem Kamin und las im Schein einer Kerze, die auf dem Tisch neben ihr stand. Sie saß auf einem gepolsterten Stuhl von braungrauer Farbe, dessen Füllung an einigen Stellen zutage trat. Der Stuhl war das einzige Möbelstück im Zimmer, abgesehen von der Matratze, auf der er lag, einem schmalen Bett und einem wackligen Tisch an dem großen Fenster, das undurchdringliche Dunkelheit ausfüllte. In dem weichen, gelben Licht der Kerze schimmerte Beatrixs' Haut blass. Der dünne, weiße Stoff ihres Hemdes verhüllte kaum ihre Gestalt. Wie konnte eine so schöne Frau ein solches Ungeheuer sein?

Ihre dunklen Wimpern berührten ihre Wangen, während sie las. Mit einem Zusammenzucken wurde ihm klar, dass sie so blass war, weil er von ihrem Blut getrunken hatte. Übelkeit überkam ihn. Er war in diesen vergangenen Tagen des unbeschreiblichen Schmerzes völlig abhängig von ihr gewesen. Wie viele Tage? Er wusste es nicht. Jedes Mal, wenn er aufgewacht war, hatte sie ihn gezwungen, ihr Blut zu trinken. Schrecklich, und doch … Sie hatte ihn vor Quintoc und Asharti gerettet. Wie war sie nach Frankreich gekommen? Und warum? Sie hatte ihn um den Preis entsetzlicher Wunden gerettet, hatte ihn genäht, sich um seine armseligen Bedürfnisse gekümmert. Nach dem, was sie über seine Ansteckung gesagt hatte, hatte sie sein Leben mit ihrem Blut gerettet. Ihn schauderte es. Sie hatte ihn zu einem Ungeheuer gemacht.

Sie hob den Kopf und starrte ihn aus dunklen Augen an, die in ihrem bleichen Gesicht riesengroß wirkten. Ein kleines Lächeln spielte um ihre Lippen. »Ich habe gespürt, dass du aufgewacht bist«, sagte sie. »Du hast jetzt selbst Vibrationen.« Sie erhob sich, kam zu ihm und kniete sich neben sein Lager. »Das könnte bedeuten, dass das Schlimmste überstanden ist.«

»Geht es dir … gut? Du warst … verletzt.« Seine Stimme war ein raues Kratzen.

»Mir geht es gut.« Sie griff nach einem Krug und einem Becher, die auf dem Boden neben einem kleinen Kessel standen. Er sah die Silhouette ihrer Brust und ihrer Brustwarze durch das Hemd schimmern, als sie einschenkte. »Erinnerst du dich an das, was ich dir gesagt habe – dass der Gefährte in deinem Blut dir die Kraft verleiht, gesund zu werden?« Sie hob seinen Kopf an und schob noch ein weiteres Kissen darunter. Er war verdammt schwach, trotz des Prickelns von Leben in seinen Venen und Arterien. Das Wasser fühlte sich himmlisch an, als es seine Kehle hinablief, fast so gut wie ihr Blut … Er holte Luft. Er wollte nicht daran denken.

»Wer ist dieser … dieser Gefährte?«, fragte er, um seinen Gedanken eine andere Richtung zu geben.

»Ein Organismus, wissenschaftlich ausgedrückt«, erwiderte sie, während sie seinen Kopf auf den rauen Baumwollstoff eines Kissens ohne Bezug bettete. »Wenn unser Blut damit infiziert ist, werden wir mit dem Gefährten eins. Symbiotisch, wenn du so willst. Genau genommen wirst du nie wieder allein sein.« Sie stellte den Becher ab. »Ich will dir davon erzählen. Du weißt bisher nur von dem Blut. Das ist der härteste Teil für jene, die nicht mit dem Gefährten geboren wurden. Wirst du zuhören, während ich dich füttere?«

Seine Augen wurden groß.

»Mit Suppe, du Dummkopf! Einfach nur Suppe. Der Körper verlangt noch immer nach Essen und Wasser.«

Er schämte sich ein wenig. »Erzähl mir davon.«

Beatrix zog den Kessel näher zu sich heran und griff nach einem verbeulten Löffel. »Der Gefährte teilt sich mit uns unser Blut. Ich wurde mit ihm geboren. Meine Mutter war ein Vampir. Aber Kinder sind selten. Ich bin vielleicht das letztgeborene. In einer Stadt lebt immer nur einer von uns, damit wir keine Aufmerksamkeit erregen. Das gilt nicht für das Kloster Mirso, dort gibt es viele von uns.« Beatrix hob den Kopf und flößte John einen Löffel Suppe ein. Es schwamm nur ein wenig Gemüse und vielleicht etwas Rindfleisch darin. Woher hatte sie die Zutaten? Hatte sie die Suppe über dem Feuer gekocht? »Mirso ist der letzte Zufluchtsort für unsere Art. Das Kloster liegt in den Karpaten, jenseits des Eisernen Tores, des Durchbruchstals der Donau bei Tirgu Korva. Du könntest es eines Tages brauchen.« Ihre Augen bohrten sich in seine.

Warum sagte sie ihm dass als Allerersties? John schluckte die Suppe herunter. »Was ist mit dem Blut? Wie kann ich es vermeiden, menschliches Blut trinken zu müssen?« Das war es, was er wissen musste.

»Das kannst du nicht. Und wenn du dem widerstehst, bringt

dich das Verlangen danach, das über dich kommen wird, dazu, zu viel zu trinken. Es ist verboten, deine Spender leer zu trinken. Du musst es mindestens alle zwei Wochen tun, aber ich rate dir, es zu nehmen, noch bevor du die ersten Anzeichen von Hunger spürst, immer nur ein wenig von jedem Spender.«

»Welche Anzeichen?«

»Ein Prickeln in deinen Venen, eine Art Verlangen. Du wirst es wissen.«

Er horchte in sich hinein. Er kannte es bereits. Ein prickelndes, stechendes Gefühl. Panik überfiel ihn.

»Du fühlst es jetzt«, sagte sie, als läse sie seine Gedanken. »Für eine Weile wirst du es häufiger brauchen.«

Er nickte und versuchte, seinen Würgereiz zu unterdrücken. »*Warum?* Warum muss ich Blut trinken?«

Sie seufzte. »Ich nehme an, dass deine Frage nicht metaphysisch gemeint ist. Du musst es trinken, weil der Gefährte der eigentliche Vampir ist. Er ernährt sich von roten Blutzellen, und die müssen ersetzt werden.«

»Tierblut – würde das auch gehen?« Er wusste, er klang verzweifelt, aber er konnte sich nicht vorstellen, das Blut eines Menschen zu trinken. Er würde es nicht tun. Der Gedanke an Selbstmord ging ihm wieder durch den Sinn, aber allein schon, wenn er daran dachte, spürte er das pochende Leben, das durch seine Adern rauschte, dagegen protestieren.

»Nein«, entgegnete Beatrix ruhig. »Es tut mir leid. Du wirst empfindlich gegen Licht sein, besonders zu Beginn. Für eine Weile wirst du dich nur bei Nacht draußen aufhalten können. Später, wenn du deine Haut bedeckst und blau oder grün gefärbte Augengläser trägst, wirst du es eine kurze Zeit in der Sonne aushalten können. Wenn es dir besser geht, werde ich dir zeigen, wie man transloziert.«

»Was meinst du damit?«

Sie richtete sich auf, ohne den Blick von ihm zu wenden. »Dafür, dass wir ihn beherbergen, verleiht der Gefährte uns Macht. Und diese Macht kann von uns genutzt werden. Du hast die Körperkraft gesehen. Du hast die Translokation gespürt, als wir aus dem Verlies geflohen sind. Du kennst die Suggestion, die wir anwenden können. All das kommt von unserem Gefährten.«

John fühlte, wie ihm die Schamesröte ins Gesicht stieg, als er an Asharti dachte, an Quintoc und die Suggestion, die er gespürt hatte. Unerträgliche Scham ... Er konnte nicht einmal Wut empfinden. Er wandte den Blick ab. Beatrix hatte ihn auch durch ihre Suggestionskraft beeinflusst. Sie legte die Hand an seine Wange. Er drehte den Kopf weg.

»Es ist nicht deine Schuld«, wisperte sie. »Es ist ihre Schuld. Denk daran. Sei zornig, sei wütend, aber schäme dich niemals. Quintoc hat schon dafür bezahlt.« Ihre Augen verdunkelten sich. »Und Asharti wird auch dafür bezahlen.«

Er wollte wütend sein. Aber alles, was er tun konnte, war, den Kopf von ihr abzuwenden. Ihre Hand legte sich auf seine bloße Schulter. Ihm wurde bewusst, dass er nackt unter der Decke war. Es schickte ein Prickeln seinen Rücken herunter in seine Lenden. Das erschreckte ihn. Unbarmherzig unterdrückte er das Gefühl.

»Nun also, die Translokation. Wir nutzen die Macht des Gefährten, um ein Kraftfeld aufzubauen. Bis es so stark ist, dass es von allein in sich zusammenbricht und uns von dem Ort fortträgt, an dem wir uns aufhalten. Unser Spiegelbild verschwindet, weil kein Licht aus diesem Kraftfeld entweichen kann. Wir können das Materialisieren recht genau steuern. Einen Kilometer oder zwei, drei vielleicht. Mauern sind dabei kein Hindernis.«

Seine Neugier war stärker als er. »Was bewahrt dich davor, auf einem Baum oder oben auf einem Berg zu landen?«

Sie zog die Augenbrauen hoch. »Ehrlich gesagt bin ich mir nicht sicher. Vielleicht widersteht uns die feste Masse eher als die Luft. Ich bin schon im Wasser gelandet und habe nasse Füße bekommen, aber niemals auf irgendetwas, das fester war als Lehm.«

»Was ist mit Knoblauch und Blauem Eisenhut und Kreuzen?«

Sie zog die fein geschwungenen Augenbrauen zusammen. »Alles Märchen. Und wir verwandeln uns auch nicht in Fledermäuse. Ich denke, Fledermäuse dienen als Metapher, um unsere Fähigkeit zu translozieren und unsere Liebe zur Dunkelheit zu erklären.« Sie bot ihm noch einmal von der Suppe an, aber er schüttelte den Kopf. Sie schob den Kessel zur Seite. Dann wandte sie sich wieder zu John. »Aber lass uns über die wirklichen Fragen reden. Du willst wissen, ob wir böse sind. Ich kann ein Kreuz berühren. Und über die Jahre habe ich in Kirchen wie auch in Kriegsgräben gebetet.« Ein Schatten des Schmerzes huschte über ihr Gesicht. »Und so wie ich mir sicher bin, dass sich die Anwesenheit Gottes in jedem Sperling zeigt, glaube ich ebenso wenig, dass unsere Art zum Bösen geboren ist. Einige von uns tun sogar sehr viel Gutes.« Sie wandte den Kopf ab. »Ich habe einst gesündigt. Mehr gesündigt, als die meisten Menschen es sich vorstellen können. Ich habe getötet, zusammen mit Asharti. Meine Schuld währt ewig. Aber ich tue diese Dinge nicht mehr. Ich versuche, in meinem Leben einen Weg zu finden, der niemandem Schaden zufügt. Ich vergebe mir nicht selbst, versteh mich recht. Ich weiß nicht, ob Gott mir vergibt. Aber ich mache weiter.«

Sein Blick suchte ihr Gesicht. Sie glaubte, sie würde niemandem schaden, trotz der Tatsache, dass sie Menschenblut trank? Ihre Miene sagte, dass sie davon überzeugt war. Es war Menschlichkeit in ihrem Gesicht. Schmerz, gewiss, aber ohne Frage Menschlichkeit. »Was ist mit Asharti?«, krächzte er.

Ihre Miene versteinerte. »Jede Art hat ihre schlechten Missgeburten. Ich gebe zu, dass sie böse ist.«

Er wollte mehr über Asharti wissen. Doch noch eine andere Frage brannte ihm auf der Seele. »Warum hast du mich vor ihnen gerettet? Und woher wusstest du, wo ich bin?«

»Für jemanden, der sie zu lesen versteht, hast du eine deutliche Spur hinterlassen. Ich habe Reynard getroffen und von ihm den Namen Asharti gehört. Ich habe deinen Kammerdiener gesehen, Withering. Ich war bei Barlow.« Sie zuckte zusammen, als sie ihren Fehler bemerkte. Er sah ihr an, was geschehen war.

Innerlich krampfte sich bei ihm etwas zusammen. »Ist er tot?«

Sie atmete tief durch, als müsste sie Mut fassen. »Ja, ich habe ihn getötet.«

Er schloss die Augen und schluckte. »Gott im Himmel«, flüsterte er, wenn auch mehr, um die aufsteigenden Tränen zurückzuhalten, denn als Gebet. Er wandte sich ab, als Beatrix die Hand nach ihm ausstreckte.

»Du hast ihn nicht verraten«, sagte sie unumwunden. »Als ich ihn traf, war er bereits seit vielleicht drei Monaten ein Vampir. Er hat Asharti gedient, lange bevor du nach London zurückgekehrt bist. Er hat dich verraten und auch deine Regierung.«

John riss den Kopf herum und starrte sie an. »Du lügst! Barlow würde niemals Verrat begehen –«

»Denk nach«, beharrte sie. »War er eine Weile krank, so wie du es jetzt bist? Und hat es nicht Anschläge auf dein Leben gegeben? Wer wusste, wo du in der Nacht warst, als die Straßenräuber dich überfallen haben …?«

Johns Augenbrauen zogen sich zusammen. Der Angriff der Straßenräuber, als er von seinem Treffen mit Barlow gekommen war, der Pistolenschuss am Berkeley Square … und was war mit dem Gefängnisschiff? Es hatte keinen Faraday gegeben, weil der angeblich versetzt worden war. Dupré war getötet worden. Weil er über Asharti Bescheid gewusst hatte? Hätten die Wachen auch John getötet, an jenem letzten Tag auf dem Schiff, wenn seine Mitgefangenen ihn nicht geschützt hätten? Barlow war überrascht gewesen, ihn zu sehen, als er zurückgekehrt war … Es war möglich. »Doch nicht Barlow«, murmelte John.

»Er hat mir gesagt, er sei es müde gewesen, einer so unentschlossenen und korrupten Regierung zu dienen. Er stand am Ende seines Lebens. Sie hat ihm ewiges Leben geboten und die Chance, sich eine neue Realität zu schnitzen. Er wollte Asharti nicht abschwören … Ich musste …« Sie zögerte, wechselte dann das Thema. »Willst du Blut trinken?«

Er schüttelte den Kopf, um einiges zu vehement. Sie würde ihn dazu zwingen. Ein bleiernes Gewicht senkte sich in seinen Magen.

Aber sie tat es nicht. Sie zog die Bettdecke zurecht. »Schlaf, wenn du kannst.« Sie hockte sich neben ihn.

Er griff nach ihrer Hand und hielt sie fest. »Wie lebst du damit?«

Sie fragte nicht, was er meinte. »Ich wurde damit geboren.«

»Deine Mutter hat dich von der Wiege an gelehrt, wie du …« Er schüttelte den Kopf, um diesen Gedanken zurückzudrängen.

»Meine Mutter hat mich gar nichts gelehrt.« In ihrer Stimme lag die Bitterkeit einer lang zurückliegenden Zeit. »Sie hat mich verlassen. Meinen Vater habe ich nie gekannt. Ich wurde zurückgelassen und musste selbst für mich sorgen, als das Verlangen nach Blut in mir erwachte, mit dreizehn oder vierzehn Jahren. Ich habe mir genommen, was ich brauchte – in den dunklen Gassen Amsterdams im elften Jahrhundert. Ich habe den Männern, die sich meiner bedienen wollten, die Kehle aufgerissen. Sie haben mehr bekommen, als sie wollten, wenn nicht mehr, als sie verdient hatten.«

Er ließ ihre Hand los. Der Gedanke an ein wunderschönes junges Mädchen von vierzehn Jahren, das gezwungen gewesen war, in den Gassen von Amsterdam zu überleben, war schrecklich. Er versuchte, nicht an das elfte Jahrhundert zu denken. »Gab es niemanden, der dir hätte helfen können?«, fragte er ruhig.

Sie lächelte, den Blick in die Ferne gerichtet. »Stephan. Stephan Sincai. Er hat mich gerettet.« Ihre Gedanken kehrten aus der Erinnerung zurück, und sie sah John ernst an. »Und auch Asharti.«

John zog die Augenbrauen zusammen. Sie kannte Asharti schon ihr ganzes Leben lang?

»Ja«, beantwortete sie seine unausgesprochene Frage. »Wir waren einst wie Schwestern, nur dass ich als Vampir geboren worden war, während Asharti geschaffen wurde, so wie du. Stephan hat uns beide gerettet. Es war verboten, Vampire zu schaffen. Das Verbot gilt noch immer. Sie wurden getötet, wenn man ihrer habhaft wurde, weil sie oft wahnsinnig wurden. Stephan wollte den Ältesten im Kloster Mirso beweisen, dass geborene und geschaffene Vampire sich nicht voneinander unterscheiden – sofern der erschaffene Vampir sich seinem neuen Zustand anpasst –, wenn sie gleich aufwachsen und geliebt werden.«

»Er hat dich geliebt?« Da war ein Prickeln von etwas wie Ärger um Johns Herz.

»Ich weiß es nicht.« Sie sagte es ruhig. Irgendwann einmal, darauf wettete John, war sie nicht ruhig gewesen. Sie hatte dieses Ungeheuer geliebt. Vielleicht tat sie es noch. »Ich bin nicht sicher, ob ich weiß, was Liebe ist. Nachdem wir ihn verlassen hatten, ist er durch die Welt gezogen. Irgendwie war er zutiefst verletzt. Heißt das, er hat uns geliebt? Ich denke nein.«

»Es sieht ganz so aus, als sei sein Experiment fehlgeschlagen, wenn Asharti das Ergebnis ist.«

Sie wandte den Blick ab. »Vielleicht« – ihr Blick glitt durch das Zimmer – »vielleicht hat sie diese Saat des Bösen immer schon in sich getragen. Vielleicht hat Stephan nur die falsche Person ausgewählt, um seine Theorie zu beweisen.« Sie holte tief Luft. »Jahrhunderte später erfuhr ich, dass er es den Ältesten ausgeredet hatte, Asharti zu töten. Vielleicht hat er sie geliebt. Er hat die volle Verantwortung für sie übernommen. Aber er hat sie nie zur Rechenschaft gezogen.«

»Könnte er das denn?«

»Er ist sehr alt. Und das bedeutet, dass er sehr mächtig ist.«

»Wie alt?« Was war für eine Frau, die seit siebenhundert Jahren lebte, alt?

»Oh, Tausende von Jahren. Ich weiß es nicht genau. Er ist nicht so alt wie Rubius, der Älteste. Einige sagen, er sei sechstausend Jahre alt und stamme aus der Zeit, als die Menschen noch mit Keulen gejagt und Beeren gesammelt haben.«

John holte tief Luft und versuchte, das alles zu verdauen. Alles, woran er denken konnte, war, dass dieser Stephan Asharti unter Kontrolle bringen konnte, es aber nicht tat. »Dieser Mann oder was immer er ist lässt Asharti also einfach Regierungen stürzen und … Vampire schaffen?«

»Als er nach Europa zurückkehrte, hatte sich Asharti schon nach Afrika zurückgezogen. Niemand wusste, wo sie war. Ich hörte ihren Namen das erste Mal nach vierhundert Jahren von Reynard.«

Ein Stechen in Johns Venen machte es ihm schwer zu denken. »Wo ist Stephan Sincai jetzt? Ihr muss Einhalt geboten werden. Sie will Europa verändern ... nein, die Welt ...«

»Ich hörte, dass er nach Amsterdam gegangen ist, nachdem ich die Stadt verlassen hatte.« Ihre Stimme klang angespannt. »Er wohnt in der Herengracht. Es gefällt ihm dort. Ich habe viele Jahre in Nummer achtundreißig gelebt.«

John war überzeugter denn je, dass Beatrix noch immer Gefühle für diesen Mann hegte, der sie als Erster in ihrer Jugend geliebt hatte. Sie wusste sogar jetzt noch, wo er wohnte. Es versetzte seinem Herzen einen Stich.

»Er kümmert sich nicht mehr um das, was in der Welt geschieht«, fuhr sie fort. »Er wird Asharti nicht aufhalten, und ich kann es nicht.« Sie stand auf. »Rubius könnte es. Ich werde ihm eine Botschaft senden. Aber die Karpaten sind weit weg. Vorsicht ist jetzt besser als Nachsicht. Ich werde dich zurück nach England bringen. Du kannst dort wieder zu Kräften kommen und lernen, als Vampir zu leben. Dann musst du eine Stadt für dich allein finden.« In ihren großen, dunklen Augen lag ein Ausdruck, den er nicht deuten konnte. »Es ist jeweils nur einem von uns gestattet, in einer Stadt zu leben, damit unsere Anwesenheit den Menschen nicht bekannt wird. Vielleicht in der Neuen Welt? Oder im Fernen Osten. Aber du wirst genug Zeit haben, das zu entscheiden.«

Wie einsam, dachte er. *Sich von jenen abzusondern, die allein dich verstehen können.* Es gab nichts mehr zu sagen. Er war wie erschlagen von dem, was sie ihm gesagt hatte. Nein, es gab noch etwas, das er wissen musste. »Kann sie uns finden?«

Beatrix wusste, von wem er sprach. »Ja. Durch unsere Vibrationen, wenn sie nah genug ist.«

Er öffnete überrascht die Augen. »Dieses summende Gefühl von Leben in jedem Zimmer, in dem du bist?«

Sie nickte. »Und der Geruch. Zimt und grauer Amber, in verschiedenen Mischungen. Schlaf jetzt und komm zu Kräften. Wir müssen von hier fort, sobald wir können.«

Sie stocherte in den Kohlen und zog schwere Vorhänge vor das Fenster, durch das ein verblassender Himmel zu sehen war, dann legte sie sich auf die Tagesdecke auf dem Bett.

Schwäche überkam John. Er schloss die Augen, aber es dauerte lange, bis er einschlief. Barlow hatte Asharti alles gesagt, lange bevor sie John dazu gezwungen hatte, den Namen preiszugeben. Sie hatte ihn glauben lassen, sein Land verraten zu haben. Warum? Aus Spaß? Und minderte es seine Scham, dass sein Verrat keine Folgen haben würde? Scham ... davon gab es mehr als genug, um ihn umzutreiben. Asharti ... Quintoc! Sein Bewusstsein glitt zu dem, was er geworden war. Ja, es gab viel, für das er sich schämen musste.

Im Dunkeln saß Beatrix in dem dick gepolsterten Sessel und beobachtete den schlummernden John. Er hatte den ganzen Tag geschlafen. Jetzt war es fast Mitternacht. Er würde leben. Ihr Buch lag unbeachtet neben dem Kamin, in dem nur noch ein paar Kohlen glühten. Nach all dem Blut, das sie ihm gegeben hatte, war ihr schwindelig, aber das dürfte im Moment sogar von Nutzen sein. Ihre Vibrationen wurden durch die körperliche Schwäche gedämpft. Das würde es Asharti schwerer machen, sie zu finden.

Beatrix machte sich keine Illusionen darüber, was bei Ashartis Rückkehr nach Chantilly geschehen war. Beatrix fragte sich, ob LeFèvre es überlebt hatte, ihr die schlechten Nachrichten mitteilen zu müssen. Ihre Beute war gestohlen worden, ihr Majordomus war getötet worden, und das alles von einer Frau, die sie einst als ihren Schützling angesehen hatte – dieselbe Frau, die sich ihr in Krakau vor sechshundert Jahren widersetzt hatte. Sie und wer weiß wie viele ihrer Günstlinge würden zurzeit Paris nach ihr und John durchkämmen.

Die Fragen, die er ihr über seinen Zustand gestellt hatte, waren vernünftig und logisch gewesen. Er machte nicht den Eindruck, als würde er wahnsinnig werden. Sie musste zugeben, dass sie einen Funken Hoffnung hegte. Wenn er seine Situation akzeptierte, dann konnte er ... konnten sie vielleicht ... Sie konnten die Regel brechen, die besagte, dass in jeder Stadt nur ein Vampir leben durfte.

Was konnte wahnsinniger sein als das? Sie wurde sentimental wegen eines Mannes? Er hatte sie genug interessiert, dass sie seiner Spur durch fast ganz Südengland und sogar bis nach Frankreich gefolgt war, bis in Ashartis Schlupfloch. Das sprach für ein beträchtliches Maß an Interesse. Aber es war nicht Liebe. Selbst wenn sie interessiert war, wie sie es bei Henry oder da Vinci gewesen war, war Liebe unmöglich. Sie hatten verschiedenen Spezies angehört und waren alt geworden und gestorben. Vampire? Unwahrscheinlich. Vielleicht war ihre Fähigkeit zu lieben gestorben, als sie Stephan verlassen hatte.

Ihr Blick glitt zu John. John kannte ihr Geheimnis. Und er würde nie altern.

Beatrix stand auf und ging vor dem Kamin mit der erlöschenden Glut auf und ab. Es war falsch zu hoffen. Aber sie würde ihn nicht verlassen oder zulassen, dass er wahnsinnig wurde. Er *musste* akzeptieren, dass er ein Vampir war. Sie sah, wie er sich wieder in irgendeinem Albtraum auf seinem Lager hin und her warf. Jetzt, da die Immunität wirkte, verlangte sein Gefährte nach Blut. Sie musste John dazu bringen, von sich aus zu trinken. Wenn er das konnte, konnte er vielleicht sein Schicksal akzeptieren. Zum Jagen war er noch zu schwach. Und sie wollte nicht, dass seine erste Erfahrung eine Hure auf den Straßen des Marais war. Sie wollte sicher sein, dass er nicht an jemanden geriet, der sich wehren würde, weil John noch nicht damit vertraut war, seine Suggestionskraft einzusetzen. Gegenwehr würde ihn zutiefst erschrecken.

Es gab eine Antwort. Die Forderungen des Gefährten in seinem Blut ermöglichten es vielleicht. Beatrix streifte sich das Hemd von den Schultern. Sie wollte es für ihn tun. Die Aussicht, nackt neben seinem warmen Körper zu liegen und ihm ihre Kehle darzubieten, erregte sie. Seit Tagen spürte sie die Nässe zwischen ihren Beinen. Sie drängte sie jetzt und verlangte Befriedigung. Aber der Kitzel des Verlangens, gepaart mit Blut, würde nicht gefährlich sein, wenn nicht sie es war, die trank. Wirklich? Ihr Hemd glitt zu Boden. Nackt stand sie in der kühlen Morgendämmerung vor seinem Lager, auf dem er sich unruhig hin und her wälzte.

Kapitel 19

John träumte von Beatrix. Es war ein heißer Sommertag im Jahr 1808 in Gibraltar, wo er den Agenten Jean Michel hinter Schloss und Riegel gebracht hatte. Jetzt lag er mit Beatrix an einem einsamen Strand. Sie war nackt. Überrascht stellte er fest, dass er auch nackt war. Sie waren beide von einem leichten Schweißfilm bedeckt. Ihre Lippen an den pochenden Venen seiner Kehle waren weicher, als er es sich vorstellen konnte. Sie legte die Arme um seinen Hals und wisperte ihm Koseworte ins Ohr. Sie liebte ihn. Er wollte sie mehr lieben, als er je etwas anderes gewollt hatte. »Beatrix«, murmelte er. Das zarte Streichen ihrer Brustwarzen über das Haar auf seiner Brust, als sie sich hochstützte, um ihn zu küssen, schickte ein Prickeln in sein Innerstes. Seine Lenden spannten sich an, sein Verlangen war heiß und drängend.

Die Hitze begann zu prickeln. Sie schien in seine Adern einzudringen; es war ein Stechen, das ihn von Beatrix ablenkte. »Nein«, murmelte er, als das Stechen sich fast zu einem Schmerz steigerte.

»Schsch«, hauchte Beatrix und küsste seinen Hals. »Du kannst dafür sorgen, dass der Schmerz verschwindet.«

Er schmiegte sich an ihren Hals, dann an ihre Brüste. Fast reichte es schon, ihn von dem Schmerz abzulenken. Er fuhr mit den Händen über ihren Po, drückte sie an sich. »Beatrix«, stöhnte er.

»Ruf deinen Gefährten, John«, wisperte sie.

Er blinzelte. »Was?« Das schäbige Zimmer tauchte um ihn herum auf und trat an die Stelle des Strandes von Gibraltar. Allein die Tatsache, dass sowohl Beatrix als auch er nackt waren, veränderte sich nicht. Sie hatte ihre Arme um seinen Nacken gelegt, und ihre Lippen streichelten seine Kehle, küssten ihn zart. Ihre Brüste drückten gegen seine Brust. Seine Lenden waren schwer, sie pochten. »Beatrix.« Aber dann war da dieser Schmerz, der in seinem Innern bohrte. Er holte Atem und stieß ein leises Stöhnen aus. Verlangen rauschte durch seine Adern.

»Ruf ihn, mein Liebster, ruf ihn«, wisperte sie. »Für mich, versuche es.«

»Mach ein Ende«, sagte er. »Kannst du das?« Er meinte nicht ihre Küsse. Er wollte, dass der Schmerz aufhörte. Aber sie schien es zu wissen.

»Rufe ihn. Sag einfach ›Gefährte‹. Er wird wissen, wie er den Schmerz beenden kann.«

Gefährte, dachte er.

Leben brandete in seinen Venen auf, Überschwang. Seine Augen waren geschlossen, er war ganz auf sein Innerstes konzentriert. Er hatte noch nie etwas so Freudvolles empfunden. Ein langer Atemzug. Ja! Aber noch immer war da dieses bohrende Verlangen. Es hatte ihn noch nie nach etwas so stark verlangt wie in diesem Moment. Aber wonach? Was brauchte er?

»Jaaaa«, hauchte sie. »Noch einmal. ›Gefährte, komm.‹«

Gefährte, komm! Und die Flut der Lebendigkeit und des Verlangens intensivierte sich. Gott, wie sollte man so viel Hochgefühl aushalten? Er öffnete die Augen. Ein roter Film überzog alles: das schäbige Zimmer, die glühenden Kohlen, Beatrix' erwartungsvolles, ihm zugewandtes Gesicht, ihre Kehle, die sie ihm darbot. Er beugte sich vor und küsste sie, das Verlangen in ihm drängte ihn zu ihr. Er drückte sein erigiertes Glied gegen sie. Beatrix zog sich ein wenig zurück und sah ihn zärtlich an. Ihre Augen schimmerten rot, wie burgunderfarbene Kohlen, selbst durch den roten Nebel hindurch.

»Dies muss keine sexuelle Begegnung werden, musst du wissen«, wisperte sie.

»Ich will dich, Beatrix Lisse. Ist das so schwer zu verstehen?« Er knurrte fast bei dieser Frage. Seine Antwort lag in ihren weit aufgerissenen Augen, ihren Brüsten, die sich an ihn pressten, in ihrer Nässe, die er an seinem Oberschenkel spürte. Es war lange her, dass er eine Frau so sehr gewollt hatte, wie er Beatrix wollte. Er wusste, was sie war. Böse wahrscheinlich. Aber das Leben, das ihn durchströmte, machte alles andere nebensächlich. Er wollte sie trotzdem.

»Nein. Und vielleicht wird es das einfacher machen.« Was meinte sie? Sie küsste ihn, so wild, wie er sie geküsst hatte. Er drehte sie auf seinem Lager auf den Rücken, und sie spreizte für ihn die Beine. Und er folgte. Er ließ sein Glied in ihre feuchten Falten gleiten, als sie sich ihm entgegenwölbte. Sie umschloss ihn fest. Langsam stieß er in sie, um sie nicht zu verletzen, aber sie schlang die Beine um seinen Rücken und zog ihn zu sich herunter, bis er tief in ihr war. Er stöhnte, so wie sie. Langsam begann er sich zu bewegen, heraus und hinein, während sie den Winkel änderte, um tiefste Lust zu empfinden. Das pulsierende Leben, das er in ihr spürte, war wie das Entzücken, das er in sich fühlte. Er hatte noch nie ein solches Gefühl erlebt! Jede Faser seines Körpers war lebendig. Ihre Haut, ihr Atmen, die Seide ihres Haars. Sie stieß ihre Hüften gegen ihn, drängte ihn weiter. Er stützte sich über sie, stieß in sie hinein. Sie warf den Kopf in den Nacken, bot ihre Kehle dar. Dann, als riefe sie sich selbst kurz vor der nahen Ekstase zur Ordnung, zog sie ihn zu sich herunter, küsste seinen Hals, sein Kinn, während sie ineinanderstießen, wieder und wieder. Er küsste sie, und sein und ihr keuchender Atem wurden eins. Seine Zähne kratzten über seine Lippen. Er schmeckte Blut. Die Erregung in seinen Adern steigerte sich in einem Maße, von dem er nicht gewusst hatte, dass es möglich war. Dies war mehr als sexuell. Er war verwirrt, und das beharrliche Pochen in seinem Schwanz, in seinen Venen wollte ihn nicht nachdenken lassen. Er brauchte es, das war alles, was er wusste, ein rotes Verlangen, das in den nächsten Sekunden nach Befriedigung verlangte, oder er würde in Flammen aufgehen.

Ihre Bewegungen wurden schneller, sie ließ seinen Schwanz hinaus- und wieder hineingleiten. Wieder bot sie ihm ihre Kehle dar. Er konnte ihr Blut in den Arterien pochen hören, genau unter ihrem Kinn, wie ein Paar Trommeln, das seinen Körper mit ihrem beständigen Wirbel erschütterte. »Hier, mein Liebster, das ist es, was du brauchst. Ich gebe es dir gern.«

In einem schrecklichen Augenblick sah er es; was er brauchte, was sie gab, worum sein Körper und seine Seele bettelten. Er öffnete den Mund; irgendwo in sich wusste er, dass seine Fangzähne länger geworden waren, wie er es bei Asharti gesehen hatte, bei Quintoc. Doch entsetzlich oder nicht, er konnte sich nicht mehr zurückhalten. Das Verlangen brüllte. Ihr Blut rief ihn. Er schlug seine Fangzähne in die pochende Arterie an ihrem Hals und stieß dabei noch tiefer in sie.

Beatrix keuchte leise auf, nicht mehr, und dann strömte das Blut. Zähflüssige Ekstase. Sein Körper bewegte sich gegen ihren im selben Rhythmus, wie er von ihr trank. Sie stöhnte, aber es war kein Stöhnen des Schmerzes. Sie musste die Ekstase fühlen, die ihn erfüllte. Er wollte, dass es nie endete. Er saugte an ihrer Kehle, selbst als er fühlte, wie sich machtvolle Lust in seinen Lenden, in seinem Bewusstsein sammelte. Das Rot färbte sich fast zu Schwarz. Beatrix schrie auf, ein langer heulender Schrei, während ihre Muskeln sich um seinen Schwanz zusammenzogen, ihn schließlich bis zu der drohenden Explosion stimulierten. Schwärze pulsierte um John, als er kam und kam, in sie stieß und stieß und trank.

Sie entzog sich ihm mit einem Schrei.

Er starrte sie an, sein Atem ging heftig und schnell. Der Schmerz in seinen Adern war verschwunden. Er fühlte sich stark und sicher. Sein Organismus war so heftig, dass es ihn fast entzweiriss, aber er war noch immer hart in ihr. Das Leben drängte nicht nur in seinen Venen, sondern auch in seinen Lenden, als ob er Beatrix noch einmal nehmen könnte, in genau diesem Augenblick. Das Zimmer verblasste langsam von Rot zu schäbigem Grau. Ihre Augen waren groß, aber sie enthielten keine Anklage. Noch während er hinsah, verschwanden die beiden Bisswunden an ihrem Hals.

»Das Blut ist das Leben«, wisperte sie. »Aber das ist alles, was ich zu geben habe.«

Er öffnete den Mund und fuhr mit der Zunge über seine Zähne. Die Fangzähne hatten sich zurückgebildet. Er keuchte auf und zog sich aus ihr zurück. Sein Schwanz war noch immer steif und hart. »Was habe ich getan?«

»Du hast deinen Gefährten gerufen und zum ersten Mal Blut für ihn getrunken.« Sie strich mit der Hand sanft über seine Stirn. Dann, während sie ihn prüfend ansah: »Von jemandem, der es dir geben wollte. Du kannst nicht gerade sagen, dass es schrecklich war.«

Er hatte das Blut genossen. Er hatte es gewollt. Es hatte ihn befriedigt. Er war ein Vampir. »Nein, und das ist das Schrecklichste daran.«

»Halt mich, damit wir nebeneinander schlafen können bis zum Morgengrauen.«

In ihrer Stimme lag kein Befehl. Es war die Bitte einer Frau, die zumindest einen Hauch von Zuneigung für ihn hegte. »Ich bin sicher, du machst das oft«, argwöhnte er und zog die Decke hoch, um die Tatsache zu verbergen, dass er sie wieder wollte, sogar jetzt noch.

Sie verzog das Gesicht, und er fühlte sich beschämt, dass er sie gekränkt hatte. »Nein, so nicht.«

Er mochte verdammt sein, aber er liebte sie. Er konnte sich an keinen Augenblick erinnern, in dem er sie nicht geliebt hatte. Diese Erkenntnis war ein Tiefpunkt. Etwas anderes, weitaus Folgenschwereres als Liebe, war dazugekommen. Er zog die Decke über sie beide und schob das Laken zwischen seinen pulsierenden Schwanz und ihre milchweiße Hüfte. Er zog sie in seine Arme und hielt sie an seine Brust gedrückt, damit sie nicht sprach oder ihn darum bat, etwas zu sagen. Er war zu verwirrt, zu entsetzt über das, was er getan hatte, und darüber, wie wundervoll es gewesen war, um weitere Fragen ertragen zu können. Sie schlief fast sofort ein, und er begriff, dass es sie geschwächt hatte, ihm so viel Blut zu geben.

Er hätte sie töten können, wenn sie sich nicht zurückgezogen hätte. Die wilde Ekstase von Blut und Sex war … erschütternd. Er hatte keine Kontrolle mehr gehabt. Er hätte all ihr Blut getrunken, um den Orgasmus aus Blut und Sex nie enden zu lassen. Aber nein, er hätte sie nicht töten können. Sie war unsterblich, wenn man sie nicht enthauptete. Und er war es auch.

Als er sie in den Armen hielt, überwältigte ihn die Wirklichkeit seiner neuen Natur.

Liebe? So wie sie waren, verdienten sie keine Liebe. Sein ganzes Leben lang hatte er nach einem Weg gesucht, ehrenhaft zu handeln. Er hatte der Versuchung widerstanden, eine Kurtisane zu lieben, denn einer solchen Frau war die Tugend erklärtermaßen fremd. Aber eine Kurtisane war so rein wie jungfräulicher Schnee verglichen mit dem, was Beatrix tatsächlich war – was er jetzt war. Ehre und Tugend waren für immer aus seinem Leben verbannt.

Er konnte sie verurteilen, aber er konnte ihr nicht die Schuld daran geben, ihn verwandelt zu haben. Wenn sie sich mit diesem verfluchten Parasiten infiziert hätte, hätte er jeden Tropfen seines Blutes gegeben, um sie zu retten. Sie hatte ihn ihrer Meinung nach gerettet. Vielleicht war er ihr sogar nicht ganz gleichgültig.

Wenn er blieb, würde sie ihn zu ihrer Art zu leben verführen, genau so, wie sie ihn dazu verführt hatte, ihr Blut zu trinken. Er stellte sich diese Existenz vor: auf ewig menschliches Blut zu trinken und der Stoff zu sein, aus dem Albträume gemacht waren. Er schloss die Augen. Das lustvolle Gefühl in seinem Körper war Satans Werk. Er war jetzt ein Monster, so wie Asharti. Er hatte Blut getrunken, wie sie Blut getrunken hatte. Er spürte, wie er innerlich erstarrte. Gedanken wirbelten in einem finsteren Chaos durch sein Bewusstsein. Was sollte er tun? Was konnte er jetzt tun? Er musste nachdenken, und zwar ohne dass die Verlockung einer liebenden Beatrix seinen Verstand vergiftete.

Er stahl sich aus ihren Armen und glitt von seinem Lager. Er ging hinüber zu seinen Kleidern, die an einem Haken an der Wand hingen. Sein Schwanz war weicher geworden, endlich. Das war gut. Bliebe er bei Beatrix, würde er seine Situation akzeptieren. Er würde das Blut Unschuldiger saugen. John wusste nicht, welche Alternativen es gab, aber er würde niemals nach ihnen suchen, wenn er blieb.

Er musste jetzt fortgehen, bevor der Kitzel des Lebens in seinen Venen zur wichtigsten Sache der Welt für ihn wurde – wichtiger als das Leben eines Menschen. Bevor er wahnsinnig oder wie Asharti wurde. Er hörte einen Hund unten auf der Straße herumstrolchen und die Schritte eines späten Fußgängers. John zog die Hose und ein Hemd an, dessen Rüschenausschnitt am Kragen offen war. Er hatte kein Geld, keine Ahnung, was er tun sollte. Er schaute zu Beatrix' elegantem Pompadour, der auf dem Tisch lag.

Nein. Er würde kein Geld von ihr nehmen. Ein Teil von ihm lachte ein grausames Lachen. Er nahm ihr Blut, aber nicht ihr Geld? Er wandte sich um und sah sie an. Sie schlief friedlich unter der Decke, das kastanienbraune Haar floss über das Kissen. Es war nicht richtig, dass sie so unschuldig aussah.

Er wandte sich zur Tür. Er wagte es nicht, Beatrix noch länger anzuschauen.

Es war Zeit zu gehen, bevor er für immer bleiben würde.

Beatrix rekelte sich. Sie war steif vom Schlafen, und es kam ihr vor, als hätte sie stundenlang auf dem Lager gelegen. John. Sie lächelte und streckte den Arm aus, weil sie sein Fleisch unter ihren Händen spüren wollte.

Sie riss die Augen auf. John war nicht da. Sie schaute durchs Zimmer und setzte sich auf. War er in einem unangebrachten Anfall von Anstand hinausgegangen, anstatt einfach den Nachttopf zu benutzen? Aber sie spürte keine Vibrationen in der Nähe. Sie zog sich ihr Hemd über und ging barfuß den Gang hinunter, trotz des Lichtes, das sich entschlossen seinen Weg durch schmutzige Fensterscheiben suchte. Beatrix riss die Tür zum Abtritt auf, sodass der Sohn des dickleibigen Bäckers, der gerade dabei war, sich zu erleichtern, einen wütenden Schrei ausstieß. Kein John. Sie flüchtete zurück in das verdunkelte Zimmer. Nur ein Rauchfaden verriet, dass die Kohlen überhaupt gebrannt hatten. Sie ging ans Fenster und spähte hinaus, die Augen gegen den schmerzhaften Tag zusammengekniffen. Er war regnerisch und grau. Aber John konnte bei Tageslicht nicht draußen sein, so, wie er nun war.

Sie zog sich vom Fenster zurück. Er war fort. Sie hatte gedacht ... nach dem Blut ... Vielleicht war das Hochgefühl zu viel für ihn gewesen. Verdammt! Sie hätte ihn zwingen sollen.

Dann hätte er sein Hochgefühl bezähmen können, bis er Zeit gehabt hatte, sich daran zu gewöhnen. Beatrix ging vor dem kalten Kamin hin und her. Stattdessen hatte sie ihn mit der Nase auf das gestoßen, was er nun war.

Wie würde er auf sich allein gestellt überleben? Er war ein Neuling und schwach. Sie schlug die Hand vor den Mund. Wenn er verzweifelt genug war zu trinken, konnte er unabsichtlich jemanden töten und sich dafür noch mehr hassen. Und das Tageslicht … Hatte er einen Ort gefunden, um sich zu verstecken? Sie griff nach ihrem Pompadour und wog ihn in der Hand. Er hatte kein Geld. Sie sah sich verzweifelt um. Sie musste ihn finden, ihn zurückholen …

Beatrix ging zu dem Kleiderhaken und nahm eines ihrer beiden Kleider herunter.

Das Summen von Macht hinter ihr ließ sie innehalten. Sie drückte das Kleid an die Brust.

Es war genügend Macht, ein hörbares Summen zu erzeugen, und das bedeutete, dass es mehr als nur einer von ihnen war. Sie würden sich materialisieren, bevor sie würde fliehen können, bevor sie selbst sich translozieren konnte. Es würde also einen Kampf geben. Langsam wandte Beatrix sich um.

Asharti eingerechnet waren sie zu sechst. Die Männer standen im Halbkreis um ihre einstige Schwester herum, einige höhnisch grinsend, andere wachsam. Sie waren selbst nicht stark, aber alle hatten ihren Gefährten gerufen, und sie benutzten ihre Macht, um Asharti zu unterstützen, die inmitten des Kreises regelrecht surrte.

Ein schwerer Mantel aus roter Wolle wirbelte über einem Kleid aus cremefarbenem Kaschmir, das mit spinnennetzfeiner Stickerei im passenden Rotton verziert war. Die Säume des Mantels waren mit Ornamenten aus Gold geschmückt. Ashartis Augen wirkten wie boshafte schwarze Schlitze. »Ich habe dich einst gewarnt, dass du nicht willkommen sein würdest, solltest du je in mein Leben zurückkehren.« Ihre Stimme hallte in dem Zimmer wider, genährt von der Macht ihrer fünf Handlanger, die sich ihrer eigenen zugesellte. »Und jetzt hast du etwas gestohlen, das mir gehört.«

Beatrix schluckte. Das Summen der Macht umgab sie. Nur ein Vampir, der sehr viel älter als sie war, oder mehrere, die ihre Macht vereinten, konnten Beatrix überwältigen und fesseln. Es war ihr noch nie widerfahren. Angesichts eines Vampirs pro Stadt waren die Möglichkeiten minimal, Macht zusammenfließen zu lassen. Beatrix hob das Kinn. »Genau genommen hast du gesagt, ich würde es bedauern, dich verlassen zu haben. Das habe ich nie. Und er gehörte mir.« Es klang bockig, aber es war das Beste, das sie zustande brachte.

»Was hat er dann in Paris zu suchen? Es war ein faires Spiel«, zischte Asharti. Ihre Gestalt schien in dem verdunkelten Zimmer größer zu werden. »Wo ist er? Thierry hat gesagt, er habe zwei Vibrationen gespürt, du musst ihn also geschaffen haben.« Sie lächelte Beatrix spöttisch an. »Das ist doch gar nicht dein Stil.«

»Er ist fort.«

»Er hat dich zum zweiten Mal verlassen?« Asharti lachte. »Du bist ziemlich tief gesunken in der Welt, Bea.«

»Er war … aufgebracht. Du vor allem weißt, wie unangenehm die ersten Tage als einer von uns sein können.«

»Wir werden ihn finden, keine Angst.«

Genau davor hatte Beatrix Angst. *Ich hoffe, du bist weit und schnell gelaufen, mein lieber John.*

Asharti begann, unruhig hin und her zu gehen, während sie den Blick durch das Zimmer wandern ließ. »Denk nicht, dass ich dir deinen Verrat vergebe, nur weil er dir davongelaufen ist. Du behinderst mich bei jedem meiner Schritte. Wie kann ich das sein, zu dem ich bestimmt bin, wenn du mir ständig über die Schulter siehst?«

Was? Sie hatte die Frau seit sechshundert Jahren nicht mehr gesehen. »Und wozu bist du bestimmt?«, fragte Beatrix, nur um irgendetwas zu sagen.

»Ich wurde von Robert le Blois geschaffen, wenn du dich erinnerst«, erwiderte sie und richtete sich auf. »Nach unserem Verständnis bin ich sein Abkömmling. Und das heißt, dass Frankreich mir gehört ...«

»Frankreich gehört dem französischen Volk, auch wenn Bonaparte wenig geneigt zu sein scheint, das zuzugeben.« Beatrix wurde bewusst, dass Asharti kurz davor stand, dem Wahnsinn zu verfallen.

Asharti schnaubte. »Vermutlich unterstützt du die Republik, obwohl sie so viel Blut vergießt. Es ist fast so schlimm wie auf dem ersten Kreuzzug, das kannst du mir glauben. Nicht, dass mich das kümmert. Ich strebe etwas Wichtigeres an als ein Kaiserreich der Menschen.«

Was führte Asharti im Schilde? Beatrix spürte, wie Angst ihr den Rücken hinaufkroch.

»Du hast immer gedacht, du bist etwas Besseres als ich«, tobte Asharti weiter, und ihre Stimme wurde lauter. »Sogar Stephan dachte das. Nun, ich werde beweisen, wer von uns beiden die Bessere ist.« Sie begann, vor dem Halbkreis ihrer Konsorten hin und her zu gehen. »Was hast du schon mit deinem Leben angefangen, Beatrix? Selbst wenn du Kriege geführt hast, waren es Kriege der Menschen, Kriege um ihres Gewissens willen oder Kämpfe für ihre Freiheit. Verschwendete Mühe. Und jetzt höre ich, dass du die Kunst und die Musik liebst. Wie albern.«

Beatrix war getroffen genug, um scharf zu entgegnen: »Wäre das wirklich ein so großer Unterschied dazu, Bonaparte zu unterstützen?«

»Europa und Afrika unter Kontrolle zu bringen ist das Mittel der Wahl, all das zu beenden. Wir Vampire werden uns ernähren, wie wir es wollen, wir werden leben, wie wir es wollen. Die Menschen werden den ihnen zugewiesenen Platz als das Vieh einnehmen, das wir zu unserem Nutzen züchten. Ich werde unseresgleichen die Freiheit bringen.«

»Ein ungewöhnliches Konzept für eine Utopie«, sagte Beatrix angespannt. »Ich nehme an, du sprichst von dir und den Vampiren, die du schaffst. Wenn jeder Vampir sich so verhält, wird das übrigens bald das Ende deiner Fantasien sein.«

»Wer im Glashaus sitzt, sollte nicht mit Steinen werfen«, spottete Asharti.

»Rubius und die anderen Ältesten werden es nicht erlauben.«

»Es *erlauben?* Schon jetzt, durch Bonaparte, kontrolliere *ich* die Berge, in denen das Kloster Mirso sich befindet. Rubius lebt nur noch, weil ich es dulde.« Ihre Stimme bebte. »Seine Zeit ist vorbei. Seine Regeln halten uns fern vom Leben. Einer je Stadt!« Das Letzte sagte sie mit einem wahnsinnigen Glanz in den Augen. Beatrix wurde klar, dass der Hass in Asharti gegärt haben musste, seit sie sich getrennt hatten. War sie je bei Verstand gewesen? Oder war sie wegen der entsetzlichen Erfahrungen während des ersten Kreuzzuges verrückt geworden?

»Ich werde dich nicht aufhalten«, murmelte Beatrix. »Ich erkenne deine Macht an.« Es brachte nichts, ihr die Stirn zu bieten. Wenn Beatrix entkommen konnte, würde sie nach Mirso gehen und Rubius warnen. Ganz egal, was Asharti dachte, Rubius und die anderen Ältesten konnten Ashartis wahnsinnige Pläne durchkreuzen. Aber was war mit den anderen? Wie viele Vampire hatte Asharti geschaffen?

»Ich denke, du weißt, wo dein kostbarer Langley ist«, zischte

Asharti, und das Zischen hallte von den Wänden des schäbigen Zimmers wider. »Du kannst ihn nicht vor mir verstecken.«

Ein Schauer durchlief Beatrix, von dem sie hoffte, dass Asharti ihn nicht bemerkte. »Ich schwöre, ich weiß es nicht.«

Ein Lächeln breitete sich langsam auf Ashartis Gesicht aus. »Er hatte schon angefangen, auf meinen Unterricht zu reagieren, weißt du. Er braucht eine starke Hand.« Sie hob die Arme, und die Macht der geringeren Vampire hinter ihr schien sich noch intensiver auf Beatrix zu fokussieren. »Jetzt ist er ein Vampir, und er wird noch stärker werden. Ich kann seine Dienste jetzt noch länger in Anspruch nehmen. Aber zuerst, meine Schwester, muss ich mich um dich kümmern.«

Die Macht der sechs zusammen machte es schwer zu atmen. Beatrix musste einen Ausweg aus dieser Situation finden. Die anderen Gestalten waren in Dunkel gehüllt. Nur Asharti schien das Licht der flackernden Kerze auf dem Tisch anzuziehen. »Was hätte jemand wie du von mir schon zu befürchten?«

»Du bist nach Paris gekommen. Du hast mir deinen Engländer gestohlen. Du hast Quintoc getötet!« Ashartis Stimme wurde leiser. »Ich reagiere auf jede Herausforderung sofort.«

»Dann ruf deinen Gefährten und kämpf jetzt mit mir«, keuchte Beatrix. Sie wusste, sie konnte nicht gewinnen, aber etwas anderes fiel ihr nicht ein.

Ashartis heiseres Kichern hallte im Zimmer wider. »Nein. Obwohl ich dich in Krakau bezwungen habe – wer weiß, was in den Jahren seitdem geschehen ist? Ich mag das Unvermeidliche. Nein, liebe Bea, Napoleon sagt, der französische Mob brauche von Zeit zu Zeit eine Lektion in hingebungsvoller Ergebenheit an die Sache.« Sie machte eine Pause, bevor das Rot in ihren Augen intensiver wurde. »Verrätern wird eine öffentliche Hinrichtung zuteil. Dank der Wahl der Mittel ist sie tödlich selbst für unseresgleichen. Ich werde dich Madame la Guillotine vorstellen.«

Beatrix schnappte nach Luft, als ihr Gefährte dagegen protestierte, sein Leben aufzugeben. Sie fühlte es wie eine Welle von Übelkeit. »Du wirst … du wirst mich nie dazu bekommen, meinen Kopf auf den Richtblock zu legen.« Aber sie schaute auf die Phalanx von Vampiren, die sie hier festhielten, und sie wusste, dass sie tun konnten, was immer sie wollten, wenn sie nur zusammenarbeiteten.

Ashartis Augen verengten sich, und ihr Lächeln wurde glatt. »Ich sehe, du erkennst, dass deine Worte lediglich Prahlerei sind. Gentlemen? Lasst uns unserer Schwester in die Kutsche helfen. Ich denke, ein wenig Zeit in der Conciergerie wird ihr helfen, über ihre Sünden nachzudenken.«

Die Phalanx aus Schatten schloss sich um Beatrix. Sie musste etwas unternehmen. *Komm zu mir, Gefährte!*, dachte sie. Leben strömte auf und rauschte durch ihre Adern. Aber gegen ihren Willen machte sie einen Schritt zur Tür. Sie war niemals stärker als Asharti gewesen, und jetzt war sie zudem durch den Blutverlust geschwächt. Asharti nahm Beatrix' Umhang und ihren Pompadour und stand abwartend da. Jetzt oder nie. *Komm!* Ein roter Schleier legte sich über das Zimmer. Schwärze wirbelte um Beatrix' Füße, stieg hoch zu ihren Knien, ihren Hüften. Nur noch einen Moment, und sie würde frei sein!

»Halt!«, befahl Asharti. Für Beatrix kam das Wort wie aus weiter Ferne. Asharti trat in den Kreis. Die anderen Vampire wandten sich um. Die Schwärze sank in sich zusammen.

Komm zu mir, mein Gefährte!, flehte Beatrix noch einmal. Die Schwärze erhob sich pulsierend von Neuem. Alles schien sich zu verlangsamen. Ashartis rote Augen glühten, röter noch als der rote Schleier. Beatrix bekam keine Luft mehr. Die anderen Vampire bedrängten sie. Asharti bedrängte sie. Beatrix rang keuchend nach Atem, sie legte die Hände auf die Brust, presste das letzte bisschen Kraft aus ihrem Gefährten.

Unvermittelt verschwand die Schwärze. Luft drang in ihre Lungen. Der rote Schleier hob sich.

Asharti packte Beatrix mit einer Hand am Kinn und drehte ihr Gesicht so, dass sie dem Starren der roten Augen nicht ausweichen konnte. »Siehst du?«, zischte sie, wobei ihre Nasen sich fast berührten. »Du bist nicht besser als ich.« Sie stieß Beatrix von sich weg. »Das warst du nie.«

Beatrix taumelte und wäre fast gefallen. Mehrere Hände ergriffen sie an den Ellbogen und führten sie zur Tür. Asharti folgte mit großen Schritten. Beatrix konnte nichts tun. Sie war Ashartis Gnade ausgeliefert.

Die Nacht war feucht, als John die Rue Montmorency hinunterwankte. Um sich hörte er die geflüsterten Angebote der Prostituierten, die festen Schritte von Gendarmen, das Rufen betrunkener Zecher, das Rumpeln von Rädern auf Stein und das Klappern von Pferdehufen. Katzen jaulten, Türen wurden zugeschlagen; die Nacht war voller Geräusche. Doch es waren nicht nur Geräusche wahrzunehmen. Die Stadt war voll konkurrierender Gerüche: von verfaulendem Gemüse, beißend riechendem Pferdedung, gekochtem Kohl, ungewaschenen Körpern und frühem Sommerregen. John war nahezu erschlagen von dem, was seine Sinne aufschnappten. Sein Haar tropfte, seine Kleider klebten ihm am Körper. Das hohle Gefühl in seinem Innern hatte nichts mit Hunger oder Durst zu tun. Genau genommen fühlte er sich stark und gefährlich lebendig. Es war ein Schmerz im Herzen, der nicht geheilt werden konnte. Er würde später darüber nachdenken. Er musste aus Paris fort, so schnell wie möglich. Asharti war hier. Und Beatrix.

Er würde an keine der beiden denken noch an sich oder an das Entsetzliche, das sie alle gemeinsam hatten. Er brauchte ein Pferd oder eine Kutsche, und er hatte keinen Sou in der Tasche. Auf gut Glück ging er in Richtung Norden.

Nach einer Weile lehnte er sich an die Mauer eines kleinen Hauses, eines Fachwerkhauses aus einem früheren Jahrhundert. Mit Geranien bepflanzte Kästen schmückten die Fenstersimse. Er schaute hinauf. Noch durch die geschlossenen Fenster hindurch konnte er das Schnarchen im ersten Stock hören. Das Haus sah nach Wohlstand aus. Vielleicht lebte hier ein Kaufmann. Er schaute auf die Tür. Er konnte versuchen, den Riegel zu öffnen. John schaute sich auf der Straße um, dann legte er die Hand um den Türknauf und drehte ihn langsam. Es war ein kleiner Widerstand zu spüren, aber das Schloss öffnete sich schließlich mit einem leisen Schnappgeräusch. Er schlüpfte ins Haus.

Er hatte nicht wahrgenommen, dass der Mond schien – aber es musste so sein, denn er konnte im Haus ziemlich gut sehen, obwohl nur Licht von den Fenstern hereinfiel, die hinaus in die Nacht schauten. Er mied das vordere Zimmer und suchte die Bibliothek. Er konnte das Leder und das Papier der Bücher riechen. Die Schubladen des Schreibtisches hatten Schlüssellöcher. Er vermutete, dass sie verschlossen seien, aber sie ließen sich leicht aufziehen. In der dritten Schublade befanden sich Rechnungen und Geld. Es war fast zu einfach. Er stopfte sich das Geld in die Taschen, griff anschließend zu Tinte und Feder und schrieb die Adresse des Hauses auf ein Stück Papier. Dann verfasste er auf einem weiteren Bogen eine kurze Mitteilung. »Ich bedaure die Notwendigkeit, Ihr Geld nehmen zu müssen. Ich werde es Ihnen mit Zins und Zinseszins zurückgeben.« Er schaute auf und sah ein Cape über einem Stuhl am Kamin hängen. »Und den Umhang.« Die

Feder schwebte über dem Papier. Es erschien ihm so unhöflich, die Nachricht nicht zu unterzeichnen. Dann zuckte er die Schultern. Wenn er von Asharti und ihren Speichelleckern gefasst werden wurde, würde dieser kleine Diebstahl nicht ins Gewicht fallen, und wenn nicht, würden die Leute ihren kleinen Einsatz zurückbekommen. »Langley« setzte er schwungvoll darunter.

Dann legte er sich das Cape um die Schultern und verließ das Haus. Drei Straßen weiter war eine Gastwirtschaft. John konnte das Lachen von Männern und Frauen sogar bis hierher hören. Gut. In einer Gegend wie dieser spielte man gewiss um hohe Einsätze.

Als John einige Stunden später die Schenke verließ, klirrten seine Taschen vor Münzen, und ein Mantel hing über seinem Arm. Er hatte die Taschen seines Gegenspielers beim Pikett mit zwei Septimen und einer seltenen Oktave geleert. Am Ende hatte er um Monsieur Leverets Mantel gespielt, weil er ausgesehen hatte, als würde er ihm passen. Die Morgendämmerung würde bald einsetzen. Der Lärm der Nacht hatte sich verändert. Früh aufstehende Verkäufer priesen ihre Ware an. Diener eilten durch die Dunkelheit zu ihrer Herrschaft. Schwere Karren rumpelten durch die Straßen. Er erinnerte sich an Beatrix' Warnung vor dem Sonnenlicht. Er musste sich einen sicheren Ort suchen. Also machte er sich eilig auf den Weg zur Seine. Er wollte zu den Kais, um ein Schiff zu finden, das nach Le Havre und über den Ärmelkanal nach England fuhr. Wenn er es irgendwie nach Hause schaffte, konnte er darüber nachdenken, was er nun unternehmen würde.

Am Kai, über den der üble Geruch der Seine strich, fand er ein Gasthaus, das ein wenig schäbig wirkte, dafür aber mit

Fensterläden lockte, die aussahen, als könnte man sie fest verschließen. Er betrat das Haus. Der Wirt war ein rundlicher kleiner Mann, der verdrossen darüber war, so früh schon aufstehen zu müssen, aber sich erfreut über den Louisdor zeigte, den John ihm gab. John konnte den Fisch riechen, der am Hintereingang für die heutige Bouillabaisse geliefert wurde.

John bat um Packpapier und eine Schnur und eilte hinauf in sein Zimmer. Er schloss die Läden und zog die Vorhänge zu. Dann schlug er den Umhang und das Geld, das er sich ausgeborgt hatte, in das Papier ein, schrieb die Adresse auf das Paket und band die Schnur darum. Er würde es durch den Laufburschen des Wirtes überbringen lassen.

Er fühlte den Sonnenaufgang. Es tat nicht weh. Kein Licht drang durch die Fenster ins Zimmer. Er wusste einfach nur, dass die Sonne aufging.

Eine schreckliche Resignation überfiel ihn. Schwer ließ er sich auf das Bett sinken, das unter seinem Gewicht ächzte. Er war heute Nacht so beschäftigt gewesen, dass ihm kaum bewusst geworden war, wie anders alles war, wie anders *er* war. John streckte sich auf dem Bett aus und ließ die vergangenen Stunden Revue passieren. Die Hinweise auf seine Veränderung fügten sich aneinander: Er konnte im Dunkeln sehen. Er konnte Dinge hören, die er eigentlich nicht hören können sollte. Er hatte Türen und Schubladen geöffnet, von denen er jetzt vermutete, dass sie doch abgesperrt gewesen waren. Er schloss die Augen und fühlte das Brüllen von Leben in seinen Venen. Es war unmöglich, dass er sich so ... ganz fühlen konnte, wenn er doch zu einem Monster geworden war. Er glaubte gern, dass neu geschaffene Vampire wahnsinnig wurden. Er presste die Augen fest zu. Verdammt zu sein zu solch einem Leben des Horrors, beschimpft zu werden als das Böse in Person ... Das Blut von Menschen zu trinken! Und am schlimmsten von allem, sich trotzdem so ganz und so lebendig zu fühlen – oder gerade deswegen.

Wie sehnte er sich nach der Ernüchterung, die er noch vor einem Monat empfunden hatte! Damals hatte er erkannt, dass sein Beruf kleine, ehrlose Taten erforderlich machte und dass alle Männer – und Frauen, er durfte die Frauen nicht vergessen! – enttäuschende Kreaturen waren, die gleichermaßen aus Selbstsucht und einer kleinen Seele bestanden. Herrgott, sogar Barlow ...

Barlow. Tot. Verdientermaßen. Die anderen ... ebenfalls tot. Barlow hatte sie alle verraten. Auch John hatte sie verraten. Sie waren ihrer Ehre doppelt beraubt worden. Sie waren gestorben, ohne dass sie es verdient hatten, egal, wie viel Ehre sie noch im Leib gehabt hatten. Er hingegen ... Asharti hatte ihn benutzt, aber sein Schwanz war nur zu eifrig gewesen, ihr zu Diensten zu sein. Er errötete vor Scham. Und Quintoc ...

John schlug die Hände vors Gesicht. Er zog die Grenze bei Quintoc. Aber er konnte keine weiteren Grenzen ziehen, und die letzte Erniedrigung durch Quintoc ließ ihn erschauern. Beatrix hatte es gesehen, sie musste es gesehen haben. Gott im Himmel, er hatte mit der Brut Satans verkehrt und war ihnen zu Willen gewesen. Und Beatrix war nicht besser.

Beatrix. Er liebte sie. Gott mochte ihm beistehen, er liebte sie noch, obwohl sie war, was sie war, und obwohl sie diese Kreatur aus ihm gemacht hatte. Seine Seele war nun zweifellos verwirkt, also konnte er ebenso zugeben, dass er den Teufel selbst liebte. Genauer gesagt die Teufelin.

Er hob den Kopf. Durch das Zimmer starrte ihn aus dem Spiegel eines kleinen Anziehtisches sein Bild an wie ein fremder Geist. Sein Gesicht war blass, seine Augen zeigten ein gequältes Grün mit purpurnen Flecken darunter, fast wie Narben. Der John Staunton, der er gewesen war, war von Asharti und Quintoc ausradiert worden und dann in den dunklen Fluten von Beatrix' verfluchtem Blut ertrunken.

Er suchte fieberhaft nach einer Waffe. Warum hatte er nicht eine Pistole oder ein Messer gestohlen? Sein Blick fiel auf die flackernde Kerze. Innerlich wurde er ruhig. Langsam streckte er die Hand nach der Flamme aus. Er rechnete halb damit, seine Kraft würde den Schmerz auslöschen. Deshalb war er angenehm überrascht von dem sengenden Blitz der Qual. Zitternd zwang er sich, seine Hand nicht aus der Flamme zu ziehen. Er sah, wie sie schwarz wurde, roch das verbrannte Fleisch. Erst als er begriff, dass dies eine lächerliche Art war, sich zu töten, riss er die Hand zurück. Er hatte einfach die Kreatur verletzen wollen, zu der er geworden war. Er drehte seine Hand herum. Ihre Innenfläche war schwarz verbrannt. Schmerz schoss seinen Arm hinauf. Die pochende Qual verursachte ihm Schwindel. Dann konzentrierte er sich wieder. Zu seiner Überraschung ließ der Schmerz nach. Der verschmorte schwarze Fleck schrumpfte bereits zusehends.

»Nein«, murmelte er. Sein Fluch vollzog sich vor seinen Augen. Das Schwarz färbte sich zu Rot. »Nein«, sagte er noch einmal, mit erhobener Stimme. Das Rot verblasste. Die Handfläche war verheilt. Leben und Kraft durchfluteten ihn in verwirrender Freude. Er hatte nicht die Macht, seinen Zustand zu ändern. Das schreckliche Ding in seinem Blut begehrte das Leben. »Gott, nein«, keuchte John und presste die Faust auf seine schwer atmende Brust.

Er *musste* einen Weg finden sich umzubringen. Nur so konnte er vermeiden, zum Ungeheuer zu werden. Beatrix hatte gesagt, dass es schwer sei, sich selbst umzubringen. Das verdammte Ding in seinem Blut würde es nicht zulassen. Nun, vielleicht würde er ihm keine Wahl lassen. Er musste es tun, bevor jenes wundervolle Gefühl, stark und voller Leben zu sein, ihn vollkommen verführte. Was hatte Beatrix gesagt? Enthauptung?

Er lachte, und das Lachen wurde zu einem tierischen Laut, den er nicht mehr kontrollieren konnte. Tränen traten in seine Augen. Seine Seiten zitterten. Er musste sich gar nicht beeilen, nach England zu kommen. Die Franzosen waren Experten im Enthaupten.

Kapitel 20

Beatrix ging zwischen dem Tour d'Argent und dem Tour de César hindurch, den Zwillingstürmen des berüchtigtsten Gebäudes Frankreichs. Die Gruppe der Vampire hatte die Seine-Brücke zur Conciergerie genommen, deren lang gestreckte gotische Fassade drohend in den Nachthimmel aufragte. Asharti war vorausgegangen, um die nötige Vorarbeit zu leisten, nachdem sie sich davon überzeugt hatte, dass die fünf zurückbleibenden Vampire Beatrix im Griff hatten. Sie gingen durch die Bogengänge des Wachraums aus dem vierzehnten Jahrhundert, der jetzt bis auf einen alten Mann mit einem großen Bund eiserner Schlüssel verlassen war. Gefangene wurden neuerdings in den Verliesen untergebracht. Die Gruppe ging zu den Zellen, die am Ende des ersten Stockes lagen; der alte Mann folgte ihnen schwankend.

Beatrix kannte das Gebäude gut. Sie war von Hugo Capet fasziniert gewesen, der es als Palast erbaut hatte und der der Erste in der langen Reihe der Könige aus dem Geschlecht der Kapetinger gewesen war. Die Franzosen empfanden jetzt ehrfürchtigen Schrecken vor diesem Gebäude, weil es die letzte Station für die Opfer der Revolution gewesen war, zu denen so unterschiedliche Persönlichkeiten wie Marie Antoinette und Robespierre selbst zählten. Sie hatten kaum gelitten im Vergleich zu François Ravaillac, der 1610 Heinrich IV. ermordet hatte. Seine Schreie schienen noch immer von den Mauern widerzuhallen.

Vor einer der Zellen blieben sie stehen. Schwarze Gitterstäbe vom Boden bis zur Decke sorgten dafür, dass der Gefangene keinerlei Privatsphäre hatte. Der alte Mann machte sich am Schloss zu schaffen. Die Tür protestierte mit einem metallenen Quietschen, als sie aufgestoßen wurde. Einer von Ashartis Vampiren stieß Beatrix in die Zelle. Sie stolperte über das Stroh am Boden zu der Bank aus nacktem Stein.

»Diese Zelle wird mich nicht aufhalten«, sagte sie und versuchte, selbst an ihre Drohung zu glauben.

»Nein«, sagte der Vampir, der am ältesten aussah. Sein Haar war von Grau durchsetzt. Er entsprach nicht Ashartis üblichem Typ. »Aber *wir* werden dich aufhalten.« Die Tür fiel mit einem scharfen Schnappen ins Schloss. Der alte Mann sperrte ab und ging davon. »Es werden nie weniger als fünf von uns zur selben Zeit hier sein.«

Beatrix ließ den Mut sinken. »Ihr könnt mich nicht für immer hier einsperren.«

Der älteste Vampir grinste höhnisch. »Das wird auch nicht nötig sein. Madame la Guillotine empfängt am Sonntag wieder Gäste.«

»Zumindest werde ich eure reizende Gesellschaft haben«, bemerkte Beatrix, als wäre sie guter Dinge.

Asharti tauchte aus den Schatten auf. »Es ist ihnen verboten, mit dir zu sprechen oder dir in die Augen zu schauen.« Sie sah sich zu den Männern um, die sie zu Vampiren gemacht hatte. »Ist das klar?«

Eingeschüchtert murmelten sie ihre Zustimmung. Das war die Wirkung, die Asharti auf alle ihre Opfer hatte, und diese waren nicht weniger Opfer als die, die sie leer getrunken hatte. Beatrix könnte noch in der Lage sein, einen von ihnen zu zersetzen. Sicherlich waren einige zumindest noch unsicher, furchtsam, sogar labil, wenn sie erst vor Kurzem geschaffen worden waren.

»Begebt euch in die Nachbarzellen und in jene dort gegenüber.« Sie wandte sich zu Beatrix. »Nun, meine Schwester.

»Jetzt ist es schon etwas schwerer, die Nase über mich zu rümpfen, nicht wahr?« Ihre Miene wurde fast gierig. »Wie ich es genießen werde, deinen Kopf in dieser Holzmulde liegen zu sehen, wenn das große schimmernde Fallbeil über dir schwebt. Wirst du schreien, oder sogar – darf ich das hoffen – um dein Leben betteln? Dein Gefährte wird in deinen Adern toben und versuchen, den Tod zu verhindern. Aber es gibt keinen Weg, ihm zu entgehen. Nein, dein Kopf wird in den Korb fallen, deine Augen werden noch in stummem Protest blinzeln, deine Lippen werden noch Worte formen, aber du wirst keine Kehle mehr haben, sie auszustoßen.« Asharti erschauerte vor Entzücken. »Ich werde eine Hinrichtung zur Nachtzeit arrangieren, nur um sicherzugehen, dass meine ... Partner sich wohlfühlen, wenn sie dich eskortieren.« Sie umklammerte zwei Gitterstäbe. »Wie sehr wünschte ich, dass Stephan es sehen könnte.«

Beatrix blickte in Augen, die von der Ekstase der Vorfreude in etwas Fremdes verwandelt worden waren, und empfand nicht nur Angst, sondern auch Mitleid. »Was dann, Asharti? Wenn ich tot bin, was dann?«

Asharti ließ ein langsames Lächeln auf ihrem Gesicht erscheinen. »Dann werde ich eine Welt schaffen, in der überall Vampire leben. *Ich* werde regieren. Und ich werde uns von den Regeln befreien und von dem Zwang, uns verstecken zu müssen.«

»Du willst das Gleichgewicht zerstören!«, fauchte Beatrix. »Wenn du so viele Vampire geschaffen hast, und sie schaffen wiederum Vampire, wo wird das aufhören? Wir werden uns ausbreiten wie eine Infektion, bis es nicht mehr genügend Blut geben wird, unsere Art zu erhalten. Dann werden wir alle sterben.« Sie hatte so ruhig gesprochen, wie es ihr möglich gewesen war. »Jede Spezies muss im Gleichgewicht mit den anderen leben, Asharti, oder sie wird überhaupt nicht leben. Auch wir nicht.«

»Wir werden aufhören, Vampire zu schaffen, wenn es genug davon gibt«, entgegnete Asharti leichthin.

»Und wenn geschaffene Vampire wahnsinnig werden, trunken sind von der Macht, die der Gefährte ihnen gibt? Du wirst das nicht mehr kontrollieren können.«

»Du bist ein Kleingeist, Beatrix. Aber ich kann nicht bleiben, um dich zu erleuchten. Fanueille wurde zum Kaiser bestellt, was bedeutet, dass der Kaiser in Wahrheit mich sehen will. Ich bin der Dreh- und Angelpunkt, um den die Welt taumelt. Ich muss Geschäftliches erledigen, bevor ich weiter nach dem Engländer suchen kann.«

Sie wirbelte herum und war fort. Ashartis Getreue nahmen ihre Posten ein. Ihr Wille senkte sich wie ein Vorhang herab. Er war wirkungsvoll. Konnten sie ihn aufrechterhalten, wenn die Wachen wechselten?

Beatrix spürte, dass irgendwo die Sonne aufging. Sie hatte nur noch wenig Hoffnung für sich, glaubte aber fest daran, dass John auf dem Weg nach England war. Er würde eine Welt, wie Asharti sie für die Zukunft plante, nicht überleben. Niemand würde das, auch nicht die Vampire.

John glitt aus den Schatten hervor; Entschlossenheit wühlte in seinem Magen. Die Sonne versank hinter den Gebäuden um ihn herum. Er hatte nicht bis zum Abend warten wollen, weil er fürchtete, seine Entschlossenheit könnte ihn verlassen, aber er war nicht in der Lage gewesen, auch nur durch ein Fenster ins Tageslicht zu spähen.

Wie seltsam! Er hatte sich jene armen Seelen, die ihr Leben beenden wollten, immer als so leer und haltlos vorgestellt, dass sie in den Selbstmord trieben. In Wahrheit erforderte es eine schreckliche Willenskraft. Oder vielleicht war das nur so, weil der Impuls zu leben in ihm so stark war. Vielleicht brauchte es einen gleichermaßen starken, wenn auch gegensätzlichen Drang zum Tod, um zu widerstehen. Er war nicht sicher, ob er fähig war, es zu Ende zu bringen. Vielleicht würde das Ding in seinem Blut im letzten Moment gewinnen. Aus diesem Grund war die Guillotine perfekt. Wenn das Beil fiel, gab es kein Zurück mehr.

Es war ein langer Weg bis zur Place du Trône, wo die Guillotine aufgestellt worden war. Der Lärm der Stadt war wie ein Brüllen in seinem Kopf, die Vielzahl der Gerüche drückte ihm fast die Luft ab. Er hastete die Rue de Rivoli hinunter, eine jener Straßen, die nach einem Sieg Bonapartes benannt worden waren. Die Menschen starrten ihn an und flüsterten miteinander, als er an ihnen vorbeiging. Er schaute zu Boden. Sein Halstuch war verrutscht, sein Hemd zerknittert, sein Mantel saß schlecht und war voller Falten. In seinen Augen musste ein wilder Blick liegen. Er atmete tief durch. *Bleib ruhig. Wo ist deine Selbstbeherrschung?* Er zupfte sein Halstuch einigermaßen zurecht und ging langsamer.

Er erreichte die Place de la Bastille, den Mittelpunkt eines halben Dutzends Straßen. Einst hatte die Guillotine hier gestanden. Die Ruinen des alten Gefängnisses waren zwischen den Mauern des neuen Gebäudes noch zu sehen. Napoleon war dabei, Paris neu zu erschaffen als eine Hauptstadt, die des Kaisers der Welt würdig war. Eigentlich baute er sie für Asharti wieder auf, ob er das wusste oder nicht. Sie würde gewinnen. Johns Schritte wurden langsamer. Ein Schmerz meldete sich von fern in seinem Bauch. Er würde tot sein, und sie würde gewinnen.

John schüttelte den Kopf, als wollte er ihn klar bekommen.

Wer konnte sie aufhalten? Beatrix hatte gesagt, dass sie es nicht konnte. Nur dieser Stephan Sincai in Amsterdam, aber der würde es nicht tun. Oder jemand mit Namen Rubius, der abgeschieden in irgendeinem Kloster in den Karpaten lebte. Nein, Asharti würde gewinnen.

Er unterdrückte den Anflug von Rebellion, der in ihm aufstieg. Es gab keine Hilfe. Seine Aufgabe war es zu verhindern, dass er so wurde wie sie, Blut trank, sich Opfer suchte …

Weiter ging es die Rue du Faubourg entlang, zwischen den neuen Häusern aus Stein, die sich zu beiden Seiten des breiten Boulevards erhoben. Die Kakofonie der Geräusche um ihn her griff seine Sinne an. Was würde er tun, wenn er dort war? Sicherlich würde es dort Wachposten geben. Aber er war jetzt stark. Er würde mit den Wachen fertig werden. Die Place du Trône lag vor ihm. Der rechteckige Rachen der Guillotine zeichnete sich vor dem Schein der neuen Straßenlaternen ab. Eine halbherzige Erleichterung erfüllte John, dann entrang sich ihm ein Keuchen, während sich sein Gefährte protestierend durch seine Venen wühlte. Aber was war das? Hammerschläge erklangen. Eine Menschenmenge hatte sich am Rand des Platzes eingefunden. Stimmengemurmel. Das war schlimm. Wie sollte er in diesem Menschenandrang seine Pläne in die Tat umsetzen können? Das abgeschrägte Fallbeil glänzte boshaft über ihnen.

Was geschah dort? John ging weiter und blieb im Zwielicht unter einem der Bäume stehen, die den großen, grasbewachsenen Platz säumten. Hinter den Schaulustigen hatte ein Kreis von uniformierten Soldaten rund um das riesenhafte Gerät Aufstellung genommen. Männer in Arbeitskleidung standen auf der Guillotine, und Stricke baumelten von dem schweren Querbalken herunter, an dem das Fallbeil befestigt war.

»Lasst die Klinge fallen!«, rief einer der Schaulustigen.

»Bleibt zurück, ihr Narren!«, schrie ein anderer. Die Menge verstummte erwartungsvoll.

Das Fallbeil sauste mit einem Zischen und einem metallischen Schlag der Endgültigkeit herunter und wurde am Boden der Guillotine von den Arbeitern gesichert. John mischte sich unter die Menge ungewaschener Körper. Die Seile, die vom obersten Balken hingen, strafften sich, als eine Reihe von Männern sich bereit machte, die Guillotine wieder hochzuziehen.

»Was ist hier los?«, raunte John seinem Nachbarn zu, einem stämmigen Mann, der nach Knoblauch roch.

Der Blick des Mannes war auf die sich straffenden Seile gerichtet, als er antwortete: »Sie verlegen Madame la Guillotine auf die Place de Grève.«

Die riesige Hinrichtungsmaschine neigte sich auf eine Seite. »Aus dem Weg da!«, rief ein Mann, der ein Vorarbeiter sein musste. »Gendarm! Halten Sie die Leute zurück!« Die Guillotine sollte auf eine Plattform mit riesigen Rädern gehievt werden. Stämmige Kaltblüter standen angeschirrt bereit, um die Plattform zu ziehen.

Die Menge hielt den Atem an. Das Holz knarrte protestierend. Stricke von der gegenüberliegenden Seite strafften sich jetzt, während die Männer das Gewicht der Maschine hielten und sie langsam auf die Plattform herunterließen.

»Warum?«, fragte John, während er zusah, wie alle seine Hoffnungen für die heutige Nacht der Verzweiflung wichen.

»Fanueille will am Sonntag eine Frau hinrichten lassen. Seit der Kaiser vom Komitee die Macht übernommen hat, ist keine Frau mehr guillotiniert worden.«

Fanueille? Eine Frau? »Was für eine Frau?«, fragte John scharf. Es konnte nicht sein. Es durfte nicht sein.

»Irgendeine rothaarige Ausländerin, soweit ich weiß«, mischte sich Johns Nachbar zur Linken ein. Er trug eine Schürze, die nach Fisch roch. »Sie hat für England spioniert.«

Johns Magen zog sich zusammen. Er musste nicht erst die Liste der Agenten durchgehen, von denen er wusste, dass sie für England spionierten. Unter ihnen gab es keine rothaarige Frau. »Wo … wo wird sie gefangen gehalten?«, brachte er krächzend hervor.

»In der Conciergerie«, sagte der Knoblauchmann, während die Guillotine auf die fahrbare Plattform heruntergelassen wurde. Sie kam mit einem dumpfen Dröhnen auf, das den Boden erschütterte. Ein Jubelschrei löste sich von der Menge.

»Sie haben Madame nicht mehr für eine Exekution versetzt seit … seit dem König, denke ich, als sie noch drüben auf der Place de la Révolution stand. Die Frau muss wichtig sein.« Die Männer begannen, die riesigen Balken der Guillotine auf die Plattform zu verladen, während andere sie von der anderen Seite mit Stricken sicherten.

»Ich habe gehört, sie wollten sie nicht den ganzen Weg von der Conciergerie hierher bringen. Sie ist so wunderschön, dass sie befürchten, die Leute werden den Karren stürmen.«

»Wie schade«, sagte der Fischhändler.

John wollte nicht bleiben, um noch mehr zu hören. Er drängte zum Rand der Menge, die sich jetzt hinter ihm gesammelt hatte, um dem Zug der Guillotine die Rue du Trône hinunter zu folgen.

Beatrix saß in der Conciergerie gefangen. Und Asharti würde sie am Sonntag hinrichten lassen.

John ging über den Pont au Change auf die Conciergerie auf der Île de la Cité zu. Unter ihm floss die Seine in träger Sorglosigkeit dahin. Es waren nur noch wenige Leute unterwegs.

Die große Uhr am Tour de l'Horloge vor ihm schlug ein Uhr. Gottesfürchtige Menschen schliefen um diese Zeit, die müßigen Reichen wohl eher nicht. Der Geruch nach Teer und Abfall war dort, wo das Wasser gegen die Ufermauern schlug, fast übelkeiterregend. Über ihm ragte die Fassade der Conciergerie auf. Undurchdringlich. Wie sollte er dort hineingelangen?

Hinein musste er. Er hatte seinen fürchterlichen Entschluss aufgeschoben. Er konnte sich den Luxus, sich selbst zu töten, auch noch zu einem späteren Zeitpunkt gönnen. Jetzt konnte er nichts von dem diamantharten Willen erübrigen, den er brauchte, um Beatrix zu befreien. Ihre jahrhundertealte Verbindung zu Asharti hatte sie vor deren Zorn nicht geschützt. Sein Mund war trocken, weil er wusste, dass Asharti irgendwo in der Nähe war. Angst brannte in seinem Magen. Er war schon zuvor in brenzligen Situationen gewesen, und doch hatte ihn sein Mut nie verlassen. Er betete darum, dass er ihn auch jetzt nicht verlor. Er konnte Beatrix nicht ihrem Schicksal überlassen, ganz egal, was es ihn kostete.

Also – trockener Mund und ein mulmiges Gefühl im Magen hin oder her – wandte John sich jetzt nach rechts und ging den Quai de l'Horloge hinunter. Wachen gingen vor den Torbögen Patrouille. Er passierte sie. Was er nicht erfahren hatte, war, wie Asharti Beatrix gefangen hielt. Warum versetzte sich Beatrix nicht an einen anderen Ort? Wie hatte Beatrix das genannt – translozieren? Es musste noch etwas anderes dabei eine Rolle spielen, bei dieser ... ja, was war es? Magie? Eine besondere Fähigkeit? Was immer es war, er beherrschte sie nicht. Das war offensichtlich. Vielleicht war Beatrix verletzt und konnte deshalb nicht die Schwärze herbeirufen. Sein Magen hob sich. Was konnte jemanden verletzen, dessen Wunden so rasch verheilten wie bei Beatrix? Doch irgendetwas stimmte nicht. Beatrix war gefangen. Konnte es sein, dass sie geschwächt war, weil sie ihm ihr Blut gegeben hatte? Die Luft, die er einatmete, schmerzte fast vor Schuldgefühlen.

In Ordnung. Sie mochte eingekerkert sein, weil sie schwach war. Und das war womöglich seine Schuld. Das konnte seinen Entschluss nur festigen. Aber wie sie finden inmitten all dieser Mauern? Die Bürokraten in Bonapartes Regime herrschten hinter der imposanten Fassade, die zur Seine zeigte und schweigend in die Nacht aufragte. Würde Beatrix in einem der Verliese sein? Dort wurden die meisten Gefangenen untergebracht. Aber Marie Antoinette war ihrem Tod von einer Zelle aus entgegengegangen, von der aus man auf einen kleinen Hof hatte sehen können. Gerüchte besagten, dass die Königin dort noch immer umging. Manch einer behauptete, dass ihre Schreie noch immer zu hören seien. Beatrix konnte dort sein. Wie sollte er sie finden? Er bog in die Rue de l'Harlay ein und hielt auf den Quai des Orfèvres zu.

Auf der Straße war es ruhig. Hier waren keine Wachen. Einige Fensterbögen in der Fassade reichten mehrere Stockwerke weit hinauf, doch die Fenster selbst waren mit Metallstäben gesichert. Selbst wenn er eines davon erreichen könnte und seine neue Kraft anwandte, die Stäbe herauszubrechen, würde das sehr viel Lärm verursachen.

Er schaute an der endlos langen Mauer entlang und dann wieder hinauf in die Nacht, dorthin, wo der graue Stein vor dem schwarzen Nachthimmel aufhörte. Also gut. Es gab einen Weg hinein, der ganz und gar kein Aufsehen erregen würde. Er atmete einmal tief durch.

Er senkte den Kopf. *Gefährte!* Das Aufbranden von Macht in seinen Adern erschreckte ihn. War er so leicht zu rufen? Es war fast, als spräche er mit sich selbst. Er erinnerte sich daran, dass Beatrix gesagt hatte, sie seien zwei in einem, und er würde nie wieder allein sein. Vielleicht sprach er wirklich mit sich selbst. Er wappnete sich gegen diesen Gedanken. Beatrix brauchte ihn. *Gefährte, komm zu mir.* Ein roter Nebel senkte sich über seine Augen. John versuchte, nicht in Panik zu geraten. *Gib mir genug Kraft für die Dunkelheit*. Die Vibration von Leben in ihm steigerte sich. Er begann am ganzen Leib zu beben, bis es ihn fast schmerzte. Schwärze wirbelte um ihn herum, bis auch die Mauer der Conciergerie in Finsternis gehüllt war. Ein Klageruf tönte von irgendwo auf, als die Vibrationen die Skala des Erträglichen hinaufschnellten. Er kam aus seiner Kehle. Ein stechender Schmerz durchfuhr John. Es war, als würde sich sein Inneres nach außen kehren.

Dann war alles vorüber, der Schmerz, das Vibrieren, das Gellen, alles. Dunkelheit strömte über ihn hin wie ein Regenschauer, bis sie wie eine verdunstende Lache um ihn her wieder zu Boden sank ... Wo war er? Desorientiert sah John sich um. Der Geruch von Blut nahm ihm fast den Atem. Dunkle, gestaltlose Formen schwebten in der Dunkelheit um ihn herum. Das Herz schlug ihm bis zum Hals, als er eine Hand zu dem formlosen Ding ausstreckte, das ihm am nächsten war, und kalte Glätte berührte. Das Ding schwang mit dem Klirren einer Kette zur Seite. Für einen kurzen Moment konnte er sich nicht einmal vorstellen, welchen Schrecken er berührt haben mochte. Dann begriff er. Es war ein Kadaver. Er befand sich in einer Vorratskammer. Er holte Luft. Eine Vorratskammer, um die Gefangenen zu versorgen, oder die Leute, die hier arbeiteten, oder beides. Das war alles.

Jetzt galt es, Beatrix zu finden. Von irgendwoher hörte er Stimmen. Ein schmaler Lichtstreif auf Bodenhöhe wies ihm den Weg zur Tür. Das Schloss an der Außenseite war für seine Bärenkräfte kein Hindernis. Das Metall quietschte einmal, und ergab sich dann. Er blieb stehen und wartete ab, aber die Stimmen sprachen weiter.

Er glitt auf den Korridor hinaus, von dem andere Türen aus Holz abgingen. Rübenkeller, Milchkammer, eine Kammer, in der Gepökeltes lagerte, den Gerüchen nach zu urteilen. Am Ende des Ganges war ein Torbogen. Er ging darauf zu, hielt sich dabei aber dicht bei der Wand. Er spähte durch den Torbogen und sah einen weiteren Korridor vor sich. An dessen Ende befand sich ebenfalls ein Torbogen, aus dem Licht fiel. Die Stimmen kamen von dort und waren jetzt deutlich zu verstehen.

»Mitten in der Nacht Brot zu backen!« Eine Stimme wie das Krächzen eines Raben sagte das mit Missfallen. »Wo soll das noch enden?«

Eine andere lachte rau; das Lachen endete in einem Hustenanfall. Als er vorüber war, fuhr sie fort: »Was kümmert es uns? Sie bezahlen uns gut dafür, dass wir um diese Zeit hier sind.«

»Sie sollten mich lieber dafür bezahlen, dass ich dorthinaufgehe, wo all diese roten Augen in jeder Ecke glühen. Es sind Totenaugen, sage ich dir.« Dies sagte die Stimme, die wie ein Vogel krächzte.

»Du bist an der Reihe zu gehen, Leesi«, sagte die hustende Stimme. »Ich hab vorhin das Wasser hochgebracht.«

Eine Idee begann sich in Johns Kopf zu formen. Diese Frauen wussten vermutlich, wo Beatrix war. Es war ihnen erlaubt, zu ihr zu gehen, wenn auch nur, um ihr Essen und Wasser zu bringen.

»Mir tut sie leid, so schön und so traurig, wie sie ist.« Diese Worte kamen von einer sanften weiblichen Stimme. »Was kann sie getan haben, dass man ihr dafür den Kopf abschlagen will?«

»Ich dachte, wir hätten diesen Unsinn hinter uns, alles umzubringen, was sich bewegt.«

»Ihr seid zwei alte Zimperliesen. Wir sollten lieber überlegen, was …«

In Johns Kopf nahm ein Plan Gestalt an. Drei Frauen, die Zutritt zu Beatrix hatten. Zumindest zwei von ihnen waren Seelen, die die Arbeit in einem Gefängnis hart gemacht hatte. Würden sie wirklich helfen? Andererseits hatte er immer auf sein Glück vertraut und das genutzt, was ihm zur Hand gewesen war. Und wie sonst sollte er sie finden?

Er trat aus dem Korridor in die hell erleuchtete riesige Küche, die mittelalterlich anmutete mit ihrem gigantischen Ofen, der einen Menschen gefasst hätte, und mit den Holztischen, auf denen Brotlaibe in ordentlichen Reihen lagen. Der Raum war erfüllt vom Geruch von Hefe, Salz und Schmalz und dem Rauch vom Feuer.

Die drei Frauen keuchten auf. Eine griff nach einem großen Küchenmesser. »Wer sind Sie?«, rief die stämmige Frau mit der Krähenstimme. Ihre Hängebäckchen schwangen hin und her, während sie mit dem Messer herumfuchtelte.

»Wie sind Sie hier hereingekommen?«, fragte das junge Mädchen erschrocken.

»Oh bitte, nicht«, sagte John und streckte beruhigend die Hände aus, als die dritte Frau, ein grauhaariges altes Weib mit einem dünnen, sehnigen Hals und Venen wie Seilen auf den knorrigen Handrücken, sich von dem Tisch erhob, an dem sie gesessen und eine Liste auf grobes Papier geschrieben hatte. »Ich will Ihnen nichts tun.« Er wich an die Wand neben der Tür zurück. Er wusste, er sah heruntergekommen aus und hatte vermutlich einen Blick zum Fürchten, aber das konnte ihm auch zu seinem Vorteil gereichen. »Ich komme im Namen der Liebe.«

Die drei zogen die Augenbrauen zusammen. »Liebe«, spottete die Stämmige.

»Meine Verlobte, Beatrix, hat rotes Haar.«

»Oh«, keuchte das junge Mädchen. »Sie ist das!«

»Sie können hier nichts für Sie tun, Junge«, sagte die alte Frau mit der Schreibfeder; es klang freundlich trotz ihres rauen Tons. »Am Sonntag wird ihr Kopf in den Korb fallen.«

»Sie werden sie niemals hier herausholen können, falls Sie das denken sollten«, sagte die Stämmige barsch.

»Ist es so hoffnungslos?« Er ließ die Schultern sinken, während er die Frauen ansah.

Die Stämmige räusperte sich. »Sie lassen sie die ganze Zeit von fünf dieser Kreaturen bewachen.«

Fünf von Ashartis Vampiren? Hielten sie Beatrix allein durch ihre Zahl gefangen? Das also hatten die Frauen gemeint, als sie von roten Augen in allen Ecken gesprochen hatten.

»Geister, würde ich sagen. Man kann nicht gegen Geister kämpfen.« Die Alte unterstrich ihre Worte, indem sie mit der Schreibfeder herumfuchtelte.

Große Hoffnungslosigkeit erfüllte Johns Seele. Er würde es nicht schaffen. Wenn er doch nur mit Beatrix sprechen könnte; sie würde ihm vielleicht sagen, wie er ihr helfen konnte. Er sah in die drei Gesichter. In zweien sah er Mitleid, in einem Verachtung. »Dann bitte ich nur darum, ihr ein letztes Mal sagen zu dürfen, dass ich sie liebe. Vielleicht wird ihr das Kraft geben bei ihrem letzten ...« Er ließ Tränen in seine Augen steigen. Es fiel ihm nicht schwer.

»Sie glauben doch wohl nicht, dass man Sie einfach so hinauf zur Zelle gehen lässt, damit Sie da anfangen können, Gedichte oder so 'n Zeug aufzusagen, oder?« Die stämmige Frau machte aus ihrer Verachtung keinen Hehl. Während John sie beobachtete, schob sie einen hölzernen Schieber unter zwei der Brotlaibe, drehte sich um und beförderte sie in einen Backofen. Dann stocherte sie in den Kohlen mit einem Feuerhaken herum, bis bedrohliche Funken aufstoben.

Er sah sich verzweifelt um. Er spielte das alles nur, doch in seinem Innern fühlte es sich seltsam real an. »Lassen Sie mich ihr meine Liebe erklären ... mit Ihrem Papier und Ihrer Feder ... Sie können es in das Brot einbacken, das Sie ihr bringen.«

»Ich glaub, ich hör nicht recht!«, bellte die Stämmige. »Sie wollen uns wohl in Schwierigkeiten bringen?«

Aber die beiden anderen waren unschlüssig. Es war gerade die Art von Geste, die auf jemanden wirkte, dem die Arbeit an einem Ort wie diesem noch nicht alle Romantik ausgetrieben hatte. »Wer immer es hinaufbringt, sagt zu ihr: ›Achten Sie auf das Brot, Mylady, es wurde mit Liebe gebacken.‹ Das ist alles, was Sie tun müssen. Sie wird es verstehen. Sie wird vorsichtig sein. Sie werden nicht erwischt werden.«

»Ich werde es hinaufbringen«, platzte das junge Mädchen heraus. »Ich werde es ihr sagen.«

Die alte Frau tippte sich mit dem Finger an die Lippen. Die Stämmige wandte sich um. »Du wirst für mich heute Abend raufgehen, Marie? Und morgen auch?«

Das junge Mädchen schluckte und nickte.

»Ich gehe nicht wieder, bis ...« Die Stämmige zählte ihre Finger ab. »Ich werde gar nicht mehr hinaufgehen.« Ein zahnloses Grinsen breitete sich auf ihrem Gesicht aus. »Ich werde Ihr Brot backen.« Sie ging zu John. »Setzen Sie sich, junger Mann, und schreiben Sie hübsch Ihr Gedicht. Gib ihm deine Feder, Jeaunty.«

»Sie kann mir auf der Rückseite antworten.«

»Du wirst meine Feder nicht in einen Brotlaib einbacken«, protestierte die Alte.

»Ich denke, eine Feder würde man vielleicht bemerken«, wandte das junge Mädchen zögernd ein.

John sah sich um. Eine große Schüssel mit Obst stand auf einem der Tische, auf einem zerbeulten Zinnteller daneben lag eine Rebe Weintrauben zusammen mit einem Stück Käse. »Ist der Teller für meine Verlobte?«

Das junge Mädchen nickte.

»Warum bringen Sie ihr nicht einen von diesen Granatäpfeln?«

»Der Saft ist ähnlich wie Tinte, ich verstehe. Aber womit soll sie schreiben?«, fragte die Alte unsicher.

»Mit dem Fingernagel natürlich ...«, sagte John, während er die Feder mit einem Schälmesser spitzte. »Sie werden mir den Hof unter ihrer Zelle zeigen, und sie wird es zu mir herunterwerfen.« Er schaute hinauf zur Steindecke, die von Ruß geschwärzt war. »Es könnte das Letzte sein, was ich von ihr haben werde.« Gott, er hoffte, dass sein jämmerlicher Plan gelingen würde. Alles hing von Beatrix ab.

Das junge Mädchen seufzte.

»Mein Erster wurde gehängt«, sagte die Alte. »Ich wünschte, ich hätte eine letzte Nachricht von ihm gehabt. Ich werde Sie auf den Hof bringen.« Dann putzte sie sich mit ihrer Schürze die Nase.

Jetzt, lieber Gott, mach, dass Asharti nicht bei ihr ist und sie bewacht. Er würde wieder Ashartis Weg kreuzen. Und dieser Gedanke ließ John zittern.

Kapitel 21

Beatrix kauerte in einer Ecke der Zelle, so weit entfernt vom Fenster zum Hof, wie sie nur konnte. Jetzt war es dunkel, aber den ganzen Tag über hatte das hereinfallende Licht sie gequält. Zwar hatte sie ihre blauen Augengläser aus dem Pompadour und ihren Umhang. Und sie hatte sich in eine Ecke verkrochen, in die kein direktes Sonnenlicht fiel. Aber die Helligkeit im Allgemeinen verursachte ein schmerzhaftes Prickeln auf ihrer Haut. Für die kurzen Aufenthalte im Sonnenlicht, die in normalen Zeiten notwendig waren, war das erträglich, aber nach den vielen Stunden wurde es fast unerträglich.

Ihre Gefängniswärter hielten sich außerhalb des Lichtes auf; sie lauerten in den verdunkelten Zellen nebenan oder auf dem Gang. Gesichtslos und schweigend verstärkten sie noch die Unwirklichkeit der Situation, in der Beatrix sich befand. Von Zeit zu Zeit versuchte sie, die Macht ihres Gefährten herbeizurufen, um die Grenzen ihrer Wächter auszuloten. Aber allein schon der Versuch alarmierte die Vampire, und ihre Augen begannen heller zu glühen. Die Macht ihres Gefährten erreichte Beatrix nicht.

Natürlich hatte sie auch nicht schlafen können. Sie hatte alle Nahrung verweigert, nicht aus Angst vor Gift, sondern weil sie keinen Appetit hatte. Als ihr Schicksal wahrscheinlicher und unausweichlicher wurde, begann sie zu denken, dass es vielleicht eine Antwort auf ihren langen Kampf gegen die letzte Reise nach Mirso war. Asharti tötete sie nicht, sondern befreite sie.

Zum ersten Mal seit Jahrhunderten fragte sich Beatrix, ob es ein Leben nach dem Tode gab oder ob sie auf irgendeine Weise an Gott glaubte. Beides war nicht dasselbe. Ein Leben nach dem Tod war ein merkwürdiges Konzept für jemanden, der ebenso gut unsterblich sein könnte. Beim letzten Mal, als sie ein derartiges Selbstgespräch geführt hatte, war sie zu dem Schluss gekommen, dass niemand wissen konnte, ob es einen Gott oder ein Leben nach dem Tod gab, und dass man daher nur so leben konnte, als wäre es so. Sie glaubte, dass man Gutes tun sollte, wenn man es konnte, oder dass man zumindest nichts Böses tun sollte. Sie tötete nicht mehr. Sie hinterließ ihren Opfern schöne oder aufregende Erinnerungen dafür, dass sie ihr Blut trank. Sie sorgte dafür, dass Einflüsse, die das Beste aus den Menschen herausholten, Kunst und Musik und Literatur, blühten, wo ihr Geld oder ihr Einfluss sie fördern konnte. Sie gab beträchtliche Summen für wohltätige Zwecke aus, auch wenn die Waisenhäuser und Hospitäler kaum an der Oberfläche des Elends in der Welt ankratzten.

Hätte sie früher nach Mirso gehen sollen? War ein Leben der inneren Einkehr mehr wert als ein weltlich geführtes Leben? Vielleicht hatte die Welt recht, und Gott konnte, falls er denn existierte, niemals einen Vampir lieben. Beatrix fühlte sich nicht als Abkömmling Satans, obwohl sie gewiss mit ihm sympathisierte. Die Welt hasste ihn zu sehr, als dass er all ihren Hass verdiente.

Am Ende war das Karussell ihrer Gedanken so wenig zielführend wie immer. Man pfuschte so vor sich hin, tat das Beste, was man tun konnte, bis es endete. Für sie würde es enden. Lag darin keine Erleichterung? Sie war von ihrer Mutter zurückgewiesen worden. Stephan hatte sie zurückgewiesen. John hielt sie für ein Ungeheuer. So oft verlassen zu werden bedeutete, dass sie wertlos war. Vielleicht war es das, was ihre Erinnerungen ihr hatten sagen wollen. Der Tod hatte angeklopft, und nur der

Gefährte hatte ihm die Tür versperrt. Asharti würde nicht zulassen, dass er die Tür noch länger verschlossen hielt.

Sie hoffte, dass John hatte fliehen können. Vielleicht kam er mit dem ewigen Leben besser zurecht als sie. Er sah den Gefährten nicht als Geschenk an. Aber vielleicht würde er es irgendwann tun und vielleicht würde er seine Macht nutzen, um diese Welt in eine bessere zu verwandeln.

Ein Geräusch auf dem Gang. Es war eine der Frauen mit dem Essen, das sie nicht anrühren würde. Sie konnte ihre Angst spüren. Die Wachen wichen zurück ins Dunkel.

Beatrix schaute auf. Es war die jüngste der Frauen. Sie hielt zitternd eine Lampe hoch und schaute sie nervös an. Sie schob den Metallteller durch den schmalen Schlitz unterhalb der Gitterstäbe. Er glitt über den Stein.

»Hier, Mylady.« Ihre Stimme schwankte, dann wurde sie fester. »Achten Sie besonders hierauf. Dieses Brot wurde mit Liebe gebacken.« Das Mädchen nickte mit durchdringendem Blick, dann wandte es sich um und hastete davon.

Mit Liebe gebacken? Beatrix ließ den Kopf gegen die Mauer zurücksinken. Erschöpfung überfiel sie. Mit Liebe gebacken! Diese Frauen liebten sie nicht. Niemand liebte sie.

Sie schaute auf das Brot. Eine Spur von Neugier erwachte in ihr. Es konnte nicht sein. Dennoch richtete sie sich auf. Auf dem verbeulten Teller aus Metall lagen ein kleiner dicker Brotlaib, ein Stück Käse und ... ein Granatapfel. Ein leichtes Flattern in ihrem Bauch hieß sie aufstehen. Nicht der alte Trick mit dem Granatapfel ... Beatrix atmete tief durch, um sich zu fassen. Sie griff nach dem Teller, setzte sich auf die Steinbank und sah sich verstohlen um. Einer ihrer schweigsamen Wärter lehnte auf dem Gang an der gegenüberliegenden Wand und kämmte sich seine eleganten Koteletten. Seine Augen schimmerten rötlich, aber er achtete nicht auf Beatrix.

Sie brach das Brot und hörte das Knistern von Papier. Sie zog einen Zettel heraus und verbarg ihn in den Falten ihres Rockes, dann begann sie, ruhig das Brot und den Käse zu essen, während ihr Herz wie wild schlug. Sie brach den Granatapfel auf, prüfte einen Kern mit dem Fingernagel und sah, wie der blutrote Saft vom Brot aufgesogen wurde. Die Wachen wurden abgelöst. Rote Augen wurden ersetzt durch rote Augen. Der neue Wächter stand ein wenig seitwärts. Beatrix rutschte weiter zum Ende der Bank und entfaltete das Papier neben ihrem Oberschenkel, wo er es nicht sehen konnte.

Sag mir, wie ich dir zur Flucht verhelfen kann, Liebste. Ich stehe zu deiner Verfügung. Wirf deine Anweisungen in den Hof hinunter.

John

Die ersten Tränen, seit sie gefangen genommen worden war, tropften auf das Papier. Er mochte ihr nicht dafür vergeben haben, dass sie ihn geschaffen hatte, aber er hatte sie nicht verlassen. Das berührte sie, und es machte ihr Angst. Angst um ihn. Für sie gab es keine Hilfe. Er musste fort.

Sie steckte sich einen Granatapfelkern in den Mund. Mit dem Daumennagel zerteilte sie einen zweiten und begann, mit dem Saft der Frucht ihre Antwort zu schreiben. Es dauerte lange. Als sie fertig war, drehte sie das Papier zu einer festen Rolle zusammen und stand auf, um an das vergitterte Fenster zu treten. Ihr Pompadour baumelte an ihrem Handgelenk. Sofort trat John unter dem einzigen Baum des winzigen Hofes unterhalb der Zelle hervor. Ihr Herz machte einen Hopser. Dieses Risiko war viel zu groß! Wie hatte er es wagen können hierherzukommen? Sein liebes Gesicht, das zu ihr hochstarrte, gut aussehend und besorgt, ließ sie innerlich mehr zittern, als Asharti und ihre Vampirwächter es zu bewirken vermocht hatten. Sie lehnte den Kopf gegen die Stäbe und ließ die Papierrolle aus dem Fenster fallen, gefolgt von ihrem Pompadour.

Sie sah, wie John sich umschaute, beides aufhob und zurück unter den Baum trat. Sie wusste, was er jetzt las, geschrieben in hellrotem Saft mit ihrem Fingernagel.

Es gibt nichts zu tun. Alles Gute. Nimm dies. Begib dich in Sicherheit nach England.
Beatrix

Er schaute hoch und schüttelte den Kopf, seine Miene voller Furcht.

Sie lächelte, sanft. Bedeutete sie ihm etwas? »Liebste.« Das hatte auf dem Zettel gestanden. Sie würde Trost daraus schöpfen. Sie schüttelte den Kopf bedächtig, dann schob sie die Hand durch die Stäbe, um ihn zu grüßen. Einmal. Dann wandte sie sich vom Fenster ab und kehrte auf ihren Platz auf der Bank zurück. Sie wollte nicht, dass Ashartis Handlanger ihr Schluchzen bemerkten. Sie zog ihren Umhang um sich und unterdrückte es.

Verzweifelt sah John, wie Beatrix vom Fenster verschwand. Nichts? Nichts, was getan werden konnte? Er wollte das nicht glauben. Er würde nicht von hier fortgehen, bis sie ihm sagte, was zu tun war, um sie zu befreien. Er fasste den Pompadour fester und harrte im Schutz des Baumes aus. Aber nach fast einer Stunde, in der er sie mit seinen Gedanken hatte zwingen wollen, mit einer anderen Nachricht zurück zum Fenster zu kommen, begann er zu verzweifeln. Ihm wurde bewusst, dass er noch immer den perlenbestickten Pompadour umklammerte, den sie ihm heruntergeworfen hatte. Vielleicht befand sich darin eine weitere Nachricht. Er zwang sich, ihn langsam zu öffnen, damit seine neu gewonnene Kraft den Stoff nicht zerriss. Er fand darin Banknoten einer Pariser Bank in Höhe eines kleinen Vermögens. Was kümmerte ihn Geld? Es waren zudem zwei Rollen Goldlouisdors und eine Brille dabei, aus Glas, das so dunkel war, dass es fast schwarz aussah. Er zog die Augenbrauen zusammen. Sie wollte, dass er das Geld dazu verwendete, Frankreich zu verlassen. Er umklammerte den kleinen Beutel mit so viel Kraft, dass seine Fingernägel sich in die Innenfläche seiner Hand bohrten. Er konnte das Blut riechen, das aus den Wunden quoll.

Über sich hörte er eine allzu vertraute Stimme. Unwillkürlich schauderte es ihn.

»Nun, meine Schwester, wie hat dir dein erster Tag in einer sonnigen Zelle gefallen?«

»Ich war schon besser untergebracht.« Beatrix' Stimme klang trotzig. Er liebte sie dafür.

»Wir werden dir diesen Umhang abnehmen müssen. Ah, du hast geweint … Wie traurig. Und du hast gesagt, du hättest dich in dein Schicksal ergeben. Aber ich sehe, dass du deine Meinung geändert hast.«

Schweigen. Dann tauchte Asharti am Fenster auf, die Augen glühten rot. John glitt zurück hinter den Baumstamm. Er konnte das verhasste Gesicht in der Dunkelheit gut erkennen. »Ich spürte da draußen eine Vibration«, sagte Asharti, während sie den Blick über den Hof schweifen ließ.

Er musste verschwinden. Wenn er jetzt gefangen genommen wurde, wäre das eine Katastrophe für Beatrix. Er holte tief Luft. *Gefährte, komm zu mir. Schnell.*

Die Schwärze stieg wirbelnd um ihn auf. Er dachte an die Straße unterhalb der Turmuhr. Der Schmerz kam schnell diesmal und wurde zu einem ohrenbetäubenden Kreischen. John stieß gegen einen Laternenmast auf dem Quai de l'Horloge, genau in dem Moment, als die große Uhr vier schlug. Der Fluss und die gepflasterte Straße wankten einmal und stabilisierten sich dann. Der Schmerz ließ nach. John begann, zum Pont Neuf zu laufen.

Er hätte ewig laufen können, so stark fühlte er sich, aber er wusste nicht, wohin er sich wenden sollte. Nachdem er die Seine überquert hatte, blieb er neben der Ruine stehen, die einmal die Kirche St. Jacques la Boucherie gewesen war. Dass die Gilde der Schlachter eine so schöne Kirche hatte bauen können, erschien immer noch wie eine Bestätigung des einfachen Mannes. Es war jedoch auch der einfache Mann gewesen, der sie während der Revolution zerstört hatte. Jetzt stand nur noch der auffallende gotische Turm. Er schaute hinauf. Vielleicht konnte eine Republik nichts Außergewöhnliches ertragen. Dennoch stand der Turm wie ein mutiger Vorposten des Außergewöhnlichen da.

Beatrix würde hingerichtet werden, und es gab nichts, was er dagegen tun konnte. Er, so stark er sich auch fühlte, war nicht stark genug, um Ashartis Klammergriff zu brechen. Er wollte sich auf die Brust schlagen und herausschreien, dass die Welt es ja nicht wagen sollte, etwas so Kostbares und Außergewöhnliches wie Beatrix zu verlieren.

Aber welche Welt meinte er? Die des Tageslichts mit ihren Millionen von Menschen? Die Welt der Menschen? Sie war nicht länger seine Welt. John zwang sich zur Ruhe, während er an dem einsamen Turm hinaufschaute. Er brauchte jemanden, der stärker als Asharti war. Jemanden, der kommen würde, um Beatrix vor ihr zu retten.

Stephan Sincai.

Beatrix hatte gesagt, Sincai könnte Asharti aufhalten, wenn er es denn wollte. Und trug er nicht eine gewisse Verantwortung für Ashartis gegenwärtige Schreckensherrschaft? Er hatte beide aufgezogen. Er musste gewusst haben, was Asharti war. Wie konnte ein Mentor es *nicht* gewusst haben? Beatrix liebte ihn noch immer. Sincai war ihresgleichen. Er hatte sie gelehrt, das zu sein, was sie war, hatte sie gelehrt zu lieben. Wen liebte sie außer ihm? Er wappnete sein Herz gegen den Schmerz, den diese Frage auslöste. Was zählte, war Beatrix. Wenn sie diesen Sincai liebte, dann würde er kommen, um sie zu retten.

Sein Verstand begann, sich auf diesen Ausweg zu konzentrieren. Sincai lebte in Amsterdam. Über fünfhundert Kilometer entfernt von hier, fast sechshundert, und noch einmal so viel für den Rückweg. Beatrix sollte am Sonntag hingerichtet werden. Heute war Mittwoch, kurz vor der Morgendämmerung. Die Straßen waren gut. Wenn er Tag und Nacht durchritt, die Pferde alle vierzig oder fünfzig Kilometer wechselte ... Es war machbar. Nur die allerbesten Pferde. Es würde ein teures Vorhaben werden. Aber dank seines Glücks beim Kartenspiel und der Banknoten in Beatrix' Pompadour war er gut ausgestattet. Konnte man so lange Tag und Nacht reiten? Vielleicht konnte man es, wenn man so stark wie er war. Er würde es herausfinden.

Ah, aber bei *Tag* und bei Nacht reiten! Wie sollte das gehen? Er konnte bei Tage nicht einmal aus dem Fenster sehen. Und wenn er nur nachts unterwegs war, würde er niemals rechtzeitig zurück sein. Es war nicht hinnehmbar, dass er deshalb die einzige Chance zu Beatrix' Rettung nicht nutzen konnte. Sollte er eine Nachricht schicken? Aber was, wenn Sincai nicht kam? Nein, John musste persönlich dorthin. Er würde nicht zulassen, dass dieser Kerl sich weigerte. John musste nach Amsterdam. Und er musste ebenso am Tag wie in der Nacht reiten. Er schaute herunter auf den Pompadour, den er noch in der Hand hielt, das Letzte, was er von Beatrix hatte. Eine Brille mit verdunkelten Gläsern ... Sehr gut. Er schluckte. Handschuhe. Ein Umhang mit einer Kapuze, die er sich aufsetzen konnte. Den unteren Teil des Gesichts verhüllen.

Er wandte sich um und begann zu laufen. An der Place Gervais gab es einen Stall, der Pferde vermietete.

Beatrix' Sinne begannen sich zu verdunkeln. Lange Tage im Licht, nur geschützt durch ihr dünnes Nachthemd, und Schlaflosigkeit in der Dunkelheit forderten ihren Preis. Die Helligkeit in der Zelle verletzte ihre Augen und reizte ihre Haut wie mit spitzen Nadeln. Sie brauchte Blut. Sie hatte ihr Blut für John hingegeben, und jetzt, da Asharti ihr es nicht erlaubte zu trinken, war sie schwach und hatte Schmerzen.

Sie verbrachte die Tage zusammengekauert auf dem Boden in der Ecke und schützte ihre Augen mit den Händen. Sie versuchte, an John zu denken, der auf dem Weg in die Sicherheit war, um ihre Gedanken von ihrem hungrigen Gefährten abzulenken, der beharrlich an ihren Adern kratzte, und von dem durch das Licht verursachten Schmerz. Wo war er jetzt? In Le Havre? Ob er wohl sofort eine Überfahrt nach Dover oder Portsmouth auf einem Schmugglerschiff bekommen hatte? Würde er warten müssen? Asharti konnte ihre Vampire nach Le Havre schicken. Beatrix hoffte, dass John so klug gewesen war, nach Norden zu gehen, nach Calais, und von dort ...

Er würde die Brille mit den dunklen Gläsern tragen. Er würde sich verhüllen – er war einfallsreich. Der Gefährte würde darauf beharren zu trinken, und früher oder später würde John sich nicht mehr weigern. Sie wünschte, sie könnte dort sein, um ihm seinen Weg leichter zu machen, aber sie konnte es nicht. Er würde es schaffen.

Er war gekommen, um sie zu befreien. Sie lächelte, als sie daran dachte. Ihr waren Vermögen zu Füßen gelegt worden, Duelle waren ihretwegen ausgetragen worden, um ihretwillen war einem Königsthron entsagt worden, waren Armeen angeheuert worden, sie zu gewinnen. Aber niemals hatte jemand so viel für sie geopfert, obwohl er wusste, wer sie war. Er war gekommen, obwohl er sich vor Asharti fürchtete. Sie wusste, was ihn das gekostet hatte. Sie würde das Geschenk seines Opfers mit ins Grab nehmen. Noch immer trieb diese eine Frage sie um: Womit hatte jemand wie sie diese Hingabe verdient?

Auf gewisse Weise empfand sie Bedauern über sein Geschenk. Sie hatte sich entschieden, den Tod durch die Guillotine zu akzeptieren – eine Lösung, die noch endgültiger war als das Kloster Mirso. Aber nun, da sie dieses Geschenk bekommen hatte, das so verlockend war, gerade in dem Moment, in dem es keine Hoffnung gab herauszufinden, was er damit meinte, schien dies eine letzte Grausamkeit zu sein.

Ein Poltern vor der Tür zeigte an, dass die Wachen ausgetauscht wurden. Offensichtlich konnten sich diese Männer nicht länger als zwei Stunden konzentrieren. Die nächsten kamen, um ihre Posten einzunehmen. Sie riefen die Macht ihrer Gefährten herbei, ehe die alte Wachbesatzung ihre zurückschickte.

Beatrix wandte den Blick ab und seufzte. Dann schaute sie noch einmal hin. War das nicht ...? »Jerry!«

Der Schimmer in seinen Augen verblasste, und er sah beschämt aus. »Gräfin«, murmelte er.

»Warum bist du zu ihr zurückgegangen?«, fragte Beatrix leise.

»Wohin sonst hätte ich gehen sollen?«, fragte er mürrisch. »Wo sonst gibt es einen Platz für einen wie mich?«

»Du hättest nach England zurückkehren können ...«

»Ich hatte kein Geld.«

Beatrix verdrehte die Augen. »Mein Gott, Mann! Wir können immer an Geld kommen!«

Jerry schob das Kinn vor. »Vielleicht können Sie das, Gräfin. Außerdem habe ich hier Freunde, Kameraden, die für meine Bedürfnisse Verständnis haben.«

Beatrix schaute zu den anderen Vampiren, die sich auf ihre Posten begeben hatte. »Ich weiß. Es ist schön, jemanden in der Nähe zu haben, den man kennt. Ich bin froh, dass du hier bist.«

»Schmieren Sie mir bloß keinen Honig ums Maul, Gräfin. Ich weiß, wessen Hand mich füttert. Ich bin wie die anderen hier, um Sie zu bewachen. Sie will nicht, dass wir mit Ihnen reden.«

Seine Augen wurden rot. Er trat zurück in die dunklen Schatten.

»Jerry ... Jerry, hör mir zu. Du musst nicht hier sein. Ich werde dir zeigen, wie du an Geld kommst ...« Aber sie hatte ihn schon verloren, und die anderen hörten zu.

Beatrix holte tief Luft. »Du hast einen Fehler gemacht, Jerry, aber es ist nicht zu spät, ihn zu korrigieren.« Dann setzte sie sich auf ihre Bank aus Stein und versuchte, ihren Puls zu beruhigen. John. Sie wollte an John denken.

John war zwei Tage geritten, ohne zu schlafen, hatte nur Halt gemacht, um ein Sandwich herunterzuschlingen, auf das er eigentlich keinen Appetit hatte, oder um das Pferd zu wechseln. Neun Pferde hatte er bis jetzt gebraucht. Am schlimmsten war das Tageslicht. Es raubte ihm jede Kraft. Die Brille sorgte dafür, dass er nicht geblendet wurde, wenn er blinzelte, aber alles war von einem Lichtkranz umgeben. Ein Wollschal verdeckte Kinn und Nase wie bei einem Wegelagerer, und das in der Junihitze; aber sobald seine Kapuze herunterrutschte, spürte er, wie der unbedeckte Teil seines Kopfes sofort verbrannte. Und immer war da dieses nadelscharfe Prickeln seiner Haut, selbst unter seinen Kleidern.

In der ersten Nacht hatte es unaufhörlich geregnet. Bespritzt von Matsch und nass bis auf die Haut musste er langsamer reiten, um im schlammigen Boden einer aufgeweichten Straße nicht zu stürzen. Es war zum Wahnsinnigwerden.

Überall, wo er auftauchte, rief er Angst und Schrecken hervor, weil er, verhüllt von Kopf bis Fuß, wie ein spanischer Bandit aussah. Er murmelte immer etwas von einer Krankheit und das, zusammen mit einer gewissen Freigebigkeit, sorgte für einen Anflug von so etwas wie Dienstfertigkeit, wenn auch nicht für guten Willen.

Als er bei Sonnenuntergang die Randbezirke Amsterdams erreichte, nahm er Wollschal und Umhang ab. Das Pferd, das er ritt, war halb tot vor Erschöpfung, und ihm ging es kaum besser. Langsam suchte er sich seinen Weg durch die alten Straßen und entlang der Grachten. Die Herengracht war im siebzehnten Jahrhundert angelegt worden. Die größten und aufwendigsten Häuser waren hier gebaut worden. John hatte darüber nachgedacht, wie er Stephan Sincai am schnellsten finden könnte. Beatrix hatte gesagt, sie habe einst in der Nummer 38 gewohnt. Er hegte die Vermutung, dass Sincai nicht so immun gegen Beatrix war, wie sie glaubte. Er beschloss, bei Nummer 38 zu beginnen und zu sehen, wie sentimental Stephan Sincai war.

John trottete die schmale Straße entlang, die parallel zur

Herengracht verlief. Die Grachten rochen nach wucherndem Grünzeug. Nummer 38 war die kunstvolle Kopie eines Loire-Schlosses und aus massivem holländischem Mauerziegel gebaut. Figuren in leicht vorgebeugter Haltung schmückten den Hauptgiebel, und das Erkerfenster war mit Cherubim, Akanthusblättern und mythischen Ungeheuern verziert. Wie passend. Als er abstieg, versagten ihm seine Knie den Dienst. Er hielt sich an den Ledergurten der Steigbügel fest, bis das Schwindelgefühl in seinem Kopf nachließ. Dann ging er mühsam die fünf Stufen zum Portikus hinauf und betätigte den goldenen Türklopfer, der die Form einer Fledermaus mit ausgebreiteten Schwingen hatte. Er stand wohl vor dem richtigen Haus. Sincai schien über ein gewisses Maß an schrulligem Humor zu verfügen.

Der mürrische Diener in grüner Livree, der die Tür öffnete, sah John mit gerunzelter Stirn an. »Lieferanten melden sich an der Hintertür«, sagte er in Hochniederländisch. Er wollte die Tür wieder schließen, als er noch hinzufügte: »Betteln verboten.«

John wurde bewusst, dass er ohne Hut war und denselben schlecht sitzenden Mantel trug, den er beim Pikett gewonnen hatte. Zudem war er vom Staub und Schmutz dreier Länder bedeckt und hatte sich nicht mehr gesäubert, seit Beatrix ihm in einer Dachkammer im Marais den Schweiß vom Körper gewaschen hatte.

Er stieß die Tür mit einer Kraft auf, der der alte Diener nichts entgegenzusetzen hatte. »Ich bin hier, um mit Stephan Sincai zu sprechen«, sagte er und bemühte sich dabei um sein bestes Niederländisch. Es reichte nicht an sein Französisch heran, aber es war passabel. Er war überrascht festzustellen, dass seine Stimme kaum mehr als ein Krächzen war. Wie lange war es her, dass er einen Schluck Wasser getrunken hatte?

»Mijnheer Sincai empfängt niemanden, und schon gar nicht Gesindel und glücklose Kaufleute. Fort mit Ihnen.«

Wieder wollte er die Tür schließen. Aber jetzt wusste John, dass seine Vermutung richtig gewesen war.

»Sagen Sie ihm, ich komme wegen Beatrix Lisse. Er wird mich empfangen. Er muss.« John versuchte, sich seine Verzweiflung nicht anmerken zu lassen. Das würde den alten Diener auch nicht dazu bringen, ihn ins Haus zu lassen.

»Gehen Sie oder ich werde einen Polizisten rufen«, warnte ihn der alte Mann mit erhobener Stimme. »Mijnheer Sincai wird Ihnen keine Almosen geben. Gehen Sie in ein Armenhaus!«

»Lassen Sie den Mann herein, Mechlin«, war eine tiefe Stimme aus dem Inneren des Hauses zu hören.

Sofort wurde das Gesicht des Dieners ausdruckslos. »Jawohl, Mijnheer Sincai.«

John ging an ihm vorbei in ein Foyer, das von einem Kronleuchter mit tausend Kristallen in Licht gebadet war. Der Boden war mit schwarzen und weißen quadratischen Marmorfliesen ausgelegt. Eine elegant geschwungene Treppe zur Rechten führte hinauf in die erste Etage. Dort oben, ans Geländer gelehnt, stand ein Mann, elegant gekleidet in einen schwarzen Rock, der perfekt um seine breiten Schultern saß, einem kompliziert gebundenen gerüschten Krawattentuch und einer eng sitzenden Kniehose. Er war für einen höchst formellen Anlass angezogen. Ein Brillant funkelte in den Falten seines Halstuches, und ein goldener Siegelring mit einem ovalen Rubin schmückte seine rechte Hand. Sein Haar war dunkel, und er trug es lang bis auf die Schultern; seine Wangenknochen waren eindrucksvoll und seine Lippen voll, auch wenn er sie im Moment streng zusammenpresste. Doch es waren seine Augen, die die Aufmerksamkeit fesselten. Sie waren dunkle Seen der …

Leere. Man konnte es nicht Kummer nennen. In ihnen lag alles und nichts.

Sie standen da und sahen sich an. Vibrationen flossen auf John herunter. Sie waren fast wie ein Vorhang aus dichter … Energie. John kniff den Mund zusammen. Er spürte eine unglaubliche Macht.

John atmete durch, schluckte und nickte. »Danke.«

»Nehmen Sie Umhang und Handschuhe des Mannes, Mechlin.«

John überreichte dem alten Mann seine Garderobe und bemerkte den Abscheu, mit dem er die Sachen entgegennahm.

»Und schicken Sie Brandy in die Bibliothek!« Sincai winkte John die Treppe hinauf.

John ging im Geiste noch einmal durch, was er sich seit zwei Nächten und zwei Tagen in Gedanken zurechtgelegt hatte. Er stieg die Treppe hinauf und versuchte, seine Sinne beisammenzuhalten. Sincai wies stumm auf einen Stuhl vor dem Kamin.

»Ich … hätte Sie nicht auf diese Weise behelligt, ginge es nicht um eine Angelegenheit von extremer Wichtigkeit und Eile«, begann John, ohne sich hinzusetzen. »Und ich fürchte, diese Angelegenheit wird nicht warten können, bis Sie Ihre gesellschaftliche Verpflichtung heute Abend erfüllt haben. Eile ist von höchster Bedeutung.«

»Sie irren sich. Ich gehe heutzutage nicht mehr aus, aber ich kleide mich gern zum Abendessen um.« Sincais Stimme kam tief aus seinem Brustkorb und klang sehr sonor. Das Gewicht von Jahren lag auf jeder Silbe. Er hatte eine Nonchalance an sich, die John vage vertraut vorkam. Ehe er noch mehr sagen konnte, wurde von einem plötzlich sehr korrekten Mechlin der Brandy serviert. Sincai schenkte sich aus dem kristallenen Dekanter ein, während sich Mechlin unter Verneigungen zurückzog. »Ihrem Akzent zufolge ziehen Sie es womöglich vor, Französisch zu sprechen, oder …« Hier hielt er inne, als lauschte er auf etwas. »Englisch?«

John war verdutzt. Der Mann hatte ein gutes Ohr. Ihm wurde bewusst, dass er sich noch nicht einmal vorgestellt hatte. »Englisch, wenn ich die Wahl habe. Ich bin John Staunton, Earl of Langley.« Es machte keinen Sinn, Tricks anzuwenden. Er konnte es sich nicht leisten, als Lügner dazustehen.

»Vielleicht«, fuhr Sincai in perfektem Englisch fort, »sollten wir damit anfangen, dass Sie mir sagen, warum ich Ihnen nicht in der nächsten Minute den Kopf abreißen sollte.«

John blinzelte. Was immer er auch erwartet hatte, das ganz gewiss nicht. »Weil Sie dann nicht erfahren würden, warum ich gekommen bin oder warum ich von Ihnen weiß, oder was Beatrix Lisse mit alldem zu tun hat.«

»Ich weiß, dass es Bea sein muss, die Sie geschaffen hat. Ich dachte, sie hätte mehr Selbstbeherrschung.«

»Woher wissen Sie, dass ich geschaffen wurde?« Er musste das einfach fragen.

»Ihre Vibrationen sind langsam – wie jene von erst kürzlich Geschaffenen. Es ist unmöglich zu verbergen. Ich würde vermuten … Tage … Eine Woche höchstens. Und jetzt frage ich Sie noch einmal, warum ich Sie nicht auf der Stelle töten sollte.«

John neigte den Kopf und verfluchte sich selbst. Natürlich würde dieser Mann ihn dafür hassen, dass er ein Geschaffenener war, nach seinem Versagen bei Asharti. Sincai musste Beatrix dafür verachten, dass sie ihn geschaffen hatte. Würde er sich weigern, ihr zu helfen? John spürte, dass er in der Klemme war. Alles, woran er hatte denken können, war der überwältigende Drang gewesen, hierherzukommen und Beatrix zu retten. Er hatte nicht geglaubt, dass es solch ein furchtbares Hindernis zwischen ihm und seinem Ziel geben könnte. Dieser Mann war erfüllt von Misstrauen. Er hatte sich von der Welt zurückgezogen. Was konnte John hier ausrichten? Diese Nonchalance! Sie war viel beredter als das Desinteresse, das ihm Beatrix entgegengebracht hatte, als er ihr das erste Mal begegnet war. John sammelte sich. Er würde Sincais Frage nicht beantworten. Nicht direkt. »Geben Sie nicht Beatrix die Schuld. Wir wurden beide ... verletzt. Ihr Blut vermischte sich mit meinem. Sie hat mich nicht willentlich geschaffen.«

»Wir alle haben die Wahl. Sie hätte Sie sterben lassen können.«

»Vielleicht ist sie zu gutherzig.«

»Bea?« Sincai schnaubte.

»Sie kennen sie nicht so gut, wie Sie meinen«, sagte John. Sincai musterte ihn überrascht. Gut. Sollte der alte Sünder ruhig ein wenig aus dem Gleichgewicht geraten. Vielleicht würde das seine Lethargie durchdringen.

»Hat Bea Sie hergeschickt?«, fauchte Sincai.

»Gewissermaßen. Sie sagte, Sie wären der Einzige, der Asharti zur Rechenschaft ziehen kann.«

»Warum kommen Sie mit dieser alten Geschichte zu mir? Ich habe an keiner von beiden mehr Interesse.« Sincai trank seinen Brandy aus und schenkte sich einen weiteren ein.

Du lügst, dachte John. *Ich kann deine Unruhe spüren.* Jetzt konnte er seine Trumpfkarte ausspielen. »Weil Asharti Beatrix ins Gefängnis geworfen hat und sie am Sonntag durch die Guillotine hinrichten lassen will.«

Sincai hielt mit erstarrter Miene inne; das Glas machte auf halbem Weg zu seinem Mund Halt. Dann stürzte er den Brandy hinunter. »Unsinn. Sie waren wie Schwestern, sehr enge Schwestern. Darin zumindest hatte ich recht.«

»Sie meinen, dass Geschaffene und Vampirgeborene gleich

sind?« Er starrte Sincai provozierend an. »Sie haben sie verletzt, als sie herausfand, dass sie nur Teil irgendeines Experiments war.«

»Ich weiß.« In diesen Augen zeigte sich keine Regung. Er blinzelte. »Aber ich bin überzeugt, sie hat danach begonnen, mich aufrichtig zu hassen, so wie Asharti. Sie haben mich leichten Herzens verlassen und meine ... Fürsorge zurückgewiesen.«

»Ich weiß, dass Beatrix in ihrem Schmerz Asharti gefolgt ist, nachdem Sie sie verlassen hatten. Aber sie sind nicht gleich.«

»Ich glaube, ich kenne beide besser als Sie«, sagte Sincai bitter und machte eine abschätzige Handbewegung.

»Ich habe gerade einen Monat als Ashartis ... Gast verbracht. Ich kenne Beatrix seit drei Monaten. Wie lange ist es her, seit Sie mit einer von beiden Kontakt hatten?« Er wartete, um das sacken zu lassen. »Sie wissen nicht, was aus Asharti geworden ist oder was sie plant.«

Sincai ließ alle vorgetäuschte Gelassenheit fahren. Seine Augen färbten sich rot, dann wurden sie wieder zu schwarzbraunen Seen. Er stellte sein Glas ab. Anspannung vibrierte durch das Zimmer. Sincai holte tief Luft, und die Schwingungen ließen nach. Auf seinem Gesicht zeigte sich etwas, das Bedauern hätte sein können; dann verhärteten sich seine Züge, als wappnete er sich. »Nun gut. Sagen Sie mir, was aus Asharti geworden ist.«

John schluckte, plötzlich war ihm, als hätte er einen Knoten in der Zunge. Konnte er diesem Mann, genauer gesagt diesem Vampirmann alles über Asharti sagen? Er zuckte zusammen, als das Glas in seiner Hand barst und Brandy auf den türkischen Teppich spritzte. Die Innenfläche seiner Hand wies einen tiefen Schnitt auf. Das hervorquellende Blut schien eine Metapher für das zu sein, wozu Sincai ihn aufgefordert hatte.

Während John noch auf den Schnitt starrte, begann dieser, sich zu schließen. Er ballte die Hand zur Faust, weil er die Heilung nicht sehen wollte, diesen sichtbaren Beweis seiner Verwandlung. Er wandte den Blick ab und atmete schwer.

»Setzen Sie sich.« Es war ein knapper Befehl. John schaffte es aufzuschauen. Zum zweiten Mal an diesem Abend bedeutete Sincai ihm, sich zu setzen. John beherrschte sich. Dies war es, was von ihm verlangt wurde. Er musste seine Seele offenlegen und Sincai irgendwie von Asharti erzählen. John setzte sich. Sincai wandte sich ab, um einen frischen Brandy einzuschenken. John schaute verstohlen auf seine Handfläche. Der Schnitt war zu einem rosafarbenen Strich geworden, der jetzt ganz verschwand.

Sincai reichte ihm mit ernster Miene das Glas. John biss die Zähne zusammen und nahm es. Jetzt war er an der Reihe zu trinken, was, wie er hoffte, flüssiger Mut sein würde. Er sah Sincai mit so viel Festigkeit an, wie er aufbringen konnte. »Sie plant, Bonaparte zu beherrschen und ihn zu stürzen oder durch ihn zu regieren, sobald Europa in seiner Hand ist. Sie schafft Vampire. Viele Vampire. Sie will eine Welt schaffen, in der die Menschen in Sklaverei und wie Vieh gehalten werden, und die sie beherrscht.« Er schluckte hart. »Vermutlich werden Sie denken, dass diese Art von Welt wünschenswert sei.«

»Natürlich denke ich das nicht«, blaffte Sincai. »Die Ordnung würde verloren gehen. Viele der geschaffenen Vampire würden wiederum neue schaffen. Niemand würde die Regeln mehr achten. Bald würde es zu viele Vampire geben und nicht mehr genug Blut. Das Gleichgewicht würde aus den Fugen geraten. Ich mag einst dagegen gewesen sein, sie zu töten, sollten sie durch Zufall geschaffen worden sein; aber ich wollte nicht, dass sie einfach so mir nichts, dir nichts geschaffen werden.«

John nickte. Was Sincai nicht störte, war die Vorstellung von Menschen, die wie Vieh gehalten wurden. Was hatte John erwartet? »Asharti hat meinem Körper Wunden zugefügt, durch die Beatrix' Blut in mich eingedrungen ist.«

Sincai wartete.

»Ich war gekommen, Asharti zu töten, ohne zu wissen, wer sie ist.« John stieß ein schnaubendes Lachen aus, dass mittendrin abbrach. Seine Stimme senkte sich zu einem Murmeln. »Sie hat ... Möglichkeiten, Informationen aus einem herauszubekommen und ... einen auch dazu zu bringen ... noch andere Dinge zu tun.« John hob den Blick und legte Trotz über seine Scham. »Ich habe mein Land an sie verraten. Und mich selbst.«

»Und wie ist Beas Blut in Ihre Wunden gelangt?« Sincais Stimme wurde zu einem sanften Brummen.

John trank nervös aus dem Glas, das Sincai nachgefüllt hatte. Das Zimmer roch nach verschüttetem Brandy. Glassplitter funkelten im Schein des Kronleuchters. »Beatrix ist mir nach Frankreich gefolgt, als sie meine Mission herausfand. Es war dumm von ihr. Ashartis Vampire haben sie verwundet. Sie ...« Er schluckte mühsam. »Sie hat mich aus Ashartis Kerker getragen.«

»Ich verstehe.« Sincai trat vor den Kamin; er wirkte nachdenklich. »Kurz gesagt, sie hat Sie gerettet. Und jetzt wollen Sie sich dafür revanchieren.«

John erhob sich. Die Dringlichkeit seiner Mission übermannte ihn und vertrieb die Scham, die er darüber empfunden hatte, Asharti erlegen zu sein. »Asharti verfügt über eine Phalanx von neu geschaffenen Vampiren, die Beatrix gefangen halten. Sie sind stark genug, sie zu überwältigen. Wir haben gerade noch genug Zeit, vor Sonntag wieder in Paris zu sein.«

Sincai trank den letzten Schluck seines Brandys. »Ich verlasse das Haus nicht mehr. Ich kann niemanden retten«, sagte er rau.

»Sie tragen die Verantwortung!«, klagte John ihn an. »Sie wissen, wer Asharti ist, und doch haben Sie nichts unternommen. Sie *müssen* Beatrix retten.« Er konnte in der Luft die Vibrationen des Mannes spüren. Sincai war nach Tausenden von Jahren sehr viel stärker als er. John konnte ihn nicht zwingen, irgendetwas zu tun.

»Verantwortung? Gewiss.« Sincai klang unendlich traurig. »Ich bin für die beiden wilden Kätzchen verantwortlich. Sie beide töten. Und doch habe ich sie nicht getötet. Ich hätte es tun sollen. So, wie ich Sie töten sollte.«

John zog es vor, diese Drohung zu ignorieren. »Beatrix tötet nicht mehr. Sie hat Asharti verlassen. Sie lebt ein schwieriges Leben, und das, so gut sie kann. Sie ist der Welt überdrüssig, fast bis auf den Tod, so wie Sie. Sie glaubt, es sei das Beste, wenn Asharti sie tötet. Aber es gibt vieles, für das es sich zu leben lohnt, wenn sie nur die Chance dazu bekommt.«

»Sie wurde so *geboren*, nicht geschaffen«, sagte Sincai nachdenklich. »Vielleicht hat Rubius recht. Es gibt einen Unterschied.«

»Zur Hölle nochmal! Sie haben sich auf jede erdenkliche Weise geirrt«, fluchte John. Der Mann musste aus seiner Selbstgefälligkeit gerissen werden, oder er würde sich nie um Beatrix kümmern. »Geboren oder geschaffen, wir alle sind Individuen. Wir spielen mit den Karten, die wir ausgeteilt bekommen haben. Beatrix mag durch Asharti vom Weg abgekommen sein, aber sie war jung. Sie hat ihr Blatt gespielt. Sie hat sich wieder gefangen, und sie versucht, weiterzumachen. Asharti hat sich nicht gefangen, nicht, weil sie geschaffen wurde, sondern weil sie in ihrem Innern schon immer böse war.« Er richtete sich auf. »Jetzt sind Sie an der Reihe, sich zu fangen und aufzuraffen, Sincai.«

»Sie sehen die Welt so einfach, Sie, die Sie nur ein einziges Leben gelebt haben.« Sincais Augen füllten sich mit Tränen. »Ich kann keine der beiden töten.«

»Und doch werden Sie zulassen, dass Asharti Beatrix tötet?« John schrie jetzt fast. »Was für ein Mann sind Sie bloß? Beatrix hat Sie geliebt! Ich weiß, dass sie es getan hat. Sie liebt Sie noch immer!«

Sincai sah einen Moment lang verwirrt aus. Dann blickte er John prüfend an und schaute schließlich auf das Glas in seiner Hand. Ganz leicht schwenkte er die bernsteinfarbene Flüssigkeit darin. »Oh, das denke ich nicht. Nicht mehr.«

John fühlte seine Verzweiflung wachsen. »Dann töten Sie Asharti eben nicht. Aber nutzen Sie Ihre Macht, Beatrix von dort wegzuholen. Raffen Sie sich auf, um Himmels willen, für jemanden, den Sie aus der Barbarei geholt haben, für jemanden, der Sie geliebt hat.« John straffte sich. »Sie können mich töten, nachdem ich Beatrix in Sicherheit gebracht habe. Befreien Sie die Welt von allen geschaffenen Vampiren. Laut Beatrix dürfte das der einzige Weg sein, wie ich sterben kann. Sie würden mir einen Gefallen damit tun und dem Rest der Welt auch.«

»Ich überlege es mir.« Sincai sah wieder nachdenklich aus.

John biss die Zähne zusammen; er musste sich beherrschen, dem Mann nicht mit der Faust einen Kinnhaken zu verpassen. »Wie leicht ist es doch, zu denken! Schwerer ist es, zu handeln.« Er schaute sich wütend in dem elegant eingerichteten Zimmer um. »Wenn ich es bin, der Sie stört, dann geben Sie mir Ihr Wort, dass Sie sie retten werden, und töten Sie mich hier und jetzt. Ich werde Ihnen sagen, wo sie ist … wohin Sie gehen müssen …« Er verstummte. Sincai hatte einen in die

Ferne gerichteten, leeren Ausdruck in den Augen. Welches Druckmittel hatte er schon, diesen Mann dazu zu bringen, sich … *zu bewegen*, dieses Haus zu verlassen, jetzt sofort, und zu Beatrix zu gehen? John wandte sich um, um zu sehen, worauf Sincai starrte. Es schüttelte ihn, buchstäblich. Da hing ein kleines Porträt, nicht mehr als dreißig Zentimeter im Quadrat, von einer Frau, die ganz ohne Zweifel Beatrix war, gemalt in dem schlichten Stil, der für die byzantinische Malerei typisch war. Sie trug ein rotes Kleid mit stilisierten Falten und einem eckigen Ausschnitt. Um ihren Kopf strahlte ein goldener Schein. Beatrix als Heilige oder Madonna.

»Ein vernarrter Künstler hat das 1312 gemalt. Religiöse Kunst war die einzig erlaubte zu jener Zeit. Ich habe ihn zu einem reichen Mann gemacht.« In Sincais Stimme lag so viel Trauer, wie John es noch nie gehört hatte.

Er hielt den Atem an. Der Mann liebte Beatrix. Reichte das nicht, um der Dumpfheit entgegenzuwirken, die ihn zu umhüllen schien?

Langsam setzte Sincai das Glas und den Dekanter auf dem kleinen Tisch ab. »Sonntag, haben Sie gesagt?«

John nickte.

Sincai erhob sich und ging zur Tür. »Dann ist kein Augenblick zu verlieren.« Energie erfüllte das Zimmer in fast schmerzhafter Dichte. »Können Sie noch? Wenn nicht, bleiben Sie hier und warten Sie auf meine Rückkehr.«

Johns Gefährte strömte durch seine Adern, als Erleichterung ihn durchflutete. »Ich werde Sie begleiten.«

Kapitel 22

Sincai erteilte Mechlin eine ganze Reihe von Instruktionen. Zwei Pferde wurden beim Namen herbeigerufen, Sandwiches zum Mitnehmen wurden bestellt, und sein Kammerdiener sollte John mit Seife und heißem Wasser versorgen und Kleider zum Wechseln für ihn bereitlegen. John protestierte.

»Ich reite nicht mit einer Vogelscheuche«, erklärte Sincai daraufhin entschlossen, »und auch nicht mit jemandem, der darüber hinaus noch riecht. Es wird ohnehin ein paar Minuten dauern, unsere Abreise vorzubereiten.«

John machte den Mund auf und schloss ihn wieder. Er war am Leben. Sincai war auf dem Weg, Beatrix zu retten. Und um die Wahrheit zu sagen, er war erschöpft. Vielleicht zehn Minuten Katzenwäsche mit einem dampfend heißen Handtuch würden helfen, seine Sinne beisammenzuhalten. Die Rückreise würde lang werden. »Wie Sie meinen.«

Ein ernster und missbilligend aussehender Lakai führte John einen Flur entlang zu einem luxuriösen Schlafzimmer, das in Braun- und Goldtönen gehalten war. Im Kamin brannte ein Feuer, und davor stand eine Sitzbadewanne. Ein ganzes Heer von Dienstboten, Männern, Mädchen und Jungen marschierte ins Zimmer, und jeder trug einen Eimer mit dampfendem Wasser. John stand der Mund offen. »Wann … woher wussten Sie …?«

Die Dienerschar leerte ihre Eimer in die Wanne. »Mijnheer Sincai wünscht, dass heißes Wasser zur Verfügung steht, wann immer er ein Bad zu nehmen wünscht«, erklärte der Kammerdiener, während er John kritisch beäugte. »Ja. Ich denke, es wird gehen.« Er neigte den Kopf, wenn auch nur um wenige Zentimeter. »Ich werde Ihnen passende Kleidung bringen.«

Der letzte Dienstbote war ein Mädchen mit Haube und weißer Schürze, das Seife und zwei große Handtücher neben die Wanne legte. Sie hatte kaum leise die Tür hinter sich geschlossen, als John seine Kleider ablegte. Das Bad war so heiß, dass ein Prickeln seinen Rücken herunterlief. Darauf bedacht, sich zu beeilen, seifte er sich ein und schrubbte sich unbarmherzig, dann tauchte er unter und wusch sich den Reisestaub aus den Haaren. Anschließend stand er tropfnass auf. Er fühlte sich sehr lebendig.

Nach einem kurzen Klopfen an der Tür betrat Sincai das Zimmer, der bereits fertig angekleidet für die Reise war. In einer Hand trug er ein Paar glänzend polierter kniehoher Stiefel, über dem Arm einige Kleidungsstücke und in der Hand einen Kelch aus gehämmertem Silber. John konnte das Blut darin riechen. Sincai sah John kurz an, legte die Kleider aufs Bett und stellte den Kelch auf den Nachttisch. John errötete, stieg eilig aus der Wanne und wandte Sincai den Rücken zu. Das Herz pochte in seiner Brust, und eine schreckliche Gier stieg in seinen Venen auf. Er konnte kaum noch atmen. Sincai brachte ihm Blut! Vor Übelkeit drehte sich ihm der Magen um. *Denk nach, Mann!* John schüttelte den Kopf. *Denkst du, du kannst sie retten – in dem Zustand, in dem du dich befindest? Also gut, dann sei es*, gab er sich selbst die Antwort. *Dann soll es eben Blut sein.*

»Halte ich Sie auf?« Johns Stimme zitterte kaum. Er griff nach dem Handtuch und trocknete sich rasch ab. Ihm war bewusst, dass Sincai die Narben auf seinem Körper gesehen hatte, auch jene, die Asharti auf seinen Lenden und seinem Po hinterlassen hatte. Er zwang das Verlangen nieder, zum Tisch zu gehen und den Inhalt des Kelches herunterzustürzen, und schlang sich das Handtuch um die Hüften.

»Nein, mein Stallknecht muss noch die Pferde bringen. Sie haben also Zeit.«

John wandte sich um. Sincai saß auf dem Bett, neben den Kleidungsstücken, die er darauf abgelegt hatte. Der Blick des Mannes glitt langsam über Johns Körper. John hob das Kinn und versuchte, den Ruf des Kelches zu überhören. »Die Narben sind nicht von Beatrix, falls es das ist, was Sie sich fragen. Sie stammen von Asharti«, sagte er hölzern. »Diese hier waren bereits verheilt, als ich infiziert wurde.«

»Sie scheinen in der Tat viele Narben zu haben«, bemerkte Sincai und warf ihm ein frisch gebügeltes Hemd zu. Es roch nach der Seife, mit der es gewaschen worden war. John zog es an.

»Ich bin mit verschiedenen Arten von Stahl vertraut.« John griff nach der Hose, seine Hand zitterte. Das Auspeitschen erwähnte er nicht. Sincai musste auch diese Narben gesehen haben.

»Mir ist der Gedanke durch den Sinn gegangen, dass Sie mich in eine Art Falle locken könnten. Die beiden können keine Liebe zu mir empfinden.«

Machte der Mann einen Rückzieher?, fragte sich John. Alles, was er gesagt hatte, konnte ebenso gut auch Sincais Standpunkt bekräftigen, wenn man es von einer anderen Warte aus betrachtete. Er starrte zu Boden und versuchte, trotz des Stechens in seinen Adern nachzudenken. Der kleine Zettel mit Beatrix' kurzen Zeilen, den er in der Innentasche des zimtfarbenen Mantels an seinem Herzen getragen hatte, lag auf dem Teppich. Er hatte diesen kleinen Fetzen Papier bei jedem Halt, den er hatte machen müssen, um etwas Wasser zu trinken und etwas zu essen, herausgezogen und gelesen. Er bückte sich, hob ihn auf und warf ihn Sincai zu.

Stephan Sincai schaute aufmerksam auf den Papierfetzen,

dann glättete er die Falten und las. »Es ist vielleicht nicht ihre Handschrift«, sagte er leise. Seine Mundwinkel zeigten nach unten, zweifelnd zog er die Brauen zusammen. »Ich kann mich nicht daran erinnern.«

»Sie würden sie ohnehin nicht erkennen. Sie hat mit ihrem Fingernagel und Granatapfelsaft geschrieben. Asharti hat leider nicht geruht, ihr eine Schreibfeder zur Verfügung zu stellen.«

Sincai holte tief Luft. Er schaute zu John hoch, neigte leicht den Kopf und erhob sich dann. »Klingeln Sie, wenn Sie nicht in den Rock kommen. Ich habe ihn getragen, wenn ich auf der Jagd war, deshalb ist er mir ein wenig weit. Talmere meinte, er sollte Ihnen passen.« An der Tür wandte er sich noch einmal um. »Wenn mein Gefährte so hungrig war, wie Ihrer es jetzt ist, hätte ich den Kelch dort in dem Augenblick geleert, in dem er auf den Tisch gestellt wurde. Versuchen Sie vielleicht, Ihren Bedürfnissen zu widerstehen? Falls es so ist, dann sind Sie ein Narr. Sie waren schwach, als Bea Sie geschaffen hat, und Sie haben die Abwehrreaktion Ihres Körpers erst vor wenigen Tagen überstanden. Sie könnten zu einer Belastung werden.«

»Sie haben meine Erlaubnis, mich zurückzulassen, wenn ich nicht mit Ihnen mithalten kann.« Johns Stimme klang angespannt.

»Ich brauche Ihre Erlaubnis nicht», bemerkte Sincai sanft.

John zog die Hose über die Unterwäsche und stand auf. »Dann verstehen wir uns ja.«

»Trinken Sie meine kleine Gabe«, sagte Sincai. »Sie werden sie als wohltuend empfinden.«

John stieg in die Stiefel; dabei vermied er tunlichst, auf den Kelch zu schauen. »Und welcher Unschuldige hat gelitten, um es herzugeben?«

Ein geisterhaftes Lächeln zog über Sincais Lippen. »Oh, unschuldig war er ganz gewiss nicht. Es ist mein Blut.«

John sah abrupt auf. »Warum?«

Sincai zuckte die Schultern. John konnte in seinen Augen nichts lesen. »Beatrix könnte Sie brauchen. Das Blut von jemandem, der so alt ist wie ich, wird Ihnen Kraft geben«, sagte er, während er auf den Korridor trat. Die Tür schloss sich hinter ihm.

John starrte auf den Kelch. Sincais Blut. Warum gab er es ihm? Er musste Beatrix noch immer von Herzen lieben. John seufzte. Natürlich musste er das Zeug trinken. Das war seine neue Wirklichkeit. Was würde er nicht für Beatrix tun? Er schloss die Augen und atmete durch, bereitete sich auf die quälende Würgerei vor, die ihm bevorstand. Es hinauszuzögern hatte keinen Sinn. Er ging zu dem kleinen Tisch und griff nach dem Kelch. Die Vibrationen in seinem Innersten steigerten sich, bis sie wie ein Summen klangen. Sein Blut sang mit ihm, drängte ihn zu trinken. Seine Brust wurde weit, als er den schweren Silberkelch mit den Hirschen und geifernden Jagdhunden darauf an den Mund führte. Wo hatte er dieses Bild schon einmal gesehen? Der Geruch des Blutes stieg ihm in die Nase. Das Lied in ihm schwoll zu einem opernhaften Chorgesang an. Er zitterte, als er den Kelch an die Lippen setzte. *Lass mich nicht spucken*, dachte er. Er schluckte das dickflüssige Blut. Kupfer! Dickflüssiges Leben! Es lief seine Kehle herunter. Er schluckte krampfhaft. Weit entfernt davon, es wieder ausspucken zu müssen, wollte er ewig so weitertrinken. Das Lied war jetzt tausend Stimmen stark, und er fühlte sich so lebendig, dass er zu platzen glaubte.

Dann war der Kelch leer. John leckte den Rand des Gefäßes ab und stellte es zurück. Seine Hand zitterte nicht mehr. Das Lied verstummte, aber verschwand dennoch nicht ganz. Es hatte sich in ein Summen verwandelt, das sein Inneres vor Lebendigkeit vibrieren ließ. Er atmete. Das Gefühl der Luft in seinen Lungen schmeckte, wie kühles Wasser einem verdurstenden Menschen schmecken musste. Er wandte sich um und ließ den Blick durch das Zimmer gleiten. Dort stand die Wanne, aus der noch immer ein wenig Dampf aufstieg. Das Feuer knisterte und flackerte in funkelnden Farben. Die Lampen warfen einen sanften Schein über die Rottöne der Vorhänge vor den Fenstern und des Bettes. Gott, wie sehr er die Farbe Rot liebte!

Er fühlte sich lebendig, so verdammt lebendig. »Verdammt« mochte das treffende Wort sein. Er mochte verdammt sein. Aber er war stark. Und er würde Beatrix retten.

Er lief die Treppe hinunter ins Foyer, nahm den Umhang, den Mechlin ihm reichte, und stürmte aus der Tür in die Nacht, die dunkel über der von Bäumen gesäumten Gracht lag. Sincai war gerade dabei, sich auf einen schwarzen Wallach zu schwingen. Ein Stallbursche hielt eine nervös tänzelnde kastanienbraune Stute am Zügel.

»Proviant ist in den Satteltaschen«, rief eine üppige Frau auf Niederländisch von der Tür her. »Und vier Flaschen Weißwein.«

John schwang sich auf die feurige Stute. Sie würde sein Gewicht mühelos tragen. Man musste wohl ein Mann wie Sincai sein, um zwei so exzellente Pferde im Stall zu haben.

»Hol die Pferde in Rotterdam in der *Groningen Herberg* ab«, rief Sincai seinem Burschen zu.

Sie waren auf dem Weg. Ein leichter Regen setzte ein. Die Pferde waren in den Straßen Amsterdams ein wenig schwierig zu händeln, während sie über die konzentrisch angelegten Ringe aus Grachten ritten. John zog die Schultern gegen den Nieselregen hoch; er war froh, dass Sincai sich in der Stadt auskannte. Es würde ein langer Weg nach Paris sein. Das Summen in ihm sagte ihm, dass er wohl stark genug war, es zu schaffen. Und falls er verflucht war, so war er froh. Er mochte Beatrix an Sincai verlieren. Eigentlich war er sich dessen sogar sicher. Aber sie bekam die Chance zu überleben.

Zitternd saß Beatrix im Zwielicht. Der Tag war lang gewesen, doch der Abend würde keine Linderung bringen. Denn das war die Zeit, zu der Asharti kam, um sich an Beatrix' Leid zu ergötzen. Gerade als Beatrix an Asharti dachte, war deren heiseres Lachen auf dem Gang zu hören. Beatrix' Magen zog sich zusammen.

»Nun, meine kleine Verschwörerin, es ist Freitagabend. Es bleiben dir nur noch zwei Nächte.« Asharti sprach in der alten Sprache, der Sprache Transsilvaniens aus dem elften Jahrhundert. Sie trug ein Abendkleid aus cremefarbenem Brokat mit breiten, aus Goldfäden gestickten Zierstreifen im Empirestil. Das Gold und die Brillanten um ihren Hals waren ein Vermögen wert. Ihr dunkles Haar war streng aus dem Gesicht frisiert und hochgesteckt, was ihre Wangenknochen und ihre Mandelaugen betonte.

Beatrix schwieg. Sie würde ihrer Feindin nicht die Genugtuung einer Antwort geben.

Asharti lächelte spöttisch. »Du bist so schweigsam geworden. Es gab Zeiten, da wolltest du nichts anderes als reden. Darüber reden, was wir mit der Welt zu unseren Füßen anfangen könnten, über unser Utopia, das wir planten, und über eine neue Gesellschaft.« Ihr schien ein Gedanke zu kommen. »Jetzt bin allein ich es, die die Zukunft für die Welt plant, nicht du.«

Beatrix sah sie aus müden Augen an. Ihre Kleider waren

schmutzig. Sie war darüber hinaus, etwas essen zu müssen, aber sie konnte nicht mehr stehen, ohne zu schwanken. Also saß sie und starrte ihre Widersacherin stumm an.

»Ramon sagte mir, dass du dich in dein Schicksal fügst. Du seiest bereit zu sterben.«

»Wie kann Ramon irgendetwas von mir wissen?«, brach es aus Beatrix heraus.

»Du redest im Schlaf.« Asharti lächelte. Es war kein sehr anziehendes Lächeln. »Du kennst dein Problem?«, fragte sie, während sie vor den Gitterstäben hin und her ging. »Du hast einfach kein Interesse mehr am Leben. Du hast kein Verlangen mehr, begehrst nichts mehr. Du hast auf nichts *Hunger.*« Sie blieb stehen und wandte sich Beatrix zu. »Ich will alles. Es hält mein Interesse am Leben wach. Es erhält mich stark.«

»Wenn du denkst, dass dich das zu etwas Besonderem macht, dann irrst du«, stieß Beatrix hervor.

»Also ist es wahr!«, sagte Asharti triumphierend. »Nun, ich wette, du warst kurz davor, dich nach Mirso zurückzuziehen.«

Beatrix war dankbar, dass sie vermutlich zu blass und zu erschöpft war, um zu erröten. Mehr als alles andere wollte sie Asharti dieses Grinsen aus dem Gesicht wischen. »Im Gegenteil, ich war dabei, ein kleines Problem zu lösen, das mich *interessiert* hat.«

Asharti zog die Augenbrauen hoch. »Oh. Du redest davon, dass du deinen Engländer nach Frankreich verfolgt hast.« Sie kicherte. »Oje. Wir waren an einem Mann interessiert, und das hat unserem Leben Sinn gegeben. Was für ein Kleingeist du doch bist.«

»An die Liebe zu glauben ist nicht kleingeistig.« Ihre Stimme klang unsicher in ihren Ohren, als sie diese Worte sagte.

»Es ist das Kleinste, liebe Schwester, das Kleinste überhaupt, daran zu glauben.«

»Nur weil du nie geliebt hast.« Touché.

»Ich wette, du warst tausend Mal verliebt«, höhnte Asharti. »Das wäre genau das, was du bist. Naiv.«

Beatrix schaute hoch in das stolze, spöttische Gesicht, und alles war ihr auf einmal ganz klar. »Nein«, sagte sie bedächtig. »Seit Stephan habe ich nie mehr geliebt. Ich hatte den Mut dazu verloren.« Asharti wollte etwas einwenden, aber Beatrix hob die Hand. Etwas an ihrem Gesichtsausdruck schien Asharti dazu zu bringen zu schweigen. »Nein, nein, mir ist das gerade eben erst klargeworden. Du hast recht. Es *ist* naiv, an die Liebe zu glauben, nachdem man gesehen hat, dass alle Formen der Liebe zum Scheitern verurteilt sind. Liebe, zerstört vom Tod. Liebe, verblüht im Alter, Liebe, beraubt ihrer Leidenschaft durch belanglose Nichtigkeiten oder Langeweile. Obwohl ich mir sagte, sie sei nichts für mich, habe ich sie doch bei anderen gesehen. Aber es liegt Mut in dieser Art von Naivität. Ich … ich denke, es könnte eine zweite Unschuld sein.« Sie starrte Asharti an, ohne sie zu sehen. Stattdessen sah sie William Blakes kindliche Zeichnungen von Sternen und Sonnen und Tieren vor sich, hörte sein Erstaunen über das Ebenmaß der Tiger.

Asharti schien verblüfft zu sein. Dann blitzte Hass in ihren Augen auf, und er verwandelte ihre Gesichtszüge in eine Maske, die fast keine Ähnlichkeit mehr mit der jungen Frau hatte, die Beatrix vor siebenhundert Jahren gekannt hatte. »Nun, du wirst einen anderen Liebhaber finden müssen. Aber ich vergaß – du wirst dazu keine Zeit mehr haben. Vermutlich verstehe ich deine Faszination. Der Engländer ist erfahren und gut gebaut. Gestern Nacht hat er mich geleckt, bis ich geschrien habe. Und er wehrt sich so vehement gegen die Kraft der Suggestion. Es ist höchst befriedigend.«

Beatrix rang darum, sich nicht gegen die Gitterstäbe zu werfen. »Du hattest ihn nicht.«

»Ich hatte ihn zwei Tage lang.« Asharti spie die Worte fast aus. »Ich wollte damit warten, es dir zu sagen, bis du auf dem Schafott stehst, mit dem glänzenden Fallbeil über dir. Ich wollte, dass du ihn siehst, nackt vielleicht, oder nur mit einem Tuch um seine Hüften, wie er neben dem Korb an meiner Seite kniet. Wie wunderbar wären dein Zorn und deine Niederlage gewesen.« Sie sprach mit Wonne und absoluter Überzeugung. Sie hatte John gehabt! »Sein Blut ist dank des Gefährten jetzt sogar noch süßer. Ich werde ihn töten müssen, wenn seine Stärke zu einem Problem wird, aber noch ist es viel faszinierender, einen anderen Vampir zu beherrschen, als einen Menschen. Und da seine Wunden jetzt sofort heilen, kann ich mit ihm tun, was ich will.«

Beatrix spürte, wie hart ihr Herz gegen ihre Rippen schlug. Die Zelle um sie herum schwankte. »Hexe«, hauchte sie.

Asharti lachte. »Nun, ich werde dich mit diesem Gedanken allein lassen. Ich muss ins Maison Marillac. Der Kaiser erwartet mich. Und dann nach Hause, zu einer Nacht voll süßer sexueller Aufmerksamkeiten und ein wenig Blut von einem englischen Earl. Er hat so einen schönen Schwanz, und er ist auf das leiseste Zeichen hin bereit.«

Beatrix umklammerte die Gitterstäbe und sah Asharti nach, als sie davonging.

»Liebe«, kicherte Asharti und schüttelte den Kopf, während sie verschwand.

Drei der Vampire, die Beatrix bewachten, traten aus den Schatten. Rote Macht überströmte Beatrix.

John, dachte sie. *Möge Gott dir helfen, denn ich kann es nicht.*

Der Ritt nach Süden verlief sehr schweigsam. Die beiden Männer sprachen nur, um zu besprechen, wo sie die Pferde wechseln oder etwas essen oder trinken wollten. Obwohl das schreckliche Festmahl ihm Kraft gegeben hatte, fühlte sich John ein wenig benommen, je mehr Kilometer sie zurücklegten. Als er sich nach einer ganzen Weile genauer umschaute, erkannte er keinen einzigen Orientierungspunkt wieder. »Sincai«, rief er heiser dem Mann zu, der vor ihm galoppierte.

Der Kastanienbraune, den Sincai jetzt ritt, fiel in Trab, und Johns grauer Wallach schloss zu ihm auf. »Ist das der Weg nach Paris?« Der Regen hatte aufgehört, und die Nacht war hell; der drei Viertel volle Mond schaute durch zerrissene Wolken, während er sich schon anschickte unterzugehen. Sincai konnte unmöglich vom Weg abgekommen sein. Jetzt zügelte er sein Pferd, wandte sich um und sah John an.

»Wir reiten durch Gent und umgehen Brüssel. Ich will über Reims nach Paris.«

»Das sind … mehr als fünfzig Kilometer Umweg, vielleicht fast achtzig!« Panik machte sich in Johns Brust breit. Sie hatten Zeit verloren und mussten zurück auf die Hauptstraße … »Um Gottes willen, Mann, sie wird Sonntagnacht hingerichtet. Und jetzt ist es fast schon Sonnabendmorgen. Was denken Sie denn?«

»Ich denke, dass ich allein vielleicht nichts ausrichten kann.«

John schwieg. Nichts ausrichten können?

»Sie haben von vielen Vampiren gesprochen. Wie viele sind es?«

»Ich weiß es nicht.« John strich sich das Haar zurück. Sein Wallach tänzelte nervös. »Nur zwei oder drei in Chantilly. Aber sie könnten sich Asharti in Paris angeschlossen haben. Die Köchinnen haben fünf von ihnen bei Beatrix wachen gesehen. Sie müssen irgendwann abgelöst werden.«

»Es könnten also mehr als zwanzig sein.«

»Ja.«

»Dann kann ich allein nichts ausrichten. Und Sie sind ein junger Vampir und erschöpft, trotz meines nahrhaften Blutes. Deshalb müssen wir uns die Zeit nehmen, nach Reims zu reiten.« Er zog den Kopf seines Pferdes am Zügel wieder nach Südwesten, auf Brüssel zu. Die Pferde schnauften. Sincai gestattete ihnen einen leichten Trab.

»Was ist in Reims?«, fragte John, der ihm folgte.

»Khalenberg, hoffe ich jedenfalls. Er lenkt hinter den Kulissen die österreichische Delegation, die mit Bonaparte verhandeln soll. Bevor sie nach Paris reisen, treffen sich die Mitglieder in Reims.«

»Ich hoffe, dass er stark ist«, murmelte John.

Aber natürlich hatte Sincai ihn deutlich verstanden. »Und ich hoffe, dass er bereit sein wird, uns zu helfen.«

Asharti hatte eine neue Möglichkeit gefunden, Beatrix zu quälen. Die Hexe erzählte lange Geschichten darüber, was sie mit John gemacht hatte. Das Blut, die Entwürdigung, der erzwungene Sex mit ihr und anderen; es ging weiter und weiter und hörte nicht auf. Asharti ging für jeweils einige wenige Stunden fort, aber nur, um mit neuen Geschichten zurückzukehren, die sie atemlos vor den Wachen erzählte. Sie beide wussten, dass John ein sehr langes Leben vor sich haben konnte, jetzt, da seine Wunden fast sofort heilten. Genau genommen war es nur Ashartis Speichel, die sie daran hinderten, sich zu schließen. Wenn sie ihn irgendwann tötete, würde er vermutlich längst wahnsinnig sein, auf die eine oder andere Art. Asharti meinte, er würde lernen, ihre Behandlung zu lieben. Vielleicht tue er es bereits. Sicherlich sei das eine Form von Wahnsinn.

Der Gedanke daran, dass John auf unbestimmte Zeit durch Ashartis Hand leiden würde, machte Beatrix rasend. Der Gedanke, dass er beginnen könnte, Gefallen daran zu finden, war sogar noch schwerer zu ertragen. Sie hielt sich die Ohren zu, aber natürlich hörte sie trotzdem jedes Wort. Sie ging hin und her oder schluchzte, sie schlug den Kopf gegen die Zellenwand, weil sie hoffte, der Schmerz würde sie von Ashartis endlosen Schreckensgeschichten ablenken. Es half nicht.

Da ihre Reaktionen nur dazu führten, dass Asharti diese Geschichten noch triumphierender erzählte, wurde Beatrix still. Sie saß nur noch da, schaute auf ihre Hände und ließ alle Emotionen in ihrem Innern wühlen, ohne sich äußerlich das Geringste anmerken zu lassen. Wenn ihr bewusst wurde, dass sie sich vor und zurück wiegte, vor und zurück, hielt sie inne. Wenn sie merkte, dass sie die Zähne zusammenbiss, zwang sie sich dazu, sich zu entspannen.

Aber diese Anstrengung forderte ihren Tribut. Sie war so ausgelaugt vom Sonnenlicht, so schwach davon, dass John ihr Blut getrunken hatte, so erschöpft vom Mangel an Nahrung, vom Kampf, sich vor Asharti keine Emotionen mehr anmerken zu lassen, dass sie am Ende einfach auf und davon ging. Ihr Körper mochte sich noch in einer Zelle der Conciergerie in Paris befinden, aber ihr Verstand war an einem anderen Ort. Ihre Gedanken glitten in die Nacht, in der sie mit John durch den Hyde Park geritten war. Sie schweiften weiter zu der Nacht, in der sie sich geliebt hatten, ohne Blut, nur mit ihren Gefühlen füreinander. Er war ihretwegen zurückgekommen, aber nur, weil er noch nicht ganz begriffen hatte, was sie aus ihm gemacht hatte. Und das, was sie aus ihm gemacht hatte, war es auch, was jetzt sein Leiden verlängerte. Manchmal dachte sie über die zweite Unschuld nach, die jetzt so gegenstandslos war. Sie würde niemals wissen, ob sie den Mut aufbringen konnte, naiv zu sein. Sie und John schmorten beide in der Hölle. Sie würde am Sonntag erlöst werden. Er nicht.

Asharti hatte gesagt, Beatrix würde John bei ihrer Exekution wiedersehen. Eine letzte Folter. Dennoch sehnte sie sich danach, sein liebes Gesicht zu sehen, ehe das Fallbeil heruntersausen würde. Das war egoistisch. Das wusste sie. Aber es wäre ein letzter süßer Schmerz, bevor sie erlöst war.

Am Sonntagnachmittag stiegen John und Sincai vor einem großen Hotel in der Rue Voltaire von ihren Pferden. Sie befanden sich unweit der Kathedrale, in der seit der Krönung Ludwigs des Frommen im Jahre 815 alle französischen Könige gekrönt wurden. Sie hörten Kirchenglocken, die Kaskaden von Tönen über Stadt und Land erschallen ließen und die Gläubigen von weither herbeiriefen. Um diese Zeit waren die Straßen voll von Menschen, die Besuche machten, und von Arbeitern an ihrem einzigen freien Tag. Zwei Männer wie sie, in Umhänge gehüllt und die Gesichter unter Kapuzen verborgen, provozierten misstrauische Blicke, aber John war zu müde, als dass ihn das kümmerte. Sie ließen die Pferde in der Obhut eines Stallburschen zurück. Drinnen, im halbdunklen Luxus des Hotels, schlugen sie ihre Kapuzen zurück. John nahm den Wollschal ab, den er um die untere Hälfte seines Gesichts gewickelt hatte. Sincai hatte einen solchen zusätzlichen Schutz nicht gebraucht, die Sonne schien ihm nur wenig auszumachen. John fragte sich, ob das mit seinem Alter und seiner Stärke zusammenhing, und versuchte vergeblich, sich zu erinnern, was Beatrix darüber gesagt hatte.

Sincai wandte sich nicht an den imposant wirkenden Mann, der hinter seinem kleinen, aber reich verzierten Sekretär saß. Er bat keinen der zahllosen Angestellten um Hilfe. Er erwähnte nicht einmal den Namen Khalenbergs, den zu sehen sie diesen ganzen verdammten Umweg gemacht hatten. Er stand einfach nur da. Und er ermahnte John: »Sagen Sie kein Wort. Sie könnten ihn erzürnen. Er hegt keinerlei Sympathie für mich und wird für Sie noch weniger übrig haben.«

John schluckte. Sincai schien allzu besorgt. Hatte er Angst? Die Hotelangestellten starrten ihn an, aber niemand wagte es, sich ihnen zu nähern. John war fast schon überzeugt, dass Sincai den Verstand verloren hatte, als von der Galerie in der Etage über ihnen eine ernste Stimme bellte: »Sie sollten wohl besser heraufkommen, Sincai.«

John schaute nach oben und sah einen Mann mit einem Adlergesicht, dessen schwarzes Haar an den Schläfen von eisengrauen Strähnen durchzogen war. Seine Augen waren stahlgrau. Die Energie, die zu ihnen herunterströmte, verriet, dass er alt war. Er sah John stirnrunzelnd an. »Und bringen Sie dieses abscheuliche Subjekt, das Sie dabeihaben, mit herauf.«

Sincai nickte kurz und stieg leichtfüßig die Treppe hinauf. John folgte ihm mühsam. Khalenberg führte sie vorbei an einem Zimmer voll debattierender Männer. John erkannte Metternich. Khalenberg bewegte sich ganz offensichtlich in hochrangiger politischer Gesellschaft. Er öffnete die Tür zu einer kleinen Bibliothek. Ein einziger entschlossener Blick veranlasste zwei beleibte Gentlemen mit Zigarren, das Zimmer zu verlassen und sich einen anderen Ort zum Rauchen zu suchen.

Khalenberg wandte sich an Sincai. »Was tun Sie hier, Sincai? Und warum denken Sie, dass ich einen geschaffenen Vampir tolerieren werde?«

»Sagen wir, es ist das kleinere von zwei Übeln«, entgegnete Sincai ruhig, während er in einem ledernen Ohrensessel am Feuer Platz nahm und Khalenberg mit einem Wink aufforderte, es ihm gleichzutun. Da keiner von beiden John einen Platz anbot, blieb er stehen.

»Kommen Sie zum Punkt«, schnappte Khalenberg. »Ich habe wenig Zeit.«

»So wie wir.« Sincai schwieg einen Moment, wie um sich zu sammeln. John konnte sich nicht vorstellen, was Sincai dazu veranlasst hatte zu glauben, dass dieser harte Mann ihnen helfen würde. »Mir ist bewusst«, begann Sincai, »dass wir einst sehr heftig darüber aneinandergeraten sind, solchen Vampiren zu leben zu gestatten.«

»Sie sind zu weich, Sincai. Das waren Sie schon immer.« Khalenberg schnaubte und sah John an.

»Vielleicht. Immerhin habe ich mich noch rechtzeitig bekehren lassen.«

»Nachdem dieses Mädchen, das Sie im Orient aufgelesen hatten, außer Rand und Band geraten war. Ich hätte ihr eigenhändig den Kopf abgerissen, wäre sie nicht untergetaucht.«

»Sie ist zurück. Und sie ist dabei, viele andere zu schaffen. Ungefähr achtzig Kilometer von hier.«

Khalenberg wurde ganz still. Er schaute wieder auf John. »Hat sie den da auch geschaffen?«

John errötete. »›Der da‹ wurde zufällig geschaffen.« Sincai sah John durchdringend an, damit dieser den Mund hielt.

Khalenberg schnaubte wieder. »So etwas wie Zufall gibt es nicht.«

Sincai begütigte: »Beatrix' Blut hat Wunden infiziert, die Asharti ihm zugefügt hatte. Beatrix hat ihm das Geschenk gemacht, sein Leben zu retten.« Khalenberg zog die Stirn kraus. Die Gründe kümmerten ihn offensichtlich nicht. »Er ist zu mir gekommen, um mir zu sagen, dass Asharti etwa zwei Dutzend oder noch mehr Vampire geschaffen hat. Sie unterstützt Bonaparte dabei, ganz Europa zu unterwerfen. Sie wird genügend

Vampire schaffen, um uns Ältere zu bezwingen und dann Bonaparte zu entmachten.«

Bei diesen Worten wurde Khalenberg bleich. »Sie meinen, indem wir einen Pakt mit Bonaparte aushandeln, versetzen wir eigentlich diese Kreatur in die Lage, ihre Pläne zu verwirklichen?«

»Und bringen unsere so sorgsam geschaffene Gesellschaft aus dem Gleichgewicht«, ergänzte Sincai.

»Sie muss aufgehalten werden.« Khalenbergs Stimme hatte einen noch härteren Klang angenommen.

»Langley hier dachte das auch«, erklärte Sincai. »Er dachte weiterhin, ich könnte das allein bewerkstelligen, aber trotz seines Vertrauens fürchte ich, es könnten unter den gegebenen Umständen dort zu viele für mich sein.«

»Und deshalb erwarten Sie von mir, dass ich mich mit dieser Kreatur verbünde, die der Inbegriff all dessen ist, was ich verachte?« Khalenberg ließ sich nicht dazu herab, John anzusehen.

»Er hat seinen Kopf angeboten. Wie es scheint, schätzt er Beatrix' Geschenk nicht sehr. Ich habe mich entschieden, ihn ihm für den Moment zu lassen, weil er sich noch als nützlich erweisen könnte.«

John war schockiert zu hören, wie beiläufig über ihn und seinen Tod gesprochen wurde. Aber er schwieg und ballte lediglich die Fäuste. Wenn Sincai dachte, dass sie diesen Mann brauchten, dann war jeder Weg recht, ihn für ihre Sache zu gewinnen – wenn Sincai nur nicht so verdammt langsam vorgehen würde!

»Nun«, schnaufte Khalenberg. Er wirkte nachdenklich. »Wir sollten Rubius benachrichtigen. Er wird die Kräfte zusammenrufen.«

Sincai räusperte sich. »Die Angelegenheit drängt ein wenig.

Asharti benutzt ihre neu geschaffenen Schüler dazu, Beatrix im Gefängnis zu bewachen. Sie wird Beatrix durch die Guillotine hinrichten lassen.«

Khalenberg wurde erst noch blässer, dann rötete sich sein Gesicht. Auch John fühlte, wie sein Gefährte sich protestierend gegen diese einzig sichere Art zu sterben in ihm erhob. Beatrix hatte gesagt, dass der Gefährte nur dafür existierte, gegen den Tod seines Wirtes zu kämpfen. Khalenberg sah Sincai prüfend an, dann nickte er. »Sie sind zu weich«, sagte er, fast wie zu sich selbst. »Aber sie ist eine von uns. Wir können einer Geschaffenen nicht erlauben, die Geborenen zu töten.« Er holte tief Luft. »Wann?«

»Heute Nacht, fürchte ich.«

»In Paris?« Khalenbergs buschige Augenbrauen zogen sich über der Hakennase zusammen. »Zu weit für die Translokation, wenn wir noch genügend Kraft zum Handeln übrig haben wollen, sobald wir dort sind.«

»Ich würde frische Pferde und ein gewisses Tempo vorschlagen«, bemerkte Sincai. John war drauf und dran, die Köpfen der beiden zusammenzuschlagen, wenn sie nicht sofort aufstanden.

Khalenberg ging in Gedanken die Kalkulation durch, die John sich in den vergangenen Stunden tausendmal überlegt hatte. »Wir können es schaffen, wenn sie es um Mitternacht anberaumen.«

Falls Asharti es nach Sonnenuntergang plante, würden sie es nicht schaffen.

Khalenberg sah John zum ersten Mal an. »Er ist erschöpft.«

John errötete, reckte aber das Kinn vor, um sich seiner kritischen Prüfung angemessen zu stellen.

Sincai seufzte. »Leider. Offensichtlich hat Asharti sich eine

Weile mit ihm beschäftigt, bevor er das Geschenk bekam. Seit seiner Gewöhnungsreaktion war weniger als eine Woche vergangen, als er in Amsterdam eintraf.«

Khalenberg runzelte die Stirn. »In diesem Fall sollten wir ... Moment! Seine Vibrationen sind schneller als bei einem, der vor so kurzer Zeit geschaffen wurde.« Khalenberg wandte sich Sincai zu.

Sincai zuckte die Schultern. »Er weiß, wo Beatrix ist. Das wird Zeit sparen. Ich habe ihm von meinem Blut gegeben.«

»Sie haben Ihren Gefährten mit ihm geteilt?«, spöttelte Khalenberg. »Sie *sind* zu weich.«

»Ein wenig altes Blut sorgt dafür, dass wir sein Wissen nicht verlieren. Wir können die Situation später jederzeit ändern.«

Sincai hatte also vor, ihn zu töten. Nun, es berührte ihn nicht. Und Khalenberg würde ganz gewiss nicht an seinem Grab weinen. Ob Beatrix weinen würde? Sie würde keine Gelegenheit dazu haben, es sei denn, sie retteten sie.

»Also gut. Dann also Sie und ich, Sincai.« Khalenberg erhob sich.

»Können wir jetzt aufbrechen?«, fragte John entnervt.

Khalenberg wandte sich voller Missfallen zu ihm und wollte etwas erwidern.

John schnitt ihm das Wort ab. »Und nehmen Sie so viel Geld mit, wie Sie zusammenkratzen können.«

»Was?«, fragten Sincai und Khalenberg wie aus einem Munde.

»Wenn wir zu spät kommen, um Beatrix aus dem Gefängnis zu holen, wird sich schon eine große Menschenmenge versammelt haben. Wenn Sie nicht wollen, dass jeder in Paris sieht, wer Sie sind, werden wir ein Ablenkungsmanöver brauchen.« Er machte auf dem Absatz kehrt und ging, um frische Pferde zu bestellen. Er ließ die beiden Männer stehen, damit sie darüber nachdachten.

Die Schatten wurden im Zwielicht länger, und Beatrix kehrte von dort zurück, wo sie gewesen war. Sie blinzelte und schaute sich in der vertrauten Zelle um. Sie fragte sich, wie sie Ashartis kranke Geschichten noch einmal ertragen sollte.

Das Zwielicht wurde zur Nacht. Keine Asharti. Nur die roten Augen ihrer anonymen Bewacher, während sie sich wispernd unterhielten. Was sagten sie?

Ah. Heute Nacht war die Nacht. Sie hatte es vergessen. Das Fallbeil würde zumindest Ashartis Sticheleien verstummen lassen. Beatrix stellte sich eine johlende Menge Tausender Menschen vor. Sie waren gekommen, um zu spekulieren, ob der Kopf, der hochgehalten wurde, gewusst hatte, was mit ihm geschehen war, und zu erschauern, wenn sie erkannten, dass es nur einen Weg gab, das herauszufinden. Würde Asharti John mitbringen? Würde es eine Marter oder ein Trost sein? Wenn sie ihn sah, musste sie ihn irgendwie wissen lassen, wie sehr sie ihn liebte, wie leid es ihr tat, dass sie ihn zu etwas gemacht hatte, was er nicht sein wollte.

Ihre Augen füllten sich mit Tränen. Tat es ihr leid, dass sie sterben würde? Sie hatte so viele, viele Jahre gelebt. Es tat ihr leid, dass es in all der Zeit nur flüchtige Momente mit John gegeben hatte. Wenn sie hätte bewirken können, dass er sie liebte … wenn er nicht gewusst hätte, wer sie war … wenn er Asharti nicht verfolgt hätte oder nicht mit dem Gefährten infiziert worden wäre … Er war gekommen, um sie zu retten – aus seinem angeborenen Ehrgefühl heraus, obwohl sie ihn zu einem Ungeheuer gemacht hatte; aber nicht, weil er sie liebte. Man konnte niemanden zur Liebe zwingen, zumindest sie konnte es nicht. Sie hatte ihre Mutter nicht dazu bringen können, sie zu lieben. Und auch Stephan nicht. Sie hatte gelernt, faszinierend zu sein. Aber Liebe? Wahre Liebe konnte man nicht erzwingen. Man musste sie wert sein.

»Bist du bereit, deinem Schöpfer entgegenzutreten?«

Ashartis höhnische Stimme riss Beatrix abrupt zurück in die Gegenwart. Asharti stand in der Tür zum Zellentrakt, gekleidet in ein altgoldenfarbenes Brokatkleid mit hoher Taille und einer schweren Schleppe, die an den Schultern ansetzte. Ihre Schuhe enthüllten goldbemalte Fußnägel. Sie trug einen Fächer mit schwarzen, herumwirbelnden Figuren aus Gold darauf, den sie jetzt, als sie ins Licht trat, mit einem leisen Klicken schloss. Sie hatte John nicht mitgebracht. Beatrix war darüber ebenso verzweifelt wie erleichtert. Sie starrte auf Ashartis selbstzufriedenes Lächeln und sagte: »So bereit, wie man nur sein kann.« Ihre Stimme klang fester, als sie sich fühlte.

»Auf den Karren mit dir.« Asharti winkte einem der Vampire, der das Schloss der Gittertür öffnete.

Asharti ging kein Risiko ein. Sie fügte ihre Macht den fünf roten Augenpaaren hinzu. Einer von ihnen war Jerry, der nach jener ersten Nacht seiner Rückkehr kein Wort mehr mit Beatrix gesprochen hatte. Beatrix fühlte, wie dieser Ansturm der Macht sie erstarren ließ. Das war gut. Sie banden ihre Hände mit groben Stricken, als ob das nötig wäre, und Jerry legte eine locker gebundene Schlaufe aus Hanf um ihren Hals, an der sie geführt werden konnte. Wie im Traum bewegte sie sich vorwärts, weil sie es so wollten. Sie spürte unter ihren nackten Füßen den Steinboden nicht. Die Mauern um sie herum schwankten. Von irgendwoher hörte Beatrix ein dumpfes Brüllen. Als sie die Flure des Gefängnisses entlanggingen, wurde das Geräusch lauter. Jetzt gingen sie unter den gotischen Torbögen der großen Halle hindurch, und das Geräusch wurde zum Johlen einer Menschenmenge. Ashartis Wächter zogen sich die Kapuzen ihrer Umhänge über den Kopf. Sie wollen ihre roten Augen vor den Leuten verbergen, dachte Beatrix ruhig und wie aus großer Distanz. Riesige Holztore öffneten sich dem Höllenlärm.

Verzerrte Gesichter riefen nach ihrem Kopf oder schrien, dass sie ausgepeitscht werden sollte, oder machten andere, schlimmere Vorschläge. Männer und Frauen, einige mit Säuglingen auf dem Arm, Kinder und tatterige alte Weiber, die ganze Menschheit in all ihrer hässlichen Vielfalt, drängten gegen eine schmale Reihe von Gendarmen und Soldaten. Der Gestank war bestialisch: ungewaschene Körper, Zwiebeln und Knoblauch, die Säure von Urin, der Rauch von Fackeln, die vereinzelt in der Menge brannten, und über allem der schwache süßliche Geruch von Regen, der in einem Schauer vor Kurzem niedergegangen war. Im Zentrum dieses Chaos stand ein grob gezimmerter Karren, vor den ein bockendes Pferd gespannt war. Der Junge, der es am Halfter hielt, schrie es an, ruhig zu sein, und erzielte damit den gegenteiligen Effekt. Es war ein Albtraum aus brutaler Emotion und flackerndem Licht.

Eine Brise von irgendwoher ließ die Fackelflammen auflodern. Beatrix zitterte. Sie trug nur ihr dünnes Hemd. Einige der Zurufe von Männern wurden obszöner. Asharti würde ihnen allen ein Schauspiel bieten, das war sicher. Asharti richtete ihre Aufmerksamkeit kurz auf das stämmige Kaltblut vor dem Karren. Das Tier beruhigte sich sofort.

Einer der Vampire sprang auf den Karren und zerrte an Beatrix' Fesseln. Der Strick wurde an der Rückseite der Bank festgebunden, auf der der Kutscher hockte. Die Vampire stellten sich zu beiden Seiten des Gefährts auf. Asharti ging ihnen voran. Sie sah aus wie eine Herrscherin, was sie in der Tat in allem war, vom Titel einmal abgesehen. Ein Trommler mit einer großen Basstrommel und ein Flötenspieler begannen, ein Leichenlied zu spielen. Es war durch den Aufschrei der erregten Menge hindurch kaum zu hören, als der Karren sich nun in Bewegung setzte.

Kapitel 23

John konnte die Dämmerung nicht länger ignorieren, als sie durch das Dorf Bagnolet ritten. Es musste fast neun Uhr sein. Die Wolken waren überzogen von jener geschmolzenen lavaroten Farbe, die unglaubwürdig war, wenn man sie in einem Bild sah. Seine Lippen waren zu einem grimmigen dünnen Strich zusammengepresst. Sie hatten zwei Mal die Pferde gewechselt, aber dennoch waren die Tiere schon wieder von Schaum bedeckt. Sie waren seit Meaux galoppiert, bis die vielen Dörfer sie gezwungen hatten, langsamer zu reiten. Jetzt lagen die Ausläufer von Paris vor ihnen. Der Turm von Notre-Dame war eine schwarze Silhouette gegen die rosa- und orangefarbenen Wolkenstreifen, die den Himmel an manchen Stellen grün aussehen ließen.

Er betete zu Gott, dass die Exekution erst um Mitternacht stattfinden sollte.

John war sich durchaus darüber im Klaren, dass er wahrscheinlich an der Wiedervereinigung zweier Liebender beteiligt war. Er wusste, dass Beatrix Sincai noch immer etwas bedeutete. Das byzantinische Porträt war ein sicherer Beweis dafür, sicherer noch als die Tatsache, dass er in ihrem Haus lebte. John war sich ziemlich sicher, dass Beatrix Sincai noch immer liebte. Gewiss, der Mann hatte sie verletzt. Also hatte sie auch ihn verletzt. Das Gerede von einem Experiment hatte sie blind gemacht für seine wahren Gefühle für sie. Aber sie waren füreinander gemacht, seit siebenhundert Jahren.

Er würde dem Schicksal zugestehen, dass Sincai und Beatrix füreinander geschaffen waren. Aber Beatrix' Tod gestand er dem Schicksal nicht zu. Wenn sie frei war, dann würde er sich zurückziehen, und sie würde ihre Gefühle für Sincai neu entdecken, die sie all diese Jahre verleugnet hatte. Und er, John, würde seinen Weg allein gehen, es sei denn, Sincai tötete ihn. In diesem Moment zählte das nicht. Alles schien so klar, so unausweichlich.

John hatte versucht, seine Kraft für die letzte Stunde aufzusparen. Er dankte Gott für Sincais Blut, ohne das er es niemals geschafft hätte. Die Sonne war erbarmungslos gewesen. Obwohl er beim Pferdewechsel in Château Thierry den Kopf in einem Wassertrog gekühlt hatte, fühlte er sich jetzt bis auf die Knochen ausgelaugt. Sincai und Khalenberg wirkten nimmermüde. Eine Reihe später Arbeiter auf dem Heimweg bevölkerte den Zugang zum Pont de Bagnolet. Einer der Arbeiter wandte sich um und redete mit seinem Nachbarn. John war unaufmerksam, und die Hacke des Arbeiters streifte Johns Pferd an der Schulter. Es wieherte schrill und wich zur Seite aus.

»Kommen Sie weiter«, rief Sincai ihm über die Schulter zu. Er und Khalenberg preschten über die Brücke.

John richtete sich im Sattel auf und trieb sein Pferd voran. Das Tier sprang mit einem Satz auf die steinerne Brücke. Es hatte noch Kraft. Das Problem war John. Er musste dabei sein, wenn sie zu Beatrix kamen. Sincai und Khalenberg waren so erpicht darauf, die geschaffenen Vampire zu töten, dass sie vielleicht die Chance verpassten, Beatrix zu retten. Die beiden mochten alt sein, aber er hatte sein Leben damit verbracht, im Verborgenen zu agieren. Er schluckte und traf eine Entscheidung. *Gefährte, gib mir genügend Kraft, das zu tun, was getan werden muss*, dachte er. Augenblicklich strömte eine Welle der Kraft durch seine Adern. Die Umrisse der kleinen gepflegten Häuser von Bagnolet entlang der Straße wurden klarer. Er konnte das Grün und die Fäulnis des großen

Friedhofs Père Lachaise zu seiner Rechten riechen, seinen eigenen Schweiß, das Leder des Sattels, den warmen animalischen Geruch des Pferdes. Essen wurden in den Häusern um ihn herum gekocht. Zwiebeln und Knoblauch in Butter. Er atmete tief ein und fühlte die Kraft in seinen schmerzenden Körper zurückkehren. Dann verschwand auch der Schmerz. *Danke*, seufzte er innerlich. *Danke für dein Geschenk.*

Im Galopp ritten sie auf der Rue de Bagnolet durch die Randbezirke von Paris. Die verdammten Karren und Wagen, die ihnen das Durchkommen schwer gemacht hatten, wichen immer mehr Kutschen. Es waren zu viele Menschen auf den Straßen für diese Stunde. Alle waren in Eile, ins Zentrum der Stadt zu gelangen, zu Fuß, auf Karren und in Kutschen.

Sincai zügelte sein Pferd und hielt an. Khalenberg blickte über die Schulter und kehrte um, als er sah, dass Sincai nicht mehr folgte.

»Was denken Sie, Langley?« Falls Khalenberg überrascht war, dass Sincai das weitere Vorgehen in Johns Ermessen stellte, ließ er es sich nicht anmerken. »Reiten wir zur Place du Trône?«

»Sie wird in der Conciergerie gefangen gehalten«, keuchte John. »Aber sie haben die Guillotine zur Place de Grève gebracht. Wenn wir die Rue de Charonne entlangreiten und über die Place de la Bastille, erreichen wir die Place de Grève, bevor wir zur Conciergerie kämen. Dieser Weg ist der sicherste.«

Sincai nickte. »Denken Sie daran: Keine Machtdemonstration vor der Menge. Wenn es vorbei ist, treffen wir uns im nördlichen Querschiff von Notre-Dame, unter der Fensterrosette.« Er wendete sein Pferd und sprengte voran. John folgte ihm, Khalenberg bildete die Nachhut.

Der Karren kam nur langsam voran, weil die Soldaten in ihren leuchtend roten Uniformen ihm den Weg durch die Menge bahnen mussten. War die letzte Hinrichtung so lange her, dass jeder in der Stadt auf der Straße war, um ihr beizuwohnen? Bauern vom Lande und Arbeiter, Händler und deren Frauen, leichte Mädchen und Diebe, aber auch vornehme Herren und Damen in ihren sicheren Kutschen waren auf dem Weg über den Pont au Change. Beatrix konnte sich kaum die Menschenmenge vorstellen, die sich auf dem Platz versammelt haben musste, auf dem die Guillotine stand.

Sie schwankte auf ihrem rumpelnden Karren, starrte geradeaus auf Ashartis Rücken und blendete die Schreie und Schmährufe der Menge aus. Es war einsam hier, aufrecht auf dem Karren, im Angesicht all der Menschen um sie herum. Sie sollte daran gewöhnt sein. Der Wagen bog langsam in den Quai de Gesvres ein. Die Seine schwappte zu ihrer Rechten gegen die Ufermauern. Die Menschen drängten jetzt geradeaus voran; die auf der Flussseite waren voller Furcht, sie könnten ins Wasser gestoßen werden. Der Karren fuhr schneller.

Sie bogen nach links ab auf einen großen Platz ein.

Beatrix spannte sich unwillkürlich an. Die riesige Silhouette der großen Hinrichtungsmaschine ragte aus der Mitte der sich drängenden Menschenmenge wie ein Turm auf; ihr abgeschrägtes Fallbeil schimmerte im Licht von tausend Fackeln.

Sie hatten Madame la Guillotine auf die Place de Grève gebracht. Ein Schrei brandete auf, als die Menge den Karren sah. Die Blutgier, die in der Luft lag, war fast mit Händen zu greifen. Elegante Fassaden von Häusern aus vergangenen Jahrhunderten umstanden den eckigen Platz. Aber das Bild wurde nicht von der vulgären grölenden Menge oder den Gebäuden dominiert, sondern von der bösartig simplen Eleganz der Erfindung Antoine Guillotines.

Beatrix versuchte zu atmen. Ihr Nacken prickelte vor Anspannung. Ihr Gefährte protestierte, aber nur schwach. Sie brachte ihn zum Schweigen.

Die Menge teilte sich vor dem Karren. Die Zeit schien zu rasen. Beatrix hatte nur Augen für die Plattform, die das Ende einer langen, langen Reihe von Jahren bedeutete. Ein stämmiger Mann stand bereit, um die Leine zu ziehen. Hinter ihm stand ein Uniformierter, vermutlich der Scharfrichter. Ein runzliger Mann in einem streng geschnittenen blauen Mantel hielt eine große Schere in den Händen, mit der er ihr das Haar abschneiden würde. Antoine Guillotine hatte seine Erfindung als die einzig humane Art angepriesen, einen Menschen zu exekutieren. Ein Herabgleiten von Metall, nachdem das schwere Fallbeil gelöst wurde, ein rascher Schlag, und es war vorbei. Die Augen blinzelten manchmal noch, wenn der Kopf hochgehalten wurde. Die Lippen bewegten sich. Dennoch, im Grunde ging es nur um einen Augenblick, und dann kam nichts mehr. Beatrix hoffte, dass es dieses Nichts gab. Sie wollte nicht wieder fühlen, niemals mehr, auch nicht im Jenseits. Ihr Wunsch ging vielleicht nicht in Erfüllung. Sie würde vielleicht in der Hölle schmoren für das, was sie zusammen mit Asharti getan hatte. Was immer nach dem Tod kam, sie würde es bald herausfinden.

Der Karren hielt unterhalb der Plattform. Der hohe Rahmen der Guillotine hielt das Fallbeil bereit, hoch über Beatrix. Asharti stand genau davor, triumphierend und voll Häme; ihr Gesicht wirkte im flackernden Fackelschein unmenschlich. Beatrix sah John nirgendwo. Der Rauch von Fackeln wehte über die Menge. Deren Brüllen verschwamm zu einem Rauschen. Beatrix konnte die Worte nicht mehr verstehen.

Asharti gab den Vampiren einen Wink. Es war Jerry, der Beatrix' Strick durchschnitt und sie zum Ende des Karrens führte. Merkwürdigerweise zitterten ihr die Knie. Jerry und ein weiterer Vampir ergriffen Beatrix an den Ellbogen und zerrten sie die Stufen zur Plattform hinauf. Sie fuhr zusammen.

»Ich bin in der Lage, allein in den Tod zu gehen«, murmelte sie und hoffte, dass es stimmte. Die Macht um sie herum wuchs an, als sie dachte, sie könnte versuchen, im allerletzten Moment zu fliehen. Der Scharfrichter wies sie mit einer Handbewegung an, sich mit dem Gesicht zur Menge zu drehen. Asharti stand ganz vorn; ihre Augen schimmerten rot, um sicherzustellen, dass Beatrix gehorchte. Der Mann hinter Beatrix griff mit einer Hand in ihr Haar und drehte es zu einem Strang. Sie spürte, wie die Schere sich hindurchfraß. Würde John aus der Mitte der Menge zu ihr heraufgebracht werden? Sie schaute über die Gesichter unter ihr. Aber nein. Er war nicht zu sehen. Sie hätte erleichtert sein sollen. Sein Anblick, versklavt von Asharti, wäre unerträglich gewesen. Warum wollte sie ihn sehen? Vielleicht, weil sie noch immer nicht wusste, warum er in die Conciergerie gekommen war. Bis sie sein Gesicht sah, würde sie es nie wissen. Vielleicht war alles, was sie in seinen Augen sehen würde, die Anklage, dass sie ihn durch ihren Tod im Stich und Asharti überließ. Aber er war nicht da.

Es war zu spät für alles.

»*Mademoiselle, ici.*« Der Scharfrichter zeigte auf die Stelle, an der sie niederknien sollte.

Sie kniete sich hin. »Zielen Sie gut, Sire.« Sie stieß die Worte mit einem großen Maß an Selbstbeherrschung aus.

»Ihr Nacken ist zart, Mademoiselle«, entgegnete er mit professionellem Blick. »Meine Klinge wird ihn durchschneiden wie Butter.« Er sah aus, als täte es ihm leid. Vielleicht war er nicht mehr daran gewöhnt, Frauen den Kopf abzuschlagen, die zumindest nach Jugend und Unschuld aussahen. Sie wandte sich um und blickte über die Menschenmenge. Asharti stand höhnisch lächelnd rechts unterhalb von ihr. Sie konnte Jerry und die anderen Vampire hinter sich spüren.

Die Menge verstummte. An einer Ecke des Platzes entstand Unruhe. Rufe. Eine Frau kreischte: *»Regardez-moi!«* Schreie. Das Klappern von Pferdehufen.

Der Scharfrichter war gerade dabei, Beatrix' Kopf in der unteren Lünette in die richtige Position zu bringen, und wandte sich um. *»Qu'est-ce que c'est?«*, fragte er. Seine Frage war an niemand Bestimmten gerichtet.

John trieb sein Pferd mitten hinein in die bewegte Menge. Dort war Beatrix, sie kniete auf der Plattform der Guillotine! »Nehmt euch die Vampire vor, die sie festhalten«, rief er den anderen zu. »Ich werde die Leute ablenken!«

Der Scharfrichter drückte Beatrix' Kopf in die Lünette. Das Fallbeil schien im Fackellicht zu zittern, begierig darauf herabzusausen. »Nein!«, schrie John. Die Menschen fuhren zu ihm herum. Er trat gegen die Köpfe, die ihm am nächsten waren, und preschte weiter. Sein Pferd bäumte sich vor Angst auf. Die Menge wich vor den ausschlagenden Hufen zurück. Er trieb es vorwärts in die Bresche und griff nach der Satteltasche. Er riss sie auf und schleuderte ihren Inhalt zu seiner Rechten in die Menge. Ein Regen aus Geldstücken glitzerte im Schein der Lichter. Die Menge schrie gierig auf und stürzte sich auf die Münzen. Sincai galoppierte durch die Lücke in der Menge. John trieb sein Pferd weiter. Er warf den Inhalt der anderen Satteltasche in die Luft. Khalenberg folgte Sincai dichtauf. John hatte nur Augen für die Plattform. Er sah, dass der Scharfrichter zögerte und auf den Tumult starrte. Um John herum waren die Menschen zu einer knurrenden

Masse mutiert; sie stießen einander beiseite, um sich die Münzen zu greifen.

Sincai und Khalenberg stürmten auf die Plattform zu; ihre Gestalten tauchten über der Menge auf. John gab seinem Pferd die Sporen, bis es wieherte und einen Satz nach vorn machte; vor lauter Angst hatte es Schaum vor dem Maul. Beatrix, zerbrechlich und blass in ihrem weiten weißen Hemd, blickte ihn an. Sah sie ihn? Er glaubte, ihre Lippen ein stummes »John« formen zu sehen. Er hob die Hand. »Ich komme!«, rief er.

Der Druck der Menge um ihn herum wurde bedrohlich. Hände zerrten an seinen Stiefeln.

»Plus de louis«, rief jemand, und alle nahmen den Ruf auf.

John schaute herunter. Hände griffen nach ihm. Das Pferd ging in die Knie. Er warf die Satteltaschen in die Menge. Die Leute, die ihm am nächsten standen, wandten sich um, um die Flugbahn der Taschen zu verfolgen. Das Pferd rappelte sich auf. John trieb es weiter.

Als er wieder zur Guillotine hinaufschaute, sah er, dass der Scharfrichter Beatrix' Kopf wieder in die Lünette gedrückt hatte. Sein Schrei brachte seine Kehle fast zum Platzen. Aber er verlor sich im Brüllen der Menschen. Er trieb dem Pferd die Sporen in die Flanken.

Aber all jene, die zu weit entfernt von den Satteltaschen standen, um etwas abzubekommen, gingen jetzt wütend auf ihn los. Das Pferd strauchelte. Hände zerrten an seinen Kleidern. Als John in die rasende Menge stürzte, sah er, dass Khalenberg und Sincai noch zu weit entfernt waren, um den Scharfrichter aufhalten zu können. Zur Hölle mit der Vorsichtsmaßnahme, der Menge ihre Macht nicht zu zeigen – sie sollten sich auf die Plattform translozieren und den Hurensohn töten. Das Bild des Scharfrichters, der nach dem Seil griff, um den Mechanismus auszulösen, brannte sich in sein Gehirn ein. Die Menge schloss sich über ihm, trat ihn, zerriss ihm die Kleider. Frauen kratzten ihn, schrien …

»Gefährte!«, rief er laut. »Um des Himmels willen …«

Er vollendete den Gedanken nicht, denn Kraft flutete durch seine Adern. Er sprang auf, schleuderte einen stämmigen Mann und zwei Frauen von sich. Knurrend drängte er sich zwischen den Leibern hindurch. Ein roter Film legte sich über seine Augen. Sie teilten sich vor ihm wie das Rote Meer vor Moses. Jetzt sah er die Plattform wieder. Beatrix' schaute von der Lünette aus suchend über die Menge. Der Scharfrichter hielt das Seil mit einer Hand umklammert. Das Fallbeil sah zu schwer aus, zu scharf, zu unausweichlich, um wirklich zu sein.

Die Stimme aus seinen Albträumen schrie: »Tu's endlich, du Narr!«

Es war Asharti, die auf den Scharfrichter zeigte. Erst jetzt nahm John wahr, dass zwei Vampire hinter Beatrix standen, zusammen mit dem Mann, der zehn Zentimeter ihres schimmernden kastanienbraunen Haars in der Hand hielt. Khalenberg hatte am Fuß der Plattform einen Vampir am Nacken gepackt. Sincai stürzte sich auf Asharti.

John begann so schwerfällig zu rennen wie in einem bösen Traum. Er würde es niemals schaffen. *Gefährte!* Die Schwärze wirbelte hoch. Er versuchte, sich auf die Stelle neben dem Scharfrichter zu konzentrieren.

Durch die Schwärze sah er, wie der Scharfrichter am Seil riss.

Das Fallbeil sauste zischend herunter.

Zu spät!

John! Es war John, zu Pferde inmitten des tobenden Mobs. Asharti hatte ihn nicht in ihrer Gewalt! Er war zu ihr gekommen! Er hatte sie nicht verlassen!

»John!«, rief sie, aber ihr Ruf ging in dem Getümmel unter.

Der Scharfrichter drückte ihr den Kopf herunter. Sie fühlte die Suggestion über sich hinwegströmen. Sie legte den Nacken in die Lünette. Aber sie wollte nicht sterben. Nicht mehr. Sie rief ihren Gefährten. *Ein letztes Mal, mein Freund.*

Es war keine Zeit, mehr als das zu denken. Sie wusste, dass sie schwach war. Sie wusste, dass es unmöglich war, wenn Ashartis Vampire ihre Macht blockierten. Aber sie musste es versuchen. Das Drängen in ihren Venen sagte ihr, dass ihr Gefährte das Flehen gehört hatte. *Ich bin alt*, dachte Beatrix. *Älter als jeder andere hier außer Asharti. Ich kann es.* Sie hob den Kopf und suchte in der Menge nach John.

Es war der Moment, in dem sie die anderen spürte. Die Vibrationen jener, die älter waren als sie. Sie konzentrierte sich darauf, die Schwärze aufsteigen zu lassen. Zentimeter um Zentimeter stieg sie in ihren Adern herauf. Das Bild vor ihr färbte sich langsam rot. Sie sah, wie John von der Menge vom Pferd gezerrt wurde. *Denk nicht daran. Konzentriere dich.* Stephan tauchte in der Menschenmenge vor der Guillotine auf und stürzte sich auf Asharti.

»Tu's, du Narr!«, schrie Asharti und zeigte auf den Scharfrichter.

Beatrix stellte sich gegen die Macht, die ihr tagelang ihre Lebenskraft genommen hatte.

Über sich hörte sie ein Knacken, als der Scharfrichter mit einem Ächzen am Seil riss.

Ein Zischen.

Nein! Gefährte!

Die fremde Macht, die sie bisher festgehalten hatte, gab nach.

Sie riss den Kopf hoch.

Das große Fallbeil fuhr in den Schlitz im Balken, nur zwei Zentimeter von ihrer Nasenspitze entfernt. Der Luftzug blies eine zehn Zentimeter lange kastanienbraune Locke in die Luft. Beatrix rang in kleinen krampfhaften Zügen nach Atem. Die Mauer aus Lärm jenseits des Fallbeils enthielt Schreie und schreckliche animalische Laute, aber sie alle kamen wie aus weiter Ferne. Alles schien ganz langsam abzulaufen. John tauchte aus dem Nichts auf und stieß den Scharfrichter von der Plattform herunter in die Menge. Jerry trat vor. Sie schaute neugierig zu ihm hoch. Seine Augen waren nicht rot. Sie waren blassblau, so, wie sie es in Dover gewesen waren. Aber sie blickten nicht länger unsicher. In ihnen lag ein entschlossenes Funkeln. Er hatte sich entschieden, sie gehen zu lassen, gegen Ashartis Willen, gegen seine eigenen Interessen. Dessen war sie sich ganz sicher.

Er lächelte.

John warf sich neben ihr auf die Knie und riss sie in seine Arme. Sie konnte kaum atmen, aber es fühlte sich gut an, nicht zu atmen. Sein Herz klopfte wild in seiner Brust. Er faselte irgendetwas Zusammenhangloses in ihr Ohr. »Ja«, beruhigte sie. »Ja.«

Ein Mann mit einem Adlergesicht kam die Stufen zur Plattform heraufgelaufen. Meine Güte, es war Khalenberg. Er war blutbesudelt. Wo war der andere Vampir, der hinter ihr gestanden hatte? Oh, da lag seine Leiche. Und sein Kopf? Ja, dort drüben.

Khalenberg riss Jerry herum und sah ihn an. Dann packte er mit beiden Händen seinen Kopf und riss ihn einfach ab. Blut spritzte auf sie. Khalenberg warf Jerrys Kopf neben den anderen.

Der Lärm der Menge wurde Beatrix bewusst. »Sie Ungeheuer!«, schrie sie Khalenberg an und löste sich aus Johns Armen. »Er hat mir das Leben gerettet!«

»Er wurde geschaffen«, bellte Khalenberg und packte sie am Arm. »Zeit zu verschwinden.«

Sie schüttelte den Kopf und machte sich von ihm los. »John«, sagte sie. »John.«

»Ja, ja. Kommen Sie mit, Engländer.« Khalenbergs Hand schloss sich um ihren Oberarm. Schwärze wirbelte auf. Der stechende Schmerz durchfloss sie, und die Place de Grève verschwand.

John keuchte, während der Schmerz nachließ. Der dämmrige Innenraum von Notre-Dame erstreckte sich um ihn. Über sich sah er die große Fensterrose des nördlichen Querschiffs, deren Farben jetzt, bei Nacht, leblos grau waren. Khalenberg und Beatrix hatten sich in der Mitte des Querschiffes materialisiert und waren noch dabei, sich zu orientieren. Eine zweite Schwärze bildete sich direkt unter dem Fenster und löste sich um Asharti und Sincai auf.

»Warum haben Sie sie hergebracht, Sincai?«, blaffte Khalenberg, als Sincai den Kopf schüttelte. Asharti versuchte, sich ihm zu entwinden, sie fauchte wie eine Katze.

»Weil ich für sie verantwortlich bin«, erwiderte Sincai ruhig.

»Dann töten Sie sie jetzt, und die Sache ist vorbei.« Khalenbergs Stimme enthielt nicht die Spur eines Zögerns.

»Ich sehe euch beide in der Hölle wieder«, zischte Asharti. Sie ließ ihre Augen rot aufglühen.

»Meine Liebe, du wirst nirgendwohin gehen.« Sincais Augen blitzten auf, und ihre verblassten. »Nicht einmal in die Hölle. Für den Moment jedenfalls.« Asharti wurde still, als sie begriff, dass Gegenwehr zwecklos war. Sincai ließ ihr Handgelenk los. »So ist es besser. Du bist gewiss so intelligent, deine Situation richtig einschätzen zu können.«

»Sie vor allen anderen muss getötet werden«, beharrte Khalenberg. Sein Gesicht wirkte wie in Stein gemeißelt.

»Es muss schwer sein, wenn man nicht an die Erlösung glaubt, alter Freund.« Sincai sah noch immer Asharti an. »Beatrix? Du kennst sie besser als jeder andere von uns. Soll sie sterben?«

John sah, dass Beatrix still wurde. Würde es nach ihm gehen, er hätte mit dem Daumen nach unten gezeigt und wäre davongegangen, ohne sich noch einmal umzusehen, während man Asharti den Kopf vom Rumpf riss. Beatrix hatte die Auswirkungen von Ashartis Bösartigkeit gerade zu spüren bekommen. Warum zögerte sie?

»Ich kann nicht über sie den Richterspruch fällen«, wisperte Beatrix. »Wie du sagst – du bist für sie verantwortlich.«

»Ich habe schlechte Arbeit geleistet, nicht wahr?« Sincai verbarg seinen Schmerz hinter seinem knappen Ton.

Beatrix sah alle nacheinander an. In Ashartis Augen lag noch immer Trotz. »Keinen von euch hat es gekümmert, was sie als Mensch durchgemacht hat«, sagte Beatrix leise. »Sie hat unfassbare Gräueltaten mit angesehen. Sie wurde vergewaltigt, verletzt. Sie hat das Leiden der Machtlosen gesehen. Sie konnte den Gedanken nicht ertragen, dass es wieder geschehen könnte. Deshalb hat das Verlangen nach Macht sie aufgefressen. Ist das so schwer zu verstehen?« Sie suchte in den Augen der anderen nach einer Antwort. »Gibt es nicht so etwas wie Wiedergutmachung?«

Asharti sagte nichts, pflichtete ihr nicht bei, verteidigte sich nicht. Aufrecht und stolz stand sie da.

Beatrix holte tief Luft. »Deshalb sage ich: Sie soll leben.«

Khalenberg wandte sich voller Abscheu ab.

John empfand eine seltsame Mischung von Gefühlen in seinem Herzen toben. Asharti würde leben, und das machte ihm Angst; aber er war stolz, dass Beatrix den Mut hatte, Gnade walten zu lassen. Auf gewisse Weise war sie die ehrenhafteste, tugendhafteste Frau, der er je begegnet war. Sie hatte die Verantwortung dafür übernommen, dass sie ihn mit ihrem Blut infiziert hatte. Sie wollte die Verantwortung dafür übernehmen, dass Asharti freigelassen wurde. Wie seltsam, das von einer Kurtisane zu denken, von einem Vampir, der menschliches Blut trank.

»So sei es denn«, stimmte Sincai zu. »Vielleicht sollte sie wirklich begnadigt werden, Kätzchen. Aber ich denke, dass eine Zeit der inneren Einkehr nötig ist.« Sincai wandte sich an Asharti. Seine Stimme wurde unerbittlich. »Dir ist es nicht erlaubt, Vampire zu schaffen. Du wirst keine politischen Intrigen mehr spinnen. Ich schlage für den Anfang vierzig Tage und Nächte in der Wüste vor, oder besser vielleicht vierzig Jahre. Ich werde dich persönlich dorthin begleiten.«

»Brauchst ... brauchst du Hilfe?«, fragte Beatrix mit leiser Stimme und errötete.

John wappnete sich innerlich. Er hatte gewusst, das es geschehen würde. Seine Aufgabe war es, stillzuhalten und abzuwarten.

Stephan ging zu Beatrix. Er schob ihr eine der Locken, die so roh beschnitten worden waren, aus der Stirn. »Wir müssen reden.« Er sah zu Khalenberg. »Kann ich Sie vielleicht dazu bringen, unsere Möchtegernkaiserin zu beaufsichtigen?«, fragte er leise, während er schon wieder Beatrix ansah.

Khalenberg presste die Lippen zu einem dünnen Strich zusammen. Aber er protestierte nicht.

Sincai bemerkte es nicht. »Komm, Kätzchen.« Er nahm ihre Hand.

Beatrix schaute zu ihm auf und folgte ihm in die Dunkelheit.

John schluckte und sah die beiden davongehen. Das war es. Der Würfel war gefallen. Er würde allein zurückbleiben, allein in seiner Verdammnis. Er holte tief Luft. Es gab noch immer die Guillotine. Aber bei dem bloßen Gedanken an die scharfe Klinge erhob sich sein Gefährte protestierend in ihm. Er erschauerte vor Abscheu und wusste, dass er es niemals tun könnte. Vielleicht hatte ihm das alte Blut Sincais den Willen zum Selbstmord geraubt, so wie es ihm genug Kraft gegeben hatte, die Place de Grève noch rechtzeitig zu erreichen. Ein fairer Handel, alles in allem: ewige Verdammnis dafür, dass Beatrix lebte.

Kapitel 24

Beatrix folgte Stephan durch das Mittelschiff der Kirche. Unglaubliche Massen von Stein balancierten auf dem gebogenen Maßwerk über ihnen in der Dunkelheit. Kirchen waren ein Ort der Kontemplation, an dem man seine Seele betrachtete und herausfand, was zu tun war. Sie hatte noch nie weniger als jetzt gewusst, was sie tun sollte, und in ihrer Seele fand sich nicht die Spur von Ruhe.

Was war geschehen? Sie hatte die Kraft gefunden, dem Tod zu widerstehen. John war zu ihr gekommen. Hing beides zusammen? Jerry war gestorben, obwohl er sie gerettet hatte, und sie hatte es nicht verhindern können. Und Stephan – Stephan war hier nach all diesen Jahrhunderten. John hatte ihn geholt, und er war gekommen. Sein liebes Gesicht war irgendwie anders als das in ihrer Erinnerung, aber jetzt, da sie ihn gesehen hatte, vermochte sie nicht zu sagen, was anders war. Ihre Gedanken wirbelten durcheinander. Sie hatte ihn geliebt. Er hatte sie als Experiment betrachtet. Dafür hatte sie ihn gehasst. Jetzt hasste sie ihn nicht. Was fühlte sie? Sie wandte sich in der Dunkelheit um. Sie sah John dort stehen. Die Hände in die Taschen vergraben, starrte er ihr nach. Wenn Stephan jetzt sagen würde: »Komm mit mir, Kätzchen, es bist immer nur du gewesen« – was würde sie tun?

Sie schüttelte den Kopf. Stephan würde das nicht sagen. Und John wollte kein Ungeheuer an seiner Seite. Er war ihr aus einem Gefühl der Verpflichtung heraus zu Hilfe gekommen, weil sie ihn vor Asharti gerettet hatte. Wenn Naivität Kraft erforderte, dann erforderte sie auch die Gelegenheit.

»Bea…«

Beim Klang von Stephans Stimme wandte sie sich um. Ein Lächeln zitterte auf ihren Lippen. Verdammt! Sie wollte nicht zittern. »Stephan?« Das war alles, was sie herausbrachte.

»Es gibt Dinge, die gesagt werden müssen.«

Sie stieß den Atem aus, den sie angehalten hatte. »Was müsste denn nach all der Zeit noch gesagt werden?«

»Du hast gedacht, ich hätte dich nicht geliebt. Aber das habe ich.«

Sie zuckte zusammen, als ihr bewusst wurde, dass er in der Vergangenheitsform sprach. Rechtfertigung und Bedauern mischten sich zu etwas, das sie weder verkraften noch verstehen konnte. Aber sie sagte nichts.

»Das Verdammte daran war, dass ich Asharti lieben wollte. Ich fühlte mich verpflichtet, sie zu lieben. Aber ich habe sie nicht geliebt. Nicht auf die Art, auf die ich dich geliebt habe. Sie wusste das. Deshalb hat sie mich gehasst. Deshalb hat sie dich mir fortgenommen. Im Laufe der Zeit ist mir das klargeworden. Ich habe sie zu dem gemacht, was sie ist. Die Tatsache, dass ich sie nicht geliebt habe, hat sie bitter gemacht und sie den Weg wählen lassen, den sie heute geht.«

Beatrix runzelte die Stirn. »Du denkst, *du* hast sie zu dem gemacht, was sie ist? Du bist für das Heute nur verantwortlich, weil du sie nicht getötet hast. Aber das, was sie ist – dazu haben sie ihre Erfahrungen und ihre eigene gemarterte Seele gemacht.«

»Sie war verletzt, darin stimme ich dir zu. Aber Liebe hätte sie heilen können. Ich ... konnte es nicht, das ist alles.«

Sie spürte, wie sehr seine Gefühle ihm zu schaffen machten. »Deshalb hast du nie Kontakt zu ihr aufgenommen.«

»Deshalb habe ich nie Kontakt zu *dir* aufgenommen.«

»Was?«

»Weil dich zu lieben ein Verrat an allem war, was ich im Sinn hatte. Ich wollte Asharti retten, aber meine Liebe zu dir hat sie in die Verdammnis getrieben.« Er holte mühsam Luft. »Und meine Liebe zu dir war niemals fair oder richtig.«

»Wie meinst du das?« Wenn Stephan sie geliebt hatte, dann musste das doch das Richtige gewesen sein, oder nicht?

»Du warst jung. Ich war sehr alt. Du hast dich in meine Erfahrung verliebt. Du wärest mir entwachsen, Bea. Wenn du es auf andere Weise erfahren hättest, hätten wir als Freunde auseinandergehen können. Du hättest all die Jahre nicht damit verbracht, durch die Welt zu ziehen.«

»Lass uns nicht wieder darüber streiten, ob es unausweichlich war, dich zu verlassen.«

»War es denn nicht unausweichlich?«

War es das nicht? Sie starrte ihn an. Es war unausweichlich gewesen. Er war ihre erste Liebe. Aber er hatte recht. Sie war so jung gewesen. Hatte er sie darum geliebt? Hätte er sie auch geliebt, wenn sie erfahren gewesen wäre, wenn sie ihn herausgefordert hätte, ihre eigenen Entscheidungen getroffen hätte? Hätte sie jemanden lieben können, der das nicht akzeptiert hätte?

Er lächelte in der Dunkelheit. Die Kathedrale roch nach Stein und Staub. Irgendwo tröpfelte Wasser in ein Weihwasserbecken.

»Wir können nicht anfangen, uns wieder zu lieben?« Ihr Mund sagte es, bevor sie die Worte gedacht hatte.

Er ging zu ihr und legte den Arm um ihre Schultern. Sie lehnte sich an ihn, und er streichelte ihr Haar. Überraschenderweise fühlte sich Stephans Körper warm und tröstend an. Aber es war nicht ... elektrisierend. Nicht so wie bei John. »Lass uns lieber bei dem Punkt anfangen, den wir ohne Asharti erreicht hätten«, sagte er. »Lass uns Freunde sein. Du hast doch jemanden, den du liebst ...«

Sie schaute über die Schulter zu John, der so mutlos neben Khalenberg und Asharti unter der Fensterrose stand. Sie schloss für einen kurzen Moment die Augen. »Er wird niemals ein Ungeheuer lieben. Schon gar nicht eines, das auch ihn zu einem Ungeheuer gemacht hat.«

»Unsinn. Er ist verrückt nach dir«, sagte Stephan. »Er war bereit, in die Höhle des Löwen zu gehen, in diesem Fall in meine, um dich zu retten. Zur Hölle, er hat seine Abscheu überwunden und einen Kelch von meinem Blut getrunken, nur um dich nicht im Stich zu lassen. Er hat mir sein Leben angeboten, falls ich es dafür verlangen sollte, dass ich zu dir gehe. Sag nicht, dass das keine Liebe ist.«

Sie war so verwirrt. Sie hatte immer Stephan geliebt, Stephan gehasst, Stephan geliebt. Aber jetzt tat sie es nicht mehr. Sie war über ihn hinweg. »John ist nicht du. Er ist nur ...«

»Nur der Mann, den du zu einem Vampir gemacht hast. Er ist der Erste, nicht wahr?«

Sie nickte an seiner Schulter.

»Sicherlich weißt du, warum du ihn gemacht hast.« Stephans Stimme klang sanft.

Sie schaute hoch, erinnerte sich, dass sie sich eine Welt ohne John nicht hatte vorstellen können. Stephan starrte auf die kühnen Bogenschwünge der Kathedrale. Sie konnte seine Augen nicht sehen. »Glaubst du an die Liebe, Stephan? Ich meine, dass sie für uns wirklich Bestand haben kann?«

»Absolut, Kätzchen. Ich glaube an die Liebe.« Sie konnte seine Gewissheit hören. Er meinte es von ganzem Herzen. »Jetzt geh und werde glücklich. Der arme Teufel sieht ganz verloren aus.« Er ließ sie los und schob sie sanft von sich fort.

Sie wandte sich zu ihm um, noch immer unentschlossen.

»Du musst nur vertrauen, Kätzchen. Du wirst schon sehen.« Da lag ein Ausdruck in seinen Augen, den sie nicht deuten konnte; und sie meinte, schon jeden erdenklichen Ausdruck gesehen zu haben.

Sie lächelte. »Danke, Stephan. Du bist immer noch weise.« Sie stellte sich auf die Zehenspitzen und küsste ihn auf die Wange.

Und dann drehte sie sich um und ging zu John.

John sah Beatrix entgegen, während sie auf ihn zukam. Sincai folgte ihr langsam. Was hatte er gesehen? Wie scharf sein Gehör auch war, er hatte ihre Worte dennoch nicht verstehen können. Die immense Leere der Kathedrale schien sie zu verschlingen. Beatrix lächelte. Sie glühte geradezu, auch wenn sie unglaublich blass war. Sie sah aus wie eine Braut, die gerade ihr Ehegelübde gesprochen hatte. Sein Herz zog sich zusammen.

»Ich nehme an, Sie sind jetzt bereit, wieder Ihre Verantwortung zu tragen, Sincai, oder muss ich noch länger das Kindermädchen für Sie spielen?«, ertönte Khalenbergs heisere Stimme hinter John.

»Das bin ich«, erwiderte Sincai, auf dessen Gesicht ein sehr seltsamer Ausdruck lag, wie John ihn noch nie gesehen hatte. Bedauern, Mut, unglaublicher Wille – alles vermischt zu einer komplexen Einheit. Wie anders als die Leere, die John zuerst in seinen Augen gesehen hatte. Bedauerte er es, Beatrix verlassen zu müssen, um seine Pflicht zu erfüllen? Natürlich. Aber waren sie übereingekommen, zueinander zurückzukehren? Beatrix' Miene verriet, dass sie erfüllt war. Sie wirkte … sicher.

»Was ist mit Ihrer anderen Verpflichtung?« Khalenberg wies mit dem Kopf in Johns Richtung.

Sincai heftete seine alten Augen auf John. »Langley liegt

nicht in meiner Verantwortung, sondern in der von Bea. Sie wird über sein Schicksal entscheiden.«

Khalenberg hob die Hände. »Zu weich! Ihr alle seid zu weich.«

Sincai ging zu Asharti und legte seinen Arm wie eine eiserne Klammer um ihre Schultern. Schwärze begann sich um sie zu bilden. »Beseitigen Sie ihre Hinterlassenschaften, Khalenberg.«

Khalenberg presste die Lippen zusammen; sein Missfallen über die Tatsache, dass Beatrix John ganz offensichtlich nicht töten würde, stand ihm deutlich ins Gesicht geschrieben. Er nickte Sincai knapp zu. »Das Blut ist das Leben.«

»Das Blut ist das Leben«, wiederholte Sincai aus dem schwarzen Wirbel heraus, der ihn und Asharti jetzt ganz umschloss.

»Neeeiiiin«, klagte Asharti. »Ich will nicht ins Exil.« Aber das Echo, das die Steinmauern in der dunklen Gewaltigkeit der Kathedrale zurückwarfen, war das Einzige, was von ihr zurückblieb.

Khalenberg nickte John knapp zu. »Ich werde Sie im Auge behalten.« Schwärze wallte um ihn herum auf, und er war fort.

John starrte Beatrix an, die barfuß und in ihrem Hemd in der höhlengleichen Dunkelheit der Kirche stand. Ihre blasse Haut leuchtete. Ihr kastanienbraunes Haar erinnerte ihn an glühende Kohlen. Es stand ihr leicht zersaust vom Kopf ab, wie der Heiligenschein auf dem Bild, das Sincai während all der Jahrhunderte aufbewahrt hatte. Sie starrte ihn aus großen dunklen Augen an, so verletzlich, so unsicher. Die Hülle der erfahrenen Kurtisane war zerbrochen, und was geblieben war, war eine Frau, die den Mut gehabt hatte, ihre und seine Erzfeindin freizulassen, die dem Tod auf Haaresbreite nahe gewesen war, auch wenn der Tod ihr fremd und nicht ihr Schicksal war. Eine Frau, die ihre erste Liebe ein zweites Mal aus ihrem Leben hatte fortgehen sehen, in einem Wirbel aus Schwärze. Sie musste verzweifelt über die Trennung sein, auch wenn sie nur vorübergehend war. Aber … sie sah so sicher aus. Sie war jetzt stark, durch Sincais Liebe.

Seine Eingeweide zogen sich zusammen. Er musste jetzt irgendetwas sagen. Er suchte nach Worten und machte eine gleichmütiges Gesicht. »Ich … ich nehme an, es sind Glückwünsche angebracht? Es muss schwer für dich sein, dich von ihm zu trennen, nachdem ihr euch gerade erst wiedergefunden habt.«

Plötzlich war all ihre Sicherheit verflogen. Sie sah ihn prüfend an, so, wie ein Wahrsager in alten Zeiten die Leber eines Schafes betrachtet haben musste. Für einen langen Moment sagte sie nichts. Dann befeuchtete sie die Lippen und holte tief Luft. »Sie hat gesagt, sie hätte dich wieder in ihrer Gewalt, weißt du«, sagte sie leise. »Sie hat mir endlose Geschichten darüber erzählt, was sie mit dir getan hat. Ich dachte, ich würde den Verstand verlieren.«

Johns Herz machte einen Hopser. Auch er befeuchtete sich die Lippen. Er nahm all seinen Mut zusammen und konnte es dann doch nicht sagen. »Das … das war sehr nobel von dir, sie von Sincai fortbringen zu lassen, statt sie zu töten.«

»Sie hat die Eroberung Jerusalems während des ersten Kreuzzuges miterlebt. Ich denke … sie war danach nicht mehr dieselbe. Grausamkeiten erschienen ihr unerheblich, ja sogar erforderlich in einer Welt der Starken.«

»Du bist es, die stark war.« Seine Hände ballten sich zu Fäusten, seine Nägel bohrten sich in seine Handflächen.

Tränen stiegen ihr in die Augen, während sie leicht auf ihren Füßen schwankend vor ihm stand. Sie schüttelte heftig den

Kopf; ihr Mund verzog sich, ob zu einem Lächeln oder Schluchzen vermochte er nicht zu sagen. »Nein. Nein. Ich war so schwach, dass ich mir für eine Weile das Fallbeil gewünscht habe …« Sie legte die Hand an die Stirn. »Stärke«, stieß sie hervor. Sie schaute auf. »Ich muss es wissen … Warum?« Sie schien sich das Wort abnötigen zu müssen.

»Warum?« Panik ergriff ihn. Was meinte sie?

»Warum bist du zu mir gekommen?«

Alles hing nun vom Fallen des Würfels ab. Dass sein legendäres Glück ihn nur jetzt nicht verließ! John konnte nicht eingestehen, was er von ihr wollte. Er konnte nur seine eigene Naivität bekennen. »Weil ich dich liebe.« Er biss die Zähne zusammen gegen die Tränen, die ihm in die Augen steigen wollten. »Ich weiß, es ist dumm von mir. Strohdumm. Ich sollte nicht davon sprechen, wenn du gerade deine eigene Liebe wiedergefunden hast.«

Er schwieg und wusste nicht, wie er weitermachen sollte. Der emotionale Graben zwischen ihnen war so tief, dass er den leeren, widerhallenden Raum der Kathedrale zu füllen schien.

Beatrix streckte ihm die Hand über diesen trennenden Graben hinweg entgegen. Dann wankte sie zu seinem Entsetzen und sackte in sich zusammen. Ihr Kopf schlug auf dem Steinboden auf, der zahllose Krypten unter sich verbarg.

Mit einem Schritt war John bei ihr. »Beatrix!« Er ließ sich neben ihr auf die Knie fallen und legte die Fingerspitzen an ihren Hals. Er fühlte ihren Pulsschlag. Sie war ohnmächtig geworden. Es war nur zu verständlich. Sie wäre fast enthauptet worden. Und er hatte sie mit seinem Geständnis sinnlos gepeinigt. Er hob sie auf seine Arme und trug sie unter dem steinernen Maßwerk des geschmückten Altarraum dorthin, wo unter den gotischen Deckenbögen reich geschnitzte Holzbänke standen, bedeckt mit gestickten Kissen, die ohne Zweifel von den Pariser Witwen gefertigt worden waren. Es fühlte sich auf einmal vertraut an, als hätte er dies schon einmal geträumt. Er legte sie auf die Bank und schob den Arm unter ihren Kopf. »Beatrix«, flüsterte er, als könnte er sie zum Aufwachen zwingen. »Beatrix.«

Sie regte sich, rang nach Atem, und er hielt sie sanft in seinem Arm. »Es ist gut. Du bist jetzt in Sicherheit. Es ist vorbei.«

»Wie dumm von mir. Es ist nur, weil ich nicht getrunken habe. Und ich war so geschwächt, weil ...« Ihre Stimme erstarb.

Er wusste, warum sie so schwach war. Sie hatte nicht mehr getrunken, seit sie ihm ihr Blut gegeben hatte. Zur Hölle! »Dem können wir abhelfen, hier und jetzt«, sagte er und lockerte seine Halsbinde.

»Nein«, protestierte sie. »Ich kann nicht von dir ...«

»Wer wäre besser geeignet?«, fragte er leise und küsste sie sanft auf die Wange. »Brüderlich teilen. Ich habe Sincais Blut in mir. Es ist sehr stark. Ich kann gut und gern ein wenig davon abgeben.« Sie brauchte es so sehr, dass sie ihn leicht leer trinken konnte. Es war egal. Er wäre froh, wenn er von ihr leer getrunken würde.

Sie stöhnte leise. Er wusste, sie fühlte das Blut in seinen Adern pulsieren, und ihr Gefährte verlangte danach. Er neigte den Kopf zur Seite und öffnete seinen Kragen. Dann zog er ihren Kopf an seine Kehle und zählte darauf, dass ihr Gefährte nicht würde widerstehen können. Er schluckte. Sie hauchte einen schwachen Protest, als ihre scharfen Fangzähne über seinen Hals strichen, über seine Halsschlagader. »Es ist gut«, murmelte er.

»Nein«, protestierte sie vernehmlich, doch dann spürte er den Schmerz des Bisses, und schon trank sie von ihm.

»Das Blut ist das Leben«, wisperte er. Er zog sie fest an sich. Dabei spürte er, dass ihre Brüste an seine Brust gepresst wurden. Seine Hand umspannte ihren Po. Seine Lenden verhärteten sich, und sein Glied richtete sich auf. Gott im Himmel, er wollte sie, auch wenn sie einen anderen liebte! Er biss die Zähne zusammen, beschämt über die Reaktion seines Körpers, wenn sie doch so schwach war und Blut brauchte.

Beatrix spürte, wie sein Blut sie belebte. Die süße Befriedigung des Saugens an seinem starken Hals wandelte sich zu Nässe zwischen ihren Beinen. Von John zu trinken war ein sinnliches Erlebnis. Sie konnte trinken, ohne Sex zu haben, anders als Asharti. Sie wusste das jetzt. Sie hatte es seit sechshundert Jahren so gehalten. Alles mit John war sexuell, lebendig, während ihr Gefährte nach Leben verlangte. Und es schien nicht falsch zu sein. Belog sie sich selbst?

Sein Blut, sein selbstloses Angebot, ihn so eng an sich gedrückt zu spüren, all das sammelte sich in ihrem pochenden Zentrum. Er hatte ihr gesagt, dass er sie liebte. Er hatte sie nicht verlassen. Beatrix war sich des üppigen Stroms von Leben in ihrer Kehle sehr wohl bewusst. Sie spürte Johns Hand auf ihrem Po, spürte die Hand, die ihren Kopf hielt. Die zunehmende Härte, die gegen ihren Oberschenkel drängte, verriet ihr, dass auch John den Sog des Lebens spürte. Ihr Gefährte brauste auf und verströmte vibrierende Macht über sie. Sie schob ihre Hüften gegen Johns Oberschenkel und seine Erektion, während sie rhythmisch weiter an ihm saugte. Dies war nicht wie bei Asharti. Sie öffnete die Augen. John hatte den Kopf zurückgeworfen, um ihr seine Kehle darzubieten, seine Augen waren in der Ekstase des Gebens geschlossen.

Sie keuchte, einmal, zweimal, während sie versuchte, sich zu beherrschen. Sie durfte nicht so viel nehmen! Er war ein junger Vampir, auch wenn Stephans Blut in ihm floss. Mit einem leisen Aufschrei zog sie ihre Zähne aus seinem Hals. Zwei rote Spuren flossen aus den Wunden, die sie seinem Hals zugefügt hatte. Sie leckte das Blut auf und beobachtete, wie die Wunden sich schlossen. Sie hob den Kopf und sah, dass er sie anschaute. Seine Augen waren wie flüssige Glut. Sein Blut belebte sie. Und mit zurückkehrender Kraft fühlte sie auch ihr anderes Verlangen wachsen.

»Beatrix«, hauchte er und strich mit den Lippen über ihre Stirn. Es schickte einen Schauer den Rücken herunter und unmittelbar zum Zentrum ihrer Lust, die jetzt durchdrungen war vom Gefährten. Der Gefährte strebte immer zum Leben. Und was konnte besser als letzter Beweis des Lebens gelten als das körperliche Einssein? Sie hatte sich in der Frage geirrt, was Asharti zu dem gemacht hatte, was sie war, und was sie so anders sein ließ.

John schluckte, zog sich von ihr zurück und ließ sie zurück auf die gepolsterte Bank sinken. Ein kleines Lächeln trat auf seine Lippen. »Verzeihen Sie, Gräfin. Ich habe mich hinreißen lassen.« Beschämt wandte er sich ab.

Sie streckte die Hand aus und berührte sein Gesicht. »Ich bin mir nicht sicher, ob du es verstehst. Stephan liebt mich nicht mehr. Er hat mich freigegeben.« Sie lächelte. »Und auch ich liebe ihn schon seit einer langen Zeit nicht mehr. Ich mag es nicht gewusst haben, aber es war so. Heute Nacht wähle ich dich, John Staunton.« Es fühlte sich wunderbar an. Es fühlte sich kindlich an. Sie hatte sich dafür entschieden, ihn zu lieben. Sie zog seine Hand an die Stelle, an der an ihrem Hals die Arterie pulsierte. Das Blut war das Leben. Sie konnte spüren, wie sein Verlangen sich gegen seinen Widerstand stellte. Er fürchtete sich, es zu glauben.

Aber dann brach der Damm. Er nahm sie in die Arme. Sein Becken, das sich so leicht gegen ihren Oberschenkel bewegt hatte, drückte sich drängender an sie, sagte, dass er dies ebenso sehr wollte wie sie. Er küsste sie, und sie öffnete seiner suchenden Zunge ihren Mund. Sie griff nach den Knöpfen über der Wölbung in seiner Hose. Er küsste ihren Nacken und ihre Brüste, während sie ihr Hemd über ihre Hüften hochzog.

Sie bog sich ihm entgegen, zeigte ihm, wie sehr es ihr gefiel, durch den dünnen Stoff seine Lippen auf ihren Brustwarzen zu spüren. Sanft sog er an ihrer linken Brustwarze. Sie streifte ihm die Hose herunter und erfreute sich an der seidigen Haut seines Schaftes an ihrem Schenkel. Ja. Das war es, was sie wollte. Sie ließ die Hände über seine Pobacken gleiten, fühlte die Muskeln, die sich anspannten. Das Rätselhafteste an John Staunton, Earl of Langley, war, wie sie es würde aushalten können, bis er mit diesem Schaft in sie eindrang. Ihr Gefährte verlangte es, und seiner auch. Gut. Das Verlangen des Gefährten würde für sie beide jedes Brandmal auslöschen, das Asharti verursacht haben mochte. Er musste zu der positiven Energie zurückfinden, die der Liebesakt schenkte. Geben und Nehmen zu gleichen Teilen. Sie schloss die Hand um seine Erektion und streichelte ihn sanft. Sie spürte, wie John erschauerte. Sie legte die Hand um die Wurzel, umschloss seine Hoden und rieb sie genau dort, wo sie sich verbanden.

»Gott im Himmel, Beatrix«, keuchte er.

»Dafür sind wir genau am rechten Ort«, murmelte sie und schaute auf die gemeißelten Wasserspeier und Cherubim über ihnen. Ihr fiel ein, dass diese Figuren das Wechselhafte im Leben darstellten; das Gute war vermischt mit … nicht mit dem Bösen, aber zumindest mit Unvollkommenheit. Sie war unvollkommen. So wie er. So würde auch ihre Liebe sein. Konnte es überhaupt anders sein?

Seine Brust hob sich schwer. »Ist das hier Gotteslästerei?«

Ihre Hände fuhren fort, ihn zu stimulieren. »Ich denke, dies ist der Drang nach Leben in seiner ursprünglichsten Form«, murmelte sie, während John aufstöhnte. »Gott hat die Welt in sieben Tagen erschaffen. Er muss es gefühlt haben.«

Er beugte sich über ihre Lippen und drang mit der Zunge in ihren Mund ein. Beatrix fuhr mit dem Daumen über die runde Spitze seines Schwanzes und verrieb die Feuchtigkeit darauf. John zog sich aus ihrer Hand zurück, er musste kurz davor sein zu kommen. Sie ließ ihn gewähren, als er es langsamer angehen lassen wollte – wenn man es denn langsam nennen konnte. Er schob die Hand zwischen ihre Beine und ließ seine Finger über ihre feuchte Klitoris gleiten. Sie schob sein Hemd hoch und schmiegte sich an seine nackte Brust. Er schien den Moment zu kennen, an dem sie es nicht länger aushalten konnte. Er berührte ihre Knie. Sie öffnete sie. Er legte sich zwischen sie und drang in sie ein.

Der Rhythmus ihrer Bewegung war wie das Trinken an seinem Hals. Es steigerte sich zu einem gemeinsamen Ritual, das das Leben selbst in sich barg. Beatrix taumelte über den Rand, erlebte den Höhepunkt in einer Erweiterung der Seele, die dem Nirwana gleichkam. Sie spürte John in sich pulsieren, als sie sich um ihn zusammenzog. Die Kathedrale war erfüllt von leisem Stöhnen und keuchenden Lauten, die schon existiert hatten, bevor die Welt geboren worden war, und die auch noch existieren würden, wenn sie kalt und grau wie verbrannte Kohle sein würde.

Ineinander verschlungen lagen sie dort auf ihrer Bank. Beatrix wusste nicht mehr, wie lange. Die Stille der Kirche hatte nichts gemein mit der brüllenden Menge zuvor. Der Horror des Fallbeils schwand.

»Beatrix«, atmete John an ihrer Brust. »Danke.«

»Danke?« Sie blinzelte träge. »Ich sollte dir danken.«

Er schüttelte den Kopf, ganz leicht; dann, unfähig zu widerstehen, leckte er über ihre Brustwarze, dort, wo ihr Hemd zerrissen war. »Du, die du tausend Männer hattest, musst mich für einen jämmerlichen Kerl halten.« Er hob getroffen den Kopf, und sie sah, dass er sich zurückzog. Er setzte sich auf. »Ich meine, für eine Frau, deren Meister Stephan Sincai war, und die bekannt ist für ihr ... ihr Können ... Ich ... Es tut mir leid, dass es zwischen euch nicht gut gelaufen ist. Ich weiß, dass du dich mir gegenüber verantwortlich fühlst. Doch ich hoffe, dass dir deine Verpflichtung nicht allzu lästig fallen wird. Ich werde eine Stadt für mich finden. Und ich werde mir niemals etwas herausnehmen wegen deiner ... freundlichen Anwandlung heute Nacht. Nachdem Sincai die Sache mit Asharti geklärt hat –«

Sie setzte sich auf und legte einen Finger auf seine Lippen. Wie konnte er an ihr zweifeln? Aber genau genommen hatte sie ihm nicht gesagt, dass sie ihn liebte. Sie hatte gesagt, sie hätte ihn gewählt. Er glaubte womöglich, es sei nur für den Moment gemeint gewesen. Seine Verwirrung war tröstlich. Sie sagte deutlicher, als jedes armselige Wort es konnte, warum er in die Conciergerie und auch zur Place de Grève gekommen war. Zum ersten Mal seit einer langen Zeit war sie froh über ihre Erfahrung mit Männern. »Weißt du, wie lange es her ist, seit ich mit einem Mann geschlafen habe, John? Vor dir? Ich meine nicht: seit ich von einem Mann getrunken, sondern seit ich mit einem Mann geschlafen habe.«

Da war eine höchst entzückende Falte der Besorgnis zwischen seinen Augenbrauen, als er den Kopf schüttelte.

»Sechshundert Jahre.«

Sie wartete, bis sich ihre Worte bei ihm gesetzt hatten. Dann sprach sie weiter, kühner. »Du hast gesagt, dass du mich liebst.

Für einige Männer ist das nur ein Mittel, um zu ihrem Vergnügen zu kommen. Willst du mich für mehr als nur Sex?«

Er errötete, dann wurde er blass. »Falls ich einer Frau von deiner Erfahrung für ein paar Jahre gefallen kann, dann würde mich das ...« Er senkte tatsächlich den Blick. »Es würde mich sehr glücklich machen.«

Sie schloss die Augen, denn zum zweiten oder dritten Mal in dieser Nacht standen Tränen darin. Vielleicht würde es wirklich nicht mehr als das sein, was er gesagt hatte – ein paar Jahre in einem sehr langen Leben. Sie war es vielleicht nicht wert, sehr lange zu lieben oder geliebt zu werden. Sie konnte ihn anlügen und es ihm für immer versprechen. Oder sie konnte ihn zugrunde richten, indem sie ihm die Wahrheit sagte. Aber was war die Wahrheit? Bestand sie darin, dass sie es nicht schaffen würden, die Liebe am Leben zu erhalten? Stephan glaubte, sie würden es schaffen. Und sie würde nicht aufhören, es zu versuchen, selbst wenn sie den Schmerz über die vielen Male, die sie verlassen worden war, noch immer fühlte. Den Schmerz, der ihr sagte, dass sie es nicht wert war.

Stephan hatte sie geliebt. Heute Nacht hatte er es ihr gesagt. Sie war es, die ihn verlassen hatte. Sollte sie sich schuldig fühlen, oder war das nur ein Weg von vielen gewesen, den ihre Liebe hätte gehen können? Und Asharti? Am Ende hatte sie Asharti verlassen. Damals hatte jene Wunde zu heilen begonnen, die ihr zuerst und vor allem von ihrer Mutter zugefügt worden war. Vielleicht war es das. Es hatte nur sechshundert Jahre gedauert. Dieses allererste Verlassenwerden mochte ihre Sichtweise auf Jahrhunderte hinaus beeinflusst haben. Es konnte ihr die Dunkelheit gebracht haben. Alles, woran sie geglaubt hatte, war auf den Kopf gestellt worden.

Alles, was sie tun konnte, war dies: zu geloben, dass sie den Mut haben würde, wieder so treuherzig wie ein Kind zu sein.

Ihr Atem war flach. Konnte sie es sagen? Oder konnte sie es nicht? »Ich denke, ich werde meine Chance am Schopfe packen. Ich halte es mit Blake und sage dir: Ich liebe dich, John, so lange, wie es dauern wird.«

»Die zweite Unschuld?«, fragte er, und seine Miene verriet, dass er sich fast davor fürchtete, ihr zu glauben.

Sie nickte. »Willst du es mit mir riskieren?«

Er stieß die Luft aus und entspannte sich, als wäre es eine Anstrengung. Sein Blick wurde weich. Ein winziges Lächeln lag auf seinen Lippen. »Ich habe wirklich ein verteufeltes Glück.«

Sie lächelte. Eine Sicherheit leuchtete aus ihr. »Ich auch.«

»Dann ist es also beschlossen?« Er schluckte und nahm sie in die Arme. Sie spürte sein Herz an ihrer Brust klopfen, sein Blut strömte durch seine Adern, erfüllt vom Gefährten, der ihnen immer und immer geben würde, ob sie die Früchte nun zusammen pflückten oder nicht. Das Risiko fühlte sich gut an.

Sie legte John die Hände auf die Schultern, richtete sich auf und neigte den Kopf zur Seite. »England?«

Er schüttelte den Kopf. Sie erkannte, dass es dort noch zu viel Schmerz für ihn gab. Sein früheres Leben war nicht länger möglich. Sie sah, dass er sich wieder fasste. Dann hob er das Kinn. »Khalenberg zieht in Österreich die Fäden. Vielleicht kann er Bonaparte davon überzeugen, dass eine Invasion in Russland eine gute Idee ist.«

Beatrix lächelte ihn zärtlich an. Sein Idealismus, trotz allem, was er erlebt hatte, war eine der Eigenschaften, die sie an ihm liebte. »Du meinst, den Menschen Europa zurückzugeben? Ich verstehe. Ein schwieriges Unterfangen. Ich werde mich wohl mit der Politik anfreunden müssen, oder?«

»Du könntest es versuchen.« Es klang ganz ruhig, und doch

sagte es so viel darüber aus, wie ihr Leben miteinander sein würde, was in der Welt zu bewirken sie versuchen würden.

»Du hast einen Hunger in dir, John Staunton, den ich bewundernswert finde. Die zweite Unschuld – es gibt sie. Alles ist möglich.«

Als sie später durch das Querschiff der Kathedrale gingen, legte John den Arm um Beatrix. »Also zunächst nach Reims zu Khalenberg und danach ... Wer weiß?«

Auch ein wildes Raubtier kann gezähmt werden

Christine Feehan
DUNKLE GIER
Roman
Aus dem amerikanischen
Englisch von
Ulrike Moreno
480 Seiten
ISBN 978-3-404-16788-3

Wild, unerbittlich und grausam - Zacarias de la Cruz hat jahrhundertelang gnadenlos Vampire gejagt und getötet. Inzwischen ähnelt er den verhassten Kreaturen mehr als seinen eigenen Brüdern. Deshalb wundert es ihn kaum, dass auch die schöne Marguarita vor ihm zurückschreckt. Die junge Frau wurde von einem Vampir so schwer verletzt, dass sie die Fähigkeit zu sprechen verloren hat, und leidet seitdem unter schrecklichen Albträumen. Doch trotz ihrer offensichtlichen Furcht sorgt sie sich um ihn, selbst gegen seinen Willen. Zacarias ahnt nicht, dass seine Wildheit etwas in ihr anrührt, das stärker ist als jede Angst ...

Bastei Lübbe Taschenbuch

Eine fesselnde Geschichte über Liebe und Hass, Leidenschaft und Schmerz – Mann und Bestie …

Lucy Monroe
LOCKRUF DES MONDES
Roman
Aus dem amerikanischen
Englisch von
Ulrike Moreno
416 Seiten
mit zahlreichen
Abbildungen
ISBN 978-3-404-16342-7

Werwolf Lachlan rächt sich für die Verschleppung einer Wölfin seines Rudels durch den Sinclair-Clan und entführt die Schwester des Lairds. Dieser steht die aufsässige Emily zur Seite, die Lachlans Rachepläne schnell schwinden lässt …

Bastei Lübbe Taschenbuch

Werde Teil der Bastei Lübbe Welt
You Tube
www.luebbe.de/Meinewelt
Lesen, rezensieren, Bücher gewinnen
Lerne Autoren, Verlagsmitarbeiter und andere Leser kennen